上

这么多年

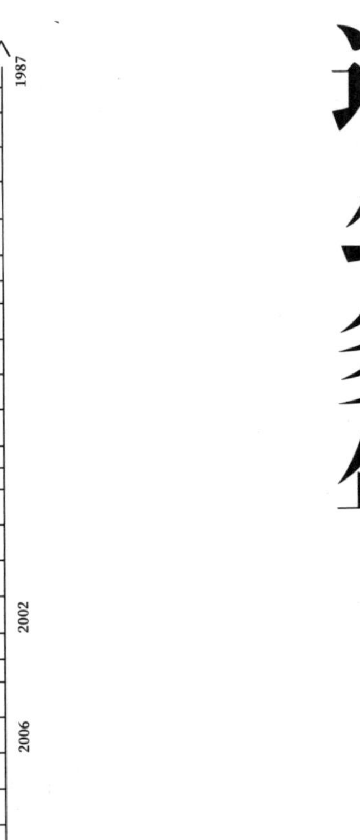

八月长安 著

江苏凤凰文艺出版社
JIANGSU PHOENIX LITERATURE AND ART PUBLISHING

图书在版编目（CIP）数据

这么多年：全3册 / 八月长安著. — 南京：江苏凤凰文艺出版社，2021.8
ISBN 978-7-5594-2593-5

Ⅰ. ①这… Ⅱ. ①八… Ⅲ. ①长篇小说－中国－当代
Ⅳ. ①I247.5

中国版本图书馆CIP数据核字（2018）第172697号

这么多年

八月长安 著

责任编辑 孙金荣
特约编辑 闫 訾
出版统筹 孙小野
出版发行 江苏凤凰文艺出版社
南京市中央路165号，邮编：210009
网 址 http://www.jswenyi.com
印 刷 河北鹏润印刷有限公司
开 本 880毫米×1230毫米 1/32
印 张 25.5
字 数 601千字
版 次 2021年8月第1版
印 次 2021年8月第1次印刷
书 号 ISBN 978-7-5594-2593-5
定 价 128.00元（全3册）

目录

楔子

路过蜻蜓

南京冬天下起雨的时候，有一种凉薄的气质。

秦淮八艳，金陵烟雨，六朝旧事随流水。

这座城市见惯高楼乍起和王朝倾覆，生命枯荣平常得如同它的呼吸声。辉煌或倾颓，灿烂或黯淡，它都安之若素。

阴雨让夫子庙安静了许多。周边鼎沸的市场此刻有些没精打采，平日随风打转的细碎垃圾都被积水黏在柏油路上，湿气驱散了臭豆腐的气味，也驱散了桥上熙熙攘攘拍照留念的游人。

陈见夏在秦淮河边站了好一会儿，默默凝视着对岸那一对硕大的红底赤金蟠龙。

刚刚出租车司机跟她闲聊，问她是来出差还是见朋友。

“不出差。我在这里没有朋友。”

陈见夏一直都没什么朋友。曾经避之唯恐不及的母亲和弟弟现在却时常给自己打电话，亲昵而自然。过去的种种都被时间泡得褪了色，血缘这种甩不掉的牵连，在见夏越走越快的今天反而显示了它真正的威力。只有他们还在她身边。

重要的人越来越少，剩下的人，也就变得越来越重要。

她慢慢地沿着岸边的石壁向前走，默读着每一个浮雕人物的名字，认真揣摩着石头里的神韵。她当年曾经在大总统府买过一把扇子的，正面写着“天下为公”，背面写着“博爱”，还拿着这把扇子游了半天的夫子庙，站在那一年刚刚落成的石壁前，用扇子做道具扮演石雕人物。她扮柳如是，他扮唐寅，惟妙惟肖，惹得旁人纷纷停下来拍照。

她站在石雕前有些恍惚，又有点遗憾。

那么好的场景，她都没有留下一张照片。当年的他们都被陌生人的相机带走，不知道去向何方了。

岸边的走道并不长，她走了一会儿就到了尽头，想了想，花了六十块买了一张观光船票。

卖票的告诉她十分钟后才开船。她表示愿意等。

售票处的男人看到眼前的女人举着油纸伞，咧嘴一笑刚想要搭讪两句，被见夏冷冰冰的眼神堵了回去。

陈见夏自己也抬头看了看这把青色油纸伞，很重，质量却并不好。刚下雨的时候她在小市场的纪念品商店里买到它，价钱不便宜，应该是被宰了一刀，然而她并没有计较。

从小陈见夏就不愿意计较，只是曾经她不得不计较，跟自己的面子做困兽之斗。

当年她祈雨那么久，就为了咬牙买一把油纸伞。他对她的念念叨叨很不屑，却在雨滴落下时，一把拉起她的手跑回秦淮河边，将伞递到她手中。

记忆中那把伞那么完美，后来被她收到哪去了？不像现在这一把，伞骨斑斑点点，拼接处溢出乳白色的胶痕。

“好啦好啦，你不是要演《红楼梦》吗？演吧演吧，林妹妹现在该你吐血了，action！”他是这样说的吗？

油纸伞唤起了一些记忆，却模糊了另一些。

售票的男人敲了敲窗，惊醒了陈见夏。

“乘客太少了，你别坐了，他们也不想因为这么点儿人开一次船。”

陈见夏再次将冰冷的目光投向他，“是么？我等。”

男人为难地缩了缩脖子，关上窗口打电话。过了一会儿，不耐烦的船工喊了一嗓子，见夏踏上船头。

观光船从夫子庙出发，朝着白鹭洲公园的方向缓缓行驶。导游在倒数第一排，手里拿着小黑匣扬声器，耳边挂着话筒，满脸木呆，嘴皮子几乎没动，抑扬顿挫的语调却是训练有素，像配错音轨的电影。

见夏并没有听。

曾经她也坐过观光船，却并不是这种马达轰隆的大船。船夫摇橹，只带他们走短短的一段，解说也并不专业，掺杂着当地方言和放声大笑。见夏和他吵了架，含泪梗着脖子不理他，仰头看两岸，努力想象着千年前夜泊秦淮的风情，却因为身边人一句“董小宛也算当年的知识妇女了吧”而破涕为笑。

如今只剩下叹息。

“你不用讲了。我不需要听。”

她回头朝导游微微笑了一下，导游愣了愣，似乎觉得这样不合规矩，想要拒绝。

“真的，你可以歇一歇，就我一个人，又不会投诉你。”

导游小姑娘终于还是不想错过偷懒的机会，缩脖子窝进了座位里，掏出手机打字聊天，盯着屏幕的脸比方才生动了许多。

见夏将头靠在窗上。缓慢行驶的大船终于将现代的夫子庙码头甩在了背后，沿着窄窄的碧绿河道前进，两旁的白墙黑瓦像一场默片，不断倒退。这艘船带着陈见夏，一帧一帧倒读时间。百年间才子佳人灰飞烟灭，哪怕留下一丝魂魄，也只能浮在空中看着游客们的数码相机微笑了吧。

过桥时，船的引擎出了点问题，尴尬地停在了桥下。桥墩下用阴阳文打乱了顺序刻着那首“红豆生南国”的相思诗，岸边的旧居却早已经改造为高级会所，门口隐约听到音乐声，从雨中幽幽飘过来。

见夏鬼使神差地推开了窗。湿冷的气息让她不由得瑟缩了几分。

旋律声是张国荣的《路过蜻蜓》。

若你没法为我安定

宁愿同渡流浪旅程

不怕面对这无常生命

见夏一晃头，颈椎处传来了轻微的咔吧声，她的肩颈劳损一直好不了，此刻关节一滞，彻底绷断了理智的那根弦。

让我做只路过蜻蜓

留下能被怀念过程

虚耗着我这便宜生命

让你被爱是我光荣

无论谁在嫌我煽情

不笑纳也不必扫兴

曾经有个少年，站在摇橹船上，大声地为她唱这首歌。她听不懂粤语，问他在唱什么。

他说，陈见夏，你就当是路过了我这只蜻蜓吧。

会大咧咧地说“123 林黛玉该你哭了 action”的浑不吝少年，在分别时刻，静静地立在船头，认真地看着她的眼睛说。

你就当是，路过了我这只蜻蜓吧。

泪水中，桥下的相思诗糊成了一片。见夏旁若无人地哭着，花了眼妆，睫毛都粘在一起。

南京真是个凉薄的城市。曾经她不觉得。

第一次过来的时候，热闹的夫子庙市场敞开怀抱迎接她。大总统府，汤团店，明孝陵，鸭血粉丝汤，蟹壳黄……没有一处冷淡。或许是因为当时身旁的男生胸腔里跳着一颗热腾腾的心，连南京也给了她几分面子。

又或者凉薄的是她自己，没了惊喜和感恩，走得越远、见识得越多就越凉薄。

见识是血肉，饲养着她内心的野兽，那只曾经被饿得柔弱如猫咪的野兽——现如今它长大了，弱小的她终于可以站在它背后扬眉吐气，再也不被人欺凌。

宁肯花许多年独自养大这头野兽，也不愿意依靠他。

她无数次问自己，你后悔吗，陈见夏，你后悔吗？

答案一直都是否定的。见夏深深知道，当初自己无论选择哪条路，结果都是后悔。

所以她默默告诉自己，那种感觉不叫后悔，叫作贪婪。

然而再怎样贪婪，她所想要的，也不过就是骑着心中的那头野兽，去捉住一只路过的蜻蜓。

一
见夏

有那么一段时间，如果有人问起陈见夏是谁，只能得到两种回答。

男生们会说，那个军训时晕倒的女生。

女生中有人会和男生做出同样的回答，另一些则会在晕倒后面加上一句，“就是被代班长背的那个女生”。

然后是暧昧的笑容，只有女生才看得懂。

代班长只不过是背着她去医务室。她晕倒了，什么都不知道，再睁开眼时，窗外艳阳高照。陪在她身边的那个麦色皮肤的漂亮女生笑得过分活泼，“你还不知道呢，是我们大班长把你背过来的哟！”

陈见夏甚至都没敢抬头瞄一眼这位站在床头微笑的男生，忙不迭点头道谢，然后坚持要回到操场上参加军训。

女孩子惊讶地捂住了嘴：“疯了吧，你才刚醒过来啊。你就这么喜欢军训吗？我要是你我就闭上眼睛再晕一次！”

这种说法让陈见夏更加不安。

她的局促让漂亮女生咯咯笑起来，捏着她的脸问："小美女太可爱了，你叫什么名字？"

见夏当时并不明白"小美女"只是一种非常普遍的称呼，听到之后一下子脸红了。

"我叫陈见夏。"

陈见夏自打醒过来就心情沉重。

自己因为晕倒而翘掉军训，那么会不会有人觉得她在装样子、娇气偷懒，觉得不公平？

今天是高中生活的第一天。她不希望因为"特殊待遇"给大家留下坏印象。

就像当初被初中同学讨厌一样。

一丁点都不想。

在陈见夏心里，家乡县城的那所小初中好似一锅沸腾的小米粥，咕嘟咕嘟冒着黏稠的泡泡，学生们都被熬出模糊而雷同的样子，从众地叛逆着，不分彼此。无论他们旷课还是打架，老师都睁只眼闭只眼，反正这些孩子大多只需要混过九年制义务教育拿到毕业证，后面是去做工还是当兵，都看造化了。

陈见夏不一样，她是粥锅里混进来的一粒铜豆子，怎么煮都煮不烂。

她是老师的希望。班主任预言她会是这所初中有史以来第一个考上县一中的女孩——这些老师没什么能奖励乖宝宝见夏的，只能护着她。

所以大家都不喜欢她。然而也没有人欺负她。

他们觉得见夏是以后会飞上梧桐枝头的凤凰——这只凤凰坐在第一排固定的位置上，不需要在每周五带着全部家当辛辛苦苦串组换座位，也不需要擦黑板扫地倒垃圾。男生们不跟她开玩笑，不逗她不惹她，没有绯闻没有流言；女孩子当她透明，谈论什么都不会叫上她，呼朋引伴时刻意避开她的方向。

只是谁也不知道，埋头于配平方程式的陈见夏其实一直在用耳朵倾听着，每时每刻。

有时候她带着某种早熟的优越感怜悯这些不知未来艰辛的同龄人，有时候，她怜悯自己这种早熟的优越感。

见夏的整个初中生活就像被两种不同的情绪煎熬到焦煳的荷包蛋。她常常会在嘈杂喧嚣的自习课上抬起头，长长地叹口气，一种怅然的无力感扑面而来。

他们多快乐，究竟在笑些什么呢？

然而这一切都与她无关，她甚至开始担心，自己老了之后回头遥望少年时代，会不会只能看到一片空白。

一片空白，带着喧哗又疏远的背景音，扑面而来。

就在这个夏天，陈见夏收到了县一中的录取通知书，同时得到了教育局领导的召见——省城的振华中学第一次面向省会以外的县市进行特优生选拔，用县一中老师的话说，来抢学生了。

被抢的是陈见夏。

她第一次明白了班里的某些女孩子为什么那么喜欢挑唆男生们为自己打架。那感觉真好。

爸爸妈妈特意买了鞭炮在家门口放，刚上初中的弟弟被所有长辈轮番摸头教育“以后一定要像你姐姐一样有出息”直到不耐烦地遁逃。见夏觉得自己度过了上学以来最快乐的一个假期，快乐得几乎害怕新学期的到来。

临行前，妈妈一直在犯愁如何给见夏打包，一边收行李一边抱怨。暑气难耐，家里不舍得开空调，电风扇吹来的都是热风，妈妈愈加急躁，话锋一转又开始教训人，让陈见夏到了省城读书一定要争气，别出去丢人，否则还不如留在县一中，省钱离家近，还能多带带弟弟，弟弟刚上初中，她一走都没人给弟弟辅导功课了，初中学习多紧张，耽误了可怎么办……

陈见夏听得心烦，抓起斜挎牛仔包，说要上街转转。

“姐，那么大太阳你不嫌热啊？”

弟弟正坐在沙发上一边吃冰棍一边目不转睛地看电视剧，陈见夏偷偷瞪了他一眼。

小县城里面只有一个商业中心，两条主干道交汇成大十字路口，中间伫立的最高的楼是县第一百货商场。

很久很久之前这里繁荣是因为县政府和农贸市场，很久很久之后，是因为 KFC、Nike、Sony 和周大福。这几乎是县里唯一可以正经逛街的繁华地带，所以熟人频频在这里偶遇彼此，小情侣们分享同一支冰激凌甜筒，小姑娘们在摊位前围成一圈叽叽喳喳讨论哪只发卡更漂亮……

然而那天见夏独自散步到这条街上的时候，行人却很少。星期三下午两点，八月最热的一天，一天中最热的时候，见夏一路踩着楼群和行道树的阴影，低着头，任额前掉落的刘海扫过清润的眉眼。过马路时出租车排气管的热气喷在小腿上吓了见夏一大跳，她伸出左手盖住眼睛，才感觉稍稍凉快了一些。

她不知道要往哪里走，反正就是走。也许是马上要出发去省城了，心里有些慌。

不知怎么，她想起小学时候妈妈牵着弟弟和她的手来第一百货商场给外公买老花镜，弟弟忽然问，省城究竟什么样。妈妈逗他说，省城就是好多好多个第一百货商场集合在一起。

然而见夏听见过女同学们聊天说第一百货商场其实没什么可玩的，甚至快餐店只有肯德基，连麦当劳都没有，更别提必胜客什么的了。

还是省城好玩，她们说。

这几个名字让她一直记到初中。初中时，从没去过网吧的好孩子陈见夏借用在老师办公室帮忙批卷子的机会，偷偷溜到公共电脑上打开新浪的主页，在搜索引擎中输入“必胜客”三个字，终于第一次看到了比萨的样子。

那时候，妈妈摸着弟弟的头，笑着说，以后有出息了去省城上大学！

这些话以前爸妈都只对弟弟说，然而最后被振华抢走的特优生，是见夏。

见夏抬头看着第一百货商场门上早已失去光泽的烫金大字，默默告诉自己，要加油。

陈见夏，省城不是终点。

她漫无目的地在第一百货商场里面转了一圈，出门后第一眼看到的就是肯德基。上校老爷爷的塑像坐在门口的长椅上，拄着拐杖，依旧笑眯眯，不急不忙的样子。

她推开门，扑面的冷气让浑身毛孔都舒服到战栗。店里人很少，见夏找了个靠边的位置坐了一会儿，觉得只享受冷气有些过意不去，好像占肯德基爷爷的便宜似的，于是站起身打算点些吃的，还没走到点餐台，就愣在了半路上。

一个服务生把餐盘倒进残食台，转过身，刚好对上见夏惊诧的目光：“陈见夏？”

男生叫王南昱。

熟悉的同学穿着熟悉的制服，可是看起来那么陌生。

陈见夏和王南昱几乎没怎么说过话，这个男孩坐在倒数第二排。她初中的班级是按照成绩来排座位的，老师也知道课堂上乱，生怕好学生听不清课，于是将不良少年们一股脑都放在了后排，任其自生自灭。班里爆发出的起哄和爆笑大部分来自倒数几排，有时候见夏会觉得自己是背对着岸的稻草人，每天都听着人声如海浪般从背后滚滚袭来，止步于很近的地方，再渐渐退去。

陈见夏有时不得不走到教室后部去扔垃圾，也会神经质地感到自己正在被一些不善的目光洗礼。

但这目光里绝不包括王南昱。他也算半个不良少年，然而见夏直觉他对自己很友好——只是因为一件小事，仅有的一件，很小的小事。

初二秋天的一个早上，陈见夏拎着香蕉皮站在过道不知所措，垃圾桶和她之间阻隔着一大群男生，正在踢打玩闹。王南昱注意到了她，走过来，伸出手，笑着说，给我，我去帮你扔吧。

见夏呆呆地把香蕉皮递给眼前的男孩，忘了道谢，一扭头就走了。

“是、是你啊，在这里打工吗？”见夏生硬地寒暄。

王南昱笑了：“嗯，对，也不算打工，要是适应的话，就一直做下去。”

适应的话？见夏有些腼腆地笑了：“总不能做一辈子啊。”

她说完就后悔了，哪有自己这么讲话的，真难听。

陈见夏不知道应该再说些什么来弥补这句显得居高临下的无心之语，王南昱倒没在意，好像很谅解见夏不擅言辞。

“暂时先做一阵子。以后，家里可能让我去当兵吧。”

见夏局促地盯着脚尖，“那、那很好。……好好加油。”

两个人很快没什么话可说了，王南昱拎起身边的水桶，朝餐台努努嘴说：“你要点餐？快去吧。”

见夏点头，走了几步，忽然站住。

“王南昱？”

“嗯？”

“上次，上次我忘记跟你说谢谢了。”

王南昱张着嘴想了半天，才一拍脑袋，笑了。

“多大点事儿啊，不就扔一香蕉皮吗？”

是啊，多大点事儿——而且还是一年前的事情。

可他们两个都记得。

见夏和王南昱相视一笑，脸上都有些红。

“什么时候去省城？”

见夏有些意外。她的大部分同学都不怎么关心中考成绩，很多人甚至拿到会考毕业证后压根没去参加升学统考——比如王南昱。

她心底有些小得意。他竟然知道她要去的不是县一中，她可是被振华录取了呢。

“下周二。”她笑了笑。

“你爸妈送你？”

“我堂姑和姑父要去省城办事，正好开车把我捎过去，我爸妈就不去了，车里坐不下。”

“他们挺舍不得你的吧？”

见夏点点头，又摇摇头，最后再次点点头。

她自己都不知道父母究竟会不会真的想念她。还有弟弟陪着，他们应该不会觉得有太大不同吧，反正原本在家里，见夏也不怎么说话的。

老话说，手心手背都是肉。

老话又说，十个指头不一般长。

王南昱看出她不想多说，很体谅地转移了话题，“到新环境，照顾好自己，也别光顾着埋头学习，既然去了省城生活，周末就出去四处转转。”

顿了顿，又说：“但是也要继续加油，得给我们长脸啊。”

她脸一红，不知道怎么回答，刚刚被妈妈唠叨的愤懑似乎被抚平了。陈见夏只是点点头，轻声说：“我……谢谢你。”

王南昱朝她挤挤眼睛，“不能再说了，一会儿领班该骂我了。这个给你吧！”

是买快乐儿童餐就能得到的发条玩具，透明的包装袋里是正在滑雪的上校。

他说完就拎着桶跑进了里间。见夏盯着手里面的包装袋愣了一会儿，心里突然有些不好受。她没有带多少钱，就到餐台点了小杯可乐回到靠窗的座位咬着吸管发呆，有时候看看骄阳似火的窗外，有时候用余光观察王南昱。他忙前忙后，擦桌拖地，很努力，却还是被领班骂了一顿。

见夏摩挲着手中结上一层冰凉水气的蜡质可乐杯，上面的肯德基爷爷一边微笑一边流着冷汗。

校园里面吊儿郎当的“毕业班大哥”，总是在低年级的小弟面前趾高气昂，穿上制服干起活来却也同样勤快，挨骂的时候，羞赧的脸上仍然是属于孩子的神情。

见夏忽然意识到校园其实是一个多么温柔的地方，可是她的很多同学，也许再也回不去了。

那一丝刚刚泛上心头的感伤被她自己狠狠抹去。天下无不散的筵席，他们总要走上自己的人生路，并不会因为年少懵懂就被命运厚待。

陈见夏要走的那一条，至少表面看起来明亮而坦荡。这是她自己争来的。

知识改变命运。

可是知识没有告诉她，什么样的命运才算好。

二

江湖

于丝丝不止一次夸奖，见夏的名字很好听。

当她回答对方自己叫陈见夏的时候，这个刚刚揶揄她是军训积极分子的漂亮女孩笑得更灿烂了，“这名字真好听！唉，为什么我就要叫于丝丝？”

十几年前，丝丝婷婷一类的名字正流行，家长喜欢用这些听起来洋气的叠字给孩子取名字，然而洋气也不过是时代眼光，等孩子长大了，反而开始嫌弃娜娜玲玲这些名字俗气了。于丝丝就是这样。

“丝丝丝丝，娇滴滴的，腻人。”

见夏被她的直爽吓了一跳，只好说：“于丝丝……挺好听的，真的。”

于丝丝耸耸肩，没搭理这句干巴巴的安慰。陈见夏发现了，她虽然是朝着自己笑，话却不是说给自己听的。

“其实一开始我爸想让我叫于湘，我爸是湖南人，于湘念着比于丝丝好听多了！都怪我妈非要给我取这么个名，这个中年妇女，俗死了！”

见夏第一次听见有人称呼自己妈妈为中年妇女——虽然她的确应该是中年妇女。

“我还是喜欢我的英文名，虽然普通，但也有特殊的意义。要不你们以后叫我 Rose 吧。”

见夏笑了，“如果你的名字叫于湘，那么你的英文名就得一起换，不能再叫 Rose 了。”

于丝丝完全没有听懂：“为什么要换？”

因为鱼香肉丝。

见夏差点被自己逗乐，但很快就在于丝丝目光下绷住，连忙摇头：“不，不为什么。”

这时候一旁沉默很久的男生笑了。

见夏有那么一瞬间相信这个男孩一定听懂了自己没说出口的玩笑，她抬起头，男孩逆光站着，背对窗外午后炽烈的太阳，她还晕着，没办法直视阳光，更不敢直视男生，立刻避开眼神。

“于丝丝你陪着她吧，看样子没什么事儿了，我先回去了，一会儿俞老师还找我呢。”

“没问题，”于丝丝大笑，“谢谢帅哥班长给我机会偷懒！”

男孩的笑声很温和。

见夏垂下眼睛，“真是谢谢班长了。”

班长刚离开医务室，于丝丝就贴近她的耳朵轻声说：“呀，你脸红了。”

见夏很诧异，认认真真地否认：“没有啊。”

于丝丝笑嘻嘻的表情有了一丝尴尬的裂缝。

见夏有点懊恼，自己果然是个呆子吧，连开玩笑都不会。她想要补救点什么。陈见夏是那么希望这个新班级里面优秀的同学们能够喜欢自己，比如眼前的于丝丝。

“对了，你初中是哪个学校的？”

见夏还在为自己蹩脚的社交表现思前想后，冷不防被问起，有点迟钝，“我……我不是省城的学生。我是外地生。”

她知道新同学都是来自省城各个初中的尖子生，即使不是同校同班，也可以聊聊“你们学校的某某很有名”一类的话题，于是她从善如流：“于丝丝，你是师大附中的吗？”

这所全省闻名的初中每年都有不少优秀毕业生升入振华，威名远播到了陈见夏的家乡。然而于丝丝冷淡地看了她一眼，否认得很干脆，“我是八中的。你们只听说过师大附中吧？”

“八中我知道的，”陈见夏连忙道，“在我们那里很有名的！”

于丝丝的表情略微松动了一点。陈见夏根本没听说过八中，但她觉得自己总算说对了一句话。

“你是外地生，那你住在……”

“就在学校后身过一条马路的家属区里面有个教师宿舍，空出来了几间给我们这些外地生。反正我们人也不多。”

“哦。挺好的。”

半晌无话。于丝丝似乎更乐意看窗外，把刚才被她称为“好可爱好可爱”的陈见夏扔在床上发呆。她忽冷忽热的态度令见夏惶恐，不知道是不是自己真的那么不招人待见，初中如此，高中的第一天也如此——初中也就算了，但这里是振华。

陈见夏低头穿鞋下床，窘迫地发现自己左脚袜子的大脚趾位置上破了一个小洞。这双肉色尼龙袜质量一般，洗了几次就开始破洞，她本来打算今天晚上赶紧拿针线补上的，谁想遇到这种突发状况？

她家并不穷，偏偏第一次就在新同学面前表现得像一个小县城营养不良的贫困生。见夏默默猜测到底是谁帮她脱了鞋，她希望是男班长，她觉得男生相对来说不是那么细心，也不那么愿意传闲话。

“看见二班那个正在喊口号的男生了吗？林杨，师大附中的，咱们这届最有名的就是他了，中考之前师大附中的人个个提起他都拽得二五八万的，好像中考状元非他莫属似的。”

医务室窗子对着的这片区域有两个班级在军训，正好就是新高一的两个“尖子班”一班和二班。陈见夏顺着于丝丝的指引看过去，有个白净的高个男孩站得笔直，正在指挥他们班同学做正步分解动作。

“那他最后考了第几？”

于丝丝半笑不笑的：“只考了第四。”

见夏咂摸着这句话。

备考期间，初中班主任告诉她，想要考上县一中，就要每次都把总分稳定在550分以上。所以最后一次模拟考试发布成绩时，仍然考了第一名的见夏却因为总分只拿了530分而伏在桌子上掉眼泪，后桌名叫饶晓婷的女生看见了，把自己得了30分的数学卷子卷成筒敲在桌子上，骂她：“神经病。”

见夏迅速转过头，含着泪恶狠狠地对饶晓婷说：“我不满足是我的事，我不是你，我也没有跟你比较！比你强也没什么好满足的！”

那几乎是见夏唯一一次在班级里面大声讲话，也是安静腼腆的她唯一一次显露出属于优等生的骄傲自负。

年少轻狂，以为不争就是没自尊的孬种。

然而此时听到于丝丝用幸灾乐祸的口气说出“只考了第四”这种话，见夏发现自己竟然也很想骂一句“神经病”。

燕雀安知鸿鹄之志，谁有资格教别人要知足呢。

“其实我认识林杨。暑假时我和他上过同一个补习班，提前学高中的课，讲课的都是振华的特级教师，三百人的大教室，每次连过道上都坐满了人，好多人托关系想进都进不来。”

见夏认真听着于丝丝天马行空地跑题，感到很新奇——“想进都进不来”的补课班，怎么听都有种贵族气。

等等，今年暑假？提前学高一课程？

见夏的心沉了下去。人家已经提前起跑，基础又比她好，自己怎么比得上？要知道这个夏天她可是彻彻底底放松了两个月，四处给别人家的孩子“传授学习经验”，被亲戚朋友捧上了天，光顾着得意，根本没有为竞争激烈的高中生活做什么准备。

“林杨这人还挺好的，很和气。我就是烦他们师大附中的人，每个都不知道神气什么，拽得二五八万的。”

陈见夏正暗自焦虑，终于注意到于丝丝斜眼瞄她。她已经好久没有接于丝丝的话了。

“所以，最后考了全市第一的是谁？”

于丝丝语气昂扬，“就是刚才背你过来的咱们班长啊，楚天阔，我们八中的。”

见夏笑了，“这么厉害呀！真好。”

于丝丝那一刻的表情，和她所不屑的师大附中众人一样，拽得二五八万似的。

于丝丝就像一个装满了学籍档案的活动文件夹，窗外站军姿的风云人物没有她不认识的：有人是奥赛金牌，有人是中考作文满分，有人是全国希望英语大赛一等奖……她看见谁说谁，想到哪儿讲到哪儿，见夏明白她只是在借机炫耀，但还是认真听着，一一记在心里。

听到最后实在吃不消也记不住了，见夏忍不住抬起头打断，“于丝丝你也很出色啊，不比他们差的。”

于丝丝夸张地大叫：“什么啊，我能考进咱们一班纯属幸运，和这些牛人哪是一个级别的？估计摸底考试考个倒数，我就要跟咱们班彻底 say goodbye 了。”

“摸底考试？”

“你不知道吗？军训结束了就考。”于丝丝笑。

“啊？！”见夏叫出声，“我没准备，考不好的话……”

“当然我也不知道是不是考不好就要被踢出尖子班啦，不过你有什么好准备的啊，你从外地被振华花重金挖过来，肯定特别厉害，该担心的不是你，是我！”

于丝丝的安慰连一丢丢真诚的味道都没有，见夏心中仅剩的一点点考上振华的喜悦和骄傲也在这一刻被阳光曝晒干净。

“我得回去军训了，”于丝丝说够了就起身，“可不能再偷懒了。”

偷懒二字让见夏脸颊发热，她急急地表态：“我跟你一起出去，我也休息够了。”

“得了吧你，桌子上的妙芙还有巧克力牛奶都是大班长给你买的，赶紧吃，否则站不了五分钟又得晕倒。有机会还不好好歇着，军训上瘾啊你？”

于丝丝把桌上的零食推到她面前，快步走出了门。

见夏自讨没趣，呆坐了一会儿，伸手撕开蛋糕的包装袋。她的确饿了。

她昨晚第一次独自睡在宿舍里，太兴奋了，翻来覆去也睡不着，天快亮了才迷糊一阵，自然起晚了，来不及吃早饭就站了一上午军姿；本以为午饭能多吃点，偏偏到了食堂才想起来，外地生的饭卡被收上去集体办理餐饮补助了。

茫茫人海全是陌生人，陈见夏不好意思朝陌生人借卡，只好饿着。

于是顺理成章地晕倒了。

门当啷一声被推开。见夏抬起头，眼前赫然站着一个血流满面的男生。

她吓得倒抽一口气，妙芙的碎渣吸进气管里，呛得她咳嗽不止，泪眼婆娑，肺都快呕出来了；男生已经走到她面前，迅速拿起桌上的巧克力牛奶，拆开吸管外面的塑料包装，插进纸盒里递到她手中。

她连忙喝了好几口，终于慢慢平息了剧烈的咳嗽。

“你没事吧？”

被一个血淋淋的人关心，见夏有点哭笑不得，“我没事。谢谢你。”

这才发现自己手里还紧紧捏着蛋糕边。她不好意思地把妙芙塞回到袋子里，对那个男生说：“校医帮我看完之后就有事出去了，不知道什么时候回来。”

男生没说话，那一脸的血让见夏没有办法辨认他的表情。

见夏没来由地紧张。她想起暑假时弟弟一直在看一部偶像剧，她偶尔也瞄两眼，刚好看到女主角给篮球队的男主角包扎胳膊上的伤口，连消毒都不做，直接就把绷带往上缠，她还嗤笑了好一阵，偶像剧就是偶像剧。

这样想着，她鬼使神差开口问："用我帮你包吗？"

"行啊。"

对方的回答，干脆得不像话。

三

不依不饶

见夏张大了嘴巴，说出去的话收不回来，然而她既没有酒精纱布也没有经验技术。

两个人面面相觑很长时间，男孩扑哧笑出声来，没有继续为难她，自己走到水池边，满不在乎地就着水龙头冲洗脑袋，脸上干涸的血迹很快冲得干干净净。看来伤口不大，早就止血了。

他低着头控水，大声喊："同学，有纸吗？"

见夏连忙跑到桌边抓起那包心相印递给他，对方伸出湿漉漉的手来接，她却又急急忙忙一把抢了回来。

"你干吗啊？"男生不解。

见夏硬着头皮撕开包装，拎出三张纸，展平了叠成方手帕一样，重新递给他。

"你手湿，打不开，我怕……"

男生把脸埋在面巾纸中，长出一口气。

“谢谢你。”他的声音有种昂扬的明朗气息。

男生留着略长的寸头，远看毛茸茸的，发梢竟然泛着些许红色的光泽，沾到了晶晶亮的水珠，阳光一晃就更明显，像一簇跳跃的火苗。

陈见夏的一包纸很快就被他用掉大半，他再次道谢，她摆摆手说：“我中午饿晕了，是我们班长给我买的饭和纸巾，是他细心，不用谢我。”

“是么。”他洗干净了脸，却也没离开医务室，而是搬了一把椅子坐到阳光下，挨着见夏右边。于是见夏的余光只敢往左边扫，脑袋都被带偏过去。

然后就是长久的沉默。

陈见夏无事可做，重新把纸托蛋糕拿出来，小口小口地吃。

男孩忽然道：“你刚说你中午饿晕了？”

陈见夏再次被碎屑呛个正着，眼泪鼻涕齐飞，男生一愣，第一反应是笑，放声大笑，一边笑一边礼尚往来地也给她叠了三张纸。陈见夏好久才整理好自己狼狈的样子，闷闷地盯着窗外等他笑完。

“对不起，我也不知道为什么这么好笑。”他笑够了，象征性地道个歉，语气并不诚恳。

陈见夏无奈地转头，第一次正视对方，不小心看进一双格外亮的眼睛里面。

男生看陈见夏盯着他，就不笑了，眼神不驯。这是自然，温驯的人不会开学第一天就挂着一脸血。

见夏慌乱地扭过头，没胆量继续打量他脸上其他的部分。

“外面是哪个班啊？”男生没话找话，似乎有意缓解刚才的尴尬。

“一班和二班。”

“那你是……”

“我是饿晕的。”她看也不看他。

女孩子耍起小性子来很要命，见夏也不例外。

男孩无声地笑了，没有和她计较，“我是问你叫什么名字。”

“……陈见夏。”

“见夏？”

“遇见的见，夏天的夏，”见夏想了想，试探地反问，“你呢？”

“李燃。”

见夏点点头，表示记住了。

“燃烧的燃。”他补充道。

“咦，”见夏惊奇地扬起眉，“很少见，为什么？”

李燃耸耸肩，一副不以为意的样子，从包里拿出瓶矿泉水仰着头咕咚咕咚喝起来。

“我爸做生意的，迷信。算命的说我五行缺火，起名字的时候就用了燃烧的燃。”

见夏盯着浅绿色的纱窗，慢吞吞地自言自语：“这样啊，那我五行缺什么呢？……怕是缺钱吧。”

李燃没绷住，水从嘴角漏出来，洒了一身。

他上下打量见夏，陈见夏的脑袋愈发往左偏。

“你是哪个班的？”他问。

“一班。”

李燃吹起了响亮的口哨，“哟，尖子班，牛 × 啊，失敬失敬。”

陈见夏本就对卧虎藏龙的一班心生恐惧，此刻听出他语气中戏谑的夸赞，本能地低头否认，“他们是，我不是。”

“什么？”

见夏深吸一口气，“我是外地生，成绩也不好。”

“外地生？对哦，我听说振华特招了一批各县市的第一名，第一名还不牛 × ？”

李燃语气越来越愉快，像街边手欠的小孩，非要招野猫来挠他。

“你知道他们都是多强的人吗？”陈见夏稳了稳，慢声细语地，从林杨开始，将刚才于丝丝指给她的所有牛人转而介绍给了李燃，想不起名字的就随便安一个名字，仿佛只要把这些人比作未来的海森堡和薛定谔，她自己的平庸就立刻变得合情合理了。

李燃专注地听着，脸上的兴致与其说是来自陈见夏描述的这些牛人，倒不如说是来自她本人，小里小气，絮絮叨叨的。挺好玩。

“所以呢？”他兴致勃勃地追问。

“所以……”陈见夏来劲儿了，自如得像个于丝丝，“他们才是牛人呢，我今年要是也在省城参加中考，肯定连振华的边儿都摸不着。我能考好，只是因为县里统考题简单而已，说不定摸底考之后就要卷铺盖回家了，唉。”

“有这个可能。”李燃说。

陈见夏噎住了。

“所以你珍惜这几天吧，能来一次也不容易，当旅游了，算你命好，祖坟着大火。”李燃又说道。

陈见夏迅速瞪过去，湿漉漉的目光触及李燃真挚的笑容后不自觉向上飘，迅速被他头上的火苗蒸发干净。她本来以为他说这些贱话是故意的，现在倒不确定了。

“我觉得你也不用太担心，”李燃浑然不觉自己有多气人，一本正经安慰起了陈见夏，“其实你说的这些人我都认识。”

他朝窗外努努嘴：“那个女的，全市第二那个，近视900多度，摘下眼镜连亲妈都不认识；哦，还有那个男生，英语竞赛一等奖的，身高一米六，跑步比我四年级的妹妹都慢，因为逃避扫除被劳动委员揍得尿裤子，后来成习惯改不了了，你不信你把他裤子扒下来，下面肯定穿着尿不湿呢！”

“我扒人家裤子干什么！”陈见夏轻声抗议。

李燃自顾自接着说：“林杨就更别提了，他跟我一个初中的，人还不错，可惜啊，初三的时候给我们班班花写情书，被人家男朋友打掉两颗大门牙！后来虽然镶了假牙，总掉，吵架一急了就往外吐牙，跟暗器似的。唉，挺好一小伙，可惜了。”

“真的假的……”陈见夏听得出了神，不知不觉嘴巴都张成O形，她感到了一丝隐秘的快乐。

“心里爽翻了吧？”李燃话锋一转。

陈见夏一愣。

李燃笑了，这次的笑和刚才完全不一样了。

“你不会当真了吧？”他问。

陈见夏迷惑地看着窗外，渐渐反应过来：近视900多度的全市第二名根本没有戴眼镜，而英语竞赛一等奖是女生不是男生，林杨门牙缺两颗怎么可能见谁都笑，他又不是缺心眼……刚刚那段话恐怕是李燃根据陈见夏的介绍随口胡诌的，她却轻易接受了，她潜意识里也希望这些拿不上台面的隐私都是真的。

这是她开学的第一天。她晕倒，而且是饿晕的；被全市第一名背到医务室，却穿着一双露出脚趾的袜子；马上就要摸底考试，自己却一无所知；班级同学却都强得不像话，还提前补习了高中课程；好不容易吃个东西，还连续两次毫无形象可言地呛出鼻涕眼泪……

她愿意相信李燃说的都是真的。她希望这些都是真的。

“说白了，你就是妒忌他们这些天才嘛。其实你自己也不差啊，你们这些学习好的，都爱哭穷喊弱，假谦虚，实际上心里又不服气……”

李燃吊儿郎当的样子让陈见夏气血翻涌，可是无从反驳。

“你一个大男生怎么那么三八！你心理真阴暗！”她义正词严。

李燃哈哈哈笑出了声。

“对对对，我心理阴暗，您多阳光美少女啊！”

陈见夏没出声。李燃笑够了，侧过脸，看到旁边女孩子深深低着头，哭了。

她即使哭泣也不出声，但眼泪噼里啪啦地掉在 T 恤前襟上，面料不吸水，于是一颗颗泪珠就明晃晃挂在她身上，晃得他头疼。

女生真够烦的，就会哭，一哭起来，无论有理没理，都是他没理。

——他好像的确没理。

李燃心里明白自己只是逮住了一个不明就里撞到枪口上的陌生人撒气，没什么光彩可言。滴滴答答的泪水让他窘迫得直挠头。

“我心理阴暗，刻薄三八，是我不对，给你赔不是行了吧？我跟学习好的有仇，故意抹黑你们，我道歉，你别哭了成吗？”

陈见夏没有搭腔，她抓起桌上那包用剩下的面巾纸，忽地起身朝门口跑去，把旁边的小圆凳都踢倒了，李燃也急了，来不及站起来就伸长手去捞她，人没捞到，自己带着折叠椅一起朝后倒了下去。

“我还没道完歉呢，你往哪儿走？！”他连滚带爬地揪住了陈见夏的裤腿。

陈见夏眼泪汪汪地瞪他：“你有完没完？你那也叫道歉啊？何况你哪儿对不起我了？”

她说话的声音终于大到和李燃抗衡，带着少女冤屈屈的哭腔。

李燃被她看得发蒙，尴尬地退了两步。刚才还是相互自我介绍的新同学，怎么就变成现在这个样子了？

他张张嘴，千言万语最终化为一个耍赖的傻笑。

“我……我也不知道哪儿对不起你。所以，你哭什么呢？”

陈见夏觉得此人根本不可理喻，她眼泪掉得更快，摇摇头拔腿就跑，终于被李燃拉住手腕一把拽了回来。不巧她的手肘撞在他胃部，疼得李燃大叫一声，像只煮熟了的大虾一样蹲到地上蜷成一团。

陈见夏的眼泪瞬间截流。

她犹豫半天，还是走回他身边，也蹲下来，抽抽搭搭地问：“你没事儿吧？”

李燃似乎疼得厉害，龇牙咧嘴地发出嘶嘶吸气声，好像一条被踩了七寸的响尾蛇。见夏被自己冷笑话般的联想逗笑了，她极力控制，可还是笑出了声。

李燃斜眼瞟她，“高兴了？”

见夏突然想到了什么，弯起嘴角，笑得很俏皮。

“我知道你五行缺什么了，其实不是缺火。”

“那是什么？”李燃瞪圆了眼睛。

“缺德。”陈见夏大笑起来。

四

你好周杰伦

房间里的火药味就像陈见夏的眼泪一样，来去都稀里糊涂的，一瞬间消散不见。

她俯身对他微笑，他也仰起头露出小白牙。

消气的一刻，他们才发现为个莫名其妙的问题而露出尖牙利爪的样子是多么可笑。

“不过你刚才真的很三八。”见夏还是做了一句总结陈词，她掏出一张面巾纸擦眼泪擤鼻涕，语气轻松。

李燃耸耸肩，“我烦一班这两个字。”

见夏不解，“为什么？”

“不为什么。”

也许李燃是很想进一班而不得，所以吃不到葡萄说葡萄酸；也许他只是抱有一种对尖子生的成见，就好像当初很多初中同学对见夏的敌视一样。

但她没有追问。陈见夏虽然不善交际，却很懂得见好就收的艺术，更是不愿意把这些乱七八糟的揣测安在眼前这个男生身上，尽管他刚刚把她气哭。

“听歌吗？”

李燃扶起歪倒在地上的椅子，若无其事地从书包里面拽出一只 CD 机，银白色的机身折射着阳光，一晃，有点刺眼。

SONY 的 CD 机呢，和几天前在第一百货商场看到的那款一样。

见夏望着机器出神。

初一的时候，陈见夏想要一款步步高复读机来学外语，然而妈妈总是说家里那款爱华的老牌随身听就够用，反正都是听英语磁带，自己多动动手，倒带翻面就可以，何必用什么复读机。

陈见夏无数次想要大声反驳，“弟弟根本不用文曲星学习，他就是用它来打那款什么什么英雄坛的 RPG 游戏，你不还是给他买了，可是复读机的价钱还没有文曲星一半贵呢……”

却说不出口。

后来考上振华，妈妈在亲戚朋友面前把陈见夏大夸特夸，“我家小夏初中就用好几年前买的破随身听学英语，中考英语照样考了 119 分，差一分就满分呢！所以你也告诉你家东东，别任性，这学习成绩可不是物质条件堆起来的，重要的还是自身要努力！”

一瞬间变身为热心子女教育的专家，高瞻远瞩，殚精竭虑，富有计划地一手培养出了优秀而简朴的陈见夏。

陈见夏在别的家长钦佩夸赞的目光中低下头，自己也说不清楚是自豪还是委屈。

后来还是爸爸提议，去省城念高中前，怎么也应该给女儿买一件像样的礼物，妈妈漫不经心地说了一句："那就给她买步步高复读机好了，反正她一直想要。"

陈见夏彻底被激怒了。原来妈妈一直都记得，却直到两年后复读机落伍，连相关电视广告都销声匿迹了，才这么随随便便地提起。

"我才不要复读机！"

爸妈被这声大叫震住了。见夏平静下来，有点后悔，顿了顿，用舒缓的口气重新说："我想要索尼的 CD 机，上次在第一百货商场看到过，行吗？"

初中班里面最时髦的女同学在中考前也买了那款 CD 机，见夏不管多么懂事，多么"不虚荣"，到底还是羡慕的。何况她对 CD 机的渴望中附着了些许因复读机和文曲星而起的、说不清道不明的怨念。

爸爸并不知道什么 SONY 什么 CD 的，他只是点点头说："行啊，买吧，明天和你妈去一百买不就行了？"

然而第二天在专柜前，妈妈瞟到价格牌，脸皮一下就紧了，立刻扭头问："小夏，你说的就是这个东西啊？这东西对学习真的有用吗？"

专柜小姐迎上来热情轰炸，姐你给孩子买啊，你女儿多大了啊真漂亮，上初中还是高中啊，姐想看哪款啊——见夏妈妈始终矜持，一句也不答，仿佛对方是透明的。

陈见夏的余光一直追随着妈妈细微的表情，直到她又看向自己，声音发涩地再次询问："小夏，真的想要？"

陈见夏低头盯着脚尖，半晌抬眼笑起来，"也不是那么想要，要不算了，逛逛别的地方吧。"

专柜小姐唰地冷下脸，毫不吝啬地送了母女俩一对临别白眼。见夏妈妈挽起女儿的手转身，因为知道专柜小姐在背后看，走得不急不缓的；倒是陈见夏步履急躁，她想快点离开这儿。

“慌什么！”妈妈捏了她一把，徐徐转回头瞥了瞥专柜，轻声嘟囔，“一个站柜台的牛什么，再牛也不就是个站柜台的。”

她消了气，侧过脸看到见夏乖巧的侧脸，心中慰藉。

“看看还有没有别的什么喜欢的，晚上咱们回家给你和小伟做好吃的。”

“喂，想什么呢？”

被人用胳膊肘拐了一下，见夏醒过神，也不知道已经呆了多久。

“喏，给你。”他递过来一只耳机，模样怪怪的，是个曲奇饼大小的、扁扁的半球体，边上挂着一圈塑料半环。陈见夏第一次见到这种样式的耳机，有点不知所措，放在手里研究了一会儿。

“这个……”她支支吾吾，李燃一把将耳机抢了过来，掰开塑料半环挂在她右耳廓，将半球扣在耳朵上。

陈见夏惊讶地低着头，耳机扣下来的时候，他的拇指按在她耳垂上，很轻柔的一下，痒痒的，她却感觉到温度从耳垂蔓延到脸颊和脖子上，烧得火热。

不用照镜子都知道，肯定羞红了。

这个男生怎么胆子这么大，动作还那么自然。

陈见夏心神不宁，始作俑者却已经若无其事地开始摆弄按钮了，一段带着怪异美感的前奏响起来。

那是一首陈见夏从没听过的歌，说不上哪里怪，却意外地好听，和声很特别，只可惜不知道唱的是哪国语言，歌手好像咬舌头了，含含糊糊，一句歌词都听不清。

这首歌结束之后的短暂空白，她侧过脸问：“这是谁的歌？”

李燃头也不抬，“周杰伦啊。”

见夏疑惑，“周杰伦是谁？”

说完就有点忐忑，她不希望听到李燃甩出一句类似于“你连周杰伦都不知道你土不土啊”的话。

李燃耐心地对陈见夏解释道：“周杰伦是台湾的一个音乐人，自己写歌，方文山给他填词，出过三张专辑，口齿不清，很有风格，我挺喜欢的，他最近很红。”

陈见夏松了一口气。

她知道自己是个书呆子，对同学们最关心的娱乐圈知之甚少，所以从来不在班里和别人聊这些。有天带弟弟去剪头发，听到沿街功放音乐问这什么歌，弟弟都笑话她：孙燕姿新出的《绿光》，你怎么什么都不知道。

陈见夏狗急跳墙，回嘴道：听过能怎么样，考试考你默写歌词吗？

弟弟笑得整条街的小老板们都探头出来看。再后来这句话被他传播得好多人都知道了，彻底成为名人名言，成为陈见夏“学傻了”的有力证据。陈见夏也知道自己的话蠢。她不喜欢别人笑她只有成绩，但她的确只有成绩，她没有别的优点。

其实他们告诉她就好了呀，就像李燃介绍周杰伦一样，是谁，干什么的，好好说不行吗？

陈见夏偷偷瞄着李燃。男孩正对着 CD 机表面的划痕哈气，用袖子擦拭，对着阳光观察，再次哈气，对陈见夏感激的目光浑然不觉。

周杰伦。

她决定喜欢这个歌手。

午后的阳光均匀洒在他们身上，见夏一只耳朵交给周杰伦，另一只耳朵捕捉着窗外遥远的喧嚣，却仍然能清楚地听到身边男孩子的呼吸。那是她此生第一次距离如此之近地感觉男生鲜活的生命力——专注，顽皮，喜怒无常，大咧咧，直白凛冽，却又很温柔。

像一只初长成的温柔野兽。

见夏弯起嘴角。她不知怎么就把那些优秀同学和摸底考试所带来的恐慌抛在了脑后，只是专心地听着歌。窗外烈日下的操场好像一幅凝固了时间的画。

李燃终于彻底放弃修补划痕，对着CD机愤愤骂了一声“妈的”。

见夏歪头笑了，指着机器说：“我喜欢这一款，索尼的CD机真好看。”

李燃满不在乎地掂了掂，“你们女生就喜欢长得好看的，真俗。”

见夏灿烂一笑，“你长得也好看啊。”

李燃仿佛见到鬼一样扭过头盯着她，吓得她把椅子往左边一撤，渐渐也发觉自己的话不妥当，正要解释什么，李燃咧嘴一笑。

“我也觉得我挺帅的。”他说。

看陈见夏还是不自在，李燃将话题引向CD机，“你喜欢这款？”

“是，”见夏答应得很快，“因为……”

“那送你吧。”

见夏的嘴巴又张成了O形。

“这不是我的，我自己的送修了，这是……是我表姐借给我的，但不用我还了，因为……因为今天摔倒的时候让我给划坏了。”他指指play键旁边大概一指长的细长划痕，“你不知道她，公主病，多好的东西只要有一点瑕疵，她肯定不会要的，你硬让她用，她就顺窗户往外砸。我不夸张，她就这脾气，特别糟蹋东西。所以你要是喜欢就拿着吧，反正这种女生款式我也不会用的。”

他急急地说着，陈见夏听得一愣一愣，隐约觉得哪里不对，这种流畅程度有点眼熟，好像刚才也发生过。

李燃打断了她的回想，“所以，送你了！”

“为什么？”

“什么为什么？”

“为什么随便送这么贵重的东西给一个不认识的陌生人？”

李燃很诧异，“否则我也不知道给谁啊，这样总比浪费要好，既然你喜欢，就拿着喽，哪儿那么多为什么？而且咱俩现在不是认识了吗！”

“那也不行啊！”

“怎么不行了？”

“反正我不要，你不喜欢就自己扔了。”

“那我扔了。”李燃说。

在陈见夏惊诧的目光中，李燃左手拉开没有纱窗遮挡的那半扇窗子，毫不作假地举起CD机，姿势像要扔铁饼，右手攥着的银白色机身在阳光下闪了一瞬，飞离他的掌心。

“别啊！”陈见夏大喊。

CD机没飞出去。李燃笑嘻嘻地把机器像钟摆一样垂着荡来荡去。陈见夏心疼那根细弱的耳机线，上前一步接过来：“谢谢，那我不客气了。”

这次轮到李燃惊讶了：“你也有干脆的时候啊。我以为你还得再磨叽一会儿呢。”

陈见夏低头摩挲着银白色的机身，用沉默来过渡内心极度的震动。她从来不是一个贪小便宜的人；即使她是，也不会像现在一样，如此不遮掩地在陌生人面前表现出来。或许她还太年轻，与真正的自我没有想象中熟络。

她安慰自己，因为对方是个怪人，怪人激发了她的不寻常。

“你家很有钱？”她抬起头直白地问。

李燃想了想，诚恳地说：“只能说，我五行不缺钱。”

这种表达方式比有钱还过分。

“里面那张《范特西》也给你吧。我没带CD盒，你自己去买一个CD包好了。”

“这不是你喜欢的CD吗？”

“你不是也喜欢么。”

见夏想了想，“谢谢你。也帮我谢谢你姐姐。”

李燃含含糊糊地“唔”了一声。

陈见夏轻轻摩挲着磨砂表面的机身，发现背面刻着一个符号，像是一朵花。

“其实我早就想要这款CD机了，”她诚实地说，“可是……”

“想要就买啊，这款又不贵，”李燃说完，尴尬地咧咧嘴笑了，“我，我不是那个意思，对不起。”

见夏摇头，“没，我家可能没你姐姐家那么……但是也绝对不困难，不过……”她没有往下说，“总之谢谢你。我，我是不是太过分了？”

“把好东西送给需要的人，应该的，总比被扔到柜子里落灰要强得多。你怎么老想那么多，累不累啊，老了要秃头的！”

他竟伸手敲了她的脑门一下。

陈见夏抬头，迎上李燃坦荡的目光。不知怎么，初入振华的那些小心翼翼和谦卑伪装在这个男生面前一点点剥落，她一路提溜着的那颗心，一点点落回胸膛里。

“陈见夏！”“见夏，找你有事儿！”

陈见夏刚要说点什么，就听见背后的敲门声，门外说话的应该是班长楚天阔和于丝丝。

她慌张地看了一眼李燃，刚才听歌听得忘了时间，现在一想到自己和一个陌生男生在一起偷懒不军训，就很紧张。

敲门只是礼节性的，很快门把手被拧开，探头进来的是于丝丝。

“见夏咱们俞老师说……”

于丝丝说到一半，笑容就被冻住了。见夏听见李燃轻蔑地哼了一声。

于丝丝面无表情地把话说完，“俞老师听说你晕倒了。她让我们问问你好了没有，她正好有事情要跟班长和咱们两个说。”

楚天阔这时候才走进来。陈见夏眼前一亮。

早上俞老师在方阵前宣布代班长名字的时候，她只看到他的后脑勺；虽然是救命恩人，可刚才在医务室，晕乎乎的她面对逆光照旧什么都没看清。

楚天阔果然是个很英俊的男孩，气质不凡。

他瞥了一眼桌子上的包装纸和牛奶空盒，“吃饱了？”

陈见夏感激地笑了，“谢谢班长，于丝丝说是你特意给我买的，麻烦了。我现在已经没事了，我们一起去找俞老师吧。”

于丝丝早就转头出门了。陈见夏走了两步，突然转身跑回去将桌上的纸盒垃圾妥善扔进废纸篓里面，然后抱紧怀里的 CD 机，用口型对李燃说了声“谢谢”。

李燃却倚在桌子上翻着死鱼眼，表情阴晴不定。

“你得把耳机还我，这个我可没说要给你。”他大声说。

五

同类

面对楚天阔疑惑的目光，陈见夏窘得满面通红。

虽然李燃的确没有说过将耳机给见夏，见夏也并没想过将耳机一同收下，然而就这么故意当着班长的面直白地大声追讨，她连杀了他的心都有。

她很快地将耳机拔下，另一半甚至还连在她自己的右耳上，也速速扯下来，仿佛是烫手的木炭，直接塞到李燃手里。

“对不起我刚才没注意到真是对不起。”

她低下头，匆匆出门，怀里面的CD机也开始发烫。走着走着，大脑从死机状态恢复过来，陈见夏突然想到，她刚刚就应该把耳机连带整个CD机都塞还给他啊，真是蠢，又蠢又骨头轻。

她悔得肝疼，现在再回去，又担心楚天阔看出什么来，只能硬着头皮继续走。

“于丝丝去哪儿了……”见夏开口缓和气氛。

“可能先回班了吧，谁知道。”楚天阔耸耸肩。

他完全没有问起和陈见夏一同待在医务室的男生是谁，也没有诧异于凭空出现的 CD 机。楚天阔似乎非常善于避开别人的难堪，将话题引向了教官的东北口音和搞笑的口头禅上，把见夏逗得眉开眼笑，打心眼里感激他。

“对了，班长，我听说你是今年中考的全市状元呢！你可真厉害。”

楚天阔不置可否地一笑，“中考虽然靠实力，可是对咱们这些同一水平线上的人来说，究竟谁能拿第一，还真的就像中彩票一样，凭运气。没什么可炫耀的。”

这是见夏听到过的谦辞中最自然真诚的。相处才几分钟，她就发自内心地喜欢上了这个优秀的班长。虽然他是男生，还是很帅气的男生，可是见夏却没有感到一丁点害羞不自在。楚天阔优秀得很温和，用笑容和教养包裹起了所有锐利的棱角。

所以见夏也更容易将内心的想法和盘托出。

“可是我很担心自己跟你们并不是同一水平线上的人。毕竟我们那里的教学水平和省城是有不小差距的。如果我考了尖子班的倒数第一，还不被人笑死……”

楚天阔并没有假惺惺地说些客套话来安慰她。

“只要有排名，就总得有人做倒数第一名啊。要说到丢人，你想想，大家都在看着我，如果中考状元第一次考试……别说倒数了，就是考个中等，可能都会被笑话呢。谁没有压力啊，区别就在于心态。”

见夏脸上渐渐浮现出了然的笑容。

“我明白了，谢谢班长。”她大声说。

“有什么事情就来找我吧，学习上的困难也好，其他方面的也好，我都会尽全力的。”

她正要道谢，抬头看到于丝丝正抱着胳膊站在班级门口等他们，眼神冷淡，虽然是在笑。

“俞老师等着呢，别磨蹭了，快进去吧。”

她说完就自顾自进了教室，见夏停步在班级门口，有些无助地看了看楚天阔。

对方却一副对于丝丝的小性子毫无察觉的样子，于是见夏也只好紧随其后进了门。

班主任俞丹前年刚生了个女儿，初为人母，发福了不少。她穿着一套宽松连衣裙坐在讲台前翻学籍册，看到见夏进门，微微一笑，很亲切。

“听说你刚才在操场上晕倒了？怎么搞的，现在好点了没？”

“没事儿了，”见夏点头，想了想又补充道，“多亏了班长和于丝丝照顾我。给他们添麻烦了。”

“真够客气的，”楚天阔摇摇头，“你都谢过好几遍了。”

“是啊见夏，有完没完，祖宗八辈都谢到了。”

陈见夏一愣，抬眼去看站在俞丹身边的于丝丝，对方明明撂下一句刺人的话，语气却是亲昵的，脸上笑眯眯，被班主任嗔怪地拍了一下后背就夸张地叫着躲开，仿佛那些阴郁乖张的情绪统统只是见夏的错觉。

俞丹笑着对见夏和楚天阔说：“这个于丝丝一天天净胡说八道，不过挺热心的，正式选举班委会成员前，楚天阔做代班长，于丝丝就是代理团支书了。咱们班一共有四个外地生，两男两女，这四个人的事情我就都托付给陈见夏了，你既然住在宿舍楼，就帮老师多照看一点。我女儿还小，没办法堂堂自习都照看着，你们三个人各司其职，有什么事情彼此商量，拿不定主意就来问我，行吗？”

他们乖巧地点头。俞丹留下工作就出去了。

三个人彼此无话，围着讲台站了一圈，每个人拿着一沓学籍卡安静地填写。陈见夏发现于丝丝时不时就偏头偷看被自己放在第一排桌子上的CD机，正琢磨着要不要说点什么解释一下，于丝丝扔下一句“去上厕所”，晃出了门。

陈见夏不自觉松了口气，继而听见楚天阔低低的笑声，“你啊。”

“我……怎么了？”

楚天阔笑了一会儿终于严肃起来，答非所问：“见夏，我劝你以后别总那么在意别人。太敏感不是好事。”

见夏似乎听懂了，又有些糊涂。

“你怎么……你怎么知道我在意？”

楚天阔低头唰唰地写字，写得很快，直到见夏闷闷地把自己分配到的那一摞学籍卡都快写完了，才听到他淡淡地说：“可能因为我跟你有同样的毛病吧。”

这时候于丝丝走进门，见夏失去了追问的机会。

下午军训结束的铃声响起，学生们从烈日下冲进教学楼，走廊开始热闹起来。陈见夏不想被别人看见自己独自坐在教室里乘凉，假装去上厕所，然后混在队伍里从后门进班。

大家只是随便找地方坐，不一会儿俞丹就叫同学们出门按照大小个排队分座位。

分配结果竟然是男生同男生一桌，女生同女生一桌，这样的方式让陈见夏有些意外。俞丹轻描淡写地说：“你们这样的年纪，容易在最关键的时期胡思乱想，影响了学业就不好了。”

陈见夏的个头中等偏上，被安排在正数第四排，算是班级的中间位置，坐在她旁边的是个梳马尾的清秀女生，于丝丝坐在她们这一组倒数第二排，楚天阔则去了靠窗最后一排。

“我叫陈见夏，是外地生。你呢？”她鼓起勇气向自己的同桌打招呼。

“余周周。”

“怎么写？”

“剩余的余，周末的周。”

陈见夏觉得这样解释自己的名字有种说不出的怪异。她试着跟对方聊点什么，“你初中是哪个学校的？”

“十三中。”

对方并没有礼节性地回问外地生陈见夏家乡是哪里，好像根本不想将谈话继续下去。陈见夏绞尽脑汁想不到下一个话题，只好作罢。余周周的冷淡倒不像是出于傲慢，陈见夏突然觉得，楚天阔所说的“不在意别人”或许就是这样吧。

她越过半个班级去看楚天阔所在的位置。

周围人都热情地跟他攀谈，他也笑得阳光、礼貌、大气，充满了亲和力。刚才于丝丝阴阳怪气，他也是同样若无其事。不论怎么看，他都比小里小气的自己要强许多，然而他说他们有一样的毛病。

那么现在的他，克服了这个弱点吗？

一颗天生敏感的心，要怎么才能变得粗糙呢？她也希望改变，但秘籍上不应该只有一句简简单单的“别想太多”。

陈见夏不期然对上了于丝丝的眼神——冷得像冰，充满毫不掩饰的敌意与厌恶。再一定睛，于丝丝已经跟同桌的女孩子笑嘻嘻地聊上了天，让她以为自己出现了幻觉。

见夏轻轻地叹了口气。

“你听说有摸底考试这回事吗？”她不死心地再次和同桌余周周挑起话题。

“没。”

“……的确有摸底考试。”陈见夏再次强调。

“嗯。”

陈见夏挫败地伏在桌子上，把头深深地埋进臂膀。

她想家了。尽管妈妈不愿意花钱给她买 CD 机，尽管初中班级乱成一锅粥，可是她想回家。

这个班里全是变态。

“门外好像有人找你。”

余周周的声音清凌凌的。陈见夏抬起头，发现教室前门探进一个红毛脑袋，直直地看向她的位置。

李燃。笑嘻嘻的李燃。

“陈见夏！”他大声喊。

班级里霎时一片安静。

被包围在各种好奇目光中的陈见夏脸色发青。

这个家伙果然五行缺德。应该改名叫李德全。

六

没头脑和不高兴

陈见夏赶紧跑了出去，远远躲开背后的目光。

“你什么事儿？！”她的语气僵硬。

“刚才……对不起。”

李燃诚恳严肃的样子让陈见夏一肚子闷气无处发泄，她只能尴尬地垂下眼，“没，本来耳机就是你的，我当时没注意，我的错。”

语气里还是有埋怨的味道，可惜李燃丝毫没有嗅到她的冷淡，立刻松了一口气，“我真不是故意的，是我犯浑了。你别往心里去，不过……”

他停顿了一会儿，陈见夏疑惑地抬起头，看到眼前男生拧着眉头，露出很为难的表情。

“怎么了？”

李燃艰难地一个字一个字往外蹦，“能不能，把，CD 机，还我？”

见夏很长时间没说话。

那是她第一次有种冲动，想要扇人耳光。

不是扇李燃。是扇她自己。

她为什么要接下那个CD机？就那么贪小便宜？爸妈不给买，难道她不能自己攒钱买吗，为什么会脑子进水似的接下对方不明不白的馈赠？她入学时候是不是脑子被振华大门夹了？

活该被人羞辱。

李燃的每一声呼吸都小心翼翼的，她突然想笑，他就这么害怕自己不认账？

陈见夏不敢抬头，因为眼泪在眼圈里打转。

“稍等。”她说。

陈见夏转身回班去取CD机，从书桌里面往外掏时带出了一摞书，哗啦啦撒在地上，她弯腰去捡，眼泪就一颗颗落在书页上。

“没事吧，见夏？”

楚天阔刚好在附近，走到她身边蹲下身来帮忙捡书。陈见夏只是摇头，将烂摊子扔给楚天阔，抱紧怀里的CD机急急地跑出门，塞到李燃怀里。

本来想说点什么，挽回最后一点面子，可是此刻脑子里面却只想着要回家。

“那个，陈见夏，其实是这么回事……”

她听见李燃在背后想要解释什么。但是她没有停步。

我管你怎么回事。你去死吧。

她跑回座位，书已经被码得整整齐齐，在桌洞里躺着。眼泪鼻涕让陈见夏无法正常抬头，可是手头没有面巾纸了。桌上一下子出现了两包，她连忙随手抓起一包抽出纸巾擦鼻涕。

“谢谢你们。”她说。

余周周微弱地点点头，伸手拿回属于她自己的那包纸起身去上厕所。楚天阔什么也没问，轻轻地敲了她桌子两下就回自己的座位去了。

这时候坐在她前桌的女生突然回过头，见夏发现这个人好像是于丝丝介绍的那一大群“名人”中的一个，中考作文满分的陆琳琳。

陆琳琳半笑不笑的，“你以前认识咱们班长？”

见夏惶恐地摇头：“不认识，今天刚认识。他送我去医务室……”

女生转了话题，“陈见夏是吧？”

见夏受宠若惊，“你怎么知道？哦，你是陆琳琳吧，”她又不长记性地热情起来，“我听说你语文超级棒的，是不是作文满分？好厉害，我就一直写不好作文……”

陆琳琳心不在焉，完全没有理会见夏的恭维，“我怎么会不知道你是谁，刚才门口那男生就是这么喊你的。”

见夏不再喋喋不休，她艰难地笑笑，“哦。这样啊。”

陆琳琳长着扔到人堆里面就再也挑不出来的面相，加上表情很淡，所以根本分辨不出来情绪如何，陈见夏垂下眼，也不再探究对方转过来讲话的目的是什么。

她再次想起楚天阔说的，不要那么敏感。

“你刚才哭什么啊？”陆琳琳讲话东一榔头西一棒子，但每句都很直接。

见夏的食指和拧成麻花绳的面巾纸搅在一起，她正在苦笑着思考如何回答，余周周就坐回到座位了。

“有人找你。”她说。

陈见夏如蒙大赦，站起身疾步走了出去——然后才想起来这个新学校里面怎么还会有其他人指名道姓找自己。靠着墙站在后门外的，正是阴魂不散的李燃。

他规规矩矩立在走廊地板上那块四四方方的阳光正中央，表情虔诚而胆怯，好像没写作业被老师罚站的小学生。

手里那台 CD 机反射的阳光再次华丽丽地刺痛了见夏的眼睛。

她偏过头躲开阳光，几乎是认命地一步步挪过去，“又什么事？”

“我刚才跟你解释你不听。我知道我那样做很犯浑，但是我也是没办法。其实我一开始就跟你撒谎了，那个 CD 机它其实不是我姐……”

见夏疲惫地挥挥手打断他的话，“爱是谁的就是谁的，反正不是我的，我既不想再看见那个 CD 机，也不想再看见你。”

李燃愣住了，阳光把他呆滞的表情定格，可是见夏连一眼都懒得看。终于，在他面前，她不再是新学校里想方设法讨好新同学的小镇姑娘，而重新变成了初中班级里面那个沉默又锐利的优等生。

“这个不是刚才的那个 CD 机，这个才是我自己的，刚才是我做得不对，我把这个赔给你还不行吗……”

这样荒谬的“补偿”简直是对陈见夏的第三重侮辱，她很想笑，却又累得笑不出来。

都是自己的错。所以要吸取教训，然后全盘忘记，省得心里难受。

陈见夏耷拉着眼皮转过身准备离开，却被人拉住手臂，下一秒钟，CD 机就被塞进了怀里。

“真的是我不对。不过你必须原谅我，而且得听我解释！”

少年捏着她的手臂，用了很大的力气，几乎和他说话的声音一样大。

走廊里人很少，见夏担心教室里的新同学听见这句不明不白的吼叫，立刻服软了，语气中几乎有了点无奈的哀求，“你能不能小声点？你这人怎么这么霸道啊，我凭什么非得听你解释啊？”

李燃却一副天经地义的样子：“我解释完了，咱们两个都能好受点。否则我委屈，你也委屈。”

见夏低下头，“我今天真倒霉到家了。你慢慢解释吧，解释完了，再也别来找我，咱们就当没认识过，行吗？”

李燃放松了手上的力道，有些诧异地说：“不见面怎么行，我只带了CD 机和耳机，充电器得明天带过来给你啊，要不然你怎么充电？”

见夏腿下一软，直接蹲在了墙角，哭笑不得。

“李燃，你不光缺德，还缺心眼。”

七

你撒娇也没用

陈见夏蹲在墙角欲哭无泪的时候，于丝丝拿着水杯从后门走出来，后面跟着她的新同桌，两人说说笑笑，还牵着手。新同桌看到见夏和李燃，不大不小地“呀”了一声。

于丝丝顿住，目光绕着见夏、李燃和李燃正往见夏怀里塞的 CD 机转来转去，脸上的表情怪异到了极致。

见夏的脑袋“轰”一声炸响。刚开学就和不良少年拉拉扯扯，还直接被团支书抓了个现行，她都不知道应该怎么解释。关键在于，她其实没有必要去解释，对方却有足够的闲心去误会。

李燃在看到于丝丝的一瞬间，嘴角轻蔑地扬了起来。

“好久不见啊。”

于丝丝明智地没有搭理李燃，冷冰冰的目光直接投射到见夏身上。

“陈见夏，你在做什么？”

见夏怯怯地站起身，“我……”

李燃直接抓起见夏的手，把CD机塞进了见夏手中："你拿着，这是我赔你的。电源线什么的我明天再带给你，你到底原不原谅我啊？不原谅我每个课间都过来给你道一遍歉，保证放学时候你们全班都认识咱俩。"

见夏咬牙切齿小声说："李燃你要不要脸？"

李燃："我五行缺德，你自己说的。"

咬完耳朵才想起旁边还站着人，陈见夏慌张地转过头去看她们，于丝丝面无表情，她同桌则兴致勃勃，一副看好戏的样子。

"你们什么关系啊，那个男生，你头破了吗？"于丝丝的同桌轻声问。

李燃拉下脸："干你屁事，你谁啊？"

见夏心中一突突，很好，现在不光于丝丝讨厌自己轻浮，连她同桌也会怪罪自己。

"你会不会好好说话！"她情急之中吼了一句李燃。

"好好好，我错了我错了。"李燃倒是服软得很利索。

同桌脸红得像猪肝，挽起于丝丝的胳膊就走。

"真听女朋友的话。走吧丝丝，别打扰人家，人家可是带着男朋友来上学的，别招惹。"

见夏张口结舌。李燃和自己所站的角落是一块四四方方的阳光地带，像上帝的审判台。

"谁男朋友，谁女朋友？阴阳怪气有意思吗？"

李燃不顾见夏的劝阻，上前几步直接拦住了于丝丝和她同桌的去路。

"李燃你有完没完啊！快上课了你走行不行？"见夏拉着他的胳膊一个劲儿往后拽，"CD机我收下了，我原谅你，行不行？"

李燃完全不理会见夏的求救，居高临下用鼻孔对着于丝丝的同桌。

“有你这么骂人的吗？我找女朋友就找她这样的？！”

见夏倍受打击地石化了。

“你们女生怎么一个个都他妈跟老母鸡似的啊，咕咕咕咕咕咕，哪儿有事儿就往哪儿凑，我头破了干你什么事儿，我还 CD 机干你什么事儿？”

于丝丝的同桌被李燃的气势震慑到了，迅速眼泪汪汪地躲在了于丝丝背后，话都说不出来。

见夏原以为于丝丝会打抱不平，和李燃针锋相对——意外的是，她只是拉着同桌快步绕开，走着走着，竟然跑了起来。

李燃目送两个人落荒而逃，依然摆出一副“信不信老子咬死你个老母鸡”的疯狗样。

经他这么一闹，陈见夏觉得手中的 CD 机滚烫滚烫的。

她要是还有种跟李燃推辞，她就是头不识时务的猪。

所以当李燃杀人一般的眼神射过来的时候，陈见夏立刻像小母鸡叼米粒一样不停点头，“我我我我我收下了谢谢谢谢你。”

李燃一愣，绽开一脸笑容，在阳光下，灿烂得像只拉布拉多。

“那这事儿就算了结了对吧？”

“对对对。”

“都说开了是吧？”

“是是是。”

“你哆嗦什么？”

这时候预备铃响起，陈见夏仿佛听到天籁之音，三步并作两步蹿回了班，丢下了背后迷茫得像只流浪狗的李燃。

军训一周期间，新生们是不上课的，每天下午三点之后都是两个多小时的自习时间，直到五点半放学。见夏对于这个安排甚是满意。

这才是振华啊。

如果是自己以前的学校，自习课会乱得像一锅粥吧？见夏悄悄回头环视一周：俞丹并不在班级里，可教室中安静得呼吸可闻。一颗颗脑袋都低着，不知道在做什么，有种肃穆的紧张感，让她的心也定了下来。

真好。

被摸底考试打击得沉重的心情因为这种感叹而稍微轻松了一些。见夏不是没有自信的人，只不过她的自信藏在心底最深的角落，轻易不会浮出水面。

鸡头凤尾，见夏宁做凤尾，也愿意飞得高一点。

CD 机被她藏进了书桌的最里面。她不知道于丝丝和她的同桌——现在她知道对方叫李真萍了——究竟会如何看待或对待自己。

左思右想，见夏还是翻开验算本，轻轻扯下一页，在上面写了几句，想了想，又团成一团，不知道往哪儿扔，只能先塞进书桌里。

一旁的余周周忽然头也不抬地说："你可以去买一个挂钩，粘在书桌边，上面挂一个垃圾袋。"

见夏如临大敌，自己是被嫌弃脏乱了吗？

余周周继续说："这样我也可以往里面扔垃圾。"

见夏嘴角抽了抽。

她又撕下一张纸，斟酌了一番才下笔："对不起，那个男生我今天刚刚认识，我也没想到他会那么凶，但是我也不能代他道歉，只能代表我自己对造成的不快表示歉意，真的不好意思。"

这样应该就没问题了吧？

见夏又读了几遍，忽然福至心灵，在最后又加上一句："他今天也骂了我好几句，我真的不认识他。"

然后发现最后一句和第一句前后矛盾了。

陈见夏扁扁嘴，心一横，将纸条折好，写上"辛苦了，请交给李真萍"，对自己身后的男生笑笑。

见夏悄悄回头紧盯传递路线，只见纸条顺利到了李真萍手中。李真萍拆开一看，愣了，转手交给于丝丝。

于丝丝扫了一眼，就和李真萍开始咬耳朵，不知道说了什么。

见夏一直回过头看着，脖子都有点酸了。她只是准备着，准备着当对方原谅自己了以后，第一时间对投射过来的目光报以微笑。

然而这两个人咬完耳朵后仿佛说好了似的，谁也没有抬头看陈见夏一眼。

见夏的心迅速坠了下去。

从小到大，只要不是多么严重的原则问题，发生摩擦时陈见夏都是第一个道歉的人——她不奢求每个人都喜欢自己，但相比那点面子，不被人记恨才是最重要的。

数学练习册上所有符号花成一片。她低头看了看表，五点十五。

刚一放学，楚天阔就站到讲台前，重复了一遍俞丹交代的各项费用，提醒同学们明天不要忘记。

楚天阔在台上讲话的时候，陈见夏一直用可怜巴巴的眼神看着他，他目光扫过见夏这一桌，顿了一下，安然地继续讲。

“好了，扫除的同学留一下，还有陈见夏，你帮忙填的学籍册现在交给我吧，其他同学可以放学了。”

见夏心生感激，她手里根本没有什么学籍册，于是从书桌里随便掏了几张废纸走到窗边去找楚天阔。

“班长……”

楚天阔实在耀眼，许多放学的女生经过他们，都要磨蹭几步打量一下，所以楚天阔在跟见夏讲话时并没有看她，而是接过了演算纸，一副公事公办的样子，让她压力减轻了不少。

“你怎么了？”

“我惹麻烦了。”见夏控制着，讲话却还是有点哭腔。她觉得自己很没用，明明两个小时前楚天阔告诉她“别想太多”——作为刚刚认识的新同学，这种关心已经够义气了，可她像个麻烦精，竟然还真的赖上人家了。

但她没有办法。大家都不敢接近的大班长，是她在这个陌生城市里唯一感到亲近的人。

见夏小声将自己的遭遇讲了一遍，越讲越委屈。

“我知道了。”

“啊？”

见夏的蒙头蒙脑把楚天阔逗笑了。

“不会怎么样的。”楚天阔宽慰道。

见夏急了，她本以为楚天阔会明白，但是忘记了对方是个男生，男生，男生！男生哪里会懂女生们之间那点小心眼和手段！

“你不明白！”见夏急了，声音有点大，余光感觉到教室前部有人看过来。她瞟过去，目光就消失了，只看到于丝丝和几个女同学商量扫除的事情。

楚天阔拿起手中的一沓演算纸打了一下见夏的脑袋。见夏一愣。

“我明白的。如果她们真的记仇了，有什么闲言碎语流传，我会帮你澄清的。不过现在，什么都没发生呢，你还是别东想西想了。庸人自扰。”

不知为什么，他讲话有一种力量，不会让见夏感到被敷衍。

她如释重负地一笑：“谢谢班长！”

高一一班的教室曾经的主人是上届高三毕业生，高考后的狂欢给地面遗留下很多脏泥痕迹，俞丹开完会回了一趟班级，看到他们的扫除成果，明显不太满意。

“这个光靠扫地扫不干净的。”俞丹皱着眉。

于丝丝主动提出可以用她们八中以前的土办法来清理。

“很简单的，我们以前的教室也是水泥地面，”于丝丝亲自去水房接了小半桶水，放在地上，往里面倒了不少洗衣粉，然后用扫帚搅拌开，“拿扫帚当刷子就行，在地上使劲儿刷，最后再用拖布拖两遍，把洗衣粉清理干净就好了！”

俞丹露出了一丝笑意，朝于丝丝点点头。

等俞丹离开，同学们脸上乖巧的笑容渐渐化开成为生动的无奈。扫除的人已经走掉了一多半，教室里只剩下陈见夏在内的五六个人。李真萍仗着自己和于丝丝比较熟，大着胆子率先试探：“早知道我就申请擦黑板和窗台了，你看她们，早干完活早走了。”

另一个女生也附和道：“我们晚上还去补课呢。”

陈见夏在教室后部，正在将最后一小堆垃圾撮进簸箕里，小心地压着灰。她眼角偷瞄不远处的人群，想看看主动向老师献计的于丝丝会不会因此得罪了这几个新同学。

于丝丝一无所察，依然笑嘻嘻的，“是啊，我在家也不干活，刚才俞老师一进门我就猜到大事不妙，一回头，咱们组人已经走了一半，男生全没了。怪不得人家都说，学习好的男生就是不行。”

轻轻松松地就把自己和李真萍她们画在了一个圈里。几个女生都被逗笑了。

“欸，陈见夏！”

正兀自感慨的陈见夏被喊得一激灵，于丝丝忽然朝她招手，笑容灿烂。

“见夏，”于丝丝小跑几步过来，十分自然地挎上了陈见夏的胳膊，“跟你商量个事儿呗，今天是我没料到要刷地的事，人留得太少了。李真萍她们几个跟我都在同一个补课班，六点半上课，我想让她们还是差不多时间去上课，咱们俩帮她们一把，好吗？”

说是私下商量，但于丝丝语气爽朗，讲台附近的女生们都听得到，目光炯炯，齐刷刷转向这一边。那张泥牛入海的道歉小纸条带给陈见夏的委屈，一下子就被熨平了。

陈见夏有点慌又有点高兴：“没问题。”

她甚至鼓起勇气转向李真萍，想对着她们喊，你们放心去上课吧；只是“你”字还没出口，于丝丝整句话就已经飞了过去——“赶紧撤吧再磨蹭一会儿我可反悔了！”

“谢谢丝丝！”

女孩子们高高兴兴地答应着，跑回各自的座位拿书包，转眼间就都不见了；李真萍走的时候还对于丝丝说了句谢谢团组织，被于丝丝从身后拍了一下。她们从头到尾都没看陈见夏一眼。

陈见夏转瞬又有点不平衡了。

人刚走得干干净净，于丝丝就出去打电话，说要给爸妈解释一声自己不去补课班了，消失了整整二十分钟，回来的时候，陈见夏已经刷完了整个教室，还拖完了两组的地面。

于丝丝还是帮了一点忙的。她一只手攥着拖把杆，另一只手发短信，把拖把头在水桶里上上下下地涮，就是不肯伸手去拧干。陈见夏做了最后一次努力——她微笑着走过去说："来吧，我拧。"

于丝丝点点头："咱们一起！"

一起。她拧拖把杆，陈见夏拧湿淋淋的拖把布。

于丝丝没有提起纸条，也没有提起走廊里的不愉快，她锁好教室门，就朝陈见夏招手道别。陈见夏说不上来到底哪里不对劲。

八月末的北方本来已经入秋，可是粗心的天气似乎只记得将午夜转凉，其他时间依旧热得过分，一场扫除下来，陈见夏的白色 T 恤前胸后背都被汗水浸湿了，牛仔裤也微微汗湿，紧贴在腿上，动作大一点都会发痒。

走了几步，陈见夏突然想到，或许两个人应该一起下楼，走到校门口再道别，这才对吧？

好像就是这一点不对。也不只是这一点。

作为尖子班，一班和二班接收了所有来自外县市的中考状元，一共九个人，六男三女。报到那天陈见夏是第一个去宿管中心找学工老师的，老师让她先挑，她一眼相中了四楼走廊尽头的一间屋子，格局和别的宿舍不一样，只能住一个人。其他两个女生后来才到，就被安排在楼梯另一侧的一间正常大小的宿舍里。

第一天晚上凑合着住了，今天她打算大扫除一番。放学路上见夏拐进小卖部买了拖布和水桶，又从帆布旅行包里翻出妈妈装进去的一小块干抹布，将宿舍里外擦了一通，放学路上好不容易被晚风稍微吹干的 T 恤和牛仔裤再次汗湿。她强忍着烦躁将行李解包，直到整个宿舍像样了一点，才舒了一口气跑去洗澡。

一楼澡堂门口小黑板上写着“晚 9:00—10:30”。陈见夏气得哑口无言。

她带着一身的汗，抱着一脸盆的洗漱用品重新爬上四楼，钥匙不小心掉在地上，想要去捡却因为牛仔裤不舒服而弯不下腰，一趔趄，盆里的东西撒了一地。

见夏愣了一会儿，木然弯腰拾起钥匙，对一地的洗发水沐浴露和毛巾视而不见，打开门走进宿舍，像扒皮一样将牛仔裤从腿上撕下来，又扯下 T 恤，只穿着内衣，一屁股坐到床上。

开始哭。

开学第一天，这样的新生活。

命运在作曲的时候好像给见夏的这一首加入了太多不合节奏的鼓点，嘭嘭嘭，敲得她永远像一只受惊的兔子。

陈见夏正哭得不可收拾，忽然听到门嘎吱一响。

“同学我问一下……”

李燃把脖子伸进门里，只露出一张脸和一脑袋红毛，像一条阴魂不散的美女蛇。

见夏，只穿着内衣的见夏，连叫都叫不出声，几乎是从床上弹射过去大力关门，直接夹住了李燃的脖子。

门再次弹开，李燃捂着脖子跪在地上，一声也吭不出来。

见夏在地上慌张转了两圈，不知道是应该先问问对方死了没有还是先穿上衣服，最后从帆布包里抓出一件蓝色睡裙套在了身上。

“你死了没？”

“你他妈是想弄死我……”李燃哑着嗓子抬头刚骂了一句，看到见夏哭得满脸通红的样子，把脏话硬吞了回去。

“你才死了！”他低声说，咳个没完。

“你这人要不要脸啊，你为什么出现在这儿啊！”

“你要不要脸啊，敞着门穿成这样！”

“你怎么不讲理啊！这一层都是女生和女老师，你怎么上来的！”

“翻墙上来的呀！”

李燃回答得非常自然，见夏一瞬间甚至觉得这个答案挺正常的。

“我没问你怎么爬上来的！我问你爬上来干吗！”

这时候见夏听到外面传来讲话的声音。她连忙扔下李燃，将宿舍门推上落锁。

果然，不一会儿就有人敲门。

“陈见夏，在吗？洗发香波和胰子是你的吗？怎么撒了一地呀？”见夏听出这是一班的另一位外地生郑家姝。

“陈见夏是吗？要不要一起去小食堂吃饭？”这应该是二班的外地生王娣。

见夏咬死了嘴唇不出声，幸而李燃识相，也没有讲话，只在听到郑家姝说香波和胰子时无声地笑了。陈见夏心里明镜似的，后悔刚才关门夹他脖子的力气没有更大一点。

“干吗呀，怎么回事啊她？”郑家姝语气不耐烦。

王娣柔柔的，“咱先帮她收了吧，省得一会儿弄丢了。”

脚步声渐渐远去，见夏长出一口气，忽然想起李真萍嘟囔过一句，“有混混撑腰就是不一样”。

李燃竟是翻墙进来的。

“你是混混吗？”见夏轻声问。

李燃气得七窍生烟，“混你舅老爷！”

虽然李燃总是用脏话回答问题，可见夏得到这句近乎否定的回答，心中宽慰不少。

很好，那就是还能讲讲道理的，对吧？

“一会儿大家就都去吃饭了，你赶紧走吧，就算被抓到了也别说我掩护过你，你不认识我，根本不认识我，快走吧。”

陈见夏讲话时，李燃正心不在焉地用手机屏幕反光照自己的脖子，表情越来越臭。

“陈见夏你看看你看看，你把我弄得跟刚上过吊似的，你看看脖子上这印儿！”

李燃的脸凑得很近，不断地指着自己的脖子叫，见夏担心别人听到，急得不行。

“你撒娇也没用，赶紧走！”她低声怒斥。

“我，撒，娇？！”

李燃竖起眉毛，见夏心中忽然打起了鼓。

完了，混混要砍人了。

陈见夏苦着一张脸和李燃一起坐在小饭馆里面的时候，依旧是一副慌张的兔子样。

“你有什么忌口的吗？”李燃倒是兴奋得很，刚一坐下就兴冲冲地开始翻菜单。

“你吃什么我就不吃什么。”陈见夏闷闷地说。

“哦，没有是吧。”李燃低头翻着菜谱，压根不听陈见夏说什么，“老板老板，你家招牌是什么？”

老板一口川普，“脑花！”

“你吃吗？”李燃很体贴地问。

“你自己吃吧，缺啥补啥。”陈见夏继续没好气儿地说。

“老板！两份脑花！”

对于李燃的无视，陈见夏彻底没了脾气。

她刚刚竟然在宿舍楼里帮李燃放风，或者说，被胁迫帮他放风，并眼睁睁看着他用铁丝撬锁，打开了一扇教师宿舍的门，从里面偷出了一张范特西的 CD。

范特西的 CD，对。陈见夏在那一刻忍不住在心里骂了脏话。

他妈的周杰伦你有完没完？

见夏在门外战战兢兢地等待李燃，恐惧让她生出幻觉，并从幻觉中领悟到了很多人生哲理。

如果她早上多吃一点，就不会饿晕，也就不会去医务室，更不会遇见他。

所以吃早饭是很重要的。

“你想家吗？”李燃美滋滋地开了一瓶可乐，还沉浸在偷盗得手的喜悦之中。

“我很快就能被退学回家了。”陈见夏面无表情。

“放心好啦！宿舍楼里面没有监控探头，没事的。”

“你知道什么啊！”见夏激动起来，“那栋楼里面就我们几个学生，出事了老师肯定会查，一查就会查到我们头上来，郑家姝和另一个女生一起去吃饭了，只有我没有不在场证明，她们来找我的时候我还表现得那么奇怪，有没有监控我都死定了你明不明白啊！”

见夏在李燃面前总是红着脸小里小气，话说一半就被噎，这次终于愤然起身朝李燃吼了回去。

李燃半张着嘴，见夏喘着粗气说完了一整段话，他也没有反驳。

然后就拍着桌子大笑了起来。

“哈哈哈陈见夏我服了，你真牛，不在场证明这种话你都能说得出来哈哈哈哈……”

李燃笑得陈见夏额角青筋直跳，望见她已经愤怒得红了脸，李燃连忙收敛了笑容，坐直身子摆出严肃的表情宽慰道：“你放心，如果真的闹到那一步，我不会把你供出来，我直接去自首，大不了让学校开了我，反正我没所谓。何况那张 CD 本来就是我的，他凭什么没收啊，还不是想留下自己听！”

得到了李燃的保证，见夏的脸色缓和了许多，想了想，劝慰道：“老师也是为你好，你肯定是自习课听来着。”

“你知不知道你从小到大被没收的东西和拾金不昧的财物，都被老师拿回家自己用了？这都是不尊重私人财产的表现。”

陈见夏懒得和他争辩。她这一整天经历了太多，脑子早就不转了，也许是应该多补一补脑花。

老板适时地端上来两碗脑花，红油滚烫，香菜和蒜末裹挟着香气，见夏的肚子也咕噜噜叫起来。

“吃吃吃，我请，给您压惊。”李燃掰开一双一次性木筷递给了陈见夏，又朝老板要了两个钢勺。

“那倒不用，我会给你我这份的钱。”见夏又恢复了小声嘟囔的状态。

“为什么？”李燃倒没有生气，饶有兴趣地看着她。

“因为不想跟你扯上关系。”

“为什么？”

“因为你很麻烦。”见夏的声音越来越弱。

“为什么？”李燃竟然开始笑了。

“什么为什么啊，你总是在给我惹事啊。”

“我给你惹什么事儿了？”

“就一个 CD 机，你已经惹我一天了。”

“好啊，你还我啊。”

“还你就还你。”见夏说着低头用不锈钢勺子挖了一小块脑花吞下去，被辣得满脸通红，急剧地咳嗽起来，那块软糯糯的脑花被呛出来，不偏不倚地落在了李燃的鞋上。

李燃穿的运动鞋是见夏不认识的款式，很骚包，一块块的拼皮都是翻毛皮，脑花的油立刻浸出一小块污渍。

李燃默默地从桌上抽出一张餐巾纸，弯腰将脑花挑掉。

见夏的整颗心都在颤。

那双鞋看起来好贵。

李燃抬起头，笑眯眯地看着陈见夏。

“这双鞋一千五呢。”

“我帮你刷干净。”

“一千五哦。”

不知道是吓的、辣的还是憋的，陈见夏的眼泪一直在眼眶里打转。

怎么这么倒霉。

她低头想了很久，一咬牙。

“我赔你。”

李燃几乎笑到中风。

陈见夏低头小口小口吃着脑花，耳边一直是李燃笑得上气不接下气的声音。

“我赔你！”他捏着嗓子假装见夏的语气，“不就一千五吗，我赔你！”

见夏气得拇指一用力，差点当他的面表演一出超能力掰弯勺子柄。

“我问你，总是这么紧张兮兮的，不累吗？”李燃朝见夏的方向探过身子，一副研究问题的正经样子，让见夏更为难堪。她的头都快埋进碗里了，急于摆脱劣势，于是生硬地转移话题：“那个 CD 机，你为什么撒谎说是你姐姐的？”

李燃果然不再笑。

八

陈见夏，你真可悲

“你因为这个 CD 机不停找我，我们团支书看到之后已经开始误会我了。”说到误会这两个字的时候，见夏还是迟疑了一下。

她原本要说的那个词，是“讨厌”。

然而看着白炽灯下李燃脑袋上火焰般的红毛，这两个字被她硬吞了回去。

不知道为什么。也许她不希望这个五行不缺钱、天不怕地不怕的男生觉得自己太过怯懦和小里小气。她也应该和眼前的人一样自信坦荡，绝不会因为别人无故讨厌自己而慌张，不就是被讨厌吗，她才不在乎呢，她只是不想被误会而已。

缺啥补啥，陈见夏决定从今天开始补习大方磊落。

虽然她心里很明白，自己没有什么可以被于丝丝误会的，医务室中于丝丝对她的态度摆明了就是瞧不起和不在意，她根本没有必要去误会陈见夏。

想到这里，见夏福至心灵。

于丝丝本来没把她当回事，就是看到她和李燃在一起之后开始对她甩脸色的啊！

“你和我们团支书，认识？”

“你们团支书？谁啊？”

李燃的语气让见夏想起他堵住李真萍的路大声喊你谁啊关你什么事儿的混混样。

“她叫于丝丝。”

李燃嘴角微微抽动了一下。

“哦，认识。”

“你们是同学？”

“我以前有个好哥们和她是初中同学。”

“她是八中的，你哥们也是八中的？”

“对啊。”

“那你呢？”

“我是师大附中初中部的。”

见夏的八卦欲望猛地被这两个名字拉回了现实。

于丝丝和李燃之间有什么关系，CD 机又是谁的，这关自己什么事儿呢？陆琳琳、林杨、楚天阔，这些传奇人物的名字连带着下午操场炽烈阳光下的暑气一股脑涌上来，见夏深深地意识到，她是没有资格探听那些与自己无关的是非的。

连一个师大附中初中部出来的红毛混混，都比自己傲气，何况是其他人，还不如赶紧回去复习摸底考试的内容，跟一个红毛小子跑出来吃东西算什么。

李燃惊奇地看着对面的姑娘。她问起 CD 机的时候他还小小地紧张了一下——他不想讲出背后的故事，可自己的确坑了她，不给个交代说不过去。

他内心挣扎时，眼前的女生却在几个毫无关联的问题后开始同碗里的脑花较劲，低着头嘟嘟囔囔的，眉头紧锁，好像已经跌入了另一个世界。

李燃小心翼翼吃着，不敢打扰她，生怕她忽然再开口追问起“姐姐的 CD 机”。角落里吵闹的小桌子恢复了平静，两颗脑袋头对头，吃得很庄重。

走出饭店门的瞬间，陈见夏像只赶着去撞树的兔子一样，道了个别撒腿就跑。李燃下意识伸手去捞她——只抓到了空气，兔子视死如归地跑远了。

李燃的手指呆呆地抓着夏末的晚风。

“陈见夏，有毛病啊你！”

他大声地吼，兔子连头也没回。

兔子陈见夏的确是被李燃踩到了开关。

师大附中初中部的李燃。师大附中初中部的林杨。

八中的于丝丝。八中的楚天阔。

讨厌自己的于丝丝。说自己被混混罩的李真萍。

摸底考试。“小地方的人才”。尖子班倒数第一名。

这一切在陈见夏的脑海三百六十度循环滚动。她有点鼻酸。其实她本不应该有太多压力的，这是一个崭新的环境，谁都不认识她，从没有过声望，就无所谓丢面子。

倒数第一又怎样呢？妈妈从来没有发自内心地为她骄傲，说不定她被振华赶回家乡反而更好，妈妈会觉得她在家里帮弟弟补习功课让他考个好大学才是正经事。

陈见夏，你到底在争什么气呢？

她真的说不清楚。不知怎么忽然想起了王南昱在KFC里对她笑着嘱托。

“要继续加油，你要为我们长脸啊。”

算不上熟络的面孔，竟然成了孤身在省城的陈见夏唯一的力量源泉。

她一路狂奔回宿舍，中途倒是没有忘记拐进小超市买了一排粘钩和垃圾袋带给新同桌，并找到郑家姝要回了自己的洗漱用品——那股冲劲仍然在鼓舞着她，让她在面对郑家姝关于洗发水洒一地的疑问时十分理直气壮。

陈见夏用最快的时间洗了个澡，坐回书桌前，不顾还在滴水的头发，杀气腾腾地翻开英语笔记。

为了一次摸底考试重新复习一遍初中的知识是极其愚蠢并且短视的行为，见夏心里清楚。她不愿浪费时间在形式上，只能从英语开始——反正英语这一门学科，学得多好也不过分，不就是多背几个单词吗，她内心的小火苗噌噌噌往上蹿。

当陈见夏倒在宿舍的硬板床上时，满脑子仍然是turn out to be的大量例句，所有单词的前缀和后缀手拉着手连成了环，在她的脑门上绕啊绕，缠着她入眠。

李燃在街上转到九点半，眼看着能关门的店都关门了，才慢吞吞地回家。

在门口掏钥匙，却掏出了一个黑色的发卡，没有任何花样装饰，只是一个最最简单的发卡。

李燃愣了一会儿，才想起来，撬班主任宿舍门时，他问都没问就伸手从她头发上扯下来一个发卡。陈见夏先是一呆，然后飞快地瞪了他一眼，转了个圈后退好几步远离他，一只手还护着头，好像他刚才不是偷发卡，而是要流氓亲了她的后脑勺一样。

李燃觉得陈见夏不可理喻，举手投足都是那套尖子生的计较和杞人忧天，然而表现在她身上却并不可恶，有点可怜，还有点可爱。

第二天清晨，陈见夏很早就到了学校，趁别人还没有来，她戴上耳机，把新概念 3 的磁带塞进自己那个老旧的爱华随身听，伏在桌上听了一会儿。

楚天阔踏进教室，她很热情地摘掉一边的耳机，站起身跟他打招呼，话没说两句，就有别的同学走进教室——见夏立刻按了停止键，将耳机全部扯下来，随便团成一团塞进了书桌。

本能反应。她不想被人看到那个磨得都掉漆了的破随身听，丢人。

楚天阔挑挑眉，见夏想岔开话题给自己打个圆场，听到他带着笑的声音，“怕他们看见，却不怕我看见？”

见夏呆愣愣地琢磨着这句话，楚天阔已经朝她善意地眨眨眼，走回到自己的座位上去了。

她也不知道为什么。楚天阔明明是耀眼到全班女生都会因此而不自在的男生，她却从来没在他面前隐藏自己的窘迫。

见夏默默坐下，伸手把随身听又往里面推了一点，以免一会儿被同桌余周周看到，指尖却摸到了课本后面的金属磨砂 CD 机壳，冰凉凉的。

她的丑爱华和李燃的索尼，紧紧挨在一起，同样没脸见人地躲在书堆后面。

站了四十分钟军姿之后终于迎来了短暂的休息。女生们扎堆在树荫下唧唧喳喳地抱怨天气和教官，见夏没有主动凑过去，也没有像昨天一样一脸假笑去讨好迎合别人的谈话节奏。

她远离人群，独自坐在角落的花坛边，离树荫有点距离，被太阳晒得后背发烫。所有学生都期盼休息时间长一点，再长一点，只有陈见夏巴不得教官现在就吹哨命令全体回去踢正步。

她忽然感觉到有人在拽自己的头发。

陈见夏回头，视野中瞬间充满李燃的大脸，她吓得往后一歪，差点一屁股坐到地上，幸亏被李燃拉了一把。

“你干吗？”

“你的发卡啊，还给你，我帮你别上。”

“李燃你脑子是不是有病？”

见夏一边低声吼着，一边紧张地用余光瞄着远处的同班同学们——幸好没有人注意到花坛这边的情况。

“你脑子才有病，昨天晚上你跑得比兔子都快，不是说还我饭钱的吗，钱呢，钱呢，钱呢？”

“你故意整我是不是？”见夏哭丧着脸。

“对。”

“我到底哪儿惹你了？我昨天还好心帮你包扎呢，我还帮你放风……”见夏意识到失言，声音迅速低了下去。

李燃笑了，把发卡塞到见夏的手里，“我逗你玩呢。我就是看到你一个人挺可怜的，过来帮你壮门面。”

“谁可怜了？”见夏咬紧牙关。

“你啊。我严肃问你，于丝丝有没有为难你？”

“啊？”话题跳得太快，她没有准备好。

于丝丝有没有为难她？女生之间，究竟什么是互相为难呢？男生真的明白吗？连楚天阔都未必能了解，李燃这样的男生怎么会问出这样的问题？他和于丝丝什么关系？

“没有。”她还是否认了。

“没有？”

“……还没有。”

还是这种说法比较准确。见夏被李燃盯得不自在，内心暗暗祈祷他不要再问下去了。

“全班女生都扎堆说闲话，你干吗自己坐这儿，跟流浪狗似的。”李燃话锋一转。

“那是因为我不想说话。”

“你要是真不想跟人说话，早轰我走了。”李燃说。

陈见夏心里一突突。

李燃继续嬉皮笑脸，“欸，我在这儿跟你没话找话，你是不是就觉得休息时间没那么难挨了？”

见夏闭上眼。

这是她的习惯。陈见夏是万万没有胆量当着别人的面翻白眼的，所以每当她想要翻白眼的时候，就会花两秒钟闭上眼睛翻。

“你冲我翻白眼？！”

“你怎么知道？！”

“我隔着眼皮都看见你眼珠子动了！”

“李燃你怎么毛病那么多啊，你是不是男人啊！”

“我是不是男人你自己看看不就知道了！”

见夏的世界被静音。

谁要看啊，流氓!

陈见夏不知道应该说些什么，是谴责李燃的流氓行径，还是假装没有听懂他的话，又或者，应该抓住机会好好嘲笑他一番——李燃的脸竟然红了，比她还紧张，从头发梢红到脖子根。

见夏还在内心做选择题，李燃已经急三火四地站起身了。

“反正我就是想跟你说，你不用怕，她们又不能吃了你。要是于丝丝在背后搞鬼欺负人，你尽管告诉我。”

李燃语速极快地讲完这一串话就一溜烟不见了。

今天他才是那只急着撞树的兔子。

见夏半张着嘴，看着李燃的背影混进操场另一边的人群中。这时她听见教官的哨声，休息时间结束，一班全体集合。

她站起来，刚走到队伍中，不期然对上于丝丝冷淡的眼神。

“要是于丝丝在背后搞鬼欺负人，你尽管告诉我。”

陈见夏回想着李燃的话，在大脑运转起来之前，动物本能已经让她微笑了起来。她自己不明白这个微笑有什么含义，然而在于丝丝眼中，挑衅意味简直不能再明显。

关于你，我什么都知道了，尽管放马过来吧，我有人罩。

于丝丝咬了一下嘴唇，转过头不再看她。

接下来好几个小时的军训，陈见夏虽然还是一个人坐在花坛边休息，却从容了许多，再也不像一只恓惶惶的丧家之犬。

下午自习课，李燃并没有像昨天许诺的一样跑到一班门口大喊陈见夏的名字并把充电器交给她。

陈见夏自然也并不会真的去使用李燃的 CD 机，她在等待一个他心情好的机会，将东西还给他。

然而她还是有一点点失落，对于李燃的出现，她开始有了小小的期待。也许是期望知道他是如何预测到于丝丝会为难她，也许是想听听“姐姐的 CD 机”的故事，也许只是，在这个过分安静的班级里，她有点寂寞。

陈见夏将两个粘钩分别粘在自己和余周周的书桌两侧，各挂上了一个垃圾袋。

“谢谢。”上厕所归来的余周周瞄了一眼，道谢。

然后彼此无话。

直到余周周把酸奶的包装盒扔进垃圾袋里，看到它投入使用发挥作用，见夏才觉得心里一松。

脑海中却瞬间回响起李燃的声音。

“我就是看到你一个人挺可怜的。”

见夏苦笑了一下，在演算纸上轻轻写下一行字。

“陈见夏，你真可悲。”

她将演算纸团成一团，也扔进了垃圾袋中。

九

一百年后

军训终于结束了。

摸底考试并没有分考场，也没有隔位就座。班主任俞丹微笑着说，我相信大家。

她自然会相信。考到振华一班的学生，有什么能比骄傲更重要。

物理卷子做到一半的时候，陈见夏忽然像被上帝点了一下额头，毫无理由地抬起眼。

她的目光从黑板上“敦品励学，严谨求是”的红色校训，转移到整个教室。所有人都低着头，无论美丑，专注做题时竟然都发出一种光芒。

这里是振华。你已经离开了你的家乡，离开了只有肯德基没有麦当劳的第一百货商场，离开了所有不懂得你的人，包括你的父母和你永远都比不上的弟弟。

所有对考试结果的计较和恐惧都灰飞烟灭，至少在那一瞬间是这样的。

它是振华。即使它带走了陈见夏多年的优越感，即使它并没有和善地给她一个“好的开始”，陈见夏仍然清醒地意识到，无论未来有多么艰难，一切都是值得的。

陈见夏同学，全学年第十六名，全班第四名。

英语成绩她是全年级最高分，119.5，只有完形填空错了一道题。陈见夏的口语并不突出，但这并不妨碍她能分得清所有连带着 at、on、in 和 with 的动词词组。英语老师当着全班的面询问“谁是陈见夏”的时候，她羞涩地抬眼看讲台，心里知道，“陈见夏”这三个字终于不再只是和“军训时晕倒了被代班长背回来的那个外地生”连在一起了。

见夏忽然觉得振华走廊里的每一块地砖都长得很可爱，黑板也横平竖直很美丽。

当然如果她知道有一位叫李燃的同学，在课堂上听到自己班级的英语老师说起最高分名叫陈见夏的时候，大笑拍桌说“讲中文都哆嗦，还他妈说英语”，也许她不会急着对振华播撒那么多的喜爱。

见夏的同桌余周周总分比她高了不到十分，排在班级第三名。见夏对这个结果很满意：对方比自己强，又只强了一点点，双方心里应该都很好受。

当然这个婆婆妈妈的念头闪过的时候，她忍不住又抽出了一张演算纸，在上面一遍遍地写：陈见夏你真可悲。

当天晚上在宿舍里，见夏给家里打了第一通电话。

除去第一天报到给家里打电话报过平安之外，整整一个星期过去了，她忙着读书，没有联系过家里，而家人也没有打给过她。

见夏从摸底考试造成的恐慌中缓解过来之后才觉得奇怪。自己慌了神，昏天黑地地读书，没有常常联系家里，也算是情有可原，可她毕竟是第一次到外地寄宿读书，爸妈是不是对她太过放心了？

见夏掏出爸爸淘汰下来的小灵通。手机亮起橙色的屏幕，银白色的机身磕坏了一个角，不过话费可以在爸爸单位报销，实在是很划算。

电话被接起，陈见夏欢快地喊道："爸！"

"欸！好女儿！"

陈见夏气乐了，骂弟弟："滚！爸妈呢？"

"他俩出去遛弯了。姐，省城好玩吗？"

"你又不是没来过省城。再说我天天上学，去哪儿玩啊。"

"你都上一个礼拜学了，上周末你没出去玩？"

上周末。见夏叹气。她有什么可玩的地方？她又没钱。

更何况，她并没有因为摸底考试结束而松口气。即使陈见夏格外重视这场考试，她心里也很清楚，这不过是面子之争，真正的硬仗在后头。

于丝丝在医务室里轻描淡写的炫耀，一句句都印在见夏心间，对于这群各显神通的怪物尖子生们，她怎么能够掉以轻心。

"你有没有好好读书？下周该开学了吧？分班了吗？班主任教哪一科的？"

"哎呀你怎么那么烦，操心你自己的事儿吧。"弟弟急了，竟然直接挂了电话。

见夏对着手机干瞪眼。她还没来得及报喜呢，这个臭小子。

她没有继续拨打爸爸妈妈的手机。反正他们晚上回家之后听说了自己打过电话，应该会回拨过来的。

然而没有。

见夏气鼓鼓地躺在床上翻来覆去，决定再也不给家里打电话了。

连续好多天都闷头读书读到昏昏沉沉才爬到床上，今晚无论如何终于可以睡个好觉了。毕竟她通过摸底考试的结果对自己在一班乃至振华的地位有了一点点底气，不必再焦虑得辗转反侧。

真的放松了，却睡不着。

她想着自己这几天翻来覆去写的那行字。

这几天下午，每当安静的自习氛围带着隐形的压迫感开始侵蚀见夏的心理防线，她就会扯下一张演算纸写满满一张，然后团成一团，再展开，撕碎，扔进垃圾袋，这样心情就会平静一些。

同桌余周周永远对她的反常行为视而不见，谢天谢地。倒是前排的陆琳琳对她的一举一动十分介意，每一次她团纸团的时候，陆琳琳都会转过来斜眼看她，眼镜微微滑下鼻梁，样子有点像四十多岁的教导主任。

然而不管她怎么在白纸上贬损自己的可笑可悲，看起来都像一种机械劳动，直到此时此刻，抱着满心的委屈躺在床上，陈见夏才终于明白这句话的含义。

她独自一人，在省城，面对一个吃人不吐骨头的压迫环境，她紧张，她害怕，这都不可悲。

真正可悲的是，她握着通讯录空白的手机，能背得出来的只有家里的电话和父母的手机号，而这三个号码，竟然不曾主动打来过一个电话。

在她雄心勃勃来不及难过的时候，她不可悲；在她获得了一点喜悦想要与人分享的时候，她才可悲。

陈见夏仰头看着天花板，忽然觉得这个小小的宿舍像是要把四面墙都朝自己压过来一样，憋屈极了。

她“腾”地一下坐起身。

振华就在市中心，现在是星期一晚上八点，她凭什么不出去玩！

暮夏时分，华灯初上，这座曾经被殖民过的城市商业街上伫立着许多俄式风格的老房子，檐口柱头的浮雕遗留下来的旧时魅影迷失在百年后华丽艳俗的金钱味道中，有种特别的美感。

没有人认识她。她也不认识任何人。

振华、于丝丝、家乡、重男轻女的妈妈，还有一切能勉强与陈见夏相牵连的不愉快，都被这种灯光和建筑群割断。连行人的脸都如此模糊。她着迷地踩在百年前铺就的老旧地砖上，目光流连于每一间橱窗。

陈见夏没有爱上任何一个包，或者任何一条裙子，胸口却膨胀出一股欲望，好像再一次确定了自己孤身前来的意义。那种被金钱所引发的，却实际上与金钱无关的雄心壮志，让她从自己那点可怜可悲的埋怨中脱身出来，仿佛再回到书桌前死磕数学符号和化学方程式的时候，演算纸上的每一笔一画都有了更为壮美的意义。

见夏在街上停步，非常戏剧化地慢慢转了个圈。霓虹招牌在她眼前连成了一个迷人的圆环。

她忽然有点想哭。

“你当这儿是百老汇啊！怎么站大街上就开始演啊！”

见夏的脸垮下来。

怎么是他。

红毛李燃站在不远处一家西餐厅的霓虹灯招牌下，抱着胳膊像看二愣子一样看着陈见夏。

“你当年能考上振华，是不是因为脑子有毛病，所以有加五分的优惠政策？”李燃笑嘻嘻地走近。

“要是有这个政策的话，你这种病情就能当中考状元了。”陈见夏小声嘟囔，被自己逗笑了。

李燃走到她面前，居高临下地俯视她。

“你是不是真当我没听见？”

李燃说着，忽然抓起陈见夏挂在脖子上的手机往自己这边一扯，陈见夏脖子一僵，差点被带了个跟头。

“你怎么把手机直接挂脖子上啊，你是狗吗？土不土啊？”李燃一脸好笑。

“我爸爸说这样安全！”见夏拉住挂绳往回扯，李燃就是不撒手，她被拉得被迫低了头，自己也觉得自己像条狗。

“对，安全，那怎么被我给抓住了？要是碰上个力气大的贼，不光抢了你的手机，还能顺便把你拽成个高位截瘫。”

李燃说着就拿起手机往后一绕，从见夏脖子上将绳子取了下来。

“赶紧拿下来，又丑又危险。”

“丑不丑干你什么事儿啊！”

李燃三下五除二就把手机挂绳解了下来，再接再厉，把屏幕解锁，然后将自己的手机号输入了进去。

“你连一个联系人都没有啊，这也太扯了吧？把我手机号借你充充门面好了。”

这什么人啊，陈见夏觉得自己眼珠子都要瞪出来了。

李燃一脸“世界终于清净了”的轻松，转移了话题，戏谑地大声问：“怎么样，我大省城好玩吗？”

大省城。见夏再次闭上眼睛翻白眼。

甫一睁开，就看到李燃的食指和中指朝着自己的双眼戳过来，她吓得往后一倒，堪堪躲过。

“你再敢翻白眼试试！”

见夏气结。

然而看着李燃嚣张的样子，好像有什么东西被他的红色发梢融化掉了，她自己也说不清。

陈见夏是多么拘谨的人，一讲话就冷场，幽默感总是和别人不同步，哪怕豁出去想要装活泼热情也只能端着一脸僵硬的假笑，甚至自家表姐生了孩子，塞到她怀里让她抱一下，她都觉得胳膊有千斤重，连孩子都不喜欢她。

然而眼前这个人，她才见过他几面，他竟然不觉得自己又呆又冷，她也从没感觉到不自在。

他要不是个男的就好了，自己也会有一个朋友的吧？虽然做了朋友之后，她可能就会非常婆婆妈妈地劝人家把头发染回黑色并好好学习，但是，她也想要个朋友啊。

陈见夏沉浸在自己的思路之中，愣愣地看着李燃，把对方看得发毛。

“你干吗？”李燃护住胸口。

“我摸底考试考了全班第四名。”陈见夏直直地看着他的眼睛说。

“你说这个干吗？”李燃一边后退一边小声说。

“全校第十六名哦，虽然是和别人并列。”陈见夏像犯病了一样步步紧逼。

“我连摸底考试都翘了，我还是比你牛 ×。”李燃梗着脖子嘟囔。

“你们都是省城的学生，我可是从外地来的！”见夏有点急。

“你就是从外星来的也不关我的事儿啊。大姐你也太欠夸了吧？”

陈见夏步伐一滞，脸慢慢垮下来。

自己这是魔怔了吗？考成什么样关人家什么事啊？在大街上对一个陌生人念叨自己的名次，她到底有多不要脸啊！

见夏清醒过来，难堪地蹲在地上，脸埋在膝盖里，眼泪都在打转。

她不过是想找个人夸夸自己而已啊。

好丢脸。

陈见夏旁若无人地蹲在大街上，像只流浪狗，刚刚对她热烈欢迎的霓虹灯和老建筑此刻明明白白地在脸上写着“外乡人”三个字。

没有朋友也没有家人关心的外乡人。

陈见夏呜呜哭着，直到感觉头顶落下一只僵直的爪子。

李燃格外生硬的嗓音在她上方响起。

“好、好厉害啊，全校第十六，真、真牛 × 啊。”

……陈见夏哭得更厉害了。

“我请你吃西餐，庆祝一下，好不好，好不好？”李燃无可奈何，声音里也快带上哭腔了。

陈见夏头也不抬，瓮声瓮气地说：“好。”

点完餐，李燃目光还是小心翼翼的。

“你为什么一定要来这里啊？”

“因为我很小就在电视上看见过这家餐厅，都一百年历史了，很有名气，所以一直想来尝尝。不过！”

见夏想起菜单上的高价位，有点心虚，急急地抬高声音，“不用你请客，我是开玩笑的，我说要来的时候没想到这么贵，我，我，我……”

那句“今天我请你好了”怎么都说不出口。

她有那份心，却没有那笔钱。

李燃浑不在意，“正好我也没吃晚饭，虽然这家很难吃，不过算了，你喜欢我们就将就一下好了。”

“这家很难吃？”

“不过就是赚名气宰游客而已。”

见夏微笑，略微一想明白了，盛名之下其实难副不是什么新鲜事，但她的确是游客，挨宰不也正常。

“不过，”李燃打量着暗红色的木地板，自言自语道，“你说的百年历史，其实是误传啦。”

“误传？”

“嗯，这个地方最早还是一栋平房呢，是一家点心店。后来1926年，一个犹太人在这里开了一家茶食店。”

“茶食店？是茶餐厅的意思吗？”见夏问。其实她连茶餐厅是什么都并不清楚。

“我不知道。反正那个年代，城市里到处都是外国人，这条老街上遍地都是茶食店。我听我爷爷说，茶食店比真正的西餐厅的规模要小，吃简餐的那种，我自己想了想，应该就是外国快餐店吧。”

李燃认真的时候，整个人不自觉地散发出特别的光彩。他声音很清朗，见夏听着安心，踩在木地板上发出笃笃的声音，有一种不小心踏入了历史纪录片的错觉。

“后来茶食店越开越好，这个犹太佬就把周围的店铺和斜对面的门市都租了下来，彻底升级为了西餐厅，顾客和服务生来自天南海北，中国人、俄国人、犹太人、日本人……”

“后来呢？”

“这我就不知道了。有人说日本人打过来之后犹太佬就把餐厅转手了，也有人说他一直在这里待到了抗战胜利后，转手交给了一个中国人经营，1949 年这家餐厅倒闭了。当然，你懂的，那个年代，私营经济一退再退，西餐厅纷纷倒闭，这家也不例外。”李燃惬意地靠在椅子上。

“那现在的这个是……”

“五十年代一家国营老餐厅搬了过来，八十年代改革开放之后很火爆，就重新盖了一座三层洋楼，然后嵌了一块 1926 年的铜牌，硬是把两个不相干的东西嫁接到了一起，对外还是说，这是百年老店。生意人嘛。”

李燃自顾自地说完，才注意到对面的见夏神情有些忧郁。

“怎么了？又想起自己考全校第十六名的事儿了？”

见夏闭上眼睛翻白眼，李燃又站起来要戳她，幸好这时服务员端上了餐前面包，打断了新一轮的争吵。

“我只是觉得很遗憾。原来连这栋楼，都不是原来那栋楼了。”李燃往面包上抹果酱的时候，见夏幽幽道。

男孩竟然没有笑她，脸上也蒙上了一层淡淡的遗憾，不过很快他就笑着宽慰道：

“也没什么好伤心的。犹太佬的茶食店是一百年前建立起来的，你想啊，一百五十年前这里说不定是个什么王国公府呢，还住着特漂亮的大家闺秀，一眨眼，自己家都成了西餐厅。历史就是这样，新的代替旧的，没什么好伤感。你觉得你是传统，他还觉得他是祖宗呢。”

见夏听得入了迷，好像身边的一砖一瓦、一桌一椅、一草一木，上面都寄居着几百个老魂灵——他们却拿自己没有办法。因为自己活在现在。

“你为什么会知道这些呢？还是说，本地人都知道？”

“本地人也懒得管这些吧。本地人知道个屁。”

“那么你是听谁说的呢？”

“这座城市我很熟悉。我爷爷是邮差，没有他不知道的地方。我小时候常常跟着他到处走。”

见夏出神地望着他，却无法控制地想到他微微泛红的头发配上绿色的投递员制服，“红配绿赛狗屁”。

她扑哧笑出了声。

“可是，”她带着笑意问，“你不是五行不缺钱吗，你爷爷为什么是邮差呢？”

问完了见夏都觉得自己非常差劲。邮差又怎么了，她怎么老是绕着钱打转。

“我不是那个意思，邮差很好，我就是随便那么一说……”

李燃静静看着她。

见夏沮丧地低下头，“李燃，我真的没有别的意思。我这个人，真的很不会说话，你不要、你不要生气。”

李燃却把手中涂好了果酱的面包递给她，“我倒觉得，你真的很诚实。”

俄式西餐的确不是很好吃，罐牛罐羊都像是没有煮熟，面包干干的，罗宋汤也寡淡无味。

“欢迎来到二十世纪八十年代。这就是老牌国营餐厅的服务和质量，坐时光机你都体验不到。”李燃朝见夏咧嘴一笑，满脸的“不听老人言，吃亏在眼前”。

见夏脱口而出：“你好奇怪。”

“我，奇怪？”李燃下意识去摸自己的发尖挑染的红毛。

“我不是说这个。”见夏摇头。

他像个痞子，目无尊长，胆大妄为；但讲起这些稀奇古怪的历史时，却出奇沉稳笃定，信手拈来，言谈中那一丝对故人和时光的尊重与懂得，与他的外表毫不相称，却又出奇和谐。

陈见夏那一刻除了好奇和震撼，更多的是对自己在大街上拿着学年名次逼着人家夸奖的行为感到羞耻。

她曾经看到的李燃是个仗着家里有钱就不学无术的小痞子，而李燃看到的她，恐怕更是一个可悲又虚荣的书呆子吧。

脑海中那一丁点“做朋友”的冲动被冲走。她无地自容。

李燃掏钱买单，陈见夏低着头玩手机——只是翻来覆去地锁屏、解锁、锁屏、解锁……她爸爸的这个手机里面连个贪食蛇游戏都没有。

陈见夏觉得自己一切都差劲。

她决定过两天就去书店买些历史和哲学类的书籍好好充充电——虽然曾经陈见夏坚决认为这些知识都可以在以后慢慢补充，当务之急是把高考科目都学好——但是现在她不再这样想。

毕竟见夏心里清楚，对她来说，中考也罢，高考也罢，这都是一种逃离的手段，而不是最终目的。她终究还是希望借此成为一个真正优秀的人。

再不受制于环境，再不让自己委屈。

走出餐厅大门，经过门口的小天使木雕，李燃伸手到背后把天使的翅膀给掰了下来。陈见夏惊呆。

“你干什么？！”她不敢声张，用气声吼他。

他献宝似的，给她看翅膀褶皱处刻的一行小字：西郊模具厂。

“做这个天使的工人是我爷爷的朋友，店里含含糊糊拿这个天使蒙人，说是古董。我小时候跟我爷爷路过这里，手贱把天使翅膀抠下来了，吓死了，后来才发现是楔形镶嵌，还可以安回去的。”

他说着就把翅膀给小天使安了回去，咔嗒一声，“都十一二年了吧，质量真好，未来可能就真是古董了。”

“嗯，”见夏弯腰凝视着天使的眼睛，“过十年我们再看。”

人生还长。

陈见夏懵懵懂懂地跟着李燃在街上晃，心情复杂。她觉得自己应该回宿舍了，早点睡觉，早点回归自己的世界里，好好应对逃不开的振华一班。然而看着满街的流光溢彩，她是真的舍不得。

她的目光和街灯胶着不分。

李燃百思不得其解。学校就在这趟老街不远处，步行不过十五分钟，这姑娘跟谁生离死别呢？是不是学习学傻了？

“明天还要上课呢，我送你回宿舍吧。”

见夏点头称是，很快又摇头：“不用送我，就几步路，我自己回去。今天真谢谢你了，改天我一定回请你吃饭。”

李燃不以为意地一笑。

“你要是喜欢逛这条街，周末可以随时散步过来，又不远。”

见夏默默点头，“我知道。”

李燃朝着学校的方向走了两步，本以为见夏会跟上，一回头，她还在原地盯着背后的西餐厅，痴迷的样子让他心中一软。

“陈见夏，你怎么了？”

见夏摇头，小跑了几步追上他。

“你舍不得？你要在这里待三年呢，有的是时间。”

“可是，”见夏低头认真地小声说，“我什么都不懂，走马观花，都糟蹋了景色。”

李燃失笑，“你逛个街都跟参加高考似的那么认真？累不累啊？”

见夏没有解释。

她从来没有奢望过李燃会明白她的这些小心思。就没有人明白过。层层词不达意的交谈背后，是陈见夏的自卑和无力感。

“那下次，我陪你吧。”

见夏惊喜地抬起头，路边灯柱在她眼底点亮两盏橙色灯火，让李燃忽然无法直视。

他只是随便一说。

当然也没那么随便。他平时没那么多好心和闲心。

“真的？”

“真的。”

“给我讲那些街道和建筑的历史？”

“我先提醒你，高考可不考这些啊，你确定你要听？”

“你讲不讲嘛！”

“讲讲讲！”

身边的女生低头看路，只露出喜滋滋的侧脸，嘴角的浅浅梨涡也盛着街上的灯光。

李燃的目光落在她的脖颈上。手机挂绳虽然被他给扔了，可还是在她脖子上留下了细细的一道痕，微微泛红，少女的长发随意盘在脑后，不小心遗留下几绺碎发搭在肩上，他忽然很想伸手去拉。

见夏执意不让李燃送到宿舍门口，李燃了然，她不想被收发室的老师看到。

“今天谢谢你了。”

“烦不烦啊，谢起来没完，没话说就别说了，赶紧走吧。”

见夏不好意思地点头，转身小跑了两步，又停下来，转过身。

“你今天晚上为什么会一个人在街上？”她问。

“因为我不想回家。”李燃坦然回答。

他看到陈见夏的口型，“为什么”三个字几乎要脱口而出，却被憋了回去，憋成了一个仓促的笑容。

“为什么？”他却开口问。

“嗯？”

“你既然想问为什么，为什么不问呢？”

少年眼眸晦暗不明。陈见夏沉默良久，还是笑了。

“可能是己所不欲，勿施于人吧。”

他们再次道别。

“哦，对了，你考得真的很好，我刚才是故意不夸你的。你真的考得很好，真的。”

李燃扔下这句话离开了，陈见夏却站在原地呆了很久。

难堪，又有一点开心。

暮夏的晚风温柔吹乱了陈见夏的头发。她把手插进口袋，碰到了旧手机，掏出来解锁，橙色屏幕上只有一个联络人。

李燃。

陈见夏忽然没有原因地觉得心跳太快。

十

道不同

两个星期之后，陈见夏已经慢慢跟上了振华讲课的节奏。

一开始是有一点点不适应，毕竟振华的教学水平和教学进度与自己初中有天壤之别，但因为她有了足够甚至过分的心理准备，真的开始上课之后，反倒没有预想中那么艰难。渐渐地，见夏和班里的同学也熟悉了起来，虽然所谓的熟悉不过是陈见夏知道对方叫什么，对方也知道陈见夏是谁，彼此还说不上几句话。

连沉默寡言的余周周都有从初中一起考入振华的同学辛锐做伴，陈见夏还是形单影只。原本她应该与同是外地生的郑家姝关系更熟络一些，刚开学郑家姝就拉拢她一起吃晚饭，是她自己好巧不巧被翻墙进来的李燃拖累了。

后来郑家姝又去过她的宿舍，端着一盆刚洗好的西红柿，一边拉家常一边把她的宿舍翻了个底朝天，从桌上的练习册到胶合板小衣柜里究竟有几层收纳格，末了还教育她，从分宿舍时候挑单间就能看出陈见夏不合群，这样不行，外地生应该团结。

“吃亏了吧，”郑家姝一边啃西红柿一边笑，“王娣跟我说了，她军训第一天放学就看见咱们团支书支使你扫了全班。”

郑家姝的态度反倒激起了陈见夏的自尊心，她更加不想和她们抱团。

摸底考试郑家姝的成绩垫底，与见夏的处境刚好相反。几乎是在放榜的同一天，郑家姝就不找陈见夏说话了。有时候在水房相遇，见夏会主动和她说几句话，偶尔买了水果也会拿上几个送给她和王娣，得到的毫无例外都是酸溜溜的回应。

在郑家姝看来，陈见夏是一个成绩很好、心气很高、努力想要摆脱自己外地生身份的自私鬼。

在于丝丝的举荐之下，陈见夏做了班里的代理生活委员。这是个吃力不讨好的鸡肋职位，见夏毫无兴趣，她心里清楚于丝丝的热情举荐是不怀好意的——“见夏住校，早晚给班级开门锁门比其他同学方便可靠，适合管理班级；而且她一看就很会过日子很会干活，成绩又好，俞老师我觉得她很合适。”

什么叫一看就很会干活？陈见夏的心脏气到变形。

旁边同是住校生的、原本跃跃欲试要自荐的郑家姝同学，听到“成绩又好”这句话，脸色迅速阴沉了下来，不咸不淡地看了见夏一眼。

不知道是不是开学第一天经历过太多，原本这一眼能够让以前患得患失的陈见夏辗转反侧好几天，事到如今，她竟然也能一眯眼睛当作没看见。

陈见夏独自吃了晚饭，回到宿舍做数学练习册，突然抬头去看自己的简易小书架，手指从左到右拂过书脊，满满的全都是各种辅导书、习题册……

她叹口气，从抽屉里翻出了一个有些旧的笔记本，侧面带锁，封面上用白色医用胶布贴了一道，胶布上写着三个端正的字：“计划书”。

这个本子她从初中用到今天，里面并不是日记，是每天的学习计划，偶尔也摘抄一些鼓舞自己的名人名言。前面一页页密密麻麻都是预习复习、各科练习册进度，直到某一页，只写了一行字。

“做一个渊博有见识的高级的人，看更广阔的世界。陈见夏，加油。”

是和李燃夜游老街那天夜里写的。

爸爸给她回过一个电话，见夏轻描淡写，没有炫耀自己的成绩，甚至连摸底考试这件事都没提。

结果还是听到自己妈妈在那边遥遥地喊了一句，让她别出门乱跑。

下一句是，“要是跟不上就回县一中，小伟开学了，功课特别紧张，当姐姐的也不关心关心。”

那一瞬间，陈见夏嘴唇一动，差点就把自己的名次报了上去，生生忍住了。和李燃分别之后，她曾躺在宿舍的硬板床上想了许多，觉得自己不能“这样”下去。

如果努力学习获得的成绩却只是被她用来当作和家乡所有眼皮子浅的亲人朋友们吵架的论据，那么哪怕未来她爬得再高，也能被他们一伸手就拉下来。

所以她要改变。从拿着成绩单报喜或报仇的举动开始改变。

陈见夏的生活就这样寡淡地继续着。

振华迎来了八十八周年校庆。她坐在体育场的看台下，人群汇成的海洋带着语言的海浪声一波又一波地袭来。陈见夏是生活委员，这个职位还有一个称呼叫作劳动委员，她要拿着大垃圾袋随时准备帮忙清理打翻的可乐罐和全体起立唱国歌时撒了满地的满地可。

她没有时间和心思欣赏。她还没对这所学校产生除去敬畏之外的感情，实在没法从一声声的礼炮中阅读出归属感。

上午的仪式结束之后，同学们都离开运动场去吃午饭，准备下午的班会，陈见夏被俞丹要求留下来带领七八个同学打扫完战场再离开。

谁也不喜欢干脏活，大部队一走，于丝丝就带着大家聊天。

“我听说今天看台上坐在校长旁边的就是那个传说中的大作家，还是斯坦福的客座教授呢。”于丝丝伸了个懒腰。

“可不是，我听我那个负责迎宾的师姐说，今天来了好多名人，他们都紧张得要死，生怕摔了盘子跌了碗。”李真萍也附和道。

女生们聊得热闹，几个男生就在附近拿空饮料瓶当球踢着玩，也有假模假式搞卫生的，扫了一会儿便以扫帚为剑打闹起来。

陈见夏已经习惯了。他们只要不帮倒忙，她就知足了。

秋老虎毒辣，见夏顶着正午炽烈的阳光，左手提着黑色塑料编织袋，右手捡垃圾，一不留神沾了满手的酸奶，在指缝间黏黏的，恶心得她想吐。

偏偏这时候手机响了起来。

清脆的铃音打断了他们的交谈，有一个男生过意不去，三步并两步走上台阶说，我帮你吧。

台阶下面的李真萍忽然大声喊道：“哟，献殷勤啊。”

哄笑声中，男生瞧着见夏也没有搭理自己的意思，为证清白，连忙又蹦了下去，他们笑闹成一片。

见夏一直木着一张脸，本就没期待于丝丝会给她活路，所以从一开始就认命了，自己埋头干活，不浪费力气和任何人讲道理。她扔下垃圾袋，用还算干净的左手伸进白色校服口袋掏手机，却没拿住，手机从台阶上一路磕磕绊绊地跌下去，摔到了于丝丝脚边。

见夏心里一慌。这下子肯定摔出花来了，妈妈会骂她的。

手机还在顽强地响着。于丝丝弯腰捡起来，盯着屏幕上的来电显示，默不作声，表情颤巍巍的，在笑与不笑之间抽搐。

见夏尴尬走下台阶，从于丝丝手中接过电话。

橙色屏幕上，“李燃”两个字跳来跳去，像于丝丝脸颊上的青筋。

陈见夏傻眼了。

李真萍迅速兴奋起来，掩着嘴带着笑，开始给另外两个男生解说，陈见夏用膝盖都能猜到她说的是什么。不是第一次了。

见夏知道女生的小心眼有多恐怖，因为她自己就是个小心眼。李真萍在走廊被李燃吼过一次之后，内心郁结得不到抒发，只能通过迂回的方式来报复。陈见夏和分校借读生小痞子之间的情愫在新组建的陌生班级里面是非常好的谈资，连见夏自己也是通过前排的陆琳琳得知的这一八卦。

夜晚绮丽的灯光与犹太餐厅的老旧纪录片都在青天白日之下失色，陈见夏甚至有些恨不得她从来没有认识过李燃。

当时是预备铃声救了她。陆琳琳用“绯闻”狂轰滥炸一番之后，很不甘心地转回头，陈见夏则伏在桌面上好长时间才爬起来。

“我真的没有什么……男……朋友，”她连说出这三个字都需要很大勇气，“真的。”

同桌余周周显然并不关心她的这番剖白。

“嗯。”她点点头，以示自己听到了。

脆弱的陈见夏瞬间认定余周周是因为恐怖的混混男友对她敬而远之了。

直到老师走上讲台，她才听到旁边传来不大不小的冷淡声音。

“你要是真有一个痞子男朋友，就应该马上让他码一群兄弟来校门口堵住嚼舌头的女同学，”她顿了顿，加大音量，“挨个扇耳光。”

陈见夏看到陆琳琳的后背轻微地抖了一下。

再怎么希望成为内心强大的人，距离最终结果之间还是有漫长的过程——这一过程本身足够她趴在宿舍床上哭好几场了。

其间李燃给她发了几条短信，她都没有回复过。清者自清这四个字好像专门为她准备的一样。

然而他还是打来了电话，手机还就跌落在了于丝丝和李真萍的眼皮子底下。

“喂？”陈见夏站在看台最高处，远远避开那四个人。

“怎么回事儿啊你，给你发了好几条短信你都不回。”

“我……”陈见夏也没想好到底应该怎么和李燃解释，“我前段时间手机坏了。”

“扯吧你就。”

“你什么事儿啊，没事儿我就挂了。我们老师让我带人打扫看台的卫生，忙着呢，我不好偷懒。”

见夏都没等李燃回答就按了挂断键。

李燃打过来，她是有点开心的，可她不允许自己开心。

陈见夏把手机揣回左边口袋，右手几根手指都快被干透的酸奶粘连在一起了，她想要赶紧离开这毒辣的日头，索性手也脏了，不如大刀阔斧，心一横，干脆什么东西都直接用手抓，使劲儿往垃圾袋里扔。

陈见夏，你真可悲。

就在低头捡拾一只已经被踩得黏在水泥台阶上的香蕉皮时，她听见看台下面吵起来了。

一班在看台高阶，地处上风向，陈见夏还没来得及收进垃圾袋的纸屑、包装袋有不少随风滚向了下阶的班级，那个班自然不乐意了，哪有垃圾越扫越多的。于丝丝他们就倚在两个班中间的白漆铁栏杆上闲聊，正好和找上门的班级别起了苗头。

“缺不缺德啊，有你们这么扫地的吗？”

一个瘦得像猴子的男生率先发难。

李真萍冷笑，“怪得着我们吗，风又不是我们班扇的，从哪个班飘过去的还说不定呢。”

话音刚落，又起了一阵风，一班看台上的两张演算纸在众目睽睽之下飘向低阶看台。

“还说不是你们班？瞎吗？！”

陈见夏心知坏菜了，垃圾是她没压住才飘过去的，一班明明理亏，现在却发展成了同仇敌忾的战斗，她去道歉就等于灭自家威风，不道歉就会闹大到俞老师那里，谁让这扫除是她“带领”的呢。

为什么呢，为什么大家就不能和她一样遇事先道歉呢？

陈见夏独自在看台最上方，慌得手都不知道往哪儿放，黑塑料袋跟着她一起抖啊抖，栏杆处两方人马却吵得欢乐，下风向班级拙嘴笨腮，词汇量匮乏，被一班碾压。李真萍难得出风头，愈战愈勇，“张大同，别找碴了，谁不记得你怎么回事啊，当个班长不知道自己姓什么了？”

“猴子”张大同似乎是李真萍以前的同学，被戳到痛处，没接上茬，气势一下子就落了下去。

“垃圾上又没写名字，落到哪儿算哪儿，以着落点为准，听不懂吗？”

一班打嘴架是绝不会输的，李真萍的回击一出，栏杆上方一片欢腾。

一个身影拎着半人多高的鼓鼓囊囊黑色垃圾袋，拾级而上，来到两班交接处，抓住栏杆一跃而起，径直翻过了一米多的栏杆，稳稳落在了一班的看台上！

“以着落点为准吗？”

少年声音明朗，仿佛真的是在虚心询问，一边问一边当着所有人面，将黑色垃圾袋倒扣过来——里面的东西哗啦倾倒在了一班看台上，一时间尘土飞扬。

陈见夏站在高处，看不清男生的脸。

但她认识他脑袋尖尖上那一簇比太阳还耀眼的红。

一班的同学“轰”地散开，尤其是李真萍，后退时脚步踉跄，差点跌在于丝丝身上。

“以着落点为准，落在哪班算哪班，对吗？”李燃笑嘻嘻的，“扫啊！”

风来了。逆着刮过来了。

十一

陪我出去玩

陈见夏不知道后来发生了什么。

她跑了。

情势逆转，张大同乐疯了，猴子在栏杆里跳脚，于是更像猴子。李真萍自然是不甘心的，却不敢再说什么，目光恨恨地扫向一班其他几个男同学，怪罪他们没血性，被踩到头上都不敢吭声。

一班的男生明显没见过这么耍无赖的，吓着了，他们大多以方程式和圆珠笔为武器，兵刃都落在教室里，此刻手无寸铁，奈何不了四肢发达又站在道德制高点的李燃。

于丝丝这时候才站出来行使团支书职责。陈见夏听不清她说什么，但记得李燃刚出现那一刻，于丝丝的脸却比明晃晃的正午日头还要白，别人都在看李燃，只有于丝丝扭头看陈见夏。

该不会以为李燃是她刚才那通电话叫过来的吧？

虽然清者自清，但也不能因为有自净能力就可劲儿往自己身上泼脏水，趁没人注意，她拔腿就跑。

见夏在主席台下的洗手间仔细冲净掌上的酸奶泥尘，清凌凌的水流划过晒红的手臂，她呆呆端详着镜中的自己：束着马尾的皮筋在奔跑中崩断了，她披头散发，却不是美貌的那种——常年扎马尾的人，发丝是有折痕的，没了皮筋束缚依然在脑后拱起一个包，怪狼狈的；领子也是歪的，被太阳晒得满额头油光和汗珠，要不是一身雪白校服，跟拾荒者也没太大区别。

见夏低头洗脸，久久埋在掌心，感受水从指缝一滴滴溜走。

再次抬起头，镜中多了一个李燃。

她不敢问后来怎么了。

李燃笑了，没头没脑地说："看不出来你还挺机灵的。"

"……为什么？"

"你们班那几个人也太尿了，没说几句就扭头找劳动委员主持公道，才发现你已经不见了。跑得好。你要是在场就不好办了。"

这怎么能算是机灵呢，陈见夏想，食草动物不长牙只能长腿。

"你们没打起来吧？"她惴惴的。

李燃摇摇头，"各扫各的地，扫完各回各班了。你们班那几个特别吵的女生最后全跑了，只留下男生干活，说是气不过，我看她们就是故意的，想偷懒。"

陈见夏不语，李燃推断得对，气跑了是好办法，又血性又轻松，她怎么就不会，她只会跑。

"看不出来你也挺有集体荣誉感的，"陈见夏礼尚往来，"为你们班出头了。"

李燃啼笑皆非，“那不是我们班。”

“什么？”

“我就是路过，”李燃一脸无辜，“你不接我电话，还说什么带领全班大扫除，我都看见了，就你一人在那儿忙活，带领个屁啊。”

陈见夏愕然。

“我本来想去帮你说两句话的，你们班男生也够好意思的，跟一群女的聚堆儿叽叽喳喳逃避干活，也不嫌丢人。但我一想，你心理素质那么差，我帮你打抱不平，你再反过来怪我让你在同学面前为难，我里外不是人。”

于是吹来一阵风，上天给他一个机会。

陈见夏心里泛起密密麻麻的暖意，带着刺刺的、温柔的痛。她说不清这种感觉是什么。

“你找我到底什么事儿啊？”

陈见夏急忙转移话题，一边甩着手上水珠一边问。

“我们班下午要办个傻 × 班会，我想装病翘了。所以问问你要不要出去玩。”

陈见夏两只手垂在胸前，微张着嘴，造型像一只脑残的松鼠。

“你问我，要不要，跟你，一起，翘一整个下午的课，出去玩？”

“对啊。”

“李燃，你难道就没有什么更配得上你的朋友了吗？”陈见夏面对他的时候，口齿还是伶俐许多的。

李燃有点好笑地看着她，“没有了，我觉得咱俩最配得上。”

他自然不知道陈见夏心中有鬼。

也不知道一班私底下小范围流传的那个痞子男友的故事。

陈见夏从脖子一路红到耳根，幻觉中脸颊上的水珠都被烫得滋滋响。

“我，我可，我可配不上你。”

陈见夏转身就要跑，却被李燃拎着领子揪了回来。

“真不去？说好了带你转转老省城和老城区。”

“不去。当时又没说一定要今天，怎么能翘课去？”

“下午又没有课！”

“班会也是课，集体活动怎么能不参加？”

“哪儿来的集体啊，你们集体的垃圾让你一个人打扫，你倒挺积极。”

陈见夏说不过他，甚至觉得奇怪，明明应该是她更有理，他一个翘课的坏学生怎么就能每次都说得她哑口无言？

还是说，自己所立足的道理，其实本没有那么牢不可破？

种种念头一闪而过，陈见夏仰头看着李燃的脸。刚刚还喧闹的运动场此时已经空空荡荡，李燃的轮廓嵌在万里无云的背景中，清澈得让她晃神。

“跟我出去玩。”

他看着她，就用那种眼神看着她，不知怎么，胡搅蛮缠中带几分祈求的意味。

像只狗。像只叼着项圈乞求主人的大狗。

见夏的心漏跳了一拍。

“我不去。”

她撒腿就跑。

一路跑到体育场大门口，见夏才停下来，喘着粗气往回望，李燃已经成了视野中一个小黑点，还站在主席台的阴影之下，形单影只的，竟然有点可怜。

可那又怎么样呢，他们怎么可能做朋友，还是离远点比较好。陈见夏的直觉告诉她，李燃是另一个世界的人，那个世界里面有陈见夏所不懂得的一切，也许更洒脱更精彩——然而一旦尝了甜头，哪怕一丝丝的甜，都会腐蚀掉她多年垒筑的脆弱堡垒。

见夏呆呆地看了一会儿，还是调头慢慢地回班了。

陈见夏看见俞丹的时候还是有点心虚的。

李燃在看台上的所作所为，不知道有多少传入了俞丹的耳朵里。

然而俞丹只是一如既往站在讲台前，带着微笑，复读机似的夸奖了全班同学，参加了一上午的庆典，又要负责打扫卫生，又要筹备班会，大家真是辛苦了，我们真是个团结的集体。

换汤不换药。

见夏不由有些失望。

在被于丝丝举荐成为劳动委员之后，见夏每天都第一个到学校给班级开锁，晚上还要监督完值日，最后一个锁门离开。军训后正式开课大扫除，五楼的水房因为水压不足停了，她独自跑到一楼换水，上上下下那么多趟，除了楚天阔帮忙，其他男生竟然能够做到视若无睹，以眼镜片为结界，彻底屏蔽了水桶这个物件。

陈见夏早就不是对老师表扬嗷嗷待哺的一年级小学生了，但她还是寄希望于俞丹能说两句公道话，改变一下这个一人干活全班享福的局面——她又不是美国高中生，做学生干部还能写进高校申请材料里邀功，劳动委员干再多脏活也换不来高考加分，她凭什么每次都坐在下面听“大家辛苦了”这种屁话！

陈见夏木然看着俞丹，直到她训话完毕，让全班同学为自己“鼓鼓掌”。

大家开始在楚天阔的指挥之下搬桌椅，为班会清场地。

陈见夏的书桌塞得很满。她既然拿着班级钥匙，每天必须最后一个离开，索性在教室自习到很晚，直到收发室大爷来赶人，因此大部分练习册都堆在桌洞。

余周周也很懒，她俩默契地将桌子拖着走，桌腿和地面时不时摩擦出刺耳的声响，俞丹难得一次皱着眉头喊停，要求所有人都必须把桌子抬起来。

“抬不动就先把桌洞里东西掏出来，分两次搬！”俞丹说。

见夏和余周周互看，两个本质懒人从对方眼中读出了默契，于是各抓一边勉力去抬，不料桌子一歪，里面的书本杂物哗啦啦撒一地。

周围有善意的哄笑声。余周周和她一同蹲在地上捡，陈见夏有些尴尬，李燃的 CD 机和自己的爱华随身听原本被塞在最里面，掉出来时自然砸在书堆最上面。旁边不知谁说了一句这随身听我小时候也有，窘得她赶紧伸手将随身听捡起来塞回到书桌。

于丝丝不解的声音恰到好处地从背后响起。

“陈见夏，这是我的 CD 机吗？怎么在你书桌里？”

十二
可惜不是我

周围有几秒钟的安静。随后，议论声潮水一般涌过来。

陈见夏还蹲在地上，大脑空白地抬头看。奇怪，周围人即使眼神不善，嘴唇明明没有动，那么，那些嗡嗡的、让人头晕的讲话声，究竟是从哪里来的呢？

陈见夏不知道自己是怎么想的，竟然抓起 CD 机往书桌里塞。

这个举动让她更显可疑了。

于丝丝微黑的面孔明亮而无辜。

“我没有别的意思，见夏你别误会，”她微笑着，讲话时眼神却恳切坦荡地看着所有人，“只是我也有个一样的索尼 CD 机，前两天不小心弄丢了，刚刚看到你的就没过脑子喊出来了，你别介意。”

“什么别介意啊，你弄丢的时候不是急得要死吗？见夏，这是你捡的吗？你捡了怎么也不问问有没有人丢东西啊！”

李真萍帮腔，周围人纷纷把审视的眼神投向见夏。

“这是我自己的。”

陈见夏努力用最镇定的声音回答。

“你敢说是你自己的——”李真萍一瞪眼睛，被于丝丝迅速拉住。

于丝丝打圆场，“别这样，是我不好，没事没事，大家搬桌子吧。”

没有人动，没有人希望这场戏就这样结束，于丝丝深知这一点。

陈见夏也知道。

俞丹恰巧在这件事发生前一秒踏出门了，班里能主持公道的只剩楚天阔，他连忙跑过来，脸上还带着温和的笑意。

“吵什么？”他看了看对峙中的几个人，目光扫到见夏，又扫到 CD 机，顿了顿，似乎想起了刚开学时见夏的嘱托。

“她捡了丝丝的东西，自己留下了，”李真萍嗓门不小，“说不定根本就不是捡的！”

“Sony 又不是只产了一台 CD 机，别人为什么不可以有一模一样的？”余周周忽然在旁边平静地说，见夏心中一暖。

“你这是强词夺理！”李真萍就像于丝丝手里的一杆枪，只是此刻不知道枪口该对着谁。

“好了别吵了！”楚天阔难得收敛了脸上的温和，李真萍被喝止，脸憋得铁青。

陈见夏早就猜到这个 CD 机和于丝丝有着莫大的牵连，她本来就怕于丝丝，于丝丝演技精湛，性格阴晴不定，既然敢这样来势汹汹，肯定想了万全之策把她拖下马。

她没有办法讲出 CD 机的来历，牵涉到水面下的李燃，如果真闹到俞丹那里去，她浑身是嘴也说不清楚。一个小痞子，送了她一个 CD 机，而两个人之间实际上是光明磊落的——谁会信？

还好，还有楚天阔。

他当时在场的，李燃把CD机给她的时候，楚天阔和于丝丝都在场的，他们三个人围着讲台写学籍卡片，CD机就躺在第一排的桌子上，只要他告诉大家他见过这个CD机，陈见夏没有捡更没有偷——只要一句就够了。

楚天阔的确打算这么做，他朝见夏笑了笑，示意她安心。

于丝丝却抢在了楚天阔开口前："班头，这件事情是我不对，李真萍太冲动了，她也是因为知道我丢了东西有多心疼才这样的。那个CD机对我很重要，有特殊的意义。但不管怎样我和李真萍都不应该当着这么多人的面这样为难见夏，是我欠考虑。"

于丝丝在班里人缘一向很好。陈见夏曾在医务室被她"热情对待"过——虽然满是敷衍试探，但于丝丝并不像轻视外地妹陈见夏一样轻视所有人，她善于调配热情中恶意和善意的比例，所以还是非常吃得开的。这一番话大气又诚恳，陈见夏眼见着周围很多人都露出了赞赏的表情。

她却本能地嗅到了危险。甚至比刚刚李真萍气势汹汹的血口喷人时还危险。

见夏惊惶地环顾四周，发现连楚天阔都缓和了表情。

"但是，陈见夏，你还是把CD机拿出来，让我看一眼，好吗？"

于丝丝笑得极温柔和善。

"我的CD机上面刻了一朵玫瑰花，因为我的英文名字叫Rose，这个大家都知道的。我不是怀疑你，你别误会。只是既然由于我的失误，这个尴尬已经造成了，我担心如果不明不白地结束了，反而给你造成不好的影响，不如就在这里把事情了结了，大家看到你的CD机上没有这朵花，谁也不会到外面乱嚼舌根，我是为你好，你觉得呢？”

果然。

陈见夏的心直接沉到了湖底。

她记得清清楚楚那个 CD 机的模样，李燃擦了许久的划痕，还有那朵玫瑰一样的雕刻。

她死定了。

正如于丝丝的眼角眉梢，每一分笑意都明明白白地写着三个字——“去死吧”。

全班都屏气凝神地看着他们。

“对啊，不是一模一样的，证明给大家看啊！”李真萍喊道。

“那倒是，这样最简单。”陆琳琳的大众脸出现在见夏视野中。

这种笑话陆琳琳是不可能不找个雅座从头看到尾的。

陈见夏仿若一座孤岛，议论声再次浪潮一样从四周席卷而来，不断拍岸。每一道目光都被她收进眼底，中午扫除时臊眉耷眼不敢反击的几个男生上蹿下跳最起劲儿。

她的心冷得像掉进了冰窟窿。

陈见夏脑子已经不转了，他们要看热闹，就看个够好了。她弯腰低头去书桌里拿 CD 机，却被人抓住了袖子。

“你这种做法很侮辱人。”

余周周抓着见夏的袖子，冷漠地看着于丝丝。

“如果我现在说你偷了我的钱包，让你把书包和身上所有口袋翻个底朝天亮给所有人看，还说是为了还你清白，你乐意吗？报案的也是你，判案的也是你，过分了吧？”

见夏满脸通红地看着余周周，眼泪在眼圈里转了好几圈，忍着没有落下来。她扯开了余周周的手。

其实这样就够了。

这个狗屁班级，这个狗屁学校，她一秒钟也不想待下去了。

她朝余周周露出了一个近乎诀别的笑容，然后掏出CD机递了出去，李真萍上前一步要接，被陈见夏一巴掌拍了下去。

“把你的脏手拿开。”

陈见夏冷冰冰地直视着李真萍。李真萍望进陈见夏结霜似的眼底，居然真被吓得收手。

见夏将CD机递到了楚天阔手上。

“班长，”她毫无感情地说，“你主持公道吧。”

楚天阔微微蹙眉，然而见夏将CD机交上去之后就垂下了眼睛，没有理会他关切的目光。

楚天阔随意扫了两眼，突然笑了。

“上面没有什么玫瑰花。于丝丝，这不是你的东西。”

于丝丝的笑容终于有了一丝裂纹。

“不可能！”李真萍倒是第一个叫出来的人，她从楚天阔手中夺过CD机，来来回回反反复复地看，甚至还对着阳光转圈端详。

终于，李真萍放下了CD机，失落地望着于丝丝，将CD机递给她。

于丝丝摩挲着CD机，沉默半晌才转过来望着见夏，眼神里不仅是陷害没有得逞的惊愕和恼怒，更多的竟然是一种悲哀。

见夏这时候才忽然想起，这个CD机，是李燃自己的，不是那位“表姐”的。

她那天被李燃折腾了好几回，气得要命，又丢脸又恐惧，为平复心情，干脆把调换 CD 机的事情全盘淡忘了，否则也不会把它塞在书桌最里面三个礼拜动也没动过。

陈见夏怅然。老天爷总归还是给她留了一条活路的，可她没感觉到这种劫后余生的喜悦。

因为她明明白白地看到了周围人失望的眼神。

好可惜哦。

她居然不是小偷。

就这么完啦？

好可惜。

他们不是对见夏有什么偏见，只是想看热闹。

真可惜她不是小偷。

陈见夏在被于丝丝构陷的时候都没觉得如此灰心，却在这一刻感到了铺天盖地的疲惫。

她上前两步从于丝丝手中拿回 CD 机，扔在桌上，头也不回地离开了班级。

十三

带我走

陈见夏浑身发抖，步履不停，机械地噔噔噔下台阶，一直到没台阶可下才勉强停步。

她迷茫地抬起头看着楼梯折叠向上的之字形轨迹。

竟然就这么跑出来了？

妈妈偏心弟弟，姐弟吵架自己总是挨骂的那一个，也曾经几次三番赌咒发誓一定要离家出走，用实际行动告诉爸妈，再这么偏心下去就干脆别要这个女儿了，看他们到底会不会心疼。

永远只是想想，从没付诸实践过。

这一次，当着这么多人的面，她竟然头也不回地负气离去了！

四周安静得过分。见夏恢复理智，开始觉得身上有点凉。她没穿校服，没拿书包，上身一件单薄的长袖T恤，裤袋里只有二十块钱和一部小灵通手机。现在她要去哪儿呢？

可是她不能回去。她已经把事做绝了。

同学们不会明白她为什么这么伤心。大家没看成热闹，恼羞成怒，反而怪罪是她气量太小，反应过激。一个误会而已，解开了就好了，难不成于丝丝故意害你？心理太阴暗了吧？

这个世界多可笑。明明是无妄之灾，却要小心别还击过度，失了风度。

见夏想着，委屈得鼻酸，茫茫然掏出手机，用拇指摩挲着键盘，习惯性解了锁。

嘟嘟的等待音响起来时，她才回过神。

“喂？”李燃的声音从听筒传到见夏耳朵里，微微失真。

“……”

“陈见夏你有病啊，装神弄鬼有意思吗？说话！”

“我……我打错了……我本来没想打电话的……”见夏磕磕巴巴地回答道。

李燃轻笑了一声，没计较，更没提中午见夏把他一个人扔在运动场上的事。

“那我挂了啊。”他说。

“别！”见夏失声叫道，“你先别挂！”

李燃没说话，就这么吊在线上，呼呼的风声穿过听筒，从李燃那边吹进见夏一团糨糊的脑海。

“你……你下午还想出去玩吗？”她问。

李燃停了一刻才回答：

“不想。”

见夏噎住了。

半晌电话那边传来一串哈哈哈，李燃的声音满是笑意：“你早想什么来着？快，说几句好话给爷听听，你求求我，我就带你出去玩！”

陈见夏干脆利落地挂了电话。

过了几秒钟，和弦铃声响起，好像一个电击把见夏的心脏也激活了。

她忘记了头顶上那个教室发生的龃龉，一屁股坐到台阶上，把手机举到眼前。屏幕上“李燃”两个字不停跳跃着，像一只朝她奔来的大狗。

陈见夏人生中第一次控制不住地眉开眼笑，像一个打了胜仗的女王。

“我们去哪儿？刚才是在上课，我打给你你怎么那么快就接了？你们老师不会骂你吗？还有谢谢你的校服，幸亏咱们校服男女生都一样，被我穿了也看不出来，刚才真有点冷了……哦，坏了，我、我没带很多钱，只够坐车的，你先借我，我回去、我回去就还给你……”

李燃居高临下站在台阶上，双手插兜，耷拉着眼皮，一脸嫌弃地看着兀自絮絮叨叨的见夏。

他现在确定，这个女的绝对脑子有问题。

见夏说到一半就住了嘴，李燃的神情让她讪讪的，于是大着胆子上前一步扯了扯李燃的袖子，轻声说道：“我们先走吧，出了校门再商量去哪儿玩，走吧，走。”

“你到底怎么了？”李燃的嗓门在教学区的走廊里也不知收敛。

见夏说不出话。

不是她非要碎嘴，是控制不住。她想强行让自己热情积极起来。

在楼梯口静待李燃的几分钟，她能清晰感觉到勇气渐渐流逝——还是赶紧回去吧，班主任俞老师若是知道了，一定会对自己这种小家子气的行为颇有微词，不光受冤枉，还惹一身腥，多划不来；况且她跑了又怎样，大闹一场，最后还不是要坐回一班教室上课，未来还有三年呢，越晚回去越难收场，这不是明摆着作死吗？

回去吧，回去吧。

可是陈见夏不甘心。

只要走出这个教学楼，她就开弓没有回头箭了。

求求你，带我走，趁我重新变回那个可悲的陈见夏之前。

她抬起眼，一脸悲戚地望着李燃。

李燃被她的神情震了一下，忍不住弯腰揉了揉陈见夏的脑袋，像个当爹的哄孩子一样好声好气地说："我不问了，走，走，咱们出去玩。"

没想到越是这样轻轻一拍头，一句话，反倒让见夏虚张声势的壁垒尽数瓦解，刚刚在众人围堵时缺席的眼泪，此刻哗啦啦淌了满脸。

苛待只会招致逆反，温柔却最让人脆弱。

李燃已经在心里骂娘了。他到底是为什么要招惹这么个事儿精啊！

女生一哭他就麻爪儿。面对蹲在地上呜呜哭的陈见夏，李燃颇有些狗咬刺猬没处下嘴的乏力感。

"有人欺负你了？"

"欺负"二字一出口，陈见夏就哭得更凶了。

"那我帮你揍他？"李燃也蹲在她旁边，有点好笑地问。

陈见夏摇头。

"别甩了，鼻涕都要甩我身上来了，"李燃摸了摸裤兜，掏出一包纸巾，抽出一张递给陈见夏，"正好还你。"

陈见夏接过纸巾狠狠地擤了一下鼻涕，顺手又把纸团还给李燃，李燃居然也接了过来，捏在手里才觉得哪里不对，低头盯着手心沾上的鼻涕，脸都快绿了。

就在这时头顶传来了脚步声。

“现在出来追有什么用，早就跑不见了，还是打她电话吧。”陈见夏听到了楚天阔的声音。

“我没有陈见夏的电话，”这个声音是于丝丝，“郑家姝，你们一起住宿舍，应该有她号码吧？欸，对了，她用手机吗？”

你才不用手机呢，当我买不起吗？陈见夏恨恨地咬了一下嘴唇，这个时候都不忘踩她一脚，于丝丝这个浑蛋。

“我也没有陈见夏电话。”郑家姝讷讷的。

几个人商量着往下走，见夏一抽鼻涕，立刻起身拉李燃，他本来还蹲在地上，被猛地一扯差点以头抢地。

直到那三个人走远了，见夏才从拐角的水房里走出来，歪头朝他们离去的方向张望。李燃走到她背后，张开右手掌，狠狠地拍在见夏的校服后背，从上抹到下。

“你干吗？”

“擦手，”李燃五指张开在见夏面前晃，“你沾我一手鼻涕。”

“这校服是你自己的，你忘了？”

李燃脸上立刻五彩缤纷。

“不打算跟我说说？”他看见夏正常了点，再次询问，“这么多人出来抓你，你是挪用班费畏罪潜逃吗？看不出来啊，不声不响地干了一票大的。”

陈见夏没接茬。

那三个人不急不缓地出来寻找她的样子，彻底让她不想回去了。

“我们走。”她回头看李燃，目光坚定了许多。

因为校庆，保安人员进出查得不是很严，他们很容易地就混出了校门。她义正词严地表示上次在西餐厅吃掉了三百块，非常不好意思，所以这次请李燃务必答应她 AA 制。

李燃点点头说好啊，然后目不斜视地路过公交站牌，穿过马路，扬手招了一辆出租车。

出租车。

李燃拉开车门，表情那叫一个天真无邪。

陈见夏硬着头皮坐到车上，计价器蹦得她心颤。李燃余光注意到，笑了，如沐春风。

“炫富有意思吗？”陈见夏咬着牙说道。

“有意思，”李燃大笑，“特别有意思。”

“有什么了不起，又不是你自己赚的钱，还不是靠爸妈。”

“炫富就是炫爸妈啊，我爸妈有本事也不行？爸妈是我自己的吧？可以炫吧？”

陈见夏简直要被活活气死。

但是不知为什么，李燃几次三番在她面前说自己五行不缺钱，说自己的鞋子一千五，请她吃很贵的老西餐厅，还故意打车吓唬她，炫耀自己爸妈有本事……她统统没觉得受冒犯。

这一切行为加在一起的杀伤力都比不上于丝丝轻描淡写的一句“陈见夏用手机吗？”。

见夏想不明白，愣愣地扭头看，看得李燃十分不自在。

“看什么看，想做我家儿媳妇？”

“你有病吧？”见夏闭上眼睛翻白眼。

“真的，有什么不好？好多人努力读书不就是为了赚钱吗？你当我老婆，就不用费劲儿考北大了。”

陈见夏哭笑不得：“别丢人现眼了。谁说读书是为了赚钱的？庸俗。”

李燃却没恼：“我当然知道有些人是真的热爱求知，但是也有人不是啊，而且，不热爱的恐怕占大多数吧？把一道题做一百二十遍，背诵一些屁用没有的课文，难道也是为了求知？不就是为了考个好大学，拿个好文凭，然后多赚点钱改变命运嘛。”

他说着，忽然凑近了见夏：“你呢？你是热爱科学文化知识，还是为了脱贫？”

“滚！”见夏恼了，一胳膊肘挥上去，被李燃挡下。

“你急什么啊，我又没真让你当我老婆，”李燃悻悻地扭过头看窗外，真诚地补充道，“你长得又不好看。”

陈见夏一头撞在车窗上。

她现在宁肯跪在于丝丝面前大喊“我是小偷”，也不想再跟这个五行缺心眼的家伙待在一辆车里。

“欸，师傅，靠边儿停，就这儿。”李燃忽然敲着车窗喊起来，付了款扯着见夏下车。

他们走进老旧的筒子楼居民区，在灰色的楼宇间穿来穿去。李燃眉飞色舞地讲着他小时候在居民楼里挨家挨户敲完门就跑的“光辉事迹”，见夏完全没听进去，忽然拉了他一把。

“干吗？”

“别走在人家晾的裤子下面，”她指了指头顶某户人家窗外伸出来的晾衣杆，“钻裤裆不吉利。”

李燃扯扯嘴角：“还说你读书不是为了脱贫，你看看你哪个地方有科学精神？”

见夏正要反驳，李燃突然眼睛一亮，盯着前方说：“到了！”

映入眼帘的是伫立在开阔地带的一栋白色建筑，砖石结构的主体四四方方的，居中高耸着一座钟楼，顶端不是十字架，而是一个月牙；正面墙体粉刷成了红白相间的横条纹，鲜明惹眼，在居民区的包围下，有种奇特的美感。

“这是……这是教堂？”见夏疑惑道。

李燃的目光明明白白表达了蔑视：“陈见夏，你读书也脱不了贫了，想别的辙吧。”

“你会不会好好说话！没完了是吧！”

“啥教堂啊，这是清真寺！”

“哦，”见夏有点惭愧，转而问李燃，“你是回民？”

“不是。”

“那你怎么会知道这个清真寺的？”

“我爷爷就住在这附近。以前爸妈没时间管我的时候，都是爷爷带我，所以这一带我很熟。这个清真寺1906年就建成了，真真正正是一百年前了，土耳其人建的。不过这个土耳其不是地中海那个狭义的土耳其，正确的说法是鞑靼人，我爷爷纠正过我，好像是跟谁有渊源来着，反正我没记住。”

没记住有什么好骄傲的，见夏好笑地看着他。

“不过盖到一半，工程师就死了，后来又换了人。建成以后这里做了一段时间的艺术学校，又改成清真寺，反正一百年间风风雨雨的，它也经历了不少吧，最后一次修缮是二十年前，听说是我爸妈结婚那一年。这附近住了许多回民，哦，对了，好多本地人来这里买牛羊肉，他们觉得回民吃的清真牛羊肉肯定质量好……”

李燃拉家常的语气让陈见夏听得入迷，像是又回到了那个谎称自己有百年历史的西餐厅。

“这些你是怎么知道的？”

“你自己来看。”

李燃示意陈见夏跟上。他们走近紧闭的大门，右侧墙壁上镶嵌着一块长方形的深灰色大理石碑，上面刻满蝌蚪一样的文字。

“建造过程都在这上面写着呢。”李燃指着它说。

见夏惊讶：“这你都认识？”

李燃沉默了一下，不好意思地笑了。

“不认识。”

在陈见夏即将闭眼睛翻白眼的时刻，李燃及时地补上了一句：“是阿訇给我讲的。”

“阿……什么？”

李燃笑了，“具体我真的不了解，好像还有个叫法是伊玛目？大概是神父、老师、尊者的意思吧。”

已麻木？见夏懵懵懂懂的，决定回去后自己查词典。

她索性坐在门前的石阶上，示意他慢慢讲。她整个上半身都伏贴在腿上，下巴搁在膝盖上，双手环抱，团成了一个球。李燃也跟着坐到了她旁边。

小屁孩李燃按遍了附近所有人家的门铃，没有一次被逮到，顿时觉得人生无趣，于是开始用小石子儿打这座新奇清真寺的彩色玻璃，被阿訇抓了个正着。

“我当时觉得我死定了，”李燃比比画画，“我只记得我爸妈不让我去招惹在街上烤羊肉串的大胡子叔叔，他们看上去就很厉害，而且的确总对我瞪眼睛。”

“那是因为你太烦人了。”陈见夏见缝插针。

“我以为这个房子里面全是烤羊肉串的，被抓到的瞬间以为他们要拿铁钎子把我也串起来。”

“真可惜他们没有。”陈见夏笑了，被李燃一个爆栗敲在脑门上。

“但是那位阿訇看起来和我爷爷长得特别像，区别只在于戴了一个白帽子。他没骂我，反而让我进了寺里。当然，只能在门口站着，里面那个宽敞的做跪拜祷告的大厅我是不能进去的，因为我不是回族人。这个石碑，”李燃指指背后的大理石牌，“就是他一句一句翻译给我听的。”

“可是今天怎么没开门？”

“这里马上就要动迁了，周围的老楼都要被拆掉，建成广场。里面的信徒也搬去了新建的清真寺，这个建筑要被改造成历史博物馆了。”

“那阿訇呢？”

“去世了。”

他们一同经历了一段奇怪的沉默。陈见夏并不会因为忽然听闻陌生人的死讯就跟着悲伤，但她扭头看着背后的老清真寺，忽然觉得它和自己一样孤独。

“你带我来这里做什么呢？”她问。

“散心啊，你不是不开心吗？”李燃站起来，跳下几级台阶，平视还坐在原地的见夏，“有什么不开心的就在这儿说，说完了就振作起来，重新回去跟傻 × 厮杀吧！”

陈见夏自然没当真：“神不会管我的。”

“会管的，”李燃笃定地点头，“相信我。”

相信你什么？

“真的，阿訇跟我说过，不开心了就看看塔尖尖上的月牙，多祈祷，少调皮，做个好孩子。”

李燃仰头望着直入蓝天的铁制白月牙，脸上扬起特别好看的笑容。

做个好孩子？这话从你嘴里说出来怎么这么走味？陈见夏迷惑地看着李燃，却深深看进他的眼睛里。

见夏一直觉得李燃的眼睛和别人不同，倒不是多好看，却特别澄澈，黑白分明的，像婴儿一样干净。

很明亮。

能问出“你是求知还是脱贫”的缺心眼，是应该有一双这样的眼睛。

“你跟神都说过什么？”她忽然问。

李燃的脸立刻色彩纷呈了起来。

“这我哪记得啊。”他眼睛开始看别的地方。

见夏也没在这个问题上纠缠，“那你过去经常来这里跟神说话？现在也经常会来？”

李燃愈发不自在。

“咱不聊这些行吗，我一大老爷们，恶不恶心，肉不肉麻，”他一边说一边踢脚边的空矿泉水瓶，“你要是只想寒碜我，就别说了，走走走，去逛别的地方。”

见夏还没见过李燃窘迫的样子，一时心情好了许多。她笑着拉住他的袖子，轻声说，谢谢你。

然后就转过身，面对清真寺默立，双手交叉相握，闭上眼睛认真地祈祷起来。

祈祷些什么？陈见夏没有任何话可以跟神明讲。她心底从未相信过这世界上有神，更不认为阅尽人世悲欢的陌生神明会因为她临时抱大腿而帮她实现任何愿望。

神明不会让于丝丝和李真萍停止厌恶她，也不会让她忽然脑袋开窍到轻松上清华，甚至都不会给她一点点回学校的勇气。

她知道自己此时此刻即便再虔诚、再希冀、再充满勇气，真的踏入班级教室，面对大家各异的眼神，一定还是会丢盔弃甲。

这个过程她经历过太多次了。

即使再清楚“胜败乃兵家常事”，考砸了也一样心态失衡；即使再明白妈妈就是偏心的，下一次弟弟单独得到礼物她还是会酸脸子；即使楚天阔说再多次不要过分在意他人的脸色，她也还是会回过头去传一张道歉纸条，眼巴巴地等着李真萍和于丝丝给她一个笑脸……

为什么呢？为什么人懂得这么多道理，却一样也做不到呢？

日子还是要自己过的，要一天一天痛苦地熬。清真寺里有伊玛目引领大家洗涤灵魂，现实中的她自己，只能因为日复一日的失落与痛苦而“已麻木”。

这真让人难受。可是有什么办法呢？

陈见夏本来只想做个祈祷的姿态以回报李燃的好心。没想到，思绪越飘越远，越想越鼻酸，真的开始淌眼泪。

“你怎么又哭了？”

这次李燃的语气倒没有不耐烦，只是单纯的好奇。陈见夏羞赧，她从小就爱哭，自打进了振华，越来越爱哭。

“我只是觉得，说了这么多，”见夏抹抹脸，“自己都不知道想要许个什么愿，神也不会管我的。你个大骗子。”

李燃挠挠头，“那怎么办，那……那神不管，我管？”

见夏愣愣地看着他。

有那么一瞬间，她希望他是认真的。而她也真的愿意让他管。

十四
往事又不能杀人

一瞬感动过后，陈见夏回过劲儿来了。

“本来就该你管！！！”

陈见夏忽然想起来，这件事明明就是李燃惹出来的。

虽然不知道具体为什么，但要不是他，要不是那个CD机，于丝丝不会这么恨她、排挤她、陷害她！明明都是他的错，她居然还谢他带自己出来散心！

陈见夏死瞪着李燃，怒火一路烧到天灵盖。

她特别快速地将今天下午发生的事情讲了一遍。

“那个有玫瑰花的CD机是于丝丝的对不对？你为什么会有于丝丝的CD机？为什么送给我？你跟我有仇吗？在医务室你明知道我是一班的，也知道于丝丝是一班的，你还把CD机送给我，不管你们有什么过节，我跟你无冤无仇，你这么坑我，你损不损啊？！”

见夏连珠炮似的骂完一通，转身就走。

走了五六步的时候脚步顿了顿，因为她想起来，自己一来不知道这是哪儿，二来兜里没钱，怎么回学校都是个问题。

但是输人不输阵，她咬了咬牙，接着往前走。

又走了十几步，心里更恨了。

白发一通火吗？白被坑了吗？

你倒是来追一下啊！

陈见夏气死了，脚下发力，原地转了一百八十度，掉转方向朝着李燃气汹汹地杀回去，他还眨巴着眼睛呆站在原地。

“李——”

她刚喊了半个字，李燃突然伸出双手，紧紧地抓住了她的肩膀，陈见夏一下就哑火了。

“让我扶一下，”李燃说，“坐太久，腿麻了。”

她呆头鹅一样站着，任由他扶，只觉得肩头很烫。

不知道过了多久，陈见夏终于听到李燃用难得的正经语气开口。

“陈见夏，对不起。”

李燃能活动了，轻轻松开手，退了两步，低着头抬着眼，抬出了浅浅的抬头纹，像只犯错的狗。

“我也不知道我为什么犯浑。一开始在医务室，我的确没考虑到会给你惹出这么多事，光顾着自己烦，结果把麻烦都甩给了你。于丝丝不是省油的灯，我怎么想都不放心，所以才跑去你们班找你换 CD 机。我以为换回来就好了，我哪知道她居然憋了一个月，设局来搞你。冤有头债有主，有本事冲我来啊！所以我说，你们女生真是有毛病，多大点事啊——”

“别扯别人，道你自己的歉！”见夏吼他。

“好好好，”李燃点头如捣蒜，忽然想起什么似的，“欸，你看你要是在自己班里有吼我这点煞气，谁敢欺负你啊？”

见夏愣住了。

对啊，她怎么冲着李燃就能自然说笑和发飙呢？自然得都不像她了，她在家面对父母和弟弟也没这么放肆过。

“你别东拉西扯的，要是没诚意，我也不想听了。”她语气却软下来了。

“我不是东拉西扯，我是觉得没脸，”李燃为难地叹口气，掏出手机看了一眼时间，“要不咱们边吃边说吧。”

陈见夏这次翻了一个大大的白眼，没有闭眼睛。

他们去了必胜客。

陈见夏有点激动。居然是在这样的一天，她越过麦当劳，直接吃到了必胜客。

但她必须绷住。她不想暴露自己高中一年级才第一次吃必胜客的事实。

然而她睁大双眼笑盈盈研读菜单的样子还是差点露馅，陈见夏抬头，看到李燃投来好奇的目光，噌地蹿上小火苗——自己一屁股烂账还没解释清，居然又想笑话她！

“我只是想看看他们家出没出新口味，不行吗？！”她心虚地高声说。

“行啊，”李燃一头雾水，“菜单在你那儿，我跟着一起看看，你吼什么？”

陈见夏尴尬：“哦，一起看一起看。”

李燃拉着她一起去搭自助沙拉。陈见夏瞪大眼睛，目不转睛地盯着他每一个动作，看他用胡萝卜条在沙拉碗的边缘搭出一圈外壁，用黄桃和西瓜填满，再次搭上一圈更高的胡萝卜外壁，继续往中间填充其他好吃的水果……

见夏看得入了迷。

“吃完再来拿不就好了吗？干吗要搞这么复杂？”

李燃像看外星人一样看她：“再来拿就要再付一份钱了呀！你傻吗？”

到底还是暴露了第一次来必胜客的事实。

陈见夏万念俱灰。

李燃继续聚精会神地搭沙拉塔，不一会儿便搭起十几厘米高的塔楼，颤巍巍地端回座位，丝毫没发觉见夏内心百转千回。

“其实咱俩根本吃不了那么多，我就是喜欢跟必胜客较劲。而且，研究搭法实在是太好玩了，”李燃自言自语，“来，吃啊，我拿的都是贵的，黄桃和西瓜，你肯定喜欢吃。”

陈见夏用叉子扎了一块黄桃，闷闷地呛声：“别光顾着吃，你不是要解释吗？”

李燃嘿嘿笑了。

“咱们商量一下，我不解释了，但我帮你揍于丝丝一顿，让她以后再也不敢惹你，你说怎么样？”

男生都是缺心眼。

陈见夏把黄桃咽下去，很优雅地坐直了身子，说：“不怎么样。有屁快放。”

后来，陈见夏终于理解了李燃为什么不乐意讲出原委。

因为这个故事实在是……幼稚。

李燃有一个从小一起长大的伙伴叫梁一兵。李燃的爷爷不愿意跟儿子儿媳住，一个人带着孙子留在清真寺周围的老居民区，梁一兵就是邻居家的小孩。

在李燃奔跑如风的童年时光里，梁一兵就是地上的一道沟，绊他没商量。两人一起犯事儿，梁一兵总被抓，李燃只能折返回去跟着挨骂；但若被抓的是李燃，梁一兵却能将李燃大义凛然的“快跑别管我”贯彻到底。

他们一起度过了小学六年的时光，升初中时，梁一兵本应服从就近入学的政策进入一所普通中学，但人家争气，拿了华罗庚杯数学竞赛的一等奖，被八中破格录取了。与此同时，生意步入正轨的李燃父母粗暴地将儿子接回自家管教，同时将他塞进了省城最好的初中，师大附中初中部。

陈见夏看着李燃——他讲到这里，神情愉快，竟然充满“我们都有光明的前途”的希冀感，不知该说他单纯还是愚蠢。梁一兵努力学习奥数，去了次一等的八中，招猫逗狗不学无术的李燃却因为家里有钱而随随便便入学师大附中。

如果她是梁一兵，应该也不太想和李燃做朋友。但陈见夏没说，她怀疑李燃听不懂。

李燃敲敲桌子：“你看哪儿呢？听不听我说话啊？”

“听听听。”陈见夏狗腿地点头。

也正是在八中，梁一兵认识了于丝丝。

没什么创意的相遇，活泼女班长与沉默团支书，永远搭档，永远有绯闻。于丝丝似乎更主动一点，做得更多，说得更多，却止步于暧昧。可梁一兵是实实在在地喜欢于丝丝的，他家庭条件不好，如果不是为了给于丝丝买生日礼物而求助于李燃，可能这份感情就要被他永远埋在心底了，连对最好的哥们都不会讲一句。

那个礼物，就是索尼的 CD 机。

陈见夏听到这里又走神了，芝士在嘴边抻出长长的丝。

省城的学生真有意思，她想，初三女生过个生日，男同学送她 CD 机。我亲妈都舍不得给我买。

她赶紧打消了自己庸俗的想法。

李燃帮梁一兵买了 CD 机，钱算是借他的，两个人都知道不必还。梁一兵花一晚上的时间在 CD 机上刻了玫瑰花送给 Miss Rose，塞进对方书桌，没有留下自己的姓名。

但是写了贺卡，胜似留名。同学三年，于丝丝肯定熟悉梁一兵的字迹，用膝盖都猜得到送礼的人是谁。

人算不如天算。盒子里除了保修证明以外，还有张取货单，是李燃的名字和电话，梁一兵太紧张了忘拿出来。于丝丝胆子大，找由头去了一趟师大附中。李燃初中的班级满是名人，于丝丝和他们在同一个补课班，由头总是找得到的。

偶像剧一般的相遇，活泼漂亮的神秘女同学直接喊他的名字，让他猜她是谁，他猜不出来，就一直猜，猜过学校走廊，猜过大门口，猜到了饭店，坐在了同一张桌前，名字已经不重要了。

“我当时真的不知道她就是梁一兵喜欢的女生……”李燃声音越来越小。

陈见夏惊讶，“所以你抢了你好朋友的——”

“我没有！”李燃截断她的话，“我只跟她吃了一顿饭！”

就吃了一顿饭，结账时候就遇到了梁一兵。

“后来呢？”见夏放下手中的比萨，擦了擦嘴角的油。

李燃每个字都吐得艰难：“没有后来，反正就是掰了呗。”

“谁跟谁掰了？”

“我跟他俩都掰了。”

他已经把盘里的黄桃戳成了筛子，过了好一会儿，终于还是把后续略微展开了一点点。

“猜了五六次都没猜中，输了，所以请她在我们学校对面的礼记吃的，”李燃叹气，“不知道怎么那么寸，梁一兵在附中上补课班，经常来，他喜欢吃礼记的干炒牛河，每次我都请他在那儿吃。我不知道那天他为什么去附中，是不是找我，找我干吗……估计他永远都不会告诉我了。”

菜单还掀开在桌边，李燃盯着开胶劈叉的塑封页脚，顿了一会儿突然没头没脑地说：“你想吃礼记吗，还可以，冒牌港式，上次你不是问茶餐厅的事吗，要不晚上就吃礼记吧？”

谁要跟你吃晚饭啊，陈见夏哭笑不得，嘲讽的话都到嘴边了，忍住了。

她第一次见到他这么难堪。

其实她还有很多问题。CD机都给了于丝丝，为什么又回到他手里；“掰了”是怎么个掰法；他军训第一天到底发生了什么，怎么头破血流的……陈见夏决定都不问了。

她突然不想端详他的窘样了。墙上的挂钟显示已经五点二十了，马上就要放学了，下午天渐阴，世界变成灰蓝色，一种与她无关的蓝。

俞丹会不会往她县城的家里打电话呢？俞丹会怎么看待她因为“一点小委屈”就离校出走一整个下午的行为呢？她若是此刻走进教室，睽睽众目会不会像电影中毁尸灭迹浇的汽油一路烧过来？她现在已经觉得脸烫。

比萨上的芝士冷掉就很像烛泪，陈见夏明白了为什么古人说味同嚼蜡。谁都救不了她，知道再多于丝丝的过往，又能怎么样呢？往事又不能杀人。

她突然的沉默很是让李燃心虚。

“你放心吧，这事儿我帮你，保证你解气。”他急急地安慰道。

见夏不以为意，只是淡淡地点头。

陈见夏回班的时候，屋里的人都快走光了。俞丹正在讲台前跟楚天阔说着什么，看到她从后门进来，高声喊了一句：“陈见夏！”

见夏认命了，低头走过去。

俞丹问见夏下午去了哪里。

幸好回班前她给楚天阔偷偷发短信问情况，楚天阔只提醒了她最重要的一句，千万别说自己出校门。

“我在行政区天台坐了会儿。”她低声说。

俞丹的神情和缓了许多。后面的话不听也罢。

无外乎是理解见夏情绪敏感，离家求学不容易，但于丝丝只是心直口快，做事情欠考虑，她已经批评过了，见夏也没必要这么大反应，要多锻炼自己的心理承受能力，不要钻牛角尖，总把人往坏里想，格局太小。

陈见夏掂量了一下，几乎都是在说她不对，对于丝丝的责怪却轻飘飘的，“心直口快”四个字甚至不能算贬义词。她心口堵得慌，一直勉强地笑着，嘴角酸得不行，最后垂下来，像哭。

楚天阔适时打断了俞丹：“俞老师，当时我一直在场，于丝丝和李真萍虽说不是故意的，但说话实在太伤人，难怪见夏会这么生气。刚开学不久，咱们同学互相之间不熟悉，对彼此的性格也不了解，肯定有误会，您别担心，我来开导见夏好了，毕竟这次主要还是她受委屈了。”

一番话滴水不漏，俞丹没什么好讲，直觉却不爽，正要补充几句，楚天阔又说：“偷东西涉及人品问题，见夏急了也正常，闹大了别的班还真以为咱班出了个贼，就不好了。”

这才打在俞丹七寸。她微不可见地点点头，表示自己还有会要参加，剩下的交给楚天阔。

临走时她拍了拍见夏的肩膀，笑着说：“心胸开阔点。”

见夏刚刚因为楚天阔的话而舒展的眉头再次皱了起来。她闭眼睛忍了许久，听着脚步声远去，才缓缓睁开，赶在楚天阔前说：“班长，谢谢你，什么都别说了。我心里都懂。”

她怕多待一秒就要在楚天阔面前哭出来了。早知道俞丹会这样，可是那些话真的响起在耳边，陈见夏还是非常难过。

她在偏心中长大，到了异乡，还是遇见了一颗长歪的心。

陈见夏理应第一个到班里开门，然而第二天一早她迟到了，吭哧吭哧爬到自己班教室那一层，看见一群学生叽叽喳喳堵在楼梯口，水泄不通。

“怎么了？”

她好奇地走近，甚至忘记了自己昨天还是风暴中心的主角，应该回避一下昨天的看客。

回答她的人是陆琳琳，依旧是那副看到好戏了的、似笑非笑的表情，“你自己看吧，你肯定乐意看这个。”

陈见夏有些不快，忍住了，挤到前面去。

他们班门口走廊的墙上贴着一张大白纸，有白榜那么大，粘得结结实实。

龙飞凤舞的大字，明晃晃写着：“于丝丝！还钱！”

陈见夏张大了嘴。

震惊的一瞬过后，她内心只有一个感觉。

爽！爆！了！

陈见夏死死压制住拼命上扬的嘴角。她知道这张白榜很缺德，可是，善恶终有报，天道好轮回呀！

这时手机振动了一下，她掏出来低头解锁，李燃的大名出现在短消息栏里：

“解气了吗？”

十五

像狗一样纯净

陈见夏盯着橙色的屏幕。

上面只有干巴巴一行字，但她看了好几遍。

她感觉到背后陆琳琳探寻的目光，匆忙将手机收起来，喜悦与慌乱轮番上阵，心脏一抽一抽的。

这张诋毁人的大字报，的确是帮她报了大仇。即便是污蔑。

但于丝丝不就是这么对付她的吗？

苍蝇不叮无缝的蛋，这世上没有空穴来风，被污蔑的人一定有问题，所以才招惹这么一身腥——

这样的恶意揣测固然是对受害者的二度伤害，但，于丝丝不就是这样对她的么，人心不就是这样的么，于丝丝操纵，也被反噬，很意外么？于丝丝人缘那么好，昨天声援者众，现在呢，有一个人站出来帮她说句公道话吗，哪怕站出来把这张白纸撕掉也好啊，有吗？

陈见夏盯着那张白纸，心跳如鼓。

她突然大步向前，推开挡在前面的同学们，众目睽睽之下揪住这张大白纸翘起的一角，用力撕了下来！

“我觉得，我觉得这样不好。”到底还是有点胆怯，声音也不高。

“你不应该觉得开心吗？昨天你俩可是差点打起来。”

陈见夏不用看就知道这种话肯定是陆琳琳说的。

她突然很好奇，自己这么夹着尾巴做人尚且屡遭不顺，这位陆琳琳同学嘴这么贱，怎么平安活到十七岁的？

“一码归一码，她诬陷我，我会光明正大跟她讲道理，但我见不得别人不摆证据就反过来诬陷她，要是我幸灾乐祸，我成什么人了？谁也不应该用这种方式欺负人，无论是她，还是我自己。”

牵强，非常牵强。

陈见夏不是一个有急智的姑娘，刚才不过一时冲动自作聪明，这番说辞连她本人都无法信服，此刻这么多双眼睛盯着，什么神情都有，她立时心中惴惴。

不禁觉得自己无能。

她以为自己能大气漂亮地做姿态，既洗脱嫌疑又赢回人缘，顺便进一步恶心死于丝丝，不料一开口就砸锅了，这下更像做贼的。

陈见夏你真可悲。她愣愣地想。

“见夏你做得对。”

这话说得好比天降及时雨，陈见夏丧家犬一样巴巴地转头看着刚刚出现的楚天阔，周围同学都不自觉为他让出道路，他抬手将她没撕干净的边边角角都扯了下来，在手中团了团。

楚天阔温和地朝陈见夏笑了，神情中充满鼓励。

“我觉得你很了不起，昨天受委屈了，今天还能这样为自己班同学考虑，真的很善良。”

这话其实有点肉麻，当着这么多人面说出来，难免让人觉得偏袒不公，楚天阔偏偏能说到一堆人附和点头，包括陆琳琳。他就这么下了结论，陈见夏如何不感激。

“好了，回班上早自习，扫除的同学动作快点，一会儿值周生就来检查了！”

号召完，楚天阔轻声对见夏说：“钥匙，给我钥匙！”见夏连忙偷偷递过去，楚天阔开门，把人都引进去。

“班长！”陈见夏悄悄叫住他，“我……真的不是我报复于丝丝！真的不是我！”

楚天阔诧异地扬眉，想都没想就回答道：“当然，你哪是那种人啊！”

她心中大定，傻笑着一鞠躬：“谢谢班长！”

楚天阔摆摆手：“不用谢。你之前拜托我的事，我也没做好，你不怪我就好。”

陈见夏愈加为自己的小家子气感到难堪。他仁至义尽，昨天当场站出来替她讲话，只不过被于丝丝的鬼话绕晕了，真的，挺够意思的了，她竟还在内心挣扎该不该怪他——楚天阔不过是个同龄男生，学习那么紧张，还要管一整个班的同学，凭什么照顾她，他又不是她爹。

陈见夏还要说什么，抬眼望着楚天阔，他垂着眼睑看她，用鹿一样温柔的眼神。

见夏瞬间把一切都咽下了。她觉得楚天阔明白。

班长真好。她内心雀跃。

“这人谁啊？”

陈见夏听见这不耐烦的语气，后背立刻汗毛直竖。

她连头都不敢回，像是没听见一样，拔腿而起，朝着前方的实验区走廊冲过去了。

陈见夏跑得上气不接下气，直到教学区潮水般的人声被远远抛在背后，才在实验区的铁网前停下来。

安全起见，平日里实验区和教学楼相连接的每一层楼梯口都用铁栅栏门锁住，只有需要做实验的班级才会在物化生科目老师的带领下进入这个区域。她在门前弯下腰，单手抓着铁栅栏喘粗气，还没喘匀，就听见脚步声紧随而来。

“你跑什么啊？！”语气更不耐烦了。

确切地说，简直气炸了。

陈见夏侧目看着李燃吃了大便一样的脸色。

“我帮你出气还有错了？你见我干吗跟见鬼一样？！”李燃大吼。

看来是委屈了。

陈见夏觉得好笑，小声说道：“我是为你好。”

“为我好？”李燃歪着脑袋，比她刚才在班级门口的样子还像一条狗。

陈见夏被自己的念头逗笑了，但被李燃这样盯着，勉力憋住，正色道：“我跑是因为，我不能站在班级门口跟你说话，对你不好，因为那里、那里可是案发现场！”

李燃怔住：“案发现场？”

几秒钟后，排山倒海般的笑声向陈见夏袭来，连她手中紧抓的铁门都嗡嗡共振起来了。

这笑声只有一个含义：陈见夏你缺心眼吗？

“我得走了，”她看了眼时间，“还有五分钟就打预备铃上早自习了，今天有英语小测。”

她刚走半步就被李燃拽住了。

“之前是我连累你，现在我帮你出气了。”他说。

什么意思，邀功？陈见夏为难地看着他。

李燃皱起眉头：“你该不会觉得我这么做很卑鄙吧？”

语气依旧霸道，乍一听像是硬要陈见夏领情，可不知怎么，她竟然听出了一丝丝的不安。

她紧盯着李燃，目光从发红的头发梢下移到他那双狗一样纯净的双眼。

狗一样纯净？这什么比喻？

陈见夏连忙驱散了自己的胡思乱想。

“你真这么觉得？”李燃咽了一下口水，“觉得我卑鄙？”

“我只是担心你，”陈见夏笑了，“学校里那么多监控探头，万一拍到你怎么办？会给你惹麻烦的。”

李燃神情快活起来：“怕给我惹麻烦？算了吧，你是怕牵扯到你自己吧？放心，我不会出卖你的。”

“出卖我什么？”陈见夏急了，“我又没让你做这种事！”

李燃露出“果然如此”的表情：“是是是，您多光明磊落，怎么会指使我用这种卑鄙手段呢？我是自愿的。”

陈见夏瞪了他一会儿，扑哧笑出来。

“说真的，”她还是有点胆怯，“你是不是……咱们，咱们是不是有点过分了？”

“咱们”二字让李燃心情大好。

“我一个字也没撒谎啊，她的确考上了振华就甩了我哥们，还欠我一个 CD 机，两千块呢，我哪句话冤枉她了？”

真理直气壮啊，陈见夏想。

“怨她吗？你哥们自己非送给她不可，又不是她从你们手里抢的。”她忍不住替于丝丝讲话。

“是她要的，她下套，他自己往里钻，否则你以为梁一兵为什么非送她 CD 机，他就不能送个他买得起的东西吗？”李燃冷冷地回答，似乎另有隐情，但他转瞬阳光起来，“具体的以后再说，反正，你不怪我？”

陈见夏蒙蒙的。

李燃被她看得发毛，忽然不耐烦，推着她往回走，“去去去，你做你的大好人，不关你的事，你就当不认识我这个人。”

“那怎么行？”陈见夏严肃起来了。

她想了想，朝李燃鞠了一躬，吓得李燃往旁边一跳，避了过去。

“你抽什么风？”

“谢谢你，”陈见夏很认真地说，“我不是什么大好人，也想出口恶气，谁让她那么欺负我。可是我不知道怎么办，说实话，我不觉得你这么做卑鄙，我觉得这才叫以牙还牙，如果没有你，我还真没办法用这么威风的方式报复她。虽然……虽然手段比较那个，但是，但是我很高兴！”

陈见夏觉得心口那块石头随着这番话也滚落一旁了，说不出的轻松惬意。

她固然可以坐享渔翁之利，在李燃面前装成一朵白莲花，不落口实。但她觉得这样才舒服。

也只有在这个人面前，她讲话才这么利索，坦陈一切阴暗的心思，不担心会被轻视或误解。

李燃竟然脸红了，别扭地挠了挠耳朵，神态极不自在，半晌才说：“你回去上自习吧。”

见夏也有些羞涩，她低头将额发绾到耳后，点点头。

走出几步，又回头问：“你真的不会被监控探头拍到？”

李燃啼笑皆非：“又没丢钱，凭什么查监控记录？你当保卫科那么闲？”

也就是说于丝丝只能哑巴吃黄连了？

话说回来，他怎么这么了解保卫科？是不是经常偷鸡摸狗？

耳边响起早自习的预备铃，陈见夏一惊，连忙朝教学区大步跑起来。

“欸，对了，”李燃突然从背后遥遥地喊，“那男生是谁？！”

她都跑出好远了，脚步一滞，心想早自习要紧，这种破事儿干吗特意回答。

于是理都没理。

十六

尘埃落定

陈见夏踩着预备铃的尾音跑进教室，正好和英语老师同时进门，一个前门一个后门。她机灵地把书包和外套脱下来拎在手里，所以不那么扎眼；落座时，前排的陆琳琳回过头，斜眼看了看她，发出轻笑声。

不知是不是因为刚和李燃分开，陈见夏的神经还没调整好，她竟本能地白了陆琳琳一眼。

陆琳琳吃了一惊，迅速地转过去了。

原来瞪她也不会怎么样哦，陈见夏惊讶，进而为自己此前的小心翼翼感到不值。

早自习连着第一堂英语课，英语老师把单词小测的卷子发下来，要求大家十分钟内做完，然后分组交换批改。

话还没说完，教室里忽然爆发出“哇”的一声哭号。

陈见夏心中有数，好整以暇地回头，看到捂着嘴边哭边往外跑的不是于丝丝，而是狗腿子李真萍。

她诧异极了，不经意对上了于丝丝的目光，黑沉沉的，像是要生吞了她。

即使被这样摆了一道，于丝丝也不过面色惨白抿着嘴，眼神阴郁，硬是没掉一滴泪，身上有着十七岁女生少有的沉着和刚强，也不知道是怎么长成这样的，陈见夏由衷怕她。

班里气氛怪怪的。英语老师浑然不觉，依旧笑盈盈领着大家批改单词测验卷子，反正她不是班主任，李真萍的事情就当作同学矛盾交给楚天阔处理，不问缘由。

陈见夏都有点同情楚天阔了。怎么摊上这么一个班级，女生一个赛一个地多事。

她想了想，试探地向同桌道谢："昨天，你站出来为我说话，真的谢谢你。"

余周周点点头，没客气。

见夏想了想，觉得余周周虽然非常冷漠，但本质是厚道人，所以大着胆子辩白了一句，"但今天的事情不是我做的。"

余周周困惑："什么事？"

见夏被噎了一下。她觉得搬起石头砸自己脚，只能特别小声地讲了一遍，生怕前面的陆琳琳听见。

"哦，这样啊。"余周周恍然大悟，面上依旧没什么波澜。

见夏忐忑。

余周周批改完了卷子，把红色水笔放回笔袋，轻轻翻开书，头也没抬地扔下一句话："她活该。"

于丝丝哪里是随便就能被打倒的。

下课铃打响，英语老师前脚走出教室，李真萍后脚就被楚天阔带进门。于丝丝忽然站起身走向李真萍，大声道歉：“对不起。我知道你是好心安慰我，但是控制不住情绪，让你委屈了。是我不对。”

别的班都下课了，走动打闹声从门外源源不断传进来，可教室里没人动弹，大家不错眼珠地看着后排这出戏，尿急都舍不得离开。

于丝丝指桑骂槐：“今天算我倒霉，我没想到人能恶毒成这样，但你千万小心点，昨天你好心为我出头，肯定也被记恨了，说不定什么阴招等着你呢！”

李真萍恢复得也真快，不知道是假傻还是真傻，被安抚两句就不作了，神速和好，姐妹情深：“某些人太损了！”

傻子才听不出她们在说谁呢。

陆琳琳眼睛里发出快活的光芒。振华一班真棒，人还是得好好学习，好学校里看好戏，天天不重样。

陈见夏气得发抖。于丝丝和李燃也算是熟人，今天这一出的风格，于丝丝用脚后跟都猜得到是李燃，但之前那么多交锋，于丝丝哪次不是见到李燃就躲，转头就来寻自己不痛快！

陈见夏正头脑一热要站起来跟她们大吵，忽然听到身边余周周用非常懵懂的语气问道：“什么大字报？上面写什么了？我怎么没看见？”

一句话激起一片议论声。

早上那件事多精彩，可惜一进教室就考试，都没时间回味，此刻终于又被提起。不少人来得晚，未能得见盛况，纷纷前后左右打听，一时间竟没人关心于丝丝对陈见夏的发难了。

于是那些话再次被翻出来，因为人性天生喜爱添油加醋夸大其词，好事者们的转述比李燃写出来的还难听。

轮到于丝丝气到发抖。

嗡嗡议论声中，陈见夏眼看着于丝丝从校服口袋中缓缓掏出手机，盯着屏幕愣住了，半晌才贴在耳边。

于丝丝这通电话接得非常奇怪，半个字都没讲，只是听着，最后缓缓挂断。

楚天阔适时地插话进来："于丝丝，这件事情我觉得是有人恶作剧，大家都很气愤，我也没应对过这种事，不知道应该怎么处理才好，没有贸然去找俞老师，是希望问过你再决定。那张纸是见夏帮你撕掉的，没几个人看到。你也不要再说气话了。"

面对楚天阔如此明目张胆的偏袒，于丝丝居然没有反驳，更没有发怒。她当着全班的面，极为僵硬地把黑沉沉的目光从楚天阔身上转移到陈见夏，挤出了一个比哭还难看的笑容。

"谢谢你。"她说。

完了，陈见夏想，于丝丝疯了。

陈见夏一直很好奇，班主任俞丹是否清楚早上的那场闹剧，然而语文课上俞丹依旧嘴角噙着笑，温和得仿佛连昨天 CD 机的风波都不曾发生过。

俞丹的原则不难揣测。

别闹事。闹事也别闹到明面上。好好学习。除考试外无大事。

那通迫使于丝丝让步的电话显然是李燃打的，坏的怕浑的，李燃就是浑的。

白榜的事不了了之，陆琳琳把遗憾写了满脸，每堂下课都忍不住回头望望，看完陈见夏看于丝丝，盼望着后续。陈见夏也心有余悸，她对于丝丝始终有种老鼠怕猫的心态，总觉得不知何时对方又会突然伸爪子挠她两下，也默默观察着。

于丝丝打落牙齿和血吞。有人阴恻恻想八卦她，她就把无辜气愤演到底；有人来声援，她便笑嘻嘻说谢谢，请人家吃冰激凌；下午自习课照旧和楚天阔轮流管纪律，开班会时坦然做主持人，团支书范儿端得足足的，时间久了，连陈见夏自己都怀疑那张白榜是她做的一个梦，她太想报仇了，梦见有人除暴安良，其实都是假的，站在讲台前背着手微笑的于丝丝才是真的。

流言蜚语就这么被生生磨没了。陈见夏看着看着，竟对于丝丝生出了几分敬意。

十一长假见夏留在了省城，因为远房一位姑姥姥心脏病去世，爸爸很焦急地动身，带着老婆儿子一起去邻省奔丧了。

陈见夏守着打好的行李包，愣愣地坐回床上，耳边还回荡着刚才那通电话。

妈妈说："订票点要是不给退，你就去火车站退。"

爸爸在一旁阻拦，"不一定能退，好像得提前 24 小时才给退，别折腾孩子了，还要跑火车站去问。"

妈妈依然坚持，"好歹去问问，能退就退。几十块钱呢。"

陈见夏急了："我跟你们一起去，你们等我回家。"

妈妈也急眼了："奔丧也凑热闹！你好好学习吧，钱不够了就打电话让你堂姑先送点，过后让你爸再给她。等忙完这一阵你再回来。”

“这一阵”把整个十一假期都忙过去了。

陈见夏虽然住在教师宿舍，可楼里是分层断电的，她所在的楼层里只有学生，除她以外的外地生又都回家过节了，宿管老师常常忘记她的存在，拉闸没商量。接连几天晚上，见夏做着练习册，屋子里突然一片漆黑。

澡堂也常常没有热水，更别提关门大吉的食堂。

陈见夏的假期过得一肚子怨气。

十月下旬就要期中考了，她本来不想在复习期间瞎折腾，谁知道亲娘又心血来潮要疼疼女儿，一天打好几个电话，非要她周末立刻回家，恨不得在电话另一端骂她心野了忘本了。

早想什么去了。

陈见夏忿忿，也有点开心——总算没完全抛弃她。

这次学乖了，她没有提前买火车票，打算放学后步行十分钟去车站坐长途大巴。于是礼拜五的早上，陈见夏直接把帆布旅行包带到了教室来，里面装着夏天的衣服，她要带回去换季。

俞丹在讲台前提醒大家好好准备下周三的期中考，殷殷教导了一通，终于放学铃响。

好久没回家，见夏也是雀跃的，扫除也不嫌烦了，擦黑板都控制不住地带着笑意。

这些天来，她军训晕倒、帮小混混放风偷东西、和团支书大吵、离校出走……好像比陈见夏前十六年人生一共发生的事情都多，她被推入了一个目不暇接的新世界，这个世界的规矩便是迎击，无须事事回头总结、咂摸。她不知不觉历练了心智，在一班渐渐站稳脚跟，虽然没有亲密好友，但和同学们偶尔能开开玩笑了，与“仇人”也井水不犯河水，一切都在向着好的方向发展。

只因为成绩好。摸底考试中她占据班级前列，这是她唯一比于丝丝强的地方。这里毕竟是振华。笔杆子里出政权。

她只敢在内心想想，自己都知道这个念头很土。

扫除完毕，其他人都走了，陈见夏洗干净手，把扫帚归拢到垃圾桶旁，穿好外套，拎着钥匙笑盈盈迈出教室后门。

于丝丝站在门口，书包拎在手上，背靠对面的走廊墙壁，好像已经等她很久了。

“你到底跟李燃什么关系？”于丝丝面无表情地问道。

十七
找你玩

陈见夏头靠着长途客车的玻璃，装模作样地捏着一本绿皮《语文基础知识手册》，眼神早就飘向了窗外，公路上一盏盏橙色路灯划过蓝黑色的天幕。

刚刚在学校里，她落荒而逃。

于丝丝安静了半个月，终于问到了根子上，陈见夏蒙了，本能想跑，被于丝丝拦住去路。

“我还以为你把他迷成什么样了呢，结果这半个多月他也没来找过你。”

原来在她小心翼翼观察于丝丝的时候，于丝丝也在审视着她。

北方十月下旬，天黑得很早，太阳已经不见了踪影。走廊空荡荡，于丝丝双手抱胸，面无表情地挡在路口，她平时一定笑得很累，面对陈见夏的时候，嘴角是报复性向下垂的。

陈见夏提着行李虚晃一枪，靠假动作挣脱，于丝丝拉住她行李包的提手，她硬生生靠力气挣脱，差点把于丝丝拽了个大跟头。

“我赶不上末班车了！”她边跑边喊，语气居然很热情，算是和于丝丝解释。

她没办法不逃。否则要跟于丝丝说什么？她和李燃当然没关系，自打实验区铁门一别，她再也没见到过这个人，一条短信一个电话都没有。于丝丝本以为李燃是铁了心要护着陈见夏，所以才忍气吞声，观察到现在，终于开始怀疑自己判断失误了，憋着坏要修理她呢，她不逃难道等着挨打么？

但是李燃怎么就不见了呢？

陈见夏起初觉得他是好心为她避嫌，为了白榜的事情能平稳度过，刻意不出现在一班周围。

生活清静下来，上课，下课，去食堂吃饭，回到宿舍学习，睡觉，早起，继续第二天索然无味的学习生活。

她理应感到轻松，终于不会被陆琳琳她们说闲话了。

却莫名失落。

她前九年的学生生活就是这样过来的，然而一朝被李燃搅和过，再回到这样的日子里，竟然有些寂寞了。

时间久了，她渐渐明白，李燃不是在为她而隐匿。对这个无法无天的家伙来说，刷白榜、挨处分都只是生活中的小波澜，他在找乐子，现在觉得陈见夏也没趣味了，于是整个人都被他抛在脑后了。一定是的。

她曾经在体育场的阳光下问李燃，你难道就没有更配得上你的朋友了吗？

她嫌弃他总给自己添堵，现在他放过她了。

陈见夏本可以在于丝丝面前彻底撇清自己和李燃“到底是什么关系”，

于丝丝心细如发，她不说也猜到了七八分。但见夏当时就是不想说，她告诉自己，不能撇清，哪怕只为了让于丝丝疑神疑鬼，除了自保没有别的意图，一丁点都没有的。

真的没有别的意图。

见夏叹口气，回想自己靠蛮力将行李包从于丝丝手里抢出来的一瞬，于丝丝眼睛瞪得几乎要掉出来——惊讶什么，不就是你提议我做劳动委员的吗？您看人很准啊。

见夏气鼓鼓地想。

县城和省城相距五十多公里，长途客车走走停停沿路揽客，竟然开了足足四个小时。陈见夏后来被晃得睡了过去，惊醒过来第一时间抬头查看行李架上的帆布行李包，确定自己没过站，这才松口气。

客车刚驶离高速收费口就进入了县城的特色路段：新修建的宽阔八车道，转盘中心摆满花盆，红粉紫相间的配色在七彩射灯烘托下更是惨不忍睹；两旁建筑高高低低，时而是破旧老棚户，时而是突兀拔地而起的政府大楼，规划得乱糟糟，让陈见夏不由怀念起省城那一条老街。

李燃答应以后带她再去逛那条街，给她讲那些老教堂、老银行、老邮局和老餐厅的故事。可是没有兑现了。虽然去了一个清真寺，但心情不好，又担着翘课逃学的压力，哪有那天晚上开心。

长途客车停在了第一百货商场门口，陈见夏拎着帆布包走下来，不自觉地在心中对比着两处街景。这是县城最繁华的十字路口了，整个新县城都是以这里为中心向四周扩张的，曾几何时，第一百货商场也是陈见夏心中的圣地，里面的商品琳琅满目，眼珠子都不够使。

现在看来，真是寒酸啊。

她为心中涌动的念头而羞愧。才去省城读几天书，自己还土着呢，就开始鄙薄家乡了吗？然而，人往高处走，不对吗？她努力学习，努力让自己懂得更多、举止更得体、见识更广阔，难道是为了毕业之后回县城做个服务员的？

当然，服务员也是值得尊敬的，三百六十行，行行出状元。

——可是，服务员肯定也不希望自己的孩子还是服务员，大家都想要更好的生活，何必虚伪呢？

陈见夏呆呆站在百货大楼，行人眼里，不过是个瘦小而面目平凡的女学生，没人留意她校服胸口小小的“振华”二字，更没人知道，这个女学生正在内心的道德闸口疯狂跨栏。

记忆中省城老街流光溢彩，渐渐覆盖了陈见夏眼中真实的县城十字路口。

如果说，曾经陈见夏刻苦读书，只是为了一个“比弟弟争气”的模糊念头，那么这不到两个月的省城生活，迅速将她的野心喂得更大。

她以前只是想出去。现在她不想再回来。

爸爸来电话说在开会，结束了会坐科长的车顺道来接她，让她找个地方等等。举目四望只有肯德基的牌子还亮着，陈见夏推门进去，远处点餐台的服务生立刻朝她喊：“小姐我们九点打烊。”

玻璃门上不是写着营业到十点吗？见夏心中对家乡的不满加剧了，故意回头看门，只敢用眼神抗议，服务生理都没理她，她一只脚还在门外，骑虎难下。

“白姐，是我朋友！”

见夏惊喜："王南昱？没想到赶上你的班。"

王南昱正在拖地，跟见夏说话也没耽误了干活，比夏天的时候有眼色，不知道是培训太好还是挨骂太多。

"我马上擦完这一片，你先坐那边！"

"我不过去了，再踩脏了，你一会儿还得擦，"见夏像是到别人家做客一样不好意思起来，"不给你增加工作量了。我等我爸爸来接我，门口站下就好。"

王南昱过意不去，硬是让见夏坐下。

"学习什么的，还好？"他忙着工作，还怕见夏无聊，边擦地边寒暄。

"挺好的，"见夏笑，"省城学生果然聪明，竞争很激烈。"

"但你肯定不输他们。"

见夏也没谦虚："考不了第一了，全学年也就排十几名。"

在一班被压抑的自信心，在初中老同学面前迅速地、安全地膨胀了起来。

"哇，"王南昱很给她面子，"见夏你真厉害，咱们初中多烂啊，你居然能在振华考十几名，振华十几名岂不就是全省前十几名？你果然有出息。"

见夏的脸"腾"地红了。

这时候门外一辆黑色轿车喇叭嘀嘀响了两声，见夏连忙站起身，朝王南昱道别："我爸来接我了。"

王南昱抬眼瞄到那辆车，神色有些黯然，这种黯然是听到陈见夏和他天差地别的学习成绩时都不曾出现过的。

见夏好像突然懂得了点什么。世界上有很多东西比成绩更让她的老同学们折服，比如权势。

她来不及解释那根本不是自己爸爸的车，只是拎起包，朝王南昱点点头，脱口说道："加油！"

此时此刻的鼓励竟像是得寸进尺的炫耀，变了味道。陈见夏后悔，外面的车又嘀嘀两声，把她转圜的话也吓了回去。

王南昱却没见怪，作为一个曾经的不良少年，他脾气很好。

"快去吧，"王南昱说话的语气比见夏成熟了不知多少，"好好学习，给我们长脸。"

还是这句话。和两个月前一样。

见夏心生感动，推门离开时大着胆子说了一句："来省城玩的时候记得找我。"

王南昱点头："说不定过段时间真就去了。好了快走吧！"

科长的车也不是好坐的，陈见夏不得不一路应付副驾驶座位上的科长老婆。科长儿子在县一中读高三，是被他老子疏通关系硬塞进去的，成绩特别差，抽烟喝酒打架样样精通，偏偏科长老婆不认命，面对县城小红人陈见夏，硬是要把场子找回来，一边皮笑肉不笑地夸陈见夏出息用功死读书，一边自说自话地夸儿子孝顺、聪明、晚熟、心里有数、灵活变通……

陈见夏从不是在长辈面前争强好胜的性格，何况这是自己爸爸的顶头上司，于是甜甜地顺着她夸县一中。

却死活不肯接对方的话茬贬低振华。

振华是她的命门。即使这两个月就没发生过几件顺心的事，但振华给了她希望，打开了一扇门，这种眼皮子浅的阿姨怎么会明白。

回到家里之后，妈妈提起科长，白眼一翻。

“他的级别轮得到配车么，自己买了一辆硬充公务车，现在谁不看他笑话，装什么大尾巴狼！五十多才混个科长，搞破鞋离婚再娶好不容易生个儿子还是弱智，县一中怎么上的，谁不知道啊，都高三了还跟个二傻子似的，别说高考了，让他现在回炉中考都考不出三百分，狂什么狂！”

见夏妈妈知道自己丈夫在这个科长手下不得志，所以逮着机会就骂。爸爸话少，能纵容老婆这样骂，摆明了也是乐意听的。

只有见夏听着臊得慌。

妈妈放下手里的瓜子，洗了把手，开始蹲下帮见夏拆包，一边收拾行李一边碎嘴，念叨见夏不顾家，放出去了心里就没有爹娘了。陈见夏忍住没顶嘴，这时候弟弟从厕所出来，见到她，笑着凑过来。

“姐你回来啦？”

她见到弟弟还是开心的：“妈不是给你买了小灵通吗？你就不知道给我打个电话？”

正说着，她自己搁在桌上的手机突然响了，见夏心慌，连忙伸手去拿，没想到弟弟像只猴子一样蹿过去先接了起来。

“喂，你找谁？”弟弟嬉皮笑脸。

“我找陈见夏。”

小灵通漏音，音色耳熟，见夏心跳如鼓。

弟弟放下手机，朝着妈妈爸爸大喊起来：“有男生找我姐！”

“别胡闹！！！”

陈见夏的智商及时上线，在父母责问的目光投射过来前，先发制人，硬气地吼弟弟，劈手夺过手机。

“喂？班长？哦，对不起，我弟弟不懂事，他闹着玩的。车开得慢，到家晚，我忘了跟俞老师报平安了，你帮我跟老师说一声，嗯嗯嗯，放心吧！”

全程陈见夏都没有回头看爸妈一眼，也忍受着电话另一头李燃山河变色般的笑声。

她镇定自若地把这出独角戏演完，挂下电话，恨恨地瞪了弟弟一眼。

妈妈不乐意了：“你弟弟跟你闹着玩呢，你当着外人面吼他干什么？你同学反倒会瞧不起你！”

陈见夏闭上眼睛翻了一个大大的白眼。

这时父亲合上报纸发话了：“怪小伟，人家是班长，代替老师来问事情的，他大呼小叫的，显得咱们家没家教，还满口男生女生的，谁教你胡说八道的！”

妈妈护儿子，当然不乐意，但也不继续争执了，背地里瞪了见夏好几眼，拉着弟弟回卧室，说要给他剪指甲。

陈见夏愤愤地去厕所，又不敢摔门，坐在马桶盖上生闷气。

手机又响了一声。是李燃，没有别的内容，就一个“大笑”的表情符号：D。

陈见夏没好气儿地回复短信：“你什么事儿？”

李燃的答案非常“李燃”。

“找你玩啊！”

陈见夏哭笑不得，几乎能想象这句话用李燃浑不吝的语气念出来是什么感觉。她无法忽略自己这一瞬间的开心。

李燃没有找到“更配得上他”的朋友。他还是来找她玩了，隔了一段时间，他还是记得她。

见夏说不清这种感觉是什么。

她身处生活了十七年的家乡，隔着一道门，至亲就在旁边的客厅看电视。

可陈见夏分明觉得，手机里面那个刺儿头，离自己更近。

十八

断掌

陈见夏的家大约五十平方米，只有两个卧室，父母住大的，她和弟弟挤在小房间。

小时候倒没什么，见夏青春期之后就越来越不方便，弟弟在不懂事的年纪曾经指着她蹭在床单上的月经血哈哈大笑，她气得直哭，妈妈不当回事，给她在床单底下垫了个小褥子了事。

少女的青春期是年轻的火山，陈见夏的妈妈随手就给火山口拧上了盖。

初升高备考的那半年，她愈加刻苦，时常要开夜车到凌晨一两点，弟弟却怕光睡不着，姐弟矛盾愈演愈烈。妈妈虽然一向偏帮弟弟，也知道升学考试是大事，尤其在备考家长会上被班主任当众夸奖提点后吃到了甜头，看陈见夏的目光渐渐变得像看毛没长齐的金凤凰。

金凤凰的要求可以适当满足，没能因为月经达成愿望的陈见夏，终于因为中考而搬出了小房间，在饭桌边上开辟出一片小小的备考区，爸爸给她买了一张小书桌，让她晚饭后可以坐在客厅里读书。

老房子四面熏得发黄的旧墙纸包围下，有了一张扎眼的新书桌。此后的一个个夜晚，陈见夏守着一盏小小的橙色台灯，听着卧房门缝透出父母此起彼伏的鼾声，埋头写完一张张卷子；有时学到太晚，索性披着毯子睡在客厅沙发上。

新书桌虽然不大，却是组合式的，自带抽屉和简易书架，漆成乳白色。弟弟看了眼馋，吵着要和见夏换，妈妈还真就试着给他搬了，可惜小房间放不下。最后还是爸爸发了话，说是小伟自己因为睡不着才把姐姐赶出卧室的，没道理再霸占一张他平时用不上的新书桌。

爸爸话少，但是家中的定音锤，书桌的事暂时只能算了。但它对小伟的吸引力愈发强烈，他在客厅待到越来越晚，陈见夏复习，他就对着电视节目嘎嘎大笑，她眉头皱得越紧他就越高兴，每每都要爸爸亲自来赶才不情不愿地回房间睡觉。

睡也睡不踏实。弟弟虽然顽劣活泼，神经却奇异地脆弱，稍微有点声响便辗转反侧；更奇异的是，他对爸妈轰隆的打呼声免疫，而陈见夏的椅子腿在客厅地板滑动一下，立刻就可以吵醒他。

中考前夕，姐弟俩终于爆发了有史以来最严重的争吵。陈见夏不小心把桌上的笔袋碰翻了，笔稀里哗啦撒一地，她连忙蹲下去捡，突然听见小卧室的门被猛地推开。

“姐你到底让不让我睡觉啊！”

她开始脾气还是挺好的，道歉哄他，都快哄好了，睡眼惺忪的爸妈走出主卧，气氛一朝回到解放前，弟弟终于等到观众，撒上泼了。

他也十三岁了，他不是陈见夏，他的青春期不容糊弄。

弟弟大哭，话里话外指责姐姐每天都故意搞事情，就为了让全家人都围着她转，中考了不起吗？

陈见夏不意外。弟弟吃醋了。因为妈妈对中考的重视，从来都占上风的弟弟已经很久没有骑在姐姐头上作威作福了，姐弟十几年，小伟一撅屁股要放什么屁她都能做出天气预报。

“电视也不让看，觉也不让睡，凭什么啊！都说你们不要我了，大姑姑和二叔都这么说，有姐姐就够了啊，要我干吗，要我干吗？”

为了争爷爷家的房子，他们家和二叔大姑家没少打口水官司，互相挑拨是常事，谁知道姑姑的碎嘴这次真的戳准了弟弟的心窝子。弟弟夜半哭得撕心裂肺，男孩子变声期嗓音粗嘎刺耳，陈见夏太阳穴一跳一跳，恨不能拿桌上的双面胶给他封上。

妈妈也红了眼圈，忙不迭地哄着，拍他的后背，怕他哭出嗝来，不知道怎么摩挲才够；爸爸站在一旁，有点不耐，神情也是温柔的。

陈见夏没有解释什么。

这事连误会都算不上，她就是碰掉了笔袋而已，汹涌暗潮从敞口的笔袋里倾泻而出，她拦不住的。爸妈自打弟弟出生之后心眼就长偏了，她习惯了，连委屈的情绪都酝酿不出来，眼睛里干巴巴的。

陈见夏绕过客厅中抱头痛哭的母子，坐回到书桌前继续低头看书。台灯光线将他们隔绝成两个世界，她不想去管那边的一家人。

哭声渐消，踢踢踏踏的脚步声极速冲向书桌，见夏都没来得及抬头，弟弟的胳膊横扫过来，桌上的笔袋、卷子、演算纸等被他一股脑拂到了地上。

陈见夏站起来。弟弟踩了一脚地上的纸，才仰起头要说什么，就被陈见夏一耳光抽翻。

妈妈立时疯了，冲过来扶起弟弟，一把将陈见夏推向身后的墙。陈见夏早料到了她会这样，站得很稳，妈妈因此更不高兴，举高了胳膊要扇回去，被爸爸从背后拦住。

见夏只是站在墙边，默默地、冷冷地看着。妈妈激动的张牙舞爪，爸妈之间的拉扯，弟弟撕心裂肺的哭号……每个画面都像默片慢镜头，清晰可笑。

陈见夏相信弟弟脸很痛。因为她下手很重。

她妈妈迷信，一度喜欢研究手相面相这些东西，看到陈见夏的右手，就说她横纹断掌，打人下死手，六亲不认。

她记得妈妈抱着幼小的弟弟说“六亲不认”四个字时那副嫌弃的样子。小时候她还真信了，为一个天生的横纹而自卑，抱着妈妈说她认，她认，肯定认。

可是到底要认什么呢？是他们不认她。

爸爸拉陈见夏到沙发上坐着，转头继续去劝妈妈和弟弟。闹哄哄的争吵一直持续到半夜三点多，邻居敲墙警告过后才稍微平息。

真正结束的标志是弟弟哭累了，他终于真的困了。

妈妈却精力旺盛，哄睡了弟弟，关好小房间的门，和爸爸一起坐在沙发上压低嗓音训陈见夏，训来训去就那么几句话：六亲不认，没人味儿，学习再好有什么用！

是啊，学习好有什么用。陈见夏默默告诉自己，考上县一中之后，一定要去住校，哪怕就为一张单独的桌子。

妈妈终于也骂累了，去睡了。重新安静下来的小客厅里，陈见夏蹲在地上把踩坏的笔和卷子整理好，窝在沙发上迅速入眠，一个夜晚就过去了。

第二天家人之间还有些别扭，妈妈瞪她，爸爸也神色不快，弟弟晚饭前还踹了她一脚；第三天就可以正常说话了；第四天弟弟又开始在客厅气她；第五天爸妈关心起她的模考成绩，她也骄傲地絮絮讲给他们排名情况和老师的嘱托……事情就这么翻篇了。

陈见夏回想起来，那些动作、语言、屋子里的光线，全都有种强烈的隔膜感，像一场与她无关的电影。

一家人，没必要把每件事都说得那么清楚，反正还要继续过日子，甭管谁对谁错，和好就好了，总之不会像于丝丝一样记仇，赶尽杀绝。

人和人之间，没感情的时候才讲理。

可当陈见夏坐在马桶盖上托腮沉思时，不禁感到十分困惑。

是的，他们全家和好了。弟弟再见到她照样没脸没皮，气她，依赖她，不会因为一耳光而绕着她走；妈妈也并没真的将她当作六亲不认的洪水猛兽，中考成绩出来还给她炖排骨吃……

但就是这些争吵，这些偏心，这些当时说不清对错、事后也不记得过程的撕扯，渐渐改变了她，把她变成了今天的陈见夏。

以前是一盏台灯的光，现在是一道门，头上是同一个屋顶，可住在下面的他们之间，还是隔着的。

十九

生亦何欢

陈见夏不知不觉发呆了太久，妈妈的询问和李燃的短信同时响起。

“你干吗呢？拉肚子了？”

洗手间的门是磨砂玻璃，虽然瞧不真切，屏幕亮光还是能被看出来的，见夏连忙将橙色屏幕倒扣着攥在手心。

“便秘。”她回答道。

“你那几套衣服我都拿去洗了啊！”妈妈说完就离开了门边。

见夏缓了一口气，悄悄解锁去看李燃的短信。

“干吗，这么半天不回话。”

她回复：“跟家里人吃饭。”

“你回家了？”

“嗯。回去给你带特产吃。”

陈见夏按下发送键，突然觉得奇怪，她为什么要给他带特产吃？自己家的县城和省城就隔了几十公里，属于同一个地方，有什么特产是不一样的？

果然，李燃回复她：“你脑子没问题吧？”

她笑了笑：“一会儿再和你说。现在不方便。”

陈见夏为自己能够淡定地说出“现在不方便”这句话而高兴，甚至有些骄傲。她初中几乎不用手机，也没和任何人用短信聊过天，但现在她和那些噼噼啪啪按着键盘的初中同学一样，表现得很自然。

去客厅陪爸妈坐了一会儿，见夏唾沫横飞地讲着她在振华的见闻，当然，刨除掉了李燃和于丝丝的全部。弟弟也搬着小板凳坐在旁边听，破天荒没有插嘴，眼睛亮亮地盯着她，目光中第一次有了崇拜。

十点他们都去睡觉，陈见夏打开书包，在客厅复习期中考试。那张乳白色的书桌终于被弟弟硬生生安放进小房间，哪怕占了太多位置，导致他进门都要吸着肚子腾挪。时过境迁，她也不在乎了，妈妈帮她把饭桌擦干净，她就坐在桌边看书。

她不回房间，还有另外一个比期中考试更重要的原因。

李燃说等她回短信。

见夏等到十一点，爸妈的打呼声响起，终于放下心来，从裤袋中掏出手机，先关静音。

按键声在夜里格外清晰，像精灵在走路。

“你睡了吗？”她问。

短信发好，她就把手机放在笔袋旁边，翻开化学练习册，做了半页纸的习题，屏幕一直没亮起过。

见夏的心就像客厅的座钟钟摆，左右摇晃，停不下来。

她突然恼怒，伸手按住右上角的关机键；关了不到两分钟，又忍不住开机，盯着像素极低的开机画面，不明白自己是怎么了。

一直长在她自己胸膛里的心，怎么一不留神就牵挂在了别人身上。

往复几次，陈见夏恨得把手机背后的电池板都卸了，甚至铤而走险进了一次小房间，把电池板放到床上，杜绝再犯。

终于，带着一身熊熊怒火，她做完了化学练习册，打开英语的《五年高考三年模拟》复习从句使用规则，抬头看座钟，已经十二点十五。

最后看一眼吧，就看一眼。她告诉自己。

陈见夏蹑手蹑脚地走进小房间。木地板有点老化了，以前暖气漏水的时候又被淹过，再小心也嘎吱嘎吱响，更别说那个需要上油的房间门了。她屏住呼吸，探身去床上拿电池板，弟弟忽然坐起来。

陈见夏吓得心脏停跳。

弟弟的眼睛比刚才听她讲见闻时还要亮，没头没脑地轻声央求："姐，你跟咱爸妈说，让我也去省城上学呗？"

原来不睡觉是在想这个。见夏放心了，朝他笑："行，我求他们，但你得好好学习。"

弟弟猛点头。

"快睡吧。"她说，把电池板牢牢攥在手心里，退出房间。

她安好电池，郑重地开机，心怦怦跳。

"3 新信息 来自 李燃"。

这种感觉是什么呢？仿佛小时候冒着风雪走了很远的路，终于回到家把冰冻的双脚泡进热水里，一瞬间令人哆嗦的暖意过后，传来温柔的痛觉。

座钟的玻璃门反射出陈见夏的笑容，她被自己的开心吓到了，拼命压抑嘴角。

“对不住，我跟兄弟打桌球，因为我老看手机就被他们没收了，没看到你的短信。你睡了吗？”

“不回我，真睡了？”

“你们好学生不都学到后半夜的吗你骗谁啊你睡了吗？”

陈见夏右手攥着手机，轻轻贴近自己胸膛，笑得再也收不住。

她没回复，带着小小的脾气和骄傲，心中安定，做题速度也加快了许多，虽然还是忍不住时不时把手机解锁，将那三条短信从头到尾浏览一遍又一遍。

时钟指向一点半，见夏终于撑不住了，她合上笔记，准备洗漱一下去睡觉。

刷牙的时候抬起头，对着镜子，她看见自己平凡的脸。

陈见夏认为自己算学习好的女生里长得还可以的那一类。

当然，这么长的定语，已经说明了全部问题。

她凑近镜子，仔细地盯着。鼻子上这些芝麻点叫黑头，她已经通过可伶可俐的电视广告了解到了；额头长得还不错，算命的说过她天庭饱满，可惜脸窄下巴尖，地阁不方圆，未来靠努力就能有出息，但家庭和子女福薄。

她当然是不信那些的。

陈见夏的皮肤很白，眉毛很淡，发质也有一点发黄，不像弟弟那样茂密而英气勃勃；她有一双杏核眼，不大不小，双眼皮，可惜睫毛与眉毛一样淡淡的；鼻子小巧，算是最好看的部位；嘴唇薄薄的，习惯抿着，因为不爱喝水，总是起白皮；发型一直是寡淡的大光明，所有头发一股脑梳上去，一丝碎发不留，扎成一个马尾，和振华大部分女生一样。

初中时有许多女同学热衷于追逐潮流，结伴去剪厚到盖住整片额头的齐刘海，还在左右两侧各留出几根长长的碎发来过渡。见夏也动过心思，却不敢和妈妈讲。

在妈妈的概念里，女儿剪头发只有剪短这一层含义，没有“变漂亮”这个选项。

但现在不一样了。曾经一丝丝羡慕的细流，在这一刻忽然汇聚成河，汹涌而来。

她好想变漂亮。

陈见夏很快便知道了妈妈催她回家的原因。

礼拜六上午，她吃完早饭，刚从书包里掏出一沓卷子，妈妈就找出一件崭新的大红色风衣对她说，穿上试试。

陈见夏乐了，连忙奔过去披上。

风衣有点大了，腰部空空荡荡的，妈妈皱眉打量了几下，对她说：“你把腰带系上，凑合一下吧，吊牌别拆，我拿去第一百货商场退了。”

见夏失望地点点头，正要脱下来，被妈妈按住：“干吗，先穿着，让你别拆吊牌没让你脱，咱们去你奶奶家。”

“去奶奶家？”

“对啊，”妈妈对着镜子整理新烫的卷发，“你去省城上学都俩月了，也没去看看奶奶。今天正好。”

见夏讶然：“待多久？下午回来吗？不回来我就背上书包，带上练习册，我周三就期中考试了。”

“不用，待不了多久。”

妈妈带着她和弟弟到楼下坐公交。车开得慢，随时停下载客，晃了二十分钟才到二叔家楼下。县城近年新盖的住宅都是成片规划的小区，奶奶家周围却还是一栋栋老旧的八层塔楼，没有名字，只有街牌号。

当着爸妈的面当然要叫这里“奶奶家”，实际在见夏心中，三单元七楼二号的老房子，早已经是“二叔家”了。

房子很大，户型是八十年代前流行的老苏联结构，没有客厅玄关，进门便是一条长走廊，仿佛小型酒店，卧室的门分别开在走廊两侧，尽头才是洗手间、厨房和小阳台。

见夏在这个老房子里住过六年，直到上小学。四间卧室分别住着爷爷奶奶、大姑姑一家、二叔叔一家和见夏一家。

因为没有客厅，逢年过节吃团圆饭时，桌子就摆在爷爷奶奶的房间里，十二口人挤坐在同一个圆桌边，热热闹闹的。这热闹也只存在于见夏孩童的想象里，中国每个大家族的年夜饭桌上多少免不了姑嫂暗战、妯娌互酸的戏码，只是小孩看不懂。直到见夏一家搬出去，她边写作业边听爸妈掰扯家务事，才了解了其中一些纷争。

纷争中的死结，便是房子。

见夏仰头，看向七楼的宽大阳台。小时候阳台是泥塑钢窗，现在房子被二叔家翻修过，换上了亮银色的铝合金窗，崭新崭新的，镶嵌在这栋经年褪色的灰楼上，格外突兀。

一年半前爷爷出殡，爸妈和二叔一家在楼门口指着对方的鼻子破口大骂，她搂着弟弟躲在一边，无意间抬头，看到腿脚不好的奶奶站在高高的阳台边，似乎奋力喊着什么话，谁也听不清。

生那么多孩子干什么，家底不够分，害人打架，血浓于水也架不住这么兑啊。她当时就这样想。后来奶奶就老年痴呆了，糊涂有糊涂的好，孩子打成这样，是她她也糊涂。

“想什么呢！姐！”

弟弟的喊声让陈见夏回过神。

二婶开门时，先看到的是见夏，冷淡表情略有缓和，“小夏回来啦？”

二婶艰难地牵动嘴角，把他们让进来。房子翻修后，四间卧室中的两间被打通，充作客厅，陈见夏的奶奶正在沙发上看电视。

沙发上堆满被子和靠垫，几乎被改造成了一张供半身不遂老人歪躺的床，室内弥漫着老人的体味和药味，陈见夏觉得自己也伴着这种令人不快的气味一起衰败下去了。

奶奶时而清醒时而糊涂，拉着她的手，问她翠芝好不好。

见夏的妈妈用很大嗓门哄着奶奶——又糊涂啦？孙女不认识啦？想不想孙女？想不想孙子？想不想我们？你儿子每天可惦记你啦，吃啥好吃的都会说一句，我下次得给我妈也买这个吃，你说你小儿子是不是对你最好？

二婶毫不掩饰地轻哼出声。奶奶只是口角流涎，目光混浊，有时候点头，有时候摇头。

见夏尴尬地抽回手，缩在客厅一角，弟弟已经轻车熟路地进了大堂哥的房间去开电脑玩。

见夏妈妈问个没完，二婶忍无可忍，远远地朝弟弟喊：“你大辉哥说上次他放电脑里面的重要东西都让你给删了，差点耽误大事，你别乱动！”

见夏妈妈冷笑：“小伟，咱家又不是没电脑，你乱动她家的干吗，害你大辉哥找不着工作全赖你头上！”

二婶红了脸。家中男人不在场的时候，两个妯娌总是能够轻而易举地撕打出最丑陋的姿态。见夏假装去上厕所，抬头看着洗手间天花板，心中叹息。

就为了这个房子，就为了“房子是要留给孙子的”。

原本，这栋房子顺理成章就该归二叔叔一家所有。陈见夏是个女孩，爷爷奶奶不喜，但也只是淡淡的遗憾，见夏出生时老陈家早就有后了，二叔的儿子陈志辉都七岁了。

见夏并没有深入思考过为什么房子就理所应当要留给孙子。

反正她不稀罕。爷爷奶奶家的生活没有四人小家温馨自在。爷爷爱抽烟，活着的时候很喜欢打麻将，麻将桌支起来就不倒下，家中烟雾缭绕，见夏不喜欢，爷爷奶奶也不疼她，彼此彼此。

然而这世界上大部分纷争都起源于表面上的天经地义。

陈志辉十岁的时候，见夏的弟弟陈志伟出生了——房子理应给孙子，如果这家里突然有了两个孙子呢？

判定房子归属的方法除了男孙，只剩下孝道，孝道有时候是老人心里的一杆秤，有时候却也是任由亲戚邻居戳的一根脊梁骨。

她妈妈今天带着他们来“看奶奶”，就是来秀这根脊梁骨的。

弟弟代表血脉，陈见夏代表光宗耀祖。他们是来示威的。

见夏突然瞄到裤袋里的手机屏幕亮了。她前一晚关了静音，忘记调回来，错过了好几个来自李燃的电话。

全世界唯一让她自在的人打来了电话，她连忙接起。

“陈见夏你有病啊，你那是手机还是座机啊？”

“我漏接了，静音了没听见。”

“昨天晚上的短信你也没回啊！”

“昨晚……昨晚睡着了。”

李燃不追究了：“编吧你就。”

她抿嘴笑着，没否认，一边用空着的那只手指甲轻敲瓷砖壁，一边问：“找我干吗？”

还没等李燃回答，妈妈就和二婶飓风般从客厅撕扯到了阳台，与洗手间的陈见夏一门之隔。

“郑玉清你他妈要脸吗？！”

郑玉清是陈见夏妈妈的名字。

“你们两口子要脸，要脸能为套房子把自己亲爹逼死？要脸的人不干这种事儿！我不稀罕跟你废话，见夏，小伟，咱们走！”

陈见夏大脑一片空白。她们的争吵几乎没有升温过程，开场就是白热化。

“你他妈再说一句？我们怎么逼死亲爹了？我们怎么逼死他了？干什么逼死他了？爸躺在医院的时候说过，谁养咱妈房子就给谁，你当时敢放屁吗？你不敢，公婆一个癌症一个痴呆，你怕他们一时半会不死，拖累你们，你不敢养！咱爸当着大家面说过房子更名给我们大辉，以后婆婆病了死了都不用你们操心，你耳朵聋了吗？老人出殡时倒跑过来了，当着邻里邻居的面血口喷人，把你能耐的！”

二婶说完一大段，气都不喘一口，继续指着呆立在旁的陈见夏：“你说我们逼死老人？那你呢？为套房子跑去生二胎，你对得起你家大姑娘吗？好好一个孩子，让你们养成什么样了，小时候多吃几口东西你都瞪她，没见过你这么当妈的，你还有脸上门教我做人？！郑玉清你不要脸！……”

陈见夏握着手机愣了不知多久才清醒过来，看着屏幕上“李燃”两个字，差点一口气提不上来，颤抖着手指挂断。

两个女人并没有你一句我一句地辩论，她们几乎是同时在讲话，二婶尖叫时，见夏妈妈在以更大分贝吼叫，那些陈见夏几乎能背下来的陈芝麻烂谷子，都被以最为不堪和粗野的语言咆哮了出来。

谁也不是无辜的。道理讲不清，因为谁都不完全占理。

见夏一家的搬走是出于两家人的鸡贼。二叔为了独占房子联合“外姓人”大姑姑赶他们走，理由是大堂哥陈志辉长大了，需要独立房间，既然见夏爸爸单位分房子了，为什么还要挤在老人家？

但见夏爸妈彼时巴不得如此，立即就答应下来，尤其是见夏妈妈，担心公婆身体越来越差，既不能帮忙带孩子，还反倒要她照顾，说不定一拖十年八载，此时不跑更待何时。

后来爷爷病重，二叔家催促爷爷把房子赶紧过户给长孙，承诺伺候母亲养老送终，再三威逼，事情败露，就有了灵堂里的兄弟反目。陈见夏的妈妈时常过来晃一圈，跟奶奶假亲热，摆出“照顾老人我们也有出力”的姿态，几乎每次都以争吵收场。

想占便宜的人永远觉得自己受委屈，越委屈越声高，见夏却仿佛在增高的分贝中失聪了。

她突然很难过。为什么她的生活就不配拥有一点体面。

妈妈指着关闭的防盗门骂，弟弟兴奋地帮腔，见夏只是木然站在几级台阶下，等待他们撤退。

怪不得急着让她回来。上个礼拜奶奶的偏瘫更严重了，去过一次医院，虽然是假警报，但妈妈预感到了，最后的大战即将打响。

陈见夏是一面旗帜，振华将她染得亮堂，自然竖起来。

不出她所料，中午和下午妈妈又带着他们姐弟分别去了大姑姑家、舅奶奶家一一走访。在妈妈口中，陈见夏是个孝顺又出息的孙女，和弟弟一样。

“爷爷活着的时候就可喜欢她了，就说她有出息，奶奶现在谁都不认识了，就认得出她俩，她一进门，奶奶就不糊涂了，拉着她的手问她学习好不好。”

陈见夏依旧木木地听着，偶尔笑笑，右手一直揣在裤袋里，攥着一只小灵通。

电话挂断之后，李燃没有再打回来。没有短信，没有询问。陈见夏说不清自己心里是什么感觉。

怜悯与羞耻像两只手，合力掐住了她的脖子。

在二叔家附近的公交站台等车时，她又看到了“嘀嘀嗒”。

自打陈见夏有记忆起，“嘀嘀嗒”就是上过电视的名人。有人说他二十岁，有人说他三十岁，可十几年过去了，“嘀嘀嗒”的长相在见夏眼里就没有变过。他永远披散着头发，穿着那件破旧的深蓝色背带裤，背带断了就用塑料绳代替，甚至连手里充当“方向盘”的铁皮饼干桶盖子，都还是当年那一只——蓝色的，掉了漆，生了锈，依稀能看见上面印着一块块黄色牛油曲奇饼。

“嘀嘀嗒”甚至不曾单手开车。

他永远神情肃穆，目视前方，不知疲倦地双手平举“方向盘”，每到转弯的地方才配合地转动它，口中发出“嘀嘀嗒嘀嘀嗒”的鸣笛声，右转时还会礼让行人。

陈见夏很小的时候也和伙伴们一起追着“嘀嘀嗒”跑，学他一拐一拐地走路，天真而残忍地朝他扔瓶子。“嘀嘀嗒”从不理会，也没凶过她们，日复一日开着他的车，风雨无阻。

陈见夏怔怔看着“嘀嘀嗒”从远处的路口拐走。搬家后已经很久没见过他了，原来还活着。

以前她不懂事，小时候跟风欺负他，长大一点便用自负之心去可怜他，觉得这样可悲地生存还不如去死，省得被欺负嘲笑。

然而谁活着不可悲呢？这是一座凝固了的小县城，十几年前的食杂店还开在原地，门口下象棋打麻将的看上去也还是同一群人，卖着同样落伍的零食和本地啤酒，为了旧生活和旧房子而撕破脸皮，不要尊严。

他们都不如“嘀嘀嗒”有尊严。二婶，妈妈，因为房子才被供养的痴呆奶奶，甚至是她自己，都比不上他。

陈见夏觉得自己要被吞噬进这片衰老的灰色楼宇里了。

二十
初雪之后

期中考试很快过去。

每一科难度都比摸底考试加大了不少，见夏答题的感觉很不舒畅，磕磕绊绊的，还好没出现什么重大失误，算不上砸锅。

学年第一名又是楚天阔。见夏上次考了学年第十六，这次跌出了前五十，幸好班级排名还在前十名内。这个名次让见夏有一点失落，不过能考过于丝丝和李真萍，还不算太糟糕。

成绩是她现在唯一的护身符。

十月一过去，冬天就全面来临。初雪后，一天冷过一天，下午四点多太阳就落山，教室灯光亮起，陈见夏能从窗玻璃上看到一个镜像的班级，所有人麻木不仁地埋头上自习，雕塑一样沉默，好像集体将青春贷给了未来，此时此刻就不必活了。

放学后见夏独自走在回宿舍的路上，咯吱咯吱地踩着雪，抬头发现郑家姝和二班的王娣说说笑笑，就在自己前方不远处。

见夏刻意放慢了脚步，被她们落得越来越远。

爸爸有时会打电话嘱咐她和宿舍同学搞好关系，不要单打独斗，离家在外有什么事情还是同学好照应，爸妈鞭长莫及，远亲不如近邻……陈见夏全部都好好答应下来，一件都没照做过。

要接近一个人，要从对方那里获取资源和好处，乃至得到一颗真心，哪有说的那么容易。

即使有人吃错了药，没头没脑地给出无条件的帮助和陪伴，清醒过来的时候也会收回的。

比如李燃。

现在的生活也挺好。在那些爆炸新闻过去之后，大家渐渐了解到陈见夏的本分和无趣，连陆琳琳都放过了她，见夏也识趣地滑向班级版图中属于自己的边缘位置，牢牢嵌进，再不发出一丝声音。

见夏默默走着，时不时挠挠鼻子。鼻尖上长了两个小痘痘，都怪她跑去超市货架买了便宜的鼻贴频繁清黑头，似乎是过敏了。

以后就别用了吧，她想，反正漂不漂亮也没什么所谓，没人看。

见夏路过学校侧门，看到了楚天阔。他穿着黑色羽绒服站在绿色栅栏边，没戴帽子，鼻尖和耳朵都冻红了。

“班长？你怎么还不回家？”

楚天阔一愣，难得露出惊慌的神色，迟钝如见夏都能听见他脑子运转的声音，他肯定是要编瞎话了。

瞎话还没编出来，楚天阔目光不自觉飘向见夏背后，陈见夏也顺着回头，一愣，不由笑出声。

“我回宿舍了，班长再见！”

见夏说完就跑，书包在屁股后一颠一颠。跑出好一会儿她才回头看那两个人。

楚天阔正和那位极漂亮的女生说着话，面对面，却隔着两米左右的距离，有种刻意生疏的别扭。

见夏知道那个女生，军训时候于丝丝给她介绍的风云人物名单中占有一席，隔壁二班的大美女凌翔茜。说来也巧，见夏和她在摸底考中并列全学年第十六名。

当然，如果把长相因素也考虑在内，恐怕凌翔茜那三个字在榜单上需要加粗加大加下划线。

好学校里也有爱打扮的姑娘，但只是爱打扮，不是美，剪再厚的刘海也比不上雪地中的女孩，好看又得体，温柔的披肩长发衬得一张莹润的小脸艳若桃花。

真是好看啊。陈见夏叹息。

楚天阔和凌翔茜很少同时出现，只有陈见夏因为要给班级锁门，总是走得晚，碰巧遇见过几次。陈见夏嘴巴严、人缘差，楚天阔应该会庆幸吧。

那两个人感觉到了见夏的注视，一齐看过来，吓得她连忙转头继续跑，一直跑到宿舍楼门口才停下来，气喘吁吁，冷冽的空气灌进肺里，胸口冰凉凉地疼。

陈见夏回头，背后是黑沉沉的天、白茫茫的雪，单调孤寂得让她想哭。

第二天上学，俞丹把楚天阔和陈见夏一齐叫去办公室。卫生局来视察，学校又布置了大扫除。

见夏一个头两个大。冬天的自来水冰得刺骨，投洗抹布、换水、拧拖布……每一项工作都像上刑，本来一班同学们就又懒又嫌脏，现在更别指望他们干活了，最后还不是要落在自己头上。

陈见夏神色阴郁，跟着楚天阔走出语文办公室。

“怎么了，不高兴？”楚天阔注意到了，“放心，这次你们女生用报纸擦玻璃就好，擦干净了不是还要用胶条封窗吗，这是大活，你领着做。沾水的事情男生来，交给我动员，他们会听话的。”

见夏一愣，旋即反应过来：“这算是封口费？”

楚天阔吃瘪，微微红了脸，正色道：“我和她只是朋友。”

见夏点头：“我也觉得你们是朋友。挺好的。好看的人就应该和好看的人做朋友。”

楚天阔被见夏气乐了。

“是真的，”他强调，“凌翔茜很喜欢读书，有一次在主任办公室等着开会，我们聊了几句，正好我这里有一本她想看的书，所以认识了，就这样而已，只是朋友。”

“我相信，”陈见夏叹气，“我就是很羡慕。”

楚天阔扬扬眉毛，有些戒备：“羡慕什么？”

陈见夏不屑：“不用担心，我不是羡慕她能跟你做‘朋友’。这是咱班别的女生该羡慕的。”

楚天阔夸张地耸肩：“完了，我白自恋了。”

两个人都笑了。走了一段，楚天阔再次认真地问：“所以你羡慕什么？”

“我羡慕……”见夏挠挠额角，费力地想了半天，“羡慕你们长得都好看，开个会都能轻松聊到共同话题，看书也能看到一起，成绩都很好，反正就是，各种地方都匹配，旁人谁也不会说一个配不上另一个。你们自己心里，也不会觉得配不上。”

见夏怅然地低头。

她多想也做个配得上的人，但她的一切都那么不堪。

楚天阔若有所思，很长时间没讲话，走廊里只有两个人的脚步声。

“她比我好，”半晌他轻轻说，“我没有表面上好。”

见夏惊异地看着他。不知怎么，她忽然想起刚刚认识楚天阔的时候，他让她学会不要“想太多”，因为，他自己也曾经是“想太多”的人。

“没关系，”见夏没深究，安慰道，“表面上好就够了。我连表面上都不好。”

这番打哑谜一样的对话在班级门口画上了句号。

见夏最后表忠心一样急急地告诉楚天阔，她早猜到了，人哪有完美的，楚天阔也一定有自己的不开心，但这都不重要，班长在她心里是最好的人，所以她什么都不会说的——不论是他和凌翔茜的关系，还是他觉得自己没有凌翔茜好。

反正一句也不会告诉别人。她也是可以信赖的朋友。

楚天阔定睛看着陈见夏，没有笑，许久之后竟然毫无预兆地伸出手，极快地弹了她脑门一下，然后道貌岸然地回班了，留下她一个人站在走廊里发傻。

惊呆过后，见夏无奈地笑了，心底终于有了些许温暖的感觉，冲淡了孤单。

班长也是拿她当朋友的。

“大庭广众之下动手动脚的，你怎么这么不守妇道啊？”

声音很熟悉，是她期盼的，也是她害怕的。

剃了圆寸的李燃，大喇喇地坐在楼梯台阶上，晦暗不明地笑着看她。

陈见夏的第一反应是躲开。

班级门口也就几步路的距离，李燃却早料到了，她刚拔腿，他的声音就在背后响起，“我如果现在特别大声地喊你的名字，你说是不是这一层的班级都听得到？”

陈见夏极识时务地停步。

“你什么事？”她严阵以待。

明明心里是高兴的，明明看到他还能这样熟稔地和自己打招呼开玩笑，她松了一口气，然而态度却无法控制地变得硬邦邦，她也不知道为什么。

是因为羞耻吗？怕被他羞辱，所以率先筑起冷冰冰的城墙？越是不堪的人越善于伪装高傲。

“我哪儿惹到你了吗？”李燃一脸困惑，“你看见我跑什么？”

陈见夏心中气闷。这个问题怎么能抛给她呢？难道让她自己大喇喇地提及亲人吵架的丑事？何况，过去这么久了，他也没有来找过她呀，短信电话，什么都没有，她凭什么要搭理他呢？

千言万语在她内心奔走疾行，无法突破，最终浮现为一张便秘的脸。

李燃还歪着头等待她的回答，陈见夏只是摇头：“我要回去上自习了。”

“是不是因为我好久没找你，你生气了？”

这人怎么回事啊，都不给人留面子的！

陈见夏的耳朵像被火焰燎了一下，瞬间烧起来，脸庞也热热的，只能往墙下的阴影中躲避。

李燃嘿嘿一笑，也有些不好意思，“我一哥们的女朋友被人撬了，我帮他去镇场子，谁知道那人那么㞞，居然报警了，所有人里就我点儿背，让片儿警给逮了，我爸去领我，吵了一架，气得我直接剃了个光头。”

李燃摸了摸自己圆圆的寸头：“好不容易才长出来了，请假没上学。”

“不上学是因为你臭美吗？”陈见夏笑了。

李燃摇摇头：“屁。我光头也帅。我这不是怕吓到你吗！”

陈见夏心里瞬间开出了一朵花，小小的，冰天雪地中格外扎眼。

她逡巡不前，生怕贸然走出一步就踩到它，反倒不知该说什么了。

二十一

断点

半晌，陈见夏低头说：“我回去了。”

走了两步，又回头补充：“我不害怕的。”

她没看到李燃是什么表情，迅速跑掉了。

回到班级坐下时，陈见夏有些懊恼。为什么不多加一个字呢？我不害怕的，我不害怕“你”的。多说一个字，会不会不一样？

然而她究竟想传达什么，又想要他明白什么呢？陈见夏握着笔，盯着桌面上的化学练习卷，一行行元素符号拉成了圆圈，在眼前缓缓旋转，旋进深深的脑海。

她没忍住，主动发了一条短信。

“今天放学，你有空吗？”

李燃的短信回得很快：“哪儿见？”

她几乎要笑出来。

李燃总是这样，每当她在原地忸怩作态，向他试探性地踏出一小步，他总能大大方方地跑向她，迅速地，毫不迟疑地，赶在她改主意之前。

她低下头，一字一字打下："六点钟，学校侧门吧。"

雀跃的小心脏扑通扑通，把元素符号悉数震出脑海，散落不知去向。

也许是因为心情好，也许是因为楚天阔信守承诺，下午第三节课的大扫除并没有陈见夏想象中难挨。

教室是水泥地面，油渍和尘土都凝在表面上，楚天阔指挥男同学们将所有桌椅板凳都搬到门外，身先士卒打了一大桶水，兑好洗衣粉，沾湿扫帚在空地上画着圈地刷，一时间满教室都是风扫落叶的沙沙声。

见夏蓦然想起，开学第一天，于丝丝就是拿这个土办法整她的，但于丝丝没说谎，扫帚刷地的确是八中传统，同样毕业于八中的楚天阔也十分熟练。

她盯着楚天阔沉静的侧脸。他学习就专心学习，管理班级就专心管理班级，还人情也说到做到，水那么冰，也没见他卷袖子拧拖布有半分迟疑。她发自内心崇拜他。

"你喜欢班长啊？"

见夏一愣。

她好巧不巧和陆琳琳擦拭着同一块玻璃的两面，她看楚天阔，陆琳琳看她，问问题的方式依旧直击要害。见夏张口结舌，陆琳琳戴着很厚的眼镜片，又隔着脏兮兮的窗子，两重玻璃依然挡不住她那双审判的眼睛。

陈见夏假装没听见，蹲下去捡废报纸，一个人搬着凳子从她旁边经过，凳子腿儿有意无意剐了她胳膊一下，不用抬头就知道，肯定是于丝丝。

陈见夏落荒而逃那个周末过后，于丝丝便没再纠缠过她，但从未停止过努力，润物细无声，白榜的事情渐渐翻盘，对陈见夏不利的言论甚嚣尘上。陈见夏在班里没有朋友，连别人的中伤都听不到整句复述，但陆琳琳抽冷子透露的只言片语已经足够她生闷气了。

就是这样的于丝丝，发动这样的一群陆琳琳，来围剿小心翼翼的陈见夏。

陈见夏忧伤地想着，用报纸机械地磨蹭着一小块玻璃，纸面都磨出白毛了，在沾水的玻璃上留下细屑。一个男生不小心把桶踢翻了，溅到楚天阔的裤脚上，于丝丝连忙放下凳子，抽出一块干净的布迎上去："班头，赶紧擦擦！"

楚天阔笑着道谢，正要接过来，忽然周遭一片安静。

凌翔茜俏生生地出现在一班后门口，教室像被按了暂停键，许多男生仿佛没看见她，扫除的动作却滞住了。

"楚天阔，主任找你。"

凌翔茜微笑着，说完也不离开，站在原地等。

乏善可陈的学生生活里，一个美丽的外来客受到这样的瞩目并不奇怪，奇怪的是，被瞩目的女孩落落大方的，既不藏拙也不张扬，完全没在意一屋子的人因她而鸦雀无声，习以为常的背后是骨子里的傲气。

傲气是学不来的，学习需要虚心，从根本上和骄傲相冲，陈见夏心里清楚。

但她还是下意识学起了凌翔茜的身体姿态，挺直脊背，放松肩膀，宛若一只虚张声势的家鹅，冷不丁一看，也有几分像天鹅。

楚天阔也落落大方地走向后门，临走前没忘了嘱咐一句："见夏，你领着大家继续扫除，下课前必须把桌椅归位。"

于丝丝突兀而尴尬地站在教室空地的最中心。见夏听见陆琳琳发出一声轻微的嗤笑。

“于丝丝喜欢咱班长，”陆琳琳斜眼睛示意陈见夏，“瞧见了没？没戏。”

陆琳琳们是没有立场的，陈见夏落难她们笑陈见夏，于丝丝尴尬时，她们照样转脸看笑话，像一群食人鱼蜂拥而过，见者有份，杀生杀熟，杀父杀佛。

这次陆琳琳翻车了，于丝丝正愁没地方撒气，扭头就盯上了她们俩，径直走来，手里还拿着本要交给楚天阔的那块干布。

“琳琳你去收拾黑板槽吧，这个我来。”

陆琳琳连个屁都没敢放，点点头就服从团支书分配了，不舍地放下报纸，一步三回头，那副眼馋的样子竟让见夏心中升腾起荒谬的怜悯，差点跟她保证自己一定把谈话全盘讲成评书，请她赶紧安心地去。

于丝丝把窗子往自己的方向微微一合，亲昵地拉过陈见夏：“来，看看这块玻璃干不干净。”

她们一起透过玻璃看外面深灰色的天幕，于丝丝很认真地审视了一番：“嗯，挺好，没有指印。”

见夏懵懂点头，于丝丝顺势凑近了她耳畔，欢快地说道：“李燃喜欢凌翔茜，你知道吗？”

“关你什么事？”陈见夏反问。

人的应激反应是否多多少少出自真心？陈见夏脱口而出关你什么事，说完才想起，明明应该是“关我什么事”。

于丝丝眼神晦暗，还是微笑着的，她太爱笑了，笑容是她五官特有的排列方式。

于丝丝用窗台的报纸团玩抛接，自说自话：“凌翔茜有段时间坐 5 路公交车回家，李燃会骑山地车一路跟着，像骑士守护公主座驾一样，师大附中的人都知道。”

句句穿耳而过。陈见夏专心擦窗棂，不咸不淡地评论道：“那你心里一定很难受。”

于丝丝愣住了。

“以前喜欢的人喜欢凌翔茜，现在喜欢的人也喜欢凌翔茜。你真可怜。”

见夏说完就扔下报纸团，整个人没道理地轻盈起来，人生头一次，她端起了劳动委员的架子，气势汹汹指着两个男生骂：“早就让你们把那桶水换掉，都黑成那样了，还怎么洗拖布！别偷懒，赶紧去换水！”

破罐子破摔有时候是勇气的同义词。

陈见夏背对着于丝丝，谁也不知道对方脸上此刻是什么表情。

下午最后一堂自习课，陈见夏一气儿做完了英语专项训练中的十篇阅读理解，写完就翻到练习册末尾对答案——从第三道题开始错，十篇共五十道题，居然只对了四道。

见夏蒙了，盯着一片红的页面不知所措。同桌余周周拿起杯子喝水，斜觑她的卷面，说：“答案对串行了吧？”

果然。从第三题开始她就看错章节了，沿着下一个专题的答案一路错下去，这么明显居然还要别人来提醒。

“谢谢你。”

余周周微微蹙眉：“你没事吧？”

“我怎么了？”

“像要哭了。”

陈见夏抹抹眼睛，手背竟真的有些湿润，这让她难堪。一整堂自习课她又困又累，始终不肯趴在桌上休息一下，就是憋着一股劲，怕后排的于丝丝看见，误会她在伏案哭泣。可情绪骗不了人。

她不好意思地开口："我……"

对方安然的注视让那个拖长音的"我"最终化为了一个仓皇的笑容，见夏忽然转了话锋："我觉得凌翔茜真漂亮。"

她不知道自己提及凌翔茜是什么意图。女性的本能在引导着她。

余周周点头："是。"

一个字过后就没了。陈见夏尴尬，她果然选错了聊八卦的对手。

没想到余周周又轻声问："你喜欢楚天阔？"

见夏吓得差点把水杯碰翻。开学两个月过去，自习课不复以往的安静，即使是一班，教室里也有了嗡嗡说话声，仿佛安全网，把她和余周周围成一个短暂的姐妹会，一个不被前排陆琳琳发觉的秘密世界。

她摇头："不是。当然不是。"

余周周的推理虽快却错得离谱，陈见夏觉得好笑，她打听凌翔茜怎么可能是因为喜欢楚天阔——转念被另一个事实吓到了：那又是因为什么呢？

她盯着水杯，整个人呆掉了，傻得十分明显，随之而来的是深深的沮丧。

她一直以为自己和李燃之间的联系是孤立于振华这团纠结庞大的毛线之外的，是一根单独的线，微弱却特别，此时此刻才清楚地看见，只有她自己是毛线团外的点，孤孤单单的一个点。

陈见夏终于不再硬撑，疲倦地伏在了桌子上。

二十二

你喜不喜欢我

陈见夏忽然很想要一个朋友。

她初中时很鄙视那些今天还手拉手明天就互说坏话的所谓“好姐妹”，但是也说不清究竟她是因为鄙视才没朋友，还是因为没朋友才去鄙视。清高的陈见夏特立独行，刻苦读书，志存高远，不与燕雀争枝头，一个人去厕所，一个人上下学……丝毫没觉得孤单过。

也许只是因为，那时她还没有心事。

如今真的想找个人说说话，她才发现自己特别孤独，教室闷不住她满腹心事，开闸放出来，却也没有目的地。

你能听我说说话吗？不会在听完之后笑话我吗？不会表面礼貌内心不耐烦吗？不会转头就告诉陆琳琳她们吗？

陈见夏几次偷瞄余周周都开不了口，对方埋首于漫画，完全不给她眼神交流的机会。眼看要放学，教室里蠢蠢欲动，终于见夏鼓足勇气对余周周说：“你有空吗？”

余周周迷茫地抬头。就在这时放学铃打响，大家纷纷起身收东西，整个教学楼都喧哗起来，见夏后面的话被淹没了。

人生真是太尴尬了。

她苦笑着摇头，对余周周说："没、没事，你收东西吧。"

"你想聊聊？"余周周问。

陈见夏立刻点头如捣蒜。

然而做朋友从来都不是一件简单的事。

十分钟的时间里，陈见夏先是语无伦次地声明自己本不是那么冒失的人，她知道大家不熟，但有些话还是不知道和谁说——欸，对了，你着急回家吗？着急就改天再聊，没事的，真的没事的。

余周周坐在走廊窗台边默默看着她，看得陈见夏直冒冷汗。

她怎么这么蠢，又小家子气，客套话都说得无比僵硬。陈见夏拼命回忆，打算师夷长技以制夷——军训那天，于丝丝是怎么样亲热又随意地拉近和她之间的关系的？怎样几句话就套了她的底进而耍得她团团转的？

好难。

活了十七年，唯一一个毫不费力走近的只有李燃。但她不敢居功，是他走近她的，他现在跑远了，想去哪儿去哪儿，陈见夏站在原地像个傻子。

"你怎么从来都不笑的？"开场白说到口干舌燥，陈见夏停下休息，忍不住问余周周。

余周周一愣，歪头回忆，"有么？我以前经常笑的。"

"那现在呢？反正你现在不爱笑。"

余周周于是笑了，很淡，甚至称不上是笑。她摇摇头："不说我了。"

见夏觉得自己僭越，更加不知所措。

余周周的声音温柔却清晰：“我不着急回家，也不会把你说的话告诉别人，只是不一定能安慰或者帮助你。但我会尽力。你别绕圈子了，直接说吧，没事的。”

人和人的气质怎么可以差这么多。为什么每个人都比她酷。

陈见夏此刻不想倾诉了，只想撞墙。

啰嗦了十几分钟，陈见夏仍然觉得没说清，但余周周践行承诺，听得的确认真。

“挺帅的啊，”余周周露出一点笑意，“我是说，你挤对于丝丝那句，挺帅的。楚天阔也好李燃也罢，凡是她喜欢的都喜欢凌翔茜。”

见夏有些不好意思。余周周并不知道，她一辈子就威风过这么一次。

“你想了解凌翔茜？我和她小学是同学，不同班，知道得不多。她和我的一个……同学，从小一起长大，关系很好。”

见夏没留心那个停顿很久的“同学”，大着胆子问：“人好吗？”

余周周：“好。就是有点傻。”

“傻？”

“哦，你是问凌翔茜啊，”余周周难得有些不好意思，“凌翔茜现在的性格好像和以前不大一样了。毕竟长大了。”

“那她小学时候什么样子呀？”

“你关心那时候干什么，”余周周笑话她，“都没发育呢，而且那个叫李燃的也不认识她。”

陈见夏差点呛水。

“于丝丝说李燃喜欢凌翔茜，你难过什么呢？莫非你喜欢李燃？”余周周问。

喜欢喜欢喜欢，余周周讲出这两个字的语气稀松平常。也许是行政区走廊太宽阔，空旷得很安全，陈见夏也不再惊慌，只是呆呆盯着自己的鞋尖，后脚跟笃笃地敲着墙沿。

“我不知道。……你有喜欢的人吗？”

余周周终于露出了一个让陈见夏惊异的甜美微笑，眼睛弯弯，像只善良的小狐狸，大大方方地说：“有。”

见夏突然觉得离余周周近了许多，兴奋起来：“是谁？咱们学校的吗？”

“是，但他早就毕业了。他比我大六岁。”

“那他也喜欢你吗？”

余周周收起了笑容，摇摇头：“我不知道。”

她们一起沉默了一会儿。

喜欢的人喜不喜欢你，这个谜题从十几岁开始，或许要用一生来回答；即使得到了答案也只是暂时的，斩钉截铁会被收回，信誓旦旦会被背叛。

答题人自己都不确定，提问的人又能得到几分安心。

“去问他吧，”余周周打破沉默，“去问他。”

见夏的脸瞬间涨得通红。

余周周掏出手机看了一眼时间，拎起窗台边的书包：“差五分六点了，你该走了，你不是都跟他约好了吗。”

陈见夏看着她离开，这一次毫不费力地将那句“我能跟你做朋友吗”替换成了“我能经常跟你说说话吗”。

余周周笑了，像在笑她的小心翼翼。

见夏独自在窗台上坐了一会儿，行政区的走廊没开灯，远处商业区灯火从她背后照过来，在地上拉出一道瘦长的影子。

自己是喜欢李燃的吧？这种酸涩又期待，扑通扑通的甜蜜，就是喜欢吧？

她没急着去赴约，特意晚去几分钟，因为想让他等待，想让他打电话来不耐烦地问“你死哪儿去了我早就到了”，想考验他，想矜贵起来……心机无师自通。

陈见夏把右手放在胸口，感受着快要跳出来的心脏。紧张、沮丧、自卑、兴奋要把这颗心撑爆了，更多的却是罪恶感。

她是一个被管束得太好的女生，乖乖的，循规蹈矩的，如何承担得起这样罪恶感满满的喜欢。

今天晚上一定要学习到十二点以后，把英语完形填空都做完。

她默默告诉自己。罪恶感似乎减轻了一点。

陈见夏跑到侧门口，没有看到任何人。

她气喘吁吁，呼出大片大片氤氲的白，胸腔充满了失望的冷空气。

突然一个大雪球击中了她的后脑勺，力度不大，只是让她吓得一激灵。陈见夏像只惊慌的兔子一样回头，看到李燃掂着另外一只雪球从树后面走出来。

“你他妈想冻死老子啊？！都几点了？你自己看看表，都几点了？”他咆哮。

陈见夏却笑了，露出一排小白牙，仿佛雪落进领子是多高兴的事一样。

“那你打电话催我呀！”

“你是怎么说出这么无耻的话的？你看看把我冻成什么样了！”李燃气急败坏地走过来，伸出手往见夏领子里塞，冷冰冰的手贴上围巾包裹下温热的脖颈，陈见夏嗷的一声要躲开，被李燃结结实实摁住了。

李燃摁了两秒钟才发现自己欠妥。

他连忙抽出手，却不知道应该往哪儿放，左右随便挥舞了一圈，先是背回去，又揣回口袋里，有些恼羞成怒地瞪着见夏，好像是她邀请他来掐她似的。

陈见夏没觉得冷。她的脖子烫得都快熟了。

他们又去了上一次吃四川小吃的小店。老板已经认识李燃了，他一进门就用川普和他打招呼：“来啦？次（吃）串串？”

李燃转头问她：“吃吗？”

陈见夏疑惑：“串串是什么？”

于是他大声地对老板说：“就吃串串！单子给我，我自己画。”

见夏把下巴搁在桌面上，乖乖看着他点单，竟然觉得他用铅笔大刀阔斧画单子的样子有一点好看。

“……腐竹吃吗？算了给你点两串吧。吃毛肚还是牛百叶？我看电视上说牛百叶漂白都是用化学品，但是毛肚说不定还用墨水了呢，要不都来几串吧，反正也吃不死人。嗯，我看看够不够……欸，你还吃脑花吗？问你呢！”

见夏这才醒过来，狂点头。

李燃站起身，把单子递给老板，顺手从堆在地上的筐里拎出两瓶玻璃瓶装的可口可乐，拿拴在桌腿上的瓶起子打开，递给见夏一瓶。

“你找我什么事儿？”他问。

见夏避开他的眼神，用吸管小口小口地喝着可乐：“没什么事。”

又顿了顿，状似无意地提起：“今天我们班下午大扫除，二班有个大美女来找我们班长，长得可漂亮了呢。”

李燃随口接：“跟你比吗？那也不一定有多好看。”

陈见夏转了个眼珠才反应过来李燃在讽刺她，在桌子底下狠狠给了他一脚。

“上次你把脑花喷我鞋上，还没赔呢！”李燃毫不客气地要踩回来，陈见夏连忙收回小腿，轻声说：“她叫凌翔茜。”

她不大信任自己的演技，于是说完继续低头喝可乐。这种时候道具是多么地重要。

李燃眯着眼睛看她，看得她不敢抬头。

“于丝丝又跟你说什么了？”

和那些一收到噩耗就摔盘子、一偷听就踩枯树枝、一聊天就炒菜煳锅的演员一样，陈见夏一露馅就呛可乐了，喷得满桌子都是，她再次借助餐巾纸救场，掩住半张脸。

“于丝丝？没有啊，没说什么。”她摇头。

李燃抱着胳膊冷笑：“是么，那你跟我提凌翔茜干吗？”

“我就是觉得她长得好看，她今天下午来我们班了，我们都看见了。这不就跟你随便聊聊嘛。”

“哦。是好看。”

李燃明显是故意的。十秒钟难堪的沉默过后，见夏终于开口了，声如蚊蚋：“听说你喜欢她？”

“干你什么事？”

一句话像一瓢冷水。天道好轮回，地球是圆的，下午她噎于丝丝的话，终于依靠着宇宙的能量，转到了她自己面前。

陈见夏紧紧搂着可乐瓶，脏瓶底的灰蹭在黑色羽绒服胸襟上，留下一个个灰色的半圆。

“不好意思，”她努力克制住声音的颤抖，“我……随便问问，不好意思。”

陈见夏的自尊心告诉自己，即使李燃态度再不好，归根结底还是她失礼在先，不占理，所以应该平静地道个歉，不能哭，不能生气，否则只会更丢人。

她整个人都像被调成了振动模式，一直在轻轻地抖，拼命地压抑。

算了，没这个天分，别装了。

陈见夏抖着站起来，轻声说：“我不吃了。”

刚走了两步就被李燃拉住，一把拽回来，她差点跌坐在他身上，好不容易才稳住，僵站在屋子中央。

“你抖什么？”他无辜地看着她。

丢脸，好丢脸。陈见夏低头用碎发挡住自己通红的脸颊和冒火的眼睛。老板正好端着一锅串串走过来，看到他俩，见怪不怪的样子，用浓重的口音劝了一句：“吵撒（啥）子嘛！次（吃）饭次（吃）饭！”

陈见夏瞄了一眼冒着红油的串串锅，饿得胃抽抽，更加待不住，尽力挣脱他的手，终于把李燃彻底惹急了，大吼一声：“我不想提不行吗？嫌丢人不行吗？！”

老板迅速识趣地躲去了后厨。

李燃大力把陈见夏按在座位上坐好，递给她一双筷子:“吃！吃完了再说！”

说完就埋头自己吃上了，嚼了两口才抬头瞪陈见夏，大有“你不吃我就给你填鸭灌下去”的气势。见夏实在饿得难受，也没出息地拎了一串出来，正是李燃说“反正也吃不死人”的毛肚。

这玩意有啥好吃的。陈见夏想着，又吃了一串。

二十三

成长的完形填空

她被辣得像一只喷火龙从店里蹿出来，外面的冰天雪地也不像来时那么冷了。

陈见夏透过小窗子看着还在柜台结账的李燃。

他们俩刚刚一言不发地吃完了一整锅，到最后竟然有点斗狠的趋势了，越吃越快，签子也不插进签筒里，都摆在各自的桌面上，像是要比一比到底谁吃得多。

李燃掀帘子走出来，劈头盖脸对见夏说："你还等在这儿干吗？不回宿舍学习吗？"

浑蛋！

陈见夏气得转身就走，呼哧带喘，一路喷着白气，踩在雪地里，好似一列嘎吱嘎吱的小火车。

"你真想知道吗？"

背后李燃的喊声让她顿了顿，但不肯再相信，也没脸再相信了。

不许回头！回去学习，做英语完形，做十五篇！陈见夏告诉自己，步子迈得更大了。

“你八卦我还有理了？！”李燃继续喊。

“我喜欢谁本来就不干你事儿呀！我说错了吗？我跟你说话呢你听没听见！

“陈见夏！”

李燃嗓门越来越大，见夏越走越远。

她听见李燃的脚步声，跑得很快，朝向她，下一秒钟，领子里就被塞满凉凉的雪。陈见夏尖叫一声，低头掬起一捧雪，转头就朝着背后高高瘦瘦的男孩扬了回去，顺带还踢了一脚。

“啊……”李燃捂着膝盖半跪下来，“陈见夏你他妈够狠的啊！”

陈见夏意气风发地一仰脖，长出一口气：“你活该！”

“你凭什么踢我？是你叫我出来，大雪天让我等那么久，让我请你吃饭，问我我不想说的事，最后你还踢我？！”

见夏语塞。

听起来似乎的确是她有那么一点点不对。

“那、那你就可以让我走吗？是你撵我回去学习的，我走了，你还喊我干吗，拿雪塞我领子干吗？”

李燃也愣住了：“对哦，我让你走不就好了。”

王八看绿豆，互瞪了一会儿，李燃先笑了，没心没肺哈哈哈的，像是什么都没发生，笑够了才为难地皱眉问：“你真想听？”

见夏大义凛然地点头，就差正义地叉腰了。

李燃都开讲了，陈见夏还在打量避风塘的陈设。

许多看上去像大学生的人围成一桌桌在打牌、嗑瓜子；大厅中央有一个四方形的下沉式小吧台，设置了四台电脑，背靠背围成一圈，每台前面都挤着三四个小孩子在轮流打游戏；竖在桌面上价格牌上只有几款盖浇饭，剩下的都是饮料和果盘，墙上写着大大的“24 小时畅饮”。

“这个地方叫避风塘？”她感慨，“真好听的名字。”

李燃嗤笑：“别逗了，这个避风塘是假的。”

“假的？”

“避风塘本来是个吃粤菜的地方，在咱们这边被人冒用名字开成了通宵水吧加网吧，开了好多家，一家真的都没有。”

又说到了李燃擅长的领域，眼看着话题又要偏掉，见夏连忙阻止：“说凌翔茜。”

“死三八。”李燃翻白眼。

李燃讲起往事宛如便秘。陈见夏一度伤感，自己怎么就和于丝丝搞得那么僵，本来下午大扫除可以多听她讲两句的，现在只能坐在这里观赏李燃便秘。

过了一会儿她决定还是自己来提问比较快。

“你为什么喜欢她呀？”

李燃冷冷地看着她，艰难地吐出两个字：“漂亮。”

“那、那喜欢了多久呀？”

“不记得了，没多久。”

“那她喜欢你吗？”

李燃的脸更臭了：“……不喜欢。”

“为什么？”

“她干吗要喜欢我？”李燃反问，“难道你觉得我很值得喜欢？”

心都漏跳了一拍。陈见夏故作镇定：“算了不问了你也没什么招人喜欢的地方。”

赶在李燃发怒前，她又问：“你真的骑自行车追她的公交车？你还做过什么别的追她的事情吗？”

“没有！”

“说实话！”

“买东西送她。请她吃饭。为她打架。你有完没完？”

陈见夏心口的酸涩一路漫上鼻腔。她点头：“有完有完，不问了。”

但话音未落就自己接上：“那现在还喜欢她吗？”

李燃愣住了，疑惑地看着她：“你到底问这些做什么？”

陈见夏这辈子的情商都用在了此刻。她慢慢地、语气斟酌地说：“我问你的原因，和你会这么耐心地回答我的原因，是一样的。”

男孩迷茫的神情仿佛一只正在学习三角函数的狗：“什么意思？”

她忽然泄气了，觉得自己穷追不舍的劲儿特别不要脸，咄咄逼人的嘴脸格外难看，更不要说她压根没资格。

陈见夏正琢磨怎么收场，赶紧道别回宿舍算了，李燃忽然从背后拽过他自己的书包，高兴地说：“这么丢人的事我都回答你了，你帮我做张卷子吧，嗯？”

陈见夏没生气，内心居然很平静，甚至有点感激他给了今天一个这样友好的结尾。

感激他没有猜中自己的小九九。

感激他根本没有猜。

她笑了，“我以为你从不做作业呢。”

“这几天我们班主任请假，给我们代课的老太太废话好多，苦口婆心，态度却特别好特别好，从不骂我，她要是骂我我就有理由不做了，搞得我现在看见她就想起我奶奶，拉不下脸。别废话赶紧帮我做！”

见夏心中一软。李燃其实真的是个好孩子。

“你是师大附中的，认识那么多成绩好的人，干吗非找我？”她好了伤疤忘了疼，又忍不住刺探。

李燃理所应当：“这不正好跟你在一起吗？”

……呵呵呵。陈见夏警告自己，再多问一句，她就是猪。

卷子刚到她手里，陈见夏就笑得伏在桌子上起不来，李燃眉毛都竖起来：“笑屁啊！”

陈见夏指着卷子上的一处：“这儿，文言文阅读理解，你怎么答的？”

李燃拽过卷子，不耐烦：“哪儿不对？”

题目列出了选段中的五个词要求学生翻译，李燃对“茹素”的翻译是——色彩不大鲜艳的蘑菇。

陈见夏再次浑身发抖，不过这次是笑的。“你翻译的不是‘茹素’，是‘素菇’吧？还色彩不大鲜艳，你挺谦虚的啊，怎么不直接写披麻戴孝的蘑菇啊！”

她像是把一整天的纠结都笑了出去，笑出眼泪，代替了真正的哭泣。

李燃脸上红一阵白一阵的，恼怒地抽回卷子，“不用你帮忙了，我去找凌翔茜写。这点忙她还是会帮我的。”

陈见夏接着笑。

但这时候的笑，已经全是假的了。

“那你去找她帮忙吧，”她笑嘻嘻地拿起书包，“我得回宿舍了，再见了。”

再见了。笑容在背离他的那一瞬间收回去，推开大门她就开始奔跑，跑过商业街的车水马龙、灯红酒绿，整座城市在眼睛里下起了大雨。

她在信号灯前大口喘气，弯腰把双手撑在膝盖上，胸口很疼。

“我 ×，你跑得可真快啊，陈见夏你是不是练田径的？”

李燃气喘吁吁的声音也在背后响起。陈见夏惊惶地转过去，眼睛里的雨同样湿润了眼前的少年。

她来振华是为了好好读书考大学，见识更广的天地，走更远，做人上人，所以应该赶紧回宿舍去做英语完形填空呀。

可为什么会被一个给蘑菇披麻戴孝的缺心眼男生牵着鼻子走呢？

李燃惊诧：“你哭什么啊？”

陈见夏泪眼婆娑地看着他，没有回答。

你真的不明白吗？

二十四

一半是火焰，一半是海水

振华的教学楼在前方的第二个路口，遥遥可见。陈见夏停下脚步，抹了一把脸。其实风早就把眼泪吹干了，稍微做点表情脸就会疼。

“不用送我了，我到了。”陈见夏低头轻声说。

李燃也没客气：“不想让收发室的看见我？那你自己回去吧。”

她没看他的眼睛，连忙绕过他疾步离开。刚刚的委屈与冲动就好像这一片泪迹，吹一吹，晾一晾，干涸在脸上反而更难受，不如方才不要哭。

不如不提及，不如不试探。

即使他也喜欢她，又能怎样？真去谈恋爱吗？爸妈和老师都会打死她的。

陈见夏磨蹭着向前，想看看他的表情，最终还是硬撑着没有回头，反而小步跑了起来，跑向楼上桌前的英语完形填空。

后来她是趴在桌上睡着的。小小的房间里暖气烧得太旺，让人很容易犯困，半夜惊醒时，桌上的电子座钟显示已经两点二十。她打了个哈欠，揉揉眼睛转头倒向了床铺，钻进被窝脱衣服，一件一件甩出来扔在椅背上搭住，整个人蜷缩成一团，把脑袋也藏在被窝里面。

李燃会回想晚上那段让他莫名的追逐吗？会不会忽然明白过来她的心意？

那该有多丢人啊。

陈见夏闭上眼。

第二天醒过来，她看到手机里躺着一条李燃的短信，就一个问题：你到底怎么了。

陈见夏这次躲避得很巧妙，她删了打、打了删，终于拼出一条轻松大方的回答："昨天对不起了。大家都很好奇大美女的事，我也想多知道一点，谁让我近水楼台认识你呢！后来意识到这样没考虑你的感受，我挺羞愧的，就哭了。你为我保密哦，对不起。"

按下"发送"键，陈见夏有种奇异的感受。

她似乎是长大了一点，能够顺畅地写出通篇谎言，成熟得体，还知道自爆难堪来假扮真诚——看来这几个月来和于丝丝她们的交锋还是有成效的，教训没白吃。

内心深处却隐隐地疼，像是不明不白失去了点什么。陈见夏第一通圆滑的外交辞令，送给了李燃，送给了曾经在这个陌生城市里她唯一不需要说谎的对象。

而李燃果然没有再回复。

十一月和十二月都很难熬。整整两个月没有节假日，白天短得像赠品，凛冽的寒风封印了世界，学生们如一只只待宰的鸭子，倒扣在暗无天日的锅里，被暖气蒸出难以形容的味道。唯一称得上“娱乐”的只有两件事——课间操跑步，以及“一二·九”大合唱比赛。

一班和二班作为全年级瞩目的两个尖子班，一直在暗中较量。每到自习课，一班同学总能听到隔壁各种乐器一齐对音准，热闹极了。平均分谁上谁下，恐怕只有一班二班自己才关心；合唱比赛这种露脸的事情，才是在全年级面前展现风采的机会——班会上于丝丝如此这般热情洋溢、危言耸听，竟然真的凑齐了一套摇滚乐队。

二班立刻不爽了，指责一班偷师，走廊里指桑骂槐的口水仗打了好几轮。陈见夏因此多爱了一班几分，泥菩萨也有三分土性，她的同学们终于有点活人气了。

班会第二天，几个会乐器的同学把家伙事都带来了，陈见夏趴在桌上看他们打开乐器盒连接电源，线路盘旋，将讲台区域缠绕成了盘丝洞。

“你会什么乐器吗？”她趁乱问余周周。

“学过大提琴。”

陈见夏眼前一亮：“那怎么不带来？”

余周周抬头看看黑板前的乱象：“不是所有乐器都能配在一起的。”

见夏羡慕地笑了：“我不懂。我唱歌都五音不全呢，唉，什么都没学过。”

可弟弟学过。弟弟学过半年小提琴、两个月的素描，手腕上绑过一个星期沙袋悬垂练书法。妈妈的说法是，弟弟是男孩子，好动，坐不住，学这些东西能够压压他的性子。

为什么要用这么多好事情来压他的性子呢？直接揍他不就好了吗？

十七岁的陈见夏默默想起了小时候那个眼巴巴的自己。其实她知道轮到自己也未必不会半途而废，但至少算是尝试过。人活着争什么，不就争个机会吗?

余周周趴在桌上睡着了，漫画扣在腿上，胳膊肘抵着笔袋，几乎要推下去了，见夏连忙帮她挪了位置。

她很感激余周周。对方后来一次也没问过她和李燃会面的结果，仿佛两个女生在窗台的谈话从没发生过。见夏觉得自己又长了点见识，原来不是所有人都得成为朋友，保持点距离，虽然孤独，也能多出一点独自尴尬的空间。

闹哄哄的排练课上，凌翔茜又来找楚天阔。全班再次短暂地安静，两人离开之后，喧嚣更甚。

陆琳琳回头对见夏说:“欸，你有没有发现，每次都是她来找咱班长，咱班长从来没去找过她。”

陈见夏早就听到过这种说法，起源自于丝丝，开头都是“欸，你有没有发现”，听的人随便一回想，就忙不迭点头，于是大家再看到凌翔茜的时候就都有些幸灾乐祸了，楚天阔一身正气落落大方的样子被一班女生津津乐道，每一分疏离都是凌翔茜自作多情的证据。

陈见夏很替凌翔茜不平，他们哪里会知道楚天阔在校门口等待凌翔茜时那副羞涩又期待的样子。

想到这里，见夏忽然为自己骄傲起来了——她居然还能替凌翔茜着想，同样妒忌心满满的于丝丝就只会中伤别人。

她可真不错。

贝斯和架子鼓的伴奏声中，陈见夏信心抖擞地翻开《典中点》开始做题。因为凌翔茜，脑海深处有另一个名字在叫嚣。她装作没听到。

“一二·九”大合唱，一班二班都顺顺当当地唱完了。说来也奇怪，一班的性子如此沉闷，居然用的是贝斯和架子鼓伴奏；二班这么活泼，上的乐器却全是古典派。唱必选革命曲目时一个赛一个地别扭，但轮到下一首自选曲目，二班突然释放自我，集体把军装外套一脱，里面一水儿明黄色短袖 T 恤，所有人高举双手打着拍子，开始唱小虎队的《爱》。

凌翔茜 T 恤正面印着一颗红色的心，和其他人不一样，唱着唱着就从第一排正中央走出来，站在最前方面向整个大礼堂的观众，号召大家一起拍手，瞬间炒热了气氛；其他人也跟着变换了队形，全体和着节奏跳跃起来。

刚回到观众席里的一班同学们还没从演出顺利的喜悦中走出来，就被随后上场的二班猛浇一瓢凉水，不用出成绩就知道肯定输了，集体荣誉感还没强到糊瞎眼睛的地步。

凌翔茜卷了头发，高高梳起，波浪马尾错落有致，随着动作摇摆，大方明丽，好像天生就该站在最中央，像一只漂亮又神气的……

马？凤凰？陈见夏托腮苦思，到底也没能把核心词补完。

她多值得被喜欢啊，陈见夏苦涩地想。

楚天阔就坐在她右手边，不同于其他人，他依然嘴角噙着笑，既不为一班失利而恼怒，也不为凌翔茜而倾倒，仿佛谁也不认识，只是来欣赏表演的观众。

“我知道好多人都喜欢她呢。”

比如李燃。

陈见夏没头没脑的一句话吸引了楚天阔的注意，他笑着说：“应该的。”

“那班长你呢？”

楚天阔差点呛到，他苦笑着摇头：“我上次不是跟你说过吗，我们就是朋……”

“真的没有一丁点喜欢她？”

陈见夏用拇指食指比出一点点空隙，楚天阔收敛了笑容，轻声问：“你怎么了？”

见夏自己也不知道意义何在。即使楚天阔有资本把台上的凌翔茜带走，也没办法把李燃想象中的凌翔茜带走；就算如此，又怎样？陈见夏能顶着被爸妈打断腿的压力，去明目张胆地做什么吗？

这些她在心里反复咂摸过一万遍了，没有一句是新道理，可是在她懂得这些的时候，并没有料到，道理救不了她。

等下一个班级顶着送给二班的鼓掌喝彩声上了场，陈见夏悄悄在腿上翻开了单词本，埋头背起来，背了不知道多久，不知道哪个手脚不协调的倒霉蛋勾倒了凳子，叮叮咣咣惹得台下一阵哄笑，她才懵懵懂懂地抬起头。

台上在唱《让世界充满爱》，女声齐唱：“轻轻地捧着你的脸，为你把眼泪擦干。”

几个男同学推轮椅上台，轮椅上的人穿着条纹病号服，戴癌症患者的针织帽，垂着头。唱到第二遍副歌，“我们共风雨，我们共追求”，演病人的男生摘下帽子，露出青茬茬的寸头，是李燃。

陈见夏了解剃头内情，于是想笑，却发现其他同学都蛮感动。可见李燃的脑袋很百搭，低头则临终，仰头则劳改犯，不认识的人真会被骗得一愣一愣。

最终演唱效果不赖，全场掌声热烈。

“这是哪个班？”陈见夏问。

“好像是十四班吧。”坐在左手边的余周周也在做题，头都不抬。

十四班吗？见夏怅然。李燃带她吃了好几次饭，请她游玩，哄她开心，可她竟然连李燃是哪个班级的人都不知道。潜意识里她希望他独立于振华这片牢笼之外，只和自己这个囚犯有所勾连。

真是一厢情愿。李燃不仅是振华分校的学生，还是师大附中的名人、凌翔茜的裙下之臣，看上去在班里人缘也极好，下台时和同学们嘻嘻哈哈勾肩搭背，有个女生还拍了他后背一下，李燃亲昵地回手弹她脑门，又是一阵笑闹，直到班主任出现喝止了他们。

陈见夏觉得格外刺眼。

也挺好。她收回目光。

到此为止，别继续犯错了，早点清醒，挺好的，真挺好。

陈见夏死咬牙关盯着腿上的单词本，过了一会儿，余周周把一包清风纸巾放在了她的本子上。

二十五

一般般的你

“一二·九”的大赢家果然是二班，风光无限。一班群众虽然有些沮丧，但那点悲伤平摊到每个人头上愈发稀薄，很快就蒸发干净了。大家三三两两聊着天从礼堂回班，不知说起什么爆发出笑声，被教导主任吼了一声，连忙躲进屋，继续哄笑。

只有于丝丝是例外。

平心而论，这次活动楚天阔充其量镇镇场子，于丝丝才是真正殚精竭虑、鞍前马后的组织者，结果今天大放异彩的是凌翔茜，陈见夏用脚后跟都能猜到于丝丝此刻的心情。只是她以为于丝丝依然可以绷得住，大字报她都绷住了，这种小事没道理——于丝丝还真就崩溃了。

下课铃一响，她拉长了脸径直奔出教室，直到第二节自习课也没回来，最后还是楚天阔出去找。

陈见夏去俞丹办公室领这个月发放的外地生补助，把钱分别装进四个信封。俞丹一边翻着母婴杂志，一边轻描淡写地问：“咱班同学情绪怎么样？”

“还好，”见夏想了想，又补充道，“于丝丝挺难过的。她为了比赛付出很多，是我我也难受。”

即使是仇人，陈见夏也忍不住替于丝丝说了几句好话，俞丹没什么反应，继续问：“楚天阔没劝劝她？”

意思就是俞丹自己不想管。陈见夏眼见她拿起脚边的暖壶，往茶杯续了点水，又往后翻了一页杂志，头也不抬地笑着说：“我知道了。你顺便去一趟行政区，教务处那边要外地生的资料，你去帮我填张表。”

这个做派，见夏一点不意外，走时乖巧带上了办公室的门。

教务处在行政区，距离教学区有相当一段距离，楼道里安安静静的，陈见夏听到轻轻的啜泣声。她蹑手蹑脚走上几级台阶，偷听五楼传来的谈话声。

“你会不会觉得我这样挺可笑的？拿第几名，咱班同学没有一个在乎，只有我计较。”果然是于丝丝。

“别这么想。总有人要来承担责任和压力，你做得够好了。”

“可为什么我就不像你一样呢？以前在咱们八中，我经常听说你，那时候我还不忿，觉得我也不输你。后来到了初三，你还是次次考学年第一，我才服气了。但也只是因为成绩而服气，现在我是五体投地了，我没见过你这么完美的人，很后悔初中时候没能认识你，”于丝丝顿了顿，似乎破涕为笑，声音中有了一丝俏皮，“当然，现在认识也不晚。”

我呸。陈见夏愤愤然。

班长你可不能喜欢她啊。

楚天阔那边沉默了一会儿，失笑：“那我就不谦虚了。”

四两拨千斤。陈见夏咂摸着，觉得楚天阔实在是值得学习的榜样了，他是她认识的人里把废话讲得最好听的人。

“对了大班长，我能八卦一下吗？”

“不能。回去上课吧。”

“不行，我必须八卦。今天二班把咱们干掉，凌翔茜功不可没呀，你看我都哭成这样了，你不应该跟我解释解释吗？你该不会是通敌了吧？”

于丝丝的语气亲昵，说着“僭越”的话，却没法让人反感。果不其然，楚天阔咳嗽了两声，仿佛难以招架。

“输也要输得起，你别给咱们班找借口了，扯我干什么，八卦也没个准头。”

“真的？”于丝丝的声音高了几分，“那班长跟她熟还是跟我熟？”

陈见夏轻轻捂上了嘴。这么恶心的话，于丝丝问得天真无邪，她若真想效仿，估计要学海无涯了。

“当然是跟咱们班同学熟了，”楚天阔避重就轻，听动作应该是站起身了，“我看你好得差不多了，再恢复恢复就该扒我的皮了。快回班上自习去！”

陈见夏赶紧转头撤退，然而于丝丝下一句话把她钉在了原地。

“班长，之前 CD 机那件事，你心里是向着陈见夏的吧？”

楚天阔笑了：“你先告诉我，那件事你是故意针对她吗？”

“我怎么会？我为什么要针对她？”于丝丝激动，语气真诚得连陈见夏都要动摇了，“那就是个误会，你也知道我这个人从不藏着掖着。可后来呢？她拿那么难听的话写成白纸黑字来污蔑我，为什么你还帮她说话？”

于丝丝说哭就哭。

陈见夏再次气得浑身发抖，忍不住要冲上去理论，突然被人拉住了胳膊。

是李燃。陈见夏听了那么久的壁脚，居然没发现黄雀在后，还不止一只，李燃旁边站着另一个面生的女生——嘴里居然叼着一根烟。

李燃冲楼上喊：“那张纸是我写的，我跟你说了多少遍了，你怎么就是不信啊？”

陈见夏呆呆地任他越过自己走上楼，站在了四五层中间的交界处，于丝丝和楚天阔的眼前。

陈见夏竖起耳朵听，等到的只有于丝丝一句慌张不已的“班长我们先回去吧！”

原来于丝丝见到李燃也只有逃的份儿。

“你还不撤？”女生提醒她。

坏了。见夏反应过来，赶在于丝丝他们下楼前扭头就走，怕路上撞见，她绕了个大圈子，往实验区跑，女生也跟过来了。

陈见夏停步：“你为什么跟着我？”

见夏忍不住打量她。女生身材瘦小，校服上衣特别大，好像订错了尺码；头发披散着，半长不短刚到脖子根，但和凌翔茜那种散发不一样，她发型像阿杜，也像古惑仔陈浩南，刘海挑染成了蓝色，一看就应该是李燃的朋友。

女生拿手一撑，坐在窗台边，“你是陈见夏？我叫许会。”

见夏突然想起来，这就是那个拍李燃后背，又被李燃弹脑门的女生。她有点不舒服。

“……你是李燃什么人？”

女生大笑，嗓子有些哑。她看穿了陈见夏，故意答非所问："我不是你们学校的。李燃跟我打赌，说我穿上校服混进去参加他们班大合唱，他们班主任认不出来，还真没认出来，我输了。"

说着她脱了校服，里面只有一件薄薄的黑色衬衫，领口扣子解开好几颗，露出锁骨处银色氧化做旧的硕大十字架吊坠，仔细一看，中心嵌了颗骷髅头，更像男孩了。

见夏不好一直追问，顺着她聊，"怎么可能，合唱队形都是排好的，班主任怎么会看不出来——"

许会："他说他们班主任除了上课之外都不爱戴眼镜，怕戴久了眼球突出来，五米开外基本分不太清谁是谁，他开学第一天在校外看见一个男的摸不着打火机，就给递了个火，结果上课时发现是他班主任——还好借火时没戴眼镜，没认出来他。"

见夏笑了，她还想再听许会多说几件李燃的事。许会的语气不让她觉得是炫耀或卖关子。

"他给人借火，也抽烟吗？"

许会摇头，"不抽啊。哦，打火机是给我的，你们开学那天我过生日，估计是从他爸家里随便拿的存货吧。"她说完从裤兜掏出一只方形金属打火机，拇指开盖，发出清脆的声响，和见夏二叔他们用的两元一只的彩色塑料打火机很不一样。

许会吐了个完整的烟圈，呛得陈见夏咳嗽。她爸爸不吸烟，每年只有过年那几天在奶奶家会闻到二叔他们的烟味。

"你嫌呛？"

许会问，见夏本能点头，又胡乱摇头，许会疑惑，"原来你是这种性格的女生啊，没想到。”

就是说她唯唯诺诺的意思吧。见夏尴尬，但更想知道别的，于是忍着问：“你怎么认识我的？听他说的吗？”

许会虽然语气不耐烦，但还是主动跳下窗台，把烟扔在地上踩灭，打开窗子扔了出去，继续说：“本来拿大合唱打赌就有点傻逼，我不想来，但一想，能顺便见你一下，就来了。还挺巧，瞎逛正好碰见，省得找了。”

陈见夏错愕。许会夸张地凑近陈见夏，目不转睛地盯着，“也就一般人嘛，没啥特别呀。”

陈见夏也是有脾气的，稍微冷了脸，“就是一般人，谁跟你说我三头六臂的？”

许会坏笑：“还能有谁？”

这四个字仿佛一架梯子，陈见夏不再矜持，直接顺着爬了上去，“跟你说我干什么，怎么不说凌翔茜和于丝丝？”

许会不知道是故意整她，还是真不明白女生弯弯绕的心思，居然回答：“说过啊，都提过。他认识于丝丝那天本来跟我们约了晚饭，突然有个漂亮女生找上门，乐屁了，以为老天爷长眼，看他追校花受挫，又给他安排了一个。表面装酷，结果直接飞了我们鸽子，带于丝丝吃饭去了，被他发小当场撞见。这些你都知道吧？”

知道，但不知道李燃见到于丝丝后心里“乐屁了”。见夏心里酸酸的。

“他跟我说认识了个女生，开学第一天在医务室认识的。那天他在校门口碰见梁一兵了。梁一兵把他头打破了哈哈哈哈哈。”

见夏愕然。

开学第一天，梁一兵是带着被退回的 CD 机去找于丝丝的。喜欢的女生考上振华了，他自己却发挥失常，志愿落到了普高。这也就算了，居然还在振华校门口碰上绝交了的李燃——他再次被爸妈用建校费塞进了梁一兵梦寐以求的学校。

梁一兵心态彻底崩塌了。

李燃走过去要跟他说话，没防备，梁一兵竟抬手就用 CD 机砸了他脑袋，转身跑了。

陈见夏脑海中浮现出李燃在阳光下包着一脑袋纱布低头擦拭 CD 机的侧脸，不知机身上那道划痕是不是来源于这一击。她原本还有些奇怪，李燃怎么会随身带两只 CD 机跟她换着玩，竟然是这样。

看许会讲述的样子，她显然瞧不上梁一兵，也只觉李燃挨他打这件事好笑，见夏却想起校庆那天下午，李燃孤零零站在蓝天之下，自己却对他说，你没有更配得上自己的朋友了吗?

刚说完，一回头，看到走近的李燃，许会脸色尴尬。李燃的目光很快扫过陈见夏，没有停留，定在许会脸上，语气有点凶，“你跟她说什么呢？”

“走了。”许会没回答，把搁在窗台上的校服往李燃怀里一丢就离开了，临走还踹了一脚走廊中央承重的柱子玩。

陈见夏坐在窗台上，两手撑在身侧，抬眼看向李燃——他头发又长长了不少。时间过得真快。

刚刚许会说什么来着？“他到底怎么看你的。”

时间差是多美妙的东西，一瞬的苦涩之后，语言才刚刚回甘。

李燃正要说话，陈见夏的手机振动了一下，收到一个陌生号码的短信。

“陈见夏吗？我是王南昱。我来省城了，周末出来吃个饭？”

见夏上次回家时在肯德基等爸爸，临走前把手机号报给了王南昱。她打字慢了，看李燃等得魂不守舍，索性直接按照号码拨回去。

又是冬天，马上就进入“元旦—春节”的漫长旅游季，王南昱辞了肯德基的工作，来到省城给开旅行社的亲戚打零工，拉活跑线，专门瞄准了南方散客往郊区滑雪场带。一日游的提成不高，但做熟练了就可以升职，总归比在快餐店有前途。

陈见夏很为他高兴，两人在电话里反倒比面对面聊得轻松愉悦。挂电话前，王南昱疑惑地问：“见夏，你怎么这么高兴？”

“不知道。”她咧着嘴，瞟了一眼早就一屁股坐到自己身旁的李燃，看到他不满的样子，没忍住笑出了声。

“真的不知道。我就是……就是高兴。”

陈见夏回班的时候，于丝丝和楚天阔已经就位了。于丝丝瞟了她一眼，又迅速低下头去。

李燃已经告诉见夏了，他冲上去吓唬于丝丝只是因为对方又开始诋毁她，本来也没打算对质什么，何况于丝丝一看见他，就羞怒交加落荒而逃了，只剩下楚天阔朝他优雅地点头示意，也跟着走了。

“装什么装！”李燃愤愤。

“我们班长没有装，他表里如一，”陈见夏为楚天阔辩护，“而且他也没碍你的事，你犯不着为了凌翔茜来挤对他。”

一席话把李燃说蒙了：“又跟凌翔茜有什么关系？”

陈见夏没解释，高傲地仰着头离开了，心中却有一个小人在窃笑，等着一头雾水的李燃自己去打听。

最后半节课度日如年。陈见夏托腮垂眼看着桌上的语文书，已经许久没翻页了，手掌把脸颊的肉都推了起来，大大的笑容挤变了形，在寂静的教室里，雀跃得很安全。

“盼着放学？”余周周从保温杯里倒水喝，有些促狭地问她。

见夏大方点头，毫不忸怩。

余周周眯起眼睛：“约了他？”

见夏的双手几乎撑不住脸上的笑，矫情地摇头否认：“我没约他。是他找我，要我帮他讲题。”

余周周意味深长地看了她一眼，自言自语道：“那今天放学我得赶紧撤，否则讨人嫌。”

见夏红着脸栽在了桌上，再也没爬起来。滚烫的脸蛋贴在温凉的木质桌面上，眼神飘向窗玻璃，目光久久停留在班级的倒影上，思绪已经飘回了实验区的窗台。

李燃说，我的 CD 机还在你那儿吧？充电器揣在我书包里都大半个月了，一直不好意思给你。

李燃说，我带了周杰伦另外两张专辑，一起听吧。

李燃说，让你讲题你就好好讲，不许像上次一样连挖苦带讽刺的。

李燃说，陈见夏，放学等我啊。

陈见夏忽然就不再慌张了。即使过去一团乱麻，未来忧心忡忡，但至少此刻，她的脸蛋烧热了半张桌子，高兴得快要哭出来。

放学后等他。所以现在，她在等放学。

二十六

北极雪

“补课”的地方在学校附近的麦当劳。李燃率先推开沉重的玻璃门，把陈见夏让进去。陈见夏大大方方地笑着说：“我都没吃过麦当劳呢，我家那边只有肯德基。”

话音未落，她就看到俞丹左手领着女儿右手捏着外卖纸袋子，朝着门口走过来。陈见夏心里咯噔一下，本能地想掉头离开，俞丹却已经看到了她。

“陈见夏？”

见夏紧张得都快结巴了，干干地笑着说：“俞老师好。”

俞丹的目光在和她擦肩而过的李燃脸上停顿了一下，发现李燃看都不看见夏一眼就径直去点餐，觉得可能两人并不认识，只是凑巧一起进门，于是脸色放松了，“怎么不去食堂？”

吃麦当劳就奢侈吗？我在家也吃肯德基呀。见夏对俞丹的古板有些不快，觉得她瞧不起自己这个外地生。

“因为我想吃麦当劳。”

想都没想，脾气就顺着嘴边漏了出来。见夏余光都能看到背对自己点餐的李燃笑弯了腰，俞丹也很惊讶，嘱咐了一句“早点回宿舍”就拉着女儿离开了。

陈见夏瞬间懊恼起来。她硬邦邦地回话，也没蹲下来夸俞丹的女儿两句——谁家的爸妈不希望别人一见面就大呼小叫地称赞自己的小孩“真乖真好看几岁啦叫什么名字太可爱啦”……她反倒像压根没看见人家带着孩子一样，怎么这么不会做人。

门都合上了，见夏还转头盯着，愣愣地回味，直到脑门被李燃弹了一下。

“我也不知道你想吃啥，刚才也没法问，就随便点了些。”李燃抓起一个汉堡自己咬了一口，又放下，把盒盖撕下来当作盘子，挤满了番茄酱。

见夏捻起薯条，心不在焉地蘸了蘸：“你反应真快。”

李燃笑：“习惯了。见不得人的事儿干太多了，躲老师还不简单。”

“咱俩一起吃饭有什么见不得人的。”见夏嘴硬。

“这得问你呀！”李燃吃得腮帮子都鼓了起来，“你要是觉得特别能见人，刚才怎么不当着你们老师的面喊我？‘李燃，我要吃巨无霸！’你倒是喊呀！”

李燃捏着嗓子学陈见夏说话，被她从桌子底下狠狠踹了一脚。

陈见夏吃饱了就用纸巾擦擦嘴，居高临下地评价：“薯条不错，别的没有肯德基好吃。”

“我觉得新地还行呀。”

“没有圣代好吃。”

“你等着！”

李燃说完就起身出去了，留下见夏一个人愣愣地在座位上看着他的书包，不出五分钟就跑回来，左右手各一只甜筒。

“来，各舔一口。”

见夏眨巴着眼睛，乖乖地各咬了一口，仔细甄别了一番，勉强地指着其中一只：“这个。”

李燃笑得嘴巴都快歪了：“这是麦当劳的！”

见夏脸有些红，梗着脖子道：“话还没说完呢，我是说这个……没有那个好吃。”

李燃没和她继续争，把肯德基的甜筒递给她，自己大喇喇地举着麦当劳的甜筒吃了起来，第一口就咬在见夏咬过的缺口上。

她低头从书包里翻出《语文基础知识手册》，轻声说：“快吃，该念书了。”

给李燃讲课是一件特别头疼的事，因为该用心的地方他完全无所谓，不该用心的地方他倒追根究底问个没完，总和她抬杠。陈见夏讲鲁迅，李燃就问鲁迅是不是休了大老婆，把她气得没辙。

“关你什么事！他就是上完厕所不冲水也跟你没关系！让你背你就背！”

陈见夏终于发飙，把书直接扣在了李燃脸上。已经八点半，冬天的省城总是很没有活力，街上行人寥寥，餐厅里只剩下他们两个食客。

“我有好几本练习册没做呢，明天上课还要讲，跟你在这儿废什么话！”见夏气鼓鼓地开始收东西。

李燃把书从脸上拿下来，小心地抚平褶皱还给了见夏，按住她收东西的手：“十点才关门呢，你就在这儿写呗，我不吵你了。对了，你把 CD 机拿出来，咱们听歌！带了吧？”

陈见夏脸一红，急速又不舍地把手抽出来，点点头。

李燃接过 CD 机，把电源线交给陈见夏：“这个你收好，今天听没电了，回去自己充。早就该给你了。”

“你就这么送我一个 CD 机，没关系吗？”

“好几个月以前你就问过了，磨叽死了。”

“那时候是因为你把于丝丝的 CD 机给我了，心里过意不去。现在你也帮我报仇了，事情也过去了，我不能再收着你的 CD 机。”

李燃观察着陈见夏的表情：“还生我气呢？”

见夏觉得这话问得有些怪，好像他们关系很亲密似的——她有些开心，表面上却维持着冷淡：“我……我问你点事情，你好好回答。”

李燃嗅出了危险，头立刻摇得像拨浪鼓：“别问，肯定没好事，你不是要做题吗？快做快做。”

陈见夏用笔尖轻轻点着桌面，自己愣了一会儿。

心中的罪恶感压抑住了陈见夏的好奇。她果然不再问，伸出手要一只耳机，自己戴好，低头去做《王后雄化学手册》。

耳机里还是周杰伦，但是换了一张专辑。见夏沉迷在背景音中，机关枪声、直升机螺旋桨声……她今天做题思路很顺，下笔飞快，不知道是否应该归功于旁边那个百无聊赖的家伙给自己带来的好心情。

“你这么晚不回家，没事吗？”

“他们不管。”

“哦。”

陈见夏合上化学练习册，翻开数学，继续求反函数。

李燃托着腮帮子用手机玩贪食蛇和打地鼠，忽然转过头去看她。麦当劳白亮的灯光下，陈见夏侧脸算不上多好看，尖尖的鼻头还有点出油，一副做题很卖力的样子。只是低垂的睫毛怪可爱的，随着写字的姿势而微微颤动。

陈见夏依旧低头演算，脸却因为他的注视而微微泛红：“看我干吗？”

“我以为你做题那么认真，感觉不到呢。”

“我有余光，谢谢。”

李燃合上手机，整个人都趴在桌子上，没头没脑地冒出一句：“以后你就在麦当劳学习吧。”

“为什么？”见夏反问，愣了一下，才把目光从铅字移到没精打采的李燃身上。

看上去有些可怜。

“行吗？”李燃再次请求，抬眼仰视她，都挤出了抬头纹。

见夏点点头，鬼使神差地伸出手去，拍了拍李燃毛茸茸的脑袋。

九点半的时候，店员开始分区域把凳子倒扣在桌子上，用拖把来回擦地。陈见夏觉得再坐下去有点不好意思了。

这时候她才发现李燃已经趴在桌上睡着了。她把耳机摘下来，听到他发出的安恬的呼吸声。

陈见夏有点舍不得拍醒他，过了一会儿店员擦地擦到附近，碰到了李燃的脚，他一个激灵爬起来：“几点了？”

“该走了，”陈见夏说，“要打烊了。”

李燃披上薄薄的羽绒服，还敞着怀就拎起书包，被见夏阻止：“把拉链拉上，刚睡醒就出去会感冒的，你还不多穿点！”

她想了想，摘下了自己的围巾，踮起脚尖给李燃绕在了脖子上。李燃愣住了，反应过来就急着往下拽：“给我干吗呀，你自己戴上！”

“我没问题，我可以把羽绒服帽子戴起来，拉链拉到最上面，你看，一直保护到嘴巴呢，像不像太空人？”陈见夏迅速把自己武装起来，然后再次伸出手帮他把围巾缠绕严密，有点羞涩，“可惜是化纤的，不是羊毛的，也顶不住风，你、你凑合戴吧。”

李燃没有再推托，不知怎么安静了下来，整张脸都缩进围巾里，只露出一双眼睛，半晌才瓮声瓮气地说：“走吧，送你回去。”

走着走着，就下起雪来，从黑暗中潜进灯光里，细细碎碎，凉凉地落在脸上。整个世界像一只沉默的沙漏，两个长长的影子被时间覆盖。

陈见夏一直仰头走着，痴迷地盯着橙色的灯光下纷乱的雪花，仿佛走进了梦里，只顾微笑，完全克制不住。

“你怎么那边耳朵还戴着耳机？”李燃问。

见夏故意立刻摘下来：“对不起我忘了，耳机你可没打算给我。”

李燃迷茫了许久，才想起他们初次见面的情景。分别时，他当着他们那个班长的面，阴阳怪气地把耳机从她手里夺了回来。

他很难为情：“这次打算给你了，否则你回去怎么听。”

“我逗你呢，我有复读机的耳机，一样可以听。”

“这个是索尼的，音质好。”

“对对对，你的什么都好。”

李燃伸出手拉过一边的耳机，给自己扣上：“我的当然什么都好。来，一起听。”

他们穿得厚实，走路都笨拙，像被细细的耳机线连接起来的、不怎么灵光的连体机器人。

响起来的音乐是《北极雪》。李燃奇怪：“不听周杰伦了？”

“都循环过两遍了，发现你还有一张陈慧琳的，就尝试一下。”

“不是我的，是别人落下的。”

“别人是谁？”

“你怎么总管得这么宽？”

陈见夏黑了脸，不再讲话。

耳机里一男一女正在唱着“也许我的眼泪、我的笑靥只是完美的表演”，陈见夏忽然明白，有时候还是演一演比较好。她曾觉得李燃透彻犀利，以为自己可以在他面前永远保持自然，想听歌就听歌，没吃过麦当劳就是没吃过麦当劳，什么都不需要伪装——可于丝丝表演出来的热情单纯不也曾让他心动？人与人之间，总是要把那些实实在在的粗糙隐藏起来，才不会划伤脆弱的纽带。

“是许会的。别瞎担心了。”

她刚自我反思结束，那边就别别扭扭地来了这么一句。

“我有什么好担心？”陈见夏丝毫不长记性，又接着问。

“你自己心里清楚。”

“我不清楚。”陈见夏说完自己都呕了一下，她怎么开始说这么无聊又白痴的话，跟演电视剧似的。

李燃却来劲了："那你们那个假模假式的班长又怎么回事？他为什么拍你的头？手脚不干净。"

陈见夏几乎要大笑出来了。手脚不干净——谁能把这个评价和楚天阔联系在一起？全世界恐怕只有李燃会这样说楚天阔。

是为了她。

他们谁都没想过，自己到底是站在什么立场上评判和干涉对方，却驾轻就熟，谁也不说破，让那一点点霸道在内心发酵。

一个沉寂已久的念头却不合时宜地浮上陈见夏的脑海，她转头看看李燃，踯躅再三，还是开口询问："上一次，我回家的时候，你听到电话里面的吵架了吧？"

"什么吵架？"

"别装了，"见夏低下头轻声说，"你越这样我越难堪。"

李燃为自己的拙劣表演而不好意思，挠了挠鼻子："谁家里不吵架啊，这有什么。"

"可是不是每一家都这么丑陋。"

李燃没有安慰她。沉默中，陈见夏的心一点点在往下沉。

为什么要自己提起来？自取其辱。那个苍白的中午里，妈妈和二婶的撕扯历历在目，李燃在听到那些中年妇人的尖厉号叫和连篇脏话时，会想什么？

见夏的呼吸让鼻子处的拉链都结了霜。她没有戴手套，一只手揣在兜里，另一只勾着饭兜，虽然羽绒服袖子覆盖了大半的手背，露在外面的指尖依然冰凉。

李燃注意到了："冷不冷呀，这是什么，给我拎。"

“不冷，没事。这是饭兜。”

“学校有食堂，你为什么带饭？”

“是水果，我每天自己洗点苹果橘子什么的，切块带着，课间可以吃。”

“给我吧。”

“你也没戴手套呀，都一样。”

见夏话音未落，拎着饭兜的手背就被李燃暖暖的手心覆盖。他把她整只手都包住，紧紧攥住。

“那就一起拎着吧。”李燃说。

陈见夏只听到自己的心跳声，在羽绒服的帽子里，像被扣住的鼓，轰轰隆隆，在耳畔鸣响。

二十七

拼不出的你

李燃在宿舍楼门口松开了她的手，陈见夏的手背已经被他温热的汗微微沾湿，冷风一吹便格外凉。

“那我回去了。”见夏低头盯着脚尖，无意识地在松软的新雪上划出一道又一道。

“快走吧，哦，对了，这几张你都拿去听吧，总听那一张会腻味的。我回家再搜罗搜罗，还有不错的就明天都给你。”

明天，麦当劳。陈见夏听懂了这一重意味，重重点头。

“为什么？”陈见夏晃晃手中的CD机。为什么这么温柔？

李燃迷惑地眨眨眼：“为什么？还不是因为你自己买不起？”

你有没有脑子啊！陈见夏忽然很想抡起饭兜砸上那张狗脸。

正当她几乎要推开沉重的铁门，背后忽然传来一句：“没关系的。”

“什么没关系？”

李燃整张脸都包裹在呼出的白气间：“家里吵得再难听也没关系，

毕竟……”

毕竟他们是爱你的，对么？真是万灵药。

陈见夏无奈却又感激地朝台阶下的李燃笑了笑。

李燃却大声喊：“毕竟他们是他们，你是你，又不是你求着要出生的，一家人也用不着一起丢脸啊。”

……果然狗嘴里吐不出象牙。

“你会不会好好说话？”陈见夏本能地想要捍卫自家人。

明明自己跑到省城来就是为了逃脱，为什么别人说出来，就觉得被冒犯了呢？想到这里，陈见夏愣了一会儿。

“你明白我的意思不就得了，又不是说不让你孝顺他们了。你就是你自己，用不着替别人难为情，就算是亲爹妈，也犯不着。”

“那你是怎么长成现在这样的，六亲不认？”

“我怎么不认了，”李燃不乐意，“我只是认的方式和你们这些俗人不一样。”

“那你觉得……那你觉得我和他们一样吗？我是什么样？”

为什么人总是如此热衷于确认自己在对方心里的位置呢？你如何定义我，你如何评价我，你如何想起我……像是活了许多年之后，五官突然被抹去，画笔塞给对方，请给我重新画上你想要的面孔。

陈见夏紧张地看着李燃。他搓着手思考了一会儿，忽然笑了。

“我不知道。”他摇头。

陈见夏不由得有些失望。

“我是觉得，”李燃补充道，“我觉得你现在还不是真正的你。至于真正的什么样，我也不知道。不过我觉得现在这样，也挺好。”

“真的挺好？”

“真的挺好。走了！”

她看着他穿过十字路口，朝着一辆出租车奔了过去。

陈见夏入睡时整个人都蜷缩了起来，左手紧紧贴着胸口，用全身包围，依旧不暖和。

其实站在大门口的时候，她想了很多。

她踮起脚，轻轻闭上眼。

他们后来每天放学后都在麦当劳一起学习，确切地说，只有陈见夏自己学习，偶尔帮李燃做两张不得不交差的卷子。又在麦当劳撞见过一次俞丹之后，阵地就转移到了更远一点的必胜客——这里比麦当劳贵一点点，但是有高背沙发座，遇见同学的概率比较小，利于低头躲避。

但谁也没提起过那天的牵手。这种躲避，究竟是在害怕什么？清者自清还是心中有鬼？谁也不主动探究。

李燃不再捉弄陈见夏，在学校里遇见时，他也会配合她装作彼此并不认识。然而每每相遇过后，陈见夏背过身去离开，嘴角总控制不住地上扬。

怀揣着秘密，是会让人有种巨大的优越感的。

当然，路过二班门口的时候，撞见李燃和包括凌翔茜在内的一群初中同学嬉笑打闹，她也要面不改色地稳步向前。

人和人之间也真奇怪，明明是越靠越近，边界却也越来越清晰。愣头青凭着一股热情往他人的内心闯，总要被电网伤过一次，才知道哪里需要绕着走。

陈见夏听到背后几个同样往洗手间走的男生们大声聊天。

“终于放下了？”

“放下什么？”是李燃不耐烦的声音。

“装什么装，你以前不是看见凌翔茜就绕着走吗？”

“不绕着走怎么办，没你们关系好，谁不知道你和她还有蒋川三个人从小穿一条裤子长大的。”

“受不了了，还是这么酸，我看你那么正常，还以为你都好了呢。”

“滚！”李燃骂完后，顿了顿又轻声问，“凌翔茜最近到底怎么了，怎么看上去没精打采的？”

陈见夏走快了几步，拐弯进了女洗手间，再也听不清。

这次和李燃一起学习，陈见夏没因为小鹿乱撞或者谈天说地而分心，反倒效率奇高。

“有时候看你这样做题，觉得也挺爽的，一行一行地演算出结果，一对答案，嘿，全对！挺有成就感的。”

“羡慕？”

“不羡慕。”李燃打了个哈欠，继续看书。

李燃真是让人难懂。他竟会捧着一本《醒世恒言》在那里看得津津有味——上个月他还给蘑菇披麻戴孝来着。

“你看得懂吗？”

“看个大概呗，非得一个字一个字抠它的含义吗？多没劲。”

见夏翻了个白眼，李燃头也不抬，准确地捻起一包没开封的番茄酱砸在了她的脑门上。

“我又不是你认识的唯一的好学生，”陈见夏嘟囔，“有什么好羡慕的。”

“他们都不像你这么认真，做题的时候眼睛都发光，写字特别用力，断铅芯都溅到我脸上来了。”

见夏心里有点不舒服，什么意思，所有成绩好的里面只有我认真，说我笨咯？

“是，我没凌翔茜聪明。”

李燃的目光缓缓地从文言文移向陈见夏，歪头不解：“这又关她什么事？”

陈见夏不回答，咬着嘴唇狠命地演算着万有引力公式，再次绷断了自动铅芯。

“你看你看，又溅到我脸上来了！”李燃捏着铅芯正要说事，被一个男声打断。

“陈见夏？”

“王南昱？”见夏惊讶地抬起头，“你来吃饭？”

王南昱有点不好意思：“我请我的主管吃饭，刚吃完，把他送走了，突然发现我把手套落在这儿了，一进来就看见你了。”

“工作怎么样？上次说好出来吃饭，我们又月考来着……”

李燃不敢置信地看着陈见夏就这样笑眯眯地离开了他们的桌子，和一个不知道从哪儿冒出来的男生走到旁边的沙发座坐下了。

王南昱高兴地讲着自己通过试用期的事情。

“其实也不是啥正经工作，不过我们这个旅行社不是那种骗人的公司，管理还挺正规的，虽然经理是我表舅，但我还是觉得应该靠自己过试用期，不能因为是亲戚就乱了规矩。”

“应该的，你没问题的。”

陈见夏笑得特别灿烂，热情得王南昱都晃不开眼，有点受宠若惊了——他是干了什么特别了不起的事吗？

“我跑的线是滑雪场，对了，你想去吗？下周末你要是学习不忙，就来玩吧，我和我舅舅说一声，加一个同学进团也没关系的，不花钱！”

“加两个花钱吗？”李燃插嘴。

陈见夏表情一僵，出现在桌边的李燃朝王南昱一笑：“你好，我是陈见夏的……同学。”

那个漫长的停顿是什么意思？

王南昱友好地一笑，正要开口说话，李燃已经坐回到自己的沙发座去了，让王南昱十分尴尬。

陈见夏却明白了李燃什么意思。王南昱进门就把她带走了，压根没看见对面坐着的李燃，他是在报复。别人无视他一次，他也要无视回来。

陈见夏翻了个白眼，不巧被王南昱看到：“你变活泼了。”

“有吗？”

“是啊，以前你可不会主动给我电话，跟我说常联系。咱们以前在班里话都不说的，大家背地里都说你傲气。所以我还挺惊讶的。”

“我只是不爱说话，但是你们说的八卦我都知道，”见夏笑了，“我都偷偷听的。我知道张军和饶晓婷毕业前又分手了。”

“他俩现在又和好了，而且也来省城发展了，”王南昱说起八卦也兴奋起来，“他俩现在在一起做服装，去广州进货回来卖，哦，他们租的床子就在成蓉，离你们学校很近，好多小姑娘都在那边买衣服和别的小商品，发卡什么的，你没去过吗？”

陈见夏第一次仔仔细细地去了解这群和她在一个教室里坐了三年的

陌生人们。有人当兵，有人去火车站扛大包，有人接手家里的工厂，全家族都很有钱却把家直接安在鞋厂楼上，直接睡在弹簧都支棱出来的沙发上……

她也不知道自己听得如此津津有味到底是因为真的被百味人生所震撼，还是因为报复李燃的快感。

陈见夏和王南昱相谈甚欢，竟有了一种洗刷自我的扬眉吐气感——谁也不要以为她孤单可怜，她也有同学，有朋友，有叽叽喳喳的小圈子和满满的默契，只不过因为他们都不在振华，没办法像师大附中那群嘚瑟精一样，集合在走廊里堵着通道当众表演友谊万岁。

我不是只有你的。陈见夏愤愤然。

转念一想又觉得李燃可怜。

傻子都看得出她在故意晾着他，她的确生气，但理由实在站不住脚。他是无辜的，本可以拎起包就走，但他没有。

李燃坐在那里翻《醒世恒言》，正着翻，倒着翻，一看就知道完全是在装样子。

但他还是没有走。

他没走。她又凭什么。

"……后来那个游客到底还是挂在了树上，六个救援都……"

"王南昱！"

"啊？"

陈见夏红了脸："周末……周末，我想去滑雪，我……我给你钱，我能不能多带一个人？"

王南昱宽和地笑了，眼神却有些黯淡。

“当然没问题啊，”他瞟了一眼和他们隔着一条宽阔走道的李燃，“我和我舅舅说一声，给你打电话。那个，都这个点了，我得先走了，我住在我舅舅家，回去太晚不好。你也早点回学校。”

陈见夏目送他匆匆离开，不知怎么，竟有些内疚感。王南昱那明显的尴尬失落并不像是她多心。

“得了，难受什么，真以为全世界都在抢你？”

李燃在一旁凉凉地讽刺道。

“为什么你要这样？”陈见夏心头火起，“你笑话我的时候每句都那么毒，我都怀疑你会读心术了。你这么会看人，就看不出我为什么不高兴？你那么多朋友，那么多初中同学，当中还有被你关心近况的、学习起来毫不费劲的聪明姑娘，何必每天在餐厅里陪我耗？我又不是没朋友，你也用不着这么自大，到底是谁孤独可怜谁需要别人陪，还真说不准呢！”

李燃手中的书掉在桌上，半张着嘴震惊地盯着陈见夏，表情从刚才的讥诮迅速转化为一如既往的迷茫。

“好口才啊……我以前怎么没发现？”他竟称赞起了她，还鼓了鼓掌。

一拳打在棉花上。陈见夏气得头疼，大步走回座位上开始疯狂地收东西，却被李燃大力摁住了手。

“别走啊，”李燃忽然笑了，“周末咱们到底去不去滑雪？”

话题转太快，陈见夏愣住了。

李燃恬不知耻：“我都偷听到了。”

“你家那么有钱何必去蹭人家的免费团……”陈见夏机关枪一样的语速渐渐慢下来，抬眼看他。

“跟你一起去呀！”

李燃一脸讨好，嘿嘿干笑着，就差流口水摇尾巴了。

千言万语哽在胸口。陈见夏一阵头晕。

“如果成行，王南昱会告诉我的。”

“不行我们就自己去！”

“谁跟你是我们。等我消息吧，确定行程之前，我们就不要见面了。最近被你闹得都没怎么好好学习，都快期末了，我得专心。”

“离期末还有一阵呢，你至于吗？”

“不至于的是你认识的那些好学生，我这种不一样，我笨，就得专心。”

陈见夏说完就推开铁门气鼓鼓地走了，背后传来一句气急败坏的“有完没完，陈见夏你这人怎么好胜心那么强啊！”

她顿了顿，没回头也没反驳。

等隐匿在宿舍楼大厅里，她才偷偷转身看，李燃依旧站在路灯下盯着门口。

见夏压制住跑回去的冲动，硬生生把自己劝走了。

是使小性子，也不全是使小性子。她不想不明不白地做一个伴读，变成排在凌翔茜、于丝丝之后的退而求其次。

陈见夏自我反思之后，甚至有点替李燃难过了——不能怪他，再洞察世情的人，也不可能搞懂她的心思。

当她换好睡衣躺倒在床上盯着天花板，一句话在脑海盘桓不去。

那天夜里，李燃说，陈见夏，我觉得现在的你还不是真实的你。

今天，李燃又说，陈见夏你这人怎么好胜心那么强啊。

她怎么会好胜心强呢，她知道自己几斤几两，怎么会去和凌翔茜比。她可是一个被于丝丝和李真萍瞪一眼就连忙低声下气写小纸条去求和的人，是拿到成绩单时希望同桌余周周比自己高几分的巴结小丑，她怎么会是个好胜心强的人，怎么会。

被他握过的左手贴在胸口上，一颗心倔强地在手下起伏。

陈见夏忽然觉得自己很陌生。

第二天中午的时候，她接到了爸爸的电话，说自己周末会来省城出差一趟，参加干部培训。

这周末？

王南昱一大早就给她发短信说舅舅同意他款待两个同学，周六日两天随便她挑。如果爸爸来了怎么办？陈见夏的心悬了起来。

“小夏，这次行程安排比较紧张，我只能周五开完会陪你吃个饭，周六我们要去度假山庄陪领导一起活动，就不在省城待了。”

陈见夏松了一口气。

“那行，周五一放学我就去找你！你住铁路局宾馆？就在我们学校旁边！我知道一家馆子挺好吃的，我还没去过呢，我们去那边，我请你！”

“傻丫头，”爸爸在那边笑了，不知怎么，陈见夏觉得爸爸好像格外开心放松，和在家里的状态很不一样，对她也亲切了许多，“行，你请我，我买单，行了吧？”

挂下电话时余周周端着水杯走进开水房，看到她拿着电话，微微笑了一下，意味深长的。

“不是。”陈见夏摇头。

“哦。”余周周没多问，有点失望，倒是让见夏笑起来——余周周从不多问，却总能给出恰到好处的关心和淡漠。

自己如果是这样的人多好。

离周五越来越近，陈见夏和李燃没有一个人先向对方低头。见夏迟迟没回复王南昱确切的日期，却也没回绝他。

周五教育局领导过来视察，学校取消了最后一节自习课，陈见夏跑回宿舍放下书包，就步行到铁路局宾馆的大厅里，到了才给爸爸打电话。

铃音却也在大厅响起了，见夏循声回望，看到爸爸和一个年轻阿姨就站在转角的玻璃门后，阿姨的一双手，正在帮她的爸爸正领子。

爸爸接起电话:“小夏，你来了？”

说着，他后撤一步远离阿姨，往大厅里四处张望。陈见夏本能地迅速退缩到落地窗幕帘后。

“还没，”她说，“马上就到啦！”

二十八
父女

陈见夏在幕帘后躲了大概一两分钟，感觉却无比漫长。大厅很拢音，虽然隔了一点距离，爸爸和年轻阿姨的说话声音还是隐约能听到。

年轻阿姨抱怨，你这午觉怎么睡的，怎么领子都压歪了。

爸爸说，歪了就歪了，别正了，孩子来了！

陈见夏不知道要怎样才能溜到门外装作刚进来的样子。她大脑一片空白，心吊在半空，说不上是害怕、愤怒还是羞惭。

幸好此时爸爸又接到电话，一边说着一边朝酒店前台的方向走过去了，阿姨也跟在后面，两人都背向大门口站着。陈见夏连忙趁机溜出门，刚一动身，余光里的那位年轻阿姨就无意转了一下头，看到了她。

她心里咯噔一下，脚下仍不停步，跑出了门。

旋转门外冰天雪地，凛冽的冷空气拯救了即将窒息的陈见夏。她把手贴在脸颊，滚烫的皮肤下，血液仍在汩汩流淌，耳鸣轰响。

她深吸一口气，昂首重新走进去，对着不远处的前台喊了一声：“爸！”

年轻阿姨也转过身，笑吟吟地看着她说："这就是小夏啊？果然女儿随爸，长得真像老陈！"

陈见夏的父亲在一旁也笑呵呵地介绍："这是我们单位财务，叫卢阿姨！"

"卢阿姨好。"

陈见夏盯着眼前的女人，女人也温和地看着她，就像没看到她刚刚从大厅跑进跑出的行为一样。半晌，陈见夏挤出了一点笑容。

不过她没想到这位卢阿姨也和他们一起吃晚饭。三个人一起在铁路局宾馆附近的一家新开的沸腾鱼餐馆坐定，陈见夏父亲一边翻菜单一边说，省城就是新东西多，一会儿灌汤包一会儿沸腾鱼的，什么流行开什么。

爸爸和服务员点菜的时候，陈见夏就安静地盯着塑料薄膜封存好的消毒餐具。她感觉到卢阿姨的目光一直若有若无地打量着自己，似乎期待她能抬起头，给几秒钟的视线交流——可她始终垂着头。

"见夏学习忙不忙？快期末考试了吧？"卢阿姨主动破冰。

"还有大半个月。一月十号考。"

"振华竞争压力大吧？你可是你爸的骄傲，在我们办公室总提你，他们科长爱吹牛在我们单位都是有名的，你考上振华以前，满世界吹的都是他儿子，这回可好，你成了咱们的状元，你爸他们科长一下就歇菜了，再也不提，就跟自己没生过一样！"

卢阿姨说完就眯眼睛自顾自笑了起来。陈见夏中考后的暑假不知道被夸了多少回，早就免疫了，这段话本身也没什么有趣的，可卢阿姨的语气十分轻松，暖暖的，笑起来还有虎牙，一下子就让陈见夏觉得很亲近。

她很想抗拒这种天然的吸引力。

“我女儿今年刚读小学四年级，你可是她的偶像，你爸把你初中的笔记都帮我复印了一份，我打算给我女儿留着，让她上初中了再用。你寒假回家了有空到我家去一趟，跟她谈谈心，偶像的力量最强大了……”

卢阿姨一直不冷场，却也不聒噪突兀。

得体。

陈见夏脑子里忽然冒出这么一个词。

卢阿姨积极营造和睦的气氛，这和陈见夏重新进入大厅装作刚刚到达的行为是一样的——将尴尬默默消化，私下解决，也给自己留一点体面。

都是看不开的凡人，追逐利益，屈服于欲望；但有些人就能让场面不那么难堪，有些人就会为了一张房产证撅着屁股相互扯头发，将所有不堪入耳的谩骂通过手机话筒传给外人听。

陈见夏发现自己在内心默默做着比较。

一种自然而然、无法控制却又大逆不道的比较。

这家沸腾鱼的特色是在沸腾时将处理好的鱼扔进方槽汤锅，迅速盖上玻璃盖子，有时候鱼没有死透，还会因为神经反射而弹跳，旁边的服务员就负责摁住盖子，让食客观赏“大吉大利，富贵龙腾”。

那条鱼挣扎的瞬间，陈见夏傻掉了，坐在旁边的卢阿姨温柔地捂住了她的眼睛，说：“太残忍了，别看。”

吃完饭之后三个人一起走出饭馆，卢阿姨提议让陈见夏休息一晚上，别着急回去学习，和爸爸去逛逛街。

“我就先回宾馆了，张姐她们还喊咱们回去打牌呢，我先替你去顶一会儿，”卢阿姨一边对见夏爸爸说话，一边自然地把手搭在见夏的肩上，“你好长时间没见到女儿了，爷俩好好说会儿话。”

听到宾馆里还有爸爸的其他同事们，陈见夏忽然松了一大口气，松口气的理由不能细想，她脸红了。

“就你？他们铁定打双升，谁跟你一伙儿谁倒霉，”爸爸晚饭喝了一点白酒，脸膛红亮，“你让他们先打着，我去小夏宿舍看看，把吃的给她送过去，一会儿就回。”

卢阿姨亲昵地拍了拍见夏：“说好了，假期去好好鼓励鼓励我女儿！”

盯着卢阿姨的背影，陈见夏说不出的解脱。

她是个温柔得体的人，没有距离感，十分亲切，亲切的人做出亲切的肢体动作也很正常啊，比如帮男同事正一正领子什么的。

……对吧？

宾馆和见夏的宿舍距离很近，短短的一段路十分沉默，即使偶尔爸爸提起一个话头，问的也都是成绩、同学关系，聊不了两句就断掉。陈见夏一直都不是很清楚怎么和爸爸单独相处。即使她和妈妈青春期碰撞更年期，三天一小吵，五天一大吵，但母女之间有着天然的亲密，不像父女，越长大越疏远。

其实相比妈妈，见夏更喜欢爸爸，妈妈毫不掩饰偏心眼，居中调停的往往是一旁看报纸的爸爸，姐弟俩因为抢东西而打架，也都是爸爸出面多买一份，从根源上平息争端。小时候，每当见夏哭着问起“你们喜欢弟弟还是我”，妈妈的答案永远是：“一天到晚净想些没用的，再哭，再哭你看我揍不揍你！”

爸爸则会平静地说，哭什么，爸爸妈妈当然都喜欢。

就算心里知道答案，陈见夏也更喜欢愿意骗骗自己的爸爸。

陈见夏和收发室的宿管老师打了个招呼，领着他上楼。宿舍虽然小，但供暖不错，陈见夏收拾得很整洁，爸爸略微坐了一会儿就要走了，临走前把从家里捎的吃的留给了见夏。

“爸！”

“怎么了？”见夏爸爸已经拉开了门，回头看她。

“卢阿姨……”见夏嗫嚅。

爸爸的表情有瞬间的僵硬，只是微微的一瞬间，就恢复了平静，等着见夏继续问下去。

“卢阿姨说的是真的吗？”她心念一转，扬起脸笑了，“你在单位里拿我吹牛？”

见夏爸爸笑了：“那怎么能叫吹牛，我女儿比他们的都强，这是事实。”

“那如果我没考上振华呢？你们是不是……还是更喜欢弟弟？”

“又来了，都多大的人了，”见夏爸爸啼笑皆非，“你弟弟有你一半省心，我就烧高香了。”顿了顿，爸爸又说道：“早点睡，平时也别学那么晚，省城学生肯定比你底子好，冰冻三尺非一日之寒，慢慢来。照顾好自己。你妈也很担心你，还老是说实在不行把你接回县一中，反正在哪儿都能好好学。”

“担心？是想让我回去辅导弟弟读书吧。”见夏嘟囔，被爸爸拍在了头上。

送走了爸爸，见夏愣愣地坐在床上回想，刚才闲聊时候爸爸说了一句，你妈最近总是睡不好，去看了中医，这两天来省城出差，正好给她买点西洋参。

陈见夏刻意忽略了自己提起卢阿姨时父亲的反应，在心里重重地画了一道线：爸妈还是恩爱的，毋庸置疑。

自欺欺人之后是如释重负。陈见夏起身去拉窗帘，无意往楼下一瞥，看到门口路灯下站着一个人。

李燃。

少年呼着白气，来回跺着脚取暖，站在路灯形成的橙色大伞下，仰起头，可怜巴巴地盯着她的窗子。

陈见夏心中温柔得要命，像回了家。

塑钢窗大部分被宿管老师用胶条封上取暖，留下半边小窗用作平日通风，见夏想推开，窗子却冻住了，努力一会儿后只能作罢，这才想起放在口袋里的手机。

吃饭时候她担心李燃来电话被爸爸抓到，于是把手机关了；此刻看着缓慢的开机画面，陈见夏心急如焚。

终于信号满格，一连跳进来四五条短信。

“你同学给你回信了没，周末去不去滑雪？”

“我带你去吧。”

“我是说你要是觉得开口求了他，不方便反悔，那就跟他的团。他不带你，我们就自己去。”

“怎么关机了？你还生气啊？你好胜心一点都不强，你是和平鸽。”

“和平鸽和平鸽！”

陈见夏一脑袋黑线，瞬间不想搭理楼下那条丧家犬了。

二十九

人生海海

“你在这儿站多久了？”

“二十分钟吧，我看见你和你爸——那是你爸爸吧？我看见你俩走过来，就赶紧躲起来了，他走了才出来。本来想拿石头砸你玻璃的，你住四楼太高了，我扔不上去。”

陈见夏拉着李燃离开门口的人行道，防止被收发室的宿管老师看到，不经意看见他还围着上次自己借给他的那条化纤围巾，心中一软。

“我以为你还在生气，怕你继续关机不理我，所以就跑过来了。虽然不知道错哪儿了，但是我错啦，你什么都对。”李燃笑嘻嘻地说。

陈见夏抬眼看他，心中和路灯一般明亮。

她喜欢他的坦然和直接，自己心中绕了十公里的一团乱麻，他只一步就能直线踏过。因为他自信笃定，所以可以坦然说出“怕你继续关机不理我”的话，反而不担心被谁看轻。

这样的一个人。这样一个和陈见夏截然相反的人。

“你不知道自己错哪儿了？”陈见夏歪头。

李燃嘿嘿笑着挠挠后脑勺：“我要是把错处说一遍，你不又得生一遍气？”

陈见夏乐了：“你说吧，我不生气。”

“你不就嫌我说你学习努力吗，我知道你们这种好学生，明明努力，偏要装自己是天生聪明，就怕谁说自己用功。”

发现见夏的神态又不对了，李燃连忙挽回：“但我、我那是逗你呢，我……”

“我的确不聪明啦，”见夏笑了，也试图像他一样坦白，“但我也不笨，聪不聪明都是相对的，看跟谁比了。”

她用含着笑意的眼睛看着他：“比如和凌翔茜比学习，我就不聪明；和于丝丝比做人，我也不聪明。”

“怎么又来……”李燃哭丧着脸，“能不提她俩吗？”

“不是不是，不是的，”陈见夏澄清，“我不是……我说真的。你说得对，我自卑，好胜心又强，见不得你夸别人。”

“我没夸过她俩啊？”

“心里夸过。”

“你讲不讲理啊！我心里想什么你知道啊？有你这么给我安罪名的吗？”

“闭嘴！”见夏霸道地一挥手，“我要跟你讨论的是严肃的人生观，你给我大气点！”

几秒钟的沉默后，李燃哈哈哈的大笑声几乎惊落一树的积雪。

陈见夏从没和任何一个人讲过那么多话。

“我没有朋友。”她一脚踏进绿化带的积雪中，说出这样一句开场白。

也不是没有过一起牵着手去上厕所的伙伴，后来渐渐玩不到一起去了。陈见夏羞于对任何人承认，她内心是骄傲的，好胜的，瞧不起同学们的。燕雀安知鸿鹄之志，她看不上前后左右那些叽叽喳喳的男生女生，只不过偶尔展露冠冕堂皇的笑容，客套地说：“人各有志，条条大路通罗马。”

然而青春期的好朋友并非陈见夏当初所以为的那样“没有存在意义”——因为，再懂事的少女也会有心事。

隔壁班那个高高帅帅的体育生又换了女朋友，是后桌那个齐刘海的漂亮女生，但他一定不知道女友喜欢用五颜六色的指甲挖鼻孔，鼻屎直接往桌底下抹；明明处处比弟弟强，为什么他可以买最新款的文曲星，她的爱华随身听都绞带了妈妈也不愿意给她买个复读机；英语老师总是针对她，指桑骂槐，说班里某些成绩好的同学目中无人，不好好听讲，可明明就是这个老师自己一口乡土发音，好好听课才是坑自己呢……

十几岁的年纪，她竟把这些心思统统埋进了土里。直到遇见李燃，直到此刻，倾诉欲爆棚，无法抑制，陈见夏才惊讶于自己曾经的沉闷与克制。这么多年，她是怎么做到的？

她和李燃讲自己的父母。讲爸爸高考落榜，抬不起头来，和大专生对象分手，经人介绍认识了初中文化的妈妈；讲那通被李燃听到的电话的原委，围绕着奶奶家一套可能拆迁的老房子而起的旷日持久的难看战争；讲她觉得爸爸其实不爱妈妈，讲她看到卢阿姨和父亲的暧昧时内心的震动与矛盾，讲她终于懂得感情是多么混沌又模糊的事情，作为女儿她不齿这种对家庭的背叛，哪怕没有实质性出轨，只是精神上的游移——但另一方面，她却能像一个成年人一样体谅父亲寂寞的精神世界，甚至有些心酸……

陈见夏语无伦次。

李燃张张口，似乎是要出言安慰，见夏却揪住他的袖子，示意他什么都不要说。

“趁我还有胆量讲下去。”她垂下眼。

李燃轻轻点头。

他们又走到了那条漂亮的老街，冬天商店关门很早，幸亏临近圣诞节，行道树都缠上了彩灯，建筑边缘的射灯也没关，童话般的温暖光芒减少了几分凄清。

“其实你说得对，我是个好胜心强的人，也没有表面上那么害怕于丝丝和李真萍她们。我也不知道真正的我自己到底什么样子。从小我就讨厌别人说我用功，初三的时候，我们英语老师不喜欢我，总是故意在我面前夸奖别的同学，说人家聪明，特别聪明，只要努力就能超过陈见夏，只不过没找对学习方法……”

见夏顿了顿，露出了一个略带邪气的骄傲笑容。

“我那次逼急了，当场就跟老师顶嘴：‘连学习方法都找不对，这还不叫笨？’”

李燃大笑，自然地揽住了陈见夏的肩膀，使劲儿地拍了拍。

像是一种无声的褒奖。

“不会觉得我很讨厌吗？不觉得这是小家子气吗？我看到你和初中同学在走廊聊起凌翔茜，都会很生气，因为妒忌。我妒忌她漂亮、家里有钱、被人宠爱。就这样的我，你也觉得好吗？”

她停步，直接而坦荡地盯着李燃。

“包括……”陈见夏内心颤抖，还是鼓起勇气说了下去，“包括，你知道我的心意，但我怕老师骂，怕别人说我、说我和混混交朋友，所以不敢和你在一起，却还是想让你对我好……这样，你也觉得我好吗？”

李燃没有笑，认认真真地和她对视，郑重地点了点头。

“挺好的。”

陈见夏的眼泪唰地流下来。

李燃忽然猛地拉住她的袖子向前跑，差点把她拽了一个大跟头。

他就这样拉着她在人流稀少的老街上大步狂奔，陈见夏迎着冷风，一直在哭。

你到底有没有听我说啊？所有阴暗的心思，一句不落，真的听清楚了吗？见夏哭得呛了风，在百货大楼前面停下来的时候还在打嗝。

这是整条街唯一一家还在营业的大厦，保安已经在往外赶客了，李燃领着她硬闯进门。他们上到二楼，在一家见夏不认识的牌子前面停下，顶着柜员惊诧的目光，李燃指着货架上的围巾问：“你喜欢哪条？”

见夏刚要询问，李燃就打断：“人家快关门了，你一会儿再问为什么，快，选一条。”

她指了一下中间那条棕黄格纹围巾：“……那个？”

李燃迅速对柜员说：“开票！”

直到他用崭新的羊绒围巾把她的脸都包住，陈见夏依然蒙蒙的，不明白他抽什么风。

“为什么？”她问。

李燃为她系好围巾，打了个活结，温暖柔软的触感令她整个人都松弛下来了。

他看着她，憋了半天只是说："明天去滑雪，怕你冷。"

周六王南昱没有亲自带团。一大早在集合的地方，他当着陈见夏和李燃的面向当天带团的导游打了招呼，把他们送上了大巴。

"想不到啊，你。咱们同学要知道了肯定不相信。"和陈见夏错身而过的时候，王南昱狡黠地眨眼，朝李燃的背影努努嘴，善意地调侃道。

陈见夏脸红，解释的话却没说出口。

"有什么不相信的。"她嘟囔。

也没什么好解释的。她和李燃，就是别人看到的那种关系。

整车都是陌生人。陈见夏笑了，今天，什么都不用害怕。

陈见夏是第一次滑雪，眨巴着眼睛跟在李燃身后，看他怎么租滑雪服、手套、护目镜，让他帮自己踩上滑雪板，刚迈出一步就尖叫着摔了第一跤。

碧空如洗。缆车很小，不能两人同乘，陈见夏只能自己坐上去，到坡顶时缆车是不停歇的，她必须看准时机自己松开手下去。见夏紧张得一头汗，眼巴巴地回头看身后穿着蓝色滑雪服的李燃。

"我说松手就松手，别怕，"李燃在后面五米左右的距离，"上面也有工作人员接你的。"

被人保护着真好。陈见夏有些沉溺，像一个从没吃过糖的孩子，舔到了一点甜，即使全世界都警告她会蛀坏满口牙，她也忍不住想要再尝一口、再尝一口。

缆车到了坡顶，见夏毫不犹豫地松开牵引杆跳下来，笨拙却自信地朝着滑道移动过去。

走了几步，她回头又看了看紧随而来的李燃，笑了。

她当然不差，当然值得，比谁都值得。

未来还会更好。

陈见夏后来玩疯了，她本就喜欢过山车这类失重的游乐设施，从坡顶滑道俯冲下来的刺激感更是对胃口。第一次滑行时她就牢记李燃的指导，屈膝弓背，重心放得极低，因而一上午过去，她再也没有摔过跤，还无师自通学会了用滑雪杖急停。

一开始李燃还跟在后面保护她，后来被她完全甩开了，不再时时回头确认他的方位。到了午饭时间，见夏才终于恋恋不舍脱下滑雪板，摘下帽子，额发微湿，在冰天雪地中冒着白气儿。

同团的其他游客都把他们俩当作一对小情侣。陈见夏大大方方地帮李燃去领自助餐，当着别人的面大声喊他的名字，问他吃什么、喝什么，再也不需要忌讳被谁看到。

午饭后可以选择骑马游览的项目，也可以继续回去滑雪一小时。李燃还没发表意见，见夏就戴上了护目镜，说，我再去滑几圈。

李燃愣了愣，说，你去吧，我有点累，在这边看着你。

见夏笑了，头也不回地奔着白茫茫的山坡去了。

这次是值回票价了，虽然他俩本来也没花钱。回程时陈见夏靠在大巴的窗玻璃上看窗外，白山黑水的景色缓缓远离。车上在放着一首奇怪的歌，不知道是哪里的语言。

“这是哪国语言？”见夏问。

“闽南语。真奇怪，司机为什么放这首歌，难道他是福建人？”

“你知道这首歌？”

“我爸以前在福建贩茶叶，后来买了些闽南语磁带回家放，这首我听过，好像是叫《人生海海》。”

真没有你不知道的。见夏佩服地问道：“什么意思？”

“嗯……大概就是，人生像大海一样，茫茫然的，有起有落，变幻莫测，也不知道下一秒会发生什么。”

见夏不说话了，看着高速公路边广阔的田野发呆。

李燃把她的脑袋扳过来，故作伤心地说：“完了，你会滑了心就野了，不需要我了。”

见夏被逗笑了，骄傲地一仰脖：“靠自己当然最好。”

“你当然是这样的，我有预感。”

“什么预感？”

“说不清，”他挠挠头，一副不知道怎么讲的为难样子，“你昨天不是问我，为什么送你围巾吗？”

“是因为你把我那条扣下了，所以还礼？”见夏故意道。

“屁，”李燃不屑，“你那条什么材质，我送你的又是什么材质？”

陈见夏翻白眼，有钱了不起么。

“其实，就和这围巾一样，”李燃不再玩笑，少年的声音在汽车行驶的噪声中显得格外清冽，“你的围巾不保暖，我戴着只是因为你；而我送你围巾，是希望它真的能为你挡风，天气暖和了就摘下来，不需要了就压箱底，和季节变换一样自然。”

见夏懵懂，却又好像明白了什么。

“昨天你问我，如果你害怕被说闲话，所以不想和我走太近，却又希望我对你好……”

“别说了。”见夏满脸通红。

朗朗白日，夜晚龌龊阴暗的心思怎么可以被这样重播。陈见夏正在羞恼，李燃却笑了。

“所以，现在你明白我的答案了吧？”少年语气懒散，掩盖着真诚。

“有时候人和人之间就像冬天要围围巾、夏天要吃冰棍一样自然的。反正，你没必要有负担。恶心话我是不会说的，也做不到；但我保证会像这条围巾一样，你冷的时候就围上，热的时候就摘下。这样就够了。”

见夏鼻酸，想说些什么，却觉得一切都苍白无力。

歌手还在用难懂的语言唱着他大海一样茫茫然的人生，车已经开入了市区，开回振华，开向乏味的、不能见光的日常生活。

只有这一车短暂的同伴知道陈见夏和李燃很好。

分别前，李燃拉着围巾帮见夏紧了紧，对她说再见。

陈见夏走了几步，还是忍不住回头问：“在车上时候，你说你有预感……预感什么？”

李燃双手插兜，安然注视她。

“预感夏天迟早会来。”

三十

夏天

冬季白天太短，时间总是过得很快。

高中生早就不流行圣诞节送贺卡这种事了，见夏根据楚天阔的指示，买了几张圣诞树和麋鹿的贴纸，在窗户和前后门草草贴了一下，就算是增加节日气氛了。至于元旦联欢会，那纯粹是于丝丝等人出谋划策大显身手的场合，陈见夏只要在一旁看着就好了。

不出所料，十二月三十一号那天，隔壁二班的热烈气氛把一班衬托得像殡仪馆。这两个尖子班巨大的性格差异也让学年里的其他老师表示不解，而且分化有愈演愈烈之势。陈见夏心里清楚，再有性格的个体集合成群体之后也会有趋同的表现——正如二班成绩赛不过一班，就变着法地表现活泼热闹以衬托一班的呆板无趣；一班正相反，努力学习、稳定排名就是最好的反攻碾压。

期末复习期间，见夏还是隔三岔五和李燃在必胜客一起复习功课。他们表现得越来越像两个普通同学，心却比以前更近了。

考试前一天晚上，李燃睡醒了之后从桌上爬起来，没头没脑地问道：“你回家，不用给你弟弟买个什么礼物吗？”

见夏愣住了：“为什么？”

李燃无语，二话不说起身出门，不一会儿就回来了，把一个数码暴龙的怪兽机器人放在桌上。

“你又乱花钱，给他买这东西干吗！”

“帮你缓解姐弟关系啊，这样你妈也会高兴，”李燃摆出一副已经可以插手陈见夏的家事的样子，“你不是说你弟弟喜欢数码暴龙吗？你就说这是得了奖学金买的。”

“高中哪有奖学金！”

“你爸妈又不知道！那就说是外地生补助买的，死脑筋，”李燃话音未落，忽然冒出另一个问题，“对了，陈见夏……你弟叫什么？我猜猜，陈知秋？”

陈见夏翻白眼：“叫陈至伟。”

本来应该叫志伟的，但是因为二叔家的哥哥叫志辉，妈妈不乐意跟着他们家起名字，硬是改了一个字，变成了至伟。

李燃单手托腮想了半天，缓缓评价道：“厥功至伟……野心够大的啊。”

见夏扑哧乐出来，看着桌角那只金黄色的霸王龙模型，笑得愈发甜。

期末考试很快结束了。陈见夏的成绩和期中基本持平，算是不好不坏。她没有太难过，为李燃患得患失这么长时间，没退步就不错了。

下学期，要认真加油了。她暗下决心。

“你爸爸来接你？”

“嗯。在家里联络可能不太方便。”

“我懂。还是你找我吧，安全。”

陈见夏坐在光板床上和李燃发着短信，被褥都锁在了柜子里，行李包放在床尾。等一会儿爸爸开完了期末家长会，她就直接下楼。

模型现在就在行李包最上层，陈见夏怕压坏了，小心翼翼地用棉衣包了起来。

“我爸刚给我打电话了，我得走了。下学期见。”

李燃回复得很简单：“去吧。”

陈见夏一直算不清楚到底是寒假长还是暑假长，反正高中一年级的寒假，她过得格外漫长。

和妈妈的关系依旧，刚见面时高兴又亲热，不出两个小时就开始拌嘴。但这一次，情况实在好太多了，都是数码暴龙模型的功劳，陈见夏觉得弟弟对自己的感情恐怕达到了自他出生以来的巅峰。

年前她真的去了卢阿姨家，还是妈妈送她去的。怪异的气氛不复存在，卢阿姨和妈妈也相谈甚欢，刹那间陈见夏怀疑自己可能从没看到过卢阿姨为爸爸正领子的那一幕，一切都只是记忆偏差。

还是说，对成年人来说，这都不算什么？

陈见夏不是单纯无知的小孩子，她从不期待父母之间有亲密无间、坚贞如铁的爱情，因而并不觉得幻灭。

保持现状就好啊，大家亲亲热热的，还是一家人。

除夕夜，鞭炮声最响的时候，陈见夏偷偷钻到冰冷的阳台，站在自家悬挂的红灯笼底下给李燃打电话。

拜年话说了几句之后，见夏轻声问：“你想我吗？”

巧的是说这四个字的时候，鞭炮莫名集体停了几秒钟，见夏听清了自己的声音，几乎吓一跳。

然后客厅里传来春节联欢晚会的跨年钟声，外面鞭炮声响彻云霄，陈见夏没听到李燃的回答究竟是什么。

但过了一会儿，她收到了李燃的短信："你这破围巾，起静电！"

见夏乐不可支，蛮不讲理地回复道："那也不许摘下来！"

冬天就这样过去了。

陈见夏重新回到振华的时候，竟有种"这才是回家"的归属感。即使启程时候舍不得爸爸妈妈，还抱着弟弟掉了几滴眼泪，然而坐在长途大巴上，心定下来，她感到铺天盖地的喜悦。

这是不是说明她在越变越好了呢？曾经惊慌的、不敢离开熟悉的大树的松鼠，终于试着撒开手脚跑向一整片森林。

天气渐渐暖和起来，操场上运动的同学越来越多。楚天阔喜欢打篮球，一班的男生攒不起局，他就约着二班的男生一起打，二班风云人物林杨毫不相让，凌翔茜也堂而皇之地出现在观战队伍里，和于丝丝等人一样光明磊落——都是给自己班的男生加油嘛。

谁的青春期不是心怀鬼胎。

陈见夏不是花痴队伍的一员，于是每天中午都和余周周一起在操场角落打半小时羽毛球，施展不开也没办法。有更懒的同学下课的时候直接站在走廊里打羽毛球，被教导主任抓到之后，贴白榜通报批评，理由是"从事危险活动"，被处罚人是高一十四班的李燃。

陈见夏和其他同学一样，盯着这张幽默的白榜，啼笑皆非。

十四班的李燃同学后来又在操场上踢足球，再次因为"从事危险活动"

被白榜通报批评；十四班的李燃同学明明不在这一层，却总是特意来一班所在的楼层上厕所；十四班的李燃同学喜欢在必胜客的餐桌上枕着物理书睡觉……

十四班的李燃同学，没有人知道陈见夏会如此熟识的李燃同学。

夏天就这样慢慢悠悠地来了。陈见夏摘下围巾的时候，恍惚中耳边响起了一首难懂的闽南语歌曲，送围巾的男孩好像说了一些什么伤感的话语，但她已经记不真切了。

她的确在天热的时候摘下了围巾，那又怎么样呢，李燃还在，又没有被压箱底。

夏天的确来了，但下一个冬天也不会远。

人生总有冬天。

三十一

知识改变命运

文理分科的表格发下来了，见夏看都没看就放进了桌洞里，余周周却简单浏览了一遍，拿起笔开始填。讲台上俞丹慢悠悠地重申交表截止日期是下周一，话还没说完，余周周已经填完了。

见夏讶然："你要去学文？"

"嗯。"

"为什么？"学文可就要离开一班，转去普通文科班了。

余周周有点温柔地笑了："有人说我很适合学文。"

"……就这样？"

"是啊。"余周周的声音里有种以往罕见的昂扬。见夏想起许久之前，余周周曾经大方地对自己说，她有喜欢的人。

现在她听了喜欢的人的话，不怀疑不纠结，将志愿表折好的动作里都带着满满的踏实感。

前几天后桌女生小里小气地不愿意借笔记给病愈归来的余周周看，见夏还和她嘀咕，这样的班级待着真难受，每天都透不过气。那时候余周周只是笑笑，没说什么，今天就填了志愿表，轻巧地对见夏说:“终于要走了。我也不喜欢待在一班。”

陈见夏愣住了。余周周言行合一，说走就走，反倒是一直以来抱怨最多的陈见夏孤零零地留下了。

相比余周周悄无声息的果断，同样选择学文科的凌翔茜日子实在不大好过——这只是陈见夏的臆断，却不无道理，因为任何人被于丝丝和陆琳琳她们盯上，都不会好过的。

“学文是因为理科跟不上，脑子笨，没办法。女神也有女神的无奈嘛。”

这些人，平时考试的学年排名没有凌翔茜高，却天然地因为“学理科”而优越起来了，见夏看着她们都觉得好笑。当然，女神吃瘪，见夏同样喜闻乐见，谁让李燃还是那么喜爱站在二班门口闲聊呢。

每次想起李燃和二班的一群男男女女谈笑打闹的场面，她还是会忍不住找点什么拿在手里细细地撕。

然而她从没阻止过他。有了命令的权利，必然要有对等的付出，她给不起。

有天陈见夏晚自习中途起身去水房接热水，正巧碰见楚天阔和凌翔茜也翘了课，并肩站在窗台边讲话。天色已晚，她只能看到两人出众的剪影。

于是就站在拐角多听了几句。

凌翔茜带着几分放不开，明明困扰，却不敢对楚天阔抱怨太过，一番话说得零零碎碎，旁人听着都着急。楚天阔一如既往正确又疏远地安慰道:“没必要在意别人怎么看。”

凌翔茜立刻自白:“我从来不在乎。”

“那就好。”楚天阔轻描淡写，结束了这个话题。

陈见夏忽然有些同情凌翔茜了。

放学后的例会上，楚天阔提议，余周周和辛锐都去学文了，无论如何应该有个仪式。这两个人在一班没什么存在感，其他班委兴趣缺缺，临近期末了，谁也不愿意花精力去筹备，商量了半天也没定下一个欢送会的日期，楚天阔皱皱眉，就宣布散会了。

“不开也行的。”等其他人快走光了，见夏轻轻对楚天阔说。

“那怎么可以？”楚天阔很意外，“你不是和余周周关系很好吗？”

“我觉得她对这种事情不是很热衷，大家也没什么热情，硬是要弄一个欢送会，反而非常尴尬。”

楚天阔沉重地叹了口气：“好累啊。咱们班的事，真烦。”

见夏不禁莞尔。她很喜欢楚天阔抱怨，这让他看上去像个普通人。

“你早这样放松点不就好了，干吗面对人家大美女的时候还装作一本正经，总端着累不累。”

楚天阔反应了几秒钟，斜她一眼：“你又在哪儿看见我们了？”

“水房。……下次又要换地方了？”

楚天阔轻哼一声，用手中的评分表卷成筒，敲了见夏的头一下：“八婆。就是帮她分析一下要不要去学文。想去学文，又怕人说自己笨得没法学理。虚荣心呗。”

“你怎么这么说她，你不喜欢她？”

楚天阔脸上浮现出一种非常奇怪的表情：“我……不知道。我不想考虑这些问题。”

见夏忽然想起，当时在水房附近，凌翔茜长发柔顺披肩，楚天阔脊背挺拔，在逆光的窗台前，实在是整座学校里最最出色而相配的一对剪影；然而楚天阔的声音温柔板正，身体和凌翔茜拉开一段距离，站得直直的，像是在抗拒什么。

如果他真的不耐烦，为什么一次又一次偷偷摸摸地跑去和凌翔茜“谈心”呢？她相信以楚天阔的情商，想个拒绝的理由，是非常容易的事。

陈见夏懒得再去揣测楚天阔难懂的心思，高高兴兴地锁上班级后门，蹦跳着出了校门。穿过三个十字路口，看着站立的红色小人变成绿色的奔跑小人，她也奔跑着推开了必胜客的大门。

李燃正把漫画扣在脸上，靠着沙发假寐。

“怎么这么慢？”

“我得带他们扫除啊，还开了班级例会。我们班长想给学文的同学开欢送会。”

“就他毛病多。”

“你到底是为什么看我们班长不顺眼？”

“假正经，干吗对你动手动脚。”

又来了。见夏觉得荒诞，却偷偷乐。

李燃不耐烦地站起身，仰头把柠檬茶灌进肚子里：“走！”

“不在这儿自习了？”

“礼拜五，为什么要自习？带你出去玩！”

李燃已经带着见夏去过了省城的许多景点。教堂、清真寺、民国火车站遗址……如果说一班是一团果冻胶，那么这些就是陈见夏甩脱一身黏腻的束缚、清清爽爽地看世界的宝贵时刻。李燃也不一定什么都懂，曾经见夏还见到过他偷偷研究旅游手册，研究完了就抬起头用自己的语言复述，觍着大脸装文豪。

今天去的不是什么古迹，而是儿童公园。

“这个小火车很有名，据说直到现在还是任命小学生来当站长，出名的原因是以前有位总理也来坐过。不过我们还是不要坐了吧。傻死了。”

“就是绕着城墙走一周？”

“嗯。”

“那不坐了，我们去吃冰激凌。我请你。”见夏话音未落就自己跑去小摊位，沉重的书包一跳一跳，生怕李燃和她抢。

她也只能在这种小事情上花点钱，平衡一下往日的人情。

他们坐在长椅上，舔着甜筒聊天，相隔很近，肩膀紧紧挨着。李燃再也没有牵过陈见夏的手，夏季白天越来越长，相携取暖的冬夜像是很遥远的传说。

“你小时候经常来玩？”

“很少。我爸妈没时间带我出来玩，爷爷年纪大，这里太挤了，怕他摔着。”

“我家那边也有个小公园，叫人民公园，全县城就一个，土坡就是假山，破水池就是湖，里面一共就四只天鹅船，不小心就会相撞。小孩的游乐设施也很少，最热门的就是蹦床和空中脚踏车，每到儿童节排队都会排很长。”

“我都不过儿童节的。”

“不过也好。自打我弟弟开始满地跑，儿童节就是我帮我妈妈看着他，他要玩什么我就陪玩，我自己想坐过山车，弟弟不敢，于是就不能坐。直到现在我也没坐过真正的过山车，就用海盗船过过瘾。上次滑雪我很开心，从坡上冲下来的时候，感觉自己成了过山车。”

“去吗？”

“去哪儿？”

“去坐过山车。”

李燃站起身，对见夏伸出手。她仰头看进少年黑白分明如儿童般澄澈的眼睛里，也笑着伸出了手。

十分钟后，陈见夏吐得晕头转向，小脸苍白地坐在椅子上发呆。李燃去小摊位买了一瓶冰水和一块毛巾，包好了递给她：“敷额头上。”

见夏照做，连道谢的力气都没有了。

“现在感谢你妈了吧？看这样你也不想吃晚饭了，我送你回去吧。”

“别着急，说会儿话，”她恹恹的，“你每天都不学习的？”

“……我还是送你回去吧，女政委。”

“别闹！”见夏气笑了，“我说真的，最后还是要高考的，你家再有钱也不能直接把你塞进清华啊。”

“再有钱一点就能。”

见夏呆住了。因为李燃的话里没有一丝世故的油滑或者蓄意的抬杠。他就是在陈述一个事实，一个他所看到的事实。

“我爸只有初中学历，我爷爷倒是个文化人。我喜欢和爷爷在一起，也喜欢看书，但不喜欢上学。当初我可以去你们一班借读的，真的，谁说尖子班就塞不进去人？只是我自己不愿意，尖子班太闷了，不如去分校。我爸赚钱与学历一点关系都没有，但他也认同考大学是正道，自己缺少的，就得从儿子身上补回来。可我觉得在这件事上，他压根没动脑子，太想当然了。”

李燃坐在见夏身边，来来回回地翻着毛巾，语气特别平和。

也让见夏觉得他特别遥远。

陈见夏家里也有富裕的远房亲戚，但都是在农村里开养牛场，赚再多钱都不认识南极人和三枪，老太太叼着烟枪每年冬天给自家人缝花棉裤，见夏妈妈对他们嗤之以鼻。

她自己也曾经瞧不起李燃的德行，后来又深深地替他着急——你高中毕业了可怎么办？万般皆下品，唯有读书高。陈见夏好像从来没想过如果自己一路上了北大清华，走出校门的时候会不会还是没有一个养奶牛的人家有底气。她目光长远囊括四海，偏偏从来没想过钱的问题。

第一次受刺激是因为李燃问她，“你读书是为了求知还是脱贫？”

我读书是为了什么？见夏茫然地盯着头顶上再次呼啸而过的过山车。

为了离开小镇？为了过上电视里那些成功人士的生活？优雅而有眼界，做大事，在大公司，忙碌又精英？

什么是做大事？

“你怎么了？魂儿都丢了？”

李燃在她眼前不断晃动着食指，终于召唤回了陈见夏的意识。

想那么多有用吗？李燃可以选择混日子，也可以选择发愤图强。他有得选。

而她没的选。

“我们……我们回去吧，我还有练习册没写完。我好些了。”见夏苍白地一笑。

回去路上，她正和李燃说话，听到背后有人叫道：“陈见夏？”

俞丹正站在沃尔玛门口，拎着购物袋，身边的老公抱着女儿。

见夏脑袋“嗡”的一声：“俞老师……”

李燃头发长长之后还是把发梢挑染成了火红色，在超市门口的射灯下十分明显，俞丹觉得刺目，皱眉连看了好几眼。

“都几点钟了，怎么不回宿舍？”

“我……”

李燃反应极快，一把扶住她，大声问：“你不会又要晕了吧？！”

他一脸不耐烦地转头对俞丹说：“老师她是你们班学生吧？我在大马路上看到她蜷成一团蹲在路口，穿着振华校服，就见义勇为了。要不还是您陪她吧，我得走了。”

俞丹审视李燃，目光在两人之间来来回回：“见夏你怎么了？”

陈见夏苍白的额头因为紧张而渗出几滴汗珠，话就多了信服力：“我……痛经。”最后两个字声如蚊蚋。

俞丹松了口气。

“宿舍也不远，我带你回去吧，欸，同学你哪个班的，叫什么名字？”

“我叫李燃，”李燃大大方方地回答，他察觉俞丹不喜他的发色，愈加反叛地往明亮处站，“十四班的。燃是燃烧的燃，老师您可以跟我们班主任好好夸夸我。”

说完他就转头走了，都没和见夏打招呼。

俞丹被他摆了一道，克制了一番情绪才转头对不远处的老公说：“你等等我。”

见夏觉得她老公的神色比李燃还不耐烦。

“老师不用您送我，就再过一条马路就好了。我已经没那么疼了。”见夏连忙摆手。

“你刚才去哪儿了？在哪儿碰见那个学生的？”

陈见夏早就在脑子里把瞎话编了几轮：“我去百货儿童区想给我弟弟买个数码宝贝，突然就疼上了，刚走出大门口就两眼一黑，多亏他经过。我……”

“走吧，跟你走一段，送你回去。”俞丹打断她，淡淡地笑着，见夏看不出她有没有相信李燃和自己演的这出戏。

三十二

蜕变

许会的生日会，李燃问过见夏要不要来，陈见夏的回复在他意料之中："快考试了，我需要好好复习。"

这种场合，她也的确会不自在吧，李燃想。

来的都是许会的朋友，不过是李燃请客，谁让他有钱。服务员拉了一箱子青岛啤酒进来，跟他们说，结账的时候没喝完的再退。

有个哥们脚踩着塑料箱怪笑："退？不喝完不撤场！瞧不起我们？"

服务员小妹笑嘻嘻地给他们开了十几瓶。还没等蛋糕上来，许会就喝多了。

这样的场合，幸亏陈见夏没有来。这群人有些在职高读书，有些已经不上学了，说起话来荤素不忌，有时候李燃自己听着都反胃。席间有人问起李燃近况，许会说，他交了个学习好的朋友，天天被带着上自习。大家起哄，让他带出来看看。

许多人都知道李燃有个学习好的朋友，没有人见过。

他自己都已经很久没有见过“朋友”了。

陈见夏到期末考试结束都没有再见过李燃。他们每天发短信，不出三个回合，她便会说：“我要学习了。”

那天晚上和俞丹走了短短的一段路，她却深深地受了刺激。

俞丹永远不急不缓、绵里藏针，把不信任和瞧不起表达得淋漓尽致——至少陈见夏的感受是这样。

“到大城市肯定会有一些诱惑，但要知道什么才是正道。女生一定要自重。”

俞丹临走之前放下这样一句话，把陈见夏气得浑身发抖，还要装作听不懂，乖巧地受训。

我怎么不自重了？陈见夏咬牙切齿地坐在书桌前，满心愤懑无处发泄，李燃打来电话问她情况如何，她冲着电话吼过去：“以后不要联系我了！”

李燃没有跳脚：“你先冷静点，睡吧。”

他先挂了电话。

说来也奇怪，楚天阔劝慰陈见夏不要太关注旁人的感受，李燃鼓励她别总是哆哆嗦嗦像只得了帕金森的松鼠，陈见夏仍然进步缓慢，至今和于丝丝在走廊里相向而行，还是不敢与人家对视。

最终激发陈见夏旺盛斗志的人，是俞丹。

从小到大她都是老师的宠儿，何曾被自己的班主任这样怀疑和轻视？但她心中明镜似的，这里是振华，尖子生多得很，陈见夏只是中上游，俞丹自然不稀罕。

陆琳琳转过头来对陈见夏说：“早上听见俞老师把郑家姝叫到门口，好像在问你在宿舍里的事。”

陈见夏头都没抬，冷笑了一声。

陆琳琳愣了半晌，屁都没敢放一个，就急忙转回去了。

这把阴火烧得太旺，把陈见夏烧变形了。

期末考试见夏考得很好，全班第六名，学年又进了前三十。虽然主要还是依靠英语和语文往上拉分，但数理化也很平均，没有偏科或短板，见夏自己很满意。

当然她并不认为这样就能让俞丹对自己高看一眼。一个人守着一间金屋子，当然不会在乎一只镀金指甲刀。

但至少她能把后背挺得更直了。走廊里再遇见于丝丝时，见夏破天荒抬起头，笑了一下，把于丝丝笑毛了。

人为什么而读书？求知还是脱贫？

见夏仍然给不出自己的答案。然而她隐约明白，内心潜藏着的尊严、骄傲、虚荣和恐惧，此刻都要靠成绩来饲养。

她别无选择。

期末考试后，见夏给李燃发了一条短信，说：我觉得我变了。

李燃很久才回答：还会继续变的。

陈见夏都已经把包裹打好了，才接到妈妈喜气洋洋的电话，对她说先别回来，全家后天一起到省城找她。

“你爸明天先过来开家长会，后天我和小伟就坐车过去。”

“来玩吗？我跟宿管老师说好了后天就走，老师都放假不住了，宿舍要停水了。那我和你们住旅馆吧。”

“不用住旅馆，”妈妈在电话那头神神秘秘的，压抑不住喜悦，“我去了就租房子。”

“啊？”

弟弟陈至伟也要来省城读书了。

见夏坐在饭馆里听妈妈喋喋不休：家里人都夸见夏去省城读书以后气质都变好了，大大方方的，果然孩子还是得去大城市锻炼；小伟早就想过来读书了，县里的初中教学水平根本不行，学生们天天打架老师都不管，小伟难得被姐姐影响得这么上进，孩子都有想法了，家长怎么能拖后腿？

“那户口怎么办？”她一边啃羊腿一边问。

“先借读，初三了再回县里考，”妈妈习惯性地给弟弟擦嘴，被他嫌恶地躲开，“咱小伟也能跟姐姐一样考到振华特招去，是不是？”

“去哪儿借读？”

“八中，我听你姑姑说，八中不是第一也是第二，最好的是师大附，实在办不进去了。”

一去就去了八中。见夏有些食不知味，虽然这么多年都习惯了这种不平等。

“姑姑帮你们办的？”

“你姑姑哪有那本事，”妈妈嗤笑，“你爸同事，你见过，小卢。小卢同学的爸爸是八中副校长，牵线搭桥，我们塞了钱才答应，可惜学籍转不过去，那得活动户籍，太麻烦了。”

“卢阿姨怎么不把她女儿也办进来？”

妈妈听出见夏话音里的不对劲了，白她一眼：“你怎么酸溜溜的？你不乐意？”

“没有。”

妈妈拿了根牙签剔海螺肉，叹口气：“你当谁都像你妈一样，为你们俩多辛苦都不在乎？小卢哪舍得放弃工作陪孩子来省城？”

“那你和我爸……”见夏惊讶。

“你爸还留在家里，一有假期就过来；我在这边儿找了个工作，你姑父单位食堂招人，没编制也没人乐意去，反正不累，我在这边陪你俩。”

也许是注意到陈见夏脸上并没有浮现特别的喜悦，见夏妈妈很不高兴：“怎么，嫌我来这儿管你了？我看你一个人还真野惯了。我都不稀罕说你，你爸去开家长会，你们俞老师特意把几个外地生家长都留下，让我们多关心，尤其是女生，自己孤零零在外面，万一有点什么不知道轻重的事儿，哭都来不及。”

陈见夏再次一股火烧到天灵盖，却什么都没说。

人声鼎沸的餐馆里，她的灵魂像是飘了起来。

整个暑假，见夏都没有见过李燃。她打过一个电话，和李燃解释家中的新情况，李燃表示理解。

也不知道是真理解了，还是彻底认定她在躲他。

反正李燃一夏天没有主动联络过她。见夏顶着日头，陪妈妈和弟弟逛遍了李燃带她逛过的商店和景点，木然地将从李燃那里听来的民俗传说再次讲给压根不耐烦听的弟弟。那些黄昏时候一起看过的浪漫教堂，在盛夏惨白的烈日下，也变得面目可憎起来。

陈见夏唯一的抗争，就是开学后坚持住回学校宿舍。以前她可以学习到半夜，早上赖一会儿床，反正从宿舍步行去学校也就三分钟。但妈妈把房子租在了八中附近，见夏早上上学坐公交还要转一趟车，最快也要半个多小时。

妈妈拗不过她，估计心里也有点愧疚，见夏爸爸一劝就松口了。

见夏拎着大包小裹回到自己那间小小的鸽子笼，有种重获自由的快乐。

又是一年暮夏，秋老虎晒了她一身的汗，牛仔裤粘在腿上，像扒皮一样卸下来。她只穿着内衣坐在床上擦汗，鬼使神差地抬起头，看着紧闭的房门。

她忽然期待一个毛茸茸的脑袋探进来，大言不惭地吼她，开着门穿成这样，你要不要脸？

门关得严丝合缝，还落了锁。不会有那样的人出现了。

只有空出来的座位证明余周周离开了，一班保持着往日的严肃凝重，谁走了都一样。

俞丹重调了一次座位。辛锐的同桌和李真萍坐到了一起，而陈见夏却被后调了一排，坐到了于丝丝的身边、楚天阔的前面。

俞丹宣布完了，见夏还愣在座位上。

这是什么意思？

她搬着东西默默走过去，于丝丝带着笑意帮她整理，给她让位置。讲台前的俞丹看了一会儿，放心地笑笑，拿着教案离开了。

于丝丝立刻用很轻很轻的声音在陈见夏的耳边说：“俞老师让我多盯着你。”

陈见夏一笑，看着于丝丝："她有病。你有胆量就去把我这句话告诉她。"

于丝丝彻底傻了。

就是这样一个普普通通的新学期早晨，毫无预兆，陈见夏心中的野兽破笼而出。

FONGHONG
凤凰联动出品

中

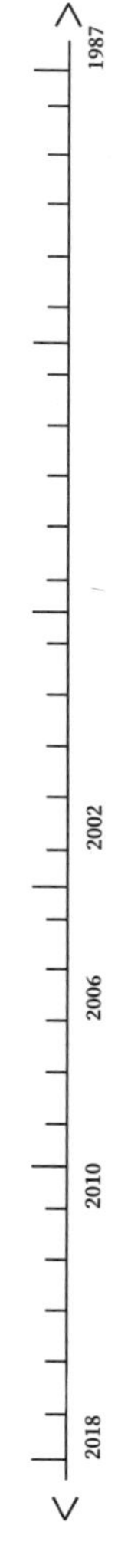

这么多年

八月长安 著

江苏凤凰文艺出版社
JIANGSU PHOENIX LITERATURE AND ART PUBLISHING

目录

三十三

食得咸鱼抵得渴

和于丝丝的同桌生活出乎意料地顺利。

见夏不是个得理不饶人的女生，于丝丝更是个识相的姑娘，两人井水不犯河水，除了彼此基本不讲话，一切正常。有时候后桌的楚天阔发起一些话题，几个人都会参与，于丝丝和陈见夏两个人甚至能聊得热火朝天，像一对好朋友。

然后上课铃打响，她们转过头，继续沉默不言。

陈见夏为自己骄傲——这种当面一套背后一套、完美控制情绪和表情的能力，她以前做梦都想要得到。

真高级。

陈见夏是不敢把这种心思讲给任何人听的，即使是李燃。李燃希望她强大些，却不是以这样的面目。

新学期开始的男子篮球联赛在少男少女们潜藏的荷尔蒙上淋油点火，

迅速燎原，燎出了无数班级群架。

很早以前闲聊天时，李燃便说过对篮球没兴趣。他喜欢踢足球，即使学校条件不足，创造条件也要踢：下课时踢球容易伤人，他就翘课踢，只可惜队友们大多不敢陪着胡闹，最后只剩下他自己对着空门一脚接一脚地射门。有时候见夏使劲地探出窗外，能窥见操场的一角，看不到李燃，却能看到一只足球一次又一次地冲击着球网。

夜里她洗过澡了之后坐在床沿发短信气他："可我还是喜欢篮球，我觉得比足球文明。"

"你懂个屁。球类运动除了桌球就没有文明的了。篮球的发明本来就是用来发泄男生过剩的精力的。竞争和文明在本质上是互斥的。"

陈见夏哭笑不得。李燃总是能冒出无数歪理邪说，非常不符合他游手好闲坏学生的自身定位，也让她无从反驳。

"互斥的概念还是去年我教你的。"她弱弱地反驳。

"好啊，那我现在去找你，专程谢谢你！"

见夏哑然，看了一眼表，十点整。

"我要睡了。"她慢慢地打字。

李燃好久才回复："逗你呢。"

他们已经三个月没有单独见过面了。

李燃说许会过生日一起来吃饭，见夏说快考试了我得复习。

李燃说江边的教堂重修了带你去看看，见夏说周末我得陪我妈去表姑家串个门。

"秋老虎"骇人，她一直穿着单薄的衬衫。

见夏觉得看见那条围巾就够了。她明白他的意思，珍惜他的理解；他也懂得她的顾虑，两个人默默守护共同的秘密，井水不犯河水，继续着各自的生活，不是很好吗？她还有俞丹、于丝丝、妈妈和弟弟要应付，她只有好好学习这唯一的一条出路，不可有半步差池。

李燃的脑门上就写着“大错特错”四个字。她输不起。

虽然每一次回绝李燃见面的请求时，心里都会打鼓一样慌乱，也不知道是在难过什么。

篮球联赛筹备期间，楚天阔私下邀请陈见夏和于丝丝她们去看训练，给男生们鼓鼓劲，于丝丝带着姑娘们次次响应，陈见夏从没去看过——操场会放大她的形单影只，有时候刚好和于丝丝、李真萍她们对站在球场两侧，冲击感实在太强烈。

陈见夏没觉得少了一个牵手上厕所的女生会有多难受，但架不住别人都觉得她应该难受。她只好入乡随俗，偶尔需要的时候，拉下脸求个短暂的陪伴，比如余周周。

今天就是需要借陪伴的场合。见夏跑去七班，邀请余周周来看娘家一班的小组赛，一班对二班，世纪之战。

等她到了七班门口，意外地发现余周周已经在走廊等着了。

“怎么这么积极？真够义气。”她轻声对余周周说。

余周周表情有点奇怪，很为难地挠了挠额角：“有人非要我去看他打球。”

“谁？”见夏无比惊讶，什么人能喊动余周周？

走过去的时候比赛已经开始了。四场比赛同时进行，就数一班和二班的这一场动静大。二班不知道从哪儿弄来了饮水机的塑料桶，敲得像是村长家要娶儿媳妇。陈见夏和余周周面面相觑，都加快了步伐。

刚挤进观众群，见夏就愣住了。

对面二班阵营里个子高高的男生，不是李燃是谁。红色的发梢在阳光下仿佛着了火，燎得陈见夏心里滚烫。

更显眼的，是他身边笑意盎然的凌翔茜。

余周周和大家齐声喊着“一班加油”，没人注意到陈见夏迅速地退缩到了人群之后。

穿过一颗颗后脑勺间的缝隙，她看到李燃和凌翔茜时不时亲密交流，两个人一起伴着热闹的锣鼓声喊“二班加油”，凌翔茜笑得格外明媚，梨涡浅浅，一口小白牙，比正午的阳光还刺眼。

陈见夏愣了一会儿，转头去看一班自己的啦啦队：于丝丝带着几个女生一字排开站在椅子上，扯开了一条简单的红色条幅，上面写着“必胜”二字，用尖尖的嗓门徒劳地对抗着轰隆隆的鼓点。

她忽然间有点喜欢于丝丝了。

同样的场景，陈见夏恨不能躲到锅炉房去刮墙皮，于丝丝却大大方方地唱起了对台戏。白榜、大合唱、凌翔茜的美貌……一轮又一轮的打击，都不能打败于丝丝。她是校园里真正的战士。

陈见夏却越来越往后缩，茫然隐匿了踪迹。

李燃一个外人，却成功融入了二班啦啦队的中心，喊什么口号，什么时候喊，都是他主导。楚天阔罚球的时候，二班嘘声一片，造成了很大干扰，一班立刻不高兴地抱怨了起来。

“NBA 罚球也一样嘘，你们自己班啦啦队那么屃蛋，怪我们？”二班一个男生挑衅，全班哄笑。

“你再说一遍？你说谁尿？”于丝丝火了，从椅子上跳下来，差点一步迈进场中，被其他人拉住。

反倒是凌翔茜第一个打圆场：“好好比赛，别火气这么大，别吵了！”

于丝丝一个眼刀横过去，皮笑肉不笑：“一班二班的比赛，你算哪个班的，跑这儿来显示什么存在感？”

针对李燃是危险的，针对凌翔茜就安全多了。平时于丝丝再怎么议论凌翔茜，都脱不了妒忌的嫌疑，只有此刻，国仇家恨，民心所向，说什么都正义凛然。于丝丝话一亮出来，一班同学纷纷声援，凌翔茜涨红了脸不知所措，李燃一撸胳膊就要冲过来，也被二班同学压制住了。

裁判是个刚毕业的体育老师，警示地各瞪了双方一眼，吐掉口中的哨子：“能不能好好比赛？想惹事儿就禁赛！”

楚天阔连忙从篮板下跑过来，笑容满面地向老师道歉，随后转向于丝丝，用口型表示：冷静点。

于丝丝一下子乖顺了下来，甜甜地笑了，说：“班长放心，不跟他们一般见识。”转头便趁着二班锣鼓停歇，领着其他人山呼“一班必胜”。

凌翔茜的眼神一直跟着楚天阔的背影，娇艳的脸色瞬间苍白，勉强撑着得体的微笑。

陈见夏盯着凌翔茜的脸看了许久，忽然觉得特别没有意思。她伸出指尖捅了捅人群中的余周周，轻声说：“我有点中暑，想回去了。你接着看吧。”

余周周瞟了一眼对面的李燃，了然。

“多喝水。”

“嗯。”

当透过窗子看到一群人浩浩荡荡地往教学楼走，陈见夏便放下数学错题本走出教室去洗手间，往脸上扑了一捧水，装作也刚从烈日下回来的样子，正好和于丝丝碰上。

“咱班赢了吗？”她主动搭腔，让于丝丝很意外。

于丝丝皱眉：“你没去看？”

“看了，”见夏甩着手，“看到一半中暑了。”

于丝丝看了看见夏微湿的额头，半天才憋出一句：“好了？”

“好了。”

俩人在洗手台前面对面站着，很傻。于丝丝率先拧身错开，边低头洗手边说：“二班下手真黑，咱班长受伤了。”

见夏一惊：“打架了？！”

她想问的问题很多：怎么打起来的？严重吗？李燃也掺和了吗？但于丝丝实在不是提问的好对象，陈见夏心神不宁，想赶紧给李燃打个电话问问，拔腿要走，又觉得不好。

“你呢，你没事吧？”陈见夏问于丝丝。

于丝丝一愣，点点头，似乎无法消化陈见夏的好心，想挤出个笑容，失败了，她竟然也有笑不出来的时候。

见夏回到班里，在一片低气压中翻出自己的手机跑去走廊打给李燃，对方关机了。预备铃响，她还想拨第二遍，看见俞丹抱着课本和水杯迎面走过来，难得脸色发沉。

“打铃了还不回班？”俞丹呵斥。

陈见夏惴惴地坐好，本来想再硬着头皮问问于丝丝，她和楚天阔被点名起立，加上体育委员，三个人吃了一通排揎。

“我平时不太管你们，因为觉得咱们一班和别的班不一样，孰轻孰重，你们心里有数。打个篮球还能打成架，几岁了？觉得自己有能耐，闭着眼睛也能进清华北大了？我带过多少届学生了，比你们优秀的很多，小时了了大未必佳，混三年最后连考重本都费劲的也有的是，以为进了振华就保险了？玩疯了？从今天开始，体活课全部取消。”

自打上高中以来俞丹第一次发火，一班集体垂了头，但这群尖子生挨骂时的表现和陈见夏初中同学大不相同，既不嘴硬反驳，也不心虚愧疚，脸上是齐刷刷的麻木不仁，低头只是为了掩饰。

以楚天阔为首。

俞丹训完话，把教室让给了政治老师。下课铃响，政治老师离开，班里人面面相觑，没人动——下午第二堂便是体育课，实在有些尴尬。

最后还是楚天阔发话：“俞老师说体活课取消，那本来就是福利，大家应该反省，早点让老师消气。体育课是体育课，体育老师还等着呢，大家动作快点！”

人散得非常快，一班同学上体育课就没有这样积极过，见夏突然很想让余周周见识一下这个场面，其实一班也有一班的血性，隐在麻木不仁的脸皮下，他们自己都未必发觉。

楚天阔却请了假，叫陈见夏留在教室里帮他对账。一班的篮球联赛之旅提前结束了，但是矿泉水、冰激凌、横幅这些东西是花了班费的，他需要计算好了报给俞丹。

“班长你没事吧？”

“没撞傻，”楚天阔指指眉骨处的绷带，“下次照样考第一。”

见夏乐了：“你老在别人面前说胜败乃兵家常事，真应该让他们听听你的真心话。”

“我跟你不说瞎话呀。”楚天阔一边数钱一边说。

“为什么？”

楚天阔扬起眉毛看她，带动伤处有些痛，转瞬变成了龇牙咧嘴。

“你小心点！”见夏连忙道。

这一打岔，刚才的话题就没有继续。李燃还是关机，陈见夏只能向楚天阔打听，“班长，你们怎么打起来的？”

楚天阔笑了，“打球时候肢体冲撞多，有火药味很正常，就因为一个判罚，两边观众突然就打起来了，我跟林杨都在场上。我们忙比赛，没办法一直安抚啦啦队，否则肯定劝得住。”

两个队长好好的，看比赛的倒急了。楚天阔拉架时候结结实实挨了好几下，最后环顾战场，他和二班班长林杨挂彩最多，群架主力们却没什么事。

“就咱们两个班的人打，别的班没参与吧？”陈见夏小心翼翼地问，楚天阔不解，“别的班为什么要参与？”

说完，他明白过来，意味深长地笑了。

“有没有外班参与我不敢说，起哄拱火的肯定有，打架时候我倒没看见他，教导主任最后摁住的都是咱们两个班的人，放心吧。”

陈见夏松口气，无力反驳楚天阔的揶揄，闷闷地坐在位子上，看他笑眯眯地用牛皮筋把班费余款扎成一捆放进信封。

她陪楚天阔去给俞丹报账，两人慢腾腾地往楼下走。

“俞老师第一次跟咱们发火。”见夏说。

“没什么大事，学校也不会拿一班二班怎么样，法不责众，何况，咱们两个班有特权。但既然出了事，她必须得发这通火，要不然算什么样子，别的老师会觉得她不负责任的。”楚天阔一针见血。

陈见夏想起楚天阔面无表情听训的样子，她直觉那时他是有点生气的，看来那一丝气性同俞丹无关。

“但你今天还是生气了对吧？”见夏轻声问，“凌翔茜在场边那么高调，却不给你加油，你罚球丢了她还欢呼。”

楚天阔答得很快：“那是她自己的班级，我不觉得这有什么问题。”

“我没说有‘问题’，也没说这样不对，你在偷换概念，”见夏较真了，“我是问你的感受。你不生气吗？”

“既然这样做没什么问题，我就不生气。我和她本来就不是非常亲近的朋友，比不过自己班同学。”

见夏扭过头，看到楚天阔神色安然，嘴角还噙着笑。

“这话你自己信吗，班长，”她也一针见血，“你不是说在我面前不讲瞎话吗？”

这次呛到了楚天阔。

“你怎么了？”他反问，“吃炸药了？”

“我没怎么，因为我在你面前也不说假话，我当我们是朋友。”

陈见夏不知道自己怎么了。她内心有一团无名火，发泄不出来，整个人都放肆了。

楚天阔竟然被这句话打动了。

他们穿过走廊和大厅，站在高高的玻璃幕墙前，太阳高悬，远处商业区的高楼通体玻璃，明亮如剑。

“我一开始有点不舒服，但我猜得出，她今天是故意的，她想让我生气，生气了就代表我重视，而恰恰因为我想明白她是故意的了，反倒不生气了。”

陈见夏脑海中浮现出凌翔茜失落的眼神和失去血色的脸。

“你跟她保持距离，也是因为怕被老师骂吗？”她半是玩笑地问道。

“也？”楚天阔立刻抓到了这个字眼。

陈见夏脸红了：“你回答问题。”

“不是啊，”楚天阔摇头，有些怅然，“我说了我不知道。我面对她，不像面对你这样放松。”

“啊？！”

楚天阔再一次伸出手，弹了她的脑门一下，大大方方地说：“别误会。我可不喜欢你。”

陈见夏这次连耳朵都红了。

他挂着一脸戏谑的笑意拐向行政区，留下见夏一个人半张着嘴巴呆立在大厅。

陈见夏觉得楚天阔这个人真是太可怕了。他好像总能想清楚自己要什么，选了就不抱怨。不像陈见夏，一边和李燃保持距离，一边又霸道地见不得对方和别人靠近。

可她是真挚的。因为真挚，才不讲道理。楚天阔连自己的心都能控制，怎么会理解她。

楚天阔的身影消失在拐角，见夏看着看着，眼泪都快掉下来了。

“陈见夏你什么意思啊？我可不是第一次看见他对你动手动脚了。”

见夏惊讶地转过身，没找到声音的来源。

“你有新情况就直说，别一天到晚又要见亲戚又要复习功课的，蒙谁呢？当老子是傻×？”

李燃站在二楼的栏杆边，特别大声地冲她吼。见夏第一反应是转头去看远处的收发室，担心附近有老师听到。这个本能的举动让李燃笑得更加讥诮，立刻从栏杆边消失了。

陈见夏火了。

她撒腿就朝楼梯口跑，三步并作两步地跨上台阶，追着李燃的背影冲了过去。

“你还真会倒打一耙！那你现在算什么？”

她连吵架都记得控制音量，万一学校里有人听到就惨了。

“干你什么事儿？”李燃头也没回，“你又不是我的谁。”

陈见夏哑火了。

她看着李燃越走越远，有句话到最后也没说出口。

可你送给我围巾的时候，没说过，北半球夏天的时侯，围巾就可以给南半球的别人戴。

她没说。这样太没尊严了。

陈见夏第一次知道，原来人心疼的时候，心是真的会疼的。

陈见夏自己去吃了麦当劳，掉了几滴眼泪，剩了一盒麦乐鸡吃不下，就捧在手里，漫无目的地在商业街上游荡。

森马、班尼路这些服装店的门口总会有一个年轻女生一边表情木然地拍手一边大声喊着“冬装全场八折两件七折三件折上折……”

她背着沉重的书包远远看着，想起王南昱和其他初中同学。

这样的日子多辛苦，也没什么前途，陈见夏你别想没用的了，得好好念书，知识改变命运。

知识的确改变了她的命运，她上了振华，认识了李燃这个浑蛋。

在麦当劳里的时候，她试着写练习册，却一道题也做不下去。她窝火又委屈，不想学习，就想吵个明白，脑海沸腾，对着空气向他还击。

偏偏手机没有一丁点动静。

明明不是她的错，明明是他不讲道理……

怪不得老师总说情绪影响成绩。原来会这么伤心。

陈见夏快九点了才不情不愿地走回宿舍楼，刚一进门，收发室的女老师就拦住了她。

“你怎么才回来？”对方一脸审视。

陈见夏有点慌。因为上一次俞丹的嘱托，宿管看她比以前严多了。

“宿舍太闷，我去麦当劳自习。”

“哦，”女老师放下心，“整栋楼都跳闸了，你附近那几间宿舍水管还爆了。你们不是一共三个女生吗？她们屋有空床，你今天晚上去挤一下。”

陈见夏一个头两个大。郑家姝碎嘴又小心眼，之前俞丹险些抓包她和李燃，假模假式找郑家姝询问见夏生活起居和思想苗头，郑家姝可算抓住机会，没少说她的坏话，每次在走廊里看到她晚归，总是挤眉弄眼，一身洗不掉的小县城三八气质。

陈见夏浑然忘记了自己也出身小县城——反正她说的是气质。

她走到自己宿舍，摸出手电看了看，幸好没在床底堆东西，浅浅的一汪水也没造成什么损失。拎着洗漱用品挪动到走廊另一头郑家姝宿舍门口，她硬着头皮刚要敲门，听见里面隐约的说笑声。

“别跟我提她，拿自己当省城人了，瞧不上咱们。我们俞老师还跟我说，外地生要互相照顾，指名道姓说陈见夏心思活、心眼多，让我多留意。”

见夏胸口剧烈起伏，敲门的手攥成了拳头，最后还是垂下来。

“我们俞老师说过喜欢咱们这种朴实的学生，来振华为了什么？不就是为了学习的？我听说陈见夏还当着老师面嫌弃食堂不好吃。怪不得偷别人 CD 机。”

二班女生立刻惊呼：“真的假的？”

“当然是真的，我没跟你讲过吗？我不可能没跟你说过！偷的就是我们团支书的。你说好不好玩，她俩现在还坐一桌了！不过我们团支书也是活该，一天天净显摆，就她最懂，最能耐。反正还是咱俩好，我觉得省城的学生都特别浮，不好。”

原来郑家姝不喜欢所有人。陈见夏听着这番小学生水平的诋毁，反倒不怎么生气了。这一天里，于丝丝是第二次和她同病相怜了。

陈见夏彻底没有了求借住的勇气。她折返回自己的宿舍，把洗漱用品从塑料小筐中装进袋子，背着书包下楼，对宿管老师说：“我去我妈妈那边住。”

宿管老师知道陈见夏妈妈和弟弟来了省城，点点头：“也好，你自己过去？小心点。”

陈见夏没想去找妈妈和弟弟。弟弟对八中适应不良，天天在家里作闹，打死她也不想去凑热闹。她对省城越来越熟悉，胆子也大了，雄赳赳气昂昂地带着全部的一千两百元现金，走向铁路局宾馆。她记得上次来找爸爸的时候在大厅看到过电子显示屏上的房价，最便宜的房间一百八十八一晚。

“满房？”陈见夏不敢置信。

“开省代会呢，早满了，”前台的小妹眼皮都不抬，一边翻着《当代歌坛》一边“呸呸”地把瓜子皮吐在桌上，“你去旁边看看吧，有招待所。”

那个招待所陈见夏知道，半地下室，连着大浴池，都是些不正经的人，怎么敢住？

她愁眉苦脸地走回去。难道真要去找妈妈？

还没走到门口，就远远看到路灯下杵着一个傻大个。见夏停步，冷着脸问：“你来干吗？”

“你怎么关机了？”李燃问。

“你不也关机了吗？”

“中午打架时候掉地上摔坏了，我去买了个新的，”李燃举起新手机晃了晃，突然明白了什么，“你给我打电话了？”

陈见夏冷着脸不回答。她不只打了电话，还一直期待他打来，不停解锁查看，自己都觉得丢脸，索性关机了。

李燃继续连珠炮似的问：“你去哪儿了？怎么这么晚才回宿舍？”

“干你什么事儿？你又不是我的谁。”她把这话还了回去，心里十分舒畅。

她望着李燃，突然想到楚天阔曾对她讲过一个南方的俗语：食得咸鱼抵得渴。

李燃不是一条任由她戴上摘下的围巾。他是危机四伏，也是她克服不了的小心眼。

“咸鱼”站在眼前，无辜地看着她，她是不是应该挂着辘辘饥肠躲开他？

陈见夏还没做好决定，就仿佛不受控制地开了口：“我宿舍住不了人了，怎么办？”她抬头看着李燃。

李燃闻言，整个人都僵成了一块“咸鱼板板”。

三十四

停泊的飞船

陈见夏坐在转椅上，眼前是一整面宽阔的落地玻璃，横跨江面的大桥被沿途路灯勾勒出一条清晰的珍珠脊背，静静地蛰伏在她眼前，偶有一辆车经过，从一边的黑暗潜入另一边的黑暗。

她没有开灯，唯一的光源就是远方的那座桥。

仿佛飘荡在无边静寂的太空，没有来路也没有归途，也许会经过一两颗星星，也许这辈子只有自己。

从踏入酒店开始的紧张兮兮的心情，此刻终于慢慢平复。

听到背后浴室的门打开，见夏也没回头，只是问："你有没有听过一首歌？"

"什么歌？"李燃一边甩着手上的水滴一边拉过另一把椅子，坐到她旁边。

见夏轻轻地哼起来。

"这美丽的香格里拉，这可爱的香格里拉，我深深地爱上了她，我爱上了她……”

李燃笑了，却并没如她想象的一样嘲笑她为了一家酒店而唱歌，而是和她一起哼了起来。

见夏本来唱歌有一点跑调，不知为什么此时却得心应手，旋律里满是略带沙哑的甜美。李燃清冽的声音加入进来，即使她略微走音也没关系，反而形成了天衣无缝的和声。

“我知道这个电影，民国时候拍的，叫《莺飞人间》。”李燃笑着说。

对，没有你不知道的。见夏满心骄傲。

她把脚蜷起来，踩在转椅的边缘，呆呆地看着窗外，半晌，感慨：“我居然住进了香格里拉欸。”

香格里拉。这世界上一定有许多著名的酒店，但她只知道省城江边最好的香格里拉。

见夏想起一个小时前，自己在宿舍门口说出宿舍不能住人时，李燃突然全身僵硬。

陈见夏回忆起他那时的样子依然克制不住想要哈哈大笑，笑完了又羞涩得不行，羞涩完了又想笑。

但她不敢再提，李燃一定会翻脸。

怎么能怪他想多了呢？站在香格里拉的大堂里，陈见夏才意识到这个提议的严重性。

但总归是雀跃的——这可是香格里拉。

电梯里，陈见夏像只好奇的松鼠，盯着李燃刷卡，按楼层数——这样设计是为了客人的安全吧，陈见夏自己领会，香格里拉真先进。

见夏忽然问道：“你会不会觉得我很好笑，住个酒店都激动……还是说，你很享受这种状态，我什么都没见识过，什么都听你的？”

“什么意思？”李燃把目光从楼层指示灯转向角落里的陈见夏，十分警惕地反问，“陈见夏你是不是又想吵架？”

见夏笑了，摇头。

“没有啦，你真的教会我很多，带我看到了很不一样的世界。反正从认识你的第一天开始，我就是个乡巴佬。在别人面前我还装一装，面对你，不懂就是不懂。”

“你恶心死了，这有什么好懂的，刷第一次就会第二次，又不是做数学题。”

“你知道我是什么意思！”陈见夏奓了毛，“我在真诚地跟你掏心掏肺呢你装什么傻！”

掏心掏肺……李燃哈哈大笑。

刷卡进门前，李燃忽然问她：“你不怕宿舍老师联系你妈，万一再被你们老师抓到可怎么办，又要跟我绝交半年？”李燃语气里满满都是揶揄。

见夏不以为意，呵呵笑起来。

“哪有半年。而且绝交你也不怕啊，你可以继续去扯着嗓子给二班当啦啦队嘛，哦，当不了了，因为你起哄打群架，他们班被禁赛了。”

陈见夏梗着脖子使小性子的模样让李燃忍不住伸手去揉她的头发。

而此时此刻，陈见夏坐在他身边，那些矛盾与隔阂支离破碎，不知如何再提起，也没必要提了。

“你说话不算话，”她半天闷出这么个开头，小声又固执，“说得好听，你只会说漂亮话。你体谅我的难处了吗？我也不是不想找你，可我没办法，我妈和我们老师一直盯着我。我跟你又不一样，你说过热了就可以摘下围巾，我摘了又不是扔了，你至于吗，你跑她们班加什么油，人家用你加油吗，她都去文科班了，还回二班看比赛，其实是为了我们班长，你算什么。就算你生气你也不能……不能……”

陈见夏环抱着腿，下巴抵着膝盖，整个人缩成了一只球。一只很唠叨很生气的气球。

人们总以为自己在讲道理，不过是被情绪牵着鼻子走。高兴的时候天地洪荒都能承诺给对方，不高兴了，一点点小恩惠都要讨干净。

但至少见夏现在心里是软和的，自尊心的壁垒也垮塌了，平时不肯讲的委屈和埋怨顺着墙缝流过去，浇得李燃满身狼狈。

李燃一直挠着后脑勺沉默，听到最后只会嘿嘿傻笑。

“我那不是因为着急吗。我……我犯浑了。”他软软地说。

“就这样就完了？”她斜眼瞪他。

“那要怎么样？”

对啊，还能怎么样？见夏扳着脚指头，不说话了。

“你为什么不开灯？”李燃像是没话找话，说着就要站起来去摸总控开关，被陈见夏拉住了胳膊。

“你不觉得关着灯坐在这里，像操控宇宙飞船吗？”

“宇宙飞船？”

“嗯。我是船长，你是副驾驶。”她眼睛里闪着光。

李燃把“你是不是有病”几个字写了满脸。

见夏不好意思，李燃却也没有开灯，而是站到了她面前，挡住了窗外的光。

现在发光的是他。

“船长您想往哪儿开？”他一本正经地问，还敬了个军礼，逗得她笑出声。

陈见夏胳膊肘拄在扶手上，不敢看面前的少年，心却剧烈地跳起来，震得胸腔发涨。半晌，她轻声说：

“就先停在这儿吧。”

李燃怔怔的：“停在……这儿吗？”

整个世界静默了几秒钟。

“见夏？”

“嗯？”

李燃快步向她走近。

见夏闭着眼，我们的飞船，就先停在这儿吧。

陈见夏蜷在被子里，头也埋进去，脸颊紧紧贴着柔软的床垫，笑成了一个傻子。

现在只剩下她自己了。李燃揉揉她的头发，声音暗哑地说，我……我得走了。

陈见夏像个自体发热的热水袋，把一边的床榻烙得滚烫，就翻个身去另一边睡，周而复始。

她翻来覆去都睡不着，额头抵着冰凉的玻璃，轻声询问黑暗中的塔台，你都看见了吧？

大桥仍然亮着灯，宛若一条延伸向远方的跑道，是归途也是起点。

三十五

众生皆苦

陈见夏被酒店电话叫醒时，整个人像陷在流沙之中一样无论如何也爬不起来。幸亏李燃教会了她怎么使用酒店的叫早服务，否则凭她自己那只小灵通微弱的闹钟，非迟到不可。

床怎么这么舒服，为什么越舒服的床越睡不醒？陈见夏伸了个懒腰，感觉自己全身都被伺候出了富贵病，没有一处不酸痛。

今晚回宿舍了一定不习惯，由奢入俭难。

洗漱完毕背起书包，都拉开门了，她还是几步奔回房内，一个背式鱼跃砸回了柔软的床上，弹了一弹。

再见了。她抚摸着被子，不禁笑起来。

这种丢人的举动可是连李燃也不能告诉的。

李燃昨天交代过她如何让大堂的礼宾帮忙叫出租车。等车时候见夏仰头看背后高耸入云的大楼，心想，总有一天我也会飞来飞去，忙碌又高级，把香格里拉当作歇脚的中转站的。一定会的。

早高峰的市中心有些拥堵，车在靠近人行道的外车道走走停停，见夏无意间往窗外一瞟，看到了妈妈带着小伟经过。

瞬间一盆冷水从头浇到脚，热水袋透心凉。

出租车的车玻璃不贴膜，从外面可以看得一清二楚，幸亏见夏妈妈没注意到她。陈见夏拼命地往里侧坐，把校服蒙在头上装作假寐。偏偏车堵在路口，和母子俩一起等红灯。见夏透过校服拉链的空隙死死盯着他们，漫长的半分钟后，两个人边说话边转了弯。

见夏总算重新活过来。

后半程她呆呆盯着外面，校服一直没从头上取下来。

昨天她敢那么胆大，都是因为笃定妈妈不会关心她，不会晚上给她打电话嘘寒问暖。但如果俞丹也知道了昨晚宿舍漏水的事情呢？会不会询问她？会不会不信她？会不会打电话问她妈妈？

陈见夏咬唇紧密盘算着。昨夜那些浪漫旖旎的心思，统统不知去向。

出租车停在学校后身的巷子口，这里人少不惹眼。见夏付了车资，一开车门就看见了于丝丝。

“你不是住宿舍吗，这是从哪儿来呀？”

于丝丝还真是一针见血。

见夏笑笑：“昨天宿舍漏水，宿管老师让我回我自己家住了。我家搬到省城来了。”

她在最后一句话故意配上了自信的微笑，成功让于丝丝转移了注意力，露出“这也值得显摆”的轻蔑笑容，转身走了。

但也把见夏自己的路堵死了。她本想给妈妈打个电话，撒谎说昨晚太晚了不想打扰弟弟休息，自作主张去住了铁路局宾馆，俞丹那边的说辞相应保持一致。

踌躇再三，还是俞丹和妈妈更重要，于丝丝总不至于主动跑去俞丹那里说三道四吧？就算露馅了，她也可以大方承认，她是跟于丝丝吹牛的，为了显摆自己在省城有个家。

见夏推演了好几遍，觉得够稳妥，于是给妈妈打了电话。妈妈忙着送弟弟，只是埋怨她胆子太大，居然敢自己住宾馆，多了没说什么。

第一堂就是语文课，陈见夏战战兢兢四十分钟，俞丹好像并没收到任何关于宿舍水管的消息，连个眼神都没给她，一下课就夹着教案出门了。

做课间操排队列时候李燃给她发了一条短信，只有两个字，抬头。

见夏抬头，看到教学楼顶楼天台上一个孤零零的身影，靠在栏杆上，明目张胆地逃了课间操。

遥遥地，她就能感受到他目光的热度。那么多人，他怎么知道她是哪个小黑点呢？还是说他压根不知道？

见夏失笑，早上的插曲彻底放在了脑后。

她高兴得太早。

做完操集体整队时，楚天阔把班委会的人叫到一起，提前回了教学楼，直奔俞丹的办公室开会。见夏站在人堆最后，听俞丹不咸不淡地宣布学校对篮球赛群架的处理意见。

“相比打架，我更不希望看到大家把心思放到不正的地方，我理解你们是为了班级荣誉，但冲动就是冲动，伤到筋骨怎么办，难道要休学？楚天阔，这次你也太失职了。”

楚天阔的声音很诚恳：“对不起俞老师，都是我的责任。”

才怪。见夏在心里偷偷笑。每当意识到只有自己了解楚天阔的表里不一，她就会有些得意。

俞丹没有过多责怪楚天阔，语气和缓地继续了下去：“咱们班和二班都禁赛了。准备这么久，得到这样一个结果，已经是足够的教训，我就不多说什么了。我听于丝丝汇报说，二班里面混着外班进来挑事的，这个学校还在追查，而且很好查，不会轻易放过。”

见夏心里咯噔一下，掏出手机，站在最后一排偷偷发短信给李燃通风报信。

“我看咱们还是再开一次班会，楚天阔、于丝丝一起组织一下，让大家反省反省这次的教训，团结是好事，但集体主义也不能失去理智。回去上课吧。”大家应声准备离开，俞丹忽然又想起什么，“对了，陈见夏？”

陈见夏一慌，手机就掉在了地上，塑料机身不禁摔，每次一落地就会把电池板摔出来，这次也不例外。

还好前面挡着几排人，她埋头迅速把零件都捡起来，来不及组装，一股脑揣进口袋。

“你干什么呢？”俞丹的语气十分不满。

“把东西碰掉了，”陈见夏努力让自己的声音听起来理直气壮，而且她做到了，她现在对俞丹仍然有股火气，把心虚烧变了颜色，“俞老师什么事？我听着呢。”

声音轻快，又诚恳又坦荡，连楚天阔听了都有些意外。

俞丹极快地蹙了一下眉，没追究：“你留一下，宿管老师跟我说你那间宿舍漏水一时半会修不好，这两天没办法住了。郑家姝倒是没关系，你的住宿得解决一下。你昨天怎么住的？”

于丝丝笑了，轻声插话：“见夏说她家人搬来省城住了。”

怎么，以为我编瞎话吗？见夏瞥了一眼于丝丝，自己都没意识到眼风有多凌厉。

“是。我弟弟到省城读书了，刚安顿好。我妈妈还说礼拜一来学校跟您打声招呼。”

一下子把俞丹要她妈妈电话的企图给堵死了。

陈见夏迅速打定主意：今天周四，她今天开始就回家连住四天，到了下礼拜一，估计谁也记不清楚宿舍究竟漏了几天水。

见夏随着众人离开办公室。经过门口时差点和于丝丝撞到，她后退半步，朝于丝丝粲然一笑：“您先走。”

您。于丝丝沉下脸，快步离开了。倒是楚天阔走在最后，盯了她半天，见夏终于忍不住问，怎么了？

“没，就是觉得你有点变了。”

见夏眨眨眼，看着楚天阔，楚天阔却歪头去看走廊上悬挂着的化学家画像。

“变好了还是变坏了？”

楚天阔翻眼睛想了想：“我觉得是变好了。”

见夏这次笑得是真开怀：“那就好。”

放学后等公交车时，见夏和李燃通电话，把一天发生的事情都絮絮讲给他听，李燃嗯嗯答应着，嘱咐她一切小心。

妈妈租的房子是两室一厅，见夏和妈妈住次卧，弟弟自己住在主卧。见夏颇有微词，妈妈却嫌她毛病多：“主卧次卧有什么关系，床都一样大，你弟弟要学习，当然得住大屋。”

反正我也没想回来，以后也不会再来。见夏腹诽，不再争执，转而说起让妈妈去拜访俞丹的事。

“老师知道你来常住了，想见见你，也没什么特别的事情，我就主动说，你本来就打算好了礼拜一去拜访，省得我们班主任挑理。”见夏抱着妈妈的胳膊，说得轻松，笑得讨喜，活脱脱一个女李燃。

她突然想，如果当初朝妈妈讨要步步高复读机的时候，也能这么服软，而不是铁骨铮铮，结果会不会不一样？

还没等陈见夏自我反省完，妈妈就笑着掐了她脸蛋一下，吩咐道：“小声点，你弟弟做作业不能听见噪音，你也不体谅他。”

见夏笑容僵了僵。那她中考复习时候，弟弟在客厅把电视开那么大声还跟着笑，又算什么？

再讨巧也换不来复读机的，她想什么呢。

但这些烦恼都抵不过给弟弟辅导功课。小伟并不算聪明，虚荣心却很强，见夏讲什么他都说自己早就会，一做题就傻眼，给他讲解他还不耐烦，姐弟免不了拌嘴，妈妈旗帜鲜明地站在弟弟一边，嫌她没耐心，气得陈见夏只住了两天，礼拜六上午就拎着大包小裹奔回了宿舍。

她没告诉李燃自己已经恢复自由了，而是用这两天时间扎扎实实地学习，每天温书到后半夜。

陈见夏没再分心。

也许会很艰辛，但她不会再给任何人指责自己不务正业的机会。

冬天悄无声息地来了，又是一年。

十一月冰天雪地，困在有暖气的室内的时间越来越多，陈见夏和于丝丝的同桌矛盾也愈演愈烈。

真有什么大过节也就算了。她俩之间是一根细细的缝衣线，密密的都是小疙瘩，解不开，捋不直，是万里长征赶路时来不及从鞋子里倒出去的一粒沙石，是密闭牢房里一只抓不到却总在耳边嗡嗡的蚊子，是全天下女生逃不开的藩篱。

井里的蛤蟆抬起头，一小片薄云遮住整片天。

每天发生的都是小事：你碰洒了我的水杯，弄湿了我的笔袋；你又碰洒了我的水杯，弄湿了我的笔记本；你又碰洒了我的水杯……

越是小事越让人内伤，因为单独看起来，每一件都不值得发火，认真了反会落一身不是。

“那就买个带盖子的水壶啊，”李燃不理解，“你干吗还一直用水杯？”

“我买了！有时候接了热水也不能总闷着啊，偶尔喝了一口没来得及盖，她起身去上厕所时动作总是那么大，一晃桌子就又洒我一身，还特别大声地说对不起，超级热情地帮我找纸巾，大家都觉得她只是冒失——冒失什么，一次两次，次次都抖，她‘帕金森’吗？等她找到纸巾，我一本笔记都废了！”

见夏眉毛一竖正要接着发作，李燃拉住她，食指竖起在唇边示意她噤声。

有渐渐走近的脚步和说话声。

李燃陪陈见夏翘了体育课，两个人一起坐在行政区顶层的楼梯间。每到下午自习时，这一块就成了清净的风水宝地，许多人腻烦教室里的浊气，都跑到楼梯间来看书或聊天，只是没想到上午竟也有人查这里。见夏慌张地用眼神问他，怎么办？

幸好脚步声就停在了楼下。

但说话声却差点让见夏吓得背过气去——是俞丹。

李燃示意她仔细听。

“就不能等我下班？”俞丹的声音有些激动，即使刻意压制也听得分明。

“我在学校不方便总接电话，我挂了就说明我有事，还一遍一遍打，你妈到底什么意思？有什么事儿至于急得一刻也没法等？还跟你告状，你也一遍遍打，你们娘儿俩是想逼我在学校待不下去吗？”

说到最后已有哭腔。

“咱俩结婚多少年了？八年了吧？我哪儿对不起你们家？当初结婚时候你家有什么？家徒四壁，还住平房，半夜冷，让你妈拿条十几年前的虎牌毛毯过来还不舍得，事后还往回要，我计较过吗？是，我生的是女儿，你妈盼孙子，这都什么年代了，你自己问问你周围同事，可笑不可笑！”

见夏慢慢垂下肩膀。竟然又是这样的故事，竟然发生在俞丹的身上。

俞丹和她妈妈还是不同的。她妈妈自己也盼儿子，欢天喜地地怀了二胎。

“眼看着还有半年就高三，我带的这个班是能出成绩的，说不定出个省状元！多少人眼红呢，我不可能这种时候备孕，到了高三怎么办，让我把亲手带上来的尖子班交给别人？高考考了清华北大记谁头上？你口口声声说体谅我，你和你妈一起胡闹，你体谅我什么了？”

俞丹挂了电话，就在见夏他们脚下的楼层呜呜哭，哭到最后擤了几次鼻涕，总算平静下来。见夏神情肃穆地聆听着脚步声逐渐远去到听不见。

“谁都不容易。”半晌，见夏轻轻叹息。

“是啊，众生皆苦，”李燃也跟着感慨，“生、老、病、死、怨憎会、爱别离……爱别离……还有两个是什么来着？”

气氛轻松了些，见夏笑了：“显摆不了了吧？忘了？”

“……想不起来。”

“也有你不知道的，真好。”

李燃嘁了一声。见夏转头认真地看他：“那你有什么苦呢？”

“先说你有什么苦。”李燃反问她。

“很多啊，”见夏扳着指头，毫不忸怩，“学习越来越吃力，俞丹防贼一样盯着我还瞧不起我，没有朋友，于丝丝天天跟我作对，爸妈偏心，压力大……”

不知不觉，她已经能这样轻松地把心底的暗流和盘托出。

对李燃，她从来没有面具。

“我回答你了，轮到你了，你有什么苦吗？生老病死？还谈不上。怨憎会，爱别离……”见夏追问。

“我想起后两个是什么了！”李燃拍了一下脑门，“一个叫求不得，一个叫五蕴盛。”

“……什么？”

“我爷爷给我讲过，”李燃盯着对面墙上的十字窗玻璃，“五蕴盛是前面所有苦的根源，五蕴六识，声色犬马，都是对人生的执迷和追求，有追求就会有苦，人活着，就没有不苦的。”

见夏听得入了迷，虽然她知道李燃也不过一知半解。

“那要怎么办？”她问。

李燃笑了：“简单啊，出家，色即是空。”

“滚，胡说八道，你去出家啊！”

“我怎么可能出家，出家了还怎么——”他说着，突然靠近，见夏迅速涨红了脸。

“流氓！”她跳下了几级台阶，转头对他怒目而视。

三十六

家春秋

十一月有几天天气很差，这种时候老人是最熬不住的。见夏的奶奶病危过一次，见夏请了假，和妈妈弟弟一起回县里去探望，不免又在病房门口和二叔一家拌了几句嘴，幸而奶奶被抢救成功，鬼门关前抢回了人。

一家四口在自己家团聚了一晚。

见夏有两个月没见过爸爸了。本来说好了，两地分居，省城三个县城一个，周末时候理应爸爸多跑跑路；但爸爸从这半年开始总是加班，总是没法成行，到底还是聚少离多。

吃饭时候见夏冷眼瞄着，全家团聚，妈妈明显比爸爸高兴。

弟弟是无所谓的，只要有好吃的就看不见别的。

不过妈妈虽然高兴，嘴上却还是不断埋怨，从二叔不孝顺数落到大辉哥看见长辈也不打招呼……最后终于说到老太太偏心，爸爸忽地把筷子一摔："能不能少说两句？好好吃饭！"

妈妈愣住了，脸上一阵青一阵白，眼圈都红了。

“我是为谁？啊？我是为谁？你妈偏心眼子，最后是你捞不着好，你还骂我？”

弟弟害怕了，往见夏这边瞟，见夏连忙说：“小伟你帮我盛饭。”

弟弟从来都是等别人伺候的，这次也乖乖接过碗溜去了厨房。见夏趁机轻声劝：“好不容易一起吃个饭，都别生气了，我弟都吓坏了。奶奶好不容易抢救回来，不是件高兴事儿吗？”

事情平息了之后弟弟才溜回来，低头迅速往嘴里扒饭。这顿饭的后半段，桌上只有呼吸和咀嚼的声音。爸妈时常拌嘴，大吵也有过，但见夏总觉得这一次哪里不一样：四方桌子，爸妈对坐着，中间的距离像是有无限长。

第二天爸爸送他们三人上长途大巴，神情缓和了许多，嘱咐姐弟俩要听妈妈话，还对妈妈说，看好包，到了给家里打电话。

妈妈这才有了点笑模样，对着窗外的爸爸摆手：“不用等开车，赶紧回单位去吧！”

见夏才高兴了两天，放学时候妈妈就来校门口接她，神色阴晴不定：“小夏，你跟我回趟家。……别跟你爸说。”

陈见夏心慌起来，勉强笑了一下：“弟弟呢？”

“你表姑接到她家去了。你跟我回去就行。”

见夏知道妈妈的性子，和爸爸小吵时总指着她和弟弟说，你当着孩子的面摸摸良心！爸爸每每都会败在这上面。但这次恐怕是严重了，所以不想让弟弟知道，怕弟弟心理负担重——弟弟胆小，弟弟不喜欢看他们吵架，她难道就喜欢？

“明天还上学呢，我现在回去了赶不回来……有什么事儿非得着急赶回去呀？”她本能地拖着不想行动。

妈妈的脸迅速阴下来：“我是不是连你都支使不动了？你想换个妈？”

简直不像话。见夏怕再拉扯下去会在众目睽睽之下丢大丑，只好乖巧地点头：“好。但我得和俞老师请假，还有宿管老师。”

“我都打过招呼了。”见夏妈妈说完转身就走，看样子也不会允许见夏回宿舍拿东西了。她跟在后面，边走边摸索着兜里的手机，想着怎么才能找机会给爸爸打个电话问问是什么情况，妈妈忽然转头厉声道：“你把你手机给我。”

见夏放在口袋里的手立时攥紧了：“你要我手机做什么？”

那么多和李燃的短信都还没来得及删掉。

“给我！”

见夏一哆嗦，急中生智，递给妈妈的时候手一滑就把手机给摔了，手机不出所料再次散架，电池板在柏油马路上还蹦了两下。

“电池你拿着，”她说，“这样我就不能给我爸打电话了。”

妈妈瞪着她，也没多想，接过电池就走。见夏长出了一口气。

乖乖眯着吧，已经不能奢求更多。

大巴车上妈妈一直在哭。

和以往哭得不一样。曾经见夏很烦她哭天抢地，像号丧，总是声情并茂手舞足蹈，还伴随着骂声和埋怨，想起来就头痛。

但也比此刻好。

此刻的郑玉清，牙关紧闭，双目紧闭，像进入了一个破不了的梦魇，只有两道泪痕不断被刷新。

“妈，你怎么了？你跟我爸怎么了？你别哭，你跟我说，没有解决不了的事，你别哭。”见夏鼻子也酸了，好像被谁攥住了心脏，喘息不得，慌张又悲伤。

“我为他们家，为他，生儿育女，生你时候你奶奶他们光顾着给你二叔带孩子，管都不管我，我没坐好月子，落下病，还是坚持怀你弟弟，就为了给他留个后。结果他就这么对我。我为了小伟扔了工作去省城，他就给我演这么一出。我说怎么每次打电话回去都占线，原来是跟人家聊得热乎呢！儿子在班里被欺负，我问他怎么办他都心不在焉的，那是我一个人的儿子？他但凡上点心，也不会这么对我！”

说来说去全是小伟，见夏心凉了半截，安慰的话再也说不出口。

因为一切本来就和她无关。

郑玉清想不到，自己婚姻危机的当口，女儿心里竟在计较别的。知道了恐怕又是一轮心碎。

当妈妈掏出钥匙拧开门冲进去毫无章法地追打爸爸时，见夏落后了半步，站在半开的防盗门后，小心地避开屋里客厅漏出的那道光线。

她怕得发抖，不敢跟进去，哭也哭不出来。爸爸和卢阿姨果然是有点什么，妈妈没抓住实质，却查了几个月的通话记录，单子就藏在包里，掏出来时舞得像一道白练。

“怪不得小伟去省城读书的事儿她那么上心，你俩就是为了支开我！”

“胡说什么！我俩啥也没有，你疑神疑鬼是不是有病！当初是你死乞白赖求人家帮小伟办借读，我劝你你不听，跑了那么多次，怎么变成人家上赶着设计你了？人家小卢也有家室，你这么诬陷还让不让她做人！”

“有家室个屁，跟她丈夫早离了，我才是碍事的！你娶了她不就没人说闲话了吗？去啊！我给你们腾地方！我告诉你姓陈的，你这辈子别想再看儿子一眼！”

有扭打的声音传来，应该是爸爸在阻止妈妈离开，怕邻居听到，他不知道见夏在门外，把防盗门从里面重重一拉，咣当一声关死。

门内隐约的争吵和砸东西的声音持续了半个多小时，见夏呆站在楼道里，冻得脚都麻了，手机也是一块废铁。

她被遗弃了。

一包面巾纸早就用完了，陈见夏最后抽了抽鼻子，用羽绒服的袖子擦擦眼泪，转身下楼。楼下的小卖部开了很多年，街坊邻里都相熟，她眼睛红红地进去，幸好店主正在聚精会神地看便携小电视，没注意。

“王姨，我打个电话。”

“怎么不在家里打？”店主吐出瓜子皮，看也没看她，见夏也没解释，拿起听筒就拨号。

“喂？”

听到李燃声音的那一刻，千言万语都梗在胸口，只剩下带着哭腔的呼吸，也不知道他听不听得清。

人生八苦是什么来着？他说“五蕴盛”是八苦之宗，她却觉得，“生”才是万恶之源。

既然不想要她，当初为什么要生？

眼泪无声地滑进羽绒服的领子，从滚烫到冰凉。

“你怎么了？这是哪儿的电话？你没事吧？你在哪儿？”李燃慌了，一个问题接一个问题，恨不得从听筒里伸脑袋出来。

她是浩瀚宇宙中被遗弃的飞船，沉寂多年的对讲机里，他是唯一应答。

三十七

一地鸡毛

陈见夏并不急于回答，她吸了吸鼻子，侧身避开店主时不时的打量，轻声说：“我回家了。”

李燃很聪明地问道：“不方便说话？”

“嗯。我手机坏了，如果找不到我……别着急。”

“你哭什么，家里人是不是又气你了？是就嗯一声。”

问这些有什么用。陈见夏又感动又好笑：“你要是我爸就好了。”

“想得美，我要是你爸你就是富家千金了。”

陈见夏破涕为笑，浅浅的，抬眼看到窗外楼洞口的感应灯亮了起来，爸妈一前一后跑了出来。

见夏一惊：“先不说了。我挂了。”

“你小心点，早点回来。”

回来。他说的是回来。无比顺耳。

见夏推开小卖部结满冰霜的弹簧门，喊了一声：“爸，妈。”

她等待迎接劈头盖脸一通训，但他们只是快步走过来，拉着她的胳膊说，去医院，你奶奶不大好。

路边打车花了很长时间，县城出租车不多，夜里就更罕见，陈见夏刚在小卖部化冻的双脚又开始发麻，上了车也没好多少，出租车四下漏风，暖风开了和没开差不多，晃荡得像马上就要散架子的铁皮盒，一路癫痫般战抖。

见夏靠在后排最里面，斜眼睛瞄着坐在副驾驶的爸爸和身旁的妈妈。妈妈头发蓬乱，爸爸左脸颊颧骨上有一道指甲印，二人之间的气氛并没和缓，恐怕还没吵完，只是被通知奶奶病危的电话打断了。

谁也没问陈见夏刚才去了哪儿，有没有危险，也许是为夫妻间的丑事被孩子知晓而尴尬。

陈见夏黯然。但愿是这样。

一家三口赶到时奶奶已经抢救无效过世。见夏早有心理准备，但那一刻还是胸口一痛，眼泪唰地就流出来。大姑姑一家还在路上，走廊里只有二叔家和见夏家，难得没有拌嘴，一齐呜呜哭。

最终引发战争的还是见夏妈妈。“前两天还好好的，怎么忽然就不行了，你们怎么守夜的？”

二婶霍然起身。

陈见夏坐在一边的长椅上，收住了哭声，瞪圆眼睛看着两家以迅雷不及掩耳之势撕成一团。大辉哥一开始还劝着，后来看见夏妈妈扯着自己妈妈的头发，也红了眼加入战斗。陈见夏在外围逡巡，插不了手，急得像热锅边缘的蚂蚁，幸好大姑姑一家赶到，两家终于被拉开。

武斗之后是无休止的文斗。

见夏在长椅上蜷缩成一团，困得撑不住上眼皮，医院暖气也没开足，深夜走廊的凉气渐渐渗入身体里。

二叔家说奶奶留了遗嘱指名把房子留给大孙子，见夏妈妈一口咬定遗嘱没有公证，谁知道是不是老人真正的意愿？护士和医生忍无可忍地劝告，当务之急是给老人把寿衣换上，停到太平间去办理死亡证明，不要在医院闹下去了。

护士说完指着长椅上的见夏："这儿还有个孩子呢，都困成啥样了，还吵吵吵，吵什么吵，有什么事不能回家商量？"

见夏克制不住，应景地打了个哈欠，被妈妈恨铁不成钢地瞪了一眼。

男人们去办手续，姑嫂三人留在病房给奶奶换上二叔家早就准备好的寿衣，见夏还是孩子，不能进房，隔着玻璃巴巴地往里面看，病床上那个老人灰白僵硬的脸和记忆中的奶奶毫无相似之处，生命力的流失迅速改变了身体形状，见夏觉得陌生，最后是靠脑海中与奶奶有关的温情画面再次唤醒了泪腺，哭着哭着睡着了。

也许是因为看到了女儿带着泪痕的睡颜，见夏妈妈没有苛责，唤醒之后拉着她离开了。医院门口倒是有几辆夜班出租车在"趴活"，对目的地挑三拣四，最后是爸爸看见夏冻得直跺脚，拦住还在讲价的妈妈，说，算了，孩子冷。

见夏迷迷糊糊地拉开副驾驶门，夫妇二人被迫坐在了后排肩并肩。

半梦半醒间，爸妈的对话也听得零零碎碎，不过她能感觉到气氛解冻了。路面结冰，妈妈下车时爸爸在车外扶了她一把，妈妈站稳了就甩开，动作大了点，脚底打滑，爸爸又拉了一把，这次没松开，妈妈也没甩开。

老夫老妻牵扯太多，打断骨头连着筋。见夏脑海里蹦出一个念头，十分笃定——这个婚离不了。她的家是安全的。

第二天天蒙蒙亮，见夏醒了，走到客厅，瞥见妈妈的手提包挂在衣架上。爸爸睡在客厅，妈妈睡在主卧室，两人都鼾声大作。

她甚至不敢将它从衣架上摘下来，用极慢的速度拧开搭扣，时时关注着沙发上爸爸鼾声的节奏，终于无声翻开了手提包，把手探进去，小心摸索，终于，抓到了一个小方块。

见夏心中一喜，忽然听见主卧的床铺一响，妈妈好像翻身坐起来了，正在扒拉地上的拖鞋。

睡衣上下都没有口袋，见夏匆忙将电池塞进腰侧，靠睡裤的松紧带夹住。

“你干吗呢？”妈妈一愣，沙哑地问道。

“我……”见夏吓得汗都下来了，“我做噩梦了。”

妈妈神情软下来：“因为你奶奶的事？要不过来跟我睡？”

“没事。我睡不着了，背一会儿单词。”

“再睡一会儿吧，今天一天都要去你奶奶家守灵，想睡都没的睡。”

“小伟怎么办？”

“你表姑今天带他回来。”

见夏点点头，趁着妈妈去厨房倒水喝，连忙按住电池块逃回了房间，钻进被窝蒙住头，开机动画的音乐无法消除，她只能用枕头狠狠压住手机。

二叔家客厅的冰箱上方高高安放着奶奶的黑白遗像，前面燃着一盏长明灯，按照办白事的规矩，长明灯得亮到奶奶出殡那天，所以需要人盯紧了，及时往里面续油。因为大人们忙着迎来送往，这个工作便交给了见夏。

她搬了一个木制小板凳坐在旁边，时不时和李燃发几条短信，一整天并不太难熬。

“二婶，得加了。”见夏喊。

冰箱高，小矮凳借给二婶踩着，见夏挪到沙发上坐，才后知后觉屁股麻了。

她给李燃发短信：“你家中老人都还在吗？”

“只有爷爷了。等你回来，带你去看他。我最喜欢我爷爷了。”

最后一句像个小男孩，李燃难得流露出这样的幼稚温情。一想到他卖弄的知识大多来自这位做邮差的爷爷，见夏便嘴角上扬，很明白他为什么会说，自己最喜欢爷爷了。

她下意识抬头看奶奶的遗像，在内心拷问自己：陈见夏，你呢，你喜欢这个家里的任何一个人吗？

怎么会。她连自己都不喜欢。

“家”的概念对陈见夏而言模糊又稀薄。小时候想得少，纵使压岁钱很少，鸡腿总是分给孙子，看春晚时沙发空位不够，弟弟坐沙发她只能坐小板凳……她也没生出分别心，放鞭炮贴福字时照样开开心心，扎着小羊角辫，笑得比谁都甜。

长大一点，懂事了，家人理所当然的轻视便横成她眼中的梁木，春联、爆竹都不再是开心的理由，唯有长辈询问期末考试排名时，她能博得一些注目。

陈见夏就这样发现了活下去的诀窍：要变得很有用。

不同于弟弟与生俱来的重要，她存在的意义，要自己来证明。

有趣的是，真正放心依赖的那份关切和喜欢，偏偏来自压根不在乎她考多少分的李燃。

手机又振动了一下，李燃说：“你家里忙起来就不用回了。有空找我。”

见夏笑了：“好。等我回去，我们去看爷爷。”

两天转瞬即逝。

葬礼上孝子贤孙跪了一地。小伟想起平时疼爱自己的奶奶，哭得嗓子沙哑，见夏含着泪，好不容易才安抚了弟弟。火化完成后，工作人员端来一个硕大的长方形铝盘，指挥家属们轮流近前，左手端撮子，右手戴上隔热手套撮骨灰，一人一铲往内袋里装，算是为老人埋骨的仪式，装完的这一袋便封在骨灰盒里。

见夏脑子蒙蒙的，手套错戴在了左手上，右手指尖直接触到滚烫的骨骼碎片，烫得一哆嗦，硬生生忍了下来。

见夏觉得这是奶奶的恶作剧。奶奶一定知道她并不很伤心。

葬礼结束的第三天，见夏娘儿仨坐着表姑家的车回省城，一路无言。

弟弟其实很高兴，因为爸妈商量了一下，还是决定让他回到县里读书，再也不必受省城八中那些傲慢的同学欺负了。本来他就读不出什么名堂，夫妻常年分居也不是个办法，双方各退一步，爸爸和卢阿姨就此了断，妈妈也放弃了去单位里闹的打算。

见夏在客厅读书时竖起耳朵听他们在卧室里压低嗓门吵架，爸爸坚称他和小卢就是聊得比较多，手都没碰过；邻居也侧面证实他除了自己在家便是去医院守夜，规矩得很。

妈妈伤愈过程中总要再闹几次的，只是小闹，哭一会儿就作罢，最后承认，是她小题大做了。

这样的结局见夏自然高兴，然而在内心深处，她极为不解：没有牵过手就等于清白吗？她仍然记得爸爸和卢阿姨在一起时的样子，见夏相信，爸爸是喜欢卢阿姨的。

这个认知让她既同情又恶心。

或许俗世夫妻本应如此的，分不开的房屋地契，分不开的子女亲戚，两个人是因为这些才分不开，而不是爱情。

车开到宿舍楼门口已是傍晚时分。妈妈随见夏下车，说要把她送进门，见夏觉得稀奇，果不其然，妈妈搂着她的胳膊，轻声叮咛，“家里的事别跟你弟弟说，一直没来得及嘱咐你。”

见夏点头，“我知道。我本来也什么都没说。”

妈妈满意地笑了，帮她将碎发绾到耳朵后面，“等过两年你弟弟说不定也能考上振华，那时候你就上大学了，爸妈争取调动工作到省城来，一起搬过来照顾你们。”

见夏哭笑不得。就算弟弟能考过来，她也不会留在省城读大学。

她乖巧地应下来，跟妈妈道别，妈妈也忘了刚说过要送她上楼，转身重新上车。弟弟贴在副驾驶的玻璃上朝她做鬼脸，见夏一笑，目送着白色桑塔纳远去。

她和家之间粘着的胶带，又被撕下来一点点。

三十八
The Moment

李燃问她那天电话里哭什么，见夏没回答。她没有和他讲述自己爸妈之间发生的龃龉，太难看了，也太难堪了。她不说，李燃也贴心地不追问，安安静静在必胜客陪她自习，他看漫画，她埋头照着从楚天阔那边借来的笔记补习落下的课程。

有时候见夏会希望高考永不到来，自己永远是高二的学生，像科幻小说里一样困在重复的同一天里，日历凝固，她可以和李燃用这无限循环的一天做不一样的事情，再也没有任何烦恼。

从前她是那么盼望明天，明天可以考大学，可以离开，可以变成随便住五星级酒店的女强人……现在却时时冒出停在此刻的念头，不知道是应该愧疚还是庆幸。

她抄完最后一页笔记，长出一口气，抬起头看向趴在桌面上小憩的男生，笑了。

期中陈见夏考得并不是很好，自己也说不清是偶发失常还是脑子太笨。当然，她自己最不希望是因为脑子笨。

毕竟只有笨是无可挽救的。

李燃把书往桌面上一扣，安慰陈见夏：“又不是高考，何必呢？来吃口蛋糕。”

陈见夏推开伸过来的勺子：“你根本不理解我。你考零蛋都不会难过。”

“那你就去读个补课班嘛，我看凌……”李燃迅速收住了话头，“我初中那帮哥们儿都上补课班，不对，补课班还是竞赛班来着？反正林杨余淮他们成绩都特别好，照样补课，你为什么不去？”

见夏有些不甘。她从没有补习过，这曾是她的骄傲。

“好吧，”她叹口气，“那你为什么不报个班？”

李燃微笑还击：“因为我考零蛋都不会难过。”

见夏气结。

她晚上就给家里打电话，希望每个月额外加四百块钱补课费。

“怎么要四百那么多？”妈妈惊讶。

陈见夏吃住都在学校，住宿免费，学校还给每个外地生按月往食堂饭卡里打饭补，平日几乎没什么花钱的地方，若家庭实在贫困或爸妈够狠心，一分钱不给也没问题，大不了夏天连根冰棍都不吃呗。见夏妈妈每个月给她一百五十块零花钱，因为她实在让人省心，所以爸爸开学一次性给齐整学期的，一共八百元，叠好放进信封里让她带走。

陈见夏很会省钱，高一一年过去，她已经偷偷攒下了五百块，加上高二上学期的零花，余额一千出头，即使遇上宿舍漏水这种事，也能狠狠心自己做主去住铁路局宾馆，不用受郑家姝的气。

但这五百块用于补课的话，一个月就得断粮了。

“一堂课两小时，每小时二十五块。我只补数学和物理两门，每个礼拜四小时共一百块，一个月就是四百，”见夏利落地算了账，补充道，“我们班同学几乎都上那个班，是振华特级教师主讲的，离学校也近。”

四百块明显让妈妈肉疼了，她没答应但也没拒绝，毕竟学习是大事。她忍不住抱怨了几句：“怎么忽然要补课了，你以前都不上的。”

“期中没考好，想加把劲。”

“为什么没考好？”妈妈立刻揪住这一点，“排多少名？成绩下滑了？你上课是不是没好好听课？我看你啊，就应该和以前一样，用好课堂四十五分钟，下课了自己抓点紧……”

一连串问题让陈见夏心头火气噌噌往上蹿。平时对她的成绩不闻不问，一说到要钱补课就开始假模假式地关心，和买CD机时一样推三阻四，不就是想让她自己松口说不用花这个钱么？

妈妈我错了，我一定自己努力把成绩拉上来，一分钱都不用你花！——不就是等她说这句吗？

“就算是县一中的学生，有几个不补课的？何况我在振华，这里压力有多大你知道吗？你们关心过吗？”

陈见夏越说越委屈，“我初一才跟着学校上英语课，县里初中老师什么口音你知道吗，this念成贼死，还让我们跟着读，我读了三年都养成习惯了。来了振华，高一第一堂英语课，老师全程跟我们讲英文，说要锻炼口语能力，我口语差得自己都不敢听，到现在也没完全改过来，排队背课文一轮到我我就想死！这些压力我跟你说过吗？我都自己闷头学、闷头补，没抱怨过一句。反过来，小伟呢？”

她本想要到钱就算了，偏偏又开了闸，旧账洪水一般倾泻过来，淹没了理智。

“小伟小学三年级就提前学英语，那英语班的名字我都记得，叫‘国际ABC’！恨不得连音乐课都要给他补，又学书法又学小提琴，给我学什么了？你怎么不让他自己多努力，用好课堂四十五分钟？”

妈妈嗷的一嗓子：“陈见夏你是不是欠揍了！”

见夏被震得一愣。

“你这孩子说话怎么越来越难听了，去个好学校就学了这个？就学了六亲不认？越学越没人味儿？你老扯你弟弟干吗？你弟弟欠你的还是我和你爸欠你的？一家人，搞得和冤家似的，我看你是连家门朝哪儿开都记不住了！有种你死在振华，别朝我们要钱！”

陈见夏气鼓鼓地挂了电话，直接关机，坐在床边呜呜哭起来。

楚天阔说她改变了，越变越好了；李燃说，她自信了，大方了，不爱哭了。

原来只需要家人的一通电话，就能将她打回原形。

陈见夏原本觉得补课有损她义务教育九年自学的威名，现在终于变成了尊严之战——非去不可，必须要去，一定要去，否则就是不拿自己当回事。

钱的事情好解决。李燃主动说他平日少打出租车就能轻松省出来，陈见夏拒绝了。平日两人吃喝玩乐基本都是李燃负担，她已经很过意不去了，补课也花他的钱，她不如干脆改口叫他爸爸。

学习的事拖不得，见夏决定先用自己攒的小金库顶上，在李燃引领下去医大附属医院旁的校舍交了五百块钱，第二天一放学，她把班级钥匙托付给扫除小组长，早早跑去占座位。

“你去吧。”李燃和她道别。

“我以为你会和我一起听课。”见夏有些不好意思。她一路上都在设想，李燃会不会跟着她一起进去，大剌剌坐在她身边说，我也顺手交了钱陪你——这才符合他一贯的作风。

李燃笑了：“你不是为了提高成绩才花时间来补课的吗？我怕影响你。好好听课吧。”

这个补课班承包了整层楼，四五间教室同时开课。教室都是后改建的，用了长条状的连排桌椅，就为了能多容纳几个学生。大家坐得挤，暖气又开得足，不一会儿见夏便微微出汗了，记笔记都要夹着上臂，否则胳膊肘会撑到旁边的人。

教数学的老师是正在振华带高三的特级教师，很有经验，课讲得不赖，陈见夏起劲儿地记着类型题，两个小时很快过去了，中间休息时都没有挪动屁股一下。

她能保持这样的注意力难能可贵，因为，凌翔茜就坐在她前面一排的左侧。

与陈见夏相反，凌翔茜全程神游，把手机搁在笔记本上，噼噼啪啪地摁键发短信。

放学时已经九点，大家蜂拥出去，只有几个精力充沛的学生围着老师询问难解的习题。见夏挑了一条人少的小路走回宿舍，无意间一回头，凌翔茜就在背后不远处，手机屏幕映亮了她的脸。

下一秒，凌翔茜就因为光看手机不看路而被石头绊了一跤，手机直接摔到见夏脚边。

陈见夏捡起来递给她，“快看看，摔没摔坏？”

“这手机特别禁摔，不会有事的。”凌翔茜粲然一笑，证明似的把手机开合了两下，随意揣进白色羽绒服口袋里。她注意到见夏露出来的校服颜色，问：“你也是高二的？”

两人互作自我介绍，见夏动了动唇，还没来得及说出那句表示友好的“你很有名，我早就认识你”，自己的手机响起来了，凌翔茜示意她先接电话。

陈见夏没料到，电话一接通，雷霆震怒顺着漏音的听筒直劈向这条僻静的小巷。

“陈见夏你野了啊，长本事了！”

见夏为了专心上课，把手机关机了，妈妈打不通，就拨了宿舍楼下收发室的电话，值班老师去她宿舍敲门，无人应答，如实回复给了见夏妈妈。

前两天母女俩就因为补课班的事情积压了一股火，还没来得及扑灭，已经添上了新柴。

见夏知道听筒漏音漏得厉害，顾及凌翔茜就在旁边，实在不想丢人，迅速回答：“我在补课，回宿舍和你说。”

“你补什么课，前天刚说，今天就补上了，你是不是当我和你爸都傻？我问你现在到底在哪儿——”

她迅速挂了电话，顺手关机。

“家里人着急找你？”

不知道凌翔茜究竟听见多少，见夏轻声敷衍道：“没。就是更年期，烦死我了。”

把自己说得像个满腹牢骚的大小姐。

凌翔茜体谅地点头：“那咱们同病相怜。我妈也很烦，刚才上课我就一直在发短信和她吵架。有时候觉得奇怪，好多简单的事情，跟她就是死活也说不通。”

也许是巷子太宁静，见夏的心变得柔软，不想把这段路浪费在防备上。她苦笑着叹气：“至少，你妈愿意和你发短信讲道理吧？不会打电话吼你吧？”

凌翔茜摇摇头，“比电话吼还可怕。”

见夏识趣地不再问。

“什么在响？”她凝神听着，注意到凌翔茜脖子上悬挂着的耳机，“你是不是忘了关？”

凌翔茜捏起一只塞进左耳：“可不是么，还在放歌。”

“什么歌？”

“嗯？”凌翔茜没听清。

“我问，你在听什么歌？”陈见夏问。

凌翔茜笑了，立即抬手将另一只耳机塞进见夏的右耳，代替了回答。

孙燕姿的《The Moment》。

凌翔茜先随着耳机中的旋律哼起来，见夏跟着轻声合唱，两个姑娘相视一笑。

这一刻

时间变成行李

越过生命悲喜

陪伴着我前进

……

歌词的最后一句是："我会找到，自由，自由。"

唱完刚好走到巷子口，下一首歌的间隙，见夏归还耳机，凌翔茜摆摆手作别。

见夏独自在路灯下站了一会儿。

人生很奇妙。她关掉的手机里封印着一个烂摊子，背后一无所有，前方福祸未卜，却在短短的一路上，和曾经莫名敌视的凌翔茜分享了美妙的两分钟。

这样的瞬间让她想哭。生命的层次如此丰富，她埋头在书桌前的时候，究竟错过了多少？

曾几何时，李燃最初遇见的陈见夏，几乎是一个蒙昧的动物啊！

她伸出手，抓向路灯温暖的光源。

这双手还能伸多远，抓住多少呢？

美好恰恰在于其短暂。

见夏洗漱完毕坐在床上，忐忑地开机，主动打给家里。她打定主意，妈妈爱说什么说什么吧，她一定忍住不申辩，把事解释清楚就好，赶紧了结掉。

可妈妈不懂见好就收，教训起来没完，"俞老师说过，女生心野了可就容易造成难以挽回的后果。"

什么叫难以挽回的后果？见夏感到深深的侮辱，愤怒到恍惚，仿佛看见俞丹那张皮笑肉不笑的脸此时此刻就映在窗子上。

"我是去补课，不是去外面浪！我要玩要浪，也得有本钱啊！我哪儿来的钱浪！”她尖叫。

见夏的妈妈哪里听过她这样讲话，气得快要晕倒，紧要关头电话被爸爸接走，妈妈那一通咆哮还是远远传过来，“反了你了！明天就给我回来读书，我看你也学不出什么好玩意儿！”

“好了，小夏，是爸爸。”爸爸的声音很平静，批评见夏不应该那么讲话，补课的钱爸妈肯定会给她，没必要做出这种故意对着干的举动。

然后便让她早点睡觉，挂了电话。

见夏整个人都要爆炸了，但也只敢继续对着已挂断的电话喊，喊着喊着便全是哭腔了，最终疲惫地放下了电话。

她关了灯，躺在床上仰望天花板上孤零零的小灯泡，一眨不眨地看了许久，慢慢哼起歌。

还是那首《The Moment》。

“放心离开我，我会记得这一刻，那些还飞翔着，不可思议的梦……”

每一句都唱着陈见夏找不到的自由。

她又哭起来。为什么人不能干脆就活在一段旋律里。

第二天一放学，见夏赶紧回宿舍楼换了轻便的单肩包，今天晚上补物理，她在包里装上物理笔记和两本练习册，打算下课后也问老师几道难题。

下楼时，她接到了爸爸的电话，说，放学了吧，我在你们宿舍门口呢，快出来。

爸爸送见夏去了补课班，说自己去医大对面的饭馆吃点饭，等她下课再来接她。

见夏到了教室便急着给李燃发了个短信：“今天真对不起。”

“我认出来是你爸爸了，所以就一直在你宿舍楼对面站着，没跟过去。还好他没看见我。你今天还上课吗？”

“嗯。我和家里吵架了，爸爸估计是来教育我的。”

她没猜到，等她到了医大对面的烧烤店坐下，爸爸却点了两瓶啤酒，说让她也喝一瓶。

“爸爸给你赔不是。是我们不好。”他说。

见夏愣住了。爸爸要来了杯子，给她倒了半杯。

“但你也不应该那样跟你妈说话，不过……唉，总归还是我们不对。你学习这么紧张，早就应该多关心你。”

爸爸自己喝了一口。见夏犹豫一会儿，也拿起杯子。

“也不怪你妈，你妈最近心情不好，奶奶没了，二叔那边好多事都要理清楚，难为她了。家里并不差你补课这点钱，你妈可能就是觉得奇怪，你平时从来不补课，也没让她操过心，她也就顺口那么一问……”

“爸！”见夏打断他，“别说这些了。我知道。”

爸爸笑笑，摇摇头，不再解释了。

见夏虽然不喜欢妈妈，但从小更多和她黏在一起，很少与爸爸单独聊天，父女俩并不知道该说什么。

谈什么呢？问你是不是真的喜欢卢阿姨？问你们明明偏心弟弟，为什么不从小把我送给别人？给你介绍一下李燃？

见夏转头去看窗外。室内温暖，窗子结了厚厚的冰花，她用食指按住，花团锦簇中，按出一个融化的小点。

“你以后在这边遇到事了，就直接给爸爸打电话，要钱也好，心情不好也罢，都行。”

两瓶酒都喝完了，见夏脸有点红，不再那么气鼓鼓，点点头说：“好。”

爸爸有些不自在地拍了拍她的肩膀，父女感情太过生疏，做这些动作都那么僵硬。

“你是好孩子。委屈你了。”

见夏听到这句话瞬间鼻酸，却倔强地仰着脖子，没有服软。

后来，李燃和见夏提起，自己见过凌翔茜的妈妈，那是一个有点神经兮兮的女人，讲话声音很高，似乎极容易受到刺激。

“她挺不容易的——我不是说她妈，”李燃说，“我们几个跟她比较熟的其实都知道，但谁也没说，她自己也不爱聊这些。”

见夏脑海中浮现出小巷子里凌翔茜灿烂却疲倦的笑容，她的大方友好完全消弭了见夏那点小心眼的敌意。大家生来就是困兽，即使有的囚徒油光水滑，不过是表面威风，最后也只能把一只耳机从牢狱栏杆的缝隙伸过来，和旁人共享一支寻找自由的歌。

冬天果然容易让人抑郁。她的课余时间因为补课班充实了起来，爸爸支持她多补几门，于是她又补了化学和生物，每个星期有四天晚上都在上课，不像以前那样时时能够见到李燃了。

一个特别冷的晚上，见夏问了老师几道题，最后一个从教室出来，埋头走了几步，听到马路对面有人嘎吱嘎吱踩雪的声音。

李燃站在路灯下，笑嘻嘻地看着她。

见夏看看左右，发现没人，于是快步奔过马路，虽然围巾已经戴了一段时间，每次见夏见李燃，依然会把头埋进李燃送的那条围巾里，蹭啊蹭。两个人慢慢走，经过结冰的地方，就一起滑过去，摔了反正也不痛。

“今天怎么样，听课顺利吗？”

“听课有什么顺不顺利的，”见夏歪头看他，“难道你每天听课都很‘不顺利’？”

李燃嘁了一声，敲她的头。

“你想过自己要读什么大学吗？”见夏问。

“这应该我问你吧？”

“我？我当然是要去我能考得上的最好的地方，毫无疑问，”见夏语气有些骄傲，“所以你呢？”

“你去哪儿，我就去哪儿。”

“就会说好听的。”

“我说过的话哪次没做到？”

“真的？我考得上的学校你又考不上。”

“在一个城市就好了嘛。”

“如果不能在同一个城市呢？”

“为什么不能在同一个城市？”

对啊，为什么？陈见夏说不清，冥冥中好像在期待一个糟糕的变故，并不是闲得没事非要诅咒自己，只是不相信一切可以尘埃落定。

三十九

挪威的森林

下午班委会结束时刚好响起了下课铃。按理陈见夏应该和团支书于丝丝结伴去后勤部办公室领取新发放的扫除用具，她正烦心，一个男生在一班后门探头探脑，于丝丝脸上流露出一丝不耐烦，和楚天阔耳语了几句就跑了。

“她初中同学找她，”楚天阔对见夏说，“我替她去吧，毕竟你一个人拿不了。”

见夏朝教室后排张望，男生长了一张让人没什么印象的脸，一晃就不见了。能避免和于丝丝同行，她巴不得，屁颠屁颠跟着楚天阔从前门离开了。

刚拐进行政区，楚天阔忽然说：“昨天，补课班下课，我都看见了。”

见夏心里咯噔一下，但也没有很慌张。楚天阔是一个完美端正到无可指摘的人，完美的含义也包括不对其他人的出格行为大惊小怪。见夏确信他会尊重，也会漠视。

“看见就看见呗。”她板起脸。

“你怎么不问我看见什么了？”

“有意思么？”

“你这个反应才没意思。”

陈见夏耷拉下眼皮：“那你再给我一次机会呗。”

楚天阔扬扬眉，再次说道：“我都看见了。”

“你看见什么了？”见夏夸张地惊慌道，“你、你别胡说！”

她第一次看见楚天阔笑得那么开怀：“陈见夏你演技太浮夸了！”

两个人正在行政区走廊拐角大笑，一个身影抱着卷子转过来，看到他们的样子停住了脚步。

“啊，”见夏收不住笑，“是你啊。”

见夏本想多聊几句，凌翔茜却只朝她微笑点头，轻盈地侧身离开了。她有些尴尬，瞄了眼楚天阔，解释道：“我们认识，在一个补课班。”

“我当然知道。我就在你们隔壁上物理竞赛，否则昨天怎么目击到的？”

“那她是为你去上补课班的吗？我早觉得奇怪，她是文科班的，成绩又那么好，干吗数语外三科都补，补了又不听讲。肯定是为你去的。”

见夏和凌翔茜始终没能熟悉起来。白天不在一个班，晚上补课班的座位是先到先得，见夏因为要看着班里扫除，总是去得比较晚，每次都坐在最后几排吃力地看板书。灯光发蓝，很像验钞机发出的紫色光，每个人都被检视得那么清楚，再也不会有昏暗巷子里卸下心防的短暂瞬间了。

这种无聊的臆测，楚天阔向来是不回答的，只是忍不住回头，凌翔茜的背影早已消失在转角。

见夏注意到了：“其实，你和她相处得也挺好的吧？”

“你怎么那么爱八卦，每次都提，烦不烦？那小子我还记着呢，害咱们班禁赛的就是他，听说处分都是家里帮忙摆平的，陈见夏你个叛徒。”

“你别转移话题，”见夏有点心虚，“在别人面前道貌岸然也就算了，在我面前你也这样，到底有没有把我当朋友？”

“我没转移话题。你告诉我，什么叫‘对一个人好’？”

陈见夏斟酌许久才回答：“‘对一个人好’就是……就是陆琳琳和于丝丝都找你借过书、问过题，你十次里有九次都能找到借口躲开，但是凌翔茜找你，你就会见她。虽然你躲于丝丝她们是笑着躲，见凌翔茜是板着脸见，但你就是要见她。”

陈见夏发觉楚天阔的沉默，猜想他一定是听进去了，愈发自信：“所以我个人认为，这种区别，就是‘对一个人好’。”

没想到楚天阔只是勾勾嘴角，语气轻松地反问：“按照你的理论，愿意花时间在这里跟你废话，是不是代表我也在对你好？”

见夏傻了，他都往前走了好几步她还呆愣在原地。楚天阔无奈地揉了揉眉心，解释道：“我说着玩的。”

陈见夏松了一口气。

说来奇怪，以前就算楚天阔说这种话，她也万万不敢当真，现在竟会有一瞬间信了。

有时她觉得自己也很好、自己也不错，值得被好好对待，渐渐染上了公主病。

因为最近她的确把自己当公主。

陈见夏沉浸在自己的想法中，不知不觉把楚天阔晾在了一边，从学校后勤部出来才重又提起：“那班长你觉得什么是‘对一个人好’？”

楚天阔摇摇头。见夏习惯他狡猾，没继续追问。下午第三节自习课的铃声响过，走廊里很安静，他们经过一扇很大的窗，孱弱的冬日夕阳没入远处地平线的厚重云层，楚天阔望着出神，突然将扫除用具都随意扔在了脚边，慢慢开口：

“你有没有看过一本书，叫《挪威的森林》？”

见夏摇头：“我没有。”

不过李燃窝在必胜客沙发上看过，她也想翻阅一下，被他抢回去，说里面有不适合她看的内容。

“里面有一个女主角叫绿子，她举了一个很小的例子，比如，她想吃一种蛋糕，对她好的人就应该屁颠屁颠地去买，买回来她却不想吃了，要扔掉，对她好的人也不会不高兴，更不会因此觉得她人品糟糕性情古怪……大概就是这样吧。”

见夏逗他，“难道你觉得‘对一个人好’是受折腾还不许不高兴？”

“不。”楚天阔没有笑，俊朗的面容浮现从未有过的真挚，“能容忍这种折磨的，才是真的对一个人好。

“人都是丑陋而不自知的，却又无法忍受他人的丑陋面，所以，要怎么做才对呢？一辈子制造幻觉来维系对方的好感吗？”

陈见夏被他绕晕了：“天啊，班长，这段话真不像你，倒像日本人，我高一学《花未眠》就没看懂，你可不要变成川端康成。”

“怎么就不像我说的话了，我应该说什么？！”明月照沟渠，楚天阔有点恼。

“你应该是那种一肚子坏水却一开口就流利背诵共青团章程的人。”

陈见夏半是揶揄半是崇拜，楚天阔成功被逗乐了。

气氛轻松了，见夏才慢吞吞地说："人不是丑陋而不自知，人正是因为知道自己有多丑陋才会拼命伪装。但是我觉得，如果平时也要装，在重要的人面前也要装，还有什么意义呢？完全没区别嘛。也许暴露真我会被嫌弃，但总要有一个人先展露出真实，才会有机会遇到同样真实的对方啊，总要有一个人先迈出这一步的。"

见夏想起刚刚凌翔茜落荒而逃时的仓促笑容和夜晚小路上沉静的忧伤，心里软软的。她暗示楚天阔，"说不定，对方早就不想维持假象了，反倒是你在逼她继续伪装，你觉得呢？"

也不知道楚天阔到底听没听出她的弦外之音，他安静片刻，又想要用弹她脑门来结束这场不知所云的谈话，刚一伸出手就缩了回去。

"怎么了？"

"我怕挨揍。"楚天阔微笑着揶揄回去。

陈见夏脸红，军训第一天李真萍还真没冤枉她，一语成谶。楚天阔促狭一笑，抱起扫除工具先回班了。

反正是自习课，见夏索性多留一会儿，她双手撑着跳坐到窗台上，静静看天色暗下去。

有些人轻盈得像飘落水面的羽毛，有些人则是冰山，碧空如洗映照着晶莹尖顶，海面下却隐藏着巨大的真实。

楚天阔和凌翔茜应该都是冰山，她自己恐怕也是，一座小一点儿的碎冰。那李燃是什么呢？偶尔在水面上投下阴凉的云彩吗？让她不至于被阳光烤化，融入面目模糊的海洋；让她可以放心地拥有一块蛋糕，拿到手又改主意随便丢弃……

心慌又一次席卷了陈见夏。

这么幸运的一切，为什么会发生在她身上？这说不通。

难熬的冬季终于过半，期末考试在一片死气沉沉中到来。见夏成绩比上一次略有提升，重新杀回了班级前二十，虽然仍不能令她满意，至少说明补课班还是有点用处的。

回乡长途大巴车的暖风居然坏了，见夏挨了几个小时的冻，终于踏进家门，第二天就重感冒了。这场病开启了寒假的序幕，一直持续到过年，烧了退退了烧，反反复复，正好给了见夏妈妈照顾女儿的机会。因为补课而起的冲突自此揭过不提，和她成长中的每件事一样，就那么莫名其妙地揭过去了，仿佛没发生，却又实实在在留下了点痕迹，只是谁都不去凝视它。

除夕夜八点多钟，爸妈和弟弟一起到楼下的十字路口给奶奶烧纸，见夏咳嗽还没好利索，得了特赦留在家里，趁这个机会偷偷给李燃打电话。期末考试前李燃请假去参加住在邻市的姨奶奶的葬礼，据他自己说，其实他根本不认识这位姨奶奶，但是面对期末考试，他毫无疑问选择了孝道。

“你走的这段时间，错过了特别多好玩的事情，”见夏蹲在茶几旁，下巴抵在膝盖上，整个人攒成了球，细声细气地说，“咱们区的学校都要参加团庆的活动，考试前我们分组去的科技馆，你猜我在科技馆看到什么了？”

李燃故意道：“静电球。”

“你给我正经点！”见夏气笑了，“我看到了好多八卦！”

“一猜就是。谁？”

“我看到我们班长和凌翔茜单独在一起！”见夏说“单独”这个字眼

时放低了声音，即使知道客厅空无一人。

多亏了镜子迷宫，那两个人眼中重重叠叠的都是彼此，但见夏怕走错半步就被照见，愣是躲在后面大气不敢出，等到楚天阔和凌翔茜双双离开才颤巍巍探出头。

“那个迷宫很大，要不是亲眼从镜子里看到，我根本不敢相信！”

越羞越起劲，见夏笑了半天，“我想忍的，但没忍住，期末考试那天问他，他一下子就慌了——我们班长可是泰山崩于前而面不改色的，慌了就说明有问题！”

“无聊。”

“怎么，凌翔茜和我们班长好，你不高兴了？”

“没没没，”李燃忙不迭否认，“就是觉得不关心啊。你不说我错过不少事吗，还有别的八卦？”

“少装出感兴趣的样子了。不想讲了。”

“你这人怎么这么爱翻脸啊！好好好，我跟你发誓……”

“好啦好啦，”见夏急于讲八卦，没有继续作弄他，“我就是觉得吧，他俩可能是我撮合的。”

“真拿自己当回事。”

“我说真的！”见夏刚要跟他提自己和楚天阔聊村上春树的经过，突然觉得不妙，正如她不喜欢李燃和包括凌翔茜在内的初中同学聊天打屁，李燃也从来没看楚天阔顺眼过，多一事不如少一事，陈见夏半路刹车。

“呃，你不信就算了，我也说不清，”她含混过去，“哦哦哦，还有，你是不是有个初中同学叫林杨？学习很好那个，总考学年第二那个。”

“考第几我不知道，是我哥们儿，他怎么了？”李燃对楚天阔没兴趣，对凌翔茜不敢有兴趣，所以只能对林杨的事情拼命表现出积极性。

“我在科技馆也看见他了。你猜，他和谁在一块的？我以前的同桌余周周！我的天啊，我真没想到。”见夏用气声发出尖叫，像被踩了尾巴的猫。

李燃啼笑皆非：“陈见夏，你是不是太闲了点？”

“你懂什么，”见夏扳了扳脚趾。

“你就是觉得别人也和你一样，你就安心了。”

“说什么呢！”陈见夏尖叫。

李燃早就习惯了，在电话那边不好意思地嘿嘿笑了几声，转了话题：“这个冬天赶紧过去吧。我爷爷病情好转了，再过段时间，就能回家了。”

“啊，太好了，”她已经听到了家人上楼的脚步声，连忙说道，“天暖了就去看爷爷。我先挂啦！”

这一年开春很早，天气转暖就在眨眼间，街道两旁的树都绿了，嫩嫩的，惹人怜爱，枝条迎着温柔的春风招摇。

一班的生活平静无波。然而，期中考试刚结束，流言便悄然传遍了全班：连着请了四天假的班主任俞丹很可能没有生病，而是怀孕了。

见夏偷听过俞丹的电话，自然没有其他人那么惊讶，甚至替对方松了口气，心想，到底还是怀孕了，婆婆和老公不会再一起逼迫她了吧。

她这么讨厌俞丹的人都愿意送出祝福，其他人的反应却十分微妙——表面上自然是为俞老师高兴的，实际上，大部分同学希望更换班主任，一批比较团结的家长已经在私下组织秘密集会，希望向学校施压。

这个消息是陆琳琳告诉见夏的。

生孩子之前要养胎，生完了便要坐月子，现在是五月，据推算，俞丹的预产期在明年二月，正好把整个班最重要的高考一轮复习阶段全面拖了过去，这不是坑人么？

就在对俞丹愈演愈烈的声讨中，二班月考平均分第一次超越了一班。

这边抓贼，那边就递来了贼赃。俞丹请的这四天假，真是亏大了。

见夏隔岸观火。趁着班里焦头烂额，她和李燃约了周六下午去他爷爷家拜访。

李燃在宿舍楼马路对面等她。陈见夏特意穿上了自己最好看的春装，浅蓝色的小衬衫，翻着小圆领，还佩戴着李燃送给她的小鹿领夹，神气又精神。

出租车开进两人一起去过的老居民区，见夏把头探出窗外，望见清真寺顶的星月标志在楼宇间一闪而过。她忽然有点忐忑，如果李燃的爷爷不喜欢自己怎么办？

爷爷一定是个很睿智豁达的老人，懂得那么多，经历过那么多，会不会一眼看穿她的小家子气？自己该怎么表现最好的一面？莫非要把学年大榜贴在脑门上？这次考了五十名开外，整张脸恐怕都贴不下。

一边想着一边随李燃爬楼，陈见夏气喘吁吁地弯下腰，拄着膝盖要求歇一会儿，抬眼一瞧，竟然才爬到五楼。

“你爷爷刚生过病，每天爬上爬下受得了吗？他住几楼啊？”

“顶楼，八楼，”李燃也有点喘，“我爸说过多少次了，要把他接到家里，家里有电梯。说了好几年了，我也劝过，他不乐意。”

“为什么？”

李燃歪脑袋想了一会儿：“我也问过，他不说。我猜，可能是觉得如果和儿女住到一起，自己就会变成一个包袱，一个需要人照顾的快死的老头子。他不想变成那样。”

见夏有些忧伤，深吸一口气：“继续爬吧！”

防盗门向外打开时，她紧张到脸僵，还没看清老人的面孔便深深鞠躬下去大声喊，爷爷好！差点一头将站在前面的李燃顶翻，自己额头也撞得生疼。

陈见夏听到李燃爷爷特别明朗的笑声，突然就平静了下来。

“丫头好，快进来。”爷爷笑着说。

陈见夏低头换拖鞋，发现自己那一双棉拖是粉色的，上面绣着一只白色小猫。李燃在她耳边轻声说：“我提前跟我爷爷说了你要来，他特意去商场买的。丑死了。”

见夏心里暖得不行。

李燃的爷爷已经七十四岁了，个子很高大，略微有一点点驼背，理着平头戴着眼镜，头发几乎全白了，病愈后仍然有些虚弱，笑起来皱纹缝藏住老年斑。他眼睛的形状和李燃很像，陈见夏控制不住地开始幻想李燃老了又会是什么样子。

爷爷给他们沏茶，端到茶几边才一拍脑门，指着李燃道：“小孩不喜欢喝茶，你也不提醒我。你下楼买那个什么……买可乐去。”

李燃拨浪鼓似的摇头：“爬一次楼就够我受的了，我才不去。”他转头看坐在旁边的见夏：“你是不是也很喜欢喝茶？就喝茶吧，茶挺好喝的，别那么多毛病。”

见夏忙不迭点头，开始卖乖：“不麻烦不麻烦，那个，爷爷这是什么茶啊？真香。”

李燃爷爷笑了："丫头喝得出来不？这是我老伙伴给我邮过来的六安瓜片。"

六安瓜片是什么，不应该是一种瓜吗？陈见夏冒着冷汗笑道："我以前在我爸的领导家也喝过，没这么好喝。"

李燃爷爷高兴了，李燃却耷拉下眼皮：你就扯吧，马屁精。

"丫头叫什么名字？"

陈见夏立刻放下茶杯："我叫陈见夏，也在振华读书，是李燃的好朋友。"

好朋友。爷爷脸上流露出微妙的笑意，转头一巴掌拍在李燃后脑勺："臭小子！长大了呵。"

陈见夏红了脸，早都被看出来了就她还在这里装。爷爷揍完了李燃就转向陈见夏，笑眯眯地嘱咐："一看就是个学习好的孩子。以后他犯浑，你就踹他。"

好，踹他。陈见夏觑向李燃，乐不可支，说话也大胆起来："爷爷放心，我一定带着李燃好好学习，积极进步。"

李燃噗地一下把茶喷了满身，见夏有些窘，李燃爷爷却没有笑，好像被这句话勾起了什么回忆，有点发愣。

任凭李燃强烈反对，李燃爷爷还是拿来了他小时候的相簿，见夏翻开第一页，看看那个戴着红色小瓜皮帽的周岁宝宝，又抬头看看对面脸绿如瓜的十八岁少年，愈发开心。见夏中考完那年随爸妈去做客，主人硬要她看自家儿子刚拍的婚纱照，还不许翻得太潦草，一张张给他们解释每张是在哪儿拍的，背景是上海外滩还是城隍庙，陈见夏对着新人被画成猴屁股般的红脸蛋如坐针毡。此刻，她却恨不能朝李燃爷爷借来老花镜细细欣赏李燃长大的每一步：捂着耳朵伸长胳膊点鞭炮的李燃，在爷爷斜挎着的邮差包里探出圆圆脑袋的李燃，骑在木马摇椅上笑容灿烂的李燃……

她正要往下翻页，手突然被面红耳赤的李燃给摁住了。

“这张不能看！”

陈见夏乖巧点头，在李燃放松警惕的瞬间迅速从他手中抽走相册跑着看，爷爷笑眯眯的视线跟着他们绕布沙发打转。李燃很快调转方向逆时针逮住了见夏，从她怀里再次夺回相册。

在他松口气的瞬间，陈见夏轻声问：“你为什么头上套着个痰盂？”

爷爷大笑起来。

爷爷说，搪瓷红双喜痰盂是老邻居家孩子结婚时备的，没用上，邻居知道老爷子自己带孙子不方便，就送给小孩子起夜时当尿盆。李燃从旁一再强调，完全没用过，是新的，崭新崭新的！

可能因为太新了，四岁的李燃就把它套在了脑袋上。当时究竟怎么想的，恐怕他自己也记不得了，但他清晰地记得自己被卡住的那一瞬间——搪瓷盆敞口大肚小颈，戴着顺，倒着却怎么拔也拔不出来了，他慌得满屋子跑，一头撞在墙上，坐了个屁股墩儿，终于哇哇大哭着喊爷爷。

爷爷忙什么呢？爷爷忙着开抽屉拿他的海鸥牌照相机。

见夏看得不亦乐乎，一下午时间过得非常愉快。道别时红霞漫天，两人一前一后慢慢走下楼，夕阳透过小气窗洒在见夏脸上。

“刚才我是不是很傻？说带着你一起积极进步。”

李燃笑了笑。

“你那么说，让我爷爷很伤感啊，”李燃感慨道，“他肯定想起我奶奶了。”

“你奶奶什么时候去世的？”

“在我很小的时候就心梗去世了。我爷爷以前是资本家大少爷，后来家里资产都被没收了就去当邮差；奶奶是贫下中农，根正苗红的，在那个年代，我爷爷可配不上我奶奶。不过我小时候总听我奶奶开玩笑，说自己是舍身取义带着我爷爷积极改造、共同进步的。”

“最后改造成功了吗？”

“近墨者黑了。”

两人一齐笑了。见夏捅捅李燃：“你说我会不会也被你带坏？”

李燃诧异：“怎么会？”

她声如蚊蚋，脸庞被落日染得通红。

“近朱者赤近墨者黑。”

但他还是听到了。

四十

山雨欲来风满楼

期中考试见夏考了班里第十名，学年四十三，进了前五十，比上一次又有进步。她坐在必胜客里咬着笔杆对学年排名榜单目不转睛，细细研究每一位同学每一科目的长短板，直到李燃拽过单子，故意逗她："考好了就这么高兴？这东西到底有什么好看啊，下次考试是要默写名次吗？"

见夏脸有点红。她在教室里对成绩单瞟都不瞟一眼，发到手便直接塞进书包里，只有在李燃面前，她才敢放大这种得意。

但这也是因为我善良呀，见夏想，否则我可就放在课桌上当着于丝丝的面研究了。

于丝丝的成绩中游偏下，从摸底考试至今一直徘徊在四十名左右，即使见夏再讨厌她，也从没有拿成绩的事情去刺激过对方。

想到这里，她不由得将目光落在榜单最前列。楚天阔这次只考了班级第二名，学年第六，听说是考试当天发烧了，发挥失常。

男生女生们起哄笑他"你也有今天"。楚天阔自己也笑："落井下石，平时白罩着你们了。”

大家都觉得，这不过是楚天阔的一次小小的失利，以他平日的为人，怎么调侃都伤不到他，何况他应对得如此磊落大方。

这个“大家”里不包括陈见夏。

她想问一句班长你真的没事吗，开口前朝楚天阔看过去，她担忧的眼神让他一愣。见夏感到丝丝凉意传过来，漫过午后热闹的人群，笼罩了她。

那是楚天阔这座冰山藏在水面下的真相，她不能再靠近了，再近一点点就会触礁。

她正咬着自动铅笔的尾巴发呆，必胜客的门被推开了，一个男生走进来，校服外套下摆被门把手勾住，差点把他绊了个大跟头，连校服里面的绿色 T 恤都被扯歪了领子。见夏扭身看，男生臊眉耷眼的，有些面熟，但想不起来究竟在哪里见过，总之他那一身振华校服不是什么好讯号，她扫了一眼便连忙低头，背对着门，尽可能让额前一点点碎发遮住脸。

倒是正对门坐的李燃目不转睛。

“李燃？”男生惊讶的声音从见夏背后传来，“她是……”

感觉到男生步步靠近，见夏吓得头愈发低，整个身子都朝座位里侧转。李燃立刻注意到见夏的窘迫，霍然起身，男生迅速后退，仿佛李燃是条挣脱了锁链的恶犬。

“我请的家教，关你屁事。你是不是挨揍没够？”李燃淡淡地说。

男生几乎是逃出去的。餐厅呈 L 形，他从后门进，前门出，拐直角弯的时候再次被桌子挂住书包带，这次结结实实地摔了个大马趴，连滚带爬地消失了，滑稽得仿佛 Tom and Jerry。

陈见夏不知道该不该笑，情绪大起大落，她蒙了。

“这人是谁？”

“梁一兵。”

陈见夏更傻了：“他怎么穿着振华校服？”她还记得李燃说过梁一兵因为考砸进了普高愤愤不平。

李燃这才和见夏提起，梁一兵早就来振华借读了。“高一下学期来的，跟我一个班，还竞选上了我们班班长。”

“办进振华借读可不容易，”见夏感叹，“你不是说他家里有点困难吗，看来有点本事的。”

“可能吧，谁知道呢。”不知怎么，李燃愈发不自在了。

见夏不想轻易放过，继续损他，“你别说，我还真理解于丝丝了，虽然没看清楚他长什么样子，但我要是于丝丝，我也找你不找他。”

“笑什么！”李燃用暴躁掩饰羞涩。

“你俩把话说开了不就好了吗，CD 机那事儿你们仨都有责任。他送礼物不署名，活该；于丝丝不喜欢还吊着他，活该；你碰见漂亮女生就动心请吃饭，轻浮，你也活该。”见夏轻轻敲击着桌子，无视李燃变色的脸，“大家都无辜，大家也都有错，怎么现在还记仇？是你太凶了吧？你刚才还威胁要揍他，你以前揍过他？他开学用 CD 机砸你的头你到底还是报复回去了吗？”

李燃不正面回答，见夏就一直唠叨，终于把他逼得没辙：“不是我不跟他说开，是他恨我！”

陈见夏扑哧笑出声。

李燃抓狂了：“笑个屁。他是真的恨我，不是讨厌，是恨。他转学过来那天晚上我主动找他吃饭来着，许会他们也在，我们都是从小就认识的，梁一兵指着鼻子骂我，说我显摆，他靠自己我只会靠我爸，他从来没有瞧得起我，祝我们全家早晚散尽家财不得好死。”

李燃的语气像幼儿园告状的小男孩，陈见夏哭笑不得，“既然是他骂你，怎么现在看见你吓成这样？”

李燃有点不好意思。

“我当然就、就揍他了啊。”

陈见夏哈哈大笑，笑完有些后怕，庆幸自己刚刚没穿振华校服，也没和梁一兵打照面，“家庭教师”的说辞也过得去。她这两年长了不少经验，每次和李燃出门都记得先把校服脱下来，同样地，她也不让他穿。高二下学期有次在商厦门口遇见陪家里人逛商场的王娣，她立刻说李燃是她老家县城来的弟弟，把李燃气得鼻子都歪了，招呼不打一个就往门里走，见夏接着在他身后补充道：王娣、叔叔阿姨别介意，我弟就这样，不懂事，光长个子不长礼貌。

王娣人比郑家姝憨厚许多，笑着跟她聊了几句就散了，倒是李燃闹了小半天脾气，见夏最后去买了他喜欢的麦当劳甜筒给他赔罪。两个人都知道没什么好生气的，但他闹脾气也是乐趣，什么事都能是乐趣。

“不过，你真能瞒啊，”见夏歪头审视他，“梁一兵来振华借读的事情你怎么从来没说过？”

李燃笑了：“有什么好说的。我俩在班里基本不说话，而且，一提他你又会想起于丝丝 CD 机什么的，影响心情，最后遭殃的不还是我。”

陈见夏知道自己爱使小性子，不吱声了。她觉得好笑，更觉得新奇，本以为和李燃已经非常熟悉了，却依然能每天发现一点点新秘密，他平日口无遮拦，肚子里却也能藏这么多事。

“还有什么瞒着我？”

她想逗逗他，没想到李燃真的想到了什么，嘿嘿干笑着拉住了她的手：“有件事我昨天没来得及跟你说。你不许生气哦。”

“那可不一定。”见夏警惕地抽回了手。

“那我不说了。”

见夏瞪他：“那我现在就生气。”

李燃从善如流，竹筒倒豆子一般：“我说我说。昨天，我请凌翔茜喝奶茶来着。”

见夏面沉如水，死盯着他，等待进一步解释。

“是她给我打的电话！我们好久没联系了，真的好久了，她忽然打给我，说想回我们初中对面的西饼屋坐一坐。我一听她带哭腔，挺可怜的，而且你回宿舍学习了，我正好也没什么事，就……”李燃嘿嘿干笑，窘迫地挠了挠额角，停顿片刻突然说，“你们班长，真不是东西。”

“啊？”话题突然转换，见夏没反应过来，“你怎么老针对我们班长，他人很好的。”

“好个屁。”每次见夏迅速维护楚天阔，李燃便格外不爽。

“你别这么说。”见夏纠正。

李燃迷惑地眨眨眼，陈见夏的封建评论令他感到不可理喻，但没有纠结于此：“我说真的，他们闹翻了。好像就因为他没考好。呸，你听说过这种理由吗？没考好就怪别人让他分心了？而且，从学年第一跌到第六也他妈叫‘没考好’？这不欠揍吗？又不是高考，他是不是有病？”

“你用得着那么义愤填膺吗！每个人都有自己的难处！”见夏不乐意听，倒不仅仅是因为见李燃替凌翔茜出头而吃醋，更多的，是一种说不清道不明的理解。

她理解楚天阔。

“难处是什么？难处是学习不能分心？你不觉得这跟颧骨高的女人克夫一样是迷信吗？你怎么就没分心，还越考越好了？”

“我……”见夏无力辩驳，“我跟你说不清。别人的事少管。我跟你说了多少次了！”

陈见夏不想继续这个话题，虽然她平时最爱听李燃讲八卦。她把成绩单夹进课本塞回书包里，说：“我要去补习班了。”

李燃怔怔地看着她起身，忽然说：“我可是清清白白地去见她的，你别，你别……”

陈见夏笑了：“别什么，别作你？”

她促狭的样子让李燃脸红了，急急地一摆手：“去吧去吧。”

见夏推门离开，背对着他笑了。她早就不是当初那个天真烂漫的小姑娘了，全因为内心充盈着笃定自信。

因为振华承办活动，比平时放学早，此时天竟还亮着，陈见夏背着沉重的书包站在十字路口等绿灯，脚下踩着几片落叶，楼宇间的霞光照得她满面绯红。她蓦然想起，离开李燃爷爷家时，似乎也有过同样温柔的晚霞。

那时李燃说，我爷爷奶奶分开过好多年，因为我爷爷被发配到新疆劳动改造去了，但他们始终在等对方。我觉得那个年代的人真难得，不知道明天会发生什么，但都愿意咬着牙等。

见夏沉默。别无选择的等待倒也不难，难的是前方诱惑滔天，却仍然愿意停在原地，回望着某一个不知何时才会出现的身影。要怎么才能做到呢？

那一刻，她轻轻地笑着说："我们各自都要好好的，不要吃那种苦。"

相濡以沫，不如相忘于江湖。

第二天早自习预备铃打响，陈见夏赶在值周生到来之前擦拭着前后门梁上的灰尘，忽然望见凌翔茜背着书包从楼梯口走过来，垂着头不知在想什么，顺势就要进二班后门。二班是凌翔茜高一文理分科前的班级。

"凌翔茜？"

陈见夏的声音唤醒了她，她惊惶地抬头看了看班级门牌，然后疲惫地笑了："走错了。谢谢你。"

她没有看见夏，像个游魂一样要转身上楼，陈见夏目送她离开，然后回头看向自己班里，楚天阔坐在靠窗最后一排，正转着笔思考一道题目，同桌跟他说了句什么，他嘴角一扬，捧场似的笑了笑，眼睛一直盯着习题册。

见夏再八婆，也从来没有就期中考试或甩凌翔茜的事情询问过楚天阔。见夏扔下抹布，跑去水房洗手。清冽的水冲过她白皙的手背，门外传来早自习正式开始的铃声，她突然一阵气闷。

一班最近的日子很难熬。

期中考平均分低于二班，连学年第一名都被二班的林杨夺走了，俞丹偏偏一直没精打采的，隔了几天又请病假，让四班班主任帮着带班。班里的不满情绪越来越浓。终于，几个家长代表带着三十多人亲笔签字的联名书，一起去了校长办公室。

所有人屏息凝神，关注着后续的发展。

星期五下午，教导主任把一班班委会八名成员都召集在了自己的办公室里静候，一个一个带去校长室谈话，谈完了直接回班，不许透露谈话内容，也不许私下讨论。

第一个是楚天阔，然后每五分钟教导主任会进来唤下一个人；办公室的学生越来越少，最后只剩下了于丝丝和见夏。于丝丝破天荒主动压着嗓子搭讪见夏："如果俞老师真的怀孕了，你希望换班主任吗？"

陈见夏知道自己应该说些场面话，她已经不是高一开学时医务室里被于丝丝牵着鼻子走的傻妞了，然而让她虚情假意地力挺惹人厌的俞丹，哪怕是面对阴险的于丝丝，她依然做不来，只能敷衍地摇头："怀孕的事不能瞎说。"

"你是暗示，你不希望她怀孕？"于丝丝果然不怀好意。

"你呢？"见夏目光灼灼地反问，"别光问我呀。"

适时响起的开门声给于丝丝解了围，不等主任喊名字，她便主动起身跟着离开，临走前意味深长地瞟了陈见夏一眼。

不知是不是一个人在冷清的办公室太难熬，见夏觉得于丝丝的谈话时间比别人长。终于轮到她，经过安静的行政区走廊，她轻轻敲门走进副校长办公室。

"坐。"

办公室很大，见夏是第一次进来，半个屁股坐在办公桌对面的沙发里，沙发却意外地软，她后仰陷了进去。副校长是个五十岁左右的女人，卷毛短发，微微发福，坐在背对窗子的老板椅上，看不清表情，也不说话，仿佛还在整理和上一个学生聊后的思绪。

陈见夏蓦然想起，差不多两年多以前，她懵懵懂懂地被叫进县教委办公室，那里比振华校长室小得多，一面墙贴满奖状，正中的玻璃柜陈列着各种看不清名目的奖杯，陈设正派又土气，“沙发”是椅背带雕花的长木凳，硌得她屁股疼，但顾不得了，她心急如焚，当时传什么的都有，爸爸单位还有幸灾乐祸的同事透口风，说她或许是成绩出了什么问题，被重新阅卷，板上钉钉的县中考第一怕是要丢了。

和她讲话的领导还故意卖关子，叹气，说，陈见夏同学是吧，唉，你恐怕是进不了县一中了。

陈见夏面无表情。她彻底傻了的时候就这样。

反被领导理解为临危不乱，很快便自揭谜底：“振华今年全省范围内特招各县市特优生，咱们县就一个，就是你。”

那一刻的心情原本历历在目，两年后坐在振华更宽敞舒服的沙发里，汗津津喜滋滋的记忆却褪色了，她怎么都想不起来自己是怎么回答的，有没有激动地站起来，说没说“谢谢老师”，鞠躬了没有……

见夏默默回忆着，直勾勾地看窗外大雨将至的天空，突然打了一个寒噤。

“你叫什么？在班里做什么班干部、考试考多少名？”副校长终于开口了，走程序似的，声音很疲惫，问话时也不看她，只低着头在纸上写写画画。

陈见夏一一回答。

副校长叹气：“哦，你是外县过来的，我有数了。那个，你大概猜到要问什么了吧？你们俞老师怀孕了，预产期在明年一月底。找你来也是想征求一下你个人的意见。你觉得俞老师平时带班怎么样？”

把俞丹赶走。

陈见夏听到脑海深处的声音。

然而她没有这样说。

走出校长室后她给李燃发短信，问他自己为什么没办法抓住机会对讨厌的人落井下石。

李燃的回复很简单：落井下石是贬义词。而你是个好女生。

她终究不是坏人。俞丹虽然对学生多有敷衍、思想守旧、功利心强，但总体还是个规范的老师，如果不是被老公和婆婆逼迫，她怎么会选择在这个时候怀孕。陈见夏自己不是一个离了老师就没办法自律学习的调皮鬼，那她就抬抬手，让俞丹回来做一个摆设吧。

李燃不是说了吗，众生皆苦，那就给彼此一点慈悲。

陈见夏正笑眯眯地盯着手机，忽然听到脚步声从旁边逼近。她惊惶地抬头，看到俞丹急急地走过来，眼神从她还没来得及收起的笑容滑向紧闭的校长室大门。

不施粉黛的俞丹看上去仿佛老了十岁，头发随随便便扎在脑后，漏了几丝在外面，有些落魄，眼里却燃着火。见夏从未见过这样的俞丹，战士一样的俞丹。

俞丹没敲门，拧开门把手的声音仿若子弹上膛，她把碎发绾在耳后，大步走了进去，不轻不重关上门。

校长室隔音很好，陈见夏站了一会儿，觉得有些冷，只好回班。

几天后，陈见夏在涮杯子，陆琳琳从女厕所拐出来洗手，站到她旁边，神神秘秘地问：“你听说了吗？俞丹不走了。”

好像就在这半个月里，大家嘴里的称呼突然就从“俞老师”变成了“俞丹”，仿佛她已经是和他们一班没有丁点关系的一位中年妇女。

“我听说，俞丹在教育系统找了后台，而且跟校长又哭又闹，说学校这是要逼死她，一尸两命。”陆琳琳眼睛里都发着光。

就是在自己离开后去“闹”的吗？见夏陷入沉思。即使无意偷听过俞丹低泣的电话，她心里磨灭不去的印象仍是办公室里慢慢悠悠阅读母婴杂志、往保温杯里添热水的假菩萨，无论如何也难以想象对方能“又哭又闹”到什么地步。

“后来学校答应俞丹不换班主任，俞丹答应坚持上班直到生之前，而且产假只休两个月，高三第二次模考前就回来带班。”

“你怎么知道这么清楚的？”见夏忍不住询问。

陆琳琳矜持地一笑，没有回答，反倒故作担忧地看了看见夏：“你还是多操心你自己吧。俞丹听说学校对班委会调研的时候有学生说了她坏话，希望她调走。估计她回来了肯定会查个清清楚楚，不会轻饶你们。”

这才是陆琳琳和她碎嘴的重点吧。见夏不由松了口气，幸亏她在关键时刻做了个“好人”，否则俞丹卷土重来的时候，她肯定不知如何自处了。

请假多时的俞丹在下午第一堂语文课缓缓走回班里，不再遮掩孕态，手轻轻抚着后腰，即便她根本还没显怀。俞丹没有急着说什么，而是微笑环视全班。师生之间发生了这么多暗斗，她一如既往地用淡然目光一笔勾销，粉饰太平向来是她的拿手好戏。

“一直想告诉大家一个好消息，明年我要生小宝宝了。”

班里人对这个不新鲜的消息发出振奋而喜悦的惊呼，掌声从稀稀拉拉到满室轰鸣。

这是给胜利者的掌声，是求和的信号，然而胜利者俞丹的表情却有点复杂——无论用心与否，她毕竟带了他们两年，她亲手教他们唯成绩而论、六亲不认，结果，全班第一个不认的就是她。

你会有一点伤心吗？陈见夏想。

见夏也微笑着鼓掌，安心做群众演员，直到俞丹的目光停留在了她身上。

这个方向坐了很多学生。可见夏就是觉得，俞丹是在看她。

看了很久很久，直到掌声平息下来，俞丹才莲步轻移，在黑板上写下新课文的标题。

一只看不见的手轻轻地卡住了见夏的呼吸。她感觉得到。

四十一

最后的夏天

初夏轻盈软嫩的枝条经过几天曝晒后迅速沉淀成一片油汪汪沉甸甸的绿，夏天来得很快，却不像冬天那么突然，也许因为它是被期盼着的。

准高三的学生们都要参加暑期的学校集体补课，一个半月内尽量把课程进度赶上去，九月开学的时候，全年级一齐开始第一轮复习。

见夏是高兴的。相比回县城感受全家因为弟弟升入压力巨大的初三而天天吵架的氛围，她更喜欢夏日午后趴在桌上一边审题目，一边看着李燃偷偷送过来的冰柠檬茶杯壁凝结满满的水珠，在桌角积成一摊，顺着偶然吹进来的一阵清凉的风，缓缓流向她。

下午第二节课后，陈见夏独自穿过日光毒辣的升旗广场，朝着对角线方向的小超市走过去。远远看见一个瘦高的男生蹲在门口，叼着一根冰激凌，默默注视她一步步靠近。

她目不斜视，走到门口莫名跺跺脚，好像这一路沾染了满鞋面的积雪似的。陈见夏一只手摸着晒得通红的脸颊，一只手拉开廊外冰柜的玻璃门，翻找冰激凌。

“老板，还有奇彩旋吗？”见夏朝屋里喊。

“最后一根被我吃啦。”李燃轻声说着，仰头吐出被色素染成橘色的舌头，愈发像一条狗。

见夏忍着笑，绷住“跟你不熟”的脸，合上了冰柜。

小超市货架间只有寥寥几个学生，老板拄着下巴在收银台前盯着便携小电视看得入神。

他们一起去了晚秋高地，坐在背阴处吃冰激凌。陈见夏絮絮说着班里的近况。

除了做产检，俞丹每天都照常来上班，只是坐着“上班”而已——语文成绩本来就主要靠个人积累，平时很少有人求教；更何况，谁敢频繁跑去办公室劳动一位孕妇？

苦了楚天阔。他一边准备全国数学联赛——竞赛成绩直接决定他是否会被保送清华北大，一边还要应对越来越频繁的月考，同时处理着俞丹撒手不管的一切班级事务……但他游刃有余，让所有人只有佩服的分。

这也让见夏愈加不解。既然这么多麻烦的事情他都做得来，不怕影响成绩，不怕耽搁前途，为什么偏偏这样对凌翔茜？一个能背起千斤巨石的力士，却说头上落下的羽毛太沉重，负担不起？

但她没有和李燃说这些。李燃狗嘴里吐不出象牙，一定会把楚天阔骂得很难听。见夏不喜欢听，也不想因为争辩而让李燃生气。

她为他的直接而犯愁，却也深深喜欢他这一点。

联赛结果公示，楚天阔拿了数学和化学两科的全国一等奖，获得了保送资格。

这也意味着，另一场战争，悄无声息地打响了。

见夏一边咬着雪糕棍，一边给李燃解释繁复的规则：“他们现在有了保送资格，但还是要参加高校分别举办的选拔，经过所在高中推举、统一笔试和面试的三轮筛选。我想申请自主招生加分也一样要扒三层皮。学校推举那一关，主要就看平时成绩累加，高分者得，这就是为什么很多明明拿到了竞赛一等奖的学生也在犯愁，因为他们要在一群一等奖里面拼平日期中、期末、月考成绩加总排名，那些偏科的、不重视月考的竞赛生现在都快崩溃了……”

繁复的规则让李燃眉头拧成了麻花，见夏看得好笑：“早就说了你肯定听不懂，偏要问。”

“谁问他们了，我是为了问你，”李燃气闷，“你不能保送，但是可以自主招生加分吧？想拿哪所学校的加分？保险起见，多报几所吧？”

见夏摇摇头：“班主任要平衡，不可能允许一个人占好几个学校的名额的。我呢，北大清华是不想了，全校只有二十个校长推荐名额，我的平时成绩根本排不进去。复旦人大交大浙大都是热门，我也打算放弃。”

李燃疑惑：“你上次不是排进了全校前五十吗？振华不是前五十基本都有希望冲北大清华吗，你自己考不就好了，怎么一提到自招就给自己降级这么多？”

见夏心里一暖，想起自己刚入学那次考了个学年第十六在老街上追着他让他夸，现在李燃已经记得住她每一次的排名了。

“我五次里能有一次进前五十就不错了，真考的时候万一砸了呢，能拿个加分就拿一个，自招竞争太激烈，我不想给自己目标定得太高。如果高考考得特别好，那我就放弃自招加分，报个更好的学校。”

“所以，”陈见夏的这一串算计再次让李燃脑壳痛，他直奔结论，“那你到底想去哪儿？”

“我仔细研究了几所学校的自招要求，排了一下，中山、南开、西安交大、武汉大学……哪个能争取到都算我烧高香了，反正我不要留在咱们省里，走得越远越好。”她扳着手指头，忽然转头问他，“你喜欢南京吗？”

“小时候去过一次，记不太清了。你喜欢？”

见夏没直接回答，反倒说起家事：“我家还能生我弟弟，是因为爸妈走关系给我办了个先天性心脏病的诊断书，县城抓得也不严，给了准生证，我爸工作也没受影响。但毕竟我没病，家里人还是提心吊胆的，风头没过去之前，不太想让我多见人。我小时候有个暑假被寄存到我爸爸工作的县城图书馆，阅览室阿姨是他熟人，帮忙看着我。那时候我读了好多关于南京的小说，有民国时期大作家写的，也有新中国成立后作家写的，五十年代初，抓漂亮的国民党女特务，《一只绣花鞋》《梅花党》什么的。”

见夏笑得露出一排小白牙，“我没去过南京，但我觉得会喜欢。要不我去申请南京大学的加分，好不好？”

李燃眨眨眼。报志愿本来就不是他能给出有效建议的领域。

“鸭血粉丝汤很好喝的。”憋了半天，他说。

他面红耳赤的样子让见夏满心温柔。

“那就这么说定了。”见夏说。

陈见夏在小学三年级的末尾，曾经体会过一阵“高考”的严酷。1998年，全国高校还没有开始扩招，大学生的身份还是十分金贵的，高考是真真正正的“过独木桥”。二叔家的大辉哥升入了高三，还算勤奋用功，然而成绩即使在县里的普通中学也只是不上不下，家里人对他的期望莫过于能考上一个大专。

1999 年的大年三十，见夏一家到奶奶家过年，大辉哥早早就从饭桌上撤了下去，拿着卷子去自己屋里复习。见夏站在敞开的房门口，看着大辉哥佝偻的背影，感觉他马上就要被台灯背后那个名为“高三”的阴影怪兽一口吃掉了。这时弟弟小伟跑过来，蹦上大辉哥的单人床去闹他，陈见夏阻止不及，两人一起被大辉哥吼得不敢动弹，小伟当场就吓哭了。

后续自然是二婶和见夏的妈妈为了儿子掐架，高考是大事，见夏妈妈自觉理亏，只好将矛盾转移到陈见夏身上，责怪她没看好弟弟，不懂事。

妈妈在一旁絮叨，越说越不像话，陈见夏难得没往心里去。她默默看着台灯下大辉哥的背影，突然被这个名叫高三的东西迷住了。背水一战，为理想奋斗，充实又紧张，所有人都为之让路。

中国孩子平淡的少年时光里，这是唯一的荣光与悲壮。

1999 年夏天，大辉哥赶上了中国高校首次扩招，招生人数增加了 48%，他稀里糊涂地考进了一所三本院校。三本也是本科，他居然成了一个正儿八经的大学生。二婶欣喜若狂，见夏妈妈也只能撇撇嘴说，不过是运气好。

当然，四年后这些扩招生们集体毕业找工作时，再也没有包办分配的好运气了。爸妈曾经以为孩子上了大学就彻底轻松了，没想到还要继续为他们毕业后的工作出路操心。

轮到陈见夏已经是七年后，上大学早已不是什么稀罕事，“高三”也不再是她眼中令人敬畏的暗夜猛兽。它弥散在空气中，并没有以夸张的阵势现形，老师们也不曾像电视里演的那样动不动给大家开誓师大会，领着全年级高声喊口号。

或许因为这里是振华，见夏想。

拜保送和自主招生所赐，高三上学期，一班的同学们反而比平日更浮躁。八仙过海，各显神通，有艺术特长的争取艺术类加分，不想参加高考的便咬牙竞争小语种提前录取，楚天阔他们则为直通大学而准备保送面试……

下午第三节课后，十几个同学一起去俞丹的办公室分别领取了自主招生加分的填报申请表，用于校推名额的选拔审核。

因为怀孕，俞丹已经很久都不化妆了，略微浮肿的脸上闪耀着母性的光辉，她坐在垫了四个坐垫的椅子上，轻轻抚摸着隆起的小腹，看向学生的眼神里满是心不在焉。

恐怕只是当一天和尚撞一天钟吧。

陈见夏有点害怕见到俞丹。虽然她没在副校长那里说一句坏话，但总归瓜田李下，不太踏实。她站在陆琳琳身后，把手从人家胳膊底下伸过去，拽了一张表格，努力让俞丹不注意到自己，直到走出办公室，仍然神经质地感到后脑勺麻麻的，好像一道视线把自己烤焦了似的。

然而真正烦心的事还在后头。

如果不是俞丹要求大家在放学前就上交表格，陈见夏是打算回了宿舍再慢慢填的，这个敏感时期大家都互相防着，谁也不愿意在教室里大剌剌地写“自荐理由”。陈见夏特意把目标高校那一栏空出来，先写别的，无意间——也许是故意的——一斜眼，看到于丝丝的表格上第一行就写着：

“南京大学”。

陈见夏收回目光，像吃了个苍蝇一样难受。

她倒不会把于丝丝当作威胁——两人历次大考总成绩相加差了足足有五百多分，根本不是同一个梯队的，就算俞丹再偏心，也不可能越过规则去操作。学校推荐这一关，陈见夏胸有成竹。

但她依然不希望跟这个人在这个节骨眼狭路相逢。非常时期，连好朋友互相之间都有点微妙，何况于丝丝和陈见夏这种本就有过节的普通同学。

凭什么跟我填一个学校。见夏有些无理取闹地抱怨着，索性也光明正大地在第一行写上了“南京大学”四个字。

于丝丝也许看到了，也许没有。

见夏斗志满满，下笔如有神助，字迹整洁地填好了表，咔哒一声合上钢笔。

就在这时，于丝丝胳膊肘一碰，放在她桌角的满满一杯温水哗啦一下倒向陈见夏。

“你有完没完？！”

陈见夏霍然起身，差点把身后楚天阔的桌子掀翻。

她的衣服上倒没沾上什么，可志愿表已经被水浸透成半透明状，钢笔印迹晕染开，牢牢贴在桌面上。

因为是课间，楚天阔也不在座位上，没有太多人注意这边，于丝丝也就不再假模假式地道歉，反而笑嘻嘻地轻声挑衅：“火什么，再抄一遍就好啦。”

陈见夏也不再忍耐：“你什么意思？你想做什么？再要一张表多抄一遍顶多浪费我点时间，也不能让你累计成绩时多出来几分，你何必呢？”

于丝丝冷哼："说得好像你报名了，南大的加分就能是你的一样。"

陈见夏笑了。

"不一定是我的，但一定不是你的。"

见夏说完就转头去窗台上拿抹布擦桌子，看都不看于丝丝煞白的脸色。

"俞老师不会让你拿到加分的，"于丝丝气急，"你干的缺德事你自己知道。"

"我怎么了？"见夏诧异。

于丝丝只是诡异地扬起嘴角，卖关子不讲了。

"她就算再不喜欢我，学校的规则都定了，她想暗箱操作也没那么容易。更何况，"见夏冷笑，"她即使想把名额暗箱操作给别人，也不会是你。咱们差距太大了，这么明目张胆，她又不傻。"

于丝丝攥紧了拳头。

"陈见夏你等着。"她说完就出去了。

见夏瞟了一眼于丝丝的背影，心中有些快意。

李燃说过很多次，见夏有进步。整整两年过去了，她曾是在医务室里懦弱胆怯不敢还嘴的乡下丫头，如今可以把于丝丝说得落荒而逃，简直是质的飞跃。

陈见夏擦干了桌子，轻轻揭起志愿表，晾在了窗台上，起身再次走进了俞丹的办公室，打算重新拿一张申请表。

俞丹的心不在焉自打看见陈见夏那一刻就收敛了起来。她挑挑眉，扶着腰站起来去开铁柜子拿表格，动作艰难得过于夸张，好像陈见夏劳动她做了什么特别麻烦的事情似的。

见夏沉默以对。她刚对着于丝丝放出豪言，也算是给自己壮了胆。

可是，你到底为什么这么不喜欢我呢？陈见夏打算等到毕业那天，若有机会，一定会亲口问问俞丹。

俞丹递出表格，陈见夏伸手去接，没想到她提前松了手，表格飘飘忽忽落地，飞到了陈见夏背后。

陈见夏弯腰去捡，忽然很想笑。

故意的吗？这么大年纪的女人幼稚起来，也和 18 岁的于丝丝毫无分别。

她捡起表格，转过身直视着俞丹的眼睛。

“谢谢老师。”

还有半年多就自由了。她默默告诉自己。

晚自习结束时，楚天阔将志愿表一一收了上去。拿到见夏和于丝丝的两张，他难得有些惊讶地看了见夏一眼。

陈见夏笑着朝他眨眨眼。

自此再也没什么好疑惑，未来就是这样的，一口气跑过去吧。

只是她前几步跑得有点太用力了。

高三第三次月考前，见夏每天都温书到半夜两点，精力不济导致答题卡涂串了一行，白白丢掉三十几分，成绩跌到全班二十五名。但如果把涂错卡的分数加回来，她仍然能排在全班第十一，甚至比上一次月考的第十二名还进步了些。

所以见夏虽有些懊恼，却并不担心。一次小失误罢了，总体成绩还是稳定的，吃一堑长一智，早吃比晚吃好。

于丝丝这几天倒是欢快得不行，晚自习时卷子翻得哗啦啦响，美滋滋地斜眼瞟她。见夏不觉失笑——校推选拔的总成绩统计工作早完成了，她考砸的这一次并没影响大局，更搞不懂依然排四十多名的于丝丝究竟有什么好幸灾乐祸的。

不过周六的下午，她坐在必胜客的沙发座上咬吸管，想到成绩单，还是郁闷得直磨牙。

“老话常说，步子太大容易扯到蛋，话糙理不糙，你悠着点。”

李燃果然狗嘴吐不出象牙。见夏白他一眼，笑了。

“你完全不复习吗？考成什么样都无所谓吗？”她问。

李燃张口就来：“我查过了，南京有的是只要花钱就能上的学校，民办学院、名校挂靠三本学院……我无所谓的。”

“好吧。顺利的话，下个月月初我就要参加自主招生选拔考试了，希望题不要太难。”她趴在桌上，脸颊贴着凉凉的桌面。

“坚持一下，马上就要自由了。”李燃也趴低了身子，下巴抵在桌面上。

见夏垂下眼：“我一直想离开家。现在离开的想法更强烈了。我一定要好好考，我要去南京。”

星期一的早晨，天阴沉沉的。陈见夏站在升旗广场上打哈欠，抬头看到国旗在无风的高空里，背靠一片压抑的铅灰色天幕，低垂着。

第一节课上课铃打响，于丝丝忽然转过头看着陈见夏，绽放出灿烂的笑容。

见夏还没来得及反应，就看到俞丹扶着腰出现在前门，朝讲台上的物理老师点点头，然后转向自己。

“陈见夏，来我办公室。”

见夏懵然起身，走了几步，不知为什么，又折返回来，从椅背上抓起了羽绒服。

体内残存的动物直觉，让她觉得自己会需要这件衣服。

俞丹没有等她。教室门在背后关上，空空荡荡的走廊里，只有陈见夏一个人。尽头的窗子透出浅灰色的微光，将她的影子拉得很长。

见夏慢慢地走，忽然想打个电话。

没有人接。

她揣起手机，深吸一口气，大步向前走。

四十二

失恩宫女面，落第举人心

办公室里坐着四个人。俞丹和一个男老师在一侧，办公桌对面则是两个家长。

见夏愣在门口。“妈？”

妈妈转过头瞥了陈见夏一眼。

那是很复杂的眼神。妈妈的脸颊抽动，好像用尽全身力气才压制住怒火，让她勉强维持了仪态，没有像抓小三那时候一样在楼道里当众撒泼；这一眼瞟得很快，像一条蛇爬过脚背，倏忽不见，浓浓的嫌弃却仿若黏液般沾在身上，留下耻辱的痕迹。

直到很多年后见夏仍然记得这一瞬间的眼神，像一遍遍重放的近景慢镜头，一帧一帧，避无可避，清晰到绝望。陈见夏听到心跳的声音，是噪声中的擂鼓，敲得她几乎站不住。

俞丹从办公桌前缓缓抬起眼，朝陈见夏温和地笑了笑：“哦，见夏，你过来。”

桌上放着几张照片和两张成绩单。照片是隔着窗子拍的，画面上是上周六在必胜客陈见夏和李燃靠得很近的瞬间，拍照的人生怕抓不到，连拍了好多张，每张之间几乎没什么区别。成绩单自不必说，和照片一起形成了证据链，因为早恋而在短短一个月间从全班第十二名迅速跌到二十五名，罪无可恕，铁证如山。

坐在俞丹旁边的男老师半眯着眼睛，努力想看清陈见夏的长相。见夏蓦然想起一件发生在很久以前的事。李燃和许会打赌，说他们班主任不喜欢戴近视镜，别人混进自班大合唱的队伍他都分辨不出来，也幸亏如此，他刚开学就给老师借火，并没被班主任记住。

后来，见夏私下问他，你又不抽烟，为什么会随身揣着打火机？

李燃摸摸空空的口袋，没摸到，于是在空气中给她模拟平日将打火机盖子用拇指推开又甩上的动作："玩。许会他们抽，我第一次就是靠我爸的打火机融入他们的，有事没事借个火，后来就习惯带着了，拨弄着好玩。"他顿了顿，又补充道，"认识你以后就不带了，也不找他们玩了。"

我又没拦着你。陈见夏噘着嘴，还是扛不住他求表扬的无辜神情，笑了。

她竟在这种时刻想起他的脸。仿佛一个被牢牢锁在断头铡上的囚犯，突然念起儿时吃过的糖饼。

"李燃这边就甭等了，"男老师从上衣口袋掏出烟，想了想不合适，又揣回去，懒洋洋地说道，"一早上就旷课，也没请假，既然家长都来了，要不李燃妈妈您解释一下吧，这孩子的特点我作为班主任也跟您聊过很多次了，管不了。"

李燃妈妈看上去格外年轻，只有三十出头。她一副没听出来班主任语气是在抱怨的样子，温和优雅地笑了笑，声音不大，压迫感却格外强：“也不是一天两天了，以前只知道他爱逃课，男孩子嘛，玩心重，我们又没经验，乱给他零花钱，只是没想到这一次……唉，回去我让他爸狠狠教训他，姜老师您费心了。我们做家长的心里有数，是我们当家长的没教好，怎么会怪您。”

干站着的陈见夏和局促的见夏母亲就这么被晾了几分钟，俞丹轻抚着小腹，心思都在那片隆起的肚皮上，时不时抬头欣赏陈见夏惨白的脸，于是不急着插话。

最终是李燃妈妈把话拉回了主题。她朝见夏妈妈微笑致歉：“这小子一直混，我家里条件不错，从来不委屈他，一直都有小姑娘往他身上扑，都是当父母的，我也不好多指责那些女孩子。但你家孩子一看就是学习好的，肯定是被他带坏了。这种事……到底还是女孩吃亏。”

见夏妈妈的脸腾地一下变色了。

俞丹端起茶杯，轻轻吹了吹，闲适地喝了一口，这才和颜悦色地对陈见夏说：“今天叫你过来，想必你也知道是为什么了。你们这个年纪的孩子，有点额外的心思也不奇怪，尤其你一个女生孤身在省城……”

见夏妈妈忽然站起来，差点把桌子撞翻，俞丹吓了一跳，下意识地护住了小腹，为人师表的温柔面皮终于破裂，她挡不住眼神里的厌恶了。

“俞老师你不用说了，反正最后一年，书也不用在这儿读了，我现在就把她带回去好好教育，”见夏妈妈捏着那张照片，脸涨得通红，声音都在抖，“您别说了，我现在就带她走！给脸不要脸，不自爱，我都替她臊得慌……”

“其实，”李燃妈妈插话进来，语气中那种不紧不慢的从容和见夏妈妈形成了鲜明对比，“您别着急，别因为这点事就耽误女儿的前途，高三多重要啊，怎么说走就走。让两个孩子断联系也容易，我家早就准备好让他去英国读预科了，反正也考不上大学，干脆早点送出国，提前走就是了。这孩子也是知道我们给他铺好了路，所以就有恃无恐了，净胡闹。我给您赔不是了。还是那句话，这种事到底是女生吃亏，我们心里过意不去。”

陈见夏忽然笑了。

被误会早恋是罪恶的。她曾经无数次想象过的情景，恐惧也曾入梦，课间操时当着全校同学被拎上升旗台示众、光着身子在大街上奔跑……每每从晨光中惊醒，总能摸到后背密密的冷汗。

前一秒，她还在颤抖，大脑缺氧，视野中满是噪点，耳朵里只能听到汩汩血流声。然而就在此时，李燃妈妈的话像一把利剑，陈见夏心中那只懦弱惊慌的小白兔，被一剑封喉。

陈见夏从没想过，这只胆怯的小白兔，会死得这么快。一种可怕的冷静席卷了她，明明自己是砧板上的肉，心中却充溢着刽子手的疯狂。

她竟然笑了。

“你还有脸笑？我他妈白养你这么大，你就是出来给我丢脸的是不是？你干的这都是什么事，你自己看看，自己看看……”陈见夏的妈妈把照片丢到她脸上，犯癔病似的，食指不断地戳着她的太阳穴，一下又一下，“你自己看看，你自己看看……”

见夏在摇晃的视野中，看到李燃的班主任惊惶地冲过来阻止；看到俞丹护着隆起的肚子站到一边，面无表情；看到说“这种事女生吃亏”的李燃的妈妈皱着眉，急急后退到暖气旁边。

“你够了。”

见夏一把推开她妈妈，将她妈妈推了个趔趄，身子一歪屁股着地。

郑玉清仰头看着一脸冰霜的女儿，愣住了，两秒钟后，尖厉的哭号声响彻办公室。就在这时，办公室门被推开了。

见夏回过头。

出现在门口的不是她以为的那个人。

“老师，我们想来问道题……不方便就一会儿再……”于丝丝似笑非笑，背后站着一脸好奇的陆琳琳和李真萍。

每个人一生中都有最糟糕的瞬间。陈见夏不需要活到八十岁，就可以笃定地把这一票投给这一秒。

她又一次笑了，本来是想哭的。

第一堂课刚开始，你来问什么题?

陈见夏就这样笑着走上前，扬手扇了于丝丝一个响亮的巴掌。

于丝丝被打蒙了。

这一巴掌终结了见夏妈妈的尖叫，办公室一片寂静，连一向为这种场面而兴奋的陆琳琳，也没想到剧情进展得如此迅猛，整个人都被按了暂停键。俞丹则捂着肚子躲得特别远，恨不得穿墙而过逃去隔壁房间。

寂静中，陈见夏大步离开，走着走着听见背后办公室里的吵嚷，听见追随而来的脚步声，她头也不回地开始跑。

她跑出大厅，跑出教学楼，跑出校门，一头冲进广袤的深灰色天空里。

四十三

世情薄，人情恶

陈见夏坐在台阶上，托着腮发呆。

她双手抱着臂膀，摩挲着羽绒服的袖子，不禁庆幸，走出教室的那一刻还是做了一件明智的事。

外套在身上，钱在口袋里；居民区避风，初雪前天气总是会异常地暖，连老天都体恤她。所以她还可以继续等下去，饥肠辘辘地，从没有太阳的清晨，等到铅灰色的正午。

陈见夏抬起头，清真寺的星月标志像是浸入了层层堆叠的乌云中，变得有些模糊不清。

李燃没有接电话，也没有回复短信。她不想再看见爸爸妈妈的来电，索性关了机。

曾经的陈见夏对离家出走这种事嗤之以鼻——反正早晚都要灰溜溜地回来的，当初何必气冲冲地离开？于丝丝也好，俞丹也罢，来自她们的恶意与攻击并不意外，像用糖纸包裹的石子，她早就知道里面是什么，剥开时也不会惊讶失落，有什么好生气的?

曾经的陈见夏，应该会识时务地低头；君子报仇十年不晚，她应该忍半年，然后考个好大学，从长计议。

曾经的陈见夏，喜欢考虑“后来”，习惯未雨绸缪、胆小如鼠、深谋远虑。

她是怎么变成现在这样的一个陈见夏的呢？做尽蠢事，破釜沉舟，不关心烂摊子，不关心名声，也不关心未来。

一切都呈现了它本来的样子，撕破表皮的遮羞布，灵魂终于找到一条路径回到了身体里，接管了一具惶恐茫然了十七年的懦弱躯体。

灵台清明。陈见夏站起身，活动了一下僵硬的身体，呼吸时感觉到胸口的扩张有微微的扯痛。

谁都没有管她，谁都不会管。

但这已经不重要了。

陈见夏慢慢走出居民楼群，经过每一根晾衣杆，穿过每一个高悬的裤衩，在路口招了一辆出租车。

陈见夏花十块钱买了个文具，回到了自己的宿舍楼前。传达室老师看到她像见了鬼，一只手揪住她另一只手拨号，生怕她又跑了。

电话接通瞬间她听见自己妈妈难听的号叫从听筒里传出来。

“我先回宿舍了。”陈见夏眼皮都没抬，也能接收到宿管老师复杂的目光。

“你别动，就在这儿等你家长过来，出什么事我可担不起。你就站这儿等，听见没，别动啊。”

陈见夏理都没理，硬抽出手就转身上了楼。宿管老师一边喊着她的名字一边追过来，跑了几步又折返回去锁收发室的门，手忙脚乱的，被陈见夏远远甩在了身后。

她没有锁门。很快妈妈就推门走进宿舍房间，微微发福的身体被厚实的羽绒服裹得愈发像个球。

你去哪儿了？谁让你乱跑的？有没有出危险？……

陈见夏一句也没猜中。她妈妈斗鸡一样冲过来，拉住她的手，第一句话问的却是："小夏，你和那个小子，你们有没有'过界'？"

"什么？"

"你还有脸问？"

郑玉清把一个东西狠狠地扔过来，砸中了见夏的额角，落在了床沿。陈见夏面无表情地捡起来。

是一把木梳子，刻着香格里拉几个字。

那天早上，她洗过澡，拆开洗手台上的一次性洗漱用品，用梳子扎起马尾——五星级饭店的一次性木梳都做得比夜市上卖的精致，她小心地揣进书包里，天天带着，是一个提醒，也是一个纪念。

还好没有落在地上，否则会摔断的。陈见夏攥紧木梳，抬起头直视她妈妈，有些示威地笑了。

"什么过界？睡吗？"

话音未落，她只听见啪的一声炸响在耳畔，然后一声接一声，也不知道妈妈左右开弓究竟扇了几巴掌，她没数。终于停下来，脸庞也不觉得疼，只是很热，滚烫地热。

妈妈喘着粗气，这几巴掌倒是把她累坏了。陈见夏脸上麻麻的，有些肿，目光越过妈妈的肩膀，看向门口撇着嘴偷窥的宿管老师。

“滚出去。”她含混不清地说，宿管老师竟听懂了，迅速消失。

陈见夏把手伸进羽绒服口袋里：“你发泄够了吗？我就给你这一次机会。”

郑玉清愣了愣，陈见夏已经从兜里掏出了她花了十元钱买的文具——一把裁纸刀，清脆地推出刀锋，比在了自己的脖子上。

妈妈吓了一跳，向后退了一步，瘫软地靠在柜子上，喃喃自语道：“完了完了，完了，疯了，真是疯了。”

“疯的是你。我不想死，但你再这样疯疯癫癫的，我就不打算活下去了。你别逼我。”

郑玉清吓得脸色煞白，只能不断重复：“反了天了，白养你了，疯了疯了，疯了疯了……”

突然有人猛地闯进门，从背后夺下了裁纸刀，当啷扔在了地上。

陈见夏愣了。

“好了好了，小夏，回家回家，别闹了，冷静点，咱们回家再说。”

是爸爸。

陈见夏从走进俞丹办公室那一刻直到现在，没有掉过一滴眼泪。然而当自己爸爸的声音响起时，她忽然感觉到脸颊上凉凉的，像十一月迟到的雪。

刀子被夺走的一刻，她心跳如雷，想的只是，你终于来了。

原来是爸爸。

原来她还是在等待李燃的。

陈见夏木然坐在床边，看着妈妈打包东西，将小灵通手机上交给爸爸，手心只留下一把木梳，握得太紧，梳子齿在掌心留下一排密集而深刻的凹印，吻合着那道狠绝的断掌纹。

如果街道也有灵魂，那么县里的第一百货商场前的主街应该是噙着笑迎接陈见夏的，每一栋建筑，每一个门面，KFC、周大福、Sony 都在对着陈见夏乘坐的大巴车窃窃私语。

看，她回来了。那个瞧不上我们的黄毛丫头。

不是喜欢省城的老街吗，它没收留你吗？

陈见夏恍惚间被自己的小人之心逗笑了。

也许是被妈妈的危言耸听吓到了，弟弟小伟在家里是绕着见夏走的。陈见夏霸占了小房间，几乎不出房门，日夜颠倒滴水不进。小伟乖觉地睡在客厅里，中考备战熬夜复习都在客厅那张乳白色的组合书桌前完成，也算了了三年前的夙愿。

午夜，陈见夏打开房门走向洗手间，客厅里小伟正伏在书桌前玩文曲星，吓得连忙爬起来，活见鬼一样。

“姐？”

“还不睡？”

也许是陈见夏的颓废让郑玉清警醒了，她铁了心让小伟争口气考上省城的学校，每天逼他学到十二点钟才能睡，不做慈母不败儿。有些火气没办法从陈见夏这边发泄，反而蔓延到了小伟那边，晚饭时陈见夏躺在床上，听见门外妈妈摔摔打打的声音，撕小伟的考试卷子，骂他笨得像猪。

这可是史无前例。陈见夏不禁有些同情自己的弟弟。

“与其玩游戏机也要熬到一点钟，不如现在就去睡，养足精神明天好听课。”陈见夏饭吃得太少，说话也有气无力，平添几分温柔。

小伟有些委屈，放下文曲星。

“妈是不是疯了？”他赌气。

“她是生我的气。”见夏解释。

“姐，那是真的吗？”终于逮到机会，看得出小伟真是憋坏了，“那个男的是你同学吗？帅吗？”

见夏愣住了，有点哭笑不得。在她妈妈疯狂地追问她有没有“过界”时，弟弟却问她，他对你好吗。

“小伟，你有喜欢的人吗？”她自己都想不到有天会问他这个问题，闭上眼睛好像还能看到这个可恶的弟弟只是个小白胖子的样子。

陈至伟脸红了，没否认。

“同学吗？长什么样？我不告诉咱妈。”

小伟忸怩地从书包里翻出一本英语笔记，在最后一页夹着两人的大头照，小小的一张，边缘全是卡通爱心和花朵，脸都被遮盖得看不清了。

“你不想在八中读书，死活要回来，是因为她？”

弟弟没否认，也不敢承认，只是轻声嘟囔：“你千万别告诉妈。她精神病。”

见夏想笑，几天来第一次觉得想笑。

为人父母多可悲啊，不重视的和她对着干，重视的那个也不领情。

“我听说了，你在学校里要自杀，把妈吓得差点犯心脏病。姐，你死也不愿意回来？”

见夏一惊，不知道怎么回答。

“你不说我也看得出来。我就不一样，我喜欢待在家里，省城的学生老师都瞧不起人，我也不争气，犯不着觍着脸去让人家笑话，”弟弟趴在桌上，疑惑地看着她，“姐，家里不好吗？”

这个问题怎么回答呢？见夏不想敷衍弟弟，却没办法说出口。

因为天长日久被忽略，因为爸爸妈妈偏心你，因为很小的时候就觉得自己是不该出生的，因为亲戚朋友看似无意地逗弄她“爸妈爱弟弟不爱你”，因为过年时候压岁钱比你少，因为体内天生的野心在燃烧，因为恰好有能力考出好成绩，恰好有机会逃离……

而罪魁祸首正无辜地坐在桌子对面，等待着她的答案。

“外面不好吗？”见夏反问，“你不觉得省城好玩吗？”

“不觉得，”小伟摇头，“我考不上省城的学校的，能考上县一中都是烧高香了，妈也太异想天开了，咱家出你一个金凤凰就行了，干吗逼我。你都考上振华了，他们还商量让你回县一中读书，是不是疯了？”

见夏微微皱眉，没力气做出更多表情。

“咱爸还说要花钱送礼，怕县一中不收你，县一中怎么可能不收？你成绩这么好，到时候考个重点大学，他们还不得乐死？去年有俩学生上了省城的理工大，县一中恨不得把红条幅扯到马路对面去。”

见夏听着弟弟的抱怨，内心有些惊异。在她心里，弟弟一直是被妈妈护在羽翼下的小鸡崽，四六不懂，只知道破坏，嫉妒她学习好，在她备考时冲出房间把桌上所有的笔扫到地上……三年不在家，一转眼，弟弟也是一个初三的半大小伙子了，个子抽条，有了自己的世界和观点。

“姐，”小伟忽然问，“你是不是打算考出去，就再也不回来了？”

这个提问只是出于直觉，并没追着陈见夏要个结果。

这时爸妈的房间有些窸窸窣窣的响动，弟弟连忙翻开一课一练，做出伏案奋笔疾书的样子，见夏也默然起身，拧开了洗手间的门把手。

陈见夏站在洗手间惨白的节能灯下，看着镜子里人不人鬼不鬼的自己。三天过去了，她只喝了几口汤，两颊迅速地瘦下去，下巴尖尖的，眼底青黑，头发因为出油而服服帖帖。

她想起有一天的晚上，她等了很久，也是学到午夜一点多，收到了李燃的短信，雀跃得双眼发亮，跑到洗手间来照镜子，端详自己脸上的每一个部位，告诉自己，好想变漂亮。

想变漂亮，想变更优秀，想走更远，想拥有属于自己的、体面而丰富的人生。

陈见夏看着镜子里形容枯槁的女鬼，忽然落下了眼泪。

那个让自己明白人生的丰富和美妙的人，也销声匿迹了，像是从未存在过，让她一跤跌出海市蜃楼，落在冰冷的水面上。

见夏上完厕所出来，刚好看到妈妈蓬乱着头发，正在给小伟冲泡一种补充脑力的营养冲剂，估计又是被哪个电视购物给骗了。妈妈抬眼看了看从洗手间出来的陈见夏，脸上的表情堪称精彩纷呈。

想骂又不敢骂，隐约有点心疼，又觉得她活该，给自家丢了大脸，不如死了算了，居然还知道上厕所？

终于还是没憋住，见夏妈妈轻声嘟囔：“作死作活的，你也差不多了，见好就收，你不想高考，你弟弟还要中考呢。”

“我要回学校上课。”

妈妈眼睛一瞪：“你还回去？心真野了？又要回去找那个小子？不行！我跟你们班主任都商量了，等你彻底改了再回去，暂时先在县里念书！”

陈见夏很想笑。

在她离开家之前，还是一个只会跟父母赌气的小丫头，对爸妈讲出来的道理深信不疑，对逻辑的漏洞和世界观的粗鄙视而不见，虚心受教，坐井观天。

然而现在她不是了。

“怎么才叫彻底改了呢？怎么才能确定我彻底改了呢？我说我现在不联系他了，你信吗？怎么才能信？”

妈妈眨眨眼，还没来得及回答，陈见夏再次开口。

“为什么我和他不能联系？现在复习这么紧张，你把我困在家里，不是更耽误学习？”

“学习好就什么都能做？你还有理了？”妈妈声音尖厉，见夏听到爸爸起床的声音。

“否则呢？”

“你成绩再好也不能不学好！你才多大？你——”

“好了！”见夏爸爸站在主卧门口怒吼一声，妈妈吓了一跳，住了嘴。

“没长脑子？当着孩子的面胡说八道什么！你当女儿是你们单位那些老娘儿们吗？”爸爸的眼神瞥向见夏，有几分无可奈何，叹口气说，“你回屋去。”

“你要送我去县一中？”见夏平静地问。

“你知道了？”爸爸揉揉眼睛，没有隐瞒，“换个环境对你好。又不是不让你回振华了，你——”

“好。”陈见夏点点头。

这下，连满脸通红的妈妈都愣了。

“我去，”陈见夏声音很轻，“除非你们答应一件事。如果我在县一中，一个月内没有联系过别人，月考拿全校第一，你们就必须让我回振华。答应吗？”

“你还有脸提条——”

“你闭嘴！”爸爸再次瞪了一眼妈妈。

然而这次他没有成功。虽然没什么大见识，但郑玉清女士从来不是一个跟在丈夫后面唯唯诺诺的小媳妇。

“别他妈装得你多会教育孩子似的！你当我不知道陈见夏怎么回事！以前多好一个孩子，怎么变成这样的？你们老陈家的种，都是跟你学的！有样学样！你跟小卢那点小九九……”

见夏妈妈忽然收声，心虚地看了一眼儿子，意识到自己说漏了嘴。

深夜的客厅里出现了几秒钟尴尬的静默。见夏看着小伟惊讶又不解的表情，忽然有些释然——他也没有比自己幸运到哪里去。他也生在了这个家庭。

“爸爸，你答应吗？”陈见夏忍住巨大的恶心，咬着舌尖，迫使自己低头显露出恭敬的表情，“我知道错了。”

四十四

平行世界的你

县一中坐落在县城的西北方的半山腰。说是山，其实只有十几米高，从见夏家远远地望出去，几乎能够平视。

曾经那白房子的尖顶是见夏心里的圣地麦加，每个深夜她学习学到眼睛模糊，都会站在自家的阳台上，看向隐藏在夜色中的县一中，丈量着自己与它之间的距离。

三年后，山变成了歌乐山，楼变成了白公馆。

陈见夏的目光挑剔地扫过斑驳掉漆的楼梯扶手，将右手搭上去，用掌心轻轻感受凹凸不平的表面。

“好好好，您放心，我这就把学生带过去……陈见夏？走！”

新班主任边说边欠身关上四楼校长室的门，朝站在楼梯口的陈见夏招招手。

新班主任是男老师，姓柏，头发油油的，地方口音格外重，笑的时候眼角纹路很深，像是谁用毛笔在他脸上恶狠狠地画了几道。陈见夏将书包拎在手里，下楼梯时书包打在小腿上，差点把她绊个大跟头。

经过二楼的穿衣镜，陈见夏看见自己苍白的脸。

前一天，妈妈还在为如何遮掩她的“丑事”而绞尽脑汁，陈见夏已经轻轻松松地编出了理由——病了，回县里读书，方便父母就近照顾。

“只要您和我爸没有自曝家丑，到处跟别人说自己的女儿在省城不好好学习，那这件事就没有人知道了。反正只有一个月，不是吗？”她淡淡地说，放下饭碗，转身去收拾书包。

郑玉清最近有些怕陈见夏。女儿忽然成了一个无悲无喜的木头人，说出来的话也不是不礼貌，却透着丝丝凉气。

陈见夏就这样一脸冷漠地走进了高三四班的教室，全班都向她行了注目礼。

她是来自振华的神秘转校生，是三年前的中考状元，一本会说话的辅导书，一间会动的补课班。

除了好奇与崇拜，当然也有不服气。县一中也有无比骄傲的土著尖子生，比如她的新同桌：男生长着朴实通红的脸膛，自始至终低着头温书，大家纷纷跑来和她套近乎，他从没正眼看过她一下。

陈见夏不禁想到，如果自己三年前没有去振华，现在也一定和这个男生一样，抱着“环境不重要，还是要看自身努力”的心态，自强不息，铁骨铮铮。

多奇妙，她竟然变成了一个异乡人，一个外来客。

整整一个星期，陈见夏都像个病西施一样，上课从不抬头与老师有任何眼神交流，不主动举手，不抢风头，被点名了也只是轻声回答，不功不过；她不与友好的女同学一起结伴上厕所，下课只顾着埋头，也不怎么做题，木然翻着书，和同桌好似一双得了颈椎病的兵马俑。

其他同学对她的好奇渐渐散去了，她的爸妈也不再阴森森地从教室后门时不时探头窥视。

周六补课的最后一堂是自习，很多同学选择提前回家，只有见夏和同桌还坐在原地，比赛一样地做着天利 38 套模拟卷。

同桌叫王晓利，是这个班的第一名，她上了三天学才知道。

“这个介词应该怎么选？”陈见夏将卷子往对方那边一推，指着一道完形填空题。

这是他们之间的第一句话。

“save it to myself，用 to，”王晓利瞟了一眼，“振华连这个都不讲？”

这句嘲讽没在陈见夏心里激起哪怕一丝涟漪。

最近她时常为自己的改变而惊讶，这些变化不知何时生成，一直没找到机会验证，如今她跳出笼子变成了自己的看客，反而无比清晰了。

“你英语真好。介词我总是搞不明白。”她没接话，声音柔软地夸奖对方，把王晓利闹了个大红脸。

“有不会的再问我。”王晓利话还是硬邦邦的，语气却轻了。

“欸，对了，”见夏无比自然地转过头看他，“你带手机了吗？”

她出了教室就开始狂奔，还要顾及背后教室里的王晓利，只能脚尖点地，仿佛一只惊慌的兔子掠过沉闷的走廊。

陈见夏跑上了两层楼，到拐角才气喘吁吁摁亮这只有点掉漆的银色小灵通，刚拨出 139 三位数，拇指停在第四个数字上，怎么都按不下去。

她静静地撑过了一个星期，安分守拙，假装看不到时常晃过后门的妈妈，压抑着怒火回答饭桌上所有伤自尊的盘问，就是为了能安心打出这一通电话。然而真的接通了，她又能说什么呢？

你好吗？你一定很好的，你妈妈讲话那么损，你怎么会不好呢？你在篮球联赛挑唆两个班打群架，也能逃过学校的处分，你都要去英国了，英国不好吗？

她忽然觉得腿上都没了力气，电影里面的大侠到了这个地步，机关算尽，走投无路，不都会大笑的吗？可她笑不出来。

橙色的屏幕暗下去，见夏想了想，重新开锁，这一次迅速地输入了一串 131 开头的号码。

“班长？我是陈见夏。”

电话那边顿了一会儿，笑起来：“你还好吗？”

她听得出来，楚天阔是真的很高兴接到她的电话。

“电话是我借的，不能讲很久。我在我们县的学校借读，这些，俞丹都告诉你了吧。”

终于，陈见夏也不再喊俞老师了，亏她自己一个月前还腹诽陆琳琳等人不尊师重道。

听到她说不能久聊，楚天阔于是没有半句废话：“你什么时候回来？有什么我能做的吗？”

你什么时候回来。见夏心中温暖，真好，他问的不是“你还回来吗”。

“我不知道。”见夏一瞬茫然，但她很快坚定地、仿佛是对自己说，“但我会尽快。”

“好。”

“班长，能跟我讲讲我走了以后的情况吗？”

楚天阔斟酌了一下，见夏连忙补充道：“你就说实话，有什么说什么，我已经没有任何接受不了的事了。”

楚天阔的笑声宽和而温柔：“没什么让你接受不了的事发生。有人问我，我都说你生病请假回家了。”

“没问你的人，都去问于丝丝了吧？”

楚天阔被噎住了。见夏不知道自己该不该骄傲，她居然能让楚天阔无话可说。

“逗你呢，”她收拾起一副非常轻松的语气，“我又没杀人，爱怎样怎样吧，她被贴大字报不也挺过来了，我这算什么。我不是为了打听大家在背后怎么议论我才给你打电话的。”

楚天阔似乎很感激见夏自己来圆场，也跟着转话题：“那你想听什么？要我帮你打听……打听他那一边的情况吗？”

陈见夏愣了愣，笑了：“问这个有什么用？”

楚天阔第二次哑口无言。她直奔主题：“自主招生和保送，名单都定了？”

“各个大学的校推名额基本上都定下来了，北清复交那几个排名前十的高校，上个礼拜刚在省招生办考了一次统考，又筛了一轮，面试名单也定下来了。”

“那你要去北京面试了？你报的清华吧？”

“嗯，我礼拜三坐火车去。”

见夏真心为他高兴，这份高兴稍微冲淡了她自己的悲伤。两个人都静默了一会儿，楚天阔才又轻声开口。

“南大——南大不用去省招生办考试，直接面试就可以了。面试应该就在……昨天。”

陈见夏把嘴唇都咬白了，发出的声音竟然是轻佻而充满笑意的。

“千万告诉我，于丝丝没通过。”

“面试的成绩哪里能那么快出来，”楚天阔笑了，语气狡黠，“但是呢，她连面试名单都没进。”

陈见夏笑了，无知无觉间，好像有什么打湿了毛衣前襟。

“就加 30 分而已，你自己考不就得了。只要高考成绩够上线，自主招生的分就废了，选专业是不能用的，换言之，如果你到了需要这 30 分才能进南大的地步，就说明要被调剂进冷门专业了，太鸡肋。见夏，我说真的，这个加分不可惜。”

“嗯，我知道。”

“你不用担心别人背后议论你，大家自顾不暇呢，都被保送和自主招生搅得心神不宁的，我每天都能听到谁跟谁因为名额的事情掐起来了……挺没劲的，同学没心思复习，老师也天天被各种家长和领导找关系递条子，没心思讲课。我从入学到今天，第一次感觉到振华连空气都躁。你退一步不是坏事，冷静点，好好调整，然后赶紧回来。”

退一步不是坏事，为什么又要赶紧回来？楚天阔就是有本事把矛与盾说成连贯的真理。

“这个年纪的感情不牢靠，喜不喜欢的，就是一瞬间。我知道大道理没什么用，但事实就是，胳膊拧不过大腿，识时务者为俊杰，见夏，你别哭了，还是靠自己吧。我相信你。”

王晓利的小灵通不是很好用，才几分钟，机身就开始发烫，很烫，替滚热的眼泪顶了罪。

陈见夏没有特意擦拭，两道泪痕走着走着就被暖气烘干了。她将手机放在王晓利桌上，朝他说谢谢。

王晓利接过手机，第一个动作是关机。

见夏想起，借手机的时候，他也是从书包侧面掏出来，当着她的面开机，挨过简陋的开机画面，然后才递给她。

见夏问:“你一直关机，想找你的人怎么办？”

王晓利看了她一眼，目光并没在她发红的眼睛上多做停留:“没人要找我。你怎么打了那么久？”

见夏有些窘，赶紧讨好地一笑:“我打了 3 分 20 秒，是往省城打的，可能有漫游费，所以……”

她递上一瓶可乐，“请你喝。”

王晓利脸又红了，“我，我不是那个意思。”说完就低下头运笔如飞。

王晓利的圆珠笔写字时会发出沙沙的划纸声，陈见夏索性靠着椅背看他伏在桌面演算。王晓利写完了一本，合上，塞进书包，想了想，伸手拿起摆在桌角的可乐，拧开了。

见夏笑了，她知道这是王晓利给她面子的方式。

“你不做题，为什么不回家？”王晓利边喝边问。

“我不想回家，”见夏平静地说，“我打扰你了？”

“没，”王晓利忽然抬头看看黑板上方的挂钟，“现在一点半。”

见夏也抬起头。

“数学语文和英语一个半小时，语文不用写作文，理综两小时，怎么样？”

“什么怎么样，你要……”见夏忽然明白过来，“你要跟我比赛？”

王晓利从书桌里掏出厚厚一沓全套天利 38 套模拟题，点点头。

见夏耸肩：“我没带。”

这没难到王晓利，他站起身，走到最后一排不知是谁的座位上，轻车熟路地开始搜书桌，很快拽出两套卷子，然后继续猫腰去掏旁边桌的桌洞。

见夏目瞪口呆地看着王晓利抱着一摞卷子走回来，重重落在她桌上。

“这是学校给订的，反正他们也不做。”他有些挑衅地微扬下巴，“怎么，你怕么？你不会是在振华跟不上才被赶回来的吧？”

陈见夏突然感到全身血液在沸腾。她不生气，反而深深感激这个紫红脸膛的少年。

“好。”

王晓利关了机，陈见夏没有手机，教室里安静得像罩了一层结界。下午六点时，陈见夏刚换上理综的卷子，整间教室的灯就都亮了，她抬头，看到下班的爸爸出现在门口，帮他们按了开关。她平静地说明了原委，就继续低下头做题，不知道爸爸在门口站了多久，翻页时再抬头，人就不见了。

两个人都没觉得饿，每一科写完就分别去趟厕所，回来之后晃晃脑袋松松肩膀，继续下一科。

终于九点整，见夏活动了一下僵硬的右手小臂，长出一口气。王晓利理了理十几张卷子，递给她：“换着批改。”

满分 750，作文两人都估 48 分以示公平和保守，最终陈见夏拿了 642 分，王晓利只有 588 分。

陈见夏已经两个多星期没好好读书了，这个成绩只是中等发挥。她记得去年南京大学在本省的录取分数线是 648 分，她拿 642 分差强人意，但没想到，县一中的第一名和振华有着这样的差距。

灯光惨白，王晓利的脸却被照得愈加黑，见夏觉得自己还是什么都不讲比较好。

沉默良久，王晓利开口："你在振华，是什么水平？"

"考得特别好的时候能进前三十，平时大概就是在学年 50~100 名之间吧。振华理科前十名很稳定，基本都是能上 700 分的。"

王晓利呆滞地点点头，也不知道究竟是听明白了什么，他一遍遍地用拇指和食指的指甲捋着卷子的折痕，眼见那道折痕愈加锋利。

"那么，"他忽然眼神一闪，看向见夏，"你是因为自己聪明，还是因为振华教学水平高？"

见夏思考了一会儿，摇头："这我怎么知道。——你自己怎么想的呢？你希望是自己的原因，还是环境的原因？"

王晓利一直盯着她，许久，没头没脑地说："其实我们见过。"

看见夏疑惑，他继续提示，"就在县教委。"

陈见夏从小到大只去过一次县教委。

班主任的电话打到家里，语焉不详，让她赶紧去一趟教委大院。陈见夏一家原本还沉浸在中考成绩的喜悦之中，被老师支支吾吾的语气吓蒙了，茫茫然挂断电话才想起应该多问问，至少问问去教委要做什么，回拨过去，已经没人接了。

静默的客厅里，不知是谁咕哝一句：啥意思，是不判错分了？

陈见夏是县中考状元，若是改判分，只可能是往低里改。公交车一到站，羞愤和不安就让她如离弦的箭一般从刚开启的门缝射了出去，她只听见爸爸在后面气喘吁吁地喊：“小夏，右拐！右拐就到了！”

陈见夏几乎完全不记得自己是怎么从竖挂白底黑字牌子的大门口走进办公室的，也至今不知道办公桌后坐着低头吹茶叶沫的那位让初中班主任和副校长点头哈腰的领导姓甚名谁。她太慌张了，脑门上是涔涔的汗，视野里还有微微的白，有人轻拍她后脑勺说愣着干吗，这孩子真是学傻了，快谢谢主任！她才意识到她爸爸也在办公室里。

领导说，县一中的校长老大不乐意，但也没办法，这是振华作为龙头教育示范中学的社会责任，优质教育资源共享，从这一步开始，县里要支持！“陈见夏，你要给我们争光。”

领导的脸是模糊的。权力和机遇在陈见夏命运的十字路口随手给她指了一个方向，她右转奔向了振华，无心留意路口的面貌。

“陈见夏，你不记得了吗，咱们一起坐在楼梯上等着，一共十个人，都是被各自学校的老师临时喊过来的，等了很久。你坐在我下两级台阶上，我一直盯着你的后脑勺，想看清楚你长什么样。”

王晓利淡淡笑了：“中考你就比我高了 1 分。你是一点都不记得了吧？”

陈见夏老实摇头。少男少女一同挤在静谧的楼梯间等待审判，呼吸相闻，静得能听见彼此心跳声，然而她心里只有自己，只有自己是活的，所有心为她而跳。

“好长时间过去，终于有个叔叔过来问；谁是陈见夏？

“他们只把你叫走了，你站起来就跟着跑。”在王晓利的眼中，陈见夏猛然起身，跑向她的命运，“头也不回”。

“后来呢？”她问。

“我怎么知道，”王晓利笑了，“我们就散了。”

陈见夏没说话。一个小小的瞬间从深邃的记忆之河鱼跃而起。爸爸和老师正在与领导寒暄时，一个秘书走进来和领导耳语了几句，领导慈祥地笑笑，说，确定了，一个县只要一个，让他们别等了，散了吧。

散了吧。

她沉默了很久很久，和王晓利一起陈列在县一中教室里，仿佛本应如此。

可能觉得自己一个大男生这样子很丢脸，王晓利挤出难看的笑容，状似不在意地稳住颤抖的声音：“要是能重来一次，让你从高一就留在县一中读书就好了，我就能知道，这是不是因为我自己笨了。”

他停顿了一会儿，不想沉溺于沮丧的情绪，迅速站起来开始收桌面上的文具，“三年前我们差一分，三年后我差你五十分，不管是因为你聪明，还是振华比县一中教学水平高太多，哪种我心里都会难受。”

他背上书包：“非要选，我希望不是因为我自己笨。”

见夏笑了。

“对了，我看你不像有病的样子，振华那么好，你为什么不赶紧回去念书？”王晓利真诚地看着她说，“小病小灾，你就忍一忍，这么关键的时期，你不要浪费了机会。”

陈见夏鼻酸，朝着王晓利用力点头。

“我会回去的。我会的。”

王晓利自己先走了。陈见夏脑子里忽然冒出一个不相干的奇怪念头：都这么晚了，他也不客气一下，问问顺不顺路，用不用送她一段？

绅士风度呢？

她恍然失笑。自己居然像得了公主病。

陈见夏坐在儿时梦想的白色教学楼里面，仰起头仔仔细细地观察开裂的墙缝，黑板上方年代久远到褪色的黑体字校训，掉了半块的黑板槽。王晓利释然了，他的问题却卡住了陈见夏的脖子。

如果当时振华没有突发奇想地跑到各个周边县市来抢学生呢？她一定会在这里度过三年，心里想着，振华有什么了不起，学习还是要靠自律自觉——恐怕也不会想要考南京大学，而是瞄准省城的理工大学，等待着自己的名字出现在弟弟口中那条张扬的跨街横幅上。

她略带恶意地揣测着那个女生会做什么，会考多少分，会有怎样的际遇……

那个女生。那个平行世界的，留在县一中的陈见夏。

那个女生不会遇见李燃。

县里也有很多桀骜不驯的小混混，痞气十足，把自己打扮成 H.O.T 里面某个团员的样子，五颜六色的斜刘海几乎要淹没眼睛，骑着摩托车在校门口堵喜欢的女生，吹口哨的同时也吹气掀开头帘，他们载女孩子去第一百货商场吃肯德基，买发卡和指甲油。但陈见夏瞧不上第一百货商场，自然不会被混混迷花了眼。

所以那个女生会乖乖的，会快乐；像初中那三年一样乏味，却不知道什么叫不满足。

野心沉睡着，蜷成一团，胸口刚好放得下。

那个女生听不见她此刻心中那只猛虎的嘶吼。

“见夏。”

陈见夏抬起头。

也许是因为眼睛里蓄满了泪水，眼前的人影太模糊，好像鱼透过海洋去看太阳。

她连忙眨了许多下，眼泪簌簌落下来，目光渐渐清明。

门口那个少年，头发乱乱的，脸上也有些胡楂，说是在笑，眼睛却红红的。

“陈见夏。陈见夏。”

陈见夏看着平行世界的自己渐渐走远。短暂重合的空间被闯入者撞成了两个互不关联的梦。

因为这个世界的陈见夏，已经结识过李燃。

四十五

我知道你想飞

陈见夏死死咬住嘴唇，生怕一个不留神，那句“你怎么才来”就会溢出去，把自尊浇得一塌糊涂。

原来她终究还是不甘心的。

陈见夏低下头，手上却动作不停，将桌上的卷子笔袋一股脑胡乱塞进书包，粗暴得像鬼子进村。

“你别着急，慢慢收，我在这儿等你，不走了。”

“急你姥姥！谁着急了？你看我找过你吗？我找过你吗？你以为我收东西是怕你等？你谁啊？撒泡尿照照自己，你谁啊？”

完了。

陈见夏懊恼地跌坐在凳子上，卧倒桌面捂住了头。

怎么这么烂泥扶不上墙。下午坐在楼梯间还装看破红尘，自此冷情冷心全靠自己，转眼就让人家撒泡尿照自己。她应该把王晓利叫回来，告诉他，不是他笨，真的不是他笨，的确是县一中的教学质量太差，她才待一个礼拜，不光智商降低，连脏话都骂上了。

她感觉到李燃在拉自己的袖子，也不敢用力，轻轻地拨弄，像小时候亲戚家养的狗，想被她摸头，就哼哼唧唧的，抬起爪子不断挠她袖子，一双水汪汪的眼睛里满是企盼。

陈见夏透过指缝看出去，李燃半蹲在她桌边，下巴刚好搁在桌面上，眼睛眨巴眨巴的，如果有尾巴，一定摇得像螺旋桨。

“你有什么想法？”他轻轻地问。

“我有什么想法！真当你自己是盘菜啊？咱俩什么关系啊！你妈妈都说了，你就玩玩，你怕什么，你就再混几个月，你家就送你出国了，反正你五行不缺钱，就缺德……”

见夏再次炸锅。她根本控制不了，身体已经自己跳了起来，吼得墙皮都往下掉，语无伦次，最后哽咽得一个字都说不出来。

李燃蹲在地上仰视她，她的眼泪几乎滴在他脸上。

他什么都没说，只是站起来。

陈见夏哭够了，擤擤鼻涕，终于平静下来。她抬起头看墙上的钟，九点四十了。

爸妈随时可能出现在门口。冷白色日光灯最让人清醒。

陈见夏穿上羽绒服，背上书包，也不看他，声音糯糯地说，你走吧，不要让我爸妈看到。

李燃拉过她的书包，轻轻地将刚才胡乱塞进去的卷子和练习册拿出来重新捋好，折角都抚平，一一放回去，最后才抬起头，像个做错事的小孩一样，怯怯的。

那是他从来没有过的眼神。曾经李燃最怕她提起凌翔茜和于丝丝，但也是无赖的，调皮的，无奈的，从没有过这样深的歉意。

“那我送你回家。”他说。

陈见夏木着脸往前走，努力掩饰着再次汹涌而来的泪意。走了几步，转头看他，惊讶：“你怎么瘸了？”

李燃憋了半天不说话，只是摇头，陈见夏转过身拦住他：“你不说咱们就别走了！”

他缺心眼似的咧开嘴笑：“那我更不能说了。”

陈见夏冷脸：“让你爸打瘸了？我还以为你爸妈习以为常了，不会打你呢。再说了，以前挨打还剃头，这次头也不剃了，彻底打服了？”

她这样激他，李燃依然咬紧了牙关不说话，只是默默地示意她，该回家了。

县城很小。陈见夏照顾李燃的步伐，走得很慢，还特意绕了一条不会撞见爸妈的远路，即便如此，不到二十分钟就走到了小区外。一路上李燃整张脸都埋在围巾里，不讲话。

她没有戴李燃送给她的格子围巾。

终于，小区出现在一街之隔的地方。

“李燃，”她停步，冷冷地盯着他，“你想说对不起，就说吧。”

李燃愣住了。

“你不用这样，丧气得跟我死了似的。我承受得了。你来找我不就是求个心安吗？不必的，你该去哪儿就去哪儿，我不会纠缠你，用不着表现得这么为难，我能理解的。”

她努力克制着话语里的刻薄和尖酸，克制到身体都在抖。

路灯在李燃头顶举起一把温暖的伞，少年毛茸茸的脑袋在黑夜里发着光。

“其实我能做什么呀，”他自嘲地笑，“我能做的都是犯浑的事。正事，我一件也做不了。我不能把你调回振华，我爸妈不给我钱用，我就什么辙都没有了。见夏，我是个废物。”

陈见夏动动嘴唇正要开口，李燃摇摇头，示意她听自己说完。

“其实我早就该来的。但我把腿摔断了，”少年羞赧地挠挠后脑勺，有些结巴，“不是、不是先摔的腿，后摔的。那天我没起来，闹钟也没响，醒过来都快中午了，家里没人，手机不见了，座机被拔了，门也给我反锁了。我觉得肯定是出什么事了，反正就三层楼，我就走窗户。家里除了气窗都用塑胶封条封上了，我得先拆封条，然后……你别笑啊，我拿床单拧成绳，跟电影里似的往下爬，我以前看电影觉得那么干可傻了，结果自己着急的时候也跟着学，刚降到二楼，我拧的结就开了，幸亏下面是草地，不过也是冻土，把我直接摔晕过去了。”

李燃急得舌头直打结，生怕见夏不信似的，声音也开始颤抖。

“以前爷爷跟我说过，人只有真的想做点什么的时候，才会发现自己的无力。我能帮你出气，能请你吃饭，能带你出去玩，能花我爸妈的钱，我跟你说过，就当我是条围巾，冷了就戴上，热了就摘下来。可是，当你因为我不能去振华读书的时候，围巾有什么用呢？围巾不是翅膀啊，但我知道你想飞。”

四十六

天使与恶魔

陈见夏回到家里的时候，妈妈正跷着二郎腿在客厅看电视，那套藕荷色的睡衣已经穿了很多年，恍然间陈见夏觉得自己从来没有离开过家乡。

“我爸呢？”

“在里屋看报纸呢。下次回来晚吱一声，大半夜的我还得等在这儿给你热饭。”妈妈没想过陈见夏连手机都没有要怎么“吱一声”，她不过随口抱怨，说完就起身要去厨房热剩菜，被陈见夏拦住。

“爸！”

“小点声你弟弟睡了！”妈妈皱眉甩脱陈见夏的手，“喊你爸干吗？赶紧吃完饭赶紧睡觉！”

孟母劝学的计划在几天前彻底宣告失败，小伟死猪不怕开水烫，妈妈让他在书桌前至少坐到凌晨一点，他就真的坐到凌晨一点——坐着睡。

终归是心疼了十几年的儿子，她还是开恩让他按时回房睡觉，不知是不是心里清楚，都初三了，逼也没用——这是妈妈对她自己都不肯承认的。

见夏爸爸拎着报纸从房间走出来，老花眼镜从鼻梁上滑下，看上去有点滑稽。

“回来了？饿了吧？我看你跟你同桌做题挺紧张的，就没叫你。”

“爸，我有话跟你们说，”陈见夏拉过餐桌旁的两把椅子，“咱们坐下说。”

妈妈渐渐有些明白过来了。女人的直觉总是领先于男人，她半笑不笑地抱着胳膊，并不坐下，好像这样就能率先摆明拒绝的姿态。

陈见夏并不着恼，也没有再劝，自己先坐下了，然后抬头看着呆站在门口的父亲。

她爸爸想了想，走了过来，坐在陈见夏对面。

“我没别的事情，就是确认一下，是不是我在月考中能考第一名，我就可以回振华？今天老师提过，月考就在下礼拜一，出成绩很快的，用不了一个月那么久。爸，我想你应该提前和俞丹……俞老师打声招呼，就说我已经被教育好了，可以回去了。”

妈妈眼睛一瞪：“这是大人的事儿，轮不到你插嘴——”

“我的前途毁了，你的儿子就会好？”

这是家中有史以来最沉默的时刻。让妈妈忘记跳脚的原因，是陈见夏罕见的平静。她从小到大无数次像孩子似的哭闹，哭不公平，闹爸妈偏心眼，闹到有理变没理，反挨一顿暴打。这个哭哭唧唧的女儿从未像现在一样，无比冷漠而精准地戳中了藏在房间里的大象。

这个局促的客厅里，一直让所有人谨慎绕行的大象。

你的儿子，和我。

“我们班主任瞧不上我家里穷，不像别人似的能给她送礼、办事儿，所以恶整我很久了，我怕你们担心，更怕你们知道了也没什么办法，反而自责，所以没跟家里说而已。”

她用哭腔说，低着头，掩饰冷静。

“的确，我跟他是一般朋友，但我从没影响成绩，上次考试没考好是因为答题卡涂串了，俞老师其实都知道。连我和那个男生一起吃麦当劳都被她撞见过，高二的时候，她根本也没管过。”

陈见夏略过母亲倒抽冷气的做作姿态，赶在对方追问之前，抢先开口把话说了下去，“早不管，晚不管，之所以在这个节骨眼把你们找到学校去，就是因为我和另一个女生一起竞争南京大学的自主招生加分，她收了人家的钱，所以要挤掉我的名额。因为你们把我带走，现在加分我拿不到了。”

陈见夏期期艾艾，演得投入，内心平静如寒冬凝结的湖面。她事先并未排演过，甚至在开口之前，她都没想到自己会将真相与谎言的比例均匀调和，搅成这样扭曲的说辞。

灵魂深处好像有什么改变了，但她不在乎。

见夏演完受气包，抬起头，直视父亲，话却是说给母亲的。

“你是想要一个考上名牌大学光宗耀祖的女儿，还是一个窝囊一辈子还要一辈子靠你养、靠你出嫁妆的女儿？我随便写张卷子就比县一中的第一名考的分数高，县一中的教学水平只会给我拖后腿。多少人削尖了脑袋要进振华，只有你会听俞丹的指挥把我接回来，你知道吗，她反而会在背后笑你们果然是乡下人，送不起礼就罢了，养个孩子连点远见都没有。”

她就像一个失去痛觉的人在撕开手指上的倒刺，眼见鲜血淋漓，脸上没有一丝波澜。

陈见夏的父母震惊地看着她，仿佛她是一个深夜闯入自家客厅的陌生人，一个凭空降临在市井生活中的预言家。

“你们就是再不想要我这个女儿，也把我生出来了，扔不掉了。没人比我更在乎自己的前途，我好了，也能帮帮小伟。无论如何，我要回振华。”

陈见夏的父亲迟疑地动动唇，想要说什么，陈见夏已经走回到自己房间，关上了门。

她不急于让他们当场低头。过分逼迫会让父母因为维护自己的面子而愈加固执，她要给他们足够的时间慢慢地回想，疑心自己的确是被省城高中眼高于顶的班主任俞老师给耍了，却因为自卑而无法求证，最后只能站在她这一边。

爸爸混办公室不得志，最知道自卑的滋味。

陈见夏靠着门滑坐在地上，眼泪滴滴答答地落在衣襟上。弟弟迷迷糊糊坐起身，问她，姐，你回来了？

陈见夏点点头，又摇摇头。她看着他，夜色中弟弟顽劣却懵懂，并不知道姐姐刚刚划出一道天堑，将他隔在了另一边。

“嗯，回来了。”她安抚地揉了揉弟弟的头，青春期的男孩本能地将她的手打开，陈见夏失笑。

但是也要离开了。她对自己耳语。

县一中教学质量堪忧，但是陈见夏无法否认它对课业抓得很紧，连月考都争分夺秒，四门考试挤在同一天完成。

她走出被暖气烘烤到缺氧的考场，整个人都是昏沉的。回到班里收书包的时候，王晓利找她对了几道他拿不准的题，两人的答案一样，王晓利明显松了一大口气。

他忍不住又追问："数学最后一道大题呢？"

"坐标是（-1，0，-1）。"

王晓利脸色暗了暗："那我做错了。"

"不一定，说不定是我错了。"她安慰道。

王晓利半笑不笑的表情让陈见夏客气不下去了。上次差距极大的比试过后，她的任何谦虚都是对王晓利的不尊重。

"步骤分得满了，结果差点顶多就扣个三四分，比一道选择题的分值还少呢。别想了，回家换换脑子。"

王晓利不置可否，目光忽然越过她看向后门口。见夏也跟着回头，居然看到王南昱在朝教室里张望，她连忙放下手里的练习册，跑过去。

县一中的操场小得可怜，他们很快就转了一圈又一圈。篮球架下十几个高一的学生争抢同一个球，陈见夏小心地躲避开。

这里的学生相比振华要传统和拘谨很多，一男一女光天化日走在一起，是件稀奇的事情。陈见夏坦然地面对陌生同学的打量，像在和一个个过去的自己擦肩而过。

"我都不知道你回来上课了，也不说一声。"王南昱说道。

"你不是一直在省城上班嘛，我又不知道，"她笑着说，"回来看你爸妈？谁告诉你我在这儿？"

王南昱接住滚到他们脚边的篮球，抛回去。

"旅行社毕竟我家里亲戚开的嘛，对我挺照顾的，看我都好久没回家了，就给我放了一个礼拜假，正好……唉，"他顿了顿，"上次跟你一起去滑雪那个男生，上个礼拜去公司找过我。"

王南昱说完快速瞟了见夏一眼，偷偷观察她的反应。

“他跟你说什么了？”

“他问我咱们初中同学有没有在县一中的，觉得你可能在这里，所以到现在还没回振华……”

陈见夏低下头很温柔地笑了。

她刚刚没有顺着王南昱的话茬说“回来上课”，而李燃，把“回”这个字眼，用在了振华前面。

她把这种默契当成某种珍贵的约定。

“你也知道，初中咱们班就没几个学习的，他这么一问倒真把我问住了，我在 ChinaRen 的校友录打听了好几轮才找到一个叫张雪的女生，她考到一中了，和我说你刚转过来。你们见过？”

陈见夏想起那个叫张雪的女生，初中时候总考她们班第二。她耸耸肩：“张雪啊，初中她总考咱们班第二，不过我俩不太熟。”顿了顿，又补充道：“我跟谁都不熟。”

“她还问我你怎么转回来读书了，是不是……”

“是不是在振华跟不上，被赶回来了？”陈见夏语气讥诮。

“你怎么知道的，”王南昱大笑起来，“我以前上学时候就不乐意跟好学生玩，其实你们好学生特坏心眼，老师还总说你们乖，听话，单纯。单纯个屁啊，小九九比谁都多。”

“她知道我在一中，不直接来找我，却跑去问你我的情况，还能有什么好话，一猜就猜得到。”

“她是不是以前总考不过你，心里不痛快呀？”王南昱假装思考了一下，“那就是忌妒，你不用跟她一般见识。”

陈见夏平静地点点头：“那时候全校谁考得过我。”

王南昱一愣，这次笑得更大声了。

王南昱在第一百货商场请陈见夏吃肯德基，进门就憨厚地和值班经理打招呼，转头和陈见夏轻声说：“以前就是她带我的，总骂我。”

“那你还和她打招呼？”

“万事留一线，日后好相见嘛，我舅舅跟我说的。都在社会上混，以后谁用得上谁还说不定呢。”

陈见夏知道自己这个高三生一时半会儿都用不上这些市井智慧，但不妨碍她好奇又认真地聆听。

“你这么讨厌好学生，还和我做朋友，也是因为万事留一线？”她忍不住问。

“你说你们这些学习好的，怎么那么喜欢……那个词怎么说的来着，举一反三？往自己身上扯什么。”王南昱把番茄酱挤在汉堡盒盖内，瞟了一眼陈见夏，“你跟张雪她们不一样。她们太爱攀扯了，跟谁都比，比得上就瞧不起，比不上就酸，反正我不喜欢。”

“我也很喜欢和别人比，”陈见夏摇摇头，“只是不跟她们比罢了。我去了振华，眼界高一点，仅此而已。”

“人和人之间不就差那么‘一点儿’吗？”王南昱边吃边问，歪着头看她。

陈见夏哑然失笑。

放榜的日子终于来了。

冬季天亮得晚，陈见夏大半张脸都缩在围巾里，半眯着眼睛，困倦地走在昏暗的上学路上。红绿灯前，一阵冷风袭来，她一个激灵，茫然地止步三岔路口，一时忘记了学校的方向。

刚走进教学楼就看到许多学生围在告示板那里。

振华历来只是将每个人各自的学年名次附在班级名次表的最后一列，完整的全学年排名则是厚厚一沓的 A4 打印纸，装订成册，有兴趣研究的学生可以自己去老师办公室借阅。县一中则完全没有这层“素质教育”的虚伪，大喇喇地用毛笔蘸墨汁，写在一张张巨大的红纸上。

陈见夏定了定神，走过去，甚至不需要挤到最前面，就看到了攒动的人头上方，红榜第一行：

第一名 陈见夏。

她站在人群外围，仰头望着自己高高在上的名字。离得最近的几个女生注意到了她，窃窃私语，其他人也纷纷转过头来向这位新女王致以注目礼，人群竟像摩西分红海一样，在她面前让出一条通向教室方向的道路来。她有点尴尬——真的踏上这条路，显然是张狂得不知好歹了，但若非要绕开走，又很小家子气。

解围的是王晓利，呼着白气从她身后走过来，行走间防雨绸运动裤发出窸窸窣窣的响声。他刚好穿过人群分出的路径看到了他自己的名次，第二名，而且称不上“屈居”，因为总成绩和陈见夏相差了 45.5 分。

王晓利只是瞄了一眼，十分平静地和陈见夏说：“这下好了，等你一走，我再考第一也没意思了。”

陈见夏连忙跟在他背后一起往教室走，人群渐渐散开。离开大厅前，她最后抬眼瞄了瞄红榜上自己遥遥领先的第一名，心中微哂：还真是山中无老虎，猴子称大王。

然而，那些陌生同学的眼神，却让陈见夏的心口涨满了骄傲感，像在火上烘烤的棉花糖，膨膨的，甜甜的。在班级门口他们两个遇到了怀抱一沓卷子的班主任，老师的眼神飘向她，笑着点点头，表达着一种无声的肯定。

曾经她的老师和同学就是这样看她的。

她是怪物，是神仙，是另外一个世界的存在，是连王南昱等不良少年都默认“不能惹”的金凤凰；她心中揣着理想，羡慕又悲悯地旁观同龄人调笑胡闹，遥遥领先，让试图一争高下的张雪等人望尘莫及，每天坐在教室里，抬起头，都能看到老师善意的眼神，满满都是期待，都是“与众不同”……

三年前坐井观天的陈见夏实在太富有了。因为实力差距悬殊，她的自信和骄傲中满满都是笃定，这种无知所带来的笃定，是如履薄冰的楚天阔永远也无法拥有的。

直到被振华踩进泥土里，她才发现，背井离乡失去的是什么。

陈见夏挨过了两堂讲月考卷子的课，翘掉课间操，朝王晓利借了手机，握在手心里，慢慢沿着走廊踱步。周六只有高三集体补课，高一高二的区域空得发冷。

以前听大人说过，县一中的校舍是保护建筑改建，大金朝留下来的文物，古色古香，连锅炉房角落的柱子都雕龙刻凤，她从小心向往之。真的来读书了，她却一眼都没好好看过这所从小憧憬的学校，此时此刻也无心观览，心思都在手机上。

她先打给家里的座机，担心是妈妈接，迅速挂断，想了想，拨通了爸爸的手机号，几声等待音过后那边接起来，陈见夏努力让语气听起来平静温和：“爸爸，在忙吗？——我们月考放榜了。我考了第一。”

上次夜谈过后，陈见夏终于得到了她期盼的允诺，虽然擅长打官腔的父亲用了“到时候”“看情况”“尽量”“积极”“协商”的说法，但终归是为了定她的心，答应了。

难题抛到了父亲那一边。他沉吟片刻，说，那就周一……

陈见夏急了：“爸！”

许久，父亲那边说：“好吧。”

陈见夏定定看着窗外，操场上的积雪被潦草地推到四周，蓝色铁皮板在东南角围出了一小片简陋的自流平溜冰场，门卫大爷拎着水管，慢悠悠地注水。她默默数着铁皮上凹凹凸凸的楞条，一条，两条……一直数到视线最远方。

她再次拨打爸爸的手机号，被挂断了，拨打家中座机，忙线——陈见夏推测他正在和俞丹通话，心跳如雷，震得她几乎什么都听不清了。

漫长的十分钟过去，手机终于响起：“我刚才在跟你们俞老师通话，你看你这孩子急的，怎么不上课？”

他虚弱的东拉西扯让陈见夏的心坠崖了。

“她答应了吗？”她问。

陈见夏挂了电话，回到班里，被暖气扑面一烘，整个人是空蒙的，像冰雕蒙上了水汽，什么都看不真切。她将手机放在王晓利的桌上，王晓利于是起身给她让开通道，陈见夏却没走进去。

“能再借我一次吗？”她再次抓起手机，近乎绝望地看着王晓利，“就一天。”

王晓利迟疑了一下，点点头。

感激的笑容在陈见夏脸上迅速绽开又迅速衰败，她转身跑出了教室，穿过操场，迎着凛冽的风，边跑边将羽绒服外套拉链从下一直拉到脖颈，即使不小心夹到垂下来的马尾发丝，她也粗暴地拽出来，丝毫没感觉到疼。

耳朵和手已经冻得通红，小灵通按键错了好几次，终于拨通了。

“喂，王南昱，”她轻声说，“有一个忙，你一定要帮我。”

下午两点钟。陈见夏站在隔着一条马路的对街，静静看着振华的赭石围墙。她曾经每天放学都从这面围墙下走，有时候走着走着发起呆，路线歪了，不小心蹭到墙，粗粝凸起的石面会剐破她书包侧面装水壶的网兜，她就坐在宿舍借着台灯的光自己缝，后来还帮李燃缝过漏了的校服内兜，在宿舍楼门口还给他。

他看她的眼神像看外星人。

“怎么突然有种你什么都会的感觉，”他不自在地接过校服，翻开内袋，“不对吧，你缝反了吧，这线脚应该是能藏起来的呀，你应该从那边缝——”

陈见夏立刻从兜里掏出针线盒，作势去缝他的嘴。

当时没有路灯，只有月亮。

陈见夏收回思绪，掀开厚厚的遮风帘，在小卖部角落的小板凳上坐下。她打了一通电话，拨给振华语文教研组，问接电话的老师，俞丹在吗？

“她不在。”

“她已经下班了吗？”

“没有吧，好像下午第三节还有课，”男老师答道，“您哪位？”

陈见夏挂断了电话。

她花了十块钱，买了一包康师傅苏打夹心、一杯豆浆和两个塑封包装的乡巴佬牌卤蛋，换得老板同意她龟缩在温暖小屋一角的板凳上。板凳有些矮，她需要抻长脖子才能望见窗外，一动不动地，不错眼珠地。

老板一边看小电视一边嗑着花生，时不时朝她瞟两眼，有时候端详的时间长了，这个穿枣红色羽绒服的女生会转过来和他对望，麻木的脸上有股死气。

一个壮士要去赴死的时候，她就已经死了。

她静静地坐了三个小时。阴天的黄昏以沉降的方式来临，黑暗吞没了人。

下午第三节下课后十分钟，她看见一个腹部隆起的女人戴着口罩、帽子走出了教学楼，下台阶的每一步都很慢。陈见夏将饼干和豆浆放在窗边，面无表情地站起身。

她隔着一条街，和俞丹相同步速前进，走到华灯初上，俞丹向左转，她穿过马路跟上，不疾不徐，目光瞄准前方的女人。

俞丹终于踏进了筒子楼的单元门，虽是电子门，但看样子坏了许久了。陈见夏仰头看着楼道里的感应灯一层层亮起，最后停在了四楼。

陈见夏拉开电子门，踩亮了一楼的灯。

每一层都是三户，陈见夏从 401 敲起，一下就中了。俞丹的声音从门后响起，“谁呀？”

陈见夏没遮猫眼，轻轻地喊了一声，俞老师。

俞丹似乎是一时间没想起她是谁，居然开了门，虽然只是一道门缝，看见陈见夏的脸，她一愣之下想要关门，但陈见夏拉住了边沿。

门夹住了她的左手腕。她像是不知道疼，仿佛献祭自己的一只手就可以拉开希望的门。

“你疯了！”俞丹大喊，吓得松开了，陈见夏收回颤抖的左手，用右手开了门，站进室内，将门从身后带上了。

“陈见夏你干什么？”俞丹护着肚子退后，靠在客厅的墙上，略显浮肿的脸上又惊又惧，“你别胡来啊我跟你说我要报警了！我给你爸打电话！”

“我爸跟您通电话，说您要把我的学籍退回县一中，是真的吗？”

“我退不退轮不到你个学生说话，你怎么摸上门的？你家里没人教没人管吗？你想干什么？我给你爸打电话！”

你想干什么？你想干什么呢，陈见夏？

你愿意为你的渴望付出什么？

陈见夏静静看着俞丹，面无表情地跪了下去。

生怕陈见夏掏刀子出来的俞丹彻底呆住了。她们在安静的客厅一同凝固，陈见夏没有低头，而是微微扬起，平静地看进俞丹的眼里。

“我求求你，我要回振华读书。”她说。

四十七

最简单的事

老房子隔音不好，楼道里有人上楼的声音打破了客厅中的死寂，来人在防盗门外掏钥匙。俞丹连忙走向陈见夏，想拉她起来，陈见夏疼得一哆嗦甩开她，俞丹这才看见她左手腕上的被门夹出来的紫红色凹痕，保险门钢板上的毛刺划破了皮，血顺着掌心滴了几滴在米色地砖上。

“你赶紧起来！”她催促的声音柔和了一些，怕门外的人听到，“像什么样，快起来快起来，没不让你回来，起来！”

说话间背后的保险门被拉开，陈见夏起身，转头看见一个矮胖的中年男人搀着老太太站在门口，惊愕地看着她。

“我摔倒了，”陈见夏说，“叔叔好，奶奶好，我是俞老师的学生。”

她低头看了一眼自己的防滑靴，不急不缓地脱了下来，整齐摆在玄关旁的简易鞋柜上，给门外两个人让出位置。

“你过来坐下，过来。”俞丹扯着陈见夏胳膊将她按在沙发上，然后迎向门口狐疑的一老一少，接过丈夫手里装大葱的塑料袋和黑色公文包，又给老太太搬了一个方便换鞋的小圆凳，赶在两人发现前用拖鞋踩着抹布蹭掉地砖上的血迹。

俞丹最后走向陈见夏，垂着头，从茶几上扯了一段卷纸折成几折递过去，还是不看她："洗手间在那边，你去冲冲手，我给你拿创可贴。"

陈见夏在洗手间听见俞丹丈夫问，"谁啊，咋回事，你怎么还不做饭啊？"

"就是个学生，我带回来谈谈心。"俞丹赔着小心，语气躲躲闪闪的，"玥玥送过去了？图画本带了吧？她止咳药我都一起放床头柜上了，你走的时候拿了吧？"

"呀，药忘了。"

"我白嘱咐你那么多遍。"

"你有那工夫给我直接装包里不就完了吗？！"俞丹丈夫的脾气上来了，"你光叨叨叨的我能记住吗？"

俞丹压低了声音："我学生还在这儿呢！"

丈夫语气缓和了些，音量不减，"那啥时候整饭啊？还没谈完呢？"

陈见夏轻轻关上水龙头，走出洗手间，乖巧地对俞丹说："俞老师，我帮你做饭吧？"

俞丹的表情仿佛已经预见了陈见夏要给他们全家投毒。

虽然俞丹丈夫拿陈见夏当小孩，并没给她什么好脸，但毕竟是个外人，他终究还是给了妻子面子，朝次卧里喊了一声，"妈！"

俞丹的婆婆便沉着脸走进了厨房，他自己则进了主卧，将客厅留给了师生两人。

俞丹没说话，看着陈见夏自己贴创可贴，又把茶几上装花生和牛轧糖的食盘往她面前推了推，尽到了礼数。她自己也在沙发上坐下，背后的墙上是一幅已经泛黄的装裱书法，写着“玉壶冰心”。

陈见夏注意到她把脚从拖鞋里拿了出来，踩在鞋面上。

“您脚背肿了？”她问。

俞丹压着火，“别东拉西扯的了，到底要干什么？还敢闯到老师家里来了，你爸妈让你这么做的？！”

“我爸妈不知道，”陈见夏摇头，竟然笑了，“您放心，我今天不会在您家里闹的，我现在还没疯。”

“今天”，“现在”。俞丹教了多年语文，当然听得出弦外之音，她怕，却又觉得不该怕一个学生，脸上的表情十分纠结。陈见夏没有等待她做出任何回应，她从食盘里摸出一个砂糖橘，轻轻地剥开。

“俞老师，我以前也离家出走过，最远只走到了我们县里的第一百货商场。今天我是从县一中跑出来的，托我的一个在省城打工的老同学捎上了我。一路上我什么都没想，到了振华门口，我就想等您出来。周六补课其实您未必会来，但我也没有别的办法，我只能等。”

她将橘子上的白色筋膜小心地撕下来，用皮垫着，掰了几瓣放在俞丹面前，剩下的，自己连着筋膜塞进了嘴里，含混不清地继续说。

“我都忘了在小卖部等的时候在想什么了。我甚至都不知道见到您要说什么，怎么才能让您把我调回振华。也不是特意要跟着您回家的，但我相信我如果在校门口拦住您，您一定没耐心听我说这些，说不定就当街喊人了，我也是没办法，我觉得只有这样，您才会听我讲话。”

俞丹看她，像看一个外星人。

陈见夏抬起手腕，即便在创可贴遮挡之下，瘀青看上去也十分可怖。

“您别生气，”她笑盈盈的，“我就当用这只手跟您道歉了。刚才没觉得，现在真有点疼了，手指头都不会动了。”

俞丹终于意识到陈见夏不对劲了，虽然还是穿得土里土气，但曾经那个怯怯懦懦的县城小姑娘仿佛被附体了，一颦一笑都不是原来的样子，连带着面容都显得陌生。整个高中两年半，她似乎从来没听见过陈见夏完整地讲过任何一段超过五十个字的话，何况像现在这样，不疾不徐，仿佛一本书刚翻开了第一页。

“我给您跪下也不是抱着委屈的，跪了就跪了，绝对不会记恨您。但是如果您还是记恨我，我可以天天来跪，就算被我爸妈关在家里，我也会在家给您跪着的。”

俞丹声音有些抖：“见夏，你是个本分孩子，不要钻牛角尖，高三压力大，老师理解……”

“俞老师，”陈见夏打断她，“我没钻牛角尖。振华比县一中好，我想回振华，这个想法很正常。”

她看着俞丹的脚背，“别人都说小孩不记事儿，其实我记着的，我记得我妈妈就总说怀儿子辛苦，儿子在肚子里闹妈妈，姑娘就不会。她会让我给她揉脚背，我才那么一丁点儿大，也使不上劲儿，她就是逗我玩。小时候我妈跟我很亲的，但她还是偏心我弟弟。

“现在怎么都亲不起来了。我要是没发现她偏心就好了，可我长大了，长大了人就什么都明白了。”

陈见夏的眼泪毫无预兆地滴下来，她依然笑着，仿佛涌出来的只是汗。

“俞老师，咱们班家长联合起来赶你走的时候，我没有在校长那里说你坏话，如果您不信，我可以去找校长。当时大家都以为你不会回来了，我也这么想，以前你就不喜欢我，所以我的确有过要不要趁机递几句话的念头，但最后我忍住了，就像我妈妈再怎么偏心我弟弟，我也没对她和我弟弟做什么，一码归一码。我为我自己感到骄傲，我是个好人，不管您信不信，我都是个好人。”

俞丹神色有几分难堪，她迅速把责任推了回去：“你什么意思，老师因为这点事报复你？”

她深深地看着俞丹，“为什么要把我遣送？要毁我前途吗？要在我妈撒泼打我的时候笑得那么开心吗？”

“陈见夏！”俞丹喊了起来。随即卧室里传来她的丈夫翻身下床的声音，他趿拉着鞋奔过来打开了房门，探出头，“怎么了，吵什么？”

陈见夏本以为他是担心学生气到自己的妻子，没想到他是冲俞丹去的：“妈那心脏动不动就忽悠忽悠的，你小点声不行啊？”

他关门时候顺便白了陈见夏一眼。俞丹刚攒起的气势一下就漏干净了，见夏看得出她正在拼命组织语言，却怎么都想不起来自己刚才是要说什么。

见夏妈妈以前总说一孕傻三年，其实不止三年，后来的十几年她只记得住儿子，记不住女儿了。

她没给俞丹重新组织好的机会：“俞老师，知识改变命运，我如果没来过振华也就算了，但我明明抓到机会了。您是不是讨厌我，都不能剥夺我在振华读书的机会，人生命运就那么几步最关键，您放过我，不要毁了我未来几十年的人生。您自己也有小孩。讨人厌的小孩也有人生。”

俞丹怔怔地看着她。

“我妈妈以前就说我心眼小，凡事都要争，从来不低头认错，但我愿意为读书的机会给您跪下，我不觉得低头有什么屈辱的。今天来的路上，我都不确定能不能碰见您，可是我也不觉得忐忑。我在小卖部等您，望着外面，几个小时一动不动，什么感觉都没有。我终于明白了，人一旦只想做一件大事，不做成就去死，就是使命感。有使命感，心里一点都不慌。这比学习简单多了，比什么都简单。”

陈见夏笑了，那是她十八年来最灿烂的笑容。

“这是我这辈子做过的最简单的事。”

俞丹没说话，因怀孕而浮肿的脸颊让她看上去比平日多了几分倦怠，反而和气些，她的眼睛有些湿润，看向陈见夏的目光融满了不解、嫌憎和心疼，每眨一次眼睛就换一个主题。

厨房门开了，老太太端着一摞碗筷出来，俞丹连忙起身，从客厅角落笨拙地搬起折叠圆桌，陈见夏赶过去帮忙，一起将桌子摆在了客厅中央。俞丹朝她微不可察地笑了一下。

“你留下吃饭吧，一会儿我给你爸打电话。”

“打电话接我回去还是打电话让我留在振华读书？”

“高三该学完的都学完了，其实主要靠自觉，你在哪儿读书不一样？”

陈见夏正在帮忙摆碗筷，放下一双筷子：“老师不一样。”

又放下一双：“同学不一样。”

又放下一双：“二轮复习笔记不一样。月考考题不一样。”

“模拟考难度不一样，押题准确度不一样。”她摆完最后一只碗，“心气儿不一样。”

桌上一共三副碗筷，没有陈见夏的。她并不打算留下。

“好了好了好了！差不多得了！”俞丹极为不耐烦地打断她，然而语气里多了一丝丝长辈的亲昵，“我去拿双筷子，你再去洗洗手，吃饭。”

俞丹丈夫边吃饭边看《新闻联播》，几乎没说什么话；婆婆自打进门就耷拉着一张脸，连咀嚼的嘴角都是下垂的；只有俞丹时不时张罗：妈，你吃这个，大平，喝点汤，陈见夏，饭不够了自己盛。

俞丹婆婆做饭并不好吃，酱茄子咸了，倒是很下饭，陈见夏紧绷的神经十根断了九根，终于觉得饿，竟然吃得很香。

《新闻联播》结束，饭也快吃完了，俞丹丈夫终于问了一句：你家住哪儿啊，大人来接了吗？

“我是外地生，”陈见夏报了家乡县城的名字，“寄宿，就在学校旁边住。”

意外发现俞丹婆婆和她是同一个县里的人，老家还有不少亲戚至今留在县城，只有她跟着考进省城大学的儿子移居到了这一边。老太太问了几句县城的情况，陈见夏答得很少——她终于明白俞丹为什么从高中入学就不喜欢她了，怕是恨屋及乌——现在自然不敢和老太太套近乎。

她主动帮俞丹洗碗，刷得飞快，俞丹刚把热水壶提过来，她已经刷完了大半。

“水凉不凉啊？”

“没事。”

俞丹看着她冻得通红的手，“我给你爸打过电话了。你背着他们跑出来，家里人和学校都急死了，差点报警。你这孩子太不懂事了。”

陈见夏不说话。

“太晚了，没有来省城的大巴车，你爸说你家在这边有个表姑还是堂姑，你去那边对付一晚上吧，地址知道吗？我这身子没办法送你。”

陈见夏想听的不是这些。她关了水龙头，扭过脸注视俞丹，许久，俞丹叹了口气。

“你明天回家，收拾收拾东西，”俞丹顿了顿，“礼拜一来上课吧。”

陈见夏转回头继续刷碗，眼泪滴在手背上。

她说，谢谢老师。

原来她真的做了世界上最简单的一件事。

四十八

同学，我找李燃

陈见夏没有去姑姑家住。

课间操那通令她绝望的电话过后，她决意要破釜沉舟，只联系了王南昱。原本他还要在县里待几天的，陈见夏电话一打来，他就开着舅舅借给他探亲用的黑色桑塔纳赶来接她，一路把她送到了振华门口。

陈见夏坐在副驾，虽然是冬天，车座上的凉席坐垫还没撤，王南昱很不好意思地问她是不是久等了，天太冷，他要先把盖在发动机上保暖的棉被撤下来，放进后备箱，然后慢慢等车热起来。

“耽误你时间了。”王南昱说。

“已经麻烦你这么多了，你别这么说。”见夏低着头。

上车后她坐在副驾驶——这是她人生第一次坐在副驾驶，学着电视上的样子系安全带，王南昱笑了，说用不着，我舅说我天生就是开车的料，很安全的。

见夏说你也系上吧，以后都系上。王南昱愣了愣，突然笑了，很高兴的样子，立刻给自己也系上了。

车上他们只说了几句话。

“你要去找你老师？”

“嗯。”

“她不答应怎么办？”

陈见夏面无表情。

“那你找完她住哪儿？”

“我得先找到她，别的没想。”

“那你晚上找我吧。我不住公司宿舍了，我租房子了，跟饶晓婷他们合租的，我跟她打个招呼，你可以来找我们。给我打电话就行。”

“好。”

她拒绝了王南昱陪她一起等，车停在校门口空转费油，没必要。王南昱离开时满满的担心，不断用手在耳边比画“给我打电话”，见夏在小卖部门口目送他的车远去。

他穿着皮衣，戴着耳包，阴天也架着一副飞行员墨镜，见夏忽然想不起来他初中时的样子了，连肯德基服务生的样貌也跟着一并模糊掉了，他好像一下子变成了一个男人，一个会被小学生喊叔叔的年轻男人。

碗也刷完了，见夏穿上羽绒服和防滑靴，俞丹到底还是决定陪她下楼。她轻轻扶着俞丹，楼梯宽度刚刚足够她们两人并行，陈见夏的羽绒服蹭在楼道墙面上，刮得厚厚一层灰。

“俞老师，男孩女孩啊？”

俞丹顿了顿，“你们小孩不懂，现在医院都不让测了。”

陈见夏不相信，求子迫切的人一定会找关系偷偷验 B 超的，她妈妈就做过，十几年过去了，现在就算查得再严，只要医院有熟人，总有一扇后门留着的。

人世间铜墙铁壁，总有一扇门。

俞丹又说：“男孩女孩都好。”

她感觉到俞丹被问到之后情绪有些低落，隐隐猜到了结果，生怕哪句话没说对，又让俞丹收回成命，于是也沉默了，楼道里只能听见陈见夏不断召唤感应灯的跺脚声。

“你就不能让着点你弟弟，一家人能偏心到哪儿去，让你说得那么冤屈屈的。”半晌，俞丹找了个话头。

陈见夏不反驳，“俞老师，你以后要做得比我妈妈好。”

俞丹沉默了。她此时更像个普通的阿姨，而不是老师。

见夏在路口招了一辆出租车，俞丹从兜里掏出二十块钱递给陈见夏，她没收，从自己羽绒服口袋里掏出一张一百块晃了晃，让俞丹安心。“老师我带钱了。”

王南昱走之前把自己身上的所有零钱和一张一百元整钞都留给了陈见夏，她没推辞，在小卖部数清楚了，一共一百三十四块五角，打算未来还给他。

车要起步前，俞丹转身往回走，陈见夏摇下后排窗子，朝她喊：“俞老师，您答应我了！我们周一见！”

俞丹转回头，没好气儿，“周一我产检，见不着。”

见夏一愣，笑了，紧接着，她看见俞丹脸上有了今晚第一个也是三年以来面对她的第一个真切的笑容。

她不知道这笑容因何而来，只能回以更灿烂的笑。

俞丹说："陈见夏，你要回来就安分守己，那种家庭好的小男孩没长性、不正经的，你长大了就明白了。好好学习。"

半路上又飘起了鹅毛大雪，车开得很慢，又遇上博物馆主干道封路，几公里的路走了二十分钟，终于她远远地看见等在路边的王南昱，人冻得哆哆嗦嗦的，头发被雪盖成了花白。

"你怎么不穿羽绒服啊？"她打量他的皮夹克，"开车不穿也就算了，室外也不穿？"

"这饶晓婷他们卖的货，送我了，说我穿着好看。这不见你吗，穿得精神点。"

陈见夏没接茬，她没戴手套也没戴围巾，总不能把羽绒服脱给他穿。这样想着，忽然记起几年前的雪夜，她摘下化纤围巾系在李燃身上，李燃把脸缩进围巾里。

她心里一抽。这样家庭的小孩没长性，不正经，"你长大了就明白了"——可即便长大了，她还是会记得他牵住她的手。

她不信这些大人。她爸爸妈妈，俞丹，他们各有各的苦，没见谁真的活明白。他们凭什么说李燃，他们凭什么说人长大了都会苦？

"没落东西吧？"王南昱朝出租车后座瞄了一眼，甩上了车门，"走吧。"

他就租住在临街居民楼的三楼，房子比俞丹家大，有三个卧室，是舅舅朋友的公房，象征性收了点月租。本来是他一个人住，后来饶晓婷知道了，觉得有便宜不占王八蛋，就带着男朋友张军一起住了进来，交三分之一的房租。

"张军跟她分手了，"王南昱轻声说，"你别跟她提张军。"

见夏失笑："我不记得张军长什么样子了，上学时候都没说过话，我提他干吗。"

"当时还是他俩一起劝我来省城的，"王南昱走在前面，扭头看了一眼见夏，"你记得吗，你去振华读书之后，国庆第一次回家，咱俩在肯德基碰上了。"

见夏点点头。

"当时饶晓婷他们也在，她和张军初中毕业分手了，那几天又好上了，叫我去唱歌喝酒。之前他们就一直劝我一起到省城找找发展机会，我犹豫很久了，那天看见你，就下定决心了。"

陈见夏愣愣地琢磨着他的话，两人已经爬上了三楼，王南昱哆哆嗦嗦地掏出钥匙，手冻僵了，钥匙落在地上，发出清脆的响声。陈见夏弯腰去拾，保险门却自己开了。

"回来了？"饶晓婷倚在门框上，室内暖气烧得旺，她只穿了一件宝蓝色吊带睡衣，脚下踩着一双粉色人字拖，陈见夏弯着腰，先看见的就是她鲜红的脚指甲。

见夏朝饶晓婷点点头，算是打了招呼，饶晓婷瞟了她一眼，越过她朝王南昱笑笑，算是回复。

"见夏，快进门，屋里暖和。"王南昱推着她往屋里走，两人站着换鞋，王南昱的皮鞋好脱，他弯腰帮见夏找拖鞋："你穿我的拖鞋吧，这双是新的，里面有绒，暖和。鞋大不大？"

见夏摇摇头："拖鞋大点没关系。"

"你什么都没带吧，我刚等你的时候去旁边小超市买了新的牙刷，牙杯你用玻璃杯对付一下，我还给你买了瓶洗面奶和擦脸的，洗发水你就用我的吧，都差不多。”王南昱从包里把东西一样样掏出来，放在客厅的边桌上。

客厅虽然比俞丹家大，但衣服都散乱搭在沙发上，这里一件那里一件，墙角堆满纸箱，定睛一看，餐桌椅背上还挂着一只胸罩，陈见夏连忙收回目光，对王南昱说：“你不用这么客气，我用香皂洗脸就行。”

饶晓婷坐在沙发上看电视，扑哧一笑，斜了他们一眼：“王南昱你什么意思啊，都是同学，她用我洗面奶和护肤品不就行了？我的有毒啊？”

王南昱不理会，陈见夏摸不准他们之间究竟是什么关系，有多要好，也不方便搭茬。

王南昱喝止：“饶晓婷！”

虽然落魄不顺，还不至于谁都能来踩一脚，陈见夏淡淡地看着她：“我爱住哪儿住哪儿。你是租客吧？王南昱是你二房东，他借我住处，需要经过你同意吗？”

饶晓婷也不生气，陈见夏的暗讽对她来说仿佛挠痒痒，不轻不重的。

王南昱打圆场：“见夏，我跟晓婷商量了，虽然有三个屋，但有一个里面只有一张折叠床，上面堆的都是晓婷店里的货，床上也全是灰。你要不介意，跟晓婷凑合一晚上吧，要实在觉得不习惯不方便，你睡我房间，我睡沙发。”

陈见夏连忙客气：“不用不用不用，我睡沙发。”

饶晓婷急了：“我让给你半张床不错了，你他妈嫌我臭啊？”

见夏皱眉：“嘴里别不干不净的，上学时候我就烦你这样。”

饶晓婷起身，趿拉着拖鞋朝她过来，王南昱见势不妙，连忙挡在两人中间，饶晓婷开始指着王南昱鼻子骂：“人家高才生不乐意跟我睡，你赶紧领你屋去吧，你不就盼着这天呢吗，你来省城就是为她，现在混得也不错，她哪儿了不起啊，不是也被学校赶回老家去了吗，我要是你得赶紧抓住机会！”

王南昱扬手就是一巴掌。

巴掌不重，但陈见夏看得心惊胆战，恍惚间有些想起王南昱初中时候的样子了——他毕竟曾经是个混混，上课中间听到楼下一声口哨号令就从书桌里抽出金属指虎套在右手上往楼下冲的打架高手，面对陈见夏时或许憨厚守礼，但从来不是个驯顺乖巧的孩子。

何况他现在也不是孩子了。

饶晓婷没哭，捂着脸倔强地看着王南昱，眼睛明亮异常。

“你把嘴放干净点。”王南昱说完就转身看见夏，他并没因为自己暴戾的一面被喜欢的女孩看到而羞赧，或许这对他来说是非常正常的，并不需要遮掩。

王南昱拿起茶几上的洗漱用品抱去了洗手间，边走边说：“你穿秋衣秋裤睡觉还是换睡衣？我有件大 T 恤，你能当睡裙穿，是干净的，给你放沙发上了，这房子暖气烧得好，晚上穿太多会热醒。”

他关上洗手间的门：“我先刷牙了，一会儿洗手间让给你。”

客厅里只剩下陈见夏和饶晓婷，见夏往边上靠了靠，她怕饶晓婷的长指甲划花自己的脸。饶晓婷却突然冷笑了一声，放下了手，拿起茶几上的小镜子端详左脸颊，上面一点印子都没有。

“干你娘，”饶晓婷对着镜子轻声咒骂，斜了陈见夏一眼，“你到底住哪屋？”

她就这么翻篇了？见夏不敢置信。

“本来是怕麻烦你才说我睡沙发的，但是我还是和你一起住吧。”她弥补似的说道，“我能去你屋换衣服吗？……你别说，这屋暖气烧得好，还真是有点热。”

她刷牙洗脸后，和王南昱道了晚安，又给爸爸打了电话。这通电话因为妈妈在旁边不断抢电话的咒骂而拖了足有十五分钟，最后她找来饶晓婷在电话边故意说了几句闲话，才让爸爸相信她是和初中女同学住在一起。

不相信也没办法了，大半夜的总不能从县城杀过来。

见夏回到饶晓婷卧室，换上了王南昱的旧 T 恤，韩流来袭的第一年这种超大款式的衣服就风靡全国，的确可以做睡裙了。她在 T 恤里面依然穿着内衣防止露点，胸口的骷髅头被撑出小小的起伏。

下面光腿她不自在，穿上秋裤又太傻，正犯难呢，一条纯色紧身打底裤被扔到了她面前，饶晓婷站在卧室门口，一脸嫌弃：“穿这个吧，刚拿的货，新的。穿不下我就没办法了。”

见夏朝她露出了见面以来第一个笑容，“真的给你添麻烦了。”

饶晓婷冷笑：“假 ×，比上学时还假了。”

陈见夏挨了骂也没生气，她反问饶晓婷：“你喜欢王南昱？”

饶晓婷这才愣住了，少女情态浮现在浓妆的脸上，只是一瞬，又用不耐烦伪装起来：“你问我这话什么意思，他喜欢你，我喜欢他，你比我牛 × 呗？！”

陈见夏笑了，摇摇头：“王南昱知道你喜欢他吗？来的路上他还跟我说让我别提那个谁，说你正因为分手伤心呢。”

饶晓婷翻了个白眼，把床上堆积成山的衣服挪到梳妆台前的椅子上，给自己腾了个地方盘腿坐下，拍拍另一侧的床沿，示意见夏也坐下。

“你会跟王南昱好吗？”饶晓婷单刀直入。

见夏失笑，想都没想就摇头。

饶晓婷嗤笑：“那他真他妈可怜。”

“王南昱没说过喜欢我，我们上学时候没说过话，我……我不想睁眼说瞎话，说什么他肯定不喜欢我之类的话，但我觉得，就冲他这三年没怎么找过我这一点，喜不喜欢我这件事，对他没那么重要。”

陈见夏蓦然发现，经过一些事之后，她竟也成了“人生导师”，能说出一些道道来了。

饶晓婷神秘一笑：“他在旅行社交过女朋友的，带的团里面的游客，看对眼了，就好上了。俩人好了半年，在这儿一起住，那女的以前还经常跟我们去 KTV 唱歌。”

见夏笑了：“所以我说的没错嘛。”

王南昱应该是对她有些念想，她不是傻子，但也只是念想罢了。一个混社会的男生，没拿她当妞泡，尽可能尊重她，让她努力学习争口气——或许是珍重，或许就像她对饶晓婷所说的，没那么在乎。可无论如何，陈见夏也珍重他。是他二话不说开车接上她，沉默地送到振华门口，改变了她的命运。

她们关了灯，躺在狭小的床上，见夏尽可能靠近床边，不想挤到饶晓婷。

在饶晓婷的絮叨中，陈见夏渐渐闭上了眼睛。千里奔袭、僵直苦守、壮士断腕……她用意志力屏蔽的疲乏和恐惧终于还是摸回了她的身体里，拉着她无限下坠。

周一又是大雪，升旗仪式取消，改为室内广播，学生们鞋底的雪一路化成水，走廊里都是一片片的污渍。张大同拎着拖布走出来，咒骂着擦地，然而每每将班级门口擦干净，总有迟到的学生跑过，再添几个泥脚印，如此反复三四次后，他终于忍不了了，对着视线范围内又闹出来的一双夹棉靴大骂："没长眼睛啊！那么宽的地儿，非踩我刚擦过的？！"

张大同抬起头，眼前的女生有些面熟。

女生朝他笑笑，说："你是十四班的吗？麻烦帮我找下李燃。"

正说着，趴在最后一排座位上打盹的李燃闻声抬起头，目光穿过敞开的后门，迷蒙了几秒钟。

雪在背后的窗外簌簌落下，少年澄澈的双眼绽放无比灿烂的晴朗。

"陈见夏。"

他轻声念着。

你有过被关爱的感觉吗？被关爱没有主动行动好。要主动去行动。

这世界上最幸福的事不是绝望之中等到了别人驾着七彩祥云来拯救你，是你自己披荆斩棘奔袭万里。

精神的世界里没有度量衡，你感受到的一丝一毫都有千钧之重，"感受"是答案，"感受"是意义。

陈见夏感受到了存在。她存在。

她做到了。

不是随波逐流，不是人云亦云。

她做到了世界上最简单的一件事。

从没有过如此笃定的快乐——

小学考了第一个双百；

第一次担任升旗手；

第一次因为乖巧懂事、考第一名被大人从小饭桌叫到大饭桌上说吉利话拜年，而弟弟只能在一旁愤恨地看着；

过年时在奶奶家看《女人不是月亮》，被二婶夸奖“我们小夏长得多像女主角扣儿啊”，于是当女主角扣儿被人污蔑“搞破鞋”，不肯接受肩背草鞋游街的命运，她看得出神，攥紧拳头，心想我也永不屈服；

中考模拟上了县一中分数线；

招生办主任和她说，你被振华看上了；

人生中那么多骄傲，那么多瞬间感受到“自我”，没有一个比得上她感觉到自己存在的那一刻……

四十九

你喝不喝热巧克力

午休时他们去了体育场。冬季萧索，体育场正中的草皮枯黄凋敝，清静得很。

“你想不想在我石膏上写字？”李燃忽然把宽大的裤脚往上拉了一下，“张大同、许会他们都写了，连我们班主任姜大海都写了，但我把这儿圈起来了。”李燃指了指中间很大的一个空白区域，“这是留给你的。”

陈见夏笑出声，从书包里掏出深色记号笔，想了想，在那个圈里竖着写了两个大字——蠢狗。

李燃丝毫不意外，笑嘻嘻的，像个傻子似的。

他双手往后一撑，想像往常一样跳到看台上去坐着，因为腿使不上劲，险些摔个跟头，是陈见夏手疾眼快扶住他，勉力将他推了上去，李燃的牛仔裤和水泥台之间摩擦力太大，她几乎将胳膊推脱臼，不小心羽绒服袖口蹭到了瘀青的手腕。

陈见夏脸色一变，到底还是忍住了没叫出声。

“怎么了？”李燃讶异。

她摇摇头：“没事。”

她絮絮给他讲王晓利，给他讲县一中走廊的雕龙画柱，给他讲弟弟有了喜欢的女同学，死活也不肯离开县城……

李燃穿着灰白相间的羽绒服，脖子上戴着她送给他的化纤围巾，半张脸埋在领口，只留下一双黑白分明的澄澈眼睛，好像在听她说话，又好像一丁点都没往心里去，只是看着她，眨都不眨。

“今天返校上课，没人为难你吧？”他问。

早上见过李燃之后，陈见夏赶在预备铃之前回了一班教室。她离开了近一个月，同学见到她自然惊异，不过一班的学生向来少年老成，抽气声寥寥，更多人只用眼神传递讯息，没几个敢跑来八婆的。

于丝丝垂着脸，不和她对视，只是默默让出走道，让她进去。陈见夏那一巴掌被一个月的时间稀释成几十份，薄得仿佛让于丝丝彻底忘记了似的。

只有陆琳琳不出所料，转回头无喜无悲地陈述：“你回来了。”

见夏粲然一笑，把陆琳琳吓了一跳：“嗯，养好病了。”

陆琳琳没给她面子，嗤笑道：“养什么病啊，都传开了——”

“他嘛，”陈见夏笑得愈发灿烂，“叫李燃，你肯定听说了，是不是很帅？”

陆琳琳惊呆了，嘴半张着，手里的半张卷子轻飘飘落下来，被陈见夏手疾眼快接住了，重新递给她，“有人喜他，看不惯，就跟班主任举报了，我就被送回家教育了，现在放出来了，的确不完全是养病，但现在好了，我回来了。”

她声音不轻不重，确信周围的人都能听得见。

看陆琳琳呆愣着不接卷子，陈见夏起身，弯腰探上前去，将卷子重重拍在了她桌上："有嚼舌根的尽管继续，他脾气不好，我脾气也不好，挺小心眼的，既然已经转圈丢人了，就没想跟谁交朋友，死一个算一个。"

陈见夏彻底出了名。

她接了开水的保温杯就那样开着盖子放在桌上，无论陆琳琳还是于丝丝，进出时都小心翼翼，一上午过去，水杯都不再冒热气，依然稳如泰山，一毫米都没移动过。

肝火太旺，没吃早饭也不觉得饿，斗鸡似的，写一会儿卷子就看看四周，谁敢回头窥视陈见夏就直接瞪回去。

课间终于有人敲了敲她的桌子。抬起头，果然是楚天阔。

楚天阔憋着笑："跟俞老师谈过了？"

见夏笑笑："嗯，谈了。"

"需要笔记吗？"楚天阔说着回到座位去翻桌洞，拿了一套素净的笔记本递给她，"语文英语详细些，数理化生有点潦草，不过你看应该没问题，不懂的地方问我吧。我也缺了一个星期的课，补得不太全。"

见夏接过来，抬头问他："去北京面试了？出结果了吗？"

楚天阔笑了："昨天半夜出来的。彻底确定了，电子邮件和纸质的都收到了。我保送清华了。"

百分百真心实意的笑容在陈见夏的脸上绽放。她没说任何恭喜的话，只是笑，笑着笑着，宠辱不惊的楚天阔也跟着一起笑出声来。

"班长，"见夏揶揄，"你不累吗？这么高兴的事，都不跟同学嘚瑟一下？"

楚天阔沉吟许久，压低了声音，“我也就跟你说句实话吧，这个结果我不意外，但凡事都有万一，我之前有点紧张是怕出岔，幸好一切都挺顺的，所以，没觉得特别开心，更多只是松了口气罢了。”

见夏气笑了：“你也就跟我这么说说吧，跟别人说会被打死。”

楚天阔也乐出声了：“我知道。”

陈见夏摩挲着笔记本，半晌，忍不住询问：“班长，我听说，凌翔茜……”

“茜”字拉了很长音，楚天阔都没什么反应，陈见夏再次抬头，看见楚天阔的脸，那是第一次，她在班长脸上看到了接近于普通人的神情：流动的、颤抖的、无法掩饰的。

陈见夏有些后悔。

她是从陆琳琳那里听说的。陆琳琳这人就一点好，目的明确。她只喜欢学习和八卦，从陈见夏那儿吃了瘪，只是态度上受损，却听见了实实在在的“被举报”，也不是不满足，于是两堂课过后，她就如常回头跟陈见夏继续八卦别的事情了：也就是凌翔茜的事。

陈见夏在振华接近于隐形人，又是连初中小学熟人都没有的外地生，她的事也不过在一班内部议论议论；凌翔茜是校花，风吹草动都轰动全校。陆琳琳说，在申请校推的保送生与自主招生统一考试中，凌翔茜被教导主任发现作弊，当场清出了考场，此后就再也没出现在学校里。

楚天阔丝毫没掩饰那种属于少年人脸上常见，而于他却极为罕见的羞愧和脆弱。

他轻声问：“你跟她认识吧？”

“嗯，之前补课班说过话，”陈见夏道，“怎么？”

楚天阔郑重地看着她，用从未有过的迫切语气说："见夏，你能不能帮我一个忙？"

陈见夏把楚天阔拜托给她的事情在体育场说给李燃听。

"屁，"李燃听到这儿，翻了个大白眼，"我听林杨说了，不知道是谁故意整凌翔茜，往她桌洞里放了资料，她就被教导主任抓了，现在全校妒忌心发狂的女生都在笑话她，她干脆就不上学了。你们班长算个啥，凌翔茜被冤枉得离校出走，他都没种去找她，窝窝囊囊地回教室去接着答题了。现在保送成功了，又想起她来了？在你面前充什么大头蒜！懦夫。"

陈见夏叹气："那可是保送考试，班长本来十拿九稳，半路跑出去就全完了，保送资格就废了，竞赛也都白考了，怎么能让他拿前途开玩笑？"

李燃竖起眉毛刚要反驳，突然想到了什么，安静了下来。

"你怎么不说话？"见夏疑惑。

"不为什么。就是觉得自己也没资格指责别人。谁都不应该拿别人的前途开玩笑。"李燃说。

陈见夏看着他。还是白皙的少年，眉宇间透露出不驯服的气息，眼神清冽，有时候懵懂直接，有时候包罗万象。

三年过去，他也成长了。

他终究还是懂了有些人活着的不得已。

"陈见夏，"李燃突然说，"我才是懦夫。"

他注视着她的眼睛，"你是最勇敢的人。"

到底陈见夏还是退后了半步，结结巴巴地说："你别坐在那儿了，石头冷，会着凉的。石膏都没拆，干吗非要来上学？"她把李燃的手臂搭在肩上，扶他下来，“你是不是又没穿毛裤？”

李燃的眼神也柔和下来，揉揉她的毛线帽。

“我去找你的时候，你亲口说让我等你的。”他用那只好腿踢着地上的雪块，吐出来的每个字都和他一样红着脸，“你说你会回来的。我怕你真的回振华了，我却不在。”

他的右胳膊搭在她肩膀上，搂兄弟似的，压得她有些痛，痛得满心都是安全感。陈见夏笑了，忍住眼泪问：“家里有人来接你吗？我得回去学习了，还有好多笔记要抄呢。”

“我放学再来找你，送你回宿舍。”

“不要，”陈见夏态度坚定，忽然有了几分大姐姐的样子，说一不二，“你安心在家待着，把腿养好，这件事你必须听我的，行吗？反正你在学校也不学习，如果只是为了课间、午休和放学来跟我见面，我觉得没必要，你不在，我反倒能安心一点，我落下这么多进度，得赶紧追上。”

李燃抗拒了一会儿，有些失落，但很快就想通了，“你说得对。”

在陈见夏连番劝说下，李燃安心休养了一个多月，两人之间保持着短信联络。

李燃每天都发，反正他在家里闲着无聊，想起什么发什么：

——突然打了两个喷嚏，是不是有人想起我了？

——你上课手机关了吧，放学一起看，不用回。

——也别都不回，我发得特别好的你可以回一下。

陈见夏每次下课都从桌洞掏出手机，挨过漫长的开机画面，低头盯着小小的橘色屏幕。教室里有百样心思，角落里的陈见夏，此刻心里淌着草莓牛奶的溪流。

因为李燃不在，陈见夏每天都不怎么出教室的门，坐在桌前仔细研读楚天阔的笔记。俞丹起初只是观望，发现她的确安分守己，渐渐放下了戒备心。

月考不比模拟考正式，安排得很紧凑，英语收卷后才下午四点，天将将黑。陈见夏放学后急匆匆跑出教学楼，赶在晚高峰前登上了2路汽车，坐过三站，到了医大一院。

地址是李燃给她的。楚天阔连拜托她帮忙都妥帖到专门提醒忙完月考再说，所以月考最后一门科目前的午休时候，陈见夏才给李燃发短信。

“你有凌翔茜的电话吗？知道她家住哪儿吗？”陈见夏问道。

“你非要帮你们班长这个忙不可吗？”李燃不耐烦。

“我自己和凌翔茜说，不用你管，她答不答应我去还不一定呢，你少替别人操心！”陈见夏不光是维护楚天阔，她听见李燃在凌翔茜的事情上越俎代庖就心头冒火，还好李燃识相，立刻就招供了。

而电话里，凌翔茜居然答应了。

陈见夏边走边问，终于赶在五点前到了江畔花园小区的大门口，站岗的门卫穿着厚厚的军大衣，戴着雷锋帽，询问了楼栋门牌号后，跑去岗亭内给业主拨电话。

陈见夏愣愣地看着门卫，又将目光投向里面灯火辉煌的一幢幢三层小洋房，蓦然想起自家破败的单元门，以及俞丹家年久失修的、宛如摆设的电子门。

她对凌翔茜漫溢的同情心忽然热胀冷缩了。

保安示意她可以进门了，指着右手边说：“从这条路走到头，右拐第三栋就是。”

陈见夏道谢，顺着他指的路前行，防滑靴踩在积雪上发出嘎吱嘎吱的声响，是静谧世界里唯一陪伴她的精灵。

铁艺大门没关，轻轻一推就开了，见夏穿过冬季枯败的入户花园，站在保险门前，刚想抬手敲门，突然想到什么，四处看了看，在左手边墙壁上找到了门铃。

门很快就开了，室内暖融融的，热气飘到陈见夏脸上，让她睫毛结了霜。

“你真的来啦？”凌翔茜穿着一套白粉相间的条纹珊瑚绒居家服，笑盈盈地说，“快进来！”

她看上去比在学校时还快乐，笑容那么灿烂，向陈见夏证明自己“过得非常好”。这层明亮刺眼的结界切割开了两人曾经共享的那条黑暗小巷，陈见夏忽然清醒过来。

她是陌生人，还是凌翔茜很可能正在厌憎的敌方的信使，这次探访，她或许只能得到对方比灿烂更灿烂的假笑。

陈见夏没急着换鞋，而是从书包里掏出了一套很重很重的、用牛皮纸和绳子包好的复习资料，没说是谁给的。

“这个……”陈见夏语塞，细绳勒进她的掌心，“不知道对你有没有用。”

凌翔茜愣了愣，笑容淡了些，说：“谢谢。其实林杨、周周他们也定期给我送笔记和卷子的，不过谢谢了，这么重，你大老远背过来，辛苦了。”

真妥帖，真周全，真落落大方，真像。陈见夏想，凌翔茜和楚天阔仿佛注定会变成自己小时候在《正大剧场》周日影院里看过的美国幸福家庭养两个孩子的爸爸妈妈，却为什么会变成这样呢？

凌翔茜没有接过去。“很重吧？”她指着玄关旁的换鞋凳，“快放下吧。”

陈见夏顺从地将一整包资料放在了地上，想了想，又往外拽了拽，拽到了屏风里侧，从客厅也能看到的角度。

“快进来！”凌翔茜恢复欢快，“你喝什么？我给你泡热果珍吧，或者热巧克力？不是高乐高，是我表哥给我带的一种国外的，巧克力味道更纯，但我觉得和高乐高也没那么大差别。”

“我喝水……”陈见夏客气道，忽然觉得这样离凌翔茜就更远了，一不大气，二也完不成楚天阔的嘱托，于是改口，“那我尝尝吧，看看国外高乐高什么味道！”

有时候当别人想分享给你好东西的时候，适当“麻烦”他们，反而让他们更快乐，要学会领情，学会大大方方的领情。

这都是李燃教会她的。他从未向她灌输道理，却让她明白了如何将与他相处时的坦然接受推广到四面八方，一定程度上缓解了她胎里带来的局促。

就当这趟是专程来喝外国巧克力的吧，她想。

她坐的位置能看到不远处的小吧台，凌翔茜把桶装纯净水倒进电磁炉上的小水壶，那个壶真好看，是蛋壳黄色的漆面，不像商店里千篇一律的不锈钢烧水壶。还有，她不用自来水烧水的吗，纯净水烧出来的水真的会有味道的区别吗？

陈见夏像在读一本书一样，读着凌翔茜和她的日常生活。

浅色大理石地砖，欧式浮雕门廊吊顶，实木楼梯，客厅角落的三角钢琴，仿佛是陈见夏和弟弟在偶像剧里看到过的家。这个家唯一比偶像剧真实的地方就在于茶几上堆着一些用塑料盘盛着的牛轧糖、独立包装的徐福记凤梨酥和散装开心果。这才像个中国的家。

她坐在真皮沙发上，捧着凌翔茜端给她的热腾腾的巧克力，说自己觉得有点热。

“那我把露台的落地窗打开一点吧，”凌翔茜拉开了落地门，外面有一个伸出式的小露台，栏杆是白色石膏样的，外面一片常青松树，像暗夜里潜伏的海浪。

“好喝吗？”凌翔茜问，“应该不烫，我用纯净水烧的，本来就干净，所以不用烧开，加热到六十度就自动断电了，省得你还得晾半天。”

她笑起来真好看。陈见夏想。

“好喝，”见夏点头，“第一口觉得没有高乐高好喝，后来觉得好像奶精味没那么多，挺醇厚的。”

这是陈见夏第一次用“醇厚”这个词，她在新概念作文大赛获奖作品集里看到上海的中学生这样形容咖啡。

于是她们捧着马克杯，喝着各自的热巧克力，陷入了短暂的沉默。

陈见夏所有打好腹稿的安慰都碎得不成形。

这样的人，不拿加分也没什么吧？不上好大学也没什么吧？

李燃以前笑她，你学习，到底是为了求知还是为了脱贫？

陈见夏所设想的美好的 office lady 生活，只存在于英语书里，即便成真了，能买得起这样的房子吗？要花多少年呢？

本来就是陈见夏自己主动打电话找凌翔茜的，对方愿意见她就不错了，现在轮到见夏道明来意了，她却因为私心忽然失语了。

“你好像过得挺好的，”她闷闷地说，意识到不对，找补道，“不是，不是，我不是觉得你应该很惨才对。”

凌翔茜笑了。温柔和煦的假。陈见夏忽然有点明白从初中到现在饶晓婷为什么一直讨厌自己了，她的笑在饶晓婷眼里怕也是差不多的。

“是我们班长拜托我来看你的。”

凌翔茜笑眯眯的，假装没猜到：“是吗？谢谢他了。他怎么样，保送成功了吗？”

“嗯，”见夏点头，“他保送清华了。”

“你还要吗？”凌翔茜一拍脑门，注意到陈见夏见底的杯子，“水壶是保温的，我给你再冲一杯。把杯子给我！”

陈见夏看着凌翔茜跑进厨房。她愿意见她，就代表想知道楚天阔到底要说什么。既想听到他的消息，又要矫情抗拒，果然这世界的女孩都一个样。

陈见夏想起困在家中绝食得人不人鬼不鬼的自己，那是凌翔茜不知道的，她决定突破那层明亮坚硬的结界，告诉她，我明白的，我都明白的。

“班长很后悔！”她大声地朝着厨房喊，“他相信你没作弊，他没脸见你，他那么骄傲的人会来拜托我，已经是把自己的脸放在地上踩了，他说你可以讨厌他，但是他必须要告诉你，他相信你没作弊。”

吧台前的凌翔茜停下了动作，半晌，转身走过来，坐在了陈见夏对面的沙发脚凳上。

“其实我放弃过他的。”

凌翔茜突然说。没头没脑的。

“我理解，我是你我也放弃了，他——”

“我不是说这件事，”凌翔茜摇摇头，“是以前。高一的时候。

“我没有什么借口和他说话。高一刚开学一起参加学校读书会，他长得太好看了，我就多看了两眼，他也看我了。你别笑哦，我觉得他看我的眼神和看别人不一样，所以读书会结束后就磨磨蹭蹭不肯走，你真的别笑我。”凌翔茜说着，自己却先笑了，“我从小习惯了男生喜欢我，谁喜欢我我一眼就看得出来，他们一定会千方百计来找我说话的，我感兴趣的就说两句，不喜欢的就装傻。我以为楚天阔看我落在最后，一定会来找我的。”

凌翔茜摩挲着自己那杯奶茶，手指在杯壁的金丝凸起上轻轻蹭着。

“结果没有。读书会一结束，他背起书包就走了。”

凌翔茜不好意思地低着头，“我一开始只是憋得慌，很气，从来没有人这样对过我，越想越气……越气就越想他。

“读书会就办了三期，本来就是个学生社团的试点活动，赶上期中考试，参加的人越来越少，大家后来就散了。最后一期的时候我真的慌了，借着读书的由头，鼓起勇气朝他借了一本书，把这本书当作我们之间唯一的线索，我想，还了再借，借了再还，我不信他还是无动于衷。”

陈见夏忍不住插话，“你对班长另眼相看，是不是因为他没有对你另眼相看？”

“他对我另眼相看的！”凌翔茜真的急了，高声反驳，“他从第一次见到我的时候就觉得我与众不同了！他后来自己说的！”

陈见夏连忙补救：“我早就看出来他对你与众不同了。”

凌翔茜自己也不好意思了，羞红了脸，陈见夏蓦然明白什么叫作面若桃花，想起李燃曾经对凌翔茜的友谊，心里又有点憋闷。

“但我还了几次书，他都没什么反应，说几句客套话就道别回班了。每次都是我去你们班找他，别人都说我倒贴。”

可不就是倒贴吗……陈见夏把头埋进杯子里，没说话。

“有一次我真的心灰意冷了。我觉得我再那样下去就真没劲了，自己都瞧不起自己。反正，我也分不清楚，干脆算了。以前我都是还一本借一本的，那次只还书，还是托林杨帮我转交的。”

凌翔茜喝了一口热巧克力，抿着嘴巴生闷气，沉默许久才开口。

“我没想到，那天广播操课间，他站在后门口，当着我们班同学的面喊我出来。我故意磨蹭了一会儿才过去，问他有事吗，他把我托林杨还的书拿出来，在我眼前晃，问我，你为什么不自己还？”

楚天阔霸道地将书塞到凌翔茜怀里，说：下次你自己还。我要你亲自还给我。

陈见夏怔怔地听着。

凌翔茜说话的时候望着窗外，一片漆黑，其实什么都看不见，只能看见她自己映在玻璃上孤零零的影子。

她忽然想起什么，跑去楼上，片刻后又奔下来，递给了陈见夏一支笔、一张纸和一枝被书页重重压扁的玫瑰标本。

“你把这个还给他吧，”凌翔茜说，“我不想留着了。”

纸上写着凌翔茜三个字，字迹风格有些眼熟，陈见夏想起自己最近在抄的笔记，认出这是楚天阔的字。

“我为了见他，真的找过很多借口。高一一二·九大合唱，我说要联合两个班的班委一起去挑服装和伴奏带，其实我没约二班的班委，到集合的时候，你猜怎么样？”

凌翔茜笑得仿佛杜鹃花开满了眼帘：“他也是自己一个人来的，跟我说，一班的班委集体放他鸽子了。骗人。他那么聪明，肯定知道我是找借口和他单独相处，他和我一样，也是故意的。他是故意的。

“于是就我们两个人，公事公办地，去逛街。说是买合唱服，其实什么店都进，就在一个文具店，我试斑马牌的水笔，怎么画道道都不出水，他突然接过来，在纸上点了两下，笔就好使了，然后……他写了我的名字。

“他说，好看，我送给你吧。”

是笔好看，字好看，还是人好看？

到底还是问不出口。伶牙俐齿如凌翔茜，只是讷讷接过那支并不贵的水笔，低着头说，谢谢。

楚天阔去付款，凌翔茜跑回去，从试笔的那个小本本上将楚天阔写她名字的那一张撕了下来，折痕都不肯留，偷偷放进书包最里面那个平整的夹层内袋里。

字真好看。

凌翔茜仰着头，眼泪扑簌。

楚天阔让陈见夏传达的只有歉意和“我相信你没有作弊”，没有半句提到过挽回，更强调，不必替他说半句解释、体谅或转圜的话。他没资格在自己卸下高考重担的时候，去回过头无耻地把一切都补回来。

他做了抉择。第一堂考完他就知道凌翔茜出事了，林杨和余周周因为担心凌翔茜当场就弃考出门了，他木愣地站在过道，五分钟后下一科目开考，他感觉时间将两侧的墙壁、墙壁上的名人名言、墙壁下的课桌椅都拉变形了，从他身旁急速流过。

这时有人说，麻烦你，让一让。

他呆站太久，挡住了其他要去上洗手间的同学的路，人家说让一让，他微笑说哦不好意思。

那个瞬间将他拉回了教室里。预备铃打响，楚天阔回到了座位上。

短短一个秋冬，他因为一次考砸便迁怒进而抛下她，他面对女孩无端坠崖却无动于衷。雪花落下的那天，从邮箱里拿到清华许诺的提前录取通知书，他突然发现，没了竞争对手，爱情变得那么可贵。

时势戏弄着少年的原则，他既然任其摆布，就没有资格诉苦。他告诉陈见夏，我没有什么想对她辩白的。我做了选择，选择就会失去。

因为楚天阔的嘱托，陈见夏没有任何片儿汤话可以填补对话间的空白，“他也不容易”是事实，可谁的不易对凌翔茜没有意义。她从茶几上抽出一张纸巾递给凌翔茜，想了想，好像能做的只有唯一一件事了。

就是说说她自己。

人与人开通桥梁，总是要站在河岸的两端，朝着彼此的方向各自建造那一半坚实与真诚。

陈见夏说：“我妈以为我跟李燃开房了。

“我被遣送回家那一个星期，没去县一中上学，每天不出屋，因为只要一出房间，她就会骂我下贱。”

她们分享过一首歌，但陈见夏知道她们永远不会成为朋友，她听了凌翔茜的苦，于是还给她一份苦，不亏不欠。

黑巧克力热饮都比人生甜。

凌翔茜的眼泪止住了，匆忙打断陈见夏，“你不用跟我说这些的。”她极像楚天阔的那一面又浮上来，“不用，别用惨来换惨，你别用这个安慰我，会后悔的，你别这样。”

说完她又有些眼圈红，再怎么拒绝，还是被陈见夏自杀式的安慰感动到了。

“我知道了，谢谢你。”陈见夏站起身，“班长让我给你的东西我带到了，话我也替他说了，就不打扰你复习了。”

陈见夏换好鞋，攥紧书包带，仿佛包里那张写着凌翔茜名字的纸和玫瑰花一起在燃烧，烧得她痛。

拧开门把手前，到底还是忍不住说道：“不是为了安慰你，真的不是为了安慰你，你想想你拥有的，看看你住的房子，想想你的退路——我知道人总是不满足的，不能用一种难过比另一种难过。但是，你往好处想，你退路比我多，你明白吗？我知道比我好算不了什么，你没跟我比，你平时都想不起来我是谁，你也不会天天想着自己住别墅就开心。我都明白，但你偶尔这么想想，就偶尔。我希望你开心。”

凌翔茜伸出手帮她摘掉了枣红色羽绒服领口钻出的鸭绒：“难怪你和楚天阔是朋友。我不知道为什么，觉得你们有点像。”

陈见夏走出几步，回头望着凌翔茜灯火通明的家，突然想问自己，如果有一个机会，让她变成凌翔茜，拥有同样漂亮的脸蛋和身材、住在这样漂亮的大房子里，但是要被所有人知晓、审视、议论、排挤、诽谤，被欣赏的朋友的反复无常折磨到耗尽自尊，每天坐在露台上喝用瓶装纯净水泡的国外热巧克力还是觉得委屈……她会选择做陈见夏还是凌翔茜？她连在狭小环境里被驱赶回县城都是咬着牙顶下来的，摔了个屁股墩都人不人鬼不鬼了好一段时间，要是像凌翔茜一样，从云上掉下来呢？

凌翔茜被她的家接住了，再也没回振华。

还是做陈见夏吧。陈见夏从县一中爬出来了。

她没去过天上。想去。

五十
迷雾

俞丹的身子愈发重，常常在讲课的中途陷入不明所以的沉默，一班的同学们面面相觑，谁也不敢提醒她。讲类型题时，于丝丝站起来回答问题，被她晾了足足有三分钟。

三分钟后，俞丹才如梦初醒般示意于丝丝坐下："这种给新闻拟标题的题目，首先不能超字数，有的同学有侥幸心理，觉得老师阅卷时不能一个字一个字数，但是我告诉你们，正式考试时答题纸上是有格子的，多一个格都没有，谁平时练习不严格要求自己，考试时就傻眼。"

下课铃响起，俞丹置若罔闻。

"这道题的叙述对象是长江学者，于丝丝的答案基本正确，但是丢了一个很重要的东西，是什么？"

俞丹环视全班，没有人说话。

"数字。这则新闻在导语里多次提到了数字，数字加上长江学者，标准答案是：202 位新人受聘长江学者。"

同学们埋头记录，陈见夏发现俞丹的目光盯着教室后排的黑板报，茫然空洞，像语文办公室网速下打开的浏览器页面，只有一片白。

“好了，下课吧。”页面终于加载出来了，然而赶在同学们起身之前，俞丹忽然走过去将教室前门合上了。

“接下来两个月，会由十四班的姜大海姜老师给大家代课，我会尽快回来，和大家一起备战二轮复习。”

没有掌声也没有祝福，俞丹自己也没有幸福地提起“生产在即”的任何苗头，在一片事不关己的漠然中，俞丹再次拉开班级门，抱着讲义离开了。

陈见夏回过头，看到黑板报上还残留着“恭贺新年”的主题画报，上面一群小娃娃脸上挂着模式化的喜悦，手拉手向前奔跑。

她正出神，被莫名晾了许久许久的于丝丝忽然赌气踹了一下桌子，陈见夏的水杯再次倾倒，水迅速漫过桌面，冲过笔袋和卷子，唰啦一下浸湿了陈见夏的前襟和裤子。

很多人的目光都被杯子咣当倒下的声音吸引过来，陈见夏没有动，任由温热的水滴在身上，她轻轻地问：“于丝丝，你不道歉吗？”

她们一整个月相安无事了。这一个月对于丝丝来说已经到了忍耐极限——谁乐意挨一巴掌呢？但俞丹会让陈见夏回来，于丝丝吃不准中间发生了什么，是陈见夏爸妈送了礼，还是别的什么微妙的默契——像今天课堂上一样被俞丹说不出滋味的冷待已经不是一次两次了，精明如于丝丝已经预感到是后者了。

但她只能等着，俞丹还在，如一开始对家长们承诺的一样坚持到了待产的最后。她起初非常戒备，发现陈见夏和以前一样沉默乖巧，渐渐放松起来。狗改不了吃屎，人改不了尿，于丝丝打心眼里不信脱胎换骨这回事。

终于换代班班主任了，谁都知道代班班主任不管事。陈见夏桌上那杯水，她早就想撞了。

直到被陈见夏揪着领子扑到地上。

于丝丝彻底蒙了——这婆娘疯了？

陈见夏毫无预警地跳起来，狠狠地撞倒于丝丝，两人一起摔在水泥地面，因为中间牵绊着椅子桌子做缓冲，摔得并不痛，但陈见夏两手死死按住她的肩膀，力气大得惊人，于丝丝动弹不得，只能发狠踢打，双脚把周围踹得七扭八歪，奈何丁点都制不住对方。陈见夏跨骑在她肚子上，坐得实，压得狠，若是扼住她脖子，此刻于丝丝恐怕已经翻白眼了。

然而见夏只是按住她的肩膀，居高临下看着她，背对窗户，整张脸笼罩在阴影中，面无表情地看着她。

“瞧不起我？”她问。

声音不大不小，周围人都能听得大概。

陈见夏笑着问：“不服？”

陈见夏：“坑我的加分？”

见夏的拇指掐进于丝丝肩膀，“还带着一群八婆告密，去办公室看我笑话，想我死？

“就你，考南大？想加分？你把我阴走了，拿到加分了吗？加上分你也考不进去啊，于丝丝。”

她就这样直直地看着，仿佛索命的厉鬼，也不知旁边的同学是没力气还是无心相帮，一群人装腔作势却依然没办法扳开陈见夏扼住于丝丝的双手。

最后把两人分开的还是楚天阔。拎起陈见夏、拉开杀红眼的两个女生并分别推向不同方向，对人高马大的楚天阔来说是小菜一碟，旁边的同学也不好再继续搅浑水，这一次认真帮忙拦出了楚河汉界，但要她们最终停火，总归还是要把一方带出教室冷静冷静的。

他先看了一眼陈见夏。或许是觉得缺席太久的陈见夏需要一个澄清流言蜚语和修复同学关系的机会，于是转向于丝丝，温柔地问："有没有事？我先带你去医务室。"

但楚天阔还是错判了陈见夏一次。他话音未落，陈见夏就自己从后门离开了。

于丝丝迅速恢复状态，整理了一下被扯乱的头发，摘下头花叼在嘴里重新用手抓了抓，李真萍轻轻掀开她校服领子往锁骨看了一眼，说，有点红，没破皮。

于丝丝勉强一笑，含着眼泪，说，不用去医务室，没事。

她留在了充满同情的舆论场，楚天阔也笑着安慰她几句，最后说："陈见夏有不对的地方，你是团支书，大气一点，帮她把桌子和凳子上的水擦擦吧，高三这么要紧的时间，别在俞老师关键时期因为这点小事给她添乱。"

被殃及的前后桌陆琳琳、李真萍等人积极地按着班长的指示开始进行灾后重建。只有于丝丝第一次没给楚天阔半点笑脸，也没按他说的做——楚天阔的话术她怎么会听不懂，他们是同类，要不是她总控制不住情绪，时时流露出酸劲儿，她可是比楚天阔还知道怎么笑容和煦地拉偏架的。

楚天阔浑不在意于丝丝的脸色。

倒是坐在行政区窗台上的陈见夏在发完疯之后迅速陷入了懊恼和忐忑之中。于丝丝有一点判断是对的，人不会一瞬脱胎换骨，那是电影里的事，真实的人生是绵长的，反复逡巡，不容细看。

“我是不是疯了？你也觉得我太冲动了吧？”她问。

楚天阔没说话，算是默认了。

“算了，”许久之后她叹息，“她们要是觉得我欺负于丝丝，就那么觉得吧，班长你不觉得挺酷的吗，以后别人再提起我，说我高中欺负于丝丝，多酷啊。反正就半年了，以后大不了谁都不联系了，爱说什么说什么。”

楚天阔惊讶地看着她，“你真的变了很多。”

陈见夏摇头：“但是我对不起你。你人缘那么好，于丝丝本来很崇拜你，现在估计也恨上你了。”

“哦，那倒没什么，”楚天阔学她说话，“就剩半年了，以后大不了不联系了，爱说什么说什么，反正我都保送清华了。”

陈见夏笑得趴倒在窗台上。

“张狂”的楚天阔比她更早端正了神色，劝道：“半年也不短，你们还要做同桌，每天都起冲突肯定影响复习的心情和效率，差不多算了。得不偿失。”

这才是楚天阔的本色，他专注于真正决定前途命运的事情。陈见夏感激地望着他，想：班长是我真正的朋友。

她笑着调侃：“我还有更不专注学业的事呢，你怎么不劝劝？”

“你回来那天，早自习还没开始，俞老师就单独找过我，让我盯着点你。”楚天阔说。

陈见夏摇头，有点骄傲的样子。她断了自己的后路，义无反顾。

“我会考上南大，然后去南京。”

她声音清凌凌的，眼神也清凌凌的，楚天阔仿佛想说什么，到底还是没有说。

一模考完的那天，陈见夏从学校回宿舍楼。地上还有残雪，堆在行道树下四四方方的泥土坑上，她把脸缩在围巾里，低着眼睛瞄准，从一个树坑跳到另一个树坑，最后一次起跳时，一个身影横在了她的计划路线中。

她还来不及惊讶就尖叫：“你腿没事吧？”

疼是肯定有点疼的，但要了帅就要撑到底，李燃抿嘴忍耐，眼睛却是笑着的，“撞死我了，你是不是胖了？”

“彻底好了吗？能回来上学了？”

“大夫说想恢复到正常还得好几个月呢。”

陈见夏狐疑地退后半步：“还要几个月？你是不是想逃高考？石膏不是都拆了吗？再说你又不用腿涂答题卡。伤筋动骨一百天，再来几个月就两百天了。”

李燃无语，“打上石膏之后不能动，人的肌肉会萎缩的，得慢慢走路、复健……还好是冬天，夏天穿短裤吓死你，我现在两条腿粗细都不一样。”

见夏突然恍神。天还亮着，她不知怎么就想到去王南昱家借住的那一晚，饶晓婷在她背后絮叨，别太拿男的当人。从来都没人跟她这么说过话，饶晓婷像一只乱晃的手电筒，专门往她视野里一直存在却从来不看的地方照。

她突然就憋得满脸通红，李燃困惑地歪着头，“你怎么了？”

见夏转话题，“那怎么办，你不能踢球了？”

李燃像被牵引绳拉着的狗，见夏一拽就回来了，笑得满脸花：“担心我啊？怕再也看不到我驰骋绿茵场的英姿？”

“我以前也没看见过。”

李燃被噎得没话说。她的确从来没站在场边看过他踢球，反倒只见过他跟二班一帮女生合起伙来在场边给人家篮球场健儿起哄添堵，整个一娘子军领袖。

他不知道，陈见夏在高一刚开学的摸底考就看见过了。她的窗子正对操场一角，只能看到他孤零零地不断射门。但她不打算告诉他。

两个人去吃饭，路过必胜客，李燃装看不见，怕她想起被偷拍的事，反而是陈见夏主动推门进去：“我想吃比萨了。”

李燃觑着她的脸色：“你一模考得还行？”

“挺好的，”陈见夏说完又摇头，“还行，一般般，不怎么样吧，感觉不太好……估计砸了。”

李燃面无表情。陈见夏知道，他已经习惯了。

考完必须说考得差，这是陈见夏的迷信，类似宗教仪式，也类似农村给孩子起贱名，生怕养不活。李燃以前还因为这事跟她闹过别扭，觉得她在别人面前谦虚也就罢了，跟他也虚头巴脑的，是拿他当外人的表现。几年过去，他终于彻底服了，陈见夏表里如一，仿佛哭穷这种事只有够虔诚，才会好运成真，就算他给她上老虎凳，见夏咬断舌头也绝不会在出成绩之前说自己考得好。

不记得什么时候起李燃就改了，出成绩之前半个字都不问，出了成绩往死里夸——还是免不了拌嘴，因为李燃根本分不清楚究竟什么是陈见夏标准下的“考得好”，她在烦心，他还夸牛 × 牛 ×，两个人吵得李燃拿头撞树，陈见夏才委委屈屈地道出真实的心意："你就不能记一下我上次的成绩吗，退步了还夸？班里排名都退了三名，比上次低了十五分呢！"

"我要是能记得住我自己就不会只考十五分了！有病啊你！"李燃到底还是觉得用头撞树太亏了，改为用脚踢。

陈见夏回想起过去种种，边看菜单边偷笑，突然听到李燃说："你一模只要考进年级前 120，南大肯定没问题了吧？"

她一愣。他一定是为她研究了历年录取分数线以及振华的报考人数。

不是说记不住吗。陈见夏把头垂得很低很低，成绩出来之前她还是不敢打包票，只能轻轻点头，也不知道他看见了没有。

"我要吃超级至尊，"她说，"我外地生饭卡补助下来了，最近一直吃食堂，自己攒了点钱，这次我请你好不好？"

李燃没跟她争："那我们去搭沙拉塔吧。"

她刚起身，又被他按住："你肯定带卷子了吧？你做吧，我自己去搭，你又搭不好，帮倒忙。"

陈见夏从包里掏出天利 38 套模拟卷，卷成筒的模拟题集在桌上慢慢舒展开，她的目光却一直追随李燃，看他小心翼翼地建构沙拉塔，打完一层地基，探身去够黄桃——微跛，的确有一条腿使不上劲儿，但看上去大体无碍。

万一有碍呢？

他去县城找她的时候，讲的都是她想知道的事情——他家里让他去英国，但是他绝不会去的，他爸妈就是因为这个才急了，否则不会用那么极端的手段把他给锁起来。

当时她没有多问。冬夜漫长，可他们没有多少时间，两只冰凉的手牵在一起，她在自家小区门外，看着他因为哈气而结霜的睫毛，说我相信你。

“你等我，我会回振华的。”

然而此刻，隔着一段距离遥望，陈见夏突然意识到自己对李燃虽然有最深的信任，却只有最浅的了解。

他有朋友吗？她只知道绝交了的梁一兵、怪怪的许会，最近还多了一个屁话刹不住闸的张大同，与其说是朋友，更像崇拜他的小弟。她听见过李燃和张大同说巴蒂斯图塔和舍瓦，张大同说自己看英超不看意甲，李燃一脸索然无味的样子，她差一点就插话了，想给李燃机会多说说“意甲”，但聊天就是这样，有时候犹豫一秒就不对味了，他们俩转而聊起别的，见夏也没心思硬要加入。足球和她有什么关系？

足球的确和她没关系，但是李燃和她呢？

更早以前，当她第一次陶醉地在老街散步时，他为什么也一个人在夜里游荡？他为什么不爱回家？明明爱看书为什么不学习？他长大了想做什么？

李燃端着沙拉盘回来，问：“先吃再写吧——你愣着干吗呢？”

“舍瓦是谁？”陈见夏直勾勾盯着他问。

他们在必胜客待到打烊，中间有一搭没一搭地聊天，陈见夏专挑不太费脑子的单选题做，做两道就问他一个问题，李燃有些困惑，但都乖乖回答了，聊到后来他突然把游戏机往桌上一扔，身子往前趴：“你问那么多干什么？”

“问问也不行啊，”见夏正小心地撕下一张卷子从桌面上递过去，“你别玩了，也学一会儿吧，我给你挑了一张简单的。你也不能真不拿高考当回事啊，万一只考两百分，你家里又得多花钱给你找关系，本来他们就想……”

她打住了，不想提英国。

她看过盗版合订本《哈利·波特》。自打入学分进一班，她就在小本本上写过“要成为更优秀的人”，多看书、多看电影甚至多听流行音乐这种休闲娱乐都是“素质”的一部分。振华周边有不少书店，但以售卖教辅为主，偶有闲书也都是动漫杂志和言情小说，见夏更常去的是老街上的一家新华书店。

虽然这些书店因为经营不善，早些年便将一楼位置最佳的门面都分租给了各类电子产品和儿童益智玩具专柜，但三楼以上还是勉强维持住了书店本色。刚回振华那几天，她趁一个周日去看了《查令十字街 84 号》。这是本书信体小说，不知怎么忽然很红，摆在三楼扶梯口最外侧，螺旋式陈列，高高一厚摞，硬壳精装又很薄，最适合站在店里读，不用花钱。

虽然不难读，每一个字她都认识，陈见夏依然半懂不懂。那本书里讲的是另一个世界的情谊与承诺，战火连绵年代从未见面却书信不断的两位陌生人，不知道彼此的面容，更不知道下一封信会在什么时候来，会不会来……

她自己收到过的唯一一封挂号信是振华的录取通知书，比招生办的通知晚了一个多月。她家楼下的集体报箱早就锈迹斑斑，外壁贴着通下水道的广告，递信口塞满花花绿绿的劣质传单，那张牛皮纸信封都不屑被放进去，是邮递员打电话让家里人下来签字取走的。因为早知道自己被特招了，所以称不上多大的惊喜。

然而即便书里记录的每封信都很无聊，陈见夏却蓦然觉得自己被比下去了。她和李燃生在和平年代，省城和县一中只相隔几十公里，她都不曾相信自己会收到他跛着一条腿的来信。

英国。英国是 1840 年历史书必提的知识点，是照片上漂亮的街景，是她不愿意面对的李燃的牺牲。

李燃对她的心思一无所知，骄傲地凑近她：“说谁两百分呢，我有一次考过四百呢。”

好厉害哦。陈见夏憋着笑，把卷子硬塞到李燃手里，“让你做你就做！”

回宿舍的路上陈见夏才想起一件很重要的事：“我们这段时间的代班主任是你们班主任姜老师。许会以前提过，你刚开学就给他递火，差点就死在他手里。”

“海哥啊，”李燃乐了，“海哥很酷。”

李燃很少夸别人酷，见夏好奇，正要追问，李燃忽然想到了什么，走路愈发慢吞吞。

“怎么了？”

“见夏，我听海哥说了，我妈是不是说话挺难听的？”

陈见夏呆住了。

“海哥说我把你坑惨了，太不爷们了，”李燃回避她的目光，“他基本全跟我说了，他说具体老娘儿们吵架也记不住，反正我明白他的意思，我妈话说得肯定挺不是东西的，你、你别……我之前没提是因为我怕又让你想起来，会难受。”

陈见夏想找些套话圆过去。其实在她心中李燃妈妈的脸已经模糊不清了，只剩下一个保养得宜、似乎比自己妈妈要年轻许多的轮廓。那几根深深扎进她心里的刺，她一直没有和李燃讲起过，就是怕他难堪。

她比谁都知道父母会让人多难堪。

他们继续并肩默默向前走，到了距离宿舍大门还有一段距离的路灯下。为了防止宿管老师从收发室看到，他们向来在这里道别。

“你快点回家吧。”见夏说。

她没走出两步，李燃从背后紧紧拉住了她。

“见夏，”李燃糯糯地说，“我妈妈就算说了再不是东西的话……”

也是你的妈妈呀，你也没办法。何况哪有说自己妈妈讲话“不是东西”的，真是狗嘴里吐不出象牙。她心中感激，却不敢再让他冒出什么大逆不道的话了，正要截断他艰难的告白，李燃把后半句说完了：“那也跟我没关系。

“她是她我是我，她说她的我做我的，她讲话不是东西，你生气你就骂她，我是站你这边的。”李燃说完，一脸卸下负担的愉快，“对不对？我觉得……挺有道理的。”

陈见夏回头盯了他很久，把愉快少年盯回了战战兢兢、眼神躲闪的样子。

然后笑了。

依稀记得两年前，她鼓起勇气想和他谈那通电话里妈妈和二婶脏话连篇的争执，因为太过羞耻，连具体的指向都不明晰，他却听懂了。

李燃说，我都听见了。

李燃说，你怕啥，一家人也不用一起丢脸啊。

“狗嘴里吐不出象牙”原来是有前瞻性的，是不是未雨绸缪，就等着今天用来堵她嘴呢？陈见夏也不知道自己在笑什么，她越笑他越紧张，比路灯站得都直。

“腿还疼不疼？”她问。

李燃点头，又摇头，像个傻子。陈见夏笑得更大声，好像完全不在乎宿管老师会不会听见了。

“我陪你去前面路口打车吧。你上车我再走回来。”陈见夏说。

陈见夏一一驳斥了李燃提出的“女孩子自己走夜路不安全”“就几步路我不用你送”等理由，后来干脆扔下他，独自向他往日打车的大十字路口走去。

出租车司机把表朝下一压，掉了个头开走，李燃摇下副驾驶的车窗，把脸几乎扭到一个畸形的角度，努力对着车后面的陈见夏喊：“你进宿舍锁好门给我发短信！”

出租车的尾灯渐渐消失在冬末春初混混沌沌的夜雾中，陈见夏却在十字路口站了很久。

什么时候她自己也能像他一样坦然说出，他们是他们，我是我，我们不用一起丢人？

答案仿佛是清晰的，即便迷雾遮住前路，她已经走惯了，宿舍就在前方，只需要笔直向前，躲开行道树，推开铁门，只需要这样就可以了。

回去学习，宿舍熄灯后，应急台灯的电大概还能撑一个半小时，一点前睡觉，明早六点起床，去食堂吃两个包子一碗小米粥，等待一模成绩，然后是二模，然后是高考……人生路上的迷雾也没什么可怕的。

反正她只知道这一条向前走的路。

五十一

不要回头

一模结束后，一班的学生陷入了一种陈见夏几乎从未见过的懈怠之中。虽然上课时依然跟着老师二轮复习，下课也多数留在座位上温习，心不在焉的气氛却在蔓延。

前段时间保送、加分的暗战结束了，终于迎来正正经经的第一次模考，意义非凡，老师判卷也谨慎许多，出分速度没有以往月考那么快，悬而未决的等待让平日心态极佳的同学都多少有些失常，桌上铺着卷子，手里转着笔，眼神却盯着某个地方发直。

楚天阔等几位已经确定保送的学生纷纷默契而识趣地隐匿了自己的存在感。

陈见夏努力地自我对抗，等待就是浪费时间，她逼着自己照常完成每天的模拟卷，虽然每写一道题，总会回忆起一模里相似的类型题——做对了没有呢？没解出来的那道，步骤分能得多少呢？

陈见夏赶在应急台灯最后几下闪烁中完成了数学倒数第二大题的第一

问，终于，凌晨一点半，整间宿舍陷入了完全的黑暗。陈见夏静坐了几秒，身体还算醒着，小脑已经完全罢工了，起身时差点带倒了椅子。她纯靠摸索从书桌抽屉里掏出手电筒，又从枕头底下摸出一包卫生巾，浑浑噩噩地穿去走廊上厕所。

宿舍为了省电向来只给走廊超远间距地配了瓦数不足的小灯泡，每一盏只能照几步远，最亮的是走廊尽头的洗漱间。她游魂似的飘了几步，隐约听见抽抽嗒嗒的呜咽声，刚适应黑暗不久的双眼渐渐锁定了远处蜷缩成一团的影子。

见夏心脏突突了两下，很快镇定下来。住了好几年了，还能有鬼不成？谁在哭，不是郑家姝就是王娣。她困得不行也憋得不行，没有时间给对方留面子了，于是径直向前，从旁经过。

等她换好卫生巾、用冰冷的水洗干净手，人也清醒多了，出门时候哭的女生已经走了，或许是逃得急，把应急灯和压在下面的几本练习册给落下了。女厕所门口左侧踢脚线上方有个插座，是平日保洁阿姨打扫卫生需要的，偶尔有时候白天忘记给应急灯充电，见夏也会在十一点熄灯后跑来这里偷用插座，甚至因为应急灯线短，厕所味太大，特意备了一个坐垫和一个两米长的插线板。

阴森的走廊外，冬夜的风凄厉呼号，又一次冷空气来袭，雾应该散了。陈见夏弯腰捡起散乱一地的电器和书本，走向郑家姝和王娣那间宿舍门口，将东西一一堆在墙边。正在此时门轻轻地开了，见夏抬头，昏暗如此，还是能看出郑家姝眼睛通红。

要是王娣也就算了，哭的是郑家姝。见夏有些后悔自己多事，还不如装没看见，郑家姝的自尊心会好受些。

转念一想，当初跟着于丝丝故意跑去俞丹办公室门口“问几道题”还探头探脑看她和她妈妈热闹的也有郑家姝一个，见夏又觉得心里不是滋味，郑家姝在背后说她的坏话都够编一本语文选修教材了，有什么好同情的？

见夏不言语，还剩应急台灯在臂弯里，准备放下就走，线却缠住了她的珊瑚绒睡衣袖口，她垂脸把插头拨弄开，听见郑家姝用很轻的声音说：“谢谢。”

“没事。”

“你困吗？”

见夏已经走出几步，回头看到郑家姝从门里探出半个身子。她想和陈见夏说话。

“我困。”陈见夏说。

然而回到宿舍躺在床上，她竟翻来覆去睡不着，应急灯没电了也不能继续复习，陈见夏人生第一次瞪着眼睛失眠了。

第二天她一早就趴在桌上睡得酣熟，把代班主任姜大海老师的第一节语文课完完整整地睡了过去，却没有被叫醒。

见夏以前也偶尔会在课堂拄着下巴打瞌睡，这是第一次睡了个整觉。这本是初中那些校霸特有的张狂，难道她跟于丝丝打完架之后，已经被当成流氓头子了？她看向四周，于丝丝不在座位上，其他人不小心跟她对上眼神，大多没什么异样，不知是不是装的。应该是装的。

陆琳琳对她倒是一如往常。她一直是遇上街头火并也要挤到前线观战的，看热闹从没怕过刀剑无眼。

据常年语文考 140 的陆琳琳评述，姜大海讲课水平还可以，知识点都带到了，清清楚楚，而且不像俞老师爱絮叨，唯一的缺点是——都什么节骨眼了，还爱讲些“超纲”的内容，文人逸事什么的。

“还都是些不积极不正面的故事，讲也白讲，作文里根本没法用，”陆琳琳面无表情，“要是他能把这些时间也用来讲知识点，水平会更高，活该他带分校十四班。”

陈见夏心想，难怪李燃会说“海哥很酷”。李燃就爱听这些跟考试没关系的胡说八道。她昨晚九点开始复习，直到现在都没开机，天知道小灵通里又堆了多少条短信，超出内存的话，发再多新的也收不到了，得赶紧删些以前的……什么时候手机能多存点短信呢？

见夏想着想着走神了，发现陆琳琳眯眼睛审视她，迅速转移话题：“姜老师没发现我睡觉吧？”

陆琳琳把纸面上的橡皮屑都吹到地上：“发现了。”

“啊？”

“他冲你走过来了，于丝丝都绷不住要笑了。”只要有机会，陆琳琳一定会搅事。

“不过他看了你一会儿，又接着讲课了，没管。”

见夏困惑，陆琳琳瞟她一眼，因为是从前排扭头过来，很像飞了个白眼——或许就是个白眼。

“你是不是从早自习就睡着了？姜老师一进门就说了，都十八岁这么大的人了，学习靠智力，努力靠自律，有语文题可以问，班里其他杂七杂八的事情就先找楚天阔，反正他保送了也没事干。”

虽然俞丹也的确是这么管尖子班的，但就这样被姜大海直接讲出来，听着还是微妙。

“哦，还说，除了讲题，也可以去办公室找他谈心，谈啥都行，自己不怕耽误宝贵的学习时间就行，”陆琳琳的声音淹没在第二节课预备铃里，“姜老师说，‘一模成绩一出来，估计你们都会想找人谈谈，青春期那点事儿嘛——成绩、情窦初开、跟爸妈过不到一块去呗。能谈开，就别想不开。’”

陆琳琳讲八卦是一流的，一脸麻木却绘声绘色，连标点符号都不会落下。

陈见夏在心里自嘲地笑。这个海哥挺好玩的，她的青春期，还真就是“那点事儿”。

上课铃打响，于丝丝回到教室，陈见夏余光看到她演了全套——半途急刹车，在众人目光中刻意踯躅，仿佛同桌是德州电锯杀人狂，但最后还是鼓起勇气走过去坐下了，并对周围关切担忧的目光报以感激一笑。

有意思吗？陈见夏垂目。她早已不是刚入学时候在医务室被于丝丝这套交际大法蒙得晕头转向的小女孩了，但她还是不明白，于丝丝一直坚持到今天，不累吗？还有几个月就高考了，周围人的同情和喜爱能帮于丝丝加分吗？

懒得理她。陈见夏自打回到振华的那一天起，内心就莫名燃着一团火，觉得自己是女主角。

课间跑操回来，她听见第一批进教室的同学窃窃私语，物理老师已经在看着值日生擦黑板了，讲台桌上赫然一沓卷子。

见夏脚步一滞。

一模的各科成绩陆续出来了。破天荒，理综合竟然是出分最快的。

陈见夏盯着于丝丝发到自己手里的卷子，一眼扫到卷面成绩，一言不发。

物理老师是个五十多岁的特级教师，带了很多届毕业班了，极有经验，卷子发下去后没急着讲题，默默地留了五分钟的时间。他知道除了几个对分数极满意的，其他学生此刻根本没心思听他分析这次一模的出题思路、难度和各班平均分，更不想听他从第一道选择题开始讲卷——每个人都在忙着看自己的扣分项，课堂里嗡嗡嗡满是对题的声音：这题不选 C 那选什么？这道我跟你步骤写的一样为什么没给我过程分？……

陈见夏面无表情翻着卷子。

和她自己估的差了二十多分。

然后出来的是数学成绩。等到英语课甚至把语文的卷子也一起发了。

除了英语发挥正常，其他每一科都让她不知作何心情。要说失常，还真算不上，不过比预估的低了二十分左右，但若这次真是高考，她已经不知道掉到哪个梯队去了。

竟然连“请选出以下成语中书写无误的一项”和“书写有误的一项”这种低级干扰型的选择题题干都能读错，脑子是被狗吃了吗？

陈见夏抱的最后一丝希望是这次一模大家普遍低分，她道听途说过，振华历来喜欢用一模压分来“杀杀学生的锐气”，让他们在二三轮复习中沉下心态不要轻敌。说到底，高考是一场排名赛，名次和志愿博弈比分数重要，还有希望的，还有希望。

晚自习的时候，姜大海拎着一沓排名表走进教室，陈见夏看着这个胡子拉碴的男人按厚度随随便便将它四等分，交给第一排的同学往后传：“传到后排不够的互相匀一匀啊，我没数。”

这一次的排名，她和于丝丝近得宛若一对真正的同桌。她听见于丝丝的轻笑声，也感觉到对方侧过脸看了自己好几次，但她无心理会，脑海里一直回荡着以前看过的圣经故事里那个忘了叫什么的圣人在拖家带口离开罪恶之城时，上帝万般嘱托：

不要回头。

姜大海留给一班学生消化这份排名的时间比物理老师还要长，搞不清他是有大智慧还是纯粹在偷懒。终于，懊恼叹息与魂不守舍地敲击计算器的声音渐渐平息，姜大海从上衣口袋掏出一副近视镜，用衬衣下摆擦了擦镜片，戴上了。

“一模二模三模都考得好，高考砸了的，有的是。一模二模三模都不好，高考还不错的，也有的是。没考好的庆幸这不是高考吧，审错题的下次认真点，水平不行的就抓紧时间多用功，高兴或者难过，就这一晚上，随便你们怎么笑怎么哭，明天都给我立立整整的，这事儿已经过去了。嗯？都听懂了没有啊，别让我废话第二遍啊！”

说得挺好的。见夏想。是个通透的好老师。

除了他说的道理基本没有人做得到之外。

陈见夏赶在宿舍澡堂关门前冲回去洗了个热水澡，回到宿舍后坐在床边，用在批发市场买的极小功率电吹风慢慢吹干。说是电吹风，热度和风力跟老家亲戚养的大黄狗哈气也差不多，但为了不被宿管老师没收，她这三年都是这么用过来的。发梢还滴水的时候就发会儿呆，吹到半干了就可以把复习资料摊在腿上看，被不争气的吹风机浪费的时间，她也能争分夺秒抢回来。

但今天她吹了很久很久的头发，没看习题册，只是一绺一绺地吹。香格里拉的那个小梳子早就被她妈妈折断后不知扔去哪里了，她回振华后在附近小超市随便买了一把塑料的，冬季只能梳湿发，否则会起静电。李燃倒是很喜欢看她起静电，两人一起踏进必胜客，陈见夏摘下毛线帽时一定会噼啪作响。

陈见夏失踪了一天的泪水终于在闭眼的瞬间悉数滴在大腿上。

幸好腿上没有书。

她把手机开机，熬过简陋的开机音乐，右上角终于有了信号，等不及将这一瞬间涌入手机的来自李燃的短信翻开，直接拨通了他的电话。

“回宿舍了？”他语气轻松，旁边似乎有电视机在播放球赛。

见夏没说话，也不敢呼吸，怕他听出自己哽咽。

球赛解说的声音迅速就没了，李燃应该是关了电视：“你怎么了？”

“考砸了。”

到底没憋住，陈见夏放声哭出来，边哭边往窗边走，远离不隔音的宿舍门，最后甚至打开衣柜，把头伸进去，将号啕声闷在里面。

李燃静静听着，早已知道这种时刻的陈见夏不需要任何安慰。不知不觉中，她一点点地卸下了自尊和防备，像一只小兽，野心勃勃有时，哀痛挫败有时，但总归愿意淋一场雨。

“我去找你吧。”

陈见夏哭够了，把头从柜子里收回来，鼻音糯糯的：“都这么晚了，我出不去了。”

“下次会考好……”李燃把话吞回去，“下次再认真点，你以前不是有次把答题卡涂串行了，但是分数加回去甚至比过去分数还高嘛。这次你哭够了就再分析分析，哪些地方是马虎了，哪些地方是不会做，不会做的就努力练习，马虎的地方更认真，一定能考好的，一模砸了总比高考砸了强，对吧？”

见夏连眼泪都呆滞在腮边了：“你是谁？”

李燃清朗的声音里有温柔的笑意。

“我知道一模很重要，但我也帮不了你别的，万一再说错话惹你生气，那不就更帮倒忙。所以我就去问了问我初中那几个学习好的朋友有啥需要注意的——我刚才说得是不是特好？”

陈见夏刚要破涕为笑，猛地收住：“你初中学习好的朋友？”

“林杨！我说林杨！”李燃急得都破音了，“凌翔茜根本没参加一模！”

“我提凌翔茜了吗？”

“陈见夏你有意思吗？你这是诱供！钓鱼！没素质！”

“直钩都能钓上你，活该。”

静默了一会儿，他们一起笑了，李燃问：“高兴点了吗？”

“林杨是能考学年第二的，都是套话，那些道理你不说我就不知道吗？”陈见夏撇嘴，“他跟我的压力能比吗？”

“余周周好像也考砸了，”李燃努力回忆，“他俩都因为保送考试弃考，只能参加高考了，一模砸了压力肯定也很大吧，说不定正后悔呢。”

“余周周？”她做贼似的放低了声音。

陈见夏想，果然缺心眼爱和缺心眼交朋友。

挂下电话，陈见夏坐回到书桌前，强迫自己静心做题。不知过了多久，手机又响起来，是一条新短信。

“陈见夏，看楼下。”

见夏站起身，拉开窗帘，望见那个熟悉的、穿着灰蓝色羽绒服的少年，在窄街对面拼命地对她招手，像成了精的跳跳糖。

她回短信：“神经病！”

“我就来看看你。”

“外面那么冷，快回家！”

“那你看见我了吗？”

“看见了，看见啦！”

陈见夏的手紧紧贴着胸口。

她看着李燃试图挑战侧手翻却只成功了翻，摔在雪地上，笑着笑着想到他的腿，胸口的手机却先振动了：“我腿没事儿！”

傻子。陈见夏看着李燃耍宝，越耍越远，最后终于依依不舍从她的视野范围内消失。

陈见夏的笑容没有一秒钟消失过。李燃穿过白色的街道，最后一缕哈气隐没于黑暗，她还在笑，肌肉牵着嘴角上扬，再上扬，好像这样就能抵达眼睛，为眼泪改道。

陈见夏推开桌上做了一半的数学卷子，从书包里掏出被压在最底下、已经皱巴巴的名次表，于丝丝的名次仅仅在她下面六行，最后一行是郑家姝。高考当前，振华终于收起了此前按姓氏笔画排名的温情脉脉，直截了当把排名次序和总分列在了惨白表格的左右两侧。

李燃是一汪巧克力糖浆，黄连在里面匆匆一滚，然而只消片刻，那苦味便沁出来了，满口满心，顺着眼睛再次流淌出来。

就在几天前，她卡着于丝丝的脖子当众夸下海口，说她们云泥之别；她自信满满地对着试图劝她的楚天阔说，我会考上南大。

李燃不会知道她不只是为考砸了而哭。她永远不想告诉他，一模究竟砸出了她内心深处怎样的耻辱。

陈见夏曾经能感觉得到那股力量。

它徘徊于清真寺台阶上空，在她漫长无望的等待的最后一刻直冲而入接管了她的躯壳，让她决绝地用裁纸刀自我了断，韬光养晦，自如撒谎，做交易，守猎物，燃尽十八年积攒的愤懑，烧出了一个张狂归来的、崭新的陈见夏。

现在那股力量在流泻，从她的呜咽声中，从她自我质疑的迷茫双眼，从她不断幻听到自己对着于丝丝与楚天阔羞耻而壮丽的“宣言”的耳朵里……无法阻止地流泻掉。她一身弹孔，早就是个死人了，却好像这一秒才刚刚低头看见。

终于流泻殆尽了。

神明借给软弱的人以无惧的灵魂，让她错觉伸手能够到一线阳光，却偏偏在她至为张狂时重挫其锐气，尽数收回。

走时还切切叮咛，索多玛的罪人不要回头。

五十二

燕雀

姜果然是老的辣。

一模过后，一班找姜大海谈心的人排成长队，平日里再怎么成熟冷静，到底还是十八九岁的青少年。代理班主任比家长冷静，比亲班主任看得清，最适合聊天。

陈见夏从语文办公室门口经过，发现了几个和她动机相似的一班同学都在抱着复习资料心怀鬼胎地闲晃，她就知道肯定排不到自己了，排上了也不知道应该说什么。

姜大海像那种一眼望见人生尽头的中年人，你问他从这条岔路口往左走二十分钟会走到哪儿，他会说不知道，反正人总是要死的。

正巧更远一点的行政区窗台边，楚天阔正在和一个眼熟的女生说话，陈见夏定睛，是余周周——后面还跟着另一个气盛的男孩，一看就对楚天阔很不客气。

是传说中的林杨。很快就被余周周轰走了，一步三回头，像丢了魂的小狗，陈见夏隐在柱子后，觉得有一点好笑，也就一点点，想八卦的心思迅速就退却了。

别人的事怎么都盖不过自己心里的苦。

她兜里揣着李燃前几天送给她的MD，戴着耳机，时不时看一眼远处窗台的楚天阔和余周周，路过的人以为她是躲在阴影处听英语听力。

他们聊得比陈见夏想象的久，久到陈见夏真的不知不觉背起了单词，才注意到窗边只剩下楚天阔自己了。他双手插兜站在那里望着外面浅灰色的天幕发呆，像一棵冬天的树，挺拔而萧索。

“班长？”她跑过去。

陈见夏怀里抱着一模的全科卷子，楚天阔低头瞄了一眼：“你这次没发挥好吧，要我给你讲讲吗？”

“你刚在给余周周讲题吗？我都不知道你俩原来这么熟。”见夏想起余周周和另一个女生从一班离开去学文的时候，楚天阔还主动提议要给她们俩办欢送会来着，班委会兴趣缺缺，还是见夏出于同桌一年来对余周周的了解，暗地劝楚天阔，不必勉强面面俱到，余周周恐怕根本不乐意参加。

难道当时自己多管闲事了？见夏正忐忑，楚天阔已经干脆给了答案：“不熟。刚才就是碰见了。她一模也考砸了，名次都跌出文科前五了。文科总共也没多少人。”

“我听说当时她有机会加分的，她要是校推选拔统考的时候没弃考，现在怎么也有二三十分保底了……”见夏止住话头，想起楚天阔被李燃他们诟病就是出于那场考试里对凌翔茜遭遇的迁怒，不禁感叹，她本就不太高的情商现在是彻底被一模的成绩给啃了。

楚天阔破天荒地没有打圆场:“她自己的选择，她自己承担。我也一样。”

见夏心中叹息。楚天阔拜托她去看凌翔茜，第二天只关心她好不好，其余半句都没问——送出去的资料凌翔茜看了吗？有没有原谅他？还会不会回来读书？……

楚天阔声音里透出罕见的疲倦，他转过头看见夏，“别人不理解甚至瞧不上我，我没觉得怎么样……懒得解释。我如果跟他一样也从小有那么高的容错率，轮得到他跟我啰嗦？好烦。”

见夏愣住了。

楚天阔虽然在她面前一贯放松，至多不过带点面对“自己人”的、调皮的嚣张，但从未有过此时此刻的戾气。

窗外层层叠叠的云延展向世界尽头，像凝固的倒置海面，不知什么时候会降落下来，将整个世界都吞没。

“你生气了？”见夏问。

楚天阔没回答。像个不肯向情绪认输的小孩。看来林杨把他气得不轻——莫非和余周周聊了那么久，是为了反过来气林杨？

她站在班长这边。反正陈见夏对李燃那几个初中狐朋狗友都没什么好印象，他们聚在一起时周边仿佛有一层结界，陈见夏不愿意去碰一鼻子灰，所以连一次破局的尝试也没有过。

“余周周把林杨轰走时我看见了，”见夏笑了，“他走得灰溜溜的，你应该解气了吧？”

“倒也不是因为这个，”楚天阔不太好意思地摸摸鼻子，“话赶话，跟她讲了个故事。”

“有机会也给我讲吧，等你歇够了，”见夏一笑，“那么长的故事，连着讲两遍估计得累个好歹的。”

“我们刚才提到你了，”楚天阔感激地一笑，“我是想起你以前跟我说的话。后劲儿上来了。”

“什么话？”

“你跟我说不用劝你，直接放话考南大。”楚天阔目光柔和，充满说不清道不明的羡慕，“我不如你，我做不到，再来一次，我也做不到。”

这段话不啻于鞭尸。陈见夏低下头掩住表情，怀里的卷子被搂得勒出深深的折痕。

楚天阔拉过她的卷子主动分析。除了见夏发挥正常的英语，数学和理综都被他迅速圈出了几个薄弱模块，他叮嘱她，二轮复习的时候这些知识点要有侧重点地加强。

“你毕竟中间状态断了一阵子，做题量不够。最重要的是，提高心理素质，别再马虎犯低级错误了。”

陈见夏不得不承认，楚天阔的话和前一天李燃跟着林杨照猫画虎讲出来的复习策略差不多。

“作文怎么才45啊……你偏题了？作文我不敢乱指导，”楚天阔叹口气，“你自己要是琢磨明白了就算了，如果不知道错哪儿了，还是去找姜老师分析一下吧，他讲课真的还可以。”

见夏点头：“班长，耽误你时间了。”

楚天阔笑笑，“我保送了，你忘了？”

“但大家都还是想让你正常参加高考冲冲理科状元的，”陈见夏关切，“我听说考了状元进大学之后待遇跟普通学生不一样，而且，振华还有奖金，听说去年咱们文科状元洛枳就拿奖了。”

“对哦，”楚天阔笑得意味不明，“还有钱赚。”

陈见夏站在语文办公室门口，强迫自己不去回想那个灰色阴冷的黎明和她懵懂间踏入的天罗地网。姜大海的办公桌在角落靠窗的位置，桌与桌之间的玻璃隔板遮挡了部分视线，陈见夏只能看见姜大海肩膀以上的背影，和站在他对面泣不成声的郑家姝。

郑家姝在一模刚考完那天夜里就在宿舍楼走廊边学边哭，恐怕当时已经预感到结果了。

“你这样不行。”姜大海起身从挂在椅子上的夹克兜里掏烟，看来瘾不小，掏一半觉得不妥，又塞回去了。

“考不好肯定难受，但你这也不是发挥失常，我查了一下，你以前也这水平。”

这算什么话……陈见夏默默后退，她觉得还是不向姜大海讨教作文比较好，李燃喜欢他太正常了，他俩应该去做个亲子鉴定。

“你是这次特别难受，还是以前就难受，因为现在快高考了，撑不住了大崩溃？你跟我说实话，我给你再多安慰鼓励，也得靠你自己下苦功夫把名次往前提，但如果你苦功夫已经下过了，还这样，那就……难听的话我就不说了，虽然是大实话，你都这样了，我说了你肯定受不了。”

已经约等于全说完了。陈见夏腹诽。

果然，郑家姝哭得更凶了。幸好，语文办公室正热闹，来咨询的学生几乎都哭丧着脸，没几个人关心他人喜悲。

“换个思路，你想考哪个大学，学什么专业？有目标吗？你在振华，又是在一班，老这么垫底肯定难受，但高考是全省范围的竞争，录取率跟报考人数、计划招生都有很大关系，说不定你现在的分数对想考的学校来说绰绰有余呢，那还哭啥。而且报志愿也是门艺术，遇上招生小年，撞大运也不是不可能，你别盯着这张单子了，”他手里那张名次表轻飘飘落在玻璃压板上，“你想没想过啊，你要考哪儿？”

郑家姝只是哭，半句话也不说。

“你是不是没想过啊？”

郑家姝的哭泣停顿了片刻，然后继续抽噎。

“就是没想过呗。”姜大海毫不留情。

“姜老师，”郑家姝打起哭嗝，“我每天都觉得别人在笑话我。连选班干她们都当着老师面说我成绩不好，不让我当。”

两年多以前于丝丝为了让陈见夏做吃力不讨好的劳动委员而顺手拿郑家姝当枪使，郑家姝这两年却一直在努力和于丝丝搞好关系，现在开始抱怨了？陈见夏心里正冷笑，记忆的海面上突然飘过一只玻璃瓶，里面装着刚开学时她低声下气给于丝丝和李真萍写的求和纸条。

她笑不出来了。再次投向郑家姝的目光里多了一些自己也梳理不清的情绪，像宿舍水管爆了的那天一样，她隔门听见了郑家姝如何讲自己坏话，却不知道她们其实一直都泡在同一片暖气片里。

如果没有遇见过李燃，她这三年还会给于丝丝写多少张小纸条？

姜大海听郑家姝哭了一会儿，到底还是忍不住掏出了烟，将烟盒往上颠了两下，一根烟冒头，他直接叼起来却没点燃，就放在嘴里过瘾。

“不能再这样下去了，你再憋下去要出事。”姜大海半是自言自语，无意往后一瞟，盯上了自以为躲得很好的陈见夏。

“你搁这儿排队呢？”姜大海烟几乎要叼不住了，却又一直没有掉下来，

“你倒是说一声啊，吓我一跳。我以为你们班学生都是闷葫芦呢，今天排队过来切瓢，挨个跟我掏心窝子，真有点吃不消。”

他从桌上随便撕了一张原稿纸递给陈见夏：“先领个号。”

陈见夏和双眼血红的郑家姝面面相觑，她没接，欠身鞠躬：“谢谢姜老师，我没事了。”

今天因为暖气出了问题，高三晚自习暂停，放学时天才微微黑，陈见夏接到李燃的电话：“我上午在医院陪我爷爷，下午来上学了。晚上带你去吃那俄国餐厅吧，我听说他们要重新装修了，以后不一定变成什么样了。”

“你在哪儿？”

“我在一楼大厅，宣传栏旁边，你慢慢收，不着急。”

陈见夏顿了顿：“要不还是算了。我想早点回宿舍。”

“学习吗？”

“嗯。”

李燃沉默了一会儿，再开口时语气比刚才还轻松愉快：“那你回去吧。”

她从二楼外探的栏杆向下看，高高瘦瘦的李燃穿着宽大的连帽卫衣和滑板裤，羽绒服抱在怀里，书包扔在脚边，委顿成一摊，一看就是空的。

他没有玩手机，也没有电话里听上去那么开心，空空茫茫看着前方，不知道在想什么。

陈见夏知道他特意跑来上学是为了见她，也知道“请吃饭”是李燃哄人的大招——他被许会那群社会朋友包围就是因为爱请客，他和陈见夏相熟也是因为吃串串、吃西餐……李燃滑头，招数却不多，一旦某一招有用，就用个没完。其实傻乎乎的。

她快步跑下楼，从宣传板背后绕过去。

“见夏。”

老街的西餐厅救不了她，他也救不了她。只有二模能救一模，只有新成绩能覆盖旧成绩，只有她自己相信她才能继续有勇气。

这勇气里不知为什么掺着一点点恨。

北方的春天像怠惰而不得志的画家，卷着沙尘随手粗暴一笔，风一夜带绿江岸杨柳，匆匆便走。

倒春寒的时候就是二模了。

临考前一天，陈见夏趁周六不停电熬到凌晨三点，第二天八点钟强迫自己起床，左手牙杯右手扶墙，昏头涨脑地往前走，看见一对中年夫妇正在打包行李，一个收捡，一个往塑胶手提袋里装，把不宽的走廊占满了。

“这儿还有空，还能再塞点。”女人把手提袋往地上墩了两下，对男人说，“把那个台灯放进来，你把灯脖子折过去。”

半开的宿舍门里面传出郑家姝的声音：“旁边不是还有空袋子吗，别都挤一个里面，给我灯都挤坏了！”

女人抬头看见陈见夏，连忙用脚把挡路的袋子往墙边踢了踢：“孩子，从这边过，别绊着！”

郑家姝正好抱着满怀杂物出来，看见陈见夏，俩人都愣了愣。

“阿姨，没事，我迈得过去。”见夏朝郑家姝妈妈笑笑。

她就着刺骨的凉水刷牙，每一口都要小心翼翼地把水在嘴里含温一点再漱。冲牙杯的时候郑家姝走进来了，明明立着一排龙头，她破天荒主动拧开了见夏身边的那一个，低头投洗一块小抹布。

“你怎么这个时候收拾东西？明天就考试了。”见夏问。

“我要回家。”

见夏惊讶地看向她，郑家姝却先去伸手关她的水龙头，埋怨她，“不用了就赶紧关上，别浪费水。”

“回家？”

“对，回我们县读书。我们县二模是下个礼拜，振华是自己出题，我们二模是跟省里统一的卷子。”

郑家姝从来没有这么正常地跟陈见夏说过话，仿佛她们从没发生过任何龃龉，也不见往日拉帮结派鬼鬼祟祟的眼神和小动作。

“为什么回家？”

郑家姝答得迅速：“家里有点事。”

看他们一家三口的样子，家里能有什么事？报纸上每年都有报道，在乎孩子成绩的家长有时恨不得连长辈过世这种事都瞒着高考生，就怕“影响孩子发挥”。

两人心照不宣。陈见夏重新拧开水龙头，继续用通红的手洗杯子，问：“那你还回来吗？”

郑家姝一愣，猛地转头看她。

陈见夏也不自在，解释道：“家里事儿办完了就早点回来吧，因为、因为人家都说振华三模以后会有很多密卷。”

“我让王娣帮我留着，她答应寄给我。”

意思就是不打算回来了。

“高考也在家里考吗？”陈见夏忽然想到什么，“你把学籍都转走了吗？”

郑家姝低头拧抹布，迟迟不肯承认，就等于承认了。

高考报名和体检还没开始，郑家姝如果不转学籍，就还得每次都跑回振华办理；更重要的是，对县中学来说，不转学籍的郑家姝考得再好都跟他们没关系，一定犯硌硬。

陈见夏自己也是经历过一遍的人，心念一转都明白了。

实在没什么话说了，她正琢磨要不要说两句道别的话就回宿舍，搜肠刮肚时，郑家姝关上水龙头，把小抹布递向她：“你要不用这个擦脸吧，干净的。”

陈见夏忘带毛巾了，她是先洗脸后刷牙的，刚刚一直放任被打湿的碎发贴在脑门上自然晾干。

“你让我拿抹布擦脸？”

“这是毛巾！”郑家姝急了，把小方巾抖开，原来方巾的一角还印着Kiki&Coco，“爱用不用，不用拉倒！！！”

陈见夏被喊傻了，过了一会儿，笑了，接过毛巾，郑家姝也笑了。

“姜老师找我爸妈了。我跟他说，有好几次我都想从窗户跳出去，有次都上楼顶了，不敢跳，自己下来了。”

上次在办公室的尴尬碰面，两人都不曾提起，在班里也一如往常像看不见对方似的相处，不料郑家姝自己讲出来了。

陈见夏震惊：“你真的……难道真的想过要……”

郑家姝头摇得像拨浪鼓。

想过吗？或许有，但远没有郑家姝讲给姜大海的那样严重和频繁，她只是哭着哭着，情绪发泄过了头，回过神来才看见姜大海青白的脸色和快要烧到嘴唇的烟头。

陈见夏想到李燃提起过，他的“海哥”几年前带过的一个毕业班里，有学生因为压力过大离家出走，在跳跨江大桥前的最后关头被路过的小轿车司机拦了下来，报纸上轰动了一阵，牵扯到方方面面，振华声誉、应试教育反思……最后费了很大劲才将舆论压下去。

这么大的事，见夏听都没听说过，三届学生一茬人，即便确凿发生过渐渐也会变成传说，最终湮灭。

难怪姜大海对郑家姝上楼顶上晃悠的事情远比对她的成绩重视，迅速找来了她爸妈。起初两夫妇是死活不答应的，甚至想过要给姜大海送礼，求他别让自家孩子“退学”，后来经人提点，这个吊儿郎当的老师只是个代理的，说了不算，还是得找正经班主任。

俞丹正在坐月子，身体还虚弱，然而如见夏所料，俞丹的态度比姜大海还坚决——当然，她讲话比姜大海顺耳不知道多少倍，慢条斯理地做通了郑家姝父母的思想工作。

从一模拖到二模，夫妇两人从批评郑家姝心理素质差到循循善诱“还能不能再坚持坚持”再到批评她这孩子怎么软硬不吃哄不好……终究还是无计可施。

“我中间扛不住了，差点跟他们承认我和姜老师说想跳楼是夸张的。但最后没有，撒谎撒到底了。”

为了防止妈妈随时进洗漱间，郑家姝和陈见夏转移到了二楼的侧楼梯，一同站在楼梯转角用暖气烤手。

“我办好了就直接走了，之前谁也不知道，只有咱班长知道，班长答应我不告诉任何人，连王娣都是昨天晚上才知道的。等我走了，别人怎么说我就听不到了，笑话我跟不上也没关系，反正我听不到了……”郑家姝喃喃，语气中一分低落九分解脱，有种绷断了弦后破罐子破摔的平静，整个人芯子都换了似的。

然而不等见夏心软，她又来劲了：“你知道你因为那事儿退学时候，她们都怎么说你吗，可难听了！尤其是于丝丝，我要是你我把她掐死算了……但我后来服你了。你就跟没听见似的，理直气壮的，我只是回家备考，我更没什么好怕的了。”

可能是意识到自己在“清白大赛”中获得了优胜，郑家姝回魂了，浑然不知陈见夏正在心里骂她狗改不了吃屎，甩开了郑家姝不知什么时候习惯性挽上的胳膊。

“反正我不想让别人那么说我。”郑家姝说。

见夏反呛：“你自己少在背后嚼别人舌根了？”

郑家姝不服气。

陈见夏翻了个大白眼。

虽然不知道自己错在哪儿，郑家姝还是识趣地走了。上了几步台阶，犹犹豫豫地扭过身看着陈见夏：“但我挺佩服你的。可你做得就是不对，但是……但是……”

陈见夏静静等着“但是”后面的话。

“但你胆儿挺大。”郑家姝嗫嚅。

陈见夏示意她：你还是赶紧走吧。

二模第一科语文她完成得很快。主观题没多少修改的余地，至多在空白处尽力填满，说不定能多拿几个踩分点。检查过选择题后，其实就没什么事可做了。

作文难度中规中矩，见夏没太用心，只求不偏题跑题，反正她没文采，本就写不出花来，分数一直在 48—54 之间徘徊，从没编出过哪怕一次范文。

距离考试结束还有十分钟，她毫无理由地抬眼，目光茫然地从黑板上略微褪色的红色校训巡向所有人埋头做题的安静教室。这一刻的心情似曾相识，好像就是在刚入学的摸底考试的时候，上帝点了一下她的额头，彼时她感觉每个认真做题的人都在发着光，自谦又自负，谁都不服输，连带着彼时自卑胆怯的陈见夏也莫名沸腾了起来。

然而这一次，只有安静，冰冷，严肃。

陈见夏忽然想起郑家姝跑上楼梯时的背影，脚步噔噔噔，伴着“妈我来了来了”的大嗓门，渐渐远去。

轻盈得像只脱网麻雀，留了这一屋子鸿鹄。

五十三

遥远的相连

见夏呆坐在床上，床边是四张排名表。

一模，两次临时月考，以及最新出炉的二模。

中途王娣来敲门，问她要不要吃枣子，她爸妈从老家带过来的，刚洗好。见夏和她说了几句话，关上门，捧着铁盘坐回到床上，继续看着枣子发呆。

又过了一会儿，她从枕头底下摸出手机，噼噼啪啪按出一串倒背如流的号码，嘟了十几声，没人接。

她知道李燃的爷爷病情恶化，从 ICU 出来没几天，又进去了。这会儿他人恐怕在医院里。

失落是有的。但不知怎么，也有一丝庆幸。还好他没有接。

这段时间李燃虽然经常跑医院，却还是坚持每天放学等她，但他们再也没有一起去麦当劳或者必胜客上自习，因为见夏还是觉得他不在自己面前的话学习起来更专心，于是他们相处的时间只剩下回宿舍那短短的一段路。

李燃说，不差这几个月，那你专心学吧。

虽然在宿舍门口道别时这样说着，可见夏原本已经迈开步了，他还是不愿离开。

往大门走了几步，一回头，对上少年寂寞的眼神。

心里涌起温柔的痛意，却同时冒出念头：下一次，不要回头看他了。

交流更多是通过电话。见夏在宿舍学习时会把小灵通电池板抠下来的，睡前才打开，李燃自说自话的短信常常爆掉她内存不足的收件箱，他说着自己做了什么，哪个队又赢了球，爷爷今天精神好多了，海哥今天给你们上课又说什么疯话了吗，你要睡了吗？

我今天能给你打电话吗？

这个电话起初常常打不成。见夏凌晨一两点钟回复的时候，李燃早就睡了。

几次之后，凌晨两点的李燃竟然也醒着，声音倦倦的。

她说不必，他说，管得着吗你，我乐意。

只是渐渐地，渐渐地，陈见夏穷尽了李燃的安慰鼓励的话语。

终于吵了起来。因为无论李燃怎么说，说什么，绞尽脑汁找角度，统统只能得到陈见夏的一句“你不会明白我的感受”。

你开心点——你觉得我开心得起来吗？是我主动想不开心的吗？

下次肯定能发挥好——都多少个下次了？

陈见夏你肯定没问题的——你别说了，我没问题还错这么多题？

坚持一下，时间过得很快的，熬过这几个月就好了——你懂什么叫熬吗？高考前这几个月是能熬得下来的吗？你熬就是偶尔来上上课，我熬是用生命熬，是半夜啼血地熬！

那咱们去吃饭？——我没那么多时间可以耽误了。

一直好声好气哄着的李燃，词穷了。

“那我到底为你做什么你才能好受点？”

当时陈见夏捏着二模的成绩单，整个人都在抖，她眼泪往下滚，语气却前所未有的冷静：“你什么都做不了。你根本不明白我的感受。你连学都不用上，你以前还问我考大学是不是为了脱贫，你随随便便就能去英国，我跟你聊成绩，聊高考，我自己都觉得我可笑。”

李燃终于爆炸了。

“不是你可笑，是我闲的，”他语气讥诮，怒极反笑，“我那么多好玩的事不做，每天几个小时窝在快餐店邦邦硬的破沙发座上看你做了三年的卷子，你太好看了，比欧冠都好看。”

他总算让陈见夏回想起了高一开学第一天就开炮把李真萍吓到撒腿就跑的“混混”。他从来都不是个软柿子，只是她捏多了，忘了。

“而且认识你以后我还爱上极限运动了，跳窗可好玩了，你想试试吗？我怎么不学习了，我轮椅都有驾照了，拄拐都能弯道超自行车，怪不得人家都说，得跟学习好的一块玩，近朱者赤了我都。”

陈见夏火力全开：“把你关家里的是你爸妈，逼你跳窗户的也是你爸妈，不用谢我，你瘸了也没改变任何事，李燃，我是靠我自己回到振华的，那个时候我都没靠你，以后也永远不会！”

在李燃沉默的时候，陈见夏挂断了电话。

后来他发了短信。陈见夏是临睡前才看到的，她抱着二模的成绩单哭到快睡着，迷迷糊糊间，还是习惯性地摸出手机，橙色屏幕上只有简单诚恳的五个字：见夏，对不起。

陈见夏把枣放在书桌上，对着衣柜上的镜子重梳了一遍马尾，从衣柜拿出外套，想了想，连书包也没背。

她漫无目的地穿街走巷，渐渐远离了振华附近的商业街。孩童们蹲在路边大呼小叫摔画片，小饭馆后门有人往下水道倾倒泔水，倒着倒着被楼上拍打被子的居民喝骂，暮春的风卷着地上的纸屑和塑料袋打转。

世界是清晰的，只有她自己被包在一层油膜里。

不知道走了多久，她差点被地上堆的木料绊倒，才回过神。周围的房子不再是六七层的老居民区，而是平房，或者说曾经是平房——不少人正在加盖。

灰黑色墙壁上一个巨大的红圈，里面写着“拆”字，楼顶却在生长，长出了银闪闪的塑钢架和白亮亮的新墙壁。两棵电线杆中间悬挂着白底横幅，黑字写得七扭八歪，似乎被揪扯过，隐约是和拆迁有关。

见夏决定折返，远离施工现场，一转身，看见了楚天阔。

楚天阔没注意到她。他正蹲在平房的公用水管前面发呆，盯着水龙头下面的红色塑料盆。陈见夏庆幸自己刚才因为呆滞太久，没有第一时间喊他，问他为什么在这里。

他穿着拖鞋。显然是住在这里的。

在她要走的瞬间，楚天阔盯着水盆打招呼，“陈见夏。”

见夏愣了愣，走过去，也蹲下了，和他一起盯着那只水盆——原来楚天阔不是在发呆，他在看水龙头滴水。

“这样不走水表，”他说，“虽然我们没分户，但大家都这样做。”

“我知道，”见夏点头，“不急用水的时候，我妈也会往洗碗池里放一个盆，把水龙头拧开一点点，让它往下滴，差不多一下午能接两盆，淘米洗菜，最后冲厕所。”

楚天阔点点头。他俩又看了一会儿，什么都没说。

等到红色水盆满了四分之三，楚天阔才拧上水龙头，问：“你怎么在这儿？”

见夏想跟着起身，腿麻了，差点一屁股坐地上，楚天阔拽住了她的胳膊，静待她缓过来。

“我也不知道，我瞎走的。”她回答。

远处有人大喊，见夏吓了一跳，以为吵架了，再一听发现是要从楼顶上往下抛建材，让下面的人躲远点。楚天阔的表情已经习惯了。

“也不知道盖了能不能算面积，一家盖了所有人都盖。”他自言自语。

“挺正常的。”见夏说。

楚天阔低头看了一眼自己的鞋，“你等我一下，我去换个鞋，我也想走走。”

陈见夏的目光从楚天阔身上已经洗得褪色变形的长袖 T 恤移到他坦然微笑的脸上，忽然觉得自己周身的油膜破掉了，她重新能够听见、看见、呼吸。

楚天阔也扫了一眼自己的 T 恤，突然笑了。

“你知道吗？高一有一次我和……凌翔茜约好了一起帮合唱比赛选班服、道具和伴奏带什么的，路过一家，那种卖饰品的眼花缭乱的店，叫……阿呀呀？是这个吧？”

见夏点点头。她也鼓起勇气走进去过，仗着店里满满当当全是女孩，混进去也不突兀，好好浏览了一番，最后买了一只上面有两颗红色小樱桃的发绳。

“我不光知道这个，我还知道你俩去了文具店，你写了她的名字。……她跟我说的。”

“是么？”楚天阔语气温柔，好像很高兴，“对，文具店。我们还去了饰品店，她说冬天嘴巴干，忘带唇油了，想随便买一只。颜色淡淡的，像水蜜桃。刚涂好，下楼梯时候绊了一跤，蹭我衬衫袖子上了。

“以前她说过我校服里面总穿白衬衫，是不是没别的衣服。我说对，就这一件，非常珍贵。她笑得可开心了，以为是玩笑。唇油蹭上去之后，她还说，你完蛋了，唯一一件也毁了。”

陈见夏听着也笑了。

“后来洗掉了吗？”她问。

“还是留了一道印子，很浅，”楚天阔下意识用右手摩挲左胳膊，仿佛唇印还在，“所以我就买了第二件。”

“现在真的有两件了。”他轻声说。

他们呆站了一会儿，各想着各的事。

陈见夏忽然喊道：“班长！”

像是跟她对着干，不远处暴起刺耳的电钻声，淹没了她的哭腔：“我觉得我遭报应了！”

不知道楚天阔究竟听清了没有。他宽和地笑笑，再次指了指自己的鞋，转身快步走了。

陈见夏靠在拴横幅的电线杆上等，楚天阔穿着校服外套出来的时候，她已经哭过一场了。她本来就爱哭，最近哭得更多了，即便忘带手机也不会忘带纸巾，外套里一包，裤袋里一摸，又一包。

“班长，我从小到大，从来没说过大话。我怕说大话会遭报应。”

许久的沉默之后，她再次重复，“班长，我觉得我遭报应了。”

他们都是考了十几年试的人，也都隐约明白，考运是很玄的事情，努力到了某一个阶段，有时会连续不断地发挥失常，越做越错，越错越急。

人急了能发生什么好事。

所以楚天阔没有安慰她，任她讲。

到底做错了什么呢？是不是因为她掐于丝丝的脖子？是不是因为她大言不惭地接受楚天阔和郑家姝夸她勇敢？

是不是她天生不被允许哪怕一刻的放纵和嚣张？

等他们重新走回到车水马龙的大路上，楚天阔问：“就算你高考真的考砸了，复读，会怎么样呢？”

“不是说很多人第二年还不如第一年吗？”

“没人统计过比率，只因为复读了却还不如不复读的故事，大家会更感兴趣，所以传得更广更邪门而已。”他冷静地答道。

见夏摇头，“万一那个故事就发生在我身上了呢？一年的时间我耽误不起。”

“你到底是更怕前途不好还是更怕丢人？”楚天阔目光犀利，“于丝丝欺负你你欺负回去，这跟你考不好有什么关系？”

见夏沉默，很久很久才抬起头，看着楚天阔。

她清晰记得她是如何明媚自信地在窗台前对着楚天阔夸下海口，却遥远得仿佛上辈子的事了。

“这事儿跟他没关系。我说的是我。”

为了保送能十拿九稳而置凌翔茜于不顾的楚天阔，静静看着坦然说我只关心自己的陈见夏。

“我明白了。”他说。

楚天阔把她送回到老街，陈见夏才蓦然发现自己刚才竟茫然间走了那么远的路。

道别时，她终于从自己的悲喜中抽离出来一点点，大着胆子问，班长，你记不记得以前跟我讲《挪威的森林》？

楚天阔愣了一会儿，垂下了眼，应该是想起来了。

陈见夏当时听了也无法懂得。她的小家子气、喜怒不定，她乱七八糟的家庭剧，她付不起的补课班学费……

所以她积极鼓励楚天阔，班长你是九十九分的人了，不要怕被凌翔茜知道你扣了一分啊。

所以她也曾坦然接受楚天阔对她的赞赏。陈见夏你真勇敢，陈见夏你真有种。

当她和楚天阔一起蹲在公共水管前盯着红盆底那对锦鲤戏莲，见夏的嘴里终于涌上一股黏稠的甜味，是凌翔茜家进口巧克力粉的甜，齁甜，卡在喉头。

班长是一步都错不起的人，扣一分都不行。

“班长，我站在你这边。”陈见夏大声地说。

楚天阔沉静地看着她，红了眼圈，一瞬又正常了，仿佛是陈见夏的错觉。他笑了，抬起手弹了一下她的脑门，“你要是今天实在没状态复习，就去旁边新华书店看会儿书吧，上四楼，有社科、小说和漫画。”

“那不还是看书。”见夏低落，“我今天一个字也不想读。”

“读点别的。随便拿本名著，读一下原文，不是咱们作文素材大全给总结的梗概和中心思想，是原文。《红与黑》到底写的是什么，《包法利夫人》到底写的是什么，尼采除了‘上帝已死’还说过什么……相信我，真的有用。”

楚天阔说完，自己也不好意思了：“主要我也不知道有什么别的办法。他们都说发泄应该去卡拉OK，可我到现在还没去唱过一次呢，或许那里更好玩吧。”

见夏笑了。

她穿过一楼的卡西欧、步步高专柜，坐扶梯将二三层的教辅书抛在脚下，来到了人很少的四楼。陈见夏背靠书柜，坐在地上，挑了一本叫《魔术快斗》的漫画，一共只有三册，她觉得这个长度应该能看完。一开始有点读不懂，十几页后才捋明白，漫画是要从右往左翻页，每一页也都要从右往左看的，难怪她以前总觉得同桌余周周翻书的顺序很怪，原来都是包了书皮的漫画。

是挺好玩，但也挺幼稚。陈见夏叹口气，她一时改不了阅读习惯，没想到漫画读起来竟会这么累，真不明白有什么好着迷的。她站起身，走向社科区，面前整整一柜装帧统一的商务印书馆丛书，壮观极了，直接把她吓退了。

往旁边的柜子一看，离她最近的一册薄薄的三联的书，作者正是楚天阔提过的尼采。

《论道德的谱系》？她翻开序言。

六点多，终于饿了，裤袋里的手机适时振动起来，她以为是李燃，屏幕上跳动的名字居然是饶晓婷。她们交换过电话号码，但从没联系过。

“你们学校礼拜天也上课吗？”饶晓婷劈头盖脸地问。

“不上，什么事？”

“咱们初中同学在省城的不少，今天聚一下，王南昱非说也叫上你，我估计你得学习，你好好学习吧！”

陈见夏哭笑不得：“我今天晚上不学习。”

饶晓婷那边僵了一会儿，报了个地址，就在振华旁边老街上的家常菜馆，2 号包房，特色菜是熏肉大饼，陈见夏虽没吃过但常路过。

她被服务员领到包房门口的时候里面人吃得正欢，抬头看到陈见夏，都愣了一下，但很快集体起哄，“高才生来了！”

饭店本来就不大，包房是用隔板从大堂硬划出来的，一张圆桌上挤十个人有些局促，见夏坐到了饶晓婷左边，王南昱坐在饶晓婷右边，王南昱刚要跟陈见夏说话，饶晓婷就探身向前将手肘拄在桌边，把陈见夏挡得严严实实。

见夏跟桌上的大部分人在初中都没怎么说过话，有点拘谨，好在他们在她来之前已经喝了几瓶啤酒，早就聊开了，没人在意她。服务员把还在滋滋作响的饼端上来，每张圆饼都四等分，中间是空的，外酥里嫩，油香四溢，见夏学着饶晓婷的样子，夹起桌上的熏肉和黄瓜条蘸甜面酱塞进饼里。

旁边还有一碟葱丝，饶晓婷的筷子停顿了一下，没夹。她弄好后，直接把饼放在了王南昱盘子里。桌上的人轰地一下笑开了，这次是真的热烈起哄，跟敷衍陈见夏进门的时候不一样。

王南昱冲他们喊：笑你妈！他快速看了见夏一眼，想把饼还给饶晓婷，可能是看见饶晓婷要杀人的脸色，罢手了，伸筷子去夹葱，再次被饶晓婷用自己的筷子压住了。

“傻 ×，人家没给你放葱啥意思还不知道啊，”斜对面一个陈见夏至今没想起名字的矮胖男生喊道，“嘴里有味儿！”

这次陈见夏羞得眼睛都不知道往哪儿看，低头去咬自己的饼，他们笑得排山倒海，转桌上的玻璃板被拍得直晃悠。陈见夏只和自己爸爸喝过一次啤酒，象征性的，小半杯，不明白这种苦了吧唧的东西到底有什么好，但此刻却忽然想试一试，或许能分到一点点他们的快乐。

但大家仿佛有默契，一开始就给她倒可乐，像初中上学时候一样，将她用无形的隔板挡在了外面。

陈见夏认真听着，仔细端详每一张脸，仿佛和这些同窗是初见——她终于“看见”了他们，看见了生活本身。

在老街班尼路理货的女生说自己刚跳到森马三天就被一个大姐欺负走了，现在在森马对面的卡玛上班，站门口拍手揽客，跟大姐对着喊，回家嗓子疼得口水都咽不下，但没关系，“更咽不下那口气”。

家里有点小门路的男生现在在给领导开车，挤眉弄眼地说：“那孙子大冬天晚上去办事，让老子给他停两条街外，当我不知道他去干啥？自己快活，还他妈嘱咐熄火，省油，给老子冻得蹲在旁边小卖部等了二十分钟！”

其他男生爆笑，说这二十分钟可能是两分钟办事十八分钟抽烟，饶晓婷也跟着哧哧地笑，看陈见夏懵懂，故意大声喊：嘴放干净点人高才生还在呢！

趁他们三三两两开始说小话，女生抱头痛哭，男生吞云吐雾，陈见夏看看时间，轻声对饶晓婷讲：我得回宿舍了。

饶晓婷已经喝趴在桌上了，头一点一点，没理她。

见夏刚要起身，卡玛拍手店最强领掌员突然扔下交心小姐妹，扭头搂上了她的脖子，把号啕的眼泪也均分了过来，边哭边喃喃：陈，陈，那个……

陈见夏心里好受了些。原来同学们也忘了她的名字。

“你记住啊，一定记住，四十多岁的女的——”

女生吸吸鼻子，见夏静等她说完，手机在兜里振动，然而树袋熊沉沉地挂在身上，陈见夏实在不好意思打断一个涕泪横流的老同学。

“四十多岁的女的？”她引导女生说下去。

“四十多岁的女的，领儿子来的……”女生神神秘秘，“最舍得买衣服。看见这样的进店，得立刻跟上，你不跟上就让别的导购抢了。”

见夏苦笑，“我记住了。”

“还有！”她迷迷糊糊地盯着陈见夏的脸，“好好学习。学习好就不用打工了，站一天，特累。不想站了。”

见夏温柔地拍了拍她的肩膀，让她坐回椅子上趴好。

经过吧台的时候，王南昱正在结账，弯腰跟服务员一起核对塑料筐里剩下的啤酒瓶数，把没喝完的都退掉。虽然脸膛红了，但人还相当清醒，听其他人说是这两年在旅行社拉生意，跟着他舅舅应酬多，练出来了。

“我正好买完单了，你宿舍是不是在附近，我先送你回去。”

“不用了，你留下来照顾他们吧，都喝多了。”

“他们老是这样，我都习惯了，放心，从来没出过事，”王南昱浑不在意，“反正就几步路，让他们趴会儿，我回来再管。”

正说着，饶晓婷跌跌撞撞从包房跑出来，直勾勾地盯着他俩。

王南昱眼见饶晓婷要摔，赶紧上前两步去搀，就这个工夫，陈见夏大声说了再见，掀开塑料门帘离开了。

老街依然流光溢彩，牢固到成为都市传说的地砖被无数游客的足迹磨得光滑，路灯照在上面，反射出温润的暖玉色。陈见夏把电话给李燃打回去，李燃说他刚刚在宿舍楼下。

“我爷爷转出 ICU 了。”

“那太好了，是好转了吗？”

“也不是。只是能转出来了。在 ICU 里面只能从小窗看他，他看不见我们，万一……爷爷就只有一个人了。所以一旦可以出来，他就想出来，但也不能进普通病房，还是重症加护，每天只让一个家属陪。这几天都是我。”

陈见夏想为自己向他倾泻出的刻薄和没倾泻出来却清清楚楚浮现在心头的恶意与仇恨道歉。她在他最难过的时刻和他吵架，骂他靠不住，李燃听到了是什么心情呢？

“李燃……”

“我等了你一个小时，看你房间关灯了我以为你去洗澡或者买东西了，很快就能回来。你在外面吗？”

“初中同学找我一起吃饭。难得……难得聚一次。”难得个屁，她哪里是爱聚会的人。语言会在不经意间塑造人，她从小听多了大人这么讲，此刻随口便讲起一样的套话。

但却无数次拒绝李燃一起吃个饭的请求，因为“耽误学习”。

他们沉默了一会儿，见夏快步跑起来：“我马上就到了，马上，还有一个路口！”

“我上车了，都开到西桥了。”李燃笑了，“你别跑啊，我都听见你喘了。慢慢走，到宿舍告诉我。”

陈见夏回到宿舍，看着窗外路灯照耀下空荡荡的街道，半晌扭亮台灯，从外套的大口袋里掏出了下午刚买的那本薄薄的尼采。

我们还不认识自己。

我们从来不去寻找我们自己。

生命只是体验，此外还跟什么相干？

陈见夏愣愣地看着序言那几行字。

2006 年暮春一个平凡的周日，狭小的宿舍角落，一个来自小县城的、清晰又糊涂地成长着的平凡女生，好像听见了来自遥远时空的召唤声，告诉她，她琐碎生活中所有紧迫、重大而苦痛的难题，都指向同一个母体，分散世界各地的人类一代一代地以不同语言不同方式询问着，询问着。

可那连接太微弱了。母体从来没有回答过。

五十四

你的名字

再一次站在俞丹家里，陈见夏仿佛没来过。班委会七个人把客厅塞满了，俞丹婆婆拿出了高矮不一的各种凳子给学生们坐，见夏挑了一把最矮的小马扎，躲在一角，无视了楚天阔递过来的眼色。

她被退回县一中后就不再是劳动委员了，但这次探望即将出月子的班主任，楚天阔还是把她也叫上了。陈见夏知道楚天阔的好心，但楚天阔却不知道陈见夏早就见过这间明亮却略显局促的客厅在冬夜灯光下的样子了。

俞丹若看见她，怕是心里堵得慌，但机会是楚天阔创造的，而她更是有不得不来的理由。

她努力听着他们和俞老师说笑。于丝丝等人就是有本事把肉麻的话讲得自自然然，陈见夏根本看不清那包得严实的孩子长什么样，俞丹也怕学生毛手毛脚，没有让他们抱一抱的意思，但大家就是能绕着孩子长得多好看、睡着了是乖、哭了是健康活泼嗓门大有福气等车轱辘话打转二十多分钟，茶几上的水果是拿班费买的，于丝丝和另一个女生洗的，俞丹又分给大家吃，其乐融融。

好像之前什么都没发生，好像谁都没说过俞丹坏话，俞丹也从来没怀疑过谁。陈见夏不是看不懂人情世故，然而只背了公式却做不出题，还是只能隐在最远处做盆栽。

她真心为俞丹高兴。之前通过熟人找关系做的B超不准，最后生的是儿子。

她不应该高兴的。她是有弟弟的人，见不得别人为了生儿子努力，但即便感情不深，她总是能回忆起在楼梯间听到俞丹对着电话哭唧唧的哑嗓子，还有误以为又要生女儿时丈夫和婆婆在饭桌上的冷脸……

那样不对。但生了儿子，是不是一切都会变好呢？俞丹的平静和幸福都写在脸上，婆婆殷勤地给她的学生们搬凳子、招呼大家吃东西的样子和上一次判若两人，谁会拒绝这种幸福？谁会见不得他们都幸福？

这幸福不对劲。但很幸福。

陈见夏正胡思乱想，背后卧室门开了一道缝，一个小女孩露出半张脸。见夏猜到是俞丹女儿，但小孩长得快，变化大，她已经没办法和高一时在麦当劳见到的小孩对上号了。何况那惊魂一刻，心都跳出来了，哪有工夫记。

小女孩有点怕生，和见夏对上眼神的那一刻，好像很不希望她大惊小怪地喊：呀，俞老师这是不是你女儿呀——等了几秒钟，小孩发现她比自己还呆。

陈见夏的确是呆。好一会儿，她才把楚天阔分到她手里的小橘子递向小姑娘。

小姑娘没接，把门关上了。

陈见夏转回来，过了一会儿又听到很轻的开门声，她再把橘子递过去，这一次，小姑娘接过去了。

但她不想吃橘子。她小声说：“姐姐，我想尿尿。”

见夏哑然。他们这一大群人把客厅给堵了，俞丹生性并不热络，不想让学生抱婴儿，也不想让内向的女儿被围在中间难受，结果就是害人家小姑娘憋得够呛。

陈见夏点点头，压低身子去戳楚天阔的后背，轻声问，班长，什么时候走？

楚天阔以为她是着急要跟俞丹私下谈，这本就是他今天特意帮她制造的机会，于是笑着让她少安毋躁。他应和了大家几句，然后迅速抓住了俞丹打哈欠的疲态，站起身。

“俞老师累了吧？大家都很想您，我们今天就是把同学们的心意带到，差不多也该走了，您还是好好休息，过几天学校见！等考完了放松了，我们再来看宝宝！”

大家纷纷起身，因为自带了微机课用的塑料鞋套，省去了挤在大门口穿鞋的时间，鱼贯而出。楚天阔留在最后，对俞丹耳语了几句，俞丹瞥了一眼坐在角落的陈见夏，没什么表情。

但她还是说：“你们先走，楚天阔你留一下，我有事单独交代你。陈见夏你也留一下。”

于丝丝即便有再多疑问，也不得不走，磨蹭到最后一个出门，把保险门带上的时候，眼睛还长在陈见夏身上。

正当俞丹皱着眉要数落陈见夏时，陈见夏做的第一件事是弯腰对着她家卧室门说："你快去。"

小姑娘穿着红色塑料小拖鞋，踩着木地板咚咚咚冲向洗手间，咣当一声带上门。

俞丹愣住了。

"刚才人多，她不好意思出来，憋坏了。"见夏轻声解释。

俞丹目光瞬间柔和了下来，带了些笑意，若有所思半晌，说："楚天阔跟我说了。你想好了吗，跟家里商量了吗？我帮你往上报一下没问题，材料、面试都得你自己准备。"

看来俞丹是真的累了，没有循循善诱的耐心，问题一股脑抛了出来。

陈见夏咬着嘴唇，低下头。

四天前，楚天阔忽然趁没人管的自习课把陈见夏叫到行政区的隐蔽处，问她，你想不想去新加坡？

陈见夏想了一会儿，反问："你是说高二上学期招的那个项目？去年年初不就都招完了吗？"

她记得高二时这个项目引起过一阵讨论。新加坡在国内一些知名中学公开招募预科生，集体培训一年，有九成九的几率进入南洋理工或新加坡国立大学读书，学费全免，同时每个月还有生活补助——唯一要履行的义务是，本科毕业后在新加坡工作满五年，但五年不是白打工的，可以获得绿卡进而入籍。

虽然南洋理工和新加坡国立都是很好的大学，但对振华最顶尖那批学生来说，不知为何还是北大清华更有吸引力一点。

何况家长的疑虑更甚：听说是个才运转了一两年的新项目，万一几年后政策变了呢？万一读了一年不守承诺不让进南洋和国立呢，难道退货回来重新高考吗？孩子还那么小，万一在外面遇到危险了、学坏了怎么办？万一不让回国怎么办？违约的话要赔多少钱？守约的话，读书工作满打满算整整十年，谁舍得？

就在观望中，项目遇冷，报名和最后被选走的，大多是理科班的“第二梯队”。

陈见夏当时就没觉得这事儿会跟自己有关。

“我也是偶然听到的消息，具体原因不清楚，可能是去年在国内招的预科生里有退学的，忽然紧急补招了，高三的也有机会。但振华老师不太热衷，二模都结束了，要么不上心，要么直接卖人情给之前落选的人了。咱们一班是代班主任，好多事做不了主，所以姜老师直接把这事儿告诉我了，让我回班里问问有没有想申请的，时间很紧，报了名估计就要面试了。”

她捋了一会儿，终于明白过来：“班长，你没问别人，就跟我一个人说了？！”

“我会说的，就是晚点说，姜老师马上撤了，俞老师还没回来，既然他们两个都不爱管，交给我，我爱先跟谁就跟谁说，自己做个主不过分吧？”楚天阔满口私心一身正气，无耻得极为坦荡大方。

在陈见夏消化扑面而来的信息时，楚天阔认真地补充道：“你如果选上了，就不用参加高考了。南洋理工和新加坡国立，哪个都比南大的国际排名高。就看，你舍不舍得走。”

在俞丹忍不住开口催促的前一秒，陈见夏抬起了头，说，俞老师，我想去。

俞丹哄着怀里的宝宝，女儿从洗手间跑出来，也蹿上沙发，亲昵地靠在了她肩上，歪头看着弟弟。

“准备材料和面试很耽误复习，你要是没选上，参加高考吃亏了，谁都帮不了你。”

陈见夏点头。

“谢谢俞老师。”她和楚天阔异口同声。

来之前楚天阔就和她说过，俞丹爱躲清静，但是不贪，也不势利眼。

陈见夏说我知道。

大人有太多面了，看得她眼晕。还是看自己好，永远是正脸，照不见后脑勺，做再多自私的事情，也不会露出猴屁股。

多亏这几年的住校生活，准备材料里面大多数的证件复印件她宿舍里都备着，包括户口本首页和内页，基本不需要开口朝家里要。从小到大的获奖经历和照片也都因为以前经常陪跑申请校内三好学生和优秀干部，完完整整留存在了衣柜底层的文件袋里。

笔试考了两项，英语和数学，难度不高，或许因为是紧急补录，走的是简易流程，很快便迎来面试。

“保送了没事儿干”的楚天阔会偶尔陪陈见夏临阵磨枪练口语，做了几次模拟面试。

他们的鬼鬼祟祟自然引起了于丝丝等人的疑心，连着几次于丝丝借接热水的名义不远不近地跟在陈见夏背后想看她去哪儿，终于见夏忍不了了，直接停步，站在走廊正中央抱胳膊看着于丝丝，反倒是于丝丝尴尬地问：“你怎么不走了？”

“累了，歇会儿。”陈见夏说，“你先走呗，难道你也累了？”

于丝丝恨恨地瞪了她一眼，端着满满的保温杯硬着头皮进了水房。

楚天阔用的是新东方托福考试的教材当参考，实际上面试官到底会问什么，他也不知道，有一次两人都卡壳了，一个不知道问什么一个不知道答什么，他难得叹气，不好意思地说，我真怕都是无用功，像俞老师说的一样，耽误你正经复习高考。

“已经都是无用功了，”陈见夏面无表情，“二模以后我根本学不进去。起了这个心思以后，更学不进去了。班长，好赖我自己担着，赖不到你身上，从来没人这么帮过我，我心里都明白。”

楚天阔连连摆手：“不说了不说了，咱们接着练吧，你别这样，有点吓人。”

从来没人这么帮过你吗，陈见夏？她听见身体里有另一个自己在提问。

没有。没有。没有。什么都没有听见。

面试的前一天晚上，李燃意外消失了，没有任何短信或电话。

陈见夏凌晨两点躺在床上还在默背英文自我介绍。楚天阔让她不要很无趣地只顾着介绍自己的成绩排名和得过什么奖项，也不要说套话，背几个dedicated、strategic thinking、self-driven、confident、open-minded就可劲儿往身上套……大人都精着呢，他们一眼就能看得出来你是在瞎扯。

“那说什么？”

“就说你自己。”

我自己？夜色温柔，天花板上的节能灯罩上有斑斑点点的印记，都是过去每个夏夜里趋光赴死的蛾虫。她生在五月末，北方夏天短暂，四月有时还会下雪，五月乍暖还寒，听说她出生的前夜，天忽然就热起来了，好像夏天终于决定降临。

于是她叫陈见夏。

这个名字小学时候给她惹过麻烦，小学生致力于给所有人起外号，龅牙的叫龅牙苏，胖的叫猪，戴弱视矫正镜的叫四眼田鸡——虽然没人想过青蛙跟眼镜究竟有什么关系，而什么都不沾、白白瘦瘦的陈见夏得到的名字却最糟糕：下贱陈。

仅仅因为一个人发现她名字倒过来可以这样念，男生们就哄堂大笑。陈见夏气得趴在桌上哭了一堂课，后来就没人这样叫了。男班长还过来安慰她，说你看过刘青云演的《阿呆拜寿》吗？里面的男主角——男主角你知道吧，电影里男女主角肯定都是好人——男主角的口头禅就是“下贱”，他看谁都喊“下贱”，没别的意思的，大家就是觉得好玩，你平时那么正经，他们就更蹬鼻子上脸。

其实陈见夏生气的不是别人说她下贱。小学生没什么女性意识，还没发育的小孩只知道这个词不好，喊的人无所指，听的人也没受侮辱。陈见夏不过是觉得自己最宝贵的、最独特的存在被否定了：她的名字。

她的出生是有故事的。即便弟弟的出生更令所有人欣喜，弟弟的名字至伟更饱含长辈的期望与看重，陈见夏仍然在幼年和少年时代每一个落寞的瞬间想起自己的故事——她的名字是有故事的。

即便已经不记得究竟是哪个长辈告诉她的，即便很可能是编造的。

但她愿意相信，自己的出生结束了北方反复无常的寒流，带来了确定无疑的夏天。

地理书上说新加坡永远是夏天。漫长的、永不结束的夏天。

陈见夏没能保证每个词的发音都足够“纯正”，却仍然讲起了“自己的故事”。或许是面试官神情中的温和与鼓励让她松弛，她渐渐不再纠结于语法，磕磕绊绊却万分真诚地，向三个完全陌生的人介绍了“我是谁”。

她说完之后才觉得尴尬，不太敢直视面试官，后面几个常规问题都是半垂着头，间或望一下，其中一位颈间戴着蓝色丝巾、华人面孔却一看气质就很“海外”的女老师朝她温柔一笑。

陈见夏不知怎么觉得，自己一定会长长久久记得这一抬眼间，世界向她伸来的手。

陈见夏平静地离开学校会议室，轻柔地带上门，很慢很慢地经过行政区宽敞明亮、大片大片的窗。

她看见外面湛蓝的天幕之上大团大团的积云，像心情明朗的小朋友用蜡笔认真涂得满满的最好的天气。今天是周日，每一个小学生的作文里的星期天都是晴空万里，晴空之下会发生《记一件难忘的事》。

马上要过十九岁生日了。夏天要来了。

就在这时候，她摸到口袋里的手机。今天她决定开机——开机画面刚过，李燃的电话就打了进来。

“李燃——”

“我爷爷去世了。”他说。

五十五

海桐

李燃从岩石步道走下来的时候，陈见夏正呆呆望着她从没见过的修剪得圆乎乎的几丛灌木——或者算是乔木？细长水滴状的叶子表面有一层蜡质，泛着油润的光。白色花团小小的，比单瓣丁香还小，藏在叶子里，她是闻到了一股像茉莉一样的香气，循着找了过去，不仔细看就差点错过了。

她问，这是茉莉吗？

其实应该问你好吗，难过吧，想哭就哭吧。

但她不敢看李燃，第一句就结结巴巴问这是什么花，李燃说，好像叫海桐。

他说，火葬场净瞎搞，咱们这儿太冷了，种点松树得了，不应该种这种花，会死的。

“南方才有这种花。”

南方。陈见夏低头：“你怎么知道这么多？”

“我爷爷爱养花，家里有植物百科图鉴，”李燃说，“你去的时候没看见吗？”

“我记得。好多，茉莉、君子兰、文竹、一品红……阳台都堆满了。爷爷挨个给我介绍过。”陈见夏点头。“高一时候去餐厅，我就问你怎么什么都知道，哪里都去过，你说是因为——”

“因为我爷爷。”

她的心皱巴成一团，被浇得潮湿垮塌。

“周五爷爷突然清醒了，说不想待在加护病房了，旁边只有护士，自己家里人一个都见不到，我爸就真的把他转移出来了，我还以为他这次又能挺过去了，特别高兴。后来才知道，大人都说，这叫回光返照……爷爷把我一个人留下了，说要跟我单独说说话。

“爷爷找了半天，递给我一个东西，都藏得皱皱巴巴起毛茬了——是个存折。

“我爷爷身体最弱的时候我还在跟他抱怨，说我自己没本事，是个废物，只能靠爸妈，还要靠假装答应家里去留学中介那边学语言，他们才答应让我出门。当时爷爷跟我说，知道自己弱小是好事，你还是个小孩，知道了就比不知道强，知道了以后，才是大人了。”

说完这句，李燃上气不接下气，陈见夏第一次听到他带着奶音和哭腔的颤抖。

她从没觉得自己如此像一个大人。

李燃的爷爷恐怕是刚住院那会儿就把小金库带在身上了，病得糊涂时到处藏，清醒了却找不到了，病床底下左摸摸右摸摸，这件衣服那件衣服口袋全翻空，翻不到，急了。李燃也不知道他要找什么，几乎把病房里所有东西都在老人眼前晃了一遍，最后才在爷爷住院时穿的羽绒服内袋里发现了已经打卷的存折。

找到的时候，老头儿终于笑了，因为肺部扩散，笑声像风箱。他眼睛已经看不清，摸索着拉过李燃的胳膊，用最大的力气包着他的手，让他一定要攥紧。爷爷躺的时间太久，已经肌肉萎缩了，手指骨节都凸出来，硌得他疼。

陈见夏想起自己家。妈妈曾经因为她爷爷去世前单独找二叔和大辉哥说话，坚信老人临终前一定会有体己交给偏心的孩子，可能是存折，可能是以前打的金戒指金镯子；本来是无从证实的事，因为二婶有意跟亲戚们透口风说郑玉清拼了个儿子还是没被爷爷认可，愈发显得真实，口水仗打了不知道多少轮，都是陈见夏成长的背景音。

李燃家里不同。爷爷做了一辈子邮差，体己钱总共能有多少，事业成功的儿子儿媳定然看不上，传给唯一的、最爱的孙子，不会有谁计较老人最后的一点任性。

“他疼你，给你零花钱。”见夏像哄小孩一样，轻轻捋顺他后脑勺翘起来的发丝。

“不是零花钱。”

李燃松开手，往后退了半步。陈见夏感觉到他的目光，忽然心跳如鼓，她被某种预感压住了视线，压得死死的，粘在海桐花上、鞋子上、步道石上，怎么都抬不起来。

“他是为了让我自己选，”李燃抹了一把脸，清了清鼻音，坚定地说，“他说我爸断我粮逼我出去读书是耍流氓，存折里的钱不多，八万块，三本大学学费可能贵一点，但学费生活费往返交通加一起……怎么都贵不过八万块吧？爷爷说，只有当两条路我都能走，都有人支持，那我的选择才是自己真正想选的……见夏，爷爷都知道。”

陈见夏宛如被施了咒，小小白白的海桐花里似乎藏了世间万象，香得让人失去神志。

“……见夏？”

无边的沉默让李燃有些慌神，他伸出手想拉她。

“我不会再拖累你了。之前吵架的时候你骂我，说我反正还能去英国读书，有家里人兜底，不能理解你考不好的心情——其实我明白的，虽然只有一点点明白，但我可以做决定了，不光是靠爷爷给的钱，我上大学以后自由了，也能想方设法赚一些的，还有……”

李燃语无伦次，乱刀剖出一颗心。

就在这时，李燃的手机响起来，他接起来，嗯了几声挂断。

“中午要请参加葬礼的亲戚朋友吃宴，我得回去找我家里人了。他们包了两辆大巴车回市中心，反正来参加葬礼的好多互相不认识，你跟我们一起——”

陈见夏按下他指着远处的手臂：“我坐公交，倒一趟直接到校门口，换乘就在同一站，都不用走路。你别管我了。”

“可是……”

电话又响起来。葬礼上的家属往往没有时间悲伤，最要紧的是张罗好来宾，李燃虽然还是个高中生，忽然跑不见了也不像话。陈见夏把他往前推，李燃没办法，一边举着电话一边往告别厅的方向跑。

跑了几步，他停下来，转过身：“见夏，谢谢你过来。”

“不是应该的吗？”陈见夏沉下语气嗔怪，“快去忙吧，家里人找你呢！”

“你回学校了告诉我！”

“知道了！”

“爷爷也会高兴的，你能来送他。”

陈见夏咬着嘴唇，“是我应该的。”

李燃的脚步声渐渐远去。

陈见夏依稀记得自己爷爷和外公的葬礼流程，家属从清晨迎接前来祭奠的亲友、家门口举行繁简不一的仪式、集体出发、等待遗体告别、挑选骨灰盒、等待火化、装殓骨灰……一切都要在正午十二点前结束，看似短短一上午，也能将人耗得心力交瘁，孝子贤孙们跪了起，起了跪，整个殡仪馆许多个告别厅时间表排得满满，哀乐不停，上演一场又一场紧锣密鼓的伤心。

停灵三日，出殡是周三，她理应去上学的，明知道自己不可能有机会进入告别厅瞻仰李燃爷爷的仪容，还是特意请了病假，早上五点半天将将亮就已经站在公交站等首班车，站了近两个小时才到达江北城郊的市立火葬场。

李燃终于抽身来见她，她已经等了三个多小时。暮春北方的早晨还是很冷，花坛台阶湿漉漉的，有露水，坐久了裤子也浸湿了，彻骨的寒。

这些苦是她自己找的。我应该的。她想。

“李燃！”

他回过身，她终于敢隔着远远的距离直视他通红的温柔的眼睛。

“我答应你一件事吧。”

“什么事？”

“什么事都行！”

真的，什么事情都可以。

如果老天爷让你说，别走，我们一起去南京——如果你说。

李燃迷惑地望着她，“见夏，你怎么了？”

陈见夏不说话。良久，李燃终于还是把这句没头没脑的话当作她词不达意的安慰了，含着眼泪一笑。

“好，我想想。你别反悔。”

“我……我不会的。”

少年爽朗一笑，像是在笑她冒傻气，擦了擦眼睛，转身跑掉了。

陈见夏握着吊环随着公交车左右摇晃，太阳应该在天空正中，街上的每个人都被照得无所遁形，影子盖不住脚，车窗外明亮得让她眼眶发酸。

她接到了楚天阔的短信。

“恭喜。你得开始准备材料了。”

新的一周开始了。

陈见夏将楚天阔转交的清单资料都小心复印了两份，花了一整天核对每一项的中英文填写，又将户口本、身份证、学生证原件复印件彩色扫描件放在同一整理夹中妥帖保存。上周末爸爸到省城，从老旧公文包里掏出刚在县分所打出来的工资卡银行流水和申请冻结三个月的五万元固定存款证明，郑重地仿佛把未来也一起递到了陈见夏掌心。

“我妈怎么说？”她一边有条不紊地检查着银行证明，一边轻描淡写地问。

“没跟她说那么细，就说你提前考上国外的大学了，不用自己家花钱，学校在国际上跟北大清华地位差不多。”

见夏顿了顿，“没说我要走多久？”

“先不用说，办完了再告诉她，不影响。”

爸爸神情非常坦然，并不像是因为担忧见夏的妈妈会舍不得孩子而撒了什么善意的谎言——陈见夏可以免费出去读大学，这是一件大事，也是好事，就应该这么办，这是顺应常理和习惯的决定，不需要经过深思熟虑，是爸爸作为一家之主的决定，无须和家里见识短浅的那口子商量。

陈见夏完全赞同父亲的行为，她也觉得没有更好的办法，妈妈的确是缠杂不清的人，这一年来更是因为见夏方方面面的忤逆而有些恨她——这世界上有不盼着孩子好的母亲吗？或许有。妈妈甚至未必意识得到自己是恨着女儿的，她要的不是她好，是她乖。

但，就真的一丁点都不商量吗？

陈见夏愣愣地看着，父亲坐在她的书桌前，眯着眼读她填好的表，浸在阳光下，若不是空气里的浮尘飘动，一切仿佛静止了。

她想起从小到大的饭桌上，爸爸也是这样读着报纸，微微眯着眼睛，大部分时间一言不发，只有妈妈在讲话、忙碌、张罗、和孩子吵架。到处都是她的声音——奶奶家老房子争夺战、二叔二婶究竟有没有私吞存折和金镯子、女儿不要脸……到处都是她的声音。

然而她的爸爸，沉默的、偶尔流露出一丝不耐烦和无奈的男人，隐在一切背后的男人，轻描淡写地说，这事儿不用跟你妈商量。

爸爸放下表格，微笑着说，小夏出息了，比你弟弟强。

陈见夏顿了好一会儿才意识到，她刚刚得到了从记事起便噘着嘴巴哭闹不休、孜孜以求的那句肯定，轻而易举地。

在她已经不想要之后。

五十六

我们去南京

星期天的下午，陈见夏按照饶晓婷的短信指示，在博物馆站下了车。

陈见夏很少往北城走。虽然相比旅游氛围浓郁的老街，这里才是省市政府机构所在的最繁华的市中心，车水马龙，百货商场林立，还有北方城市因为冬季寒冷和历史遗留防空洞而四通八达、蓬勃发展的地下商业街。

饶晓婷的店就在人防国贸地下商业街，陈见夏从博物馆对面的过街通道下去，地下城人头攒动，长得一眼望不见头。她左右辨认了一下门牌号的增减方向，向左转，很快找到了 372-2 号摊位。

确切应该说是在临近 344 号铺面的时候，她已经远远地听见了饶晓婷的尖嗓门，前方围了一群人，将并不宽的地下商业街堵住了。

“这牛仔坎肩不是你去批发市场赵丽芳那儿拿的我他妈跟你姓！亏我喊你声姐，你比我大了快两轮了，当我妈都够岁数了，卖货多少年了，你不知道规矩？你蒙谁呢你，那么大岁数不要脸，还他妈说是撞货？你那就叫跟货！我都问过赵丽芳了，她说昨天早上跟她那儿拿货那女的烫个鸡窝头短发，说自己是华联商厦的，所以她才敢把货给你的！……操你大爷……”

饶晓婷声嘶力竭，但当陈见夏跑到身边去扶她时候，才发现力竭是假象，她显然可以一战、再战、再再战。

鸡窝头短发家的店面比饶晓婷的大两倍，店员也更多，浩浩荡荡围上来，气势相当唬人。陈见夏不知道应该劝还是应该帮，她人虽到位了，依然和固体空气没区别，这阵仗让她瑟缩。

饶晓婷笑了，从屁股兜摸出一把小刀，用牙拽掉牛皮封套，朝着对面比画起来，“人多就牛 × 啊？带走一个是一个，看看你们家谁倒霉，留点力气哭丧啊！来啊！试试！”

陈见夏大脑空白，几乎是本能地伸手去拽饶晓婷的胳膊，她真情实感的惊惶让饶晓婷看上去疯得更实在了，人群哗一下散开，一旁似笑非笑抱膀子看热闹的保安都变了脸色，从后面把饶晓婷拦腰抱起来扯走，小刀也被夺下，饶晓婷依然张牙舞爪对着空气踢打，还有一脚踹在了陈见夏小臂上。

还好是脚尖碰到的，并不疼。

最终饶晓婷拿回了鸡窝头短发家所有的牛仔坎肩，以每件三十二的价格。陈见夏蹲在地上一起数，帮着她将每一套坎肩外面套上塑料蒙尘布，最后饶晓婷将坎肩收入麻袋，嚼着泡泡糖问：“你来干吗？”

明明短信里都说好了的。陈见夏皱眉，就知道来找饶晓婷一定会受点窝囊气。

“看看你，”陈见夏冷淡，“然后就回去念书了。”

“不买东西啊？”饶晓婷火上浇油，“看看呗，全都有你的码。”

“不用了。”

“别啊，看看呗，”饶晓婷故意将所有塑料模特的身体和脸都踢向她，“你不是来看漂亮衣服的吗，女的爱漂亮有啥不好意思说的啊？爱美俩字儿烫嘴啊？”

陈见夏霍然起身，“饶晓婷你有毛病吗！”

她正要往外走，被饶晓婷一把拉住，对方反而走在了她前面，朝旁边店铺的一位胖大嫂喊：“付姐，帮我看下店，去个厕所！”

饶晓婷拽着陈见夏到了简陋的洗手间，抬起水龙头说，洗洗吧，这些货可他妈脏了，一股汽油味，不赶紧洗就洗不掉了。

陈见夏这才看见灰扑扑的手心，掌纹都成一道道黑线了。

“你以后去外面买衣服，别以为是新的就直接穿，最好洗一水，怕洗坏了也最好晒晒，拍打拍打，专卖店的也一样，什么森马班尼路，拿货的工厂都一样。”

男女共用的洗手池中间有一块脏不拉叽的小香皂，估计是这里商户公用的，陈见夏一边细细地搓手，一边忍不住端详饶晓婷，她热心解读服装业内幕的样子和刚刚同归于尽的疯婆子判若两人，好像几分钟前也并没讥讽过自己，都是陈见夏的幻觉。

“你怎么想的，怎么能随身带刀，多危险啊。”她忍不住劝。

饶晓婷嗤笑：“批发市场买的藏刀，假的，都没开刃，刀身还没有手指头长，吓唬人用的。在这儿混，今天你尿一次，明天别人就敢骑你头上拉屎，欺负不死你。”

见夏心里发毛，若是自己来这里做生意，怕是半天都待不下去的，不光是她，就是于丝丝来了，也一样哭鼻子。同一座城市里潜行着不同的生活轨道。

“生意好吗？”见夏客套。

饶晓婷翻白眼：“洗完了就赶紧的，少废话，我还得回店里呢，别磨蹭！”

店的面积不大，门口有四个塑料模特，三面墙挂满了饶晓婷自己搭好的成套服装，只有最里面用隔板搭出了一个两平米不到的小库房，兼作顾客的换衣间，刚才收回来的坎肩都堆在里面。

店里只有两只小马扎，见夏坐着看饶晓婷卖货。她以为两人讲价已经讲到急赤白脸了，顾客拔腿就走，饶晓婷倚在模特上看了一会儿，忽然一脸不耐烦地朝着远处大喊：八十就八十，拿走，赶紧拿走！

顾客回来了，一脸不情不愿，饶晓婷也一脸吃了大亏的样子，钱货两讫，人刚出门，她呸了一口：“穷 ×。”

然后欢天喜地地问陈见夏：“十一点半了，吃午饭吧，你吃不吃冷面？”

“你不生气了？”

“生什么气啊，”饶晓婷诧异，“拿货价才二十，最低四十我就卖，八十不错了！”

“我看你脸色那么差……”

“我要是脸色好，那女的心情就更差了，肯定觉得自己买贵了。哎呀你学你的习吧，说再多你也听不懂，烦不烦哪！吃不吃冷面？或者麻辣烫？我要去买饭。”

“你吃什么我吃什么吧。”

见夏像帮家里大人看杂货店的小学生，揣着手端坐在小马扎上，偶有顾客进来看，她都乖乖说，老板不在，老板马上回来，你一会儿回来逛吧……要不……那件八十要不要试试？桑蚕丝的，不买别摸！

当然一件都没卖掉，饶晓婷和她支起小桌板，头碰头吃麻辣烫，见夏辣得不断擤鼻涕，饶晓婷不抬眼，问，你看好没有，想试哪件？

见夏忸怩了一下，指着墙：“这件，这件，还有那件……那件裙子现在去南方能穿吗，冷不冷？”

饶晓婷揶揄：“不是没兴趣吗，挑得挺起劲。”

见夏摸清了她的性子，直来直去方能以不变应万变，于是大方点头，“我短信不都跟你说了吗，我要出去玩，想打扮得漂亮点，你帮忙搭几套衣服，我着急收行李。”

顿了顿，补充道：“你能不能成本价给我？加价别加得太离谱。”

饶晓婷大笑，被辣油呛得直咳嗽，鼻涕眼泪齐飞。她一边扯卷纸一边问：“你还没说呢，都快高考了，你去哪儿玩啊？”

陈见夏盯着条纹裙子，说，去南京。

“南京？”饶晓婷不解。

李燃在爷爷头七过后回校上课了，正儿八经开始抱佛脚，小心翼翼地问见夏，你状态好点了吗，我们能一起去必胜客学习吗？

“一起去必胜客学习”……陈见夏放学时盯着短信，读了好几遍，不敢相信这是李燃讲出来的话，她扑哧笑出来，然后感觉胃里那块冰冷的石头又往下坠了一点，把嘴角也扯了下来。

她回复：好。

放学后李燃倚坐在栏杆上等她。瘦了一大圈，棱角更清晰了，有了几分落拓的气质；他原本就高，宽大的外套松松垮垮的，左袖上别着黑布，上面一小块红。

他突然像个大人了。

陈见夏停步，静静看着他的侧脸，有风吹过，她蓦然发现李燃的头发长长了，竟有一瞬间想不起曾经他是怎么顶着一脑袋毛刺和血糊糊的脸闯进了她的世界。见夏心里涨满了温暖，溢出来，充盈了身体，四肢都软软的，好像要跪倒在初夏的风里。

李燃惊醒一般转过来看着她，双手还插在口袋里，直接跳下来，有点故意耍帅的样子，朝她笑。

“去学习啊！”他说。

学你个头啊都快三模了，陈见夏在心里喊。

李燃说咱们先去老西餐厅吃罐牛罐羊吧，虽然不好吃但好久没去了，我第一次好好请你吃饭就在那儿吧？她说对，走，去。

李燃说你记不记得说过十年后再来看小天使的翅膀？见夏说记得，十年后再来。

李燃说必胜客店员都快认识我们了吧，你每次来都点香草凤尾虾然后做卷子，服务员会不会以为这玩意儿补脑啊，这些虾都是去头的，补不了的。陈见夏说，你再不做卷子，我把你头摘下来。

李燃在宿舍门口说，快回去吧。

“明天还一起学习吗？”

见夏说：“好。”

她看到李燃一霎的诧异和困惑。但他还是说：“明天见。”

第二天也如此，第三天也如此，第四天也如此。

陈见夏发现李燃其实很会学习，至少很有目的性，他迅速舍弃了自己短时间无法企及的难题，拣选出分值高又容易上手的类型题单独练习，并没如见夏所预料的那样狗咬刺猬无从下口。

竟是条猎犬。

李燃皱眉用笔尖点着纸面，点点点，忽然抬头看她，把正叼着吸管观察他的陈见夏吓了一跳。

“嗯？”

“你不学习吗？”李燃问。

陈见夏低头看了看自己这半边桌面，卷子明明摊开了啊。

“你怎么了？”李燃接着问。

手机这时候响了起来，是爸爸，见夏一慌，没抓稳，又摔在了地砖上，后盖和电池板滑出去很远。李燃帮她捡起来，组装好，重新开机后递回她手里，望着她：“你怎么了？”他第二次问。

见夏打完电话回来，李燃正在玩她的小兔子笔袋，见夏夺过来，瞪他一眼，忽然意识到了什么——笔袋的拉链。她一晚上都没有拉开过笔袋的拉链。

从必胜客出来，他们走回宿舍。见夏小步地跳跃着，蹦进路灯的光里。

李燃站在暖橙色灯光洒下的大伞边缘，没有走进来。见夏听见少年的声音，不知为什么，有些羞怯和悲伤。

“你记不记得说过答应我一件事？”

“我记得。”

她疑惑地回头，李燃的表情隐没在黑夜里。

“要不要去南京玩？”

“为什么？！”

“……也是，这个时候出去玩，耽误学习。而且以后上学了，自然就去了。”

见夏沉默了。李燃轻声问：“你怕发挥不好，去不了南大吗？是我不会说话。”

李燃也走进灯光里，见夏抬眼看见间他眉目中满是温柔的询问，那个留寸头的闯入世界的少年形象更模糊了——肆意妄为、牙尖嘴利不留情面的男孩，从不在乎自己讲话伤不伤人的男孩。

“咱们去吧！”陈见夏大声说，“我们老师说了，复习到这个程度，不差这几天了，心态比做题更重要，我要是能去……能提前去南京看看，可能会激励自己！”

无比响亮。声音越大越真诚吗？

“吃完了没？想什么呢你？”饶晓婷问，见夏从恍神中醒来。

饶晓婷系上麻辣烫的塑料袋放在不碍事的角落，拽了张卷纸擤鼻涕，然后准确无误地将陈见夏刚刚指过的每件衣服都用三爪挑杆从墙上勾了下来，全部堆在刚才坐着的小马扎上，朝门帘后的库房努了努下巴，“中午吃饭逛街的人少，你赶紧试，别耽误我下午卖货！”

见夏穿着牛仔色衬衫出来，疑惑：“是不是长了点？”

饶晓婷撇撇嘴，伸手把她系上的最后一颗扣子解开了，掀起下摆在腰上打了个结，毫不留情，“土不死你。”

陈见夏来之前就做好了被饶晓婷煎烤烹炸的心理准备，但还是不免被刺激到了，想起高一刚开学不久，她听见于丝丝和李真萍笑话她穿肉色短丝袜配凉鞋，深肉色袜口在脚脖子处勒出一个圈，“啧啧啧”。

她回宿舍就扔掉了自己带来的三双夏季短袜，穿起秋天的人造革小皮鞋，做课间操的时候于丝丝眼神朝下瞄了一眼，笑了。这次她又笑什么，陈见夏直到今天也没有答案，仿佛扔掉袜子只是去掉了一个错误选项，却还是答不对。

她红着脸，问饶晓婷：“下午几点顾客比较多？我还有多长时间？我还能多试几件吗？你们几点关门，晚上你有别的事吗？能不能……能不能……能不能陪我去剪个时髦一点的头发？不要染颜色，你这种太过了，就、就剪个刘海就行，出去玩的时候我想把头发散下来，有刘海会不会好看点？”

饶晓婷听傻了，仿佛面前是个陌生人。

饶晓婷热情地帮她打扮，部分是想在自己擅长的领域借机教训教训曾经班里的“高才生”，好让她离王南昱远一点。但见夏还是感到了一股热乎气儿，她们也许在任何一个话题上都永远说不到一块去，做不成朋友，但饶晓婷无论出于何种理由而起的好意、仗义，都让见夏心里暖洋洋的。

要是上学时候更大大方方一点，多好，她十四岁时怎么就那么狭隘，觉得手挎手一起逛县里的第一百货商场的都是坏姑娘。和饶晓婷一起挎着胳膊走在繁华大街上的时候，见夏很快乐。

星期二。外面的天是通透的蓝，陈见夏却只站在宿舍楼的门廊内，阳光透过大门玻璃四四方方地涂在水泥地面上，她将饶晓婷带她在地下商业街买的人生中第一只灰色拉杆行李箱靠墙边立住，踩着阳光跳方格，跳几下，探头探脑往门外看一看。

传达室阿姨窝在椅子上对着角落的小电视轻轻打鼾，等着她爱看的偶像剧重播，而陈见夏在等一个偶像剧般的出场。

童话里辛德瑞拉在王公贵族的女儿们都做完了自我介绍、王子感到索然无味的瞬间推门而入，攫取了所有人的目光，是不是也在王宫的大门口计算过最好的时机？或许没有，她只是刚好赶上，故事里公主的一切永远刚刚好。

但陈见夏想，计算着等待也一样好。她看见李燃背着旅行包出现在街对面老地方路灯下，松松垮垮地一倚，抬手看表，他以为她迟到了，丝毫没有料到，她站在自己辉煌的皇宫门外。

陈见夏深吸一口气，推开门，风没有如她所幻想的一样缓慢撩起她披散的长发，而是糊了她一脸，半长不短的那一绺粘在了淡粉色透明护唇油上，她手不自觉伸到新外套的口袋里，想把折叠小梳子拿出来顺一顺，又怕李燃看见这一幕。

胡乱用手扫开脸上的头发，见夏站在街边，微微左右摇摆着身体。很做作，她知道，但大脑控制不住身体晃来晃去——如果这就是身体最真实的反应，依然是做作吗？

行李箱！行李箱落在楼里了！

她身体僵着，思维却狂奔，直到李燃的目光越过马路，定在了她脸上。

无比迷茫的目光。

陈见夏心里轰的一下。

丢脸，真丢脸，她在家里因为一把香格里拉的梳子被妈妈翻来覆去拷问的时候都没感到如此羞耻。为取悦别人而刻意打扮，结果还没打扮好，让她感到一种奇妙的自我厌恶与愧意。她迅速从手腕取下发圈，抬手到脑后收拢长发，忽然听到街对面一声大喊。

“你扎起来干吗？！”

陈见夏停手，被打薄层次的发丝悉数从指缝间漏下来。

“好看！”

李燃笑着喊，大步奔过街道，奔向她。

五十七
启程

虽然振华离火车站不远，但陈见夏只在坐公交车时途经过站前广场，从没真正来过，这里永远人潮涌动，让她有点怯，忍不住想捂住裤袋，虽然里面往往至多二十块零钱。

下了出租车，她拒绝李燃帮忙拉行李箱，“不重。我喜欢自己拖着。”

和三年前去振华报到的那几个手提编织袋不一样，这可是行李箱，她觉得高级，重一点也没关系，好像一个角色扮演的大玩具，她是去外地上学的大学生，是出差的白领……李燃却还是把箱子抢了过去。

他将自己的耐克运动包放在了箱子上面，一起拖着走，无奈地解释：“这样大家都轻一点。”

哦。

陈见夏跟着他在人群中穿梭，广场上的人像布朗运动的粒子，每个方向都随时有人冲过来，眼睛只盯着远处会合的旅伴，无视路线中一切行人，要不是李燃反应快，她几次险些被肩扛大包的男人击中。

他们过了安检，循着屏幕和车票上的提示来到 2 号候车厅，没有座位，甚至有人铺几张报纸、枕着包裹睡在不挡路的角落。

“这是我第二次坐火车。”

“第一次呢？”李燃问。

“小学二年级还是三年级吧，参加姑姥姥的葬礼，其实两个县离得挺近的，但火车开了一下午，停了好多站，硬座坐得屁股疼，我想给旁边站着的一个老奶奶让座，还让我妈给骂了。其实我是自己坐不住了，天很热，坐得一屁股汗，想站起来歇歇。有人吃红烧牛肉面，特别香，车上就有服务员卖，到站的时候窗户外面也有人拎着篮子卖零食和啤酒汽水，但我爸妈说都是宰人的，后来是小伟闹，也要吃泡面，我妈最后还是买了，唠叨了一路，但我记不清她骂啥了。我和小伟分着吃的，他眼大肚子小，吃了几口就饱了，后面都我自己一个人吃了，汤都喝光了。”

“那么好吃？”李燃问。

见夏正要回答，检票开始了，人潮拥在检票口外围，混乱的大厅根本没有“排队”可言，见夏注意到有很多人从侧面挤去了他俩前面，有点着急，李燃安抚地揽住她肩膀，“没事，咱们是卧铺，又不用抢座，让他们挤也没关系的。你把包背在前面，小心钱包手机就行了。”

她点头，心里还是急，一种本能的急，从小抢惯了。但她相信李燃，所以面上压住了，继续刚才的话题。

“好吃，火车上的方便面特别好吃，不知道为什么。你没吃过吗？”

李燃摇摇头，“我们上车买两盒吧。”

见夏没作声。

她接触陌生的事物时总是话很少，一路安静地跟在李燃身后找到他们所在的车厢，瞪大眼睛朝左边看床铺、朝右边看行李架，半晌留意到李燃在犯愁，罪魁祸首是她的行李箱。

“是应该往前面抢抢的，”他咧咧嘴，盯着已经被各种箱包、编织袋挤得满满当当的行李架，“没地方放了。……其实我也没怎么坐过火车。”

见夏笑了，急中生智，指着下铺的床，“塞床底下吧！”

两个人因为妥善安置了行李箱这件小事就很高兴。旅途中任何小事都开心，所以方便面也好吃，李燃好像也明白了一些。

他起身去给一个够不着行李架的阿姨帮忙的时候，见夏乖乖坐在下铺，好奇地盯着走道上来来往往的旅客和窗外道别的亲友，突然一个中年男人拍了她一下，陈见夏一哆嗦。

“咱俩换个票，”男人把自己的票在她面前晃了晃，“我就旁边车厢的，上铺我爬着费劲，伸不开腿。”

陈见夏展现出了对一个长辈的本能驯顺，身体先于意愿做出了反应，点头了。她迅速后悔，男人已经伸过手来拿她攥在手心的票。

“你干吗？”李燃的声音出现在男人背后。

男人刚刚满脸理所当然，估计是误认为陈见夏独自出行没有旅伴，现在忽然冒出这么高大一个小伙子，傻了，脸上浮现出了讨好的笑容，语气也弱下去，“小姑娘瘦，而且上铺干净……”

“她瘦不瘦跟你有关系吗？上下铺为什么差几十块钱你自己不知道么？我们为了舒服特意买的下铺，你提补差价我也不换，何况你提都不提，怎么着，觉得小姑娘好说话？上铺干净，下铺也干净，你不坐就都干净！”

陈见夏吓得原地起立，这不是要打架吗？

然而她做好了准备拉架，男人却嘟嘟囔囔地边说边走，声音小得听不清，人是真的一拐弯不见了。

她转头去看李燃，一米八几的个子，几乎和上铺一样高了，还故意微仰着头，鼻孔冲人，脸上要是再来点血，好像立刻就能复制他们第一次在医务室见面的样子。难怪男人逃了。面对别人的时候，他还是那个李燃。然而这个嚣张的李燃下一秒立刻低头急着跟她解释：“我这和小时候你妈不让你给老奶奶让座可是两回事啊！他那明摆着是找软柿子捏——”

陈见夏心里软得一塌糊涂。她踮脚拍拍他的狗头，说：“是我没有社会经验，抹不开脸。”

他们一起坐在下铺，李燃把小小的白色枕头放在她背后当靠垫，陈见夏频频看电子表，等着火车开动。她忽然轻声说：“我有时候能明白我妈为啥想生个男孩。这种时候，我要是个男的，他就不敢过来占便宜。”

李燃坐得直直的，调皮地用脑袋去尝试撞头上方的中铺，随口回答：“你怎么知道生个男孩一定是我这样的，万一长大了变成刚才那男的那种，多丢人啊！”

“丢人也比挨欺负好。”

“不会的。我会保护你的。”李燃说。

“如果你不在了呢？”

李燃愣愣地看她，见夏摆手解释：“不是死了那个‘不在了’！是，是，万一刚才我的确就是自己坐火车呢？我总有一天会自己坐火车，我——”

他没说话，眼神里不知道究竟是什么情绪。陈见夏不知怎么感觉到，他不想让她看到他的眼睛，和她曾经做过的一样。

天渐渐暗下去。李燃要去餐车买泡面，陈见夏拉住他的手臂，从床底拉出行李箱，把拉链拉开一点点，胳膊伸进去，费劲地拽出两盒泡面和两根火腿肠。她早就准备好了。

每个包厢靠窗的小桌下面都有一只银色暖瓶，他们用热水泡了面，用叉子扎在盖面边缘封牢，慢慢地，香味飘出来，李燃嗅了嗅：“好像是比平时闻着香。以前午休闻到这味儿我都想吐。”

见夏吃了几口，却说：“没以前好吃了。”

“是不是换配方变味儿了？”

“可能是我变了，”陈见夏笑，“以前我妈不给买，买了还要跟我弟抢着吃，才觉得特别好吃。”

李燃听完就把她那盒抢回到自己那边，“两盒都给我，你就觉得好吃了。”

见夏笑，扭头去看窗子。包厢内白色灯光太亮，完全看不到外面的样子，倒是映出了两个人的脸。她喊他，你不是带了数码相机吗，给我，我拍一张！

第一张忘了关闪光，只拍出一片白；第二张总归拍出了人影，却和亲眼看到的差了许多。李燃说，数码相机就是这样的，好在轻一点，出去玩带着方便，以后我给你用单反拍，再用电脑PS，听说会好很多。

“调完更接近人眼睛看见的，有可能比眼睛看到的色调还好看。”他说。

“我用眼睛记住就行了。”她托腮看着外面。

凶归凶，李燃终究还是看不过他们包厢里面的一个老奶奶费劲巴拉地爬中铺，把自己的下铺让了出去。见夏也见不得他那么高的个子把自己往中铺塞，又跟他换了位置。

十点全车熄灯，只有走廊窗下亮着一盏盏橘色小夜灯。见夏躺在中铺，因为平日都习惯学到凌晨再睡，此时还清醒得很。她盯着上铺的床底板发呆，随着列车摇晃，晕乎乎的，想起小时候做的数学题，根据单节铁轨的长度和火车发出震动的频率计算车速……

人生应该多点这样强制的黑暗，因为什么都做不了，反而感觉到了自己。

也感觉到了李燃在玩她从床栏边垂下去的长发。痒痒的。

“你也睡不着吗？”

“舍不得睡觉，”李燃平躺着，胳膊高高举起，用食指缠绕她的头发玩，“我以为你睡了。我吵醒你了吗？那我不玩了。”

车厢里此起彼伏的鼾声让她感到安全，“没。我喜欢。”

“喜欢什么？”

“我小时候家旁边开了间湖北理发店，老板娘自己一个人，只带个洗头发的学徒，什么活都是她自己干。有年过年前，她给我剪了短头发。”

“后来怎么还是留长了？”

“头发长得太快了，刘海总挡眼睛，总去剪，剪一次五块钱，我妈觉得老板娘一开始怂恿她给我剪短头发就是不安好心，干脆还是让我留长了。后来我再也没去理发店剪过头发，马尾辫都往后梳，大光明，不用刘海，实在太长了，就自己在家剪剪发梢。”

李燃问：“跑题了吧，我问你喜欢什么，你说的哪儿跟哪儿啊。”

见夏不好意思：“我一直记得，老板娘撩我头发的时候，头皮麻酥酥的，很舒服。喜欢这个。”

“那我平时揉你脑袋你生什么气？”

“要轻轻的！”见夏用气声喊，“你跟揉面似的！我说的是——”

“我知道你说的什么意思，我也是，往耳朵里吹气儿似的，也很舒服。”

他们忽然一起沉默了，好像意识到，讨论身体是危险的，羞耻的，虽然说的不是那个，但好像就是那个。

可是即便不讲了，李燃还是没有停下揪扯她碎发的手指，像她无意中要求的一样，动作轻轻的。见夏不自觉将头往床栏杆那边靠得更近一些，让头发垂得更长一些，怕他胳膊抬久了会累。

摇晃的列车更像一条船，在麻酥酥的快乐里，困意如海浪一波一波席卷过来，她迷迷糊糊闭上了眼睛。

好像听见李燃说，见夏，散着头发很好看。

唔。

以后可以经常去剪头发，长头发也可以经常修的，只要你喜欢。

唔。

困了吗？

陈见夏安然睡去。

她忘了自己做了什么样的梦，起床太急，梦境迅速褪色。天才蒙蒙亮，李燃在下铺侧卧睡得酣熟，无处蜷缩的长手长脚几乎都沿着床沿垂到地，见夏从藏在枕头后边的单肩挎包里偷偷拿出洗漱包，蹑手蹑脚爬下，李燃这时翻了个身，她吓一跳，还好没醒。

一番做贼心虚不过是为了提前去车厢尽头上厕所、洗漱。新剪的刘海出油太快，已经有些打绺了，她趁着起得早，洗手台没人抢，用洗面奶单独洗了那片刘海，湿答答，好在只是一小缕，应该很快就能蓬松柔顺起来。打湿小方巾擦干净脸，见夏轻轻拧开小扁盒子，指尖蘸了一点点粉底液，点在鼻翼两侧，笨拙地遮盖有些粗糙的毛孔。

这是饶晓婷万分舍不得地从她自己的粉底液里给陈见夏挤的几泵。陈见夏本来皮肤就白，饶晓婷嘱咐她，不会化别乱化，临时抱佛脚学也来不及，就把毛孔黑头遮遮算了，以后真想变漂亮，去文个眉，再学学怎么画眼线、粘假睫毛。

见夏看着饶晓婷那比遮雨棚还厚实的一大片假睫毛说，算了，太刻意了，弄巧成拙再化成新娘子，笑死人了。

饶晓婷冷笑：新娘子那妆要花钱找人化的，你做什么梦呢——我这粉底液蜜丝佛陀的，一百一瓶呢，你不乐意你别用！

见夏急了：再、再挤两泵，我回来还你！

饶晓婷斜眼觑她：咋还？你从脸上刮下来还给我？

陈见夏自己回忆起饶晓婷的语气，忍不住乐了。

起床的人陆陆续续变多了，见夏不敢在狭小的洗手台待太久，匆匆照了几下便跑回包厢，李燃还在睡。她蹲在床边端详他的睡颜，躺在床上和趴在必胜客桌上的样子不一样。似乎是被盯太狠，他睫毛颤动，要醒了，见夏赶紧站起来，头撞到中铺铁架，又猛蹲下捂脑袋。

李燃悠悠叹气，刚睡醒有些鼻音：“干吗，请安啊？”

“撞脑袋了。”

“啊？”他半坐起身，“给你揉揉——你头发怎么湿了？你在火车上洗头了？”

见夏连忙起身，背对他去爬中铺：“洗脸时打湿了。”

“洗脸能把头顶也洗湿？你拿水管子对着脸滋的？”

“闭嘴吧你，再睡会儿吧！”她有点急了，明明就是为了不让他看见自己刚睡醒时蓬头垢面的浮肿样，但被知道特意去洗漱了，又太做作，她干脆装作没睡醒，又钻进被窝睡回笼觉。

结果就是再睡醒时，半湿的刘海翘得乱七八糟，到底还是被李燃看见了，笑得惊天动地。

过了几条不知道叫什么名字的江，窗外的农田、村落、瓦房都变得温润起来，青瓦白墙，隔着玻璃都带着湿漉漉的暖意，那些只出现在地理书上的、尚未被亲眼见过便凝练成概念的一切变化就这样在他们眼前滑过，怎么都看不够。

离南京越来越近了。

五十八

南京

天气不是很好。

陈见夏一直讨厌这种天气，看不见云层浓淡，头顶只有一望无际浅浅的灰，太阳隐匿，细微的光却从四面八方照过来，是“刺眼的阴天”，以往定会让她心里无端烦躁。

“怎么是这么个天。”李燃一出站台就抱怨。

她却笑嘻嘻的，从心底往外冒着兴奋：“挺好的呀，不晒！”

站前广场对面就是玄武湖，见夏呆住了，忍不住去拽李燃的袖子，“行程安排得好细心，你特意的吗？”

李燃哭笑不得：“对，我特意嘱咐市长把火车站建景点边上的。”

她气笑了，瞪他一眼，很匆忙，因为更急着看眼前的玄武湖——阴天加水汽让远处的亭台景观隐没在烟云中，规整的直角湖岸和岸边卡通造型的收费脚踏船让它更像一个放大版的水上游乐场。

“先去宾馆放行李吧，”李燃说，“拖着箱子玩也太累赘了，除了明孝陵离市区有点远，得单独去，其他几个地方都不远。”

见夏点头说好，双手撑在栏杆上看风景，他跑去和路边趴活的黑车司机扯皮，不知道说了什么，司机哈哈大笑，谈妥了，打开后备箱放行李箱。李燃一招手，朝她喊，走啦！

司机问他们是不是来旅游的大学生，还帮李燃参谋参观景点的顺序，热情得让见夏深深怀疑李燃是不是被他宰了一道而不自知。李燃在副驾驶，见夏自己坐后排，把下巴搭在他的座位上。

“你有没有发现一件事？南京的红绿灯……”

李燃忽然问，话刚说一半见夏就接上：“红绿灯读秒的电子牌——”

两人异口同声：“特别大！”

司机愣住了，是吗？

“对，真的特别大，我以前从来没有隔着路口那么远就能看清楚红灯还有多少秒。”

“是牌子大还是因为红绿灯比别的地方矮，离地面近？”

“近大远小？不是吧，那也不会大这么多啊……”

两个人热烈讨论起来，因为心有灵犀的一瞬而高兴得涨红了脸，司机好长时间没说话，不知道是否在思考南京的红绿灯是不是真的比别的城市大。

最后笑了。

“小年轻真是，”他自言自语，“什么都觉得有意思，稀奇巴拉。”

广播里正好放着情歌。

车停在宾馆门口，司机搬行李时递给了李燃一张粗糙的名片，手写的姓氏和一串手机号，说要去明孝陵还可以找他。路边就是一家鸭血粉丝汤，李燃看见夏饿得眼神发飘，问，师傅，这家正宗吗？

司机很实在地笑："多大事，从火车上下来都是第一顿，好吃歹吃，正不正宗的你们又尝不出来。"

见夏的确不在乎，吃得鼻尖沁汗，李燃给她抽了两张纸递过去，说，谁让你放那么多红油的。

"以前不怎么吃辣，好像就是高一那次，跟你吃学校对面的串串，突然喜欢上了。其实不太能吃，但是喜欢吃。"

她侧过身擤鼻涕，又说："鸭汤好浓啊，你有没有觉得，有一点点臭臭的？但是好好吃，鸭胗也好吃，这个叫油豆泡吧，吸了汤，好好吃，早知道就多加一份了。"

来来回回的，语言都干瘪了，只知道说好好吃。李燃笑了，"又不是就吃这一次，以后……"

他顿了顿，"明天就接着吃。少吃粉丝，多加几份油豆腐泡汤吃。"

黄昏采光不好。宾馆前厅不大，陈设比省城的铁路招待所稍微新一点，应该是近两年翻修过，但因为离鼓楼近，地理位置好，排队办入住的人倒不少。见夏从火车到站就一直满心轻盈，过了一会儿才发现李燃的窘迫，她四处探头探脑张望的样子被他误会了。

"我 114 订的房，这次用我爷爷给的钱，就没订太贵的，但是我打听过了，这家开了很多年还挺正规干净的……"

见夏看着他："别说了。这就没意思了，再说我就生气了，你觉得我会在乎吗，本来就是你花钱，要是我也能分担点——"

正说着排到他们了，见夏这才想起来——他们这可是在酒店。她不自觉退步，躲在了李燃高大的身后。

李燃报了预订信息。前台小姐重复道："两间大床房是吗？身份证。"

他忽然感觉到见夏一只手轻轻拽着他的帽衫下摆，等了半天也不知道她要说什么，还好前台也因为电脑系统死机而专注于屏幕，没有催促，就这么僵持了许久。

陈见夏像个早有准备的背后灵，从他抬起的胳膊底下伸过去，将她自己的身份证轻轻放在了台上。

宾馆一共就四层楼，标间都在二楼。在电梯厅等候时，见夏将挂着塑料门牌的两把钥匙分了一把递给李燃，嘱咐他，丢了要赔 20 块钱，你别乱放。

李燃手伸慢了，意外没接住，显然还没从开房的状态里缓过来。在拥挤的电梯间掩护下，他利用身高优势偷偷打量见夏——她从容很多，没什么表情。

屋里有股霉味，李燃来见夏房间帮她处理，他打电话给前台想换房，被告知这个季节都是这样的，把门窗全打开通一会儿风就好了。临街窗外车水马龙，吵闹声缓解了第一次青天白日共处一室的尴尬，见夏蚂蚁搬家似的将洗漱用品从行李箱转移到狭小的洗手台。

李燃去洗手间洗了个手，洗完后两手自动甩干着走出来，见夏连忙递出毛巾，"我也怕他们的毛巾不干净，自己带了，面巾纸我也带了一大包，清风的，你别用他们的，电视上播过，好多杂牌卫生纸荧光剂都超标。"

"唔。"李燃接过去，乖巧地擦手。

"我得回去洗个澡，"李燃咧嘴笑笑，"坐了一夜火车了，我们男生爱出汗，我没想到南京这么热，还穿多了，"他勾起运动卫衣领子闻了闻，"老觉得不自在。”

见夏毫无必要地从床沿迅速站起来，更像个服务员了，“你去吧，反正刚吃完饭，晚饭也不着急，快去！”

李燃看着她：“见夏，等我洗完澡，半个小时后前台集合，带你去看鼓楼看城墙，晚上就近找个有名的馆子吃饭，好不好？”

李燃临走前嘱咐，他一离开，就立刻把房门反锁，白天晚上都一样，别人敲门不要开。

见夏独自在平整的单人床上坐了一会儿，也去洗澡，起身时还把床单上的屁股印捋平整，像在自己家一样。淋浴喷头堵了一小半，水时冷时烫的，她紧闭双眼仰头冲水，手轻轻抚摸着腋下。

她安心冲了好一会儿。接到李燃的短信时她刚好吹干头发，差点下意识又扎起马尾。

李燃已经在电梯口等了，看她走近，愣住了。

见夏静静等着他讲话。

她穿了一身深蓝底嫩黄碎花的 A 字形及膝连衣裙，用据说批发市场一块钱一条的细编织腰带扎出了腰身，外面搭白色针织开衫，光着腿儿，穿一双白色厚底的宽带松糕凉鞋——街上好多女生穿，正流行。

然而李燃脱口而出：“你不冷啊？”

她面上如常，微微摇头，轻声说，不冷。

电梯里两人都没讲话，李燃不完全是傻子，他感觉到陈见夏闹别扭了，但不确定是为什么，想了想，艰难补充道：“晚上跟白天不一样，怕你冻着。”

见夏点头，唔。

一路上奇怪的气氛还是没缓解。他们到了售票处，工作人员说，鼓楼公园五点关门，明天再来吧。

“怎么不早点来，到晚上里面乌漆麻黑。”阿姨讲完，抬头看见陈见夏拉着脸，以为她因为白跑一趟生气，怕李燃会掉脑袋，又热心建议道：“外头拍拍照好了，给女朋友好好拍，小姑娘特意打扮漂漂亮亮的！”

火上浇油了。

陈见夏说什么都不肯照相。

俩人步行去看明城墙，朝玄武湖方向走，前后差半步，陈见夏走在前，李燃一追上，她就加快几步拉开一点距离，但是她的腿长步速如何能与李燃比赛竞走，松糕鞋也穿不惯，脚背上的帆布带趿拉趿拉的，被他追上一把拉住。

天还亮着，但太阳已经落到建筑后，湖边阵阵凉风，陈见夏孱弱的胳膊隔着一层薄薄的针织开衫，在李燃温热的手掌中控制不住地抖。

陈见夏知道他想说什么，抢先发难：“我不冷！”

“我没问！我还什么都没问呢！”

“你那什么表情，跟问了有什么区别？你以为我不知道你想问什么？”

“但我就是没问啊！”

“等于问了！！！”

为什么一着急就爱跺脚？是天生如此，还是从电视小说的女主角身上学来的呢？反正陈见夏气得直跺脚，果然又崴了一下，整个人已经抖成了振动模式的塑料壳小灵通手机，再晚一点，电池板都要冻碎了。

李燃把垂在胸口的连帽抽绳拨开，防止硌到她的侧脸，用双臂护住见夏的后背，薄薄的针织开衫勾勒出里面碎花裙的痕迹——背后的款式是 V

领。皮肤的温度隔山打牛，烫到了李燃的手掌。

“腿我实在是护不住了，风从这边吹过来的，咱们转个角度，能挡一点是一点。”李燃在她耳畔讲，十分懊恼，“早知道多穿件外套了，还能给你披一下，脱了这件儿我就光膀子了。走吧，打车回酒店一趟再出来，听说晚上的城楼也漂亮。”

过了一会儿，他又说：“你今天穿得也很漂亮。”

“你别说了。”

陈见夏声音糯糯的。她知道是自己作，虽然情绪过去了，小心思被戳破还是不好受，微弱地点点头，希望这事翻篇。

他们回酒店，见夏换了长袖 T 恤、牛仔裤和球鞋，虽然也都是新衣服，但粉色 T 恤胸前有亮闪闪的珠串，见夏自己都觉得有点土，饶晓婷非要她买，她怀疑这件可能是压在库里卖不出去。

这次她在电梯间阻止了李燃开口，反正狗嘴吐不出象牙。

还是穿着普通的衣服更自在，见夏小口吸溜着纸碗里的糖芋苗，边走边吃也不怕掉在身上，又暖又饱，看李燃的时候也没那么大气性了，他非要给她在城门楼下重新照相，她也不再忸怩，答应了。

拍了几张，都不怎么样，开闪光人惨白双眼血红，不开就糊，陈见夏左手捧着纸碗小吃，右手比 V，被拍出了傻乎乎的标准游客照，但也没像旁边的女生一样去嗔怪自己男朋友。

她安静得让李燃愧疚，自己主动提，“都怪我。”

见夏不以为意：“晚上拍照就会这样嘛，不是反光就是抖，昨天火车上不也说过。”

“不是，”李燃不知收敛，“是怪我没早点夸你漂亮。我早夸，你早就在鼓楼公园门口照相了。”

陈见夏脾气又上来了：“你不是早就夸了吗，你夸我扛冻啊。不就是嫌我臭美。”

“打扮又不丢脸，我买新球鞋你没注意到，我每次都主动伸脚让你夸，刚才电梯间你直接问我不就得了。”

他逗过她，让她赔一千五的球鞋，每次穿了新衣服换了新发型都会问她帅不帅，她就不会这样。可能因为她是陈见夏，也可能只因为她是女生，漂亮如凌翔茜在学校里也不会这么嘚瑟自己的穿衣搭配，更不可能在嘚瑟过后全身而退。

“你还化妆了，是吧？”李燃捏了捏她的鼻头，“冒油了。”

“你烦死了！！！”

陈见夏转身就走，这回没了松糕鞋的拖累，健步如飞宛如急着去点烽火台，李燃从背后赶上来，闷闷地笑。

她憋了一会儿也跟着笑，的确没什么不能直说的，所以她问：“那你……高兴吗？”

我很重视这次跟你出来玩，很认真地准备了，你，高兴吗？

“高兴啊，”他声音穿过她耳畔的发丝，昂扬轻快，“以后上大学了，你有的是时间慢慢研究怎么打扮。”

陈见夏的身体微微颤抖，这次不是因为冷；她像中世纪乞怜的罪人，跪在神像前伸出手，想得到一张赎罪券，却摸到滚烫的烙铁。

李燃提议回酒店的时候，见夏意兴正浓。她第一次出远门，还是纯粹旅游，不用帮忙带弟弟，也不会因为一家人晒太阳景区排大队而烦躁吵架，又逛又吃，根本没看过一眼手表。

“明天还要起很早去明孝陵，而且你晚上不做两张卷子赎赎罪么？我怕你玩疯了，回酒店逃不过良心的谴责。”李燃顿了顿，又补充，“不是我扫兴，这两年你都给我搞出心理阴影了，老怕耽误你学习。”

见夏眉眼低垂，仿佛专心喝着糯米桂花酿，咽下去了才点点头，“好，回吧。”

李燃出了电梯间便率先走了，离开前揉揉她脑袋，说晚安，有事找我就打内线电话，房间之间互打不要钱。他头也没回，没给陈见夏任何尴尬的机会，她松了一口气，也有些失落。

然后她翻来覆去，失眠到凌晨。

这个酒店的床还不如宿舍的舒服，翻身时吱吱作响，凸出来的弹簧圈圈硌着后背，陈见夏愈发清醒，起身，赤脚踩过地毯去看窗外。除了气候比家乡温暖些，这种街景并没什么特别，若不是专业学城市规划或对植被格外有研究的人，根本分不清。

或许全中国城市的普通街道都是一样的，差不多的电线杆，差不多字体的店家招牌，差不多的路墩和盲道。梧桐和桦树都是阔叶树，不开花的灌木丛都一样高，南京若有什么特别的意义，也是他们俩赋予自己的。

陈见夏根本没带半张卷子，但她的确有作业没有做完，更不想像一个没做完作业的小学生一样恐惧下去。她转身拧亮床头灯，按照座机上印着的指示拨通了李燃房间的电话，紧紧握着滑腻的塑料听筒。

嘟了几声，李燃的声音传过来：“陈见夏你想吓死我啊！我刚睡着！怎么了？”

原来他好好地睡着了。见夏不知为什么欣喜，仿佛李燃的天真也等于她自己的无辜。

“你睡你睡。”她匆忙挂下电话。

放下悬着的心，困意终于袭来，小学生想起来第二天是礼拜天，作业先放着不写也是可以的。

小学生春游醒得早，兴奋得吃不下早饭，端着餐盘排在队伍里东张西望半天也只盛了一碗粥，只是李燃理解错了，问她是不是这酒店的早饭太简陋。

每当这种时候，陈见夏都会感到一种奇特的快慰。李燃也有他自己的狭隘和面子，他曾经带着她“见世面”，说了太多嚣张的话，这种境况下，也自然会有此地无银三百两的窘迫，明知道她并不会在意，但他就是在乎。

她没有安慰他。没必要，李燃会想明白，只是此刻不自在罢了，他知道什么都可以直说，她也知道什么都不必说。

陈见夏勉强吃了一个鸡蛋一小碟炝油菜，把粥喝完，还揣了一盒酸奶进口袋，说:“走吧！”

还是昨天接站的司机，已经等在宾馆门口，路上拉拉杂杂讲了许多，还教了他们几句南京话，只可惜一下车陈见夏半个字都回忆不起来。

虽然李燃已经努力将他自己的意兴阑珊掩藏起来，见夏还是发现了。他很早就说过，景区就是：下车一个大停车场，买门票进去，一块巨大的石头上用红字刻着景区名专供合影，再往里面走，爬山，一个亭子，再爬山，一个小水瀑，再爬，又一个亭子……

陈见夏理解，她几乎没出过远门，光在过年时候看亲戚们炫耀的合影都看得出来，石头、瀑布、台阶、亭子、石头、亭子、石头、亭子……

景区都是这个套路。但，知道是一回事，自己走一遍，是另一回事，她要自己走一遍。

人生总要自己走一遍的，“不过如此”也要先明白何为“如此”，别人谁说的都不算。

一转弯，看到了湖。

灿烂朝阳碎在了水里。暮春初夏，山色明媚，李燃也看呆了。见夏得意地问他，刚才看景区路牌的时候问他往哪边走，他还说随便，哪儿都一样——有没有后悔？

“这个叫紫霞湖。”

他问：“《大话西游》那个紫霞？”

“严肃景区怎么能跟着搞笑电影起名？！”陈见夏纠正，“是爱国华侨民国时期捐款修的人工湖，叫紫霞是因为附近有个紫霞洞。而且，我更喜欢白晶晶。”

李燃愣住了：“朱茵多漂亮啊。”

“跟漂亮有关系吗，至尊宝先喜欢的是白晶晶！”

“五百年前不是先喜欢的紫霞吗？”

“电影虽然说的是五百年前，但是叙述是线性叙事，作为观众，我先看到的就是五百年后他喜欢白晶晶啊！第一部全是白晶晶，我已经接受白晶晶了，后来再出来一个紫霞，我不接受！”

“你接不接受管什么，周星驰接受不就行了。”

“你这是抬杠，电影不就是拍给观众看的？”

他们聊着完全不相关的事情，见夏抬杠抬得很快乐：你心里我是白晶晶还是紫霞？你觉得朱茵到底有多漂亮？如果你遇到了比我漂亮的呢？哦不对你以前遇到的都比我漂亮……

李燃明显没睡好，坐在草地上便散架子了，靠着陈见夏从九点多坐到快十一点，偶尔讲两句，最后没声音了。

睡着了。

岸边青草飘摇，衬着远处层次错落的群山与粼粼的平静水面。湖光山色。只有亲眼见到才明白这四个字的含义，虽然是个人工湖，但湖面真的反射着阳光，山景真的有颜色，管它是互文还是别的什么，古人写这句的时候，必是真的走到了一个地方，看到了一处景色，或许怀里也真的抱着一个亲爱的人。

心中喜悦，什么都美。

她用李燃的相机捏了好几张，岸边总有游客，她心知怎么都不会有《中国国家地理》的照片好看。那又怎么样，别人拍得再美，按快门的也不是陈见夏。

见夏不是做题机器人，她为了写作文多攒排比句，也读过许多世界名著的简介。包法利夫人飞蛾扑火，于连处心积虑，基督山伯爵念念不忘的初恋情人其实一个长得差不多的年轻希腊公主就可以替代……

不过完整读过或许也是白搭。名著的爱恨是大江大湖，自己的感情稀释在广袤湖水中不过沧海一杯罢了，但于她，是墨水滴进人生里，浓烈鲜艳，人一辈子的眼泪也只能集成这么一杯。

湖边游客渐渐多起来，小孩跑跳老人呼喊，李燃终于被吵醒了。

“几点了？累坏了吧？”他帮见夏捏肩膀，“是不是给你枕麻了？站得起来吗？”

“你昨天不是睡得挺早的吗，怎么困成这样？”见夏疑惑。

李燃没吭声。

“要不回宾馆补觉吧。”她问。

“怎么可能啊，”李燃伸懒腰，“这景区太大了，还有好多地方要去呢，附近有桃花坞，还有颜真卿碑林，来都来了。你没听人说吗，旅游这种事儿能坚持下来，就要靠这种心态——来都来了。”

明孝陵连着好多个景区，实在辽阔得过分，两个精力旺盛的高中生起初抱着“来都来了”的心态铆足了劲儿要把导览地图上知名景点逛个遍，生生被耗得坐在僻静小径靠着城墙上的爬山虎藤双双发呆。见夏笑话李燃你怎么回事，不是踢球的吗，体力那么差。

李燃有气无力：“陈见夏，是你不让我吃午饭。”

见夏羞赧：“不是吃了三加二夹心饼干吗？我那不是怕景区的饭店宰人，而且还有好多景点没逛，节约一下时间……”

“我不要饼干。我要吃肉。”

“好好好，”她揉着李燃毛茸茸的脑袋，“但你体力还是很差。”

见夏忽然站起身，望着小径尽头，夕阳被树林切割成萤火，她说你看，多美啊，李燃，可惜留不住，拍进相机也留不住。

他没像往常一样说她肉麻。大片萤火降落，世界沉静下来，他们的目光跟着层染的天色从夕阳一直望到头顶暧昧的蓝紫，鸟群恰好飞过。

坐在回程的车上，见夏珍惜着相机电量，一张张翻看着这一天拍的照片。果然，虽然没有眼睛看到的那样美丽，景色还是不错的，唯独拍人物时格外忠实，李燃几乎抓住了陈见夏每一次将笑不笑的尴尬、做作的姿势和僵硬的比 V，太真实了，让她无比想要用相机的金属角砸他熟睡的狗头。

但她还是被一张照片逗乐了。在颜真卿碑林，见夏看到一块石碑上刻着“真剑”，说什么都要让李燃站旁边合张影。他大大方方站过去，松弛地侧身倚着碑，扭头朝镜头露出灿烂不设防的、贱兮兮的笑容。

陈见夏将那张照片放大再放大，直到显示屏像素的极限。他头发已经长得像刺猬，虽然通身依然锋利，但眼里再没有初遇时的凉薄、讥讽和调侃，满是坦荡温柔。一个他正睡在她肩头，另一个他在照片里注视着她。

车到了，李燃睡眼惺忪望着窗外：“这是……这也不是南大啊，不是要去南京大学吗？”

陈见夏道：“太累了，不去了，你不是要吃肉吗？我们去吃饭。师傅给推荐了一家馆子，走吧。”

李燃一愣，他不知所措地直起身子看向见夏，见夏安然回望他，没有半点慌张。他不必知道这一路见夏数着一棵棵梧桐树，做了怎样的决定。

晚上还是各回各屋。吹风机挂在镜子旁，焊得牢牢的，仿佛预设了住客都是小偷，也不知道这种只咆哮不出风的烘干器有什么好偷的。陈见夏蹲在地上，把蜷曲的连接绳都绷直了，终于将长发烘到半干，抹了一把镜子上的水汽，她望见自己苍白的脸。

见夏拨通了李燃房间的电话：“你来一下行吗？我好像扭到脚了。”

五十九

飞

早上在餐厅排队盛粥的时候，见夏给李燃也打了一碗，她都喝一半了，李燃才出现在门口，看见她。

昨晚她谎称自己扭脚，叫李燃来自己房间。李燃来了，最后却没发生任何事情。

他走过来的几秒钟对陈见夏来说无比漫长。

没等见夏开口，李燃像什么都没发生一样爽朗一笑，向后一靠，还是平时懒懒散散的样子：“少吃点，今天不上山拉练，一路走一路吃，都是市区内。咱们一会儿先退房，把行李存在前台。”

见夏点点头。

李燃又说：“衣服好看。你之前是不是跟我说是你一个在服装城做生意的初中同学带你去买的？她太喜欢带花边的衣服了，不是袖子就是领子，看着啰里巴嗦的。其实你穿简简单单的就很好看。”

“意思就是我前两套土呗？”见夏也放松了。

“有点儿。”他直来直去，有那么几分高一的样子了，“以后有机会让凌翔茜带你买吧，你上次不还替你们班长去看她了吗，关系应该不错了吧？她品味还行。”

“李燃你是不是活腻味了？！”

陈见夏阴着脸撂下筷子。

李燃大笑，忽然趴在桌上凑近她：“我故意的。好了，这样……咱们就扯平翻篇儿了。”

扯平什么？见夏脸一红，转而有点恼，夹起一只小馒头怼在了他鼻尖上。旁边桌有住客看着他们笑。

的确很轻松。几个景点离得都近，天有点闷，见夏在大总统府买了把折扇，一面写着“博爱”一面写着“天下为公”，她学着小时候看的清宫剧里的文人，一甩就展开，扇着小风耍帅，用眼睛觑着李燃，意思是，既然衣服也好看人也放松，还不快拍？

李燃只要做错事儿，目光一定会游离，真的很像见夏小时候在农村亲戚家见的大黄狗——那只狗预感到要挨骂，就会偏过头，装看不见人。

“我忘带相机了。”他看着天。

陈见夏收起扇子转身就走。来了三天一张漂亮照片都没拍成。

“我用眼睛帮你拍了。”他在背后喊。

“你少给我来这套，你那狗脑子能记住什么？！”

“记住你啊。”

见夏一愣，停步去看他。李燃笑嘻嘻的样子忽然有种陌生感，她已经分不清他是挑衅，还是在装作轻佻掩盖什么。

“走吧，打车去夫子庙，”他追上来，“那里是商业街，人特别多，你可别再甩脸子自己就跑了，我们会走散的。”

陈见夏低着头，轻声说，不会的，不会的。

出门玩拌嘴是常事，好一会儿吵一会儿，因为臭豆腐拌两句嘴，看见糖芋苗又好了；因为想买油纸伞却不下雨拌两句嘴，因为买了又好了；因为在刚落成的石壁前学历史人物浮雕造型被路人拍照开心，又因为想起没带相机拌嘴，最后因为李燃扮得太像了，又把见夏逗得笑出声……

陈见夏不知道自己在作什么，前所未有地、胡搅蛮缠地作，恶人先告状或许也是不舍的表现，她忽然觉得时间走得太快了，还没来得及将一切的俗气烟火体验够，来不及了。

坐在秦淮河的摇橹船上，她还在气鼓鼓红眼圈，故意背对着李燃和船夫坐着，不管李燃在背后讲了多少笑话——即使很好笑——也不肯回头。

李燃忽然说，我给你唱首歌吧？

陈见夏没吭声。

他自顾自唱了起来。

张国荣的《路过蜻蜓》，他们在冬天最冷的时候缩着脖子边走边听，共享一副耳机，见夏问他，我听不懂粤语，唱的什么呀？

李燃说，我也不知道，好像就是歌名的那个意思吧，告诉爱人，尽兴就好，我没所谓，尽情挥霍我，没关系，安定不下来你就接着走，就当路过了我。

当时陈见夏斜眼看他：“我看你挺有感慨的，说不知道还讲了这么多，你早准备好跟我显摆了吧？”

李燃嘿嘿一笑。

陈见夏愕然回头，少年旁若无人地磊落唱着，清清朗朗的身影站在她朦朦胧胧将落未落的泪水中，镜花水月。

“陈见夏，你要去新加坡了吧？”他问。

见夏眼泪倾盆。

那只隐形的手再一次扼住见夏的喉咙。她半个字也讲不出来。

“我听凌翔茜说了，这种内部消息，学校会优先递给一些家里有关系的人，她想自己高考，就没有去，学校跟她说，是你被选上了。

“我一开始不相信的，你的性格藏不住事儿，你肯定会告诉我，肯定会跟我商量。

“我一直在等你跟我说。你不做卷子了，也不复习了，还问我如果我再也不能守护你怎么办这种怪话，高考前居然还敢来南京玩，也不肯去南大参观……见夏，我又不是傻子。你全露馅了。”

他甚至还轻轻笑着，好像只是在调侃，见夏脑海中却浮现出自己每一次拙劣的演出中李燃眼里的悲伤。原来他早就知道了。

“但就算这样，你还是什么都没说。”

“李燃，我……”

“见夏，你不信我，对吧？”

李燃半跪在板凳上，轻轻闭上了眼睛。

“不是的……”

“其实你跟我说也没事的。虽然我爷爷给钱是让我去南京，那也是因为我会追着你跑，东京西京南京北京都一样的，大不了把南京改成新加坡嘛，你能去的学校更好了，是好事啊，我会为你高兴的。而且，我爸妈要把我塞到英国去也要花钱，新加坡是不是还更便宜点？我就服个软，回家要点钱，总比去南京混个什么把他们气死的野鸡学院强啊，真的，你跟我说就行了……你为什么不告诉我呢？”

见夏乞求那双手松开她的喉咙，可命运就是扼住了她，不肯让骗子再讲半句话。

“所以我知道了。你不信我。”

李燃红着眼眶，还是笑着的。

“我在你最痛苦的时候什么都没做，一个靠家里的废物而已，你是靠自己回振华的，也靠自己争得了更好的机会。去吧，见夏，你会飞得很远很远的。”

李燃轻轻地说：

“你就当路过了我这只蜻蜓吧。”

他们回程没有坐火车。

李燃说，爷爷的钱没必要省了，我带你坐飞机。

“这样等你去新加坡的时候，就不是第一次坐飞机了，自己去机场办票也不会慌。好不好？”

李燃说，陈见夏，你走的时候，我不去送你了。

他的确没有去。

FONGHONG
凤凰联动出品

下

这么多年

八月长安 著

江苏凤凰文艺出版社
JIANGSU PHOENIX LITERATURE AND ART PUBLISHING

目录

六十
风向

陈见夏因为颠簸的气流醒来，正赶上坐在走近道座位的 Serena 伸长胳膊用飞行模式下的手机拍窗外。

“碰着你了？”Serena 惊慌地收回手，“我把你吵醒了？”

见夏摇摇头，“我跟你换座位吧，我坐外面，你靠窗。”

看见夏毫不迟疑地起身，Serena 识时务地接受了好意。见夏刚醒，还有些受不住光，眯着眼，透过 Serena 的手机屏幕看窗外，飞机正穿越一片丘陵，只有零零散散的流云，能见度很好。

“真好，”Serena 感慨，“不会拍到飞机翅膀。”

陈见夏调侃道：“可以发朋友圈了，别人看得出来这位置是公务舱。”

“那我得分组可见，不能让别的同事看见。”Serena 被说中心思，也笑了。

“没关系的，”陈见夏从前方座椅背后的封兜取出矿泉水瓶，拧开，“公司报销是按额度，不按舱位，只要赶上这种 2 折公务舱，我们都会抢，你又没违反规定。很多大企业就不是这样了。”

“我听我别的同学说了，他们公司规定得很严，有时候红眼航班的公务舱才四百多块钱，高铁一等座要五百，但她领导的级别就是最多只能坐一等座，还要提前打申请，哪怕多一百块也不能超标准坐公务舱……”

Serena 的话匣子一旦打开就关不上，刚入职的小朋友总是在木讷腼腆和亢奋过度之间切换，陈见夏能理解，或许对方会因为这段旅途中的对话给自己的职场生涯狠狠打个勾，别上一朵小红花——“今日和部门领导拉近了关系，‘社会化’程度加十分”。

她刚工作的时候也是这样。刚上小学的时候，刚上初中的时候，刚去振华的时候，刚踏在樟宜国际机场老旧地毯上的时候……紧张、试探、观察、讨好，有时候觉得人与人之间性格天差地别，有时候又觉得，怎么可以像到这种地步，相似到无趣。

Serena 是管理培训生，八月底刚入职，正在轮岗中，正好轮进了陈见夏的部门。她是上海本地人，大学在香港读，去新加坡做交换生期间通过内推进了这家公司实习，最终拿到了 return offer，被派回上海分部。公司创始人是程序员起家，公司没上市，规模不大却拥有完整的内部邮件系统和内网聊天软件，用户名都是“英文名 · 姓氏”的形式，小姑娘第一次过来攀亲戚，说自己也姓陈，是本家，陈见夏笑着逗她，不是一个陈，你叫 Serena Chan。我是 Chen。

陈见夏读大学的时候也用过 Chan，又改了回来，对于“装”这件事，她总有种羞耻感，好像冥冥中有神在看她，不知不觉竟做到了慎独。

或许应该再睡一会儿，见夏却睡不着了。Serena 拍得太起劲儿，丝毫没意识到下了飞机之后，她们将面临怎样的暴风骤雨。

年轻真好。永远好奇，永远坐在人生第一次航程中。

Serena 感染到了陈见夏，她也抻脖子过去，透过飞机狭小的双层窗看到下面薄雾中山脉上零星的白雪。

“我第一次坐飞机的时候，看见山，十几秒钟没反应过来是什么，从山尖尖沿着山脊向下辐射出花朵一样的形状，我以为自己看见了小时候铁罐子里的黄油曲奇。”

陈见夏感觉到 Serena 惊异的目光，这平平常常却触及心底秘密的话比刚才十几句刻意讨好的话都亲昵，叽叽喳喳的小姑娘愣住了，连见夏朝她疲惫一笑都没反应过来。小女孩脑子里还有很多程式化的故事和感慨没有讲，或许是职业教育中心的老师教的，或许是师兄师姐们的经验，要跟一个前辈拉近关系是有模式可循的，先聊什么，再聊什么，什么时候可以约饭，什么时候可以私下讲无关利益的其他同事坏话……

铁罐子曲奇什么的，的确是超纲了。

陈见夏拉上眼罩，将座椅向后靠，再次酝酿睡意。

不只是铁罐子里的曲奇，还有地理书上画得一样九曲十八弯的河道，傍晚天边遮不住落日、光芒从缝隙如岩浆奔涌而出的积云……她坐得直直的，眼睛都舍不得眨，从天光明亮盯到夜幕降临，最后用衣服蒙头，将自己与机舱内的明亮灯光隔离，透过有些脏污的双层机窗，看到了满天繁星，碎钻般洒满视野，闪耀得令她彻底失语，忘记了悲欢离合，包括自己的存在。

那一刻，一个念头划过脑海。

这就是一个人类离天空最近的时刻了。她终究不是会飞的鸟，只是“钢铁鸟”腹中的一粒草籽，会落地生根，动弹不得。

初冬时节，乍一下飞机，任谁都感慨上海比北京暖，在出租车排队处等了一会儿，寒气慢慢沁透身体。

大自然有耐心。

她们直接回了延安西路的公司，正好够时间赶在下午的高管签约仪式前买咖啡和鸡肉卷。上电梯的时候竟然正好碰见了大老板 Frank，Serena 整个人像只奓毛的猫，第一反应是退出去等下一班，被见夏拉住。

她知道这是新人的本能反应，Serena 不是故意的，但也做过头了。写字楼电梯是公用的，他们公司也不过买了两层，又不是地主，别的公司午饭归来的上班族都挤上来了，她们又有什么好装假的。

Frank 笑眯眯地看着 Serena 手里的星巴克，说，没有我的份吗?

Serena：“啊，我，那个……”

陈见夏解围，从纸袋里拿出买咖啡的单据，说，Frank，报销一下。

早年程序员出身的 Frank 向来喜欢穿不带任何 logo 的毛衣、Polo 衫和球鞋，看上去是个平易近人的爷爷，见夏也就陪他演。

Frank 哈哈笑了，事情就过去了。

到了 19 层，见夏用手挡住电梯门，等老板离开，和 Serena 一起假装要去 20 层，到了之后又重新在电梯间按向下键。Serena 感激地碰碰见夏的胳膊，说，Jen，谢谢你。

见夏歪头，装作不明白她在说什么。又不是多大的恩情，工作几年自然就学会了，她不想倚老卖老。

就在这时 20 层一端的电子自动门开了，HRD 抱着文件匆匆走出来，碰见 Serena 便皱眉：“打你电话怎么不接？”眼神往下移到她手中的咖啡纸杯，脸色更沉了。

不等她解释，对方便继续往另一端走，在电子门前刷卡，头也不回，“你来一趟。”

Serena 手里的咖啡好像突然变得烫手了。陈见夏主动接过来，说，去吧。

电梯叮的一声，见夏回想着 HRD 起范儿的样子，心里明白，戏要开始了。

公司的报告厅已经很久没用过了，见夏印象中上一次坐在这里还是去年被关系好的 HR 拉来，给 Serena 的上一届管理培训生做入职 orientation，那时候坐在第一排的是一群美籍、新加坡籍华裔高管，此时此刻，只剩下不到三分之一。

取而代之的是另一批志得意满的新领导，今天“签约仪式”的主角。

一百多人的报告厅竟然坐满了，不光像陈见夏这样的中层一个不落，很多普通员工也挤进来站在走道上看。议程和主持人 HRD 本人一样无聊，还没开始五分钟，见夏就有点困了。

直到穿着旗袍的 Serena 捧着硕大的硬壳签约书走进门。

陈见夏呆住了。

红色暗纹短旗袍，下面是肉色丝袜和黑色丝绒面料的横带玛丽珍鞋，头发是刚绾上去的，发根是黑的，染的部分有些掉色，让这一身的违和感更强烈了。

陈见夏掏出手机，发现 Serena 在半小时前给自己打过两个电话，她忙着和部门同事对周报，没有接到。

这样的签约仪式，穿着这种样式旗袍的礼仪小姐，见夏小时候便在电视上见过，好像没什么问题——站在一旁，跟富贵牡丹或青瓷大花瓶融为一体，在适当的时候上前，递上硬壳本和签字笔，双方签完之后再帮忙交换，保持微笑就好，是规矩体统，是天经地义的流程的一部分。

如此天经地义。那么此时她内心这种不舒服的感觉，究竟是什么？

陈见夏注意到 Serena 的嘴角，好像坠着两块巨石，垮下来，被强行牵上去，又垮下来……她眼神低垂，只是很偶尔地瞟向第一排的角落，那里坐着 Serena 喜欢的人，信誓旦旦地画了个饼将她招进来的人。

曾经也是意气风发坐在第一排最中间的青年才俊，不知道他此刻坐在那个位置，算不算沉得住气。

不过能肯定的是，他定然没工夫去注意一个小女孩隐秘的爱恋与羞耻了。陈见夏想起这个男人永远熨烫得妥帖的衬衫和得体的举动，突然觉得有什么变冷了。或许冷的是她自己的眼神。

手机在西装外套兜里振动起来，屏幕上跳动着三个字：郑玉清。

不是不想标注“妈妈”，只是安全起见，防诈骗才这样做的。见夏自己都信了。

她挂断，然后回复信息：“在开会。”

电话又进来了，不知道是没耐心看她的信息，还是根本不想看。陈见夏再次挂断。

忽然觉得报告厅的空气凝固了，怎么都喘不过气来。

傍晚开始下雨。细细密密的，气若游丝，迷蒙地飘在空中，仿佛没力气落地。水汽裹住了城市，反倒像是行人误闯进去蒙了满身。

目的地不远，于是大家路过了好几家便利店都没有买伞。等到集体坐在店门口冰凉的铁质小圆凳上等位，有一搭没一搭聊起天，雨一点一点不露声色地下大了，像一场围猎。

见夏再次感慨，大自然果然有耐心。

同事们坐成一长排，陈见夏特意挑了最边边的位置，听不大清楚他们聊什么，隐约都是些网上的段子，什么南方的冷是化学攻击，北方的冷是物理攻击之类的，聊不下去了便问门口接待的服务生叫到多少号了，再转头问手里攥着号的 Serena 咱们是多少号。

来来回回五六遍，Serena 勉强的笑中带着犹疑，连大桌 A22 都记不住，任谁都会怀疑这群老同事在整人。

夜晚彻底降临，雨还是没停，不知什么时候起，寒意已经浸透了外衣，有人感叹，果然不能小看上海，网上都说……

刚才这段子不是讲过了吗？化学攻击，知道了，大桌 A22。陈见夏蹙眉腹诽，但男同事没因为她躲在角落就放过她："Jean，你觉得呢？你是北方人。"

男同事分不清 Jen、Jean 和 Jane，但不妨碍他对她有意思，大家都察觉到了。公司走廊里擦肩而过的时候，他对她吹过口哨，恐怕都有老婆孩子了，做人倒是真自由。

陈见夏笑笑说，我也好久没回老家了，南冷北冷都是冷，头疼腿疼都是疼。趁现在我去买几把伞吧，一会儿吃完饭下大了就麻烦了。

Serena 急匆匆把号递给别人，紧跟着陈见夏，说，我和 Jen 一起去！

路上见夏没有提签约仪式的事情，也没有提自己漏接的两个电话，她觉得解释无用，更没必要。倒是 Serena 主动问，Jen 你看见邮件了吗？下一轮校招你去吗？你觉得我应该去吗？

见夏微微扬起脸让雨丝落在脸上：“刚发的？还没查。去哪儿啊？”

“南京。”

陈见夏不言，Serena 以为自己没头没尾的两个字让她不悦了，连忙压低声音将来龙去脉都讲清楚：“我也是刚接到的通知，按道理不应该我来发，但他们都拿新管培生当实习生用。”

也当行政用，也当花瓶用。她们默契地没有继续。

Serena 平复了一下，继续说：“好像是 Frank 和南京建立了一些新的关系，新的物流仓储选址可能放在那边，会有政策方方面面的支持，所以临时想要在仙林大学城加两场宣讲，单开一场笔试，这样学生们就不用往上海跑了，也算支持基建了。”

陈见夏又想起那个电梯里笑眯眯的、干干瘦瘦的精明老头。

Frank 是新加坡华人，总公司开在美国，第一个全资子公司在新加坡注册，正好符合见夏他们这些中国——新加坡 SM 留学生项目毕业后“服务期”的工作要求。近十年，Frank 的战略布局是大中华，引了一群外籍华人亲信派驻到上海和北京，开拓出了两个分公司和两个半自动化大型物流仓库。

但就是水土不服，业绩半死不活，一直靠海外净利润给大中华区输血续命。

就在一个月前，另一群中年高管空降，几乎全是本地人。以陈见夏为代表的中层管理群近来异常沉默，都在揣测 Frank 的用意。

中午食堂吃饭，一边是老同事，一边是新管理层，英语和上海话双声道，让人深恨砖缝不够宽，不能端着餐盘直接遁地。今天的签约仪式同理，虽然“精英”剩不下几个了，还是在报告厅划出了楚河汉界。

Serena 轻声说："HRD 没有提，但我主动抄送你了……她没有说一定要你去。HRD 说，都靠自愿，不强求。是我自作主张把邮件抄送给你的。"

帮本地新高管们撕破公司的口子的就是 HRD，一个从不化妆的女人，永远穿差不多的灰色西装套裙，裙子在膝盖下两厘米，脚踩三厘米的黑色厚跟单鞋，头发盘得比《哈利·波特》里的麦格教授还紧。

从来不笑。

HRD 以前供职于一家大型国企，来公司比见夏还早，但夹在一群优越感明显的外籍精英中，几乎将不得志写在了脑门上。去年年底老东家并购，引发风暴，她的老朋友虽然内斗失败被清出了系统，但谁也没想到，一场秘密谈话后，Frank 竟答应了她，将她所有老同事一起打包签进了这家洋公司。

人生果然草蛇灰线伏行千里。

南京？建仓？招生？

这是要他们中层站队表态了。见夏想。

Frank 吃不消大中华区再这样继续烧钱，即便是多年亲信，他也深恨那群外籍精英在本土市场装 × 不成、屡屡碰壁的败绩。老板一旦下定决心，一个大战略丢下来，全公司一起劈叉，中层一度发个邮件都胆战心惊，不知道究竟该把哪边的领导邮箱放在收件人最前列。

Frank 最头痛的就是政府关系和本土化。如果 Serena 说的是真的，那南京建仓的事必然是新管理层找对了门路，占了上风。

其实就算没这个消息，见夏自己也早就发现了。

她始终记得第一次见到那个吹口哨的、名叫 David 的新领导的样子。立领紫色 Polo 衫，大 logo 金扣皮带怕不是放到了最后一个孔才勉强系得上，脑袋光亮，下巴一撮小山羊胡倒旺盛，站在走廊手里夹根烟，还好没点着。

他肆无忌惮地上下打量，见夏抱着文件经过，对他礼貌点头，他竟吹了声响亮的口哨。陈见夏顿了顿，平静地回头看他——不料，困惑的居然是对方。

他真心不明白这声口哨究竟哪里吹得不对。

见夏打听到这位陌生新高管的 title 居然是高级公关经理，下午便给内审部门发了邮件。

那是第一次，邮件石沉大海。

职场动物能嗅到草原上刮起的第一缕北风，那是迁徙的信号。陈见夏见微知著，感觉到了 Frank 的决心——他既然要用这批人，就要放手让他们试，方方面面大大小小，包括那个假模假式的反骚扰举报系统，都一起被“localization”了。

便利店的门开了，一室明亮，见夏问 Serena，你为什么提醒我？

Serena 语塞。

见夏没指望得到答案。这个问题本来就出格了，她应该挽上 Serena 的胳膊，说，幸亏你告诉我，现在斗得太厉害了，信息跟不上说不定就被当枪使了，还好有你。

但见夏还是问了。面上波澜不惊，听到南京两个字的时候，见夏就有点恍惚，没有心思戴假面了。

Serena 忽然哭了，说，Jen，我今天丑吗？我觉得自己好丑陋。

六十一

双栖动物

陈见夏的手放在冰柜里宝矿力水特的塑料瓶上，指尖冰凉。

她应该说点什么，说什么都行。像在电梯间一样装傻也行，讲真实想法也行——但她自己都不知道真实想法是什么，太微妙了。

那旗袍开衩不高，普通款式，乍一看，没什么性方面的意味。

但大家都明白。

她看着 Serena 的眼睛。刚入职的时候就有人说这个姑娘好看，细细白白的，温言软语，不愧是上海小姑娘——虽然不知道这些和上海到底有什么关系。或许是没话找话。

Betty 跟你说什么了？你为什么穿着旗袍出现了？

陈见夏忽然讨厌起一切英文名字，把自己包裹得严实却让管培生去穿旗袍当花瓶的 HR 总监 Betty，事不关己的 Jen，低声下气的 Serena，大势已去却坐在角落假装神情自若的 Simon，还有那群新高管为了加入内网系统紧急给自己起的英文名：爱打高尔夫的 Jim，对着女同事吹口哨的山羊胡 David……

冷眼热肠，到底还是问了："那你为什么穿？就是不穿会怎么样？Betty 也拿你没办法。"

Serena 迷茫地看着她："年底不是有 360 度 KPI 考评吗，怎么能得罪 HR？而且，而且……"

她犹豫了很久，认真地问："我心里难受，是不是我矫情了？我一开始不乐意，Betty 说我不够 professional，其实就是工作，只是工作……"

Professional？陈见夏内心冷笑，和大局观一样用来压人的词，这个单词一出，上位者的私心、恨意都被包裹成糖衣，Serena 甚至瞎到分辨不出 Betty 睥睨小女孩的恶意。

她真的很烦英文。

大学大部分授课是用英文，她不是不习惯，只是在敲键盘时候，很难不感到陌生，好像怎么都差了一点点，积累再多词汇量和技巧，终归差了那么一点点，血脉相连的倾诉欲，恰到好处的表达，一字一句的精准……像一个没有故乡的人。

倒也没什么好抱怨，她本就是没有故乡的人。

"你考评结果大部分看我，"陈见夏到底还是说了，"现在你做后台数据分析，我没压你，你怕什么？"

小女孩白皙的脸颊微微泛红："那你会一直在吗？……我听说，Simon 要走了。是真的吗？"

果然还是在意那个坐在角落的男人。

"我不知道。"

"有人这么说的，但也有人说 Simon 和 Frank 上周还单独谈话来着，他跟了 Frank 十年了，不会就这么被弃了吧？有人说他会建独立的事业部，开拓新业务，到底哪个消息是真的？”Serena 像抓住救命稻草一样，“我之前还约过他谈职业发展，他还给我规划了未来三年的路径，要走的人不会跟我说这些吧？”

“我不知道。”

“但是——”

陈见夏妈妈的来电终于救了她，她大大方方告诉女孩，我家里的电话——我爸爸病了，很严重。

Serena 立刻点头如捣蒜，放开了抓着陈见夏的手。

面对同事时，天大地大家里人最大；面对家里人时，千难万难工作最难。陈见夏左右腾挪了很多年了，已经没有半点罪恶感。

甚至借着这个电话，她将聚餐的事情也扔给了 Serena：“你帮我告诉大家吧，我爸爸肝硬化，我有家事要处理。”

她厌烦，不想跟山羊胡坐对面吃饭，最重要的是，她没想好到底这个队值不值得站、要怎么站，不如清净一晚上，好好看看那封去南京宣讲的邮件，再跟另一个人谈谈。

南京……见夏低眉。

Serena 惊讶得瞪大眼睛，陈见夏面色如常，嘱咐她：“不用替我避讳遮掩，就这么直说就行了。”

陈见夏冒着雨穿过了两条街，走到富民路的交叉口，在一家店门口的雨棚下等了几分钟，一辆银灰色雷克萨斯停在她面前。

她迅速拉开副驾驶车门坐进去。

Simon 没讲话，她也没讲话，只有雨刷偶尔动两下，将迷迷蒙蒙的水汽抹去，不出五秒，挡风玻璃上又是一片模糊，雨刷徒劳地摇摆，懒洋洋的，和车上的两个人一样。五分钟过去，车在富民路移动了不到十米。

见夏见他要左转，忍不住提醒："别走常熟路，David 和 Serena 他们可能还坐在外面等位，这时候正堵，万一停在他们眼前动不了，可就热闹了。"

Simon 依言："那就绕下路吧。"

等红灯时，他将西装外套脱下来，往后排一甩，见夏读出了他的烦躁，不想往枪口上撞，随手开了车载广播，正放着林忆莲的歌。她想起第一次坐在 Simon 的车上，气氛很尴尬，是他主动开的广播，放的也是林忆莲。

当时他说，林忆莲的声音很美，有种风尘气。

"是夸奖，"他有点紧张地补充，"不是说歌手，也不是不尊重女性，我只是找不到别的可以替代的词。风尘比风情准确一些。……我说得对吗？烟火气和风情好像都差了点什么。"

车里有他淡淡的香水味，那天也是下雨，窗外是湿漉漉晕染开的灯红酒绿，她忽然觉得离这个英俊的男人近了很多——因为他不像其他人一样讲话夹英文，因为他愿意在自己面前使用不那么绅士和正确的词汇。

那是他们关系的开始。

陈见夏忽然想到飞机上，她随口对 Serena 说起铁罐曲奇，Serena 同样觉得她们的关系瞬间亲密了不少。其实只是年长者偶尔松懈漏下的情绪点滴，却让那个更在乎的人细细揣摩，淋了一身自娱自乐的雨。

左道一辆车强行变道，硬挤在了他们前面，Simon 难得骂了句脏话，用手扯领带，再次往后排一甩。

陈见夏没让他送自己回家，两人一起将车停回他公寓 B2 层的车库，Simon 要上楼，按亮了 27 层，见夏抢着按了 L 层。

“去旁边那家居酒屋吧，步行过去，”她说，“你不吃晚饭，但可以陪我喝一杯。”

“哦，你没吃晚饭，不好意思。”他有些抱歉，“去我家也一样的，我可以给你做饭。家里也有酒。”

见夏笑了：“我吃没吃晚饭你都没心情关注，还有心情做饭？吃现成的吧。其实……你心情很差，很挫败，可以说出来的，不用虐待外套和领带。”

Simon 没说话。他的尊严可不是能让陈见夏随随便便戳着玩的。但见夏不在乎了。

他们坐在狭小的靠墙双人桌，点了海葡萄、枝豆、汤汁炸豆腐、三文鱼头和一些烤串，冰了两壶清酒。

见夏吃得兴味索然，其实她更想吃辣的，想吃热腾腾的脑花、串串，肆无忌惮地吃到鼻尖沁出热汗，肆无忌惮地擤鼻涕。

幸好酒还是好喝的。

“你知道 Serena 喜欢你吗？”她问。

“关我什么事。”

“不关你的事，也不关我的事，”见夏叹息，“你没回答我，我问的是，你知不知道。”

Simon 的成熟之处在于他会假装认真面对每一个问题。比如此刻用停顿来伪装思索。

“眼神能看出来，不过小女孩不都是这样吗，哪怕她们有男朋友，面对异性还是会害羞。”他给自己倒酒，不看陈见夏，“你问这个做什么？同情心泛滥替小女孩打抱不平？我们这样的关系，你没立场同情她吧？”

陈见夏懒洋洋地反问：“就不能是我吃醋了吗？”

Simon 这次是真的被逗笑了，“你当我是白痴么？”

这段关系他们是有默契的，说过喜欢，没说过爱，没参与过彼此的生活圈子，不问过去，也不曾畅想未来。

共同话题倒是极多——办公室地下恋，每天光是互通内部信息和议论同事关系就足以填满共处的时间了，人和人利益一致时，别的事情也会很有默契。陈见夏自己都分不清他们共同喜欢的电影和书籍究竟有多少成分是真心，又有多少是因为工作上的默契而宽容了审美。

还有什么比利益共同体联结更密切的吗？

只可惜，写字楼里，没有什么不是暂时的。

吃饭的时候，他为了保持身材而闷头喝酒，不肯陪她吃半粒米，而她用舌尖压破海葡萄，就着细微的海腥气，满脑想着苍蝇馆子和大盆红油泡牛蛙。

“你知道南京建仓的事吗？”她剥着枝豆，“虽然跟我们做后台的没什么关系，但最近我的消息也太不灵通了。你和 Frank 谈过之后，我们就没见过面了，倒也不用具体告诉我谈了什么，但，是不是不太愉快？”

Simon 还是闷头喝酒。很久之后，他说：“他已经不信我了。”

短短四个月，和 Simon 并肩作战的精英同袍已经走了大半，包括多年前在最终面试时将陈见夏招募进来的 CFO，一个胖胖的新加坡老头，与她和和气气讲，自己年轻时在汤森路透工作累到流鼻血、被自己女儿从夜店回家撞到，白眼一翻，说，Daddy，你没有 life。

很和气，和 Simon 这样在新加坡长大、读书、生活的人一样，懂得将自己的优越感隐藏起来。有退路的人，最爱自我调侃。旁人只能赔笑，又有些笑不出来。

“我听说，他准备退休了，回新加坡开店了，有那边的同事去吃过，”见夏说，“鸡肉叻沙非常好吃，没想到他还有这个隐藏的本事。”

“是，他本来就很会做饭。终于有机会告老还乡实现理想了。”

“可惜了，像 Serena 他们这些新人，应该想不到入职之后不用再写英文邮件了，如果要写，也是旅行的时候去他店里预订座位，现在则是每天开会拿着小本本记录 Jim 拍着桌子说要杜绝‘小山头主义’。”

见夏想起新任 CEO Jim 新官上任三把火的那天，给她们财务分析部下马威，Serena 拿着本子手足无措，慌张地低声问见夏，我没写错吧，是这个吗，这个词是这么写吗？一会儿发会议记录就直接这么写吗？抄送 Frank 他能看懂吗？

荒诞得让陈见夏笑出声，清酒不小心洒在桌上，被她用纸巾抹去。

“Jen，”Simon 笑不出来，“有什么你直说吧。”

“你是不是也准备走了？从毕业你就一直在这家公司，大家都说你是 Frank‘亲儿子’，十年了，从来没吃过这种瘪吧？哦，吃瘪这个词的意思是，受委屈，有苦说不出。”

Frank 曾经给了很多机会，但 Simon 他们照搬北美模式，搞“黑色星期五”，搞“快销品试用期无理由退货”，羊毛直接被本土老百姓薅秃，库房和客服部差点闹起义，那段时间的存货周转率和毛利率惨不忍睹。陈见夏尽力美化了数据周报，递上去的时候，Frank 阴森森地盯了她很久很久。

老头虽然常年在北美，但华人懂华人，懂大中华区。

既然 Simon 不打算坦诚，见夏也没给他讲话的气口，继续说：“Jim 也好 David 也好，其实都待不长，或许你再忍半年，这群人花架子用完了，谱也摆完了，会坑死 Frank，建仓的事情无异于与虎谋皮，早晚没好果子吃，你完全可以再等等。”

Simon 终于拿起筷子，夹了一串葱烧鸡肉，但只是放在盘子里，没有吃。

“其他公司绑架了风投，熬得起，但我们没上市，Frank 自己占了 71%，你们每一次失败的尝试，烧掉的每一分钱，真金白银都是 Frank 自己的。他只是急了，所以信 Betty 的引荐，信 Jim 他们这群从大集团出来的人有‘关系’，懂中国的消费者——但他们不懂业务。Jim 每次看周报都像小学生看 *Nature*，慌得不行。他读都读不懂，依然稳住了，你自己不要慌，好吗？”

Simon 抬起头直视见夏。他喜欢和见夏聊工作，将她当自己人，但见夏知道，最后一句话，他不爱听。

陈见夏笑了：“原来，还是因为情绪。你到底还是生 Frank‘爸爸’的气了呀。”

男人脸颊有些红，不知道是因为酒精还是因为被戳中了最隐秘的心思。

“我在这里待腻了。”

见夏呆了片刻，“嗯，我知道你想回家，只要有假期，你就会回去。”

“你不想回去吗？我们可以一起回去。”

回去。新加坡。她想起永不结束的夏天，炽烈的阳光，下午四点准时的倾盆大雨，闹哄哄的大排档，Dorm 的管理员爷爷，湿漉漉的露天宿舍走廊，第一次去酒吧……

“我想过去北美，也想过回新加坡，Frank 应该也会答应，但大家都会知道我是在大中华被赶走的 loser，那边一直在为我们补贴利润，我去了，也不会有很好的发展。Jen，我在这里待够了，你不是吗？”

“我待在这里很好。”陈见夏说。

Simon 愣住了。

“当年入职的那么多同期管培生里，你会注意到我，给我行方便，指点我，和我在一起——如果我们这样也算在一起的话——难道不是因为，我是唯一一个大学在新加坡读后被派驻到上海的吗？你对我感兴趣，一开始只是同病相怜的 home sick 吧，有亲切感？”

陈见夏认真端详 Simon 的脸。这是一张没吃过亏的白净的脸，三十多岁也有资格因为受了委屈便意气用事。像言情小说中的一万多个“家明”，见多识广，永远打理得清爽的发型，永远板正的衬衫，温润好听的口音，有教养，有分寸，有退路，脸上文着淡淡的半永久笑容。

她在很小的时候也做少女梦，梦见的就是这样的男人。

Simon 难得红了眼圈。“我不否认。”

“但如果你回了家，你的环境里会有很多很多像我……不，比我优秀漂亮很多的人，从小跟你同一个环境长大，更有共同语言，会讲马来语，不需要你特意翻译。我只是因为你在这里太孤单才显得特别。我不是 Frank 亲信，他没有理由把我派走，所以我们未来不再是同事了，话说尽了，你能从我这里得到的，和我能从你那里得到的，已经到尽头了。”

不是不伤心，但陈见夏压住了酸涩的泪意。毕竟也是几年的战友。

“但是，”Simon 握住了见夏的手，“你说得太绝对了。起因或许是这样，但我喜欢你，因为你是个很独立很特别的女人，目标清晰，很强大。Jen，你是一个强大的女人。”

陈见夏有些醉了，透过他背后的茶色玻璃板隔断，看见自己模模糊糊的脸。

他形容的人，是谁？

Jen 又是谁。

六十二
再见陈见夏

宣讲会上，HRD 一直微微仰着头，时不时瞟两眼陈见夏这几个到底还是低头出现在了南京宣讲会上的“Simon 派”遗老，嘴角一直挂着若有若无的笑意，没辜负见夏第一次见到她时的判断：阴阳怪气这个成语修炼千年成了精。

见夏有些搞不懂，Betty 年近四十，听人说早就离异，永远素面朝天，戴着高度近视镜，穿衣打扮一丝不苟，也从不和任何男同事——包括被她亲自有步骤、有计划地引入公司的老领导们——闲聊调笑。这样的人本应是见夏最欣赏的那种无视性别、一心扑在工作上的女性盟友，然而 Betty 每次出手，全都稳准狠地整女人，尤其是小姑娘。

宣讲会结束后，其他人纷纷商量下午的时间怎么打发，见夏谎称自己在南京有老同学，答应大家晚饭后如果还有续摊，她一定去。

“Jen，”Betty 皮笑肉不笑，“家里还好吗，我上次听 Serena 说了，你爸爸病得很严重，这种事没办法，很难平衡的……”

“我老家有亲弟弟在照顾，”见夏笑了，“谢谢关心，病了有段时间了，但除了上次没能跟你们一起吃饭，工作上，我觉得我平衡得……还不错？”

Betty 脸抽了抽筋：“那就好。”

见夏走的时候，余光注意到了 Serena 求救般的眼神，她有些困惑，但人多嘴杂，不便多说。等离开了会场，她发信息：“怎么了？”

Serena 说，没事，你忙吧。

见夏坐上出租车，打算先回酒店把高跟鞋和西装外套换掉。

“师傅，香格里拉大酒店。”

反正差旅费的差价她自己补。师傅熟练驶出专用等车位。见夏戴上耳机，随便选了网络歌单，播放列表里面几乎都是没听过的新歌，没见过的新人，她不分好赖地听，放空看窗外。

又是下雨天。

过了一会儿觉得耳朵痛，她拔掉耳机，只听车声。后视镜是万能的，司机师傅立刻发现她没在听歌了。

“来过南京吗？”

“上学时候来玩过一次。好多年前了。”

“都去哪里玩过啊？”

见夏温柔地笑了：“就那些景点，明孝陵、总统府、鼓楼、夫子庙、秦淮河……南京很好。”

师傅越是温和识趣，她反而越想讲话，像童话里的树洞，见夏忍不住想对着它大喊：国王长了驴耳朵！国王长了驴耳朵！

“和当时的男朋友一起。”

师傅笑了，捋了好几遍才把四个字不卡壳地讲出来：“故地从游、重游。好嘛，还可以花公家的钱出差。香格里拉哦，成功人士。”

对陌生人说实话是最容易的：“其实不想来出差。之前在公司站错队了，老板要整人，只能过来低三下四补救一下，猜到肯定会被穿小鞋，总觉得低不下这个头。但因为是南京嘛，我可以告诉自己，我是来履行约定的，出差只是顺便而已，这样心里就没那么别扭了。——之前的确和他约定过，十年以后，重新在南京见。”

师傅啧啧赞叹，说，年轻人浪漫，十年，拍电影哦。

“但早就没联系了，没约定是哪天，也没约定在哪里见。”

师傅呆住了，彻底没话接了。

半晌，磕磕绊绊地说，那这个男的、这个男的不行，分了好。

陈见夏自己笑出声了，“是我对不起他。当时是我拉着他的胳膊，一定要跟他约定，一定要他答应，好像只要那么一说，心里就舒坦了——我们还有未来，有承诺，我没辜负他……光顾着感动自己了。师傅，我是不是挺浑蛋的？”

乱拳打死出租车老司机，师傅已经被见夏弄昏头，开始胡言乱语了：“感情嘛，很难讲的，男女平等的，男的谈恋爱油嘴滑舌很能熬牙的，那小姑娘有点花头更没什么了……”

陈见夏像个恶作剧得逞的小孩，一刀一刀将自己藏了多年的心事随随便便在过路人面前劈个稀烂，竟有种自毁的快意。

她忽然说：师傅，直接去夫子庙吧，我先不回酒店了。

雨天，没有摇橹船，只有能搭几十个客人的马达游船，陈见夏等船的中途接了好几个妈妈的电话。

郑玉清这些年的习惯是同一件事要分三个电话讲，她神经衰弱，常常挂下电话又想起几句毫无意义的补充叮嘱，再挂下电话，越琢磨越不对，再打来第三个，质问陈见夏，你刚才那是什么态度？！

陈见夏这次只想给她一次机会。

“周末我回去一趟，我爸的报告我已经转给上海认识的朋友了，请他找别的专家帮忙看看，但估计专家说得也差不多，医大一院不比上海很多医院差，妈你别着急，等我消息。”

郑玉清不喜欢和女儿说话，女儿从不给她讲话的气口，本来能一问一答多聊几句，陈见夏总是成功预判全部问题，然后将答案罗列成一整段，给她堵得心口疼。

“我他妈多余给你打，白眼狼，狼崽子，怎么不死外面！”

陈见夏已经习惯了。和小时候相比，郑玉清絮絮叨叨的杀伤力已经弱到戳不破她的厚脸皮。

非节假日的下雨天，都想偷懒，售票处的小伙子涎着脸笑嘻嘻跟她说，美女，不开了，凑不齐人。

陈见夏自以为只是平平静静的一个眼神过去，对方吓得忽然将探出来的半个身子缩回去，顺带关上了小窗。脏兮兮的小窗口再一次映照出陈见夏的脸：一张二十九岁的女人的脸，虽然因为少时也没多少婴儿肥，所以并没有格外明显的岁月痕迹，只是那双眼睛，再也没有一丝怯意的眼睛，流露着戒备又疲惫的神采，随便一瞥，满是随时跟人鱼死网破的冷酷。

她想起 Simon 说，Jen，你是个强大的女人。

不全是坏事呢，若是高中时候的陈见夏，怕是会在被欺负“没票了不开船”时眨巴着眼睛，欲言又止，让涎皮赖脸的人再占几句口头便宜，调笑一番，还是坐不上船。

也可能不会被欺负，那时她身边还站着人高马大的李燃。她在荫蔽下成长，渐变出这样的眼神恐怕需要很多年。

等见夏回到香格里拉，已经下午四点半。其他同事集体住在另外的酒店，在临时建的南京宣讲新微信群中约下楼集合吃晚饭的时间和地点，大众点评的推荐链接刷屏，陈见夏在游船上哭肿了眼睛，实在没心情应付，关掉了群提醒，随便用卸妆巾抹了两把脸便睡觉了。

就算是用故地重游做足心理建设，她还是没有办法去迎合那几位新上司，此前有 3C 部门的同事抱怨过他们让下属拼酒，而且拼起来不要命的。Betty 尤其爱拱火，见夏想起宣讲会上她瞥向自己时似笑非笑的样子，好像毛虫趴在手臂上。

迷迷糊糊睡去，陈见夏梦见了李燃，她蜷在柔顺的被子里，李燃还是那个样子，靠近她，吻她的耳朵。

梦里的床没有吱呀作响，她也没有放他离开。

醒过来时，天已经完全黑了。见夏眼睛半睁不睁的，自己也分不清是想延续梦境还是想让自己神志清明起来。睡前忘记开空调暖风，此刻露在外面的头脸都凉凉的，她卷着被子蜷得更紧，念着梦里残存的少年的温度，像一直拼命想挤回蛹中的蝴蝶，徒劳。

心口隐隐发痛，好像存了一口气堵在那里，揪扯得她无法呼吸。

陈见夏强迫自己爬起来，打开了房间里的每一盏灯，包括窗台角落微弱到毫无用处的落地台灯。她洗了个澡，一边吹头发一边看手机——群里集合后就不再刷屏，只是发了几张吃饭时众人的合影，每人面前都有一只小小的白酒分酒器和酒盅。

她又看见 Serena 的信息，“Jen，我难受。”

陈见夏迅速吹干头发，随意用气垫粉底遮了遮瑕，坐上网约车才从包里掏出浅豆沙色唇膏浅涂一层提气色。她给 Serena 发了消息说我马上到，Serena 没回。

这群人已经转移去了 KTV，害陈见夏中途修改了一次目的地。有了饭桌上的白酒打底，她推门走进包房的时候，大包里九成的人都已经醉了。

当然，她知道只是看上去如此。里面有三个和供应链打交道的老手，酒量深不见底，现在只是顺应气氛借酒跟着起哄而已。叫 Peter 的男同事招呼见夏坐自己身旁，他人还比较本分，和见夏平时关系不错。

“玩破冰游戏呢，你没赶上，刚大家轮着讲初夜。”

新人都入职两三个月了，还破个屁的冰。Peter 正要给见夏补上她错过的“精彩”，包房另一边忽然传来起哄声，见夏抬眼，看见 Serena 在和山羊胡 David 喝交杯酒，一饮而尽，Serena 呛得咳嗽，David 给她拍后背顺气，与其说是拍，不如说是抚摸。

Serena 脸红彤彤的，已经被酒精卸下了防备，丝毫不见穿旗袍时的羞愤。众人的起哄声和 Betty 有些慈爱的笑容，都让她飘飘然，和在便利店抓着她的胳膊哀哀问着 Simon 会不会走的女生判若两人。

她看见了见夏，不知道是不是故意，活泼地指着她大叫：“Jen 来啦！

谁都不能放过她！”

然而，还没等大家反应过来，Serena 自己便捂着嘴一扭头跑出了包房，估计是刚才那杯纯的洋酒把她的胃刺激到了极限，喊完便绷不住了。陈见夏立刻起身追出去。

Serena 都没能忍到隔间马桶前，呕吐物已经在顺着手指缝往下漏，滴在鞋面上。见夏一把将她拽到洗手台，让她对着水池吐了个干净。

见夏不断给她拍背，帮她拢着散落的长发，从旁边一张张拽擦手纸递过去，努力忽略站在门口的清洁阿姨冒火的目光。

见夏没有再让 Serena 进包厢门，自己走进去拿起两个人的外套和包，说，我先送她回酒店了。

“不至于吧，沙发上躺会儿，就是喝急了。”Betty 微笑着说，替山羊胡解了围。

赶在包房里其他混账话冒出来之前，陈见夏说，是喝急了，可能急性酒精中毒了，情况不好的话，我带她去医院吊水，会在群里告诉你们。

Peter 站起来说，你一个人带不动，我陪你去吧。

“不用了，”见夏说，“毕竟她在我这儿轮岗，都怪我。”

陈见夏扶着 Serena 坐在路边等，附近夜宵店和夜场众多，网约车司机都等着十点过后可以提价，迟迟没有人接单。女孩已经睡着了，发间淡淡的柑橘香水味和呼吸间散发的酸腐酒气混在一起，就像见夏此时混乱的心情。

她知道自己的最优选还是在这家公司继续“苟”下去。Peter 这类公司核心业务部门的人不是 Betty 等人敢动的，而且做销售和供应链的本就机灵，新高管们最爱拿职能部门和后台开刀，比如陈见夏这种做数据分析的中层，随时可以被替代。所以她低头来了南京，但心性终究不成熟，半推半就，又躲着人，刚才还彻底搅了局，白来一场，甚至不如不来。

这样想来，她竟然堂皇劝告 Simon 不要慌、忍住，真是站着说话不腰疼。

正如 Simon 没有告诉她和 Frank 谈崩后要做逃兵，公司换帅的斗争已经持续了几个月，陈见夏也早就做了“最优选”之外的准备，没有与 Simon 商量过。

或许差不多该考虑别的路了。

Serena 已经人事不知，怕是问不出她住在哪间房，也找不到房卡了。见夏担心 David 等老色鬼从 KTV 回了酒店再趁机做些什么，索性将 Serena 带去了香格里拉，酒店大堂迎宾帮忙把她架回房间，放在了床边的长沙发上。

陈见夏的母性还没有强到帮她卸妆换衣擦洗的地步，只给她倒了温水，用抱枕垫在她颈后，将挡在脸上的乱发拨开，防止她窒息。

Peter 在群里问，送到没？报个平安。

见夏正要回复，妈妈的电话打了进来。她接起，没有听到往常一样中气十足的质问。

“小夏，睡了吗？”

她温柔虚弱得让见夏有些慌，“正要睡，怎么了？下午不是刚通过电话吗？”

“妈睡不着。”

久久的，只有呼吸声。郑玉清在电话那端开始哭，午夜的陈见夏被遥远的抽泣声浇塌了防线。

“又开始头疼了？”她柔声问道。

“脑仁子嗡嗡的，想撞墙。”

“按时吃药了吗？”

“吃了。不管用。”

见夏静静听着郑玉清在电话另一端号啕。她一年前开始犯病，中西医都看过，最后勉强确诊了——一种折磨人但无从下手的病，见夏听学医的朋友说过，所有查不清楚病因的焦躁疼痛，诊断结果恐怕都是植物神经紊乱。

她会安慰 Serena，但怎么都无法知道如何安慰亲人。点到即止是没有用的，亲人要的是大量的废话，说什么不重要，他们索要的是时间和金钱，只有这两样东西，才能证明爱。

等妈妈终于平息，陈见夏郑重地说：“我说我周末回去，是真的会回去。”

虽然六年来时常在新加坡和国内往返，但真要计算时间，她已经是常住上海了。但见夏对郑玉清的说辞始终保持一致——她大部分时间在新加坡，回国一趟不容易。

原本她留学项目的“服务期”就剩下一年没完成，父母并不清楚细则，不知道只要是新加坡企业便满足条件，更不知道她早就被外派回来了，以为女儿被钉在国外动弹不得，自然信了。

何况她一直往家里打钱。大学时候每个月拿的 SM 项目生活费都能省下来一些寄回家，工作后更不必说，所以人回不回来的，家人并不在意，陈见夏也乐得清静。

这两年不知怎么，忽然索要起了陪伴。

郑玉清再次听到陈见夏的承诺，放下了心，不哭了，说，礼拜五晚上还是礼拜六啊？礼拜天就走啊？

“不一定，我先回去再说。”

妈妈欢天喜地，又讲了几句，挂了电话。

Serena 醒来时都快十点了，两人没说上几句话她便匆匆离去，整个人还没完全醒酒，晃晃荡荡走路都走不直，但为了赶中午回上海的高铁，必须回集体酒店收行李。

回程时她和见夏分别在两个车厢——HR 那边新出了差旅费规定，定额报销制度取消掉了，Serena 只能去坐二等座。

陈见夏收到了她发来的信息。她说听 Peter 讲了自己醉后失态都是 Jen 在照顾，还扛着比尸体还重的醉鬼回酒店，太丢脸了，真是给你添麻烦了。

有种微妙的客气。

相比致谢，Serena 似乎更想知道见夏将她带走时是几点，领导们喝尽兴了没有，她有没有说什么错话，她走了是不是让领导们脸上挂不住了……

见夏言简意赅：“没有。”

她订了周五晚上的机票，直接把登机箱带来了办公室。临下班前，CEO Jim 那边忽然直接给她打电话，让她出一份本季度目前为止包含所有 SKU 供货渠道和毛利率的数据，要纸质版的，两份，嘱咐了好几遍要她亲自出，不要下面的人经手。

她隐隐觉得奇怪，但更多感到的是烦躁。临下班忽然要搞这个，出完正好赶上去虹桥的地铁最堵的时间。

搞定的时候她们这个区域只剩下 Serena 还在。陈见夏打电话确认了 Jim 在他 20 层的大办公室里，跑步去了打印间，将资料用带公司 logo 的白色 A4 大信封装好，双面胶封口，一看时间，再不走就要误机了。

她将信封递给了 Serena："Jim 要的一些资料，你帮我送过去吧。"

Serena 乖巧点头："现在吗？我马上就去！"

周五晚上航班紧俏，公务舱都是全价，没法享福了。见夏紧赶慢赶终于在最后的登机广播前上了飞机，竟然是满员，行李架没有位置可放登机箱，她跟着空姐走完了几乎大半个经济舱，最后空姐说，我给您先放去公务舱吧，下飞机时候您顺道取下来。

或许是没想到小小一只铝合金登机箱那么重，空姐举箱子时失了手，还好陈见夏在旁边一直虚扶着做准备，及时托住了，箱子没完全砸下来。

左手腕刺骨地痛，她忍不住叫出声。见夏缓了一会儿，尝试动了动腕部和手指——骨头应该没事，只是扭到了，腕部连接处迅速肿起了一个青筋大包。

空姐吓坏了，一个劲儿道歉，见夏苦笑："我刚才应该帮你一起举的，没事。"

坐在公务舱第一排的姑娘戴着墨镜口罩，遮得严实，但从头脸身材比例就能看得出应该是个美人。她站起来，扭过身，从墨镜上方的空隙朝她俩翻白眼，见夏无言以对，毕竟刚才箱子如果掉下来，可能会砸到人家，谁都会生气。

“不好意思。”她向女孩致歉。

坐在第一排角落靠窗位的男人一直戴着耳机，直到漂亮姑娘起身，才终于注意到这场小骚乱，转过了头。

陈见夏左腕再次传来尖锐的疼痛，一直连接到心里去。

八个公务舱座位，和这两个人斜对着的第二排刚好都空着，见夏为了躲避他的目光，迅速坐进了靠窗内排，消失在他们视线的死角。

见夏定了定心神，用右手招呼空姐低头，借着机上的噪声对她耳语：“我要办升舱。”

顺便展示了自己的手腕，上面那个鼓包愈发明显。空姐又忙不迭道歉，见夏笑笑，声音压得更低：“实在是疼，我坐这里缓一缓，你帮我办了可以吗？我补全额差价，不是要拿手腕吓唬你。”

小空姐羞赧一笑，轻声说，别别，您坐，机票给我，我去找乘务长。

于是她便坐下了，仿佛自己从一开始便是公务舱的乘客。

是他吗？未免太巧了，是看错了，一晃眼，太慌了而已。一定是看错了。

和旁边那个漂亮女孩是一起的吗？是女朋友吗？

他也从上海飞？他之前在上海？

见夏自己也说不清她留在这里究竟是想做什么。

仿佛老天故意捉弄一般，飞机遇到流量管控，迟迟不起飞。弄掉行李的小空姐回经济舱去做安全检查了，公务舱的乘务长例行与每位乘客打招呼通报航班的情况，给他们续水，拿毯子。

见夏很努力想要听清乘务长对视线死角那个位置的男人说了什么，开篇肯定是“某先生您好”。会姓李吗，会是他吗？

恍惚中乘务长已经走到了她面前，半蹲下说，陈小姐您好，刚才真的非常不好意思，我们已经联络过航司给您办理免费升舱，离起飞还有一段时间，您看您喝些什么，橙汁、矿泉水、咖啡……

乘务长见她神色不对，问道：“您手还好吧？”

很疼，但很好，她感谢这只手，给她这一脸恓惶找了充足的借口。

“没事，真的没事。”她摇摇头。

“您太体谅我们了，真是不好意思。”

陈见夏问自己，坐在这里做什么呢？是想着万一是他，能假装偶遇、讲几句客套话？还是起身拿行李时让他知道，她陈见夏也混得很好，他们都是公务舱的乘客？

实在太可笑了。

她的确伤了手，升舱是应该的，有便宜不占王八蛋，慌什么，陈见夏你慌什么。

Simon 在新管培生入职时对 Serena 说起过，恭喜你轮岗到 Jen 的部门，她带出来的人，都非常……镇定。

Simon 的用词总是很奇怪，或许因为不够熟练，反而有种直觉的准确，比如夸奖女歌手的声音有风尘气，比如说Jen的优点是镇定。Jen不党不群，和同事都淡淡的，Jen 不在乎和一个男人有没有承诺与未来，也能面无表情听完神经紊乱的母亲长达十几分钟的脏话痛斥。

但她不是 Jen，无情无感地看着小女孩坐在靠窗位置上拍照片的 Jen，轻描淡写地说我第一次坐飞机觉得山脉像铁罐曲奇的 Jen。

她只是陈见夏。

“李燃，你看下面那座山，像不像曲奇饼干？”

“傻子，”李燃懒洋洋地探身过去，忽然睁大了眼睛，“还真有点像欸！”

那是从南京返程，他们第一次一起坐飞机。

飞机终于进入平稳飞行，安全带指示灯灭掉了，陈见夏起身，小心扶着自己的左手，回到了经济舱。

六十三
风尾

飞机终于结束滑行，果然是要乘摆渡车。机场的栈桥位很紧张，大部分情况都是乘摆渡车。

11 月的省城，凛冬已至，隔着窗，能看见风的形状。

陈见夏坐着没动，刻意等到经济舱最后几排的人都快走完，才背起包离开，走到公务舱的位置，她用右手打开行李架——居然是空的。

空姐连忙走过来，从第一排的空位将她的行李推了过来："已经帮您拿下来了，您怎么……客舱服务的时候发现您没坐在这儿。"

见夏笑笑没说话。空姐没急着请她下飞机，因为第一辆摆渡车满员了，很多人都站在寒风中等第二辆。

"手没事吧？"

"骨头没事，回家敷一下。箱子太沉了。"

"刚我们开行李架的时候，还是乘客先生主动帮我们提下来的，怕我们再失手。"

见夏愣了愣：“是……是坐在这儿的那位吗？”她指了指第一排最右靠窗的位置。

“您认识？”空姐明显有些忍不住，知道不该，却还是双眼亮晶晶的八卦起来，“那位先生刚才也问，坐在后排的客人去哪儿了。”

见夏怔愣时，又听见她说：“他还问，您手没事吧。”

年近三十的陈见夏，蓦然脸红，像高一时被同桌余周周调侃后无力反驳的少女。

走出机舱，陈见夏瑟缩着，辨别夜色下乘客们的背影，忽然一阵狂风暴起，她去北京出差时穿的薄款羽绒服像破烂不堪的渔网般，被真正的北风穿了个透。陈见夏惊醒。

专门接公务舱乘客的土黄色中巴车早就已经开走了。而且，如果那人真的是李燃，李燃也真的想见她，为什么只是把行李箱搬下来，直接坐在位置上等她不就好了？

如果北风有灵，这时恐怕正在笑她，否则无法解释她何必因为无人知晓的心念一动而如此羞耻难堪。

等摆渡车的时候，见夏已经快冻透了。

以前从来没觉得省城的机场是这样小。记忆中，熙熙攘攘的出发厅，几十个办票窗口一个挨一个，好壮观——后来去了很多别的机场，才知道，大机场是会明确划分各大航司办票区域的。

当年爸爸带着她，两人一起对着屏幕上密密麻麻的讯息寻找每个航空公司对应的办票窗口，爸爸挤到前面问询，差点被人当成是插队的，其实他只是确认一下他们没有排错队罢了。

当时妈妈留在家里陪弟弟备考，他自然也想来，但中考复习一天耽误不得，权衡再三，爸爸发了话，他一个人去送就行，孩子放假又不是不回家了！

没想到竟真的没回过家。去程的机票是报销，放假探亲可没人管，国际航班往返一趟对普通家庭来说是要命的，家里给小伟疏通去县一中要交钱走关系和花学费，爸爸生病需要钱，小伟退学去读航运职专需要钱，往单位塞人需要钱……总是紧巴巴的。见夏待在四季长夏的地方，渐渐也没了寒暑节气的仪式感，一晃眼，四年就过去了。

和家的联结，在这四年里，彻底被撕断了。

好像也没那么想家，那便不回了，反正也不是我的错，反正，没有一个人说，小夏，爸爸妈妈想你。

没有理由回去。

毕业求职时，她在这家公司走到了终面。它对大中华区管培生最具吸引力的条件是不定期输送员工去新加坡或美国，很多人拿着工作签证出国，时间一长便留下了。这也是 Frank 的聪明之处，赴美员工普遍勤劳，成本低，工作签证极大提高了员工忠诚度。

然而陈见夏本人就在新加坡，吸引她的恰恰相反：面试时，鸡肉叻沙 CFO 询问她，我们正在积极拓展大中华业务，你的背景很适合被派驻回国内，你会不会因此有顾虑？

陈见夏表面矜持了一下，说自己在同时考虑几家的公司，这一矜持，最终拿到的 offer 薪水便又涨了一些。其实内心深处，她早已因为这个可能的派驻而完全倾倒。

她自己都不肯承认她发疯一般地想回家，不愿再做异乡人。虽然北京、上海哪里都不是她的家，但她想念国内的街头，想念字正腔圆的中文，想念有冬天的地方，想融入人海，安全地成为其中面目模糊的一滴水，想一口吃的，想念一种气息……

比如此刻冷风吹进身体，凛冽的铁锈味道。

她其实一直在等一个回家的理由。但从来没有任何一个人呼唤过她，他们仿佛都在说，不是你自己要走的吗，当初不是即使做个撒谎虚伪、自以为是的逃兵都要疯狂逃离吗？你就是回不来，同学聚会和公司年会的时间冲突、家人生病的时间和省提名备案的时间冲突……

人可以和土地结仇，土地也是会报复人的。

土地睚眦必报。

包括老家在内的几个邻近县城几年前被正式划为省城新区，所有人都欢天喜地地失去了故乡。陈见夏家盼着拆迁，但北方最不缺的就是土地，县城老城区维持原状，曾经一片荒芜的公路旁平地起高楼，学校、区政府统统转移，盼望无果，他们家便将新房买在了省城与县城之间的新开发区。

出租车司机冬天夜里趴活不容易，听到陈见夏报的地址距离机场很近，比跑进市区少了三十多块，立刻低声骂了句脏话。

他发动车子，却不抬计价器，见夏知道，恐怕是要开上路再跟她要个“一口价”。手机一直开着公放，司机在群聊里指桑骂槐，句句不离下三路。陈见夏不声不响地拨通了电话，对人工客服说：“你听。”

司机不敢骂了，说，妹子，啥意思啊？

“驾驶座背后贴着的塑料牌上有投诉电话啊，我正打着呢，副驾驶前面的工牌我也拍下来了，家里人在楼下等着接我，客服也等着我报车牌号呢，师傅，还不抬表啊？”

陈见夏语气柔柔的，像在跟他商量似的。司机立刻抬了计价器，说，你把电话挂了，挂了，听话啊，挂了，何必整成这样。

“可不是嘛，”她也笑，“何必呢。”

省城的行事风格还是一样彪悍，乘客要么吃哑巴亏要么直接嚷嚷起来，司机明知道公司贴了个投诉电话在自己脑袋后面，但从来没见人真的会打。

车停在小区里，司机抬了抬屁股，不想下车去帮她提行李，陈见夏也没争辩，自己取了，小心翼翼，没有触碰到左手。

出租车掉头时司机摇下车窗对她喊：“妹子，大晚上的，你也就是碰见我，要是碰见个横的，人不跟你搁这玩这四五六，开车的没几个脾气好的，真惹急了往马路牙子下面一冲，同归于尽，不值当。”

荒诞得像持刀劫匪在给路人布道，要他们爱惜生命。

但陈见夏不得不承认，他讲得“很有道理”。于是她点点头，说，嗯。

师傅来劲了，临走前一脚油门，还加了一句：“不是说你家里人在楼下接你吗，人呢？”

车都开走许久了，小伟才从电子门跑出来，边跑边喊：“这门早坏了，物业也不来修，没卡也能进，你自己进来就行！”

“我不是给你发信息说五分钟后我到楼下吗？”

“我哪知道你说五分钟就真五分钟啊？”

小伟只披了个外套，还穿着棉拖鞋，被风吹得直缩脖子，“箱子给我吧，你这箱子自己推不就行了，非让我下来一趟，又不是没电梯。”

陈见夏不想一见面就和他吵架，自己平息了火气，缓缓道：“晚上坐车不安全，家里有人接，司机能安分点。”

小伟忽然转头:“姐，给我买个车，我接你，最安全！”

见夏微笑，小伟也笑，笑了一会儿他自己找台阶下:“跟你开玩笑呢，咋那么不识逗呢！赶紧走吧冻死了！”

大堂空空荡荡的，竟然还是毛坯状态，小伟跺了好几次脚，感应灯都不亮，他边骂娘边解释:“正跟物业吵架呢，当时这几栋都算回迁房，说了好几年，还是不装，电梯里面防剐蹭的泡沫塑料也不给拆，灯泡还他妈坏了，这帮王八蛋。”

见夏要伸手去按电梯，被小伟拦住，他从裤兜里掏出一串钥匙，用钥匙头去摁键:“都是灰，脏，别拿手碰。”

陈见夏一直不讲话，她告诉自己，不要愧疚。

新开发区的房子不贵，一百二十平的三居室到手价七十多万，房子的首付全是陈见夏给的，贷款也是她在还，房子却是他们自己挑的。看房、交房、装修她半点没参与，就算被坑了也好过县城那个需要爬楼梯的旧公房，这一切不是她的错，不是她的错，不是她的错。

但一股酸意还是涌上鼻尖。她穿着租来的 Dior 小黑裙陪同 Frank 等人在外滩出席酒会、看灯光秀的时候，她家里人一直在这个空旷的水泥大厅里跺着脚，等一盏微弱的灯亮起。

他们站在电梯里，小伟还冻得咝咝哈哈地跺脚，问，你有工夫等我咋不自己先上楼?

因为楼下太暗，我看不清三个单元楼门的门牌，不知道应该进哪一个——甚至在机场试图呼叫网约车时候，输入的地址也是我紧急从淘宝地址记录里翻出来后复制粘贴的，因为这是我第三次走进这个新家……

因为我忘了我家在哪儿。

但陈见夏什么都没有说。

不料小伟一记直球直击面门：“我还以为你找不着家门了呢。”

陈见夏笑了：“你屁话怎么那么多。”

电梯停在12楼，小伟也没有礼让她的意思，嘻嘻哈哈推着箱子抢在前面，正好跟陈见夏撞在一起，见夏一路小心护着的左手磕在门边，疼得她眼泪瞬间飙出来，弟弟浑然不觉，已经掏出钥匙去开门了。

眼泪到底还是派上了用场，郑玉清第一眼看见的就是女儿在哭，这个女儿终究不是铁石心肠啊——于是她也哭了，奔过来，娘儿俩坐在换鞋凳上对着哭，哭得小伟一脸迷惑。

陈见夏一开始是被疼哭的，但看见郑玉清花白的头发和被岁月拽得耷拉下来的眼皮，刚在毛坯大堂冲进她身体的酸楚和愧疚到底还是弥漫开来，逆势冲出她的眼眶，热泪一滴滴掉得那么急。

血缘这种东西真是恶心啊，控人心神。她想着，哭得更凶了。

终于平息的时候，小伟已经坐在沙发上打了一局游戏。

“我爸睡了？”见夏问。

“这几天托人给开了点佳静安定，能睡得踏实一点。不睡觉没精神头，且有的熬呢，人家大夫跟我们说，最好还是移植，不知道排到啥时候呢，还是先正常治疗，每个礼拜该去医院照样去，有个盼头。这病能不能熬得到配型成功，还是看他的精神头。家属也要有信心。”

见夏不言。肝移植要排队配型，也不是不能“插队”，但她没这个本事和能量。

“什么味儿啊，”见夏吸吸鼻子，“好怪的味道，你做什么了？”

“应该是煮好了，”郑玉清连忙起身，“你大姑告诉我一个偏方，洋葱煮水，护肝的。”

妈妈趿拉着拖鞋往厨房跑，小伟盯着手机屏幕冷笑一声：“姐你别管，他们爱信啥就信啥，我都说了，没有用。让她煮吧，恶心，我闻着就想吐。”

房间里不只有洋葱煮水的怪味，也有一股十分明显的老人味：药、樟脑、腐朽。

陈见夏一边换鞋一边打量客厅的陈设，竟有几分怀念——不论房子变成几室几厅、最初装修成什么风格，只要日子过起来，餐桌和茶几上便会自动生长出塑料垫，沙发也会增生出牡丹大花防尘罩，好像还是小时候的家。

三室一厅，一间卧室朝北，格局原本应该是个小书房，硬是打了个靠墙衣柜，又塞了张一米二的床，陈见夏辗转腾挪半天，终于放弃了给行李箱寻找立足之地，自己则坐到床中央换衣服。

人世间好多事说不清对错。

买房子的时候，妈妈说，女儿才上班一年，哪来那么多钱，两室两厅的够了，她在外面有大发展，反正又不回来住。

母女积怨太深，她又离家太早，话是没错，但从郑玉清嘴里讲出来，就是不对劲。

陈见夏在电话里回道，那我万一回去呢？睡哪儿，睡沙发？

女儿到底是大金主，硬气了。见夏从气息声就能听出来妈妈怒得彻底，居然忍住了没有破口大骂，爸爸及时接过话茬，说，没差几个钱，小夏有这份心，那就三室两厅，她过年总要回来吧？以后带男朋友回来会亲家，都没有个住的地方，像什么话？差的那十个平方的钱，咱家也不是没积蓄。

爸爸的话只是让她舒坦了点，仿佛家里还有她的地位，还给她留了一个缝隙。但他们都知道，这“第三间”卧室，未来一定是预留给弟弟成家后的儿童房，是她亲侄儿的。

她这次冲动也让自己从此失去了抱怨的资格，有次电话里妈妈提到给弟弟找编外的工作需要点钱，家里存的定期还差几天拿不出来，让她先汇过来一万块应个急，之后再还给她——但往往都没有“之后”了。见夏在公司刚开完会，也在气头上，顺嘴提了句，既然手头那么紧，当初何必买那么大的房子？

妈妈立刻抓住旧事兴风作浪：“是谁非要给自己留一间的？还不是为了你？你把账算我头上？那间屋子就是你的，没人惦记，陈见夏我们早就当白养你了！”

“那就别让我出钱，别朝我要一分钱，以后也别给我打电话！”她咬着牙，一个字一个字往外蹦，“你们养我十八年，这套房子我还清楚了，还得比你养我花的多！”

挂了电话不久，Simon 来找她对数据，十万火急，她跑回办公区域拿电脑，又跟着他跑进中型会议室，两人一起将刚上线的家化、非直营服装鞋包、图书等几大品类在一季度内的表现做了一番“包装”，拿去给 Frank 做报告，说服他大中华区不能只做 3C 数码家电，竞争对手们的触角早已伸向包括生鲜食品在内的各种领域……

那是二十五岁的陈见夏，电话挂了便挂了，心里没有一丝印迹，趴在高中宿舍课桌上哭一整夜那种事，再也不会有了。

房子到底应该买大点的还是小点的？那口气到底该不该争？二十九岁的陈见夏看着主卧大床上安然熟睡的父亲，餐桌上佝偻着后背、小心吹着滚烫洋葱水的母亲，她的手腕又开始疼，蓄谋给眼泪一个掉下来的理由。

夜里暖气烧得太热，见夏已经有些不适应，喉头冒火。她走出房间去客厅拿水，看见妈妈一个人坐在沙发上，没有开灯，电视也静音，色彩反射在一张木然的脸上。

“妈？”

“小夏，怎么起来了？是不是那枕头不舒服？我听说你们年轻人都不睡荞麦皮的了，但是荞麦皮的对颈椎好……”

“我起来喝口水，你睡不着？头疼吗？”植物神经紊乱是非常难缠的病。

“我打坐。入定了头就不疼了。”

“你信佛了？”

“就是每个礼拜跟着上师读一读经，平日主要靠自己修，有放生就参加一下，对你爸爸的病好。”

见夏有千言万语，什么上师？什么班？收不收费？是不是总集资办放生和点长明灯？是不是那种用佛教骗人的……

但即便是，他们至少肯骗郑玉清，让她在无眠无尽的漫长黑夜里，有一件事情可以做。她有什么资格问东问西，即使是骗子，骗子替她爱了妈妈。

陈见夏只说：“挺好的。那你接着打坐。”

“快去睡吧。”郑玉清劝她。

“我陪你坐会儿。”

“打坐不用人陪。”

“那我就坐在这儿，你不用管我，你入定了不就看不见我了。”

郑玉清无奈，重新摆好打坐姿势，陈见夏只是静静坐在沙发拐角处，歪躺着看电视，深夜的地方台正在请老专家讲养生，然而因为静音了，画面里的人越是激动夸张，在画面外看的效果越是荒诞诡异。

客厅角落摆着一只小型水族箱，和电视一起发出幽蓝的光，里面养着孔雀鱼，更常见的名字叫凤尾。

见夏上次回家是在九个月前，爸爸病情恶化，她终于倔不下去了，回家过年。

她和郑玉清在电话里吵过的架太多了，甫一见面，竟说不清到底该先算哪一笔，还是爸爸做和事佬岔开话题，问她，小夏，认识这是什么鱼吗？

他给她讲，野外的凤尾鱼会洄游，春夏之交，从大海游回淡水河产卵。鱼都去大海了，每年还是要从入海口游回到出生的地方再生下一代……

见夏歪着头，又是这种“见物识人”“小故事大道理”。她不等爸爸讲完，便把能猜到的中心思想一股脑说了出来：“说明什么呢，说明人总归还是要回家的？人总归还是要早点生孩子？人总归还是要早点回家生孩子？”

小伟在一旁听得愣了，绕不明白。爸爸却一笑，他没有直面陈见夏的挑衅，拍了拍她的肩膀。

“什么都不说明。就是告诉你，家里养了这种鱼，江边儿那个花鸟鱼市场买的，卖鱼的说好养活又漂亮，我给你讲讲，你听一听，就完了，爸妈想跟你唠唠家常话，不是想拿鱼给你讲道理，你都这么大了，何况我也不知道你是哪种鱼，我女儿可能是条鲨鱼。”

陈见夏没绷住，乐了。

“小夏，好多事儿，我们没那么多别的意思，就是一家四口，正常过个日子，以前的事儿，都过去吧。来，你跟你妈碰一杯，我不能喝酒，我拿水代替。”

“这是我跟我妈的事。”见夏红了眼眶，杯子里倒满啤酒，敬了郑玉清，也没说什么祝酒词，自己干了。

“还是那个死德行。”郑玉清也想干掉，喝了一半呛到了，大家都笑了，好像曾经的一切龃龉真的都过去了。

“都过去了”是一句废话，线性的时间上一切的确早已过去，但是什么让其乐融融的年饭之后陈见夏和郑玉清的每通电话依然满是火药味？过往的伤痛像凛冽的北风，不断回旋，而她与家人之间的嫌隙实在太多了，漏洞百出，不是一杯啤酒、几条凤尾鱼能够堵得住的。

陈见夏盯着鱼缸，又转头去看一动不动的郑玉清，想起她夜里用虚弱的语气说，小夏，我头疼，我睡不着。

那一天 Serena 在她酒店沙发上醉得不省人事，她隔着电话陪伴睡不着的郑玉清，郑玉清讲了许多许多话，语气是软软的，逻辑是混乱的，但她念叨的许多事，见夏都听进了心里。

郑玉清说挺大个姑娘，我从小养大的，怎么出个国就不认我了呢？——她根本不明白见夏恨她什么，那种细细绵绵天长日久的积累，她不懂。

郑玉清说，你爸好不容易出院，其实就是等死，每个月再往医院跑，你爸头疼、肋骨疼、腿胀得站不起来了，你看见过他的肝吗？那 CT 图我看都不敢看，三分之一纤维化，胀得跟个菠萝似的上面都是刺儿……我俩都不会用手机叫车，还得走到小区门口拦出租车，这帮混账出租车，半路还揽客拼车，整顿这么多年都整顿不好，要是小伟有个车……年纪大了家里不能没有车啊。

郑玉清说，人家都问我家姑娘是不是不回来了？养个外国人，出息是出息了，那不也跟你没关系了吗？你小时候还怨我们生了小伟，你爸说你天生就是往外走的命，那你还怨啥，你能带着我们走吗？我不生小伟，我现在靠谁？我去医院谁帮我拿着病历卡，谁帮我跑下四楼去缴费？陈见夏，你是心里有结吗？你就是躲清静！

见夏什么都没反驳，破天荒的。她以前动不动就把房子首付和还贷、爸爸的进口靶向药费用拿出来说，堵得郑玉清七窍生烟，但那一次，她无力抵抗一个病发时胡言乱语的柔弱母亲。

何况有些话，不在气头上听，也未尝没道理。

陈见夏定定盯着那缸凤尾鱼，在沙发上陪了妈妈一夜，直到天色微亮，才迷迷糊糊地蜷缩着睡着了。

第二天早上，郑玉清在厨房煮粥炸馒头片，陈见夏问起小伟那一缸凤尾鱼。

"让人骗了，说不用怎么管就好养活，这都不知道是死了第几批又换的新的了！"小伟坐在沙发上边打游戏边说，"咱爸也是，你换个鱼养呗，好几年了，非养这种，再死我可不给他们捞了，干脆别养了，养条鲤鱼得了，养烦了还能炖了吃。"

是吗。见夏盯着鱼缸很久很久，想起小时候爸爸在妈妈明目张胆地偏心眼儿时看着报纸漠不关心的样子，想起郑玉清用香格里拉的梳子砸她的头骂她以后是不是要去做鸡，又想起苍老的父亲温柔地说，就想跟你唠唠养鱼这种家常嗑儿，还有妈妈哭着打给她——小夏，我睡不着。

父母生命力旺盛时装看不见她，生命力衰弱的时候，想跟她将过往一笔勾销。

死了养，养了再死，死了再养，家就是那只夜光鱼缸，因为鱼缸在那里，所以才一直有鱼。

她转头问小伟："你驾照什么时候考的？"

这是唯一能让小伟放下手机的话题，他从沙发一端几乎是滚了过来，"姐，我都拿四年了，上过路，以前跟我朋友他们去双龙山自驾，高速我们都换着开！"

那就不用花时间练车了，见夏想。

"十万以内。你别想着瞎攀比，最好买方便在医院附近插空就能停的小型车，不是给你开着玩的，是让你有急事的时候送爸妈的，其他时候你爱怎么开怎么开，反正每个月养车费你自己掏，行驶证写我的名，敢胡闹我立刻卖掉。"

小伟平时嘴上没把门的，涉及他真正关心的事，终于开始思考了。见夏提的条件自然是有许多不合他心意的——预算卡得太死，断了好牌子大SUV的路，但一转念，他又高兴起来了。

"姐，哈弗呗，国产的，十万左右，还是SUV！"

见夏叹气，闭着眼睛压着火，说："不是不行。今天就去看车，反正那些4S店不都在一条街上吗，多看几家，我跟你一起去。"

见夏余光看到妈妈几次从厨房那边探头听他们说话。

早上饭桌上其乐融融。见夏妈妈喜滋滋地告诉爸爸，小夏为了咱来去医院方便，要给小伟挑辆车，孩子工作那么忙，就回来一个周末，还得让她跑这些，小伟就是不懂事儿。

小伟真的长大了，不因为妈妈夸姐姐而顶嘴，分得清什么时候闭嘴，占实实在在的便宜。

见夏爸爸比过年时候更虚弱了一点，但面色还是红润的，不仔细看，看不出生病的样子，睡了一个整觉，精神状态果然不错。他抬眼看了看见夏，似乎想客气两句，似乎心疼不忍，又没这个底气，于是低头去喝粥。

陈见夏觉得自己终于回家了。

她找到了在这个家中存在的意义并终于认可了这种意义，再荒诞也不想挣扎了。

六十四

若你碰到他

陈见夏只想快刀斩乱麻，希望自己还在家期间就彻底定下来品牌和车型，不想等离开之后小伟再改主意，挑三拣四加预算，最后躲在妈妈后面让郑玉清对她电话轰炸。

小伟被突如其来的快乐冲昏了头脑，也没有使什么心眼，的确是挑着预算内的品牌逛，即便偶尔会对超预算的车流露出喜爱，销售也迅速捕捉到，舌灿莲花后发现真正的金主抱着胳膊冷着脸无动于衷，终于作罢。

中午吃饭的时候他们讨论了几家车的优劣，下午又去重新谈了一轮价格和配件、贷款条件等，最终选定了一款，比预算超了 6000 块，首付后有两年无息贷款，但需要车主陈见夏跟着办事员去指定银行办一张专门还贷的信用卡，见夏已经累得神色恹恹。

她回来的时候，小伟坐在沙发上，旁边搂着个和他年纪差不多的姑娘，两人站起来，小伟说，姐，这是我对象，叫郎羽菲。

见夏听妈妈提过，小伟最近谈的女朋友是打游戏认识的，原本在邻市下属的一个县里做护士，为他跑来了省城，辗转求人在医大一院找了份导诊台轮岗的工作，工资降了三分之一，但工作关系还挂靠在老家。这是要奔着跟小伟结婚的，郑玉清愁得一个头两个大。

她不想要小伟找外县的农村人，他们现在户口是省城的了，姑娘家里还有弟弟，以后指不定怎么吸血帮扶娘家——郑玉清念叨这些的时候，全然忘记了自家也有一对姐弟。

“姐、姐姐好。”女孩本来正在嚼口香糖，没想到见夏回来得突然，差点没咽下去。见夏反而因她这一瞬的窘迫，第一印象有了好感。

“你俩先坐，我去把手续办完。”

“办手续不得我跟你一起吗，”小伟赶紧跟过来，小声对见夏说，“姐，你别跟她说这车不是我的名，行吗？”

陈见夏迅速明白过来，叹口气，说：“我不会多嘴，给你开就给你开，车这个东西是拿来用的，谁用就是谁的。但你也别总用这些虚头巴脑的东西忽悠别人，我们家里是什么情况就是什么情况，爸妈身体也不好，你别到最后吹牛吹大了吃不了兜着走，真到结婚那一步，还想怎么蒙？”

“我蒙她什么了？咱家情况她都知道。”

“那她知道房本上的名字也是我吗？”

小伟脸上挂不住了，张了张口，忍住没讲什么。但见夏知道他想讲什么——你又不回来，那最后不还是我的吗？

陈见夏不得不承认事实就是如此，她可以默许这一切发生，以报恩和爱的名义，但却绝对不允许弟弟清晰地讲出口，她不允许他们甚至在台面上都拿她当蠢货来叙述。

全办完了，车管所那边办理牌照的事情，4S 店收了三百跑腿费，只需要身份证复印件，不需要见夏本人再出面，小伟可以做戏做全套了。

他跑向女朋友，“三天后提车！”

转头又说，姐，咱定下来了，我听话吧，不败家吧?

德行。在郎羽菲面前，陈见夏给他面子做足。

一对小情侣走在前面，叽叽喳喳的，偶尔几句话也会迎风漏到见夏耳边：那你姐以后是不是就是新加坡人了，你姐好有气质，我上学时候就想当这种女强人，我能走得最远的就是省城了，你姐一看就是赚大钱以后能走更远的人……

女孩的恭维里不全然是天真羡慕，她对小伟家境的了解恐怕比小伟自以为的多许多，话是说给陈见夏听的，愿她好，愿她有钱，愿她离他们远远的。

见夏失笑。小伟忽然指着隔壁那家豪车汇，说，姐，我想去那边看一眼!

“去呗，你俩去吧，我打车回家了。”

“一起去，”小伟朝她挤挤眼睛，“咱仨里面就你像能买得起的，你给我们壮胆，要不店员都狗眼看人低，我俩假装是你狗腿子，陪你挑车的！”

陈见夏一身驼色羊绒大衣，是前年买的 MaxMara——假的，从公司同事推荐的高仿微信号那里买的。LV 的羊绒围巾倒是真的，Simon 送的圣诞礼物，她也回送了一双日本潮牌跑鞋。

两个小天真根本不知道，陈见夏这一身，摆明了是高级打工仔，和能买几百万跑车的有钱人之间的距离，卖车的社会小人精一眼就能丈量出来。

但她还是陪他们去了，在外面混了那么多年，钱包不鼓，脸皮是真的厚。有次去北京出差，在金宝街遇上下雨，她随手推开了一扇门，展厅里赫然摆着两辆阿斯顿·马丁，见夏对店员坦然微笑：“我躲雨。”

店员也点点头，说，没关系，您坐。

许多品牌没有在省城专门开店，滋养了这类顶级豪车汇，很多有钱人都通过这些店的渠道订车和交易二手。小伟褪去了一点点进门前的紧张，四处逛得起劲，店员虽然没上来打扰，但很有眼力见，状似无意地全程跟随，好像生怕这个来历不明的二流子弄坏倒车镜。见夏看出来，小伟很想拉开某辆车门坐进去感受感受，就像在刚才大部分店里一样。

但不敢。

人对财富和权势有天生的畏惧，不需要额外施压，它们的傲慢常常是下位者用主动仰望赋予的。

陈见夏戴着墨镜跷着二郎腿坐在沙发上，她没有硬撑，只是因为一天的奔波而疲累，冷漠反而令她看上去像一个守株待兔来抓老公给小情人买车的大太太，无人敢来侵扰。

墨镜后的眼睛渐渐合上了。前一天晚上几乎没怎么睡，她拼命抵抗困意，从兜里掏出手机准备给小伟打电话，提议让小情侣单独约会吃晚饭，自己要回去补觉了。

服务台那边忽然传来女人的尖叫声。

见夏回头，看到郎羽菲和另一个女生。女生在尖叫，郎羽菲是道歉的那个。

她一下子清醒了，连忙起身，但因为高跟靴而趔趄了一下，本能地用左手撑了沙发。

昨晚偷偷贴了膏药缓解了一些，这一撑，陈见夏差点疼到去阴间报到。她唇色发白，缓了缓，踉踉跄跄起身，突然一只手扶住了她的胳膊。

见夏本能地说了声谢谢，侧过脸去看好心人。

这一次，李燃清晰地出现在了视野中。

隔着墨镜片，昏暗的，挺拔的，好像少年一直一直站在陈见夏宿舍楼前的黑夜里，从未离开。

他没看她，但抓着她胳膊的手微微施力，始终不松开。他们像鱼缸里两尾沉默的鱼，外面的世界沸腾热闹，吵作一团，与己无关。

“李燃。”她轻声说。

“你的手，去医院了吗？”他问。

墨镜到底还是太短了啊，陈见夏想，上一秒她还感谢它挡住了自己卑微可怜的思念，恨不能在脸上文一副半永久的，从此再不取下来；下一秒，眼泪淌下来，突破了墨镜的防御区，什么都掩盖不了。

“有急事，我得过去一趟。”

她匆匆用袖子抹了一把下巴的泪水，暗自期待他没看到，从他手中挣脱后，急急地朝闹剧走过去。

事情很简单：郎羽菲一转身，撞在了背后的女孩身上，手里的奶茶洒了几滴在女孩外套上。

陈见夏看着小套装边缘那一串串小珍珠，心中暗道不妙。不是香奈儿就是迪奥。

最好的结果是对方接受干洗。

但如果不呢？哪种办法能让她接受干洗？办法一，态度先软一点，立刻认错、承诺会送去奢侈品保养店；办法二，态度强硬，将责任归于对方，毕竟是对方人贴人跟着郎羽菲在先，出意外也难免，吵一架，吵完了再各退半步，答应送干洗，皆大欢喜。

软的硬的，应该先用哪种办法？怎么办？

陈见夏动着脑筋，最紧要的是看人下菜碟——不看不要紧，她愕然发现，这个戴着黑色口罩的女孩，似乎就是昨天在飞机商务舱见过的姑娘。

坐在李燃旁边的那个。

优越的圆滚滚的后脑勺、光洁饱满的额头，比陈见夏人生路径还清晰的下颌线……是那个把自己遮得严严实实依然遮不住美貌的女孩。

“我没想到你跟我跟得这么近，我就转个身，”见夏思考对策的时候，郎羽菲已经本能地为自己辩护了，“你干吗离我那么近……”

“所以是我的错咯？我跟着你，我是变态？”

“我不是那个意思……”

小伟赶过来，指着女孩的鼻子火上浇油：“啥意思，想讹人啊，以为我们怕你啊！”

陈见夏恨铁不成钢，她的弟弟，永远用蛮横无理掩盖心虚，明明好好沟通的话他们是可以占理的，他到底怎么想的，以为全世界女人不是他妈就是他姐，都会惯着他？

“我讹你？我还没跟你说这衣服多少钱呢，瞧给你吓的。”女孩嗤笑，“举着杯破奶茶，拿这儿当菜市场逛？来约会啊？跟穷鬼约会真有乐趣。”

郎羽菲脸腾地就红了，无地自容，手里剩下的大半杯奶茶仿佛烫手似的，不知道往哪儿藏。陈见夏蓦然想起面对 Frank 时候的 Serena。年轻女孩都太乖了，人家说东就往东，说西就是西。

永远跳不出对方预设的命题。

陈见夏几次想讲话都插不上嘴，两方都像机关枪开了栓。

漂亮女孩随手扫了扫前襟挂着的奶茶水珠，说：“本来没想怎么样，我现在就要讹你。”说完转头对着愣在一边的店员喊：“打 110 啊，让她赔钱，知道这衣服什么牌子的吗？”

小伟破罐子破摔到底：“爱他妈什么牌子什么牌子，你怎么证明啊，哪个干爹给你买的，送的时候连发票一起给你了吗？我怎么知道是不是假货啊，让 110 给你送去做鉴定啊？”

见夏一愣，梦回第一百货商场的索尼 CD 机柜台。

多年在郑玉清女士身边生活，耳濡目染之下，小伟自然也是吵架的一把好手，只是姐弟之间多年没过招，她居然差点就忘记了。

“刚才到底什么情况？”她忽然开口，拦住旁边正要打 110 的店员，“我听着好像是两个人跟得太近，这个女的一回头，撞上了那个女的，是吗？”

陈见夏说话时摘下了墨镜，瞟了小伟和郎羽菲一眼。有没有默契，在此一举。

郎羽菲立刻装不认识陈见夏，认真诉说：“我真不知道怎么回事，我一回头，她差点就贴在我后背上，我杯子肯定就撞上了啊。”

“你为什么离她那么近啊？”陈见夏对小女孩困惑道。

“关你什么事？我……”

漂亮姑娘越说越没底气，她刚才的确是故意靠近郎羽菲的，搞不明白这个突然出现的女人到底是谁、有什么意图。见夏从小桌上抽了几张纸巾，团成团在她泼到奶茶的前襟沾了沾，仔细端详了一会儿，说，“本来他家这种斜纹软呢外套就不吸水，根本没泼上几滴，你有工夫吵架，不赶紧先吸一吸，看，现在不是没事了吗？”

小女孩让陈见夏搞愣了。

陈见夏又转头训斥店员：“门口没写不能带饮料进门，他们不懂规矩，你们也不知道拦着？怎么当店员的？！现在是泼到人，要是洒车里面呢？”

就算店员有心拉偏架，这顶帽子一扣下来，他们也只想赶紧息事宁人了。

陈见夏又转向陈至伟：“你一个大男人想护女朋友，可以理解，但讲话也太难听了，家里人没教过你为人处事？！干爹干爹的，嘴里吃屎了？！能好好解决的事情，非要激化矛盾？！”

她叹口气：“就当我多管闲事，你这么大个小伙子，给人家姑娘道歉！”

小伟没有郎羽菲半点机灵，竟然想争辩，被郎羽菲狠狠拧了一把，终于明白过来一点，硬着头皮哼哼：“对不起。是我嘴臭。”

女孩接过陈见夏的纸巾，一边吸一边认真检查外套：香奈儿外套本来就穿金织银的，泡进水里半个小时都未必浸得透，何况奶茶有盖子，原本也就只滴上了几滴，现在借着自然光半点痕迹都看不出来。

陈见夏继续敲边鼓，很小声地对她说：“看着就没多少钱的小情侣，来逛逛罢了，法律也没规定买不起就不让逛，你都骂人家穷鬼了，消消气吧。实在不行留男的电话，让他出干洗费。”

有这么一位大姐大做和事佬，女孩终于还是嫌麻烦懒得追究，哼了一声，算是了结了。

陈见夏用眼神示意小伟和郎羽菲，快滚。

等这两个人彻底消失在大门外，女孩才反应过来，问，你谁啊你？

就算陈见夏心怀鬼胎，在女孩面前，她也依然只是个陌生人，这姑娘的语气听着就欠扇，除了够漂亮够有钱，性子上倒是跟她弟弟陈至伟非常相配，一比一复刻级别的没礼貌。

陈见夏抱着胳膊，重新戴上墨镜，冷然道：“互报家门就不必了，我来抓我老公的，难道，你认识？”

小女孩脑补出一场大戏，默默远离了陈见夏。

陈见夏回到刚刚的客户休息区，看了眼手机，决定绷住五分钟再跑路。她用右手拈起茶几上的时尚杂志翻了几页，假装气定神闲。

终于熬过了五分钟，正准备起身离开，忽然一个人坐在了正对面的沙发上。

陈见夏不抬头，心跳如擂鼓。

“她跟着你弟妹，是因为我看见你们仨一起进门，我一直盯着你弟弟和弟妹看，所以她不高兴了，以为我是看上那个女孩了，就贴过去了。我刚才在二楼办事，他们仨绕着场兜圈，把我看乐了。”

陈见夏把杂志页边角都捏变形了，没有讲话。

“虽然贴着别人找碴，是她活该，但你演的这一出，真够损的，就为了不赔钱，六亲不认，耍一个没社会经验的小女孩……”

她没有看李燃的表情，却从他声音中听出了清晰的笑意。

不是赞赏的那种笑意。

“陈见夏，你真是出息了。”

陈见夏还是不讲话。

“天都快黑了，戴墨镜看得清字儿吗？”李燃探身过来，伸手将杂志硬生生抽走，“我跟你说话呢！”

“你果然长得跟我预测的差不多。”陈见夏就是不看他，眼神转向展厅，每辆豪车都保养得锃光瓦亮，不知道李燃带着“她”，是来订哪一辆的。

“你预测我长成什么样？”

陈见夏微笑：“傻 × 霸道总裁。”

李燃一愣。

“带漂亮姑娘来买车那种，‘女人，我跟你说话呢’那种，没礼貌地从别人手里薅杂志的那种。”

陈见夏起身，从他手里拽回杂志，扔到茶几上。

李燃一点都没生气，笑嘻嘻地问：“你怎么知道我是来买车不是来卖车的？”

“跟我有关系吗？买车不是给我开，卖车钱也不揣我兜里，我烦是因为你抢我杂志，跟你小女朋友一样没礼貌。”

“你弟弟说别人有干爹就有礼貌了？发票我没有，这种奢侈品外套，重开一张不难吧？那衣服我看你也挺懂的，这几年不土了，没少研究奢侈品？要不也不敢唬人嘛。我记得外套好像六七万，要不让你弟赔一下吧，骂了人就跑，还搭上一个姐姐装富婆演双簧，一家人恶不恶心啊，算什么啊？”

是啊，算什么。小心翼翼跟了一整天，不让弟弟买超过预算的车，结果差点就被一杯奶茶带走六万块，六万块还不够保时捷选配一套“柏林之声”音箱的钱。她恨她弟弟，又爱他，帮忙做恶心的戏，正正好好在李燃的面前。

十年不见。

她避过了社交软件、同学聚会、微信群，以为命运会硬塞给她任何一个好一点的重逢的机会，却没有。

偏偏要在这样的时候，让他看见。

他曾经跟她说，一家人也不用一起丢脸啊，陈见夏，你是你自己。

现在他亲眼见到了，问她，你们一家人算什么，恶不恶心啊？

“是我做错了。”

陈见夏背上包，“六万还是七万，你回忆一下，发票不用了，我赔你。是我们不对。我现在就赔给你。”

李燃静静地看着她。

陈见夏只知道他在看她。但直到这一刻，她也没正眼看他——他胖了吗，瘦了吗，头发是长是短，还喜欢穿宽宽大大的卫衣吗？

“好。”他说。

李燃从茶几上抽出一张纸卡和一支笔，又从口袋掏出钱包，对着银行卡号认真抄写，最后递给她。

“我的电话，我的银行卡号。”

陈见夏木然接过来。

“不用按原价了，就五万吧，没跟你开玩笑，打给我。我要没记错，咱俩刚认识的时候，你就把红油脑花喷我鞋上了，吹牛 × 要赔给我，我说一千五，你就不吱声了。”

陈见夏气得浑身发抖。

李燃也站起身，与她擦肩而过。

“陈见夏，这次，你说到做到。”

六十五
手

陈见夏在回家的出租车上通过手机银行赎回了一部分短期理财，将五万元转到了纸条上写的账号，收到提示：转账失败。

她又试了好几次，最后给银行打电话，经过漫长的折腾，都已经回到了家中客厅，人工客服才查清楚状况，告诉她，是账号和户主姓名不符。

“建议您和转账对象再确认一下。”

陈见夏坐在换鞋凳上发呆，不论郑玉清喊了多少次，她仿佛什么都听不见。

到底还是给他留下的手机号发了短信。

“你好，我是陈见夏，你留给我的账号有问题，方不方便检查一下是不是抄错了数字？”

她吃晚饭时魂不守舍，回公司邮件时也魂不守舍，好像又被拉回了高中时代，手机每一次振动，都让她心惊胆战。

却没有一次是李燃。

iPhone 也不像小灵通那么容易卸电池板了。

吃饭的时候郑玉清问了很多有关买车的零零碎碎，陈见夏都心不在焉，被爸妈理解为她掏了钱心里不痛快——这倒也没什么错。的确是心里不痛快，但不是因为给小伟掏钱。

为了强迫自己不去看手机，吃过晚饭后，她说要和妈妈学按摩的手法，主动帮爸爸按腿，帮他舒缓胀痛。

“小夏，有心事？”

“啊？没。”

爸爸笑了，脸微微发肿，像泡过水。

“你手上贴着膏药呢，怎么给我按？”

两天过去，只有爸爸发现她左手扭了，甚至连她自己都忘记了——当然还有李燃，一次借空姐之口，一次当面问。

问过之后，让她打钱。

“一只手也能按，”她转开话题，“爸，你疼吗？”

陈见夏父亲好像想说点安慰她的话，最后还是讲了实话：“一直都疼。”

见夏的父亲在四十八岁的时候查出了糖尿病，那时她经过了一年预科四年大学，刚毕业，正准备入职第一份工作，隔着电话焦急了一阵子，却总觉得这个消息不真实，仿佛隔着点什么。耳边吹过热带的风，温温柔柔地问她，这世界真的有雪吗？

她查了一些资料，也问了一些学医的同学，安慰爸妈道，很多人这个年纪查出糖尿病的，单纯性糖尿病，没关系的，就是以后我爸要吃苦了，好多好吃的都要忌口了，还要定期打胰岛素，但别当回事，开开心心的！

但她爸爸是二型糖尿病，这种非原发性糖尿病往往是其他疾病的先兆和并发症，只是县城的医疗水平让他们都没当回事。甚至觉得，这把年纪得了个不轻不重的常见病，宛如破财消灾，反倒可能是个好事。

又过了一年，在陈见夏正式被派驻上海时，父亲终于撑不住了，浑身不舒服，去体检，大夫觉得不可思议，说，你这个大三阳太厉害了，怎么会一直没查出来？去查肝！还公务员呢，从来不体检的吗？！

查出来了，二型糖尿病是肝硬化的并发症，他不分泌胰岛素的原因是被肝脏影响了胰腺。

肝硬化五分之一，剩下的部分正在逐渐纤维化，谷丙转氨酶超了正常指标一百倍。

陈见夏每年都参加学生体检，自知没有任何问题，电话里劝了一百遍、吵了几千架，最终能说服郑玉清，还是因为戳到了妈妈的肺管子——小伟。

小伟还有很长的未来，不能带病。他要结婚的，未来说不定还要考编。

母子两个人都去抽血验过了，幸好什么事都没有，不知道什么原因，父亲最厉害的传染期已经过了，一家四口里三个人安然无恙。

见夏爸爸的大三阳就像天降一般，往前解释了二型糖尿病，往后，写就了命运。

妈妈原本正更年期，为女儿不听话闹，为儿子不成器闹，为老公多年在单位升不上去闹，再搜罗搜罗记忆，为二叔二婶闹，为多年前那个“单位里跟老公出差聊天的小卢”闹……

忽然就安静下来了。

那也是陈见夏五年后第一次回国。她从上海飞，一下飞机直奔医院，爸爸正在做常规CT，她赶到的时候，爸爸自己下了床，走出CT室的大门，看上去如此健康，脸色都是红润的，无法想象在这样一张做了一辈子科员的和气老头的皮囊包裹下，有些器官正在腐化老去。

肝硬化是不可逆的。他们都知道，谁也说不出“会好的”。

“是我耽误了你，”见夏爸爸平静地说，“你在国内的时间比较多吧？我听你偶尔提起过，你同事都削尖了脑袋想被往外派，就你回来了。你放心，我没跟你妈妈说，你妈还以为你大部分时间都在新加坡呢，她要知道了，肯定心里没数，有点事儿就得把你往回喊，要不她心里不痛快。她不使唤你，就不会痛快。”

陈见夏被戳破假面，难堪地偏过头，咬住嘴唇。

“她那人就那样，照顾我、照顾家的时候连自己都不在乎，命都往里面搭，所以在她心里，把你搭进去也正常，就该这样，养女儿不就是照顾人疼人的吗？”

见夏爸爸叹道：“爸爸都知道，你一直在上海。你不想回来。”

不只是不想。她见了外面的世界，却并没有很喜欢，不肯承认罢了。

爸爸给她找了个体面的理由。

她用右手食指轻轻地在爸爸腿肚子上按了一下，很久很久，那个指印迟迟都没有回弹成原状，仿佛那已经不是富有弹性和生机的腿。那是一坨橡皮泥。

病痛与衰老，就这样袒露在她眼前。

“我当时以为天都塌了，我刚工作，我还没积蓄，爸……我不怕你死，我怕你治病我拿不出来钱，丢人。我必须在公司站稳脚跟，我不能总请假，我——”

残忍又真实的话只能和亲人讲。

见夏爸爸笑了。

“那你爸的病还真就停下来了，争气吧？”他说。

的确争气。

陈见夏的爸爸在之后的几年间都没表现出什么问题，提前办了病退，钱没少拿，清闲了，提前进入老年时光，读报、下棋、养多肉植物……仿佛突然就好了，大夫都说，这种不可逆的病，意志力最重要，有些人一两年就恶化到不行了，有些人，十年还跟没事儿似的。爸爸以强大的意志力把这个病给弹回去了。

他觉得自己因为死亡期限而感到了自由。

一辈子逃避、懦弱，在办公室不出头，在家里不管事，唯一一次出格，是忽然说，想写个遗嘱。

郑玉清把他骂得狗血淋头。——看来自由还是有限度的。

人生下来，万般不由己，唯一确凿无疑的，只有死亡。死亡是终极的公平，所以人类一切努力、希冀、理想都是在刻意装作看不见结局的情况下努力挣扎，挣扎诞生了艺术和哲学。

“爸，”她胡乱问问题，“你后悔送我出国吗？”

“这不是回来了吗？”

“我不是说这个。”

“出不出国，你也不是个能待在省城的孩子。”

“这么说来，”见夏自嘲地笑，“我妈说得对，幸亏有小伟。我当初还闹你们偏心，其实，幸亏有小伟。”

床头灯照在老人脸上，见夏爸爸思考了很久，再开口的时候，好像又老了几岁。

“小伟在，我们心里踏实些，好歹出点什么事儿，家里有个大小伙子。但要说我病的这几年，真苦的还是你妈，小伟就是个杵在旁边的摆设，踹一脚动一下，有他没他，我吃的苦，你妈妈照顾我的累，一点不落。但好像就是觉得有个儿子在身边不一样，人家也都说，家里有儿子的，请护工，护工都不敢欺负老人。但是不是真这样，其实我也不知道。而且我也不知道，要是没有小伟……”

陈见夏爸爸看着她，笑，“要是没有小伟，你还会不会从小就想要往外面跑？”

陈见夏扬起头，不想让爸爸看见自己湿了眼眶。她用右手揉面似的帮他按腿，问，现在疼吗？要不要吃安定？早点睡？

见夏爸爸摇头，说，不吃，没那么疼。咱们说会儿话。下次你回来，不一定我还能清醒地跟你说话。

陈见夏伏在床上哭起来。

陈见夏多请了一天假，将机票从周日晚上改到了周一，她想陪爸爸去做每个月一次的常规查体。

小伟去忙提车的手续，见夏和爸妈一起坐上了网约车，往医大一院开去。他们老两口平时都是自己走几百米去坐公交车，从起点坐到终点前一站，可见路途遥远，这次居然是打车，还瞄不到计价器跳字，一路上郑玉清急得不行，总用手指头捅副驾驶的陈见夏，让她看着点手机，别绕远了。

钱花在小伟身上可以，花在自己身上就不行，见夏长大后忽然有些原谅郑玉清了，她满心满眼都是儿子，连自己都可以不要，何况一个本就不怎么讨人喜爱的女儿。

见夏回头安抚她，骗她说公司每个月会给交通补贴，她能申请电子发票，不用自掏腰包。

医院里她全程陪跑，与其说是奔波，不如说是煎熬，每项检测的队伍都排不到头，她坐在妈妈手疾眼快抢来的椅子上，金属座位还带着上个人的余温，眼睛盯着导诊台上方滚动的黑底红字的屏幕，前面还有十一个人。

九个人。

七个人。

三个人……

人来医院求生，然后把生都耗在了等。

其他常规指标都已经测完，她们在等最后一项彩超。这时候弟弟的电话打了进来，见夏接起："爸妈这边我陪着呢，没什么事。"

"姐！我在车管所又碰见那女的了！她身边还跟着个男的！她看见我了！"

小伟声音很小，语气很急，像是下一秒就要被绑架。

"你先离他们远点，车管所大厅那么大，实在不行就躲出门，等他们办完手续离开。"

"不行，我俩排的前后脚，旁边还有中介呢，我……"

"别遇事就慌，那天的事情当事人都没计较了，见到你顶多瞪你两眼，你该忍就忍，大不了认个㞞。而且，人家除了看见你之外，也没找你碴儿啊，你哆嗦什么？”

电话那边忽然没了声音，见夏喂了两声，还是没反应，“可能医院信号不好，我先挂了。”

“你终于去医院了？手没事吧？”

是李燃的声音。

见夏愣愣的：“你把我弟弟怎么了？”

“他一个大老爷们，国家政府机关办事大厅里面，我能怎么他？！”

“那为什么半路电话换成你了？”

“我先问你的，你手没事吧？”

她是不是应该感谢那位没力气的小空姐，要不是扭这一下，李燃可能都找不到别的话题可讲。

“你有我手机号，不能直接打给我吗？”

“你也有我手机号，你也没打给我。”

“李燃你幼不幼稚！”她霍然起身。

之前一直压着声音，在人声鼎沸的医院里也不显突兀，此时一喊，半个走廊的人都在看她。爸爸妈妈起先是蒙了，拽她衣角想让她冷静，突然郑玉清喃喃道，李……燃？

陈见夏浑然不觉，她这几天已经感觉到了，只要一触碰到和李燃有关的一切，高中时候的自我便像黏稠的背后灵一般爬上来，贴紧她不放，带回了她全部的冲动与矫情。

如果说一个人的成长是有阶段性成果的，并且一定要展示出来，原本她最希望看见这个成果的人，是李燃。

她想证明当初她是对的，她一直都是对的。她想把 Serena 和 Simon

眼中的强大的冷静的 Jen 做成 3D 打印模型寄给当时还不知道在哪里的李燃，告诉他，这就是我想成为的自己，我做到了，我没有错。

导诊台电子女声报了陈均的名字，见夏低声说："排到我爸了，不好意思。"

她挂断电话，和妈妈一起扶着爸爸走向彩超室。

刚做完，彩超结果已经传到了主治大夫的办公室电脑上，只是半个小时后才能打印，护士告诉她，可以先回去复诊了。

小伟的电话没有再打过来，陈见夏也没有担心，倒不是因为他们都在"国家政府机关办事大厅"，而是因为，对方是李燃。

十年不见，即便是至亲，也无法确定对方的心性会变成什么样，但见夏莫名确定，李燃还是那个李燃，会犯浑，会把银行账号写在纸上然后故意写错来逼她联系他，抢她弟弟手机联系她……

她没空多想了，已经走到了传染科主治医师的诊室，见夏父亲坐着，她和妈妈一左一右陪在旁边。

大夫看片子看了很久。郑玉清有了不好的预感，泪盈于睫，见夏默默牵住了她的手，左手还在隐隐作痛，但见夏用了最大的力气，握住她。

"你门静脉上，有阴影，"大夫摘下眼镜，用桌上的眼镜布擦了擦，好像阴影是因为眼镜脏了造成的错觉似的，重新戴上，还是同一句话，"门静脉上有阴影，这个位置……这个位置有点危险，我给你开单子，马上去做核磁吧，今天这个点儿了，可能排不上，排上就立刻去做。"

他制止了郑玉清进一步的询问："先做，做完了再说，现在只能看见阴影，有事没事、有多大危险，都不是我说了算，去做核磁。”

陈见夏让他们俩慢慢走，自己狂奔去自动缴费机上交钱，又狂奔去了放射科，喘着粗气把单据交给导诊台的护士，问，今天还能排上吗？

护士瞄了一眼，“估计排不上了，除非今天排你前面的至少五个人退号不做了，否则等明天吧。”

他们默默无言地坐在等候区，一直等到“今天”彻底没了希望。

陈见夏登录内网系统提交事假申请，她本年度还有十三天的年假，见夏一口气再请了四天，直接请到了周五，连上周六日，希望能在这期间将爸爸的身体查清楚，未来如何，至少心里有个底。

HR 那边迟迟不批。

陈见夏打电话过去，竟然是 Betty 这个级别的人直接接的，她语气十分微妙，“Jen，你确定吗？”

“发生什么事了吗？ Betty，你有话直说吧。”

“……没什么。对了，Serena 下周可以轮岗了，她可以选择留下，也可以申请调岗，就在刚才，她说想离开你这边，去业务部门。”

见夏还想着那块长在爸爸身体里也笼罩在她头上的阴影。

她敷衍道：“好事，管培生就应该去公司最核心的几个部门多锻炼，项目本身设定一年轮岗期的意义不就在这里吗，Frank 想培养全方位了解公司的未来领导人，等她正式发邮件我会批的。Betty，我要说的是我请事假，HR 没批。”

“好吧，那……有些事，就等你休完假再说吧。”

好像没什么信息量的一通电话，陈见夏已经预感到许多不妙的气息——她从周末到周一都没收到几封工作邮件，Serena 一定是嗅到了什么于是申请转岗，Betty 在等她“谈谈”……

然而奇妙地，她反倒镇定了下来。因为 Betty 阴阳怪气地喊她，Jen。

这才是跟了她十年的名字。

回到家，两个老人都蔫蔫的，见夏说要不我来做饭吧，简单吃一点。

上学时候陈见夏一直是吃食堂的。国立大学的学生公寓并没有想象中“豪华”，只是普通宿舍，没有厨房。回字形建筑围绕着绿枝繁茂的天井，两人一间，陈设也普普通通，学生们踩着拖鞋短裤、端着各种颜色的装满洗漱用品的脸盆去公共洗漱间，一天洗三四次澡，还是洗不净黏腻的汗水。

热带从不失约的大雨把楼梯也浸润出了年岁，他们常常站在门廊下，看大雨给天井中蓬勃的植物上色，不够绿，还不够绿，再泼一点，浓墨重彩。

工作之后，不加班的夜里，她常常给自己做饭。不只是为了大幅降低生活成本，更是放空的方式。现代人类要戒断手机，唯一的办法除了做饭就是剥小龙虾。手机里装着人对他人生活持续不断的揣测、窥探欲，也装着她许多无用的思念。

见夏在厨房给西红柿切十字，焯水，泡冷水，成功剥皮，然后在电饭煲里放入生米、水、盐和橄榄油，将剥了皮的西红柿放在最上面，盖上盖子。

她知道爸爸有忌口，就着家里已有的食材做了很多在爸妈眼中奇奇怪怪的饭菜——的确都是乱来的，平日生活养成的一点乐趣，怪却不难吃，老两口成功被转移了注意力，专心研究起，这都是啥玩意儿，香菇怎么能和黄瓜一起炒？西红柿放在大米饭里焖是几个意思？

陈见夏破天荒跟他们讲了许多自己的事情，不是电话里被问到不耐烦时敷衍的应答，她讲她轮岗时去仓库体验理货，财务分析分析的究竟是什么，最近公司里面正在内斗——爸爸的公务员病又上身了，才听几句就忍不住给她讲道理，要明哲保身，要灵活机动，不要随便站队，做好自己的业务，凡事留一线……

全是用不上的废话。但她没反驳，静静把主场还给父亲，做一个虚心听讲的女儿，时不时讨教几句，让爸爸发挥更多一点。

哪怕片刻忘记门静脉的事情也好。

见夏刷碗的时候蓦然想起，自己晚饭后在俞丹家主动请命，刷得飞快，俞丹把热水壶提过来之前，她已经将苦肉计演完了，通红通红的手展示在班主任面前，无声地说着，可怜可怜我。

新家都有冷热水龙头了，想必俞丹也早就搬离了老房子，只是见夏妈妈总是舍不得开燃气热水器，动不动就断电源，她这次洗碗，水依然是冰冷的。

陈见夏懒得和郑玉清争辩了。冷就冷吧，这双手曾经乞求俞丹垂怜，现在又帮她连接到心心念念的人。

冻死你算了。她盯着左手。

晚饭后郑玉清神色又有些不对，满身的汗，仿佛身上起了火。见夏按医嘱把中西医开的药混着都给她吃了下去，又让她吃了四分之一片倍他乐克，不知是药的作用还是安慰剂作用，她的汗消下去了，嘴里念念叨叨的胡话也停下了。

郑玉清在卧室铺了块地垫打坐，陪在老公旁边。

小伟回家的时候已经八点二十，爸爸睡着了，客厅里只有陈见夏坐在沙发上用电脑查门静脉癌栓的各种信息，还加了两个微信病友群。

小伟连羽绒服都没脱，带着满身寒气一屁股坐在见夏旁边，欲言又止的样子。

“有屁快放。”陈见夏说。

她脸臭，一开始是被刚才查到的信息给吓得，现在是为了掩盖某种期待。

“晚上燃哥请我吃饭了。”

……燃哥？

陈见夏合上电脑，放在茶几上，从行李箱摸出半盒茶包，给自己泡了一杯，又坐回到沙发上，端着杯子看着小伟。

“别让我一句一句问。”

小伟在车管所看见那个漂亮姑娘的时候并没害怕，她瞅他，他也瞅她，谁怕谁？

姑娘先气不过，跑来发难，问他你瞅啥，你还有脸了？

等于敲响了北方人打架的战鼓。

但小伟极为迅速地偃旗息鼓，因为这次这个姑娘身边站着一个比他高了一头的男人。

陈见夏忍不住打断：“你怕他个儿高？”

“我怕他有钱，”小伟叹气，“看着就像有钱人。”

“那你应该接着挑衅，然后让他把你打一顿，打完验伤讹他五万，毛毛雨。”

小伟开始觉得屋里的暖气烧得太热，但依然没脱羽绒服，见夏不解——他都开始顺脖子淌汗了。

“你怎么不换衣服？”

“让你给吓的呗，”小伟恶人先告状，“你看你，我刚提两句燃哥你就跟吃炸药了似的，你咋这么冲？”

见夏愣了愣，是有点失态，她正准备调整一下，听见小伟没心没肺地笑：“我就说你俩肯定有事儿。”

小伟兴奋不已。

办事大厅里，小伟慌不择路给陈见夏打电话的时候，李燃朝他伸手，意思是，电话借我一下。

“是你姐姐吧？我认识她。”李燃轻声说。

于是小伟就这样愣愣把电话交了出去。他虽然蒙，但听只言片语也明白了，这个人和陈见夏的确认识。

李燃没有拉偏架，他留下了小伟的电话号码，劝住了姑娘，然后对他说，大家各自去办事，办完了出来聊聊。

小伟说到这里，又卡壳了，陈见夏心中暗暗觉得不妙：“你们都聊什么了？”

“没、没聊啥，就是说你俩以前是高中同学，问问你最近好不好，结婚没有，在哪儿上班之类的。我还真不知道你有没有男朋友，你们公司叫啥，平时我也没往心里去，让人家问得跟个……傻子似的。自己家人的事儿，啥啥不知道，多丢人。”

小伟忽然开始摸羽绒服的兜，摸了几遍没摸到，忽然起身：“天，姐，我好像忘拔车钥匙了！”

见夏无语，“那你快去吧，新手刚提车，正常。你停楼下了？这么短时间，应该没人偷，赶紧去。”

小伟点点头，忽然问：“姐，你不想看看新车吗？”

“在店里不是看过了吗？”

“我带你在小区里兜一圈。”

“试驾时候你不是带上我和菲菲了吗，大晚上的折腾什么。”

“那辆不是这辆，那是展车，这辆才是我……是咱家的！都不是一个颜色！”

陈见夏觉得他有病，但反正还没换居家服，她也想透口气，找个理由忘记刚刚在网页上看到的一切关于门静脉癌栓的信息。

“走吧，等我把棉服穿上。”

陈见夏走出单元门，看到一辆幽蓝幽蓝的宝马 m5 停在小区环路上，车内灯还亮着，没有熄火。她没当回事，转头去看小伟：“你车停哪儿了？”

小伟说：“姐，我先上楼去了。”

“上哪儿去？！”

陈至伟朝她心虚一笑，那个笑容非常熟悉，小时候看春晚，陈佩斯在给皇军带路的小品里就是这么笑的。

她听见背后车门开启又关上的声音——的确是好车啊，这厚重的声音，跟小伟试驾的那辆的确不一样。

陈见夏把手揣进棉服口袋，转过身，李燃站在路灯下，呼出的白气在夜色中袅袅上升。

宽宽松松的短羽绒服，和他上学的时候一样，轮廓还是少年的模样。

“你应该不会生气吧？”李燃问。

“生什么气？”

“觉得你弟弟把你卖了，然后一跺脚转身就走什么的，”李燃叹口气，摸摸后脑勺，“就……电视里演的那种。你不是说我霸道总裁吗，我去看了，都这么演的。”

陈见夏尝试面无表情，却连一秒钟都没坚持到，笑了。

李燃原本讲话时候眼睛是看着路灯的，像一条心虚的狗，听见笑声，才犹疑着、将眼神落在陈见夏身上。

随便披了件爸爸的棉服、穿着妈妈的棉拖鞋的陈见夏。

“我见到你很高兴！”她隔着一段距离，大声喊。

李燃问，真的吗，陈见夏？

陈见夏点头，这么冷的夜晚不应该掉眼泪，泪水会像故事里的人鱼一样立刻结成珍珠的。

但她还是哭了。

“谢谢你给我找台阶下。”

“谢谢你关心我的手。”

“谢谢你来见我。”

陈见夏哭着说，谢谢你。

我非常非常，想念你。

六十六
落大雪

车经过了新修的江桥，开去江北又开回来，李燃说，九点钟江桥的主灯就关闭了，还好赶上了。

必胜客还没关门，但他们都吃过晚饭了。李燃说，也没什么好吃的，当年只是因为省城像样的连锁餐厅只有必胜客，所以他觉得带见夏去必胜客自习很高级，人小时候都很傻，对吧?

而且，他说:“必胜客把沙拉塔取消了，你知道吗？我就那么点拿得出手的才艺了。他们还给我取消了。”

陈见夏一直偏着头看窗外，半晌，问，你想吃点辣的吗?

李燃愣了一会儿。

他一边将车子掉头一边说:“记得学校对面那家吗？”

“串串？”

“嗯。不过我上次去的时候是半年前了，老板说要回老家了，不知道现在还开不开了。”

见夏笑："要碰碰运气吗？"

"走！"

开到一半，有什么缓缓落在挡风玻璃上，陈见夏凑近了看，"下雪了？"

她看得出神，伸出手，轻轻把掌心贴在窗上。

"是初雪吧？"李燃将副驾驶那一侧的窗子缓缓降下来，温柔地说，"那你摸摸。"

落雪要怎么摸？蠢狗。

陈见夏将头靠在车窗边缘，雪星星点点洒在她脸上，轻柔冰冷地吻着她滚烫的脸。

陈见夏，你摸摸雪。

走进人声鼎沸的店里，陈见夏惊觉自己太草率了，她身上的蓝黑色老式男子压格棉服和脚上趿拉着的粉色印花拖鞋都如此显眼，即便瞩目对象是一群高中生小屁孩，也实在难堪。

她这个时候才想起来诅咒弟弟陈至伟，干啥啥不行，当叛徒倒是敬业，刚才他哪怕演出一丝丝破绽，她也不会真的穿成这个样子下楼。

他们在小屋角落坐下，见夏将鞋子藏在垃圾桶后面。

老板还认识李燃，似乎他真的经常来光临，李燃问，老板，做到哪天啊？

老板说："明天。"

他指了指窗子上贴的通知，加粗黑色记号笔手写着转租的联系方式，营业时间截止到明天。

两人一时都有些伤感。

“还真赌对了，”李燃落寞道，“明天可能真的吃不上了。”

“你是故意的吗？”陈见夏问，“给我写了一个错的银行账号？”

李燃玩着筷子：“你的确没赔我那双鞋，回家怎么都刷不出来了，废了。”

“所以银行账号是不是故意写错的？”

“你就是不会赔，每次都嘴上说得好听。”

“你故意写错想让我给你打电话？你可以直接朝我要电话，也可以告诉我你的电话，让我直接打给你。”

“我给你了啊，你打了吗？”李燃冷笑，“今天要不是我主动，陈见夏，你会找我吗？”

“我——”

李燃看着她。

这个人怎么不老的，一双黑白分明的眼睛，瞳仁清澈，映出她的谎言。

他们较着劲，直到老板端着两碗脑花出现，“不吵架不吵架，次老花(吃脑花)。”

梦回高一，陈见夏没绷住，笑出声来。李燃也笑了，说，先吃吧。

“老板，”李燃喊道，“我自己去外面拿啤酒了啊！”

“这么冷的天还要喝冰的呀？”老板低头算着账，已经习惯了。

见夏喊住他：“你一会儿找代驾吗？那……我也要一瓶。”

李燃扬扬眉毛，陈见夏毫不示弱地回望，李燃笑了。

她不想放弃任何机会告诉他自己长大了。

在上海最烦闷的那天，Simon 为了保持身材坐在对面什么也不吃，她一个人大吃日式烧鸟。那仿佛便是她以为自己能袒露的极限了，在你不吃东西的时候我吃，在你维持原则的时候打破，我不会跟着你走，戴你想看的假面。

但她终究没有更深一步的勇气和动力去把那个整洁男人拉去地板砖油腻打滑的苍蝇馆子。

所以他们始终是陌生人。

他们都不是李燃。

陈见夏不饿，却很馋，她贪婪地享受着这份热辣和熟稔，两人一起吃得鼻尖沁汗，最后串串还是剩了大半桶。

老板来数签子，问，咋个嘛，不好次？

见夏连忙解释："好吃。其实我们是吃饱了才来的，趁你关店前捧最后一次场。"

老板很受用。

李燃问得直接："明天就关门了，以后也不做了，还关心这个干吗？"

老板忽然严肃，用四川普通话认认真真地说："匠人精神。"

把他俩都说傻了，片刻后，三个人一起大笑。

这一次陈见夏说要请客，李燃没和她抢，然而站在收银台前，陈见夏一摸口袋——她居然连手机都没带。

李燃笑得极为欠揍，他大声问老板，多少钱啊？

然后凑到陈见夏耳边说："一百二，一千五，五万。"

"五万我真的打给你了。"

李燃从手机调出付款码，说，你欠我的是这些吗？别以为吃个饭笑一笑，一切就都迈过去了。

陈见夏低下头：“我们之间有什么需要特意‘迈过去’的？”

“没有吗？”李燃不笑了。

老板举着扫码枪，说，你俩能不能把钱给了再吵？

他们站在马路边等代驾，李燃问，要不要进屋去等？

两个人喝酒都不上脸，脸红不是因为酒。

雪越下越大，陈见夏闭着眼睛仰着头，任它落得满头满脸，像个小孩一样往空中吐白气，李燃温柔看着她，也不再问她冷不冷。

“你在想什么？”他问。

在想豪车店里的女孩。那张漂亮得无法否认的脸。

那个女孩的身份，决定了这场夜奔是喜悦浪漫的久别重逢，还是背德离经的小人行径。

但陈见夏不敢问。

只是吃个饭，他们只是吃了个饭，既然手都没碰一下，能不能让她先假装大脑一片空白，等这场雪下完。

见夏想起少年时在意他喜欢凌翔茜的事，一刻都忍不住，刚说过好了不问了，下一句又旁敲侧击问起来，最后把自己搞得身心俱疲防线崩溃，在大街上边跑边哭。

十七岁啊。十七岁想向三十岁预支智慧，三十岁却只想问十七岁讨一点点莽撞。

“李燃，你在想什么？”

陈见夏反问回去。

如果还喜欢她，为什么这么多年没有找过她？如果已经不喜欢她，留电话算什么，骗她下楼又算什么？

然而李燃没回答。

长大的不止陈见夏一人。

“你弟弟怎么对你的事儿一点都不清楚啊，”手机屏幕照亮他的脸，“代驾快到了。哦，我说什么来着，你到底跟你家里人有没有联系啊？”

“你有什么想问的可以直接问我。我人都在这里了。”

“……没有什么主动想跟我说的吗？”

“什么意思？”

“没别的话跟我说吗，如果我不问的话？”李燃问。

有，有那么多，明明三天三夜都说不完，但他们不是剖开胸膛展示心跳的小孩了，谁都想做那个先提问的人。

“比如？”

“比如，你后悔吗？”

见夏一愣。后悔？

她看着李燃，想从他眼睛里读出一些什么，告诉自己，是她小人之心想太多。

李燃的眼神是温和的，怜悯的，彻彻底底激怒了她。

有些话不需要讲太清楚，她瞬间明白过来。

他从来都不是善良赤诚的三好少年，只是对她而已，但这份好有时限——如果对象不是她，没有残存的温柔，或许那天他真的会空降下来霸道护短，无情戳穿他们一家人的拙劣把戏，当场逼他们转账。

她从一个局促的小镇姑娘变成识时务的说谎者，这是成长吗？

陈见夏，读书是为了求知，还是为了脱贫？

“你当年在南京……”她试图开口，被李燃迅速打断。

“我当年就是个大傻子，行了吗？”李燃冲得像被点燃了导火线，“你别跟我提我当年说了什么，恶心，你不会当真了吧？十七八岁谁不傻，演情圣演得自己都信了，陈见夏，你当时瞒我耍我那么久，我后反劲儿，后来越想越气，越想越气，不行吗？”

不行吗？

陈见夏无言。

当然可以。十年后她才被他指着鼻子骂，也只是骂了这么几句，好像终于还掉了什么，比五万块钱还重要的东西。

“银行卡号不是我故意抄错的，我是看见你，太生气了，一糊涂抄错了，你以为是找借口联系你？看在老同学的份儿上而已。那女孩是我女朋友，漂亮吗？脾气是有点差，但我喜欢。”

“嗯。漂亮。”她点头。

见夏半低着头，盯着自己的丑拖鞋。粉粉的底色，印着蓝色的丑陋的卡通熊，材质不是真的纯棉，外表起球，里面都是假绒。好丑。

“……陈见夏。”

见夏抬头，安然看着他，“真的漂亮。飞机上我就看见了，先看见她才看见你的。非常漂亮。”

“陈见夏！”

李燃忽然朝她伸出手，见夏不知道他要做什么，本能后退躲开，脚从棉拖鞋滑出来，袜子踩进雪里，从脚底冷到心里。

“您好，尾号0531的机主吗？”

代驾匆匆赶来，从代步小车上下来，整个人热腾腾的。

李燃没回答。

代驾往四周看了看，整条街上只有这两个人，他困惑地确认了一下手机订单，再次问，您好，您叫了代驾吗？

大嗓门撑在面前，李燃不得不答话按键把车钥匙递给对方："你先上车。"

"您好，您看一下这是我的代驾证——"

"你先上车。"

愣头青代驾接过钥匙，还想说什么，被李燃的脸色吓回去了，推着小车奔去马路边。

"能让我搭个车吗？"陈见夏温柔问道，"我没带手机，自己叫不了车，虽然大家闹得不愉快，我也必须坐你的车回家，实在硬气不起来。"

李燃又想伸手拉她，"我话没说完，我刚才的意思是……"

"我很冷。"

陈见夏平静地重复了一遍，"我真的很冷。我想回家。你愿意再迁就我一次吗，让我跟代驾一起上车？"

"你真的长大了。"他说。

李燃轻声说，听不出情绪，"你以前总莫名其妙的，第一次来吃串串，就因为我说我认识二班很多学习好的人，你突然就跑了，跟背后有狗撵你似的，招呼都不打一个。后来才知道是回宿舍学习了。……我刚才是真的想知道，你到底在想什么。"

见夏跺跺脚，不接话："我们到底为什么不能上车说？"

"因为我在这个地方说错话了，我想在这里把它扭回来。"

就像你一天跑我们教室三次折腾那两台 CD 机？当时看似无厘头，现在回想起来，倒是极为坚定自洽——恩怨当场解决，李燃要的只是他自己痛快。

那时候陈见夏只是个给他造成了一点困扰的陌生女同学，他要解决她。

后来他给了她许多温柔的等待，迟迟不回的短消息，绵延一个月也理不清楚的小别扭……现在一切都回到了最初的时候。

“我不要。”陈见夏坚定摇头，“我上车去了，除非你把我轰下来，那我的确没办法。”

她朝着已经发动的车走过去——依然坐在了副驾驶。

李燃只能坐在后排，一路无言。

到了陈见夏家楼下，李燃说我送你上去吧，你们楼下太黑了。

“不要。”

不是不用了，是不要。李燃听得懂。

“你这么多年也没少谈恋爱吧？”李燃忽然没头没脑冒出一句，“没别的意思，一种感觉。”

驾驶座上的代驾尴尬得像要试图原地融化焊进方向盘，假装自己不存在。

“嗯，”陈见夏终于回头，看着他，“学到了很多。”

陈见夏回到家，轻声敲门，没有用，最后只好按门铃。

小伟果然戴着耳机在打游戏，门铃惊动了郑玉清，见夏应付了她几句，只说自己去透透气，郑玉清看她一身打扮也的确不像出去“鬼混”的样子，放下心来，只埋怨她大晚上抽风。

见夏从沙发上捡起手机，看到两个来自公司的未接来电，四条新微信，一条短信息，来自李燃。

“你进家门告诉我一声。”

她回复：“安全到家了，谢谢你。”

陈见夏想问他正确的银行账号到底是什么，琢磨了一下，决定算了。他自己都说是他盯人的举动让小女友吃醋了，故意贴过去找郎羽菲的碴儿，她又何必为了争一口闲气重新把责任往自己身上揽。人穷志短，前方还有一块门静脉阴影笼罩着，她已经无耻过一次，不打算因为今晚挨了挫就装清高。

陈见夏站在窗边，看见楼下那辆车始终亮着车灯，没有走。

但李燃也没有继续给她发信息。

陈见夏隐约猜到了他在等什么，就像今晚他一再重复的那样：陈见夏，你没有什么话要主动跟我说吗?

她看着新家的白色塑钢窗。小时候，到了这个季节，无论学校教室还是普通居民家家户户都会着手封窗子，白色胶带一层贴一层，封得齐齐整整，只留一两扇用作通风，否则呼啸的北风会从每个缝隙钻进来。她在振华做劳动委员的时候也指挥大家封窗——这几乎是各种校内劳动里同学们最喜欢做的事情了，有季节更替的仪式感。

都是过去的事情了，现在不需要了。和新型塑钢窗一样，人也活得严丝合缝。

雪越下越大，许久许久之后，车开走了。

六十七
“不太好”

第二天天还没亮，陈见夏将小伟从被窝里揪出来，催他洗漱。

“早点去排队，爸要做核磁。”

小伟一脸懵懂的样子，见夏忽然想起，全家人都默契地没有和小伟提及门静脉阴影的事情，潜意识里始终将他当个靠不住的孩子。

“你开车吧，这么早，我怕叫不到车。”她补充道，“冷水洗把脸，清醒清醒。而且天这么冷，你新车停在外面，是不是得提前下楼热热车？”

要不是新车的诱惑太大，小伟这个时候恐怕是要闹脾气甩脸子了。

排到近十一点终于做上了。

复诊不需要取号，全靠手疾眼快自己加塞，陈见夏到底还是有些脸薄，几次都被别的男人抢先了，还有一个是用肩膀硬把陈见夏撞开的。

最后见夏还是忍不住去踢了小伟一脚，说，再玩手机，信不信我给你摔了？

郑玉清拎着瓶装豆浆回来的时候正看见这一幕，埋怨陈见夏，“你又抽什么风，你不乐意排，我排！”

陈见夏冷冷看着小伟。这几年，弟弟愈发明白了将来他要依靠的是谁，对见夏生出了些不情不愿的尊重，二十六的大小伙子终于没靠妈妈撑腰，放下手机，自己起身守在了诊室门口。

的确好用，那些男的就算还想插队，瞧一眼小伟，也会掂量下，没有面对见夏一个人时那么理直气壮。

上一家病人离开，大夫看见他们探头探脑，喊他们进门，陈见夏忽然觉得心慌，她回头看郑玉清，意思是，你们两个等在这儿。

或许是这些年来第一次母女连心。郑玉清拉住丈夫说，就送个片子，有事儿再喊咱俩，让孩子先去。

大夫看片子看了很久，等他叹气，转向陈见夏和陈至伟的那一刻，见夏已经知道了结果。

她前一天已经紧急补课查过了许多，也问了学医的同学，结合她对着彩超学习的结果，大夫说的居然差不多——两支门静脉连接左肝和右肝，进而成系统分布为门静脉网络分布在整个肝脏上。

陈见夏爸爸在右肝脏门静脉一级分支上长了一个大约一点五厘米的肿瘤。

小伟慌张地看向姐姐，拉住她的手问，癌吗，是癌吗？

陈见夏手心全是冷汗，她不敢回握小伟，怕他更慌，于是故意凶他：“先听大夫说完！”

“还要看进一步的检测。”

“要切片取样化验吗？”见夏问。

“这个位置，太凶险了，不好取，要能取就全摘下来了，还取样干什么，”大夫解释道，“瘤现在很小。我只能说，比较大的概率，就是俗称的癌栓。我说得大白话一点，你爸肝硬化太厉害了，所以肝上没有营养，癌细胞一般会聚集在较为衰弱的器官的营养丰富的部分，这就是为什么肺癌病人癌栓总是长在脉管上。食管血管、门静脉这类血管，血流比较好，所以就在这个位置集聚形成了。”

诊室安静了片刻，忽然门被推开，又是一张焦急的脸，探头进来看情况，说，大夫，放射科那边说不用取片子，你电脑里直接……

大夫见怪不怪，平静道，你先外面等一下，这边没看完呢。

小伟火气大，迅速起身，把门给推上了。

陈见夏又问：“那下一步怎么办，您有什么治疗方案，要会诊吗，切掉还是移植？化疗？放疗算了吧，我在网上看过，身边也有朋友亲戚做过伽马刀，太痛苦了。当然我瞎说的，我不专业，您别介意。大夫，我爸爸还有……还有多少时间，大概需要多少费用？医保覆盖范围之外的治疗方案，我们都可以考虑。”

大夫被她一串问题问得有些惊讶，扬扬眉毛，思考了一会儿。

“说实话，肝移植是最好的办法，其实你爸也挂进系统排队等了一段时间了，对吧，我要没记错的话。”

陈见夏点头。

“我们这边，肝脏方面，的确不是强项，而且传染科、肝胆外科和移植其实是有区别的，我能判断的是，这个癌栓发现得比较早，长得还不大，但因为门静脉血流速度比较快，营养又稳定，我担心，七八周左右，它可能就会从一级分支转移到主干上，到时候就麻烦了，一旦转移……癌细胞可能就随着供血转移向全身了，就不是换不换肝的问题了……”

陈见夏掏出手机把时间节点一一记下来，大夫还算耐心，跟他们额外讲了许多，看她镇定，最后说，要是条件允许，还是……还是找找人。移植这种事，唉。

陈见夏木然点头。

她道谢，起身离开，小伟还想问点什么，又不知道问什么，病人家属这种时候总会想要多聊几句，排那么久的队见到大夫，宛如见到神，仿佛多说几句肿瘤就能缩小几毫米。

“姐，”门还没关上，小伟急急地问，“大夫啥意思，是不是移植这事儿有啥内部门道？”

“应该是这个意思。”

“那就找找人？”

陈见夏心灰，比听到大夫亲口确认她早已猜得七七八八的门静脉癌栓还要心灰。以前在网上看到别人调侃说北方连做个美甲、买半斤包子都要先“找找人”，她可以跟着会心一笑，现在只感觉到铺天盖地的胆怯与无力。

前二十多年读书和工作都不曾教过她这方面的知识，她可以在深夜无所畏惧地投诉出租车司机，抱着同归于尽的心理准备，却只能隐藏住自己踏进医院那一刻的无力和恐惧——她全程都在怕，怕自己愚钝，看不出大夫是认真还是敷衍，不知道哪一刻应该递根烟、哪一刻应该塞个红包，塞错时机会不会弄巧成拙……

在医院全程冷脸的陈见夏忽然感觉疲惫从身后抱住了她，有点撑不住了。

找找人？找谁？怎么找？

陈见夏拉了一下小伟的袖子，说，你陪他们去吃午饭。刚才大夫说的话，你记住了吗？

小伟面露难色，“记……没全记住。”

陈见夏点头：“那就好。”

“啥意思？”

“就告诉他们的确长了个瘤，但是没长在肝上，而且很小。”

小伟沉默了一会儿，说，姐我懂了。

“早上，车开得挺好的，平时的确没少跟朋友轮着开啊，倒车位也挺利索。”见夏挤出一个笑容，忽然伸手去揉小伟抹了发胶的小平头，“吃饭时候多跟他们讲讲新车。”

小伟偏头躲开：“我多大个人了别碰我发型！……你不吃吗？”

陈见夏说，我得先去把爸最近做的所有检查的片子都打出来，要不怎么找人？

此前妈妈和小伟慌慌张张弄丢了医院给装片子的牛皮纸袋，上面印着自动取片机需要的条码，没条码就没办法自助打印，要取回近一年的 CT 平扫诊断单与原始片子，必须拿着发票跑去医院一楼的专门办公室。

这时又接到公司的电话。前一天晚上她和李燃出门忘带手机，就漏接了公司的座机电话，手机上不显示分机号码，也不知道究竟是谁，无法打回去。早上忙着看病的事，她将这件事彻底抛在了脑后。

“喂？”

“Jen，昨天怎么不接电话？”又是 Betty。

“漏接了，”陈见夏讲了句废话，“想打回去，不知道分机号，也没人给我发信息。是你打的？怎么了？”

“你的假请到本周五，但公司这边有特殊情况，Frank 从美国特意回来了，你明天可以结束休假立刻回来吗？”

“Betty 你能告诉我，究竟是什么事吗？不方便具体说，说个大概也可以，我不是回家度假的，是有很重要的事。”

“是你爸爸的事吗？到底还是……”Betty 装模作样地叹气。

“嗯，”陈见夏不想给她添油加醋的机会，“这是我本来就积累的年假，如果没有什么急事，提交需求我也可以远程处理。所以，到底是什么事？”

Betty 慢悠悠地说：“我记得，之前南京宣讲的时候，你还说一定会平衡好工作和家庭的。这么快就——”

“我 × 你大爷。”

电话那边久久没有回音，Betty 傻了。

“Jen，你刚说什么？”

“你录音了吗？”陈见夏笑了，“录了的话，不用我说第二遍，没录的话，你听到什么就是什么，对，我说了。”

医院大厅嘈杂，但她甚至都能听清 Betty 在那边喘粗气，只可惜不能听得更清楚。

“现在能聊工作了吗？究竟是什么大事要求我提前结束休假？你如果不能好好说话，那就请 Frank 直接跟我说，就算是要开人，能让他直接飞回来 fire，我也够有面子的了。”

Betty 也喊起来："你到底回不回来？"

"你到底能不能讲理由？再说一遍，我是正当休假。"

Betty 摔了电话。

陈见夏想，还是座机好。她在公司的时候也摔过听筒，就算是为了让人摔，座机也千万不能被历史淘汰。

后悔吗？或许有一点，如果她不在医院里，冷静一点，恐怕能够忍耐住不去激怒 Betty。

但即便不知发生了什么，冥冥中见夏感觉她没必要"从长计议"了，她在这家公司，恐怕已经没有未来可言。

总要有人来接受她泄愤，Betty 实在是再合适不过。

因为这通电话，见夏去递交发票的时候心情异常和顺。坐办公室窗口负责审核的大姐气质有点像高中教导主任，爱说话，爱教育人，但不让人烦，因为骨子里透出一股热情劲儿，和整座医院疲累的大夫护士们形成鲜明对比。

因为是帮爸爸代办，见夏也必须提供自己的身份证，大姐举着证件仔细端详见夏的脸，笑着说，瘦了？比照片上好看。

见夏一整天第一次真心笑了。

大姐又让她填了好几个申请单，看着清秀的字迹，说，字写得不错，以前是不是学习挺好的？

陈见夏很久很久没有被问起学习的事情了，脸上竟然有了几分高中女生的羞涩。连带着，在嘈杂办公室里耗费的时间都有了别样的意义。

地下一层放射科，她拿着申请单从导诊台被指挥向登记处，又从登记处被指挥向旁边那一扇上面贴着"非工作人员严禁入内"的铁门。

陈见夏盯着放射危险四个字，左顾右盼许久，好像也只能推门进，于是硬着头皮走了进去，难得里面的人没骂她，见怪不怪似的，告诉她，你还得再往里面走，尽头左转，阅片室。

找到阅片室，里面的人又说，你这个得去操作间一。

陈见夏在放射科内部宛若迷宫一般的走廊里晕头转向，不小心直接闯进了CT拍片室，和里面的家属面面相觑，大夫的声音从墙角上方的扩音器传出来："你谁呀干吗的？！"

在扩音器的骂声中，她终于找对了地方，不知道是第几次举着发票和办公室开的《情况说明书》跟对方解释来龙去脉。大夫耷拉着眼皮，或许听见了或许没听见，或许看着她或许没看她。

见夏知道对方并不是不礼貌，只是疲倦。

她自顾自讲完了。

大夫几不可察地点了点头，旁边一个戴眼镜的年轻实习生站起身，从见夏手中接过办公室开具的申请单，开始在电脑上操作。

陈见夏松了口气，神经质地往前挪了半步——她又感觉到那种疲惫感，正在拼命地从后背往上爬，但现在还不是时候，她不能让它爬上来。

医院似乎刚经过一番电子化改革，系统很难用，无论是五十多岁的主任还是二十多岁的实习生，操作起来都一样缓慢艰难。大夫没有赶陈见夏去门外等，所以她就站在他们背后，看着屏幕上实时显现的影像，也透过长条玻璃窗看一个又一个家属陪着病人走进来，随着大夫麦克风的指挥躺倒在CT床上。

"这个可能是。"大夫闭了麦，自言自语。

是什么？陈见夏顺着大夫的手指看屏幕。

大夫对旁边正在调数据的实习男生说："看这儿，怕是扩散了。"

见夏悚然一惊，屏幕上密密麻麻的黑白影像她看不懂，目光越过低声议论的大夫，投向CT室里面的人——一个脸膛黝黑的母亲，不愿意让女儿或儿媳妇扶，自己挣扎着坐起身，年轻女人低头给她把鞋递过来，两人相视一笑，互相鼓劲儿似的。

"好，下一位！"大夫把刚才的影像打包上传，联网录入了门诊主治医生的系统，她喊了下一个患者的名字，在两位患者交接中间，接了一个电话，语气平常地问孩子，有没有写作业？姥姥在干什么？别玩iPad了，对了妈妈把丰巢取件码发过去了，让姥姥帮我拿……

病人和家属已经走了，陈见夏还愣愣盯着，眼泪比心反应快，倏忽间掉下来。

实习生伸手在她眼前晃了晃，把她唤回神。

"你出门左转再左转，走到头，右手边有个机器，正在出片，你自己去拿就可以了，一共三张。"

她茫然道谢。

等在那台比胸口还高的影像打印机前，三张片子出来，用了近五分钟，见夏整理好，放进从办公室领的牛皮纸袋里，没拿住，还把掌心划了个口子。

她低头捡片子，不知是不是静电，片子吸在地上似的，抠都抠不起来，忽然听见背后有人问：

"你还好吗？"

陈见夏转过头，看见了李燃，风尘仆仆的样子，似乎找她找了很久。

她低下头。

“不太好。”

到底还是没躲过，疲惫感终于爬上了身，从背后压倒她，将她压向李燃。

陈见夏伏在李燃怀里放声大哭。

“很不好。”

六十八

Fly me to the moon

陈见夏不得不感慨陈至伟灵活机动，虽然看上去像个孩子一样不负责任，但当陈见夏用奔波劳碌来遮掩自己在家乡毫无人际关系可用的无能，陈至伟想都不想便用上了昨天才在车管所认识的“燃哥”。

越是小伟这样被保护着长大的，越是拥有一种陈见夏这种倔鬼没有的识别力，他比她更迅疾地作出反应，知道应该对谁放低身段，如何求生。

小伟这几年对她日益增长的尊重，也是求生欲的一部分。只是今天，走出诊室那一刻，他嗅出了姐姐外强中干。吃个午饭的工夫，小伟已经作出抉择，行动起来。

陈见夏哭了几声，理智还在，她试图从他怀中脱离，只是被李燃抱得更紧。

“你让我抱一会儿。”他说，“就当是我求你的。”

见夏不再挣扎。

过了一会儿，她实在没办法，声音嘶哑地说，我要擦鼻涕。

见夏听到他在她头顶笑了，松开了手。见夏从包里翻纸巾，李燃弯腰去帮她捡粘在地上的片子。

他放在牛皮纸袋里装好，却没有递还给陈见夏，还是拎在了自己手里。

“我帮你拿着。你没吃午饭吧？先去吃饭，你弟弟跟我说了个大概，他们已经回家了。”

“李燃，”陈见夏叫住他，“虽然这儿不是适合说话的地方，但有些话，还是提前说了比较好。”

放射科内部的走廊或许是整个医院最安静的区域。

“我弟弟是因为觉得我们两个有什么关系，而且你看着就很有钱，所以才这么狗腿的。他觉得用得上你，不管是我爸爸的事，还是别的。”

李燃歪着头等见夏说，没料到开场白是这样一句，没忍住笑出声了。

“嗯，我知道。”他说。

见夏猜到他会应对得很轻松。他当然不在乎被小伟利用一两次，重要的是他为什么愿意被这个小孩利用。

“我知道你不在乎。”

“的确不在乎。”

“但我在乎。”

“我知道，”李燃嗤笑，“昨天就看出来了。”

“你可能觉得是矫情——”

“就是矫情，”李燃打断她，“特别矫情。”

陈见夏一愣。

呆了很久，李燃走过来，重新搂住她：“幸亏你现在还是挺矫情的。否则我会觉得更陌生，都不知道怎么找个突破口笑话你。”

“非要笑话我吗？”

“嗯，是吧。”他紧紧拥抱她，身上有好闻的香气，让见夏不知怎么犯困了。

她坚持把话说完，像一个明知故问却要把冗长条款念完的法务。

“所以你到底有没有女朋友？”

“这事儿真那么重要吗？”

“李燃你别犯浑。”

“没有。”

“我在认真问你，再说一遍，你别犯浑。”

“我说了你又不信，我说三遍你就信吗？”

“那你说三遍。”

“没有！没……我凭什么说三遍？！”

李燃忽然来了脾气，捏着陈见夏的肩膀，牛皮纸袋又一次掉在了地上。

“我跟你解释得着吗？你是我谁啊？你弟弟觉得我跟你有事儿，你家又用得上我，直接把我喊过来了，你自己家里人都没在乎你清不清白，你在乎什么？我不就是个有俩臭钱的工具吗，你直接用不就得了？你管我有没有女朋友？！我图你色，图你跟我有旧情，你跟你家里人图我有用，不就得了吗？不行吗？陈见夏你没完了是吧？”

见夏呆呆看着他：“你说什么？”

“图你的色。”

“不是这句！”

“那是哪句？我刚才说那么多我自己也记不住！”

“我有色可图吗？”

“刚才那男的，给你指路那小大夫，我看他对你有点兴趣，你长得虽然一般，可能是恋爱谈得多，气质还行，我觉得年纪对你俩不是问题。”

陈见夏这才意识到那句 × 你大爷送给 Betty 实在是言之过早了。

她试图在跟他的对话里找到逻辑，捋了许久，发现找不到，索性破口大骂：“李燃我 × 你大爷！”

她这时候看见实习大夫站在李燃身后，刚从门里出来，满脸惊恐。

李燃也回头，幸灾乐祸：“完蛋了，扼杀在摇篮里了，成熟女性的魅力也不管用了，吓着人家了。”

恍然想起他们刚认识的时候，好像也是站在走廊里，她跟他推拉烫手的 CD 机，鸡同鸭讲，生怕新同学投来的目光，他却像个浑蛋祖宗一样，怎么都送不走。

二十九岁的陈见夏，终于还是被李燃气哭了。

蹲在地上，号啕大哭。

怎么哄都哄不好那种。

陈见夏坐到他车上，还是哭个不停，李燃哄累了，恹恹的，没有不耐烦，只有悔恨，像只瘟鸡。

他好像知道她只是崩溃了，与他犯浑有关，又不是完全有关。

还没发动车子，Frank 的电话打进来，陈见夏手忙脚乱，想把鼻涕擤干净再接，又怕拖太久对面挂掉，只好塞着鼻子接起来。

她偶尔有机会私下和 Frank 交流总会努力用英文，起初是学 Simon 的样子，觉得这样可以拉近和大老板的距离，发现的确比较好用也符合企业文化，便养成了习惯。

但因为李燃坐在旁边，她感到羞耻，一颦一笑都无法自如。

Frank 还是儒雅客气的——保持着他一直以来致力于塑造的形象，问她是否方便回公司，有重要的事需要当面问她。他人刚到达浦东机场，稍微休息一下，明天就可以面谈。

更儒雅的是他还听出了陈见夏鼻塞，问她是感冒了还是遇见 something bad。

但也不妨碍他随口一问之后，坚定要求陈见夏回上海。

陈见夏有些遗憾自己提前见到了李燃，浑身的莽劲儿都散了，若是再早一个小时，她或许会带着 Frank 的大爷一起问候。

也不知道 Frank 知不知道大爷指的是亲属关系里具体哪一位。

终究她还是回答，好的，没问题。

因为李燃温柔看着，陈见夏连带点阴阳怪气的一句 fine 都讲不出口。

她挂下电话，李燃问："老板电话？你要回上海？"

"嗯，"陈见夏自嘲，"我觉得，应该马上就会回来了。"

"工作要丢了？"

"有可能……我怎么觉得你挺高兴的。"

"看别人倒霉，谁不高兴啊？又不是因为你特别。"

陈见夏笑了，还不到下午两点，她大喜大悲，折腾得麻木，反而聪明了些。

"我听出来了。"

"什么？"

"你一直在跟我呛着碴儿说话，故意的？"

"放屁。"

“果然。”见夏凑近他，不在乎自己哭成什么形象，盯得李燃偏转目光，甚至摁下驾驶室的玻璃，仿佛要顺着窗口弃车而逃。

果然，多大年纪的狗，习性都不会变。

车忽然马达轰鸣往前蹿了半米，见夏被唬了一跳，差点叫出声，转头怒目，始作俑者一脸无辜，问她，到底吃不吃饭？我要饿死了。

旧情人纠结在情爱上一定会吵架，但讲起别的，往往比家人还亲密。

陈见夏在爸爸的病情上没矫情，救命的事情，她没必要，如果真的有半点作用，她下跪都可以，何况李燃不是拦路恶霸。

是他穿过了到处贴着放射危险的迷宫，准确地找到了她，在她溺毙前一刻将她捞出了情绪的水面。

李燃静静听着，没在这个话题上抖半点机灵，这不是能气人的事。

他们吃完了面，陈见夏终于能买单，两碗面加一碟酸黄瓜，一共 42.6 元人民币，她有些没面子。

“吃饱了吗？”作为“请客”的人，她还是有资格关照一句的。

“还行吧，”李燃说，“难吃。”

又开始了。像个为了让你注意到他而四处惹祸的可恶小孩，你跟他讲道理是万万没有用的。

见夏将话题拉回正轨：“我查了一些文献，刚在车上也把片子部分拍给了我学医的同学，目前门静脉癌栓病例普遍都是病灶在七周左右转移，一旦转移到主静脉，癌细胞全身扩散……官方的死亡周期是 2.5—2.7 个月。”

李燃抓重点：“七周内搞不定，七周后就等死。那就是，七周之内需要完成肝移植。”

见夏点头，又摇头，“我也查过了很多，七周不是不能做，但绝对不是我爸这种能做得成的。有次忽然遇到AB型的肝，能配上型的病人不多，以为天降喜讯了，等了一夜，最后还是给了别人。我妈妈总说其实按顺序，我们排在前面的，但她也不知道肝源具体的去向，可能是被害妄想症，总觉得自家没门路关系，所以大夫说什么都不信。也有可能，她猜的是对的。”

李燃不置可否。他明白陈见夏在说什么。

上车前，他问，你要不要坐后排，还能躺下睡一会儿，我看你好像是累了。

别对我这么好。

陈见夏只是在心里想想，讲出口实在矫情卖弄得过分了。

她蜷缩在后排，枕着车上的一只小靠枕，还好是纯灰色麻布纹的，上面没有什么让她不安的少女心卡通图案。

“有时候觉得生活是个黑箱子，你在这边疯狂输入，传进那个密不透风的黑箱，不知道里面发生了什么，也推导不出机制原理，它忽然就吐出一个结果，吐出什么你就接受什么。”

见夏迷迷糊糊的，随着车身起停摇摆，眼皮愈发撑不住。

“输入咖喱饭，结果给你吐出屎来，但也得吃。”

她放肆说完，隐约听见李燃在前排大笑。

“那个黑箱子，对我是纯黑的，但有些人看它就是半透明的，我小时候不明白，以为好好学习，天道酬勤，一定能看清楚。结果还是看不清。”

许久之后，李燃的声音仿佛从很远的地方传来。

“其实那天在店里，我的确是去卖车的，卖了好几辆，卖给那个女孩她爸。她真的不是我女朋友。”

她没听清后面的话，睡着了。

醒来时还躺在后座，车窗和驾驶座的门都半开着保持通风，车已经停在地库不知道多久，但为了开暖风，一直没熄火。

音响还播放着音乐，音量很低，柔柔的安睡曲。

她浑身酸痛地坐起来，看见李燃在车外打电话。

陈见夏没有喊他。前挡风玻璃像幕布，她坐在狭小的电影院里看他行走在不属于她的戏里，只希望散场的时间晚点，再晚点。

她忽然想起了一件早就该做的事，在见到李燃那一刻就该做的事，居然拖到了现在——连忙从副驾上捞起包翻找化妆袋，对着粉饼上的小镜子看自己的脸。难得，没出油没起干皮，幸好出门只打了粉底遮瑕，没画眼线，哭也哭不花。

只有头发睡得乱糟糟。她掏出梳子，还是在南京香格里拉顺走的那一只，匆忙梳了梳，还起了静电，全贴在脸颊上，愈发尴尬。眼见着李燃已经准备挂电话往回走，见夏把其他东西都收进包里，梳子随手揣进大衣口袋。

“醒了？”他拉开车门也坐进后排。

“你可以叫醒我的，又不是小孩了，”见夏看了眼手机，“都快五点了，你等我多久了？”

“没停多久，一直在外面开，我自己也想转转。你梦见振华了吗？我们刚才经过了，我还绕着学校开了两圈。”

“什么都没梦见，”她喃喃，“反而醒来看见你，觉得是做梦。”

“陈见夏？”

“嗯？”

他以前也这么喜欢连名带姓地喊她吗？陈见夏记不起来，也来不及回忆，她被骗转头看他，猝不及防被吻住。

推在李燃胸前的双手渐渐不再抵抗，音箱里女声轻柔唱着，Fly me to the moon，and let me play among the stars.

心脏好像被温柔地攥住了，因为是梦，他带她飞去月亮上。

In other words，darling，kiss me.

You are all I long for.

All I worship and adore.

六十九

Plan B

见夏坐在床边低头订机票，夜里还有一班十点半的。

公司电脑在她包里，身份证件也都在，登机箱里只有应急衣服和洗漱品，不去取也没所谓，下了飞机直接回住处就可以了……

她正在核对订单，就差最后一步点击付款，床上的人醒了，直接从背后靠过来，手不安分地从衣服下摆伸进来："怎么又穿上了？"

脱脱穿穿好几次了。

见夏用尽全部力气把他的手按下去，反身跪坐在床上一推，顺势把他整个人都摁倒了。

"你能不能老实点？"

"这次你要在上面？"李燃问。

趁见夏脸红发愣，他抱着她一个翻身，将她压在自己和柔软的床垫之间，好像亲不够。

陈见夏挣扎得有气无力的，更像是情趣。

“你有完没完？”

“没完。”李燃说，忽然笑了，“你是在夸我吗？”

差一点再次沉迷，手机振动，提醒见夏付款。

“我晚上要赶飞机。”

她一开始以为李燃没听见，正要重复，李燃说，那就倒数十秒好不好，我们再赖十秒钟床。

一边读秒一边耳鬓厮磨，陈见夏读了三个十秒，最后都不知道是靠怎样强大的意志逃脱了他家引力强如黑洞的床。

缠磨太久，险些误机。见夏在车上频频看时间，还好李燃车技灵活，机场高速也还算通畅。

“我就不去到达口的停车场了，直接送你去二楼出发口。”

“好。……本来你也不用陪我进机场。”

“嗯，”李燃点头，“送到安检跟你隔着门挥手道别？傻不傻。”

见夏想起她第一次远赴新加坡，过了安检的传送带，努力踮着脚跟爸爸招手，她让他先走，他让她先走，那时候有个念头闪过，李燃肯定会很烦这种场面的，所以他才不去送她。

不是因为恨她。肯定不是。鸵鸟见夏告诉自己。

她给郑玉清打电话，告诉她自己公司紧急有事，正在去机场的路上，行李就先放在家，处理完了她再回来。

郑玉清那边立刻就不对劲了，根本不听见夏进一步的解释，自顾自发起了癫。她时好时坏，见夏已经习惯了，何况此前自己的确是个不折不扣的逃兵，好不容易回了家，让爸妈有了她即将承担起责任的期望，又在这个当口忽然消失，妈妈疑心发作也是正常。

见夏漠然听着，将手机音量调到最小。她不能挂电话，妈妈会疯得更厉害。幸好智能手机终于不漏音了，她不会再让李燃听见妈妈大战二婶那种盛况。

直到对方累了，她才说：“我刚才没说完，处理完，我立刻回来。”

“那你爸——”

“我会不管他吗？你好歹给我点时间问问我自己生活圈子有没有人能帮忙吧？”

虽是反问，见夏的语气却平静甚至很温柔，郑玉清火气降了些许，但还是要追问，立刻回是多久回，后天？大后天？

终于设法挂断了电话，车也开到了国内出发口。

“快走吧，不啰嗦了，飞机上再睡一觉吧。”李燃说，“治病是无底洞，需要钱，你自己工作的事情还是好好处理，别感情用事。你爸爸的情况我大概了解了，今天没来得及说，我爸有个拜把子兄弟去年换过肝，不过他们前段时间因为钱闹翻了——挺大一笔，否则我也不至于到卖车这一步，还要陪小姑娘散德行耍脾气。那叔叔不一定会理我，但我会尽力问，你等等我消息。”

见夏觉得荒谬。

他们花了很多年对彼此不闻不问，又花了很多时间像小学生一样喜怒无常地互相攻击，最后，花了很多时间在床上。

却用最短的几句话轻描淡写概括惊心动魄的、真正的生活。

“好。”

她拎起包，关上车门，匆匆朝着出发口跑去。

见夏打车到家的时候已经接近凌晨两点。虽然是老小区，一室一厅四十多平，但因为到地铁口只需要步行五分钟，房租也不便宜。

家里几天没住人，更冷了。

她给李燃发短信，“到家，平安。”

李燃回：快睡吧。

他们谁也没给对方发送加微信好友的申请。

他还是她唯一一个发短信的对象，和漫长孤独的高中时代一样，塞满短信箱的独一无二的人，终于从那个珍藏着的、如今已经无法开机的孤独小灵通里转移到了新的手机里。

见夏在淋浴间冲了很久，身体终于暖和起来，她舍不得关掉喷头，借着水流回忆被他紧紧拥抱的温暖。

惊醒的时候还不到五点半。

梦里办公室丧尸围城，丧尸中有一个人开膛破肚，内脏在往外流，是她爸爸。

省城医院赋予陈见夏无畏的匹夫之勇，她手握菜刀，身背人命，热气腾腾的国骂对着 Betty 脱口而出，勃勃生命力来源于她只想今天，不要未来。

但上海写字楼冷色调的清晨让她迅速从梦里醒了过来。权衡利弊的人很难勇敢。

到 19 层办公室，Betty 已经等在电子门处，她告诉陈见夏，你现在不能回你自己的办公区，直接来会议室，Frank 在等你。

Betty 嘴角永远有十度倾角的微笑，见夏预感到这或许是最后一次见到她，突然开小差溜号到了刚见到 Betty 那一天，一直觉得她像什么，话在嘴边总是差半步，现在谜底解开了。

斯芬克斯。永远在给人出题，永远在微笑，它的存在本身比它的谜题更谜。

她走在见夏身前几步，时不时挂着斯芬克斯的微笑回头看一眼，仿佛陈见夏会逃跑似的。

见夏记得这些年 Betty 搞走的每个女生的脸。过程最惨烈的是一个前台，本地小姑娘，Frank 某年抽风要在公司尝试更 flexible 的工作时间和工作环境，小姑娘比所有人都先响应，每天下午都会叫附近的炸鸡外卖，把和她关系不错的小姐妹们都叫到前台喝十五分钟下午茶。

20 层是后台职能部门，少有客户来访，前台也不需要太顾及形象，女孩放松过头，竟在 Betty 气嘟嘟经过的时候热情喊她一起。

Betty 做了多年一板一眼的国企 HR，有自己的原则，跨不过去那种，挂着似笑非笑的神秘表情看她们，好像这样可以唤起摸鱼工们的良知。

大家都尴尬了。

“我大学刚毕业的时候，周围的同学只有我一个人起始工资 800 块，是最少的，但到今天，我是发展得最好的，知道为什么吗？我把公司当家，公司自然明白我的价值，我也会守护每一个公司，你们的行为我记下了，还有，你，”Betty 对前台女孩连名字都不肯喊，“你是被街道推过来的，人事不得不接收，我不理解本地教育资源倾斜到这个程度，你怎么能只考了个大专，靠家里推进来还不努力，一点数都没有吗？以为自己光靠脸蛋能混一辈子？”

一段包含了奋斗、女性独立、控诉地域资源倾斜的混合演讲，毫无预兆和逻辑，劈头盖脸砸向她们。前台姑娘气得满脸通红，不能理解自己茶休时间喊人吃炸鸡为什么被训，明明全公司男男女女都喜欢她的。

可又实在讲不出什么反击的话，于是上来便一句册那，硬盘。

除了陈见夏和Betty，在场的都是本地人，但姑娘不觉得自己把陈见夏也一起骂进去了，她们对她的情况不了解，默认她是个“新加坡人”，不知道她正为租房和家里房子的首付发愁。

恰恰是这些两难微妙的瞬间让她成长。

Betty够狠，通过IT部门调出前台姑娘的内网访问记录，把她平日里浏览过的耽美、情色小说、盗版网站链接和网页快照打印了厚厚一沓，当众开人。

而前台姑娘离开那天，飙了最大音量的上海话rap，Betty这些年来在公司流传的离婚、结婚、不孕不育的所有八卦都被嘻哈到了台面上。

当时Betty还不是HRD，但经此一役，她成为了Frank心中“不体面、同事关系紧张、死板”却一定会留下来的忠心耿耿的员工。

Frank也有他自己的flexibility。

走廊长得像走不完。

陈见夏不愿意承认，她是懂得Betty的，至少在那一瞬间。第一次和李燃吃串串，就因为他提及自己和振华风云人物们关系好，陈见夏的思路就能从自己的县城出身一路跑偏到有什么资格和男生拉拉扯扯，然后连个招呼都不打便朝着宿舍楼狂奔，要靠做十套卷子来安定自己内心喷涌着的混合了嫉妒与愤懑的火山。

做“好学生”做到疯魔的Betty是当初的她，气到口不择言开地图炮放大招的前台姑娘是医院里的她，陈见夏一路前行，忽然意识到，她曾见到那么多个她自己，平日里混合在一起，被皮囊包裹得完完整整的血肉之躯，实际上已经被生活用核磁共振切片剖得清清楚楚，黑的白的，全部扩散。

她当初到底是多么幸运的一个人，在这么多丑陋的切片中，恰好让李燃遇见了值得爱的那几张。

终于，Betty 用半个身体的力量推开了会议室新安装的陈旧木门，说："Jen，请进。"

但看见会议室里面的人，她们俩都愣住了。尤其是 Betty，斯芬克斯不笑了。

Frank 坐在老板位上，一侧是 Jim、David。

另一侧竟然是 Serena 和 Simon。

陈见夏对 Frank 打了招呼，对其他人只是点头致意，她不知道自己应该坐在两侧的哪一侧，索性直接问 Frank："我坐哪儿？"

Frank 耸耸肩，说，I'm not sure yet.

陈见夏忽然有些明白了他为什么一定要把自己叫回来，或许在公司发生的这件大事，Frank 自己也不知道这位 Jen 是坐在哪一个阵营的人。

于是她坐到了长桌和 Frank 斜对角的位置，跟他们所有人都保持距离。

对情况做简述的是 Betty。

公司的竞争对手不少，但最伤 Frank 心的莫过于捷讯，一家发源于上海本地的电商，初始阶段便获得了包括知名天使投资以及深受本地中老年人欢迎的老牌电视购物节目的注资，它的创始人团队一共六个人，其中五个是 Frank 在十年管理培训生计划中培养出来的心腹。

公司自然是觉得这五个人忘恩负义，但老头对 Simon 这样的外籍亲儿子的偏袒和喜怒不定的个性，也是五个中国人毅然离开的原因。

无论如何，这家小而灵活、专注长三角的新公司，是在 Frank 心口扎过一刀的。陈见夏休假期间，几家数码供应商莫名其妙倒向了捷讯，虽然没造成什么损失，但 Frank 嗅出了背叛的味道。疑心病老头最恨的气味。

经过 Betty 的调查，捷讯内部的熟人痛快承认，许多内部机密数据都是从他们公司自己流出来的——这么迅即的认可，很难说不是故意在气 Frank。

Betty 的眼线甚至还拍到了几张泄露的纸质表格。

陈见夏终于听明白这件事情究竟是在哪一个环节扣上了她。问题就出在了 Jim 让自己亲自去打印的那两份纸质数据上，恐怕是被联合做局了，跑不掉了。

“Jen，”Betty 说，“你有什么要解释的吗？只有你有权限，现在也不是出季报的时候，我通过自己的途径搞到了对方手里这几张截止到季度中期的数据，源头只可能是你。我的简述就到这里。”她朝 Frank 冷静专业地点点头。

但目光却不安地飘向了对面的 Simon。

看来，Betty 也不明白休假多日、只差办个手续就能滚出上海的 Simon 为什么坐在这儿。

陈见夏反问了一个在场所有人都没料到的问题：“为什么内审的人不在，但 Serena 在这里？”

Betty 代替 Serena 发了言：“她在你部门轮岗，我们内部做调查的时候，做了她很久的思想工作，她是新人，有很多顾虑，但最后还是告诉我们，周五临下班前，数据是你出的，亲自去打印，不许他们经手。”

见夏还是看着 Serena："然后呢？”

假如 Serena 和 Betty 他们是站在一起的，那必然会在 Frank 面前隐瞒两份文件经她的手传递给了 Jim 的事情，Betty 今天敢把 Serena 叫来作证，应该也是笃定她的作证的内容到打印间为止。

那么Serena为什么会和她默默喜欢的、早已出局的Simon坐在一起？

她又去看 Jim 和 David。色鬼 David 似乎前一天晚上又喝蒙了，宛如局外人，而 Jim 明显神色不对劲，没有一丝丝平日指点江山的领导派头，和 Betty 兴致勃勃抓内鬼的样子对比鲜明。

一个想法在见夏脑中渐渐成形。

她最后看了一眼 Simon。Simon 低着头，托腮掩嘴，皱着眉仿佛在思考。

但陈见夏知道，他每次做这个动作，都是在偷笑。

Serena 坐立不安，一副被在场大佬压制到不敢讲话的新人样子，等着见夏为自己澄清。

见夏应该咬 Jim。但她没有。

“是我的错，Frank，实在对不起，我出具数据时没有发送报备文件 CC 给你，而是盲目信任了……”陈见夏停顿了一下，摇摇头，“没有借口，我为我的不专业道歉，接受公司的一切处理决定。”

见夏叹口气，“另外，作为在我部门轮岗的 Serena，目睹了我不规范的操作，却出于对上级的敬畏而不敢指出，我非常能理解她，但客观上也给公司造成了相当的损失，我希望公司秉公处理我，但对她从轻发落，她的职业生涯刚刚开始，希望 Frank 你能给她一个机会。”

Serena 震惊地抬头看她。

陈见夏岿然不动。

就在 Betty 要开口做总结陈词的瞬间，Serena 激动地拿出手机：“Jen 把文件打印出来之后，让我去送到 Jim 的办公室！……我拍下来了，后来 Jim 叫了同城快送，我都拍下来了！”

陈见夏在 Betty 脸上看到了一朵傲雪寒梅迅速开败的全过程。她不敢置信地去看 Jim——不是不敢相信 Jim 会“通敌”，而是不敢相信，她竟然被蒙在鼓里。

整个会议室里唯一的小丑。

Jim 和 David 没能再踏入自己办公室半步，按照惯例，HR 和内审会联合处理被 Frank 紧急开除的高管，他们只能带走经过审核整理后的私人物品，不会有触碰公司电脑、文件、印章等的机会。

但这一次 HR 没有参与，是前段时间宛如死掉了一般的内审部门全权接手——见夏这时才知道，Frank 一直没有把内审交出去，邮件审核权居然一直都在 Simon 手里。

Frank 到底还是给自己留了一道防备。

Simon 和陈见夏被单独留了下来。Frank 的脸阴沉得宛如雷暴将至。

“我爸爸生病了，周五着急回家，Jim 又是您最近十分器重的 CEO，他让我出数据，我没有怀疑什么。新高管集团对我们这些职能部门形成的压力很大，我当然知道你看重 loyalty，但是对你本人的 loyalty 是一回事，对公司的是另一回事，你不在的时候，谁可以代表公司？ Jim ？ David ？新的高管也不断在用他们职责权限内的事情测试我们的凝聚力和忠诚度，我也每一天都在做出自己的判断，我承认，这一次的判断严重失误。坐进这间会议室之前，我对发生了什么一无所知，刚才我已经什么都不想辩解了，只想着承担我自己的这部分责任。要不是 Serena 说她拍了视频，我完全想不到 Jim 才刚刚办过隆重的高管 KPI 签约仪式，竟然会和别的公司……”

陈见夏主动解释。

她把话说尽了。平日里心不在焉的 Frank 现在精神高度集中，她的言外之意，他肯定听得懂，爱不爱听就是另一回事了。

Frank 什么都没有说，转头看着 Simon。

陈见夏问，需要我回避吗？

Frank 没理她，Simon 耸耸肩，轻描淡写：“内审很久没收到匿名邮件了。这一封，我看见的时候预感就不大好，问了 3C 那边的 Peter，他们的确被捷讯抢了单，两件事情或许有联系，不过我也只是转给你，调查的过程全部都是 Betty 那边做的，具体怎么回事，我也是刚刚在会议室里才听到。”

内审很久没收到匿名邮件了吗？那她发的那封 David 对女同事 sexual harassment 算什么？

陈见夏闭上眼，翻了个白眼。

她和 Simon 一起走出会议室，在门口等了一会儿，听到厚重木门里隐约传来摔东西的声音——隔音这么好，地毯那么厚，看来摔得是真狠。

像第二只靴子落地，他们都松了一口气。怕就怕 Frank 不发泄，只要还能摔东西，半小时后，他还是个儒雅老华侨。

“喝杯咖啡？”Simon 邀请。

特意走得远了些，过了两条街，头顶梧桐树的叶子蔫蔫的，天越来越冷。

“没有什么想问我的吗？”Simon 举着两杯美式走到陈见夏对面的沙发上坐下。

“内审的匿名邮件是不是你让 Serena 发的？”

Simon 笑了：“她先来找我的，有重要的事要说，我请她吃了个饭。”

“你就不怕重要的事其实是表白？”

Simon 叹口气，做了个“拜托”的表情，继续讲：“你知道 Jim 大胆到什么地步吗？他居然随手就把信封递给了 Serena，让 Serena 帮他寄同城，从你手里调的数据，寄到捷讯所在的办公楼，Serena 当然会拆开偷看。我真的不明白他脑子里在想什么。”

“你应该不敢全盘相信 Serena 的话吧？”

“当然不敢。不过这期间我听说了一些事，也许 Jim 认为 Serena 是‘自己人’了。Peter 说，你们在南京玩得很 high ？”

陈见夏皱眉。工作这些年，她早就知道，男人最是嘴碎。

“他们本来都以为 Serena 是个乖乖女，结果面对 David……总之，几次聚会，他大开眼界。Jim 他们可能以为自己已经征服了这个小女孩，领导派头起来了，所以让她随手做点事，马失前蹄。或许在他以前的工作环境里，小女孩是翻不起大浪的。”

Simon 冷静地评述着一个无比幼稚、试图左右逢源、最后却还是因为不堪忍受咸猪手、桃色传闻以及自尊被放在地上踩而逼急了咬人的兔子小女孩。陈见夏心中发冷。

Serena 在找 Simon 吃饭时，一定不会主动讲起这段时间的屈辱——尤其当这些屈辱有一部分是来自她的主动求索。

然而 Simon 都知道，他当时一定静静听着，细心安慰，然后教她应该如何发邮件，哪些话该讲，哪些话不该讲……

陈见夏想起那段时间 Serena 一直试图向她求救。她也以为自己帮了她，在自保的范围内，有分寸地对小女孩施以援手了，原来是远远不够的，这种“不够”让她也成了 Serena 恨的人，甚至比恨喝交杯酒的 David 更多一些。

当她借着酒劲指着陈见夏大喊你们不要放过 Jen 的时候，她更恨 Jen。

“其实 Jim 不是不懂小女孩……”见夏说。

Simon 笑着接上：“他是不懂 Frank。”

“Jim 和捷讯联系，是在给自己铺后路吗？”

“或许是吧，觉得留不久了，我知道他对 Frank 夸下海口，恐怕没想到业务会那么难做。他给自己铺后路，是不会告诉 Betty 的。”

“但万万没想到这么点小事会被小女孩拍，没想到小女孩喜欢你，把证据送到你面前。”见夏看着他，“你很幸运。”

Simon 用咖啡代酒，和陈见夏碰了一下，“不是我幸运，是我应该谢谢你。你让我忍一忍，Jim 留不久。我当时太急躁了。”

“Serena 会怎么样？”

见夏问完便看到 Simon 疑惑的眼神：“不必这么假惺惺，Jen，刚刚在会议室，要不是你把她拖下水，她打定主意一个字都不讲，让你和 Jim 他们对峙攀咬，你不是很清楚吗？”

陈见夏笑容灿烂：“说得好像你没打算把我拖下水一样。”

“因为我相信你做得到。事实证明我猜对了啊，Jen，我说过你很强大。”

见夏恍惚。明亮的日光照出空气中飘动的浮尘，反而让她觉得不真实。过去的十年仿佛一闪而逝，最近每一天却都清晰如浮尘，昨天差不多这个时候，她还在李燃的怀里大哭，说自己很不好。

现在面色如常地接受另一个人评价，你很强大。

她沉默了。

Simon 也知道自己的花言巧语有些牵强，转移了话题：“与其担心 Serena 不如考虑你自己，你想暂时停职，还是争取 N+2 的赔偿金？”

“我听说我们有先例，最多可以拿到 2N+2。”

“拿最多的那个是仓库主管，加班险些猝死，你在跟我开什么玩笑？”

“那取个中间值咯，我想要比 N+2 多一点点。停职才是开玩笑，一个星期，猎头可以找到十个 Data Mining 做得比我好的，停职？”

“你的情况不一样，”Simon 难得真诚，“你需要的是钱吗？我如果没记错，你的服务期还有一年就到了，不准备拿身份了吗？”

见夏不语。

她当然需要钱，只是她从不跟 Simon 聊这些。而 Simon 所讲的，也正是她的心结。

“你已经在国内很久了，要重新回到新加坡的公司，没那么容易，你确定要在这种时候离开吗？”

Simon 以为见夏被说服了，他心情不错，问，晚上要不要一起吃饭？

见夏告诉 Simon，按道理，自己现在还在休假，她准备晚上就回家。

Simon 愣了一下，但他从不问她的家事，只是说，Frank 那边，我会尽力帮你周旋。

“谢谢。”她不信。

“如果，我是说如果，我周旋失败了，你有 Plan B 吗？”Simon 自问自答，“应该有的吧，我记得你前段时间去参加了 MBA 的面试。”

陈见夏喝完最后一口咖啡，纸杯轻飘飘倒在了桌面上。

“我人生一直都在执行 Plan B。”

除了给俞丹下跪那一次，她在每个分岔口走的都是给自己留的后路，走到南辕北辙。

七十
红白

陈见夏隔着语音电话听见了大海的声音。

“你又冲浪呢？”她问，“不方便说话我就晚点打给你。”

“说吧，我正收拾东西准备撤了，”温淼声音欢快，“今天没风，海还没我浪呢。”

见夏无语。

“我想问你一件事。”

温淼语气忽然变了：“那你得赶紧！”

“又怎么了？”

“起风了，我再看看，可能要来浪了。”

“一会儿再浪！”陈见夏喊完连忙降低音量，淮海路人潮熙攘，好几个人回头看她。

“那我赶紧问，你SM2服务期内去纽约读Master是怎么申请下来的？两年多吧？罚你违约金了吗？”

“这位姐你到底要问几遍啊，当年我就跟你讲过，每次打电话都问这事儿，你是坡村教育部卧底吧？就想罚我这条漏网之鱼对吧？我不会上钩的！”

“再跟我说最后一遍，”陈见夏叹气，“我这次可能真用得上，一定记住。”

温淼本来正跟朋友嘻嘻哈哈，听到这里，说，你等会儿。

过了一会儿，电话另一端安静了许多。

温淼语气正经了许多：“出什么事儿了？你……我算算，你不就差一年了吗？”

“你先回答我的问题。”

“好，”温淼清清嗓子，“我正式回答你，你这次记清楚了——没人管。”

轮到见夏傻眼了：“没人管？”

“对啊，当时选拔的时候说得吓人，毕业之后不工作满六年这不行那不许的，其实根本没人管，他们就当是你自己放弃了。移民局巴不得少几个人排队呢。你以为咱们这些留学生有多珍稀啊，现在来读研工作的那么多人，SM 计划都多少年前的事儿了，以前可能还想着做吸引移民的长期计划，现在不缺人，教育部懒得从你兜里把奖学金往回要了。”

“你当年，好像，不是这么跟我说的。”

温淼笑了。

“唉，这不是这几年慢慢懂了一点国际形势嘛，而且万一他们翻脸不认人呢，我也不能到处跟人宣传说不用把服务期当回事，该跑路就跑路，回来还能续——这样不好吧？”

陈见夏知道他此前防着她，但一点埋怨的情绪都没有。他现在肯和她讲实话，已经远远超出他们实际的交情了。

虽然见夏与他时隔一年通话依然熟络又随便，不需寒暄，但那是温淼自带的本事，不是她的。

温淼是南洋理工的，因为高二就参加了 SM2 项目，所以比陈见夏早一年上大学，严格意义上算她学长。NUS（新加坡国立大学）和 NTU（南洋理工）两校留学生经常举办以学生公寓为参赛单元的乒乓球友谊赛，温淼是见夏大学入学那年的男单冠军。

据振华其他在国立大学读书的人说，刚去新加坡读预科时候，温淼有两句知名口头禅，第一句是，你是振华的？第二句是，你认识余周周吗？

后来乒乓球赛认识了陈见夏，果然问了这两句。

再后来，听说他交过很多女朋友，这个人天生招人喜欢，倒也不出见夏意料。或许是被女朋友揍多了，也或许是年少时光淡褪，再也没听他问起过余周周。

“所以，你现在是续上了，不怕讲实话了？”

温淼嘿嘿笑，算是默认了。

“那你到底是想问跑的事儿还是问续的事儿呢？”他问道。

简单却犀利的问题。陈见夏自己也不知道。

许久之后，她说，如果能续，我再跑。

陈见夏回到住处，打开空调，蜷在出风口，借着那一点点暖意给自己列待办事项清单。

房子是付三押一，她上个月刚交过房租，后两个月可以先放置，临走前用超市买的防尘罩把电器、床、沙发和洗漱用品架铺好。说不准爸妈还要住到上海看病，没必要更没精力为了两个月房租而挂出去当二房东。

公司这件丢人的泄密事件波及甚广，牵扯到整个新管理层，Frank 自己脸上挂不住，陈见夏无法预测未来将会面临什么，但 Betty 自身难保，HR 部门动荡客观上可以帮她拖延时间。

反正只有七周。

破空调怎么吹都只能温暖出风口正下方几平方米的范围，陈见夏蹲在地上仰头看着它。

那么努力，却那么没有用。

她订的是最早的航班，反正也睡不好，越早的越便宜。

四点就要起床了，凌晨一点陈见夏还是没睡着，她翻来覆去，打开和李燃的短信页面，一共五条信息，看来看去。

其实只想说两句话。

“你在做什么？”

“为什么不和我说话？”

像情窦初开的少女，在对话框打了删删了打，最后放弃了。

其实也可以问爸爸的病情，这明明是最重要的事情。但无论是用生死攸关的事情来开启暧昧对话，还是用旧情分逼迫李燃帮她寻找肝移植人脉，都不是她想做的，偏偏这两件事本来就密不可分。

也难怪他说她还是很矫情。或许应该把 Simon 的照片设成手机锁屏图，看一眼便强大一点，陈见夏请 Jen 上身。

傍晚她把工作和房子都安顿好之后，见夏便给她认为能帮得上忙的人全都发了微信，无论对方是猎头、公司已离职同事、天南海北大学高中初中小学同学，甚至包括帮她代购日本帆布包的女孩，只因为依稀记得她说过自己家姨妈在301医院。

用一套差不多的病情模版发过去，省了别人追问的时间，方便转发，竟荒谬得像在正月初一拜年。

回这些人的微信花了她近两个小时，对话框才渐渐平息下去。有些前同事打着探病名号却只借机聊公司八卦；也有些老同学问东问西，全冲着她本人来，详细得像查户口，最后扔一句，还没结婚呢？

见夏心态极平和。

最后只有两个人主动提出了帮助。一个是王南昱饶晓婷夫妇，问她爸在省城哪家医院，他们可以帮忙转到医大附属肿瘤医院；另外一个是楚天阔，告诉她，凌翔茜的姑妈是北京西城区某医院的肝胆外科主任医师，或许知道一些可操作的内幕，明天再联系她。

反而是陈见夏这个最烦别人以病为理由窥探隐私的事主本人惊讶地连发几条："班长？你俩？是我想多了还是……"

还没等楚天阔回复，她先收到了来自凌翔茜的好友申请，ID名叫"凌翔Q"，见夏没忍住，乐出声了。

高一时常常有人问这个多音字到底该读"西"还是"倩"，把凌翔茜问烦了，连念了三遍"倩"，对方女生眼泪汪汪，说，我就问问，你怎么骂人？

凌翔茜连忙道歉安抚，但影响还是造成了，有一部分人就是觉得她恃美行凶，骂别人"欠"。余周周很困惑，半是自言自语半是对陈见夏感慨，凌翔茜果然是长大了，都开始管理形象了——她小时候肯定会把胆敢在面前挑事儿的无论男女骑在地上打，哪会让人这么欺负。

或许是网络让人的幽默感回归了，陈见夏通过了大方的“凌翔Q”的好友申请，还在琢磨如何开口打招呼，对面连续四条几十秒的语音飞了进来。

“陈见夏吗，我听楚天阔说了，特别紧急，是你爸爸对吗？你不介意的话——你现在也没工夫会介意了吧，我把情况都跟我姑姑说了，她说移植水还挺深的，不乐意跟我聊微信，我明天直接和楚天阔去她医院一趟，估计是怕网上聊天留下什么话柄。你别着急啊！”

听声音就知道主人漂亮。更难得的是，没了高中时势造就的忧郁与不得已而为之的温柔恭俭，充满活力。

陈见夏删掉自己做作的文字致谢，也直接回语音：“明天我等你们消息，后天也行，我不客气了。”

这时候楚天阔的微信也发回来：“我们正好在一起。”

陈见夏有些受不了这种元宵节漫天挂灯谜的氛围了。是情侣正好约会，还是老同学正好一起吃饭，还是……

陈见夏决定自己去调查。

她点开楚天阔的朋友圈，和她印象中一样，偶尔发一两条也是宏观经济评述和新闻，连自己的观点都没有，光秃秃的两个字：转发。

又点开凌翔茜的朋友圈，第一条便是今晚七点半发的，九张图，六张是菜和环境，后三张是，红酒，戒指盒，相握的手。

陈见夏几乎要尖叫出来。

她给凌翔茜发微信：“你们是订婚还是……”

凌翔茜这一次回得更干脆：“只是重新在一起。他追我哦！”

还是莽撞的小公主。许多人在这个年纪都没有确定的伴侣，也并非完全单身，唯一默契的是不秀恩爱、不昭告天下。朋友圈的缝隙漏下去了多少未尽的秘密情缘，大家都不愿自己情史的接续点被旁人一段段拼凑，当作不在场时的谈资。

但凌翔茜活回去了，回到了余周周口中揪着别的小孩骑在地上打的嚣张年纪。

像一缕阳光照进了夜里，比头顶一直咳嗽的空调都暖。

见夏笑着回了一个字：“勇！”

凌晨一点，李燃没有给她发任何一条信息，好像默认她已经在上海溺毙了。

陈见夏再次翻出凌翔茜的微信看了一遍。

“只是重新在一起。他追我哦！”

陈见夏想了想，也把李燃的手机号拷贝、输入到微信添加新好友的对话框中，点击“搜索”。

页面蹦出来一个人，名字就是“李燃”，所在地牙买加（应该是乱填的），个性签名无（应该是懒得填），想看更多，只能点击“添加到通讯录”。

陈见夏选择点开了他的头像。

头像是两个人，女孩站在前面，举着自拍杆，食指拇指搓在一起比心，笑得灿烂，身后是李燃，一脸无奈，双手插兜闲闲地靠着电线杆站立。

陈见夏木着一张脸，将头像放大再放大，直到照片像素和手机屏幕都承受不起她沉重的好奇心与妒忌。

电线杆上写的是日文，应该是两人一起出游的时候拍的。女孩的五官看着像车行里那个漂亮姑娘，但见夏不敢确定。浓重滤镜下美人都是相似的，丑人各有各的丑。

陈见夏对着头像照片点击“保存”，然后退出微信。

她很快就睡着了。

虽然这意味着两个小时后醒来会比熬着不睡更痛苦。

陈见夏这一次提的是托运大箱子，多装了几件外套，护肤化妆品也带了成套的，做好了回家至少一个月的准备。她敲开家门的时候还不到上午十点，不料客厅济济一堂。

陈见夏用了一点时间才辨认出那个满脸笑容、有些“幸福肥”的人是从不搭理弟弟妹妹的大辉哥。

“二婶，大辉哥。”见夏摘下被室内水汽糊了一片白雾的墨镜，干笑，“这是……我应该叫侄子对吧？长这么大啦？——别抱我，姑姑身上冷，有寒气，刚从楼下上来，你别感冒了！”

侄子对她伸出右手，手心上摊，陈见夏一开始没反应过来那个姿势是要钱——她竟也伸出手轻轻地握住了小西瓜头的手，摇了两下。

“你好。”见夏说。

客厅里的气氛更尴尬了，郑玉清终于从厨房赶过来，一把捞起小男孩放回到大辉哥老婆怀里，跟见夏说：“赶紧进屋换衣服，箱子也带进去！”

陈见夏终于反应过来小男孩是在讨要她拖欠了六七年的压岁钱，正要说给孩子包两百，发现妈妈正在瞪她，还在胳膊上掐了两把。

郑玉清回头对客厅里的人说：“她加班一晚上，早上天不亮就飞，不知道你们来，赶紧让她补觉去。——小伟！给你姐把箱子提进去，轮子脏，别沾地，我刚擦的！”

陈见夏几乎是被推搡着送进了小房间。

她隔着门听他们聊天，渐渐明白过来。

二婶他们自然是来探病的，但没想到见夏忽然回到家里，话题就偏转了，二婶拼命提及当年奶奶家那套房子现在什么都不值得了，要不是为了陪老人最后一程，谁拿老县城房子当回事，还不如给见夏爸爸，环境熟悉，是个归宿。

郑玉清白天清醒得很，从不头痛，她拍着大腿应和：可不是，当初我们也就是想看看妈，这让你们给防的，人啊，挣不过命，现在一下子都划进省城了，你说当初谁想得到呢？有那后悔的工夫，赶紧上车，房子越来越贵，孩子还得上学，拖不起！

扬眉吐气的郑玉清差点上套，二婶此番前来的真正目的不是和妯娌比拼谁过得好，是来卖惨的。

大辉孩子早教花钱，现在的孩子啊，你们是不了解……马上要上学了，肯定不能还住在老房子，老陈家就这么俩独苗，小伟还早，房子你们也置办好了，大辉家这孙子是老人盼星星盼月亮盼来的……

郑玉清也反应过来了，她的应对是：大骂陈见夏不中用，出国这么多年就是个银样镴枪头，假把式，表面见光四下漏风，国外消费那么高，就是不听话不回家，光往她身上撒钱了，也不知道啥时候能见到个回头钱，现在老陈有病了，全靠小伟，万一手术，房子都得卖了喝西北风……

郑玉清说到这里，呜呜哭起来，拉着二婶的手说：还是亲兄弟，一家人，你们有心了。

“你们有心了”让二婶心惊肉跳。本来是来借钱买房的，现在反要被哭穷，一家人火烧屁股，随便结了个尾便走。

等防盗门关上，陈见夏松了口气。她有几分佩服郑玉清，这副嘴皮子不来对付她的时候，还真不是一般的爽利。

见夏刚听得入神，没注意到手机振动，拿起来才注意到一个未接来电，来自李燃。

青天白日，见夏仿佛从没有为那个微信头像哭过，她轻松地回拨过去，说："我早班机刚到家，怎么啦？你是打听到什么了么？快跟我说说！"

李燃在电话那边沉默了一会儿。

"你怎么了？"

"我怎么了？"

"为什么语气这么奇怪？"

陈见夏笑得更灿烂，语气阳光："家里遇到这么大事，我总不能也愁眉苦脸的，他们会更撑不住。有事你说。要是我爸的事，我得先跟你道个歉，千万别因为我之前哭哭啼啼求你帮忙就勉强自己，我问了一圈，大家都说难度很大，别因为咱们过去的交情……"

没想到李燃直接把电话给挂了。

她呆坐在床上很久。

手机短信响起："我一会儿到你家楼下，当面说。昨天我能问的都问清楚了，明天尽快帮你爸爸办进肿瘤医院住院，再申请从肿瘤医院转天津，这是唯一的办法，必须先按照流程转到指定医院，才有运作的可能性。"

见夏盯着文字，脑子白茫茫，世界中央坐着一只小丑，是她自己。

郑玉清这时候推门进来，东拉西扯一通，见夏只看见她嘴皮子动啊动啊，话不往耳朵里钻。

“妈，”她打断，“我爸醒着吗？”

“刚刚不想让你二婶他们抱着孩子进去闹他，就说已经睡了。醒着呢。”

“那你叫上小伟一起去你俩卧室，我有话跟你们说，昨天来不及，现在我专程回来处理了，你们需要有知情权，我们全家人不能互相拖后腿。”

郑玉清畏缩了，她不想听。

她知道小伟面儿上浑不当事的那个小肿瘤并不简单，本能地向后拖延，好像即将迎来的不是扩散转移和死亡，而是二十三扫尘，二十四祭灶王爷……宛如过新年，不过是个即将到来的，无喜无悲的“日子”。

一家人围聚在爸爸床边，见夏尽量淡化了“七周”的时间点，只是说，趁着癌栓没有长大和转移，要尽快做移植的准备。

“咱们这个家境，这么短的时间，还找什么人啊，移植能碰上就是天上掉馅饼，他肝硬化等这么多年了，你当我和你爸心里没数啊……你在外面倒是轻巧，回来就跟要主持家里大事似的，说得跟之前没做成是我们没本事一样！”

郑玉清说着说着便开始号啕大哭。

陈见夏愕然，她已经无比温和，妈妈又是怎么把话扯到这个角度的，谁责怪她和小伟没本事了？

见夏忍住了争辩的冲动。她告诉自己，这是你回家的代价，一踏入这个房门，逻辑就卷成了旋涡，没道理可讲，她既然早知道，真正面对的时候就要撑得住。

“我们就是小老百姓，遇上了就是倒霉了，这几年你不在家，不知道我们是怎么过来的。七周找肝源，就算找到了，那钱是咱能付得起的？中间人、飞刀大夫，哪个不需要打点？钱是大风刮来的？万一失败了呢？”

“什么手术都会失败，我只是提前告诉你们，我们得试一把，各种途径各种办法，这是关乎性命的事。全家必须齐心，爸，你也得打起精神，得相信……”

“你知道你爸的心愿是什么吗？病的这几年，他老念叨，女儿要是能回家就好了。”郑玉清抽噎。

“我现在回来了，以后也会常回来。”

“那以前呢，以前怎么不回来？！”

忍住，忍住，陈见夏。她在心里默念自己的名字，念着念着，发现竟然是念 Jen 比较好用。

忍住了。

郑玉清看女儿不吭声，继续说：“另一个放不下的就是小伟。我老觉得你弟能找个更好的，但为了你爸，没工夫再拖了，那也是个本分人家，两家都定下来了，也见过亲家了。老陈坚持着也就是想看你俩成家，他别的都不求……”

陈见夏看着病床上阖眼不言的父亲，他不说话。

妈妈还在说着，越来越絮叨，意图却越来越清晰：红事接白事，亲戚朋友收点钱，可能是父亲能为儿子、为这个家做的最后的事情了，钱往治病里扔，不如化成一顿喜宴一顿丧宴，扔到小伟和儿媳自己的兜里。

“以后还有孙子孙女，到处都要花钱，为这么个病，把家底都掏空了，他活也活不痛快，小伟，和你，以后怎么办？”

“和你”两个字是郑玉清脑筋急转弯加上的，陈见夏听得出来。

电视上演的都是骗人的，一家人关起门来聊的话，比保险精算师还条理分明。

她收起了被家庭氛围感染的悲戚神情，感觉自己只是坐在会议室里，面对的是另一群 Betty。郑玉清哭着哭着感觉到女儿不对劲了，通身的气质都变了。

“爸，”陈见夏平静地问，“如果移植成功，大夫说五年存活率还是不错的，你想活吗？”

“你这孩子怎么说话呢？”郑玉清急了，站起来想拉扯陈见夏，被小伟摁住了。

“妈，妈，别这样。”

这是小伟全程讲的唯一一句话。

“我之前叫你们来一起谈，其实是想求得你们的谅解。我怕你们对移植抱很大希望，但女儿没本事，很可能怎么努力也做不到，这个事情又很紧急，希望你们别怪我。但我没想到，你们原来连移植都不想做。”

爸爸醒着，整场闹剧里他都阖着眼睛，在最后一刻，他睁开了，静静看着女儿。

他没有说他不想活。

陈见夏心中清明。

她也从床边站起身，“既然如此，我没有任何心理负担了。我做我该做的努力，没成，就跟你们预料的一样，省钱了；成了的话，选择权在病人自己手里。”

七十一

别的女的

都没有耐心等到第二天，见夏和李燃商量了几句，决定让她爸爸下午就住进肿瘤医院。

两人在车后座上聊着聊着，达成了一致意见，门静脉癌栓凶险，早半天是半天。

李燃没有跟她细说自己费了多少功夫找到已经和他爸爸结仇的叔叔，又是怎样讨到了那么多流程门路和“中间人”的联系方式。但她看得出来，前一天晚上他没少喝。

“那个叔叔刚换过肝，能喝酒吗？”

“自己玩不了，就带一群兄弟看别人玩，过眼瘾，以前自己喝，还知道悠着点，现在都是下面的人替喝，劝起酒来像憋着股劲儿要别人的命。妈的，心理变态。”

陈见夏低下了头。人说大恩不言谢，她终于明白什么意思了，不是刻意不说，是讲不出口。

“我可不是跟你诉苦啊！你别感动哭了。”李燃撇清，还夸张地往旁边挪了挪，好像怕被陈见夏眼泪浇到。

然后他发现见夏一脸沉静，沉静得有些可怕。

“下次要不带上我吧。”陈见夏说，“如果有下次的话，我也能喝一点的。”

正在这时楚天阔的电话打了进来，估计是开的免提，凌翔茜跟他你一言我一语的，陈见夏索性也开了免提，让李燃一起听。

两个人刚从凌翔茜姑姑所在的医院出来，趁热复述姑姑的话，陈见夏一句都没有打断，冷静听完了。总结起来其实就是，省城大夫对病情的判断基本是准确的，但后续的救治，也的确要找到最准确的门路，最好找曾经做过类似手术的患者，把对方的经办人和主治医师的联系方式全都要到，仅仅只是“问问”，没有人会担风险帮忙运作，即使是凌翔茜亲姑姑，也说了，不是本院患者也不是她自己的亲戚，这种事儿鞭长莫及。

在凌翔茜脆生生地说完“什么鞭长莫及，我姑其实就是不愿意掺和，怕给自己惹事儿”之后，楚天阔在旁边清了清嗓子。

“你到底是帮忙还是给人添堵？”楚天阔无奈。

陈见夏哭笑不得：“已经帮了很大忙了。这个节骨眼了，我需要听最实在的话，谢谢你们。”

凌翔茜还想找补：“我的错我的错，我一开始就不该说是我同学，一说同学我姑那态度肯定不当回事，你干脆把你爸带来北京，我们带他去办入院，她就知道不是一般的同学了……”

陈见夏好不容易才安抚住热情过头的凌翔茜，最后是楚天阔把话接过来，说：“她不是跟你客气，也不是人来疯，北京虽然床位紧张，但这真的是个值得考虑的建议，如何做决定还是要看你自己，见夏，随时给我们打电话。”

见夏听到这里，鼻子忽然有点酸。

她说，好，我随时找你们。

陈见夏挂下电话，说：“我昨天找了他们，正好碰上他俩约会定情，你有没有觉得凌翔茜变了？”

李燃点头，“有点像我初中刚认识她的那个样子了，长得漂亮，讲话不过脑子。后来就被我们班女生集体排挤了……要不是林杨说，其实我也没发现。反正她一下子就学乖了，假模假式的，上高中以后更加了，说话都绕弯子说，跟你们那个装 × 狂班长绝配。”

“我们班长不是装 × 狂。”

李燃继续说：“还好，不用上学了，她慢慢变回去了，暴露本性了，正常多了。——但你们班长还是个装 × 狂。”

陈见夏实在懒得纠正他了。

青葱岁月好像回来过，短短一瞬，然后更遥远了。她还记得与李燃一起在电话里背后偷偷八卦楚天阔与凌翔茜的除夕夜，只是再也不会有一座固定而坚实的学校困住一群人，让她近距离观赏、串联旁人爱情的点点滴滴。

曾经无比亲近的战友楚天阔随着时间的推移渐渐变成了通讯录里的点赞之交，许久才借着节假日问候几句，忽然炸出旧日恋情，只有结果，没有过程。

即便不亲近了，昨天她问了那么多人，听了无数漂亮话，只有他俩真的说到做到，第二天就去医院帮她打听。

不是想这些的时候。

陈见夏打开手机备忘录，对李燃说：“你把你打听到的流程和可能需要打点中间人的费用再跟我说一遍行吗，我详细记一下。我需要安排时间和我手头的现金，哦，还有你说的那几个肿瘤医院的熟人、天津那边的中间人的联系方式，咱们聊完，我就得开始——”

李燃伸手按住她的手机，“不用你自己记，不一定都能按我说的那么顺利，每到一个步骤，我确定好了再都告诉你，而且我全程都会跟你一起，不管是去天津还是哪里。”

“一起？”

“对啊，我们一起。”

她终于明白刚刚楚天阔和凌翔茜的电话里究竟是哪个词让她一瞬间羡慕得发疯。

我们。

见夏偏头去看窗外，不想让他发现她的动容。

“往哪儿看呢，看我。”李燃伸手扳她的头，“你故意的吧，刚给你打电话，你什么语气，跟我装什么，昨天差点为你家的事儿喝挂了，你回上海一整天一条短信都没有，还跟我阴阳怪气，装不熟装客套是吧？气得我差点都不想来了。睡都睡过了，突然失忆不认识我了？”

陈见夏猛地打掉他的手。李燃愣住了。

如果刚才是玩笑，现在李燃真的开始生气了：“面对我，你不用动不动摆出一副上班的样子吧，是，知道您走南闯北见多识广，成熟冷静不矫情，跟我这些，都不算什么。”

“是对你来说不算什么吧？”见夏反问。

李燃皱眉："别绕，陈见夏，你有话直说。"

陈见夏打开相册，把他的微信头像图片撑在他面前：

"你女朋友知道你对外不承认她，还跟别的女的睡吗？"

陈见夏自以为轻描淡写地嘲讽到了点子上，却不想，语言是一把利刃，她唯一可用的姿势竟是从胸口扎进去，先将自己捅个对穿，才能伤害到被挡在身后的少年。

别的女的。

不是"我们"。没有"我们"。我就是别的女的。

别的女的还要跟你保持冷静、理智对话，因为别的女的需要你帮忙救她爸爸的命。

不等李燃回应，陈见夏自己的眼泪先飙了出来，拉开车门跑了出去。

或许是天无绝人之路，昨天饶晓婷他们也提过肿瘤医院。见夏给饶晓婷发微信，对方没回，她直接打微信语音，依然没有人接。

见夏说："在忙？那我先找你老公问，是肿瘤医院的事，你有空回我。"

成年人有一条不成文的社交规则，如果她认识一对夫妇，那么有事一定先找女方。

王南昱接得倒是很快，但听语气，宿醉未醒的样子。

他仿佛事先知道了陈见夏要问什么，告诉她，饶晓婷在杭州拍衣服呢，最近接到了好几个剧组的服装采购，网店也要上新，有事儿找他就行。

"然……然后，然后你几点到？我提前到医院等你，你到了，我再给主任打电话。"王南昱说。

见夏全家到得比和王南昱约定的早了半个小时，她尝试拿爸爸的病例和CT、核磁共振片子自己办入院，得知床位全满。

等到王南昱打电话说自己到了，见夏差点没认出来——胖了些，一身名牌，脸膛发红，混在候诊大厅的人群中，俨然中年成功人士模版。

他不知给谁打了个电话，床位就有了。

小伟和见夏分头办手续，最后爸爸入住了六人间病房，王南昱还在一个劲儿解释，太急了，否则有四人甚至两个人的，现在委屈叔叔了，是他办事不到位……

见夏手足无措，一个劲儿摇头，很好了，真的很好了，“麻烦你了。”

他们一起在病房门口站着，王南昱忽然稍微拉开一点点Polo衫的领子，指着自己锁骨附近一道非常清晰的暗红色的伤疤：“你救过我一命，自己不知道吧？”

疤痕的起始和结尾都藏在衣服下，只脖子附近那一点点就触目惊心。

“出过一次车祸，高速上，我坐副驾，跟我一起的三个人，开车的腰椎以下截瘫，后排俩一个植物人一个死了，死的那个是急刹车时候从前挡风玻璃飞出去了，大半个人都是在我们车前面十几米找到的。就我没太大事儿，因为我系安全带了。”

王南昱看着见夏迷茫的眼神，笑了：“自己都忘了吧。我刚开车时候，大家觉得系安全带傻，都没这个习惯。我从县城开车送你去振华，你自己非要系，还把我插在副驾驶上的卡扣给收起来了，说，以后最好都系上。”

这道疤是安全带给他留下的，一道疤换了一条命。

“那次之后，我跟晓婷结婚了。”王南昱扯了一把陈见夏，让她避让开走廊经过的轮椅，“当时给我们送的就是肿瘤医院的急诊，后来转的市立医院。她照顾了我一个月，明知道当时车里有个女的在跟我好，我们出车祸是背着她一起出去玩，她还是照顾了我一个月。出院我就跟她说，领证吧。”

王南昱从包里摸出烟，知道医院不能抽，捏了捏又揣回去。

陈见夏有点拿不准王南昱为什么忽然和她说这些。

“不用搭理我，我以前就觉得奇怪，只要跟你这种好学生待在一起，就特爱感悟人生。”

“多大年纪了，”见夏苦笑，“还‘好学生’呢。”

顿了顿，她又补充道：“我偶尔能从朋友圈看见，晓婷发展得越来越好了，比我这种‘好学生’赚得多。”

“她好啥啊——”王南昱本能地、像所有北方大老爷们一样想损媳妇两句表示谦虚，但停住了，“是还行。她从小就能吃苦。现在是我配不上她了，一年到头不着家，全国飞，一问就是在忙。我俩谁也不管谁。”

“有小孩了吗？”

“四岁了，在我妈那边带着呢，后来有次过年，她不想回来，我俩吵架，她跟我说后悔生孩子，长妊娠纹，身材到现在都恢复不了，以前店里偶尔她自己还能臭美当个模特拍拍上新，现在都不敢了，说修图都修不过来。”

陈见夏好像的确开启了王南昱身上的感性开关，他认真问她：“女的是不是都这样啊，到了一个年纪追着你要结婚，不给她个名分不让她安定就跟怎么了似的，发疯。再过几年，该有的有了，又跟你说，全都不是她想要的。到底想要啥？”

陈见夏无法想象王南昱描述出来的饶晓婷，拼命回忆到的依然是饶晓婷半夜拉着她不让她睡觉，非要讲“男女之间那点事儿”，脑仁只有核桃大小似的计较王南昱身边出现的每个女人，被甩了一巴掌依然不计较、转眼就笑靥如花的样子。

饶晓婷想要什么？陈见夏觉得自己明白，又不完全明白。女人生命中都要爬过一座山，高矮地貌不同，于是不同此凉热，但总归比一生在草原望到头的人懂得更多一点。

见夏跳到结论："那就这样？"

王南昱不解："那要哪样？日子不过了？"

护士这时候喊见夏爸爸去做 PET-CT。

"不是做过 CT，我看你给我发过，又做？别是医院创收，我给你打电话问问，不要花冤枉钱。"王南昱说着掏出手机要打电话，被见夏阻止了。

"我查过了，不是冤枉钱，我爸以前没做过。"

见夏给他解释 PET 是 Positron Emission Tomography，"正电子发射计算机断层显像"，让病人喝下带轻微放射性的某种示踪剂，再做 CT，是普通 CT 的一种补充。

"好像就是通过血液循环把示踪剂传遍全身，照的时候病灶会发出荧光点，发出荧光点的位置就代表有癌细胞，以此监测有没有扩散。"

"那得多大辐射啊？"

"都这样了还怕辐射吗？"见夏和他一起坐在放射科外等待。

王南昱先关心的是："多少钱啊？能报吗？"

"好像一万五？有这么贵吗，等下我找单子看一眼。"

"天，这么贵？医保能报吗？还是得自己先垫付？"

"自己先付。之后应该……能……能报吧？"她发现自己社会经验少得可怜，郑玉清骂她这些年来逃离在外对家中事知之甚少，并不是完全没道理。

要等二十分钟，两个人把能聊的话都聊完了，见夏想要劝王南昱先离开，帮忙办入院是一回事，当陪客耗精神是另一回事。

“人情已经还不完了，就算让你系安全带救过你一命，那也是巧合，也得你自己能听得进去，现在是两回事，赶紧走吧，大夫跟我说了，看PET-CT 的结果再商量下一步的事情，如果……”

如果扩散了，就不用想下一步了。

见夏父亲癌栓生长的位置非常微妙，能不能换，符不符合移植国标，全在大夫一念之间。

严格意义上他处在扩散前期，但谁也不知道是哪一刻开始扩散，七周只是一个估算，或许能撑八周，也或许就是明天。这种风险之下，死亡率会骤升，换了极可能属于浪费肝源。凌翔茜说姑姑不想掺和，情有可原。

王南昱抬手腕看表，陈见夏瞥见一块劳力士。他说：“晚上一起吃个饭吧，李燃跟你说没说过，我参股了个会所，不用去外面吃，就……”

见夏静静看着他。

“李燃？”

王南昱尴尬一笑，两人对着沉默，王南昱终于开口。

从一开始他就觉得没啥好隐瞒，他们只是闹别扭，已经配合演出一下午了，演得够够的了，说漏了就说漏了吧。

“昨天他打电话问我肿瘤医院的事，比你问得还早呢。”王南昱说，“他说你爸必须先转到肿瘤医院，后面的事，他再安排。你要是用他，他就自己带你来，你要是不用他，就都说成是我的关系。”

王南昱用眼角瞟了好几眼，陈见夏才像个重启的机器人一样说，我有话跟他说。

七十二
Winding Road

陈见夏跟着王南昱去他参股的会所。王南昱一再强调，不是她想的那种老式夜总会，这些年都洗牌整顿过那么多次了，“很健康”。

她觉得好笑，王南昱还在拿她当看见什么都大惊小怪的“好学生”。

几年前她能和公司里做人做事风格完全不同的 Peter 成为半个朋友，就是因为去一家会所捞他。Peter 等几个销售正和供应商们抱在一起唱歌的时候，出事了。那一次有惊无险，陈见夏后来还战战兢兢地帮 Peter 想办法过了账——当然是在 Simon 的默许之下。

后来 Peter 想把场子找回来，跟陈见夏说，公司搞的那套制度完全就是离谱，市场正野蛮生长，他们居然在内审规定里要求节庆收礼和送礼价值不能超过二百元人民币，二百，二百能干什么？国企都没这么搞的！

“Frank 和 Simon 他们这种方式在国内早晚吃瘪。他们为难我们，我们怎么给机会？不给机会，我们怎么搞定供应链？”

Peter 说得一套一套的，陈见夏毕业不久，听得一愣一愣的，看着会所从天花板一路铺到洗手间的大理石砖，茫然点头。

临走的时候，她偷偷拍了一张照片，洗手间的镀金龙头形状是一只天鹅。她还真没见过这种阵仗。

再后来，也见过 Simon 很不自在地去这种场合要账，对方请他们吃八两的阳澄湖公蟹，晒自己收藏的明制官服，就是不还钱。

过往情景在眼前闪过，再看到王南昱还拿她当个乖乖小女孩一样对她解释，陈见夏年近三十只觉得无奈，她不知怎么去跟老同学讲她其实见过修成天鹅形状的镀金水龙头。大家都只是把对方某个年纪的某个切片留在了记忆里，没理由把一个断面硬扩成立体的自我，再重新彼此接受。

少年时光拖再长，不过另一种位面的一期一会。

极为通透成熟、泰山崩于前而面不改色的陈见夏在走廊尽头看见一个男人正弯着腰，摸头安慰一个蹲坐哭泣的女孩。她绷住了。

王南昱说，走，走，这边，拐弯了咱们二楼吃饭，我去给李燃打个电话。

“人不就在那儿吗，为什么还要打电话？”她问王南昱。

王南昱遮掩不住了，叹气：“这事儿让我给办的……”

陈见夏走过去，说，我去打个招呼。

王南昱担惊受怕的样子让她觉得好笑。他不知道陈见夏来这里的目的就是要和李燃好好说话的，无论发生什么。

李燃转头，看见她走近，只是微微吃惊，他早就知道王南昱带她来吃饭。

他没慌。陈见夏竟有点开心，这意味着很多。

那个蹲着哭的女孩不抬眼也感觉到有人接近，突然起身跑了，一拐弯便不见了，差点把李燃一头顶翻过去。

两个人都在等对方先开口。

“那是个公主。”李燃说。

“我看出来了。”陈见夏点头。

“见多识广。”李燃说。

“今天上午你夸过这句了，”陈见夏说，“词汇量就这么大？”

“别的大不就行了？”

陈见夏彻底愣住，“你怎么那么猥琐？”

“我说心胸，你说什么？”李燃笑了，靠近她，“陈见夏，你说什么啊？”

走廊里音乐很吵，在身后几步的王南昱听不清他们说什么，感觉到气氛不对，上来做和事佬，问李燃吃没吃饭，又问陈见夏饿不饿，都快九点了，没想到医院做检查花那么久，也没想到路上这么堵……

最后，王南昱脾气也上来了，对李燃说，以前我对她有过意思，你知道吧？

又对陈见夏说，后来我跟着他做生意，下午跟你说了吧？

“让我在中间当孙子这么好玩？我好话没地方说了是吧，非要撮合你俩，闲的我？我儿子都快上小学了，你俩折腾吧，爱他妈折腾到几岁折腾到几岁，不伺候了！”

王南昱在这里是“王总”，穿 H 扣皮带的，起范儿了扭头上楼，后面自动跟上两个穿西装马甲的小弟，和在医院里判若两人。

不是要好好说话的吗，陈见夏也问自己，怎么一见面就吵？

不知道是不是故意的，走廊里的音乐声更大了，好像在教训他们，不想好好讲话就别讲了。

她说："能不能去个安静点的地方？"

李燃问，什么？

陈见夏大声："能不能去个安静点的地方？"

李燃问，什么？！

陈见夏把肺都吼出来了："有话跟你说！我们去个安静点的地方！"

后半句的时候音乐忽然停了，半个走廊包房门口的服务生都看过来，大家都听见她对着李燃吼，想跟他去安静点的地方。

李燃大笑。

陈见夏虎着脸问，音响的遥控器是不是在你自己手里？

他们坐在门外马路边，手里各一罐啤酒。

冬夜很冷，但这里是他们能找到的最安静的地方。

"非坐这儿说话不可吗？"李燃问，"不怕冻死啊。"

陈见夏说，就坐这儿，效率高。

"我上大学的时候，不喜欢去图书馆，其实我们图书馆装修很好的，桌椅都舒服，还有空调吹，听说国内大学这几年才陆陆续续装空调，当年国立大学图书馆就有可以打电话的隔间了。按道理很人性化、条件很好，可是不知道为什么，只要一去图书馆我就会趴在桌子上睡觉，期末 paper 写不完，明明很焦虑了，还是会睡着，一觉睡一下午。后来我就不去了，宁肯坐在回廊扶手上闷一身汗，效率反而高一点。"

"不会喂蚊子吗？"

"新加坡没有蚊子。"

"放屁。"

“真的，”陈见夏正色，“我也很奇怪。大马有，泰国有，越南有……新加坡真的没有蚊子，也不能说完全没有，但非常少，我待了五年多，几乎没被咬过。——你没去过新加坡吗？”

“东南亚都去过。”李燃说，“就没去过新加坡。”

故意的吗？见夏笑了。

居然会觉得开心。

“好像没提高谈话效率，”她自己吐槽，“还是说了很多废话。”

李燃很久之后才说，没什么是非说不可的。

他说：“我们本来就应该说很多废话。没机会罢了。”

李燃伸手抹掉陈见夏的眼泪，说，哭什么，你是忘了冬天什么样吧，脸会裂的。

陈见夏也抹了一把脸，嘴硬把话题拉回正轨：“我是想谢谢你。”

“你爸爸的事，我还没帮成的，后面不一定怎么样。”

“我知道。今天先谢今天的。”

李燃没有继续推辞。

“就这些吗？”

“王南昱都和我说了。”

“都说了是说什么了？”

“说那个女孩叫舒家桐，”见夏笑，“你们的确不是男女朋友，但你也的确在出卖色相。她喜欢你。你需要她喜欢你。”

“这么绕，肯定不是王南昱说的。”

“我自己总结的。”

见夏发现啤酒不喝已经结了冰碴，而她竟然还握着，手都快没知觉了。

“你家里到底怎么了？”她问。

李燃皱眉：“操心你自己吧，没家道中落，比你有钱。”

陈见夏气笑了，没反驳。的确如此，李燃只是卖了几辆车做做样子，按王南昱的说法，“有的是家底”。

只是现金流卡住了。

王南昱绘声绘色讲了半个小时的事，其实只是一句话，因为老行长一句话，老李大笔一挥帮一笔两个亿的借款签字做了担保人，从没想过老行长会倒，这笔钱真的还不上了，他自己真的要承担连带责任。

陈见夏总结完，王南昱问，这叫连带责任啊，我就知道，他爸没掺和但是也得还钱。

“嗯，叫连带责任。做担保人就会有的风险。”陈见夏说。

王南昱沉默很久，跳过了过程，说，总之，病倒了。在打官司，扯皮，能少还点是点，凑巴凑巴不是凑不齐，但李燃说，主要是他爸受不了这个气，马失前蹄，在老婆儿子面前都没脸，气病的，一时半会儿好不了。

只要是省界之内，李燃爸爸谁都认识，靠自己也靠时代潮流，一点点打拼出来的，认识的人也是一笔笔生意一顿顿大酒自己喝出来的。

他以前从来没有一刻想过要把家业交给儿子。

富不过三代有时候不仅是因为后代败家，也因为许多人脉关系是无法被子女继承的。李燃爸爸认识的叔叔们并不认他，老李总再怎么带小李总出街，小李总也只是个孩子。

王南昱只能说出李燃爸爸似乎是做建材发家的，然而财富一旦积累起来，自己会滚雪球。

炒房也赚，投资会所也赚，买卖商业用地赚钱，买矿山一不小心挖出来点什么东西，赚得更多。

他们家到底算是做什么的？

富一代也很想搞明白自己到底是做什么的、财富又要如何传承下去。他们读像 Frank 这样路径清晰管理有方的成功人士传记，让自己的孩子去美国英国读商学院，想把孩子培养成 Simon，而 Frank 们却一边让 Simon 卖命，一边拼命寻找着像李燃或李燃爸爸这样在国内如鱼得水黑白通吃的人来帮助自己在这个遍地是钱的大中华“不明不白”滚雪球……

陈见夏倒是什么都看得清。

只是穷罢了。

她拼命读书，知识改变命运，终于有资格，站在 Simon 和李燃之间指点江山。

真是太荒谬可笑了。

“不是说五行不缺钱？”

她在他伤口上蹦迪，他只是笑。

“现在有点缺。”李燃说。

他把啤酒从她手中抢过去，说，结冰了，别喝了，快起来，你自己也冻坏了就没人压得住你妈和你弟弟了。

“我还有事，你进去暖和一会儿，让王南昱找辆车送你回家吧——你回家还是回医院？”

“你有什么事？”

李燃拍拍外套，“不关你事。”

见夏把手揣进兜里，攥紧拳头：“陪舒家桐爸爸喝酒吗？”

李燃哑然。

“她爸爸就是那个换了肝的叔叔？”见夏问。

“天，”李燃把啤酒往路边垃圾桶一扔，“王南昱的嘴怎么跟老太太棉裤腰似的，越来越松。我记得你以前说他是你们学校骑小摩托的古惑仔，你们学校古惑仔嘴都这么碎吗？”

“到底是不是啊？”

“不是为你。”

李燃说，陈见夏，不是为你，不关你的事，你爸那边就是顺便，你就当是巧了吧。

“嗯，老太太棉裤腰还说了，的确是顺便，因为你本来就要伺候他，他每天都来玩，他能帮你爸。你爸低不下头求他，你在求。”

“你有完没完？！”

“没完。”陈见夏也凑近他，“是不是夸我？”

天道好轮回。

“李燃，我陪你好吗？我也能喝一点的，真的。”

七十三

黑箱

陈见夏融入这个群体，是因为她点了腰上别着黄色牌子的女孩，棕色齐刘海，是全场看上去最乖巧的女孩。

她不知道他们在欢呼怪叫什么。

舒家桐爸爸果然性情很古怪，本来不苟言笑的，这时候开心得不得了，旁边的一群帮闲过来问，你知道牌的颜色是什么意思吗？

陈见夏是李燃带来玩的同学，“高才生”，包房里的人还没喝多之前都还能维持住人模狗样，他们给李燃最大的面子就是把陈见夏这个年轻女性也当作是玩客和捕食者的一员。

她懵懂地摇头，换来更大一波哄笑。

陈见夏看了一眼李燃，李燃朝她笑笑。是李燃让她指名这个女孩陪唱的。

整场酒局，她都因为这个姑娘而得以清净，两个人坐在角落说小话，总有人去上洗手间时候经过，看着她俩笑得诡异。

其实陈见夏知道，那个颜色的牌子，意味着能从这里带出去。李燃偷偷给她发短信，告诉她，走的时候一定要把这个叫豆豆的女孩带走。

豆豆很机灵，长发及腰，大眼睛扑闪扑闪的，虽然有假睫毛的功劳，但全撕下来也是一双灵动的好眼睛。她似乎在认真陪陈见夏玩骰子，却立刻能捕捉到场上不善的目光，每每有人要来找麻烦，豆豆都会率先站起来自顾自对陈见夏说，姐，看我给你喝一个，都在酒里了！

她仰头喝啤酒的时候，别人也就没办法跟她搭话了。陈见夏注意到她喝得很慢，而且很快便“醉”了，抱着陈见夏的胳膊不撒手，整个人都贴住见夏。于是在旁人看来她们真的成了诡异的一对儿，舒家桐爸爸简直开心得不得了，像看见了新鲜的马戏表演。

豆豆醉醺醺地和见夏讲自己家的事情。

“姐，你知道我妈怎么死的吗？”

我没问你。陈见夏觉得忽然聊起这个很诡异，即使她也喝了几杯，微醺状态下按道理讲什么都会放松，但谈妈妈的死到底不合时宜。

“我妈是疼死的。”

豆豆恍若未闻，继续说，她家很穷很穷，妈妈尿毒症肾透析很多年，家里实在受不了了，就不做了。最后一个月的时候疼得每天鬼哭狼嚎，闹了好多次自杀，但豆豆也不知道家里的钱都去哪儿了，明明自己很努力地在外面陪人打桌球，看客人眼色，可以赢也可以输，只要客人高兴了，一台可以赚不少，小费老板不管，都归自己，她也都给了家里，但她妈妈就是没钱做透析。

“我妈是坐在椅子上直挺挺瞪眼睛死掉的，家里属于她自己的东西都扔在院子里，木梳子，镜子，被面……家里没人，我弟弟在网吧，我爸在打牌，都是她自己扔出去的。太平间的大夫说她可能，那个叫什么，肝昏迷了？所以把自己的东西都扔出去了，她想要跑。没跑掉。”

陈见夏呆呆看着这个几乎要喝睡着的女孩。

李燃坐过来，耳语道，你别听她胡扯。

“胡扯？”

“讲完她妈怎么死的就到钟了，她平时都这么混的，那些男的最喜欢救风尘，爱听这种。”

这个场景实在诡异，一个五十多岁的叔叔在唱《向天再借五百年》，震耳欲聋，陈见夏怀里抱着一个女孩，李燃却近在咫尺，凑在她耳边讲话，热气喷得她有些战栗，痒痒的，晕晕的。

“李燃，吃醋了？今天被人截和了。”

舒家桐爸爸主动走过来，指着豆豆对李燃说道：“今天你这个同学抢在你前面把豆豆点走了。”

整场酒局他都像个佛爷一样，因为不能喝酒，就坐在那里，周围形成一个结界，看上去是牢笼，反过来，李燃他们才是笼子里的人，无论多热闹，都仿佛是一群被他观赏的猴儿，或许就是为了让他过干瘾才假装玩得开心。

陈见夏不知道该不该敬他一下，把豆豆甩到一边不厚道，坐着敬酒又不礼貌，一边纠结着一边举起酒杯：“舒叔叔、舒？叔叔……舒？”

这三个字连在一起居然这么奇怪，她怎么会刚发现？

陈见夏跟自己的口齿较劲，居然赢得舒家桐爸爸大笑，说，高才生挺有意思，不用喝了，随意。

本以为就这么过去了，舒家桐爸爸举着杯茶水，忽然对豆豆一声大喝：“起来！”

豆豆的假睫毛颤了颤。见夏知道她在装睡。

“让你起来，听不见？我的场子那么好混？！”

老人脸上阴恻恻的笑容变成了明晃晃的威压，唱歌的人也噤声了，陈见夏觉得整个房间的空气都凝成了固体，喘不进肺里。

“叔，我陪你喝吧。”

李燃这时候站起来。

这时候周围的陪客们才活络起来，好像终于等到了老爷想看的戏码，竟然开始起哄。

“英雄救美！”有个一直跟在舒家桐爸爸身边跑前跑后的帮衬喊得最起劲儿，把歌都切了。

老头笑笑：“一整晚看你都没怎么喝，酒量那么好，陪我来杯纯的吧！”

李燃说，好。

陈见夏愕然看他倒了大半杯人头马，一口气喝了下去，朝舒家桐爸爸亮杯底。

她以为他会说几句场面话，但也没有，喝完了就只是喝完了，两个人意味不明地对看，较劲似的。

老人忽然又笑了，很慈祥的样子，点点头，走掉了。

陈见夏彻底傻了。

李燃在进场前就对她预警过，这个人很奇怪，喜欢看猴戏，又喜欢猴挠他。李燃的举动就跟猴挠了他差不多。

耍猴需要每天都有新鲜感。今天他觉得新鲜了，够了。

等他走远了，李燃自言自语，我爸可没他那么变态。

“刚才那是为什么？”陈见夏问，“我没看懂。”

“他已经在这儿玩了两个星期了。这里每个人都欠他点东西，也有人是求他。上个星期我跟他玩骰子输了，他说让我把玩的车都卖了，他就帮我爸平掉一个亿。”

“你有多少车值一个亿？”

“车当然不值啊，”李燃笑，“面子值。就要我没面子嘛。我就都卖了。还没交易完，就是都挂出去了，只卖掉两辆。”

“让舒家桐看着你卖？我碰见你们从上海回来，就是为这个？”

李燃翻白眼：“他女儿自己乐意跟着我跑。”

见夏无言，给自己杯子里也添了一点纯饮，一口喝掉。

“那他是不是为了给女儿出气才针对豆豆的？”

“怎么可能。他就是今天没有新猴戏看了，自己不喝酒，场上每个人在干什么看得很清楚，豆豆在他场子混了两个星期了，那点小聪明，老头看得很清楚，他不爽了，之前豆豆又一直陪我，老头找一个人的碴儿等于找两个人的。他喜欢年轻人适当跟他对着干，这样，他就觉得自己还没老。”

屏幕的光映在他脸上，将他染成各种颜色。

“就算我真的是他女婿，他也不会因为一个陪唱公主找我麻烦，他在这儿玩，他老婆也不管。他之前差点死了，很在乎自己的命的，女儿、孙子、重孙子都没有他自己重要。”

李燃认真地说：“我对我爸也没那么重要。我爸栽了跟头，他换了肝，他俩这对拜把子兄弟都相当于死过一次。有钱人死过一次才明白，活着享受的东西，死了带不进棺材的，如果能一直一直活下去，他们连儿子都不会要。”

陈见夏忽然靠近他，吻了他。

“别说了。”

李燃温柔地摸摸她的头，“你该不会心疼我了吧？”

“你到底什么时候能解放？”陈见夏问。刚才那一出结束，她后背满是冷汗：“你是在等调解结束吗？”

“解放？”李燃刚刚那杯纯的好像上头了，耳朵红透，“解放什么，我自愿来当猴的啊。”

他指着豆豆，“跟她一样，场上每个人都是自愿的。”

你真的是吗？见夏看着他，迷惑又心疼。李燃说得对，有人欠，有人求，大家都是自愿做丑角的。

陈见夏也是自愿来陪李燃的。但她害怕了。

“我们能走吗？”她问，“我自己走也行。”

李燃的酒杯在嘴边停住了：

“见夏，你觉得我不能保护你？”

陈见夏在会议室里被设局质问的时候也没有怕过 Frank。但她一秒都不想再看见舒家桐爸爸的脸。

“根本不是保护不保护的问题！”陈见夏不知道怎么跟他形容自己的不适，明明李燃应该懂得的，但他在乎的却是别的事情。

“你还是觉得我靠不住，是吗？”他问，“就像你不愿意去南京一样。”

陈见夏抢下李燃的杯子，然后将豆豆推开，说，别装睡了。

但她根本推不开豆豆，女孩就像长在了她胳膊上，豆豆低声说，姐，你把我带走，求你了，姐我求你了。

“好，”陈见夏轻声跟她说，“我带你走。”

“把她带出这个场子要给额外的台费，你什么都不懂。”李燃说。

陈见夏火了："我为什么要懂这些？！"

她出去读书，就是为了懂得一些知识而不需要懂得另一些莫名其妙的"常识"；带走自己所有的行李，就是为了不要像豆豆的妈妈一样把自己活活疼死在院子里也跑不掉——无论这个故事是不是豆豆为了杀时间编出来的。

在陈见夏最昂扬的时刻，李燃说，那你懂怎么给你爸爸找肝源吗？

陈见夏对李燃说过，她觉得生活是一个黑箱子，看不清这一端的输入到底是如何转为另一端的输出，不知道那个箱子里发生了什么。

她依然不知道。但她此刻正坐在这个黑箱里。而他一直坐在这里。

七十四

豆豆

陈见夏是热醒的。

踢掉被子，发现自己什么都没穿，皮肤裸露的感觉让她迅速从迷糊的余梦中清醒过来。李燃平躺在床上，睡得安然，她驯顺地窝在他怀里，被他紧紧搂住。

陈见夏轻轻将自己挪开，蹑手蹑脚下床，寻找自己扔了满地的衣服——包房里男人吞云吐雾，她一整夜泡在里面，泡入味了，连最贴身的内衣上都有残留的烟味。见夏本就宿醉，闻了更想呕，实在没勇气穿上。

她将自己和李燃凌乱的衣服都捡起来，叠好放在床尾的脚凳上。

她去衣柜里拽了浴袍，随便挡在胸前，先冲进了洗手间。

真是奇怪，她竟然好好地卸了妆。不像很多人酒后第二天浮肿，除了头发睡得乱糟糟，她看上去居然面色红润神采奕奕。

不知道是不是因为难得睡了一个漫长的好觉。

见夏看见酒店用品上的logo，香格里拉。她翻开装洗漱用品的小匣子，看见梳子，拿了出来。

洗澡的时候淋浴间的门忽然开了，她吓一跳，被水迷了眼睛，李燃走进来，从背后抱住了她。

“出去！”

“怎么翻脸不认人？”李燃困惑，渐渐明白过来，“你断片了？！”

陈见夏勉强睁开眼，“我们怎么就在酒店了？”

“能不能先不说话了？”他们一起淋在温热的雨里，李燃低头吻她，把她压在玻璃上，“先做点别的。你昨天答应我了。”

见夏踮着脚帮他洗头发，洗得很认真，用泡沫在他脑袋上堆起了一个圆圆的巴洛克顶，自己先笑了。

李燃摘下一朵泡沫，抹在陈见夏鼻尖。

这次她主动搂住他的脖子，轻轻在他嘴唇上亲了一下。

“我感觉有好多事情都没说清楚，现在也不是该开心的时候，”见夏看着他的眼睛，“但是好开心。就这一刻。”

她眼泪又掉下来，“真的好开心。”

忽然听见笃笃的敲门声，两个人关了水，又听了一会儿，的确是敲门声。

“打扫房间？”见夏困惑。

李燃烦躁：“不可能，我按了请勿打扰的。”

陈见夏微微脸红：“我洗完了，我过去问一声。”

她裹上浴巾，光脚走到门口，说：“我们先不打扫。”

“姐？是我！”

陈见夏拨开猫眼上面的小盖片，看见一个头发短短、像个小男孩一样的姑娘站在外面，她仔细辨认了一会儿五官，蓬勃年轻，是好看的，一双清澈的大眼睛。

但是不认识。

姑娘嗓门巨大："姐，是我，豆豆！发微信也不回，你俩起了吗？"

陈见夏不敢相信，她冲进浴室，李燃已经听见了，顶着泡沫脑袋一脸无奈："她住我们隔壁，是你非要给她开一间的，别看我。"

她们坐在大堂沙发上等待李燃在前台退房，豆豆跟她解释，她自己去楼下吃过早餐了，这个酒店的早餐，"好——丰——盛！"

"服务员说十点半就结束了，我怕你俩吃不上，着急给你发微信，你不回，我就来敲门了。"

见夏不知道说什么好，甚至不知道应该先问什么——你的长头发呢？你为什么住在我们隔壁？我们怎么加了微信？……

然而她问："……好吃吗，早餐？"

"好吃！怪不得酒店贵，贵有贵的道理！"

见夏回头看了一眼，李燃一边办手续一边打电话，不知道是被什么事情耽搁了。

于是豆豆把她那边记得的事情一件件讲给见夏听，竹筒倒豆子，声音也脆生生的。那双熟悉的大眼睛让见夏也随着她的讲述渐渐回忆起一些画面。

舒家桐爸爸回来时，陈见夏猛抽了三个 shot 的龙舌兰，拉着李燃和豆豆去跟“舒叔叔”道别。

舒家桐爸爸笑得像蛇在胳膊爬。

“你们走没问题呀，高才生是新加坡的？那我要加一下你微信了，我自己女儿也准备去那边读书……”

李燃迅速截断：“我拉群，她们可以在群里交流，也可以单独加，最直接。”

他们居然轻松逃脱了那间豪华包，走廊里，见夏脚步虚浮，李燃在左边扶着她，豆豆还紧紧挂在她右胳膊上。

陈见夏看着躲在自己身后眼巴巴的豆豆，误会了，豆豆是想快点跑，见夏竟然说，刚才没叫你，你也要加我吗？

李燃当时便心道不妙，陈见夏肯定是醉大了。

车先把豆豆送到了她租住的地方，楼下是一家理发店，四周连路灯都没有，黑黢黢的，玻璃门底下挂着一把大锁，豆豆下车拍了很久，都没人开门。

李燃等得不耐烦，说，我把你送回会所。

豆豆扒着窗玻璃疯狂摇头：“我今天不能回去，我以后也不回去了！”

李燃对她没有流露出半点同情，冷笑：“你不是挺有主意的吗？怕什么？”

陈见夏晚上刚到会所时候看见的那个哭哭啼啼的女孩就是豆豆，李燃劝她不要贪多那几百块，离姓舒的老板和他的场子远点，“你已经开始招他烦了。”

豆豆怎么都不肯，装疯卖傻地说，不怕，反正有你嘛！

听到这里，见夏问：“你们早就认识吗？”

豆豆揉了揉头毛:“嗯，我陪打桌球的时候，因为不会看人眼色，那个叫啥？得意忘形了，赢太多，把客人赢急眼了，要揍我，是燃哥帮了我。省城也不大，后来我去陪唱，他去找我们老板谈事儿，我在走廊又碰见他了。你看，我这个头发！”豆豆指了指自己的脑袋瓜，“就是他跟我说，叫陪玩的土炮都喜欢长头发的，他说你去买顶假发，发发嗲，以后就不会挨揍了。”

“他给你的建议就是买顶假发？”

“很有用啊！立竿见影！”

豆豆看着文化水平不高，但非常热爱用成语，还反问陈见夏:“要不然呢，他应该建议我啥啊？”

陈见夏这才发现自己说不出口。去读书？去找份正经工作，去传菜刷盘子？

“你家里真的很困难？”

豆豆忽然露出了一个让陈见夏惊异的表情，老练，冷漠，又厌倦。只在那张年轻的脸上闪过一瞬。

陈见夏问了一个豆豆的客人们最爱问的问题，他们搂着她，听她讲一个意料之中的故事，拍着她的肩膀，语重心长地说还是应该去做个正经工作，说着再用力捏两把。

“燃哥没跟你说吗，我这种女生，就是又苦又懒。”

豆豆从面无表情又恢复天真烂漫嬉皮笑脸的样子，但陈见夏已经分不清楚究竟哪张面孔才更接近真实的她。

“你喜欢他？”见夏问。

豆豆笑得更灿烂了:“姐你别逗了，你俩那么好，我就是这段时间帮他挡一挡，他也顺手帮我一把，互惠互利互帮互助，姐你别往心里去，不对，我这破嘴，你不可能往心里去，我算啥啊。”

陈见夏说对不起，是我问得太过分了。

豆豆像一只小动物，认真揣摩着见夏的神情，直到她确认，这不是来自“高才生”虚情假意的“礼貌”。

豆豆眼圈有点红，说，喜欢……肯定是有点，我平时很热爱阅读的，一有时间我就阅读小说，那、那我遇见他这种人，也会做白日梦，不犯法吧？

见夏摇头，不犯法。

“姐，昨天谢谢你啊，怕我有危险，非要带我住酒店，要不然，我都没机会住这么漂亮的地方。”

“又不是我给钱，慷他人之慨。”

豆豆有些迷惑，似乎在盘算是不是该翻词典学习一些新成语了。

“但要不是你坚持，燃哥不会的，我不是第一次闹这出了，记吃不记打，他不会管我的。我这种人——不是说我啊，我当然记你的好——我是说，像我这类人，不值得同情，千万别做滥好人。你太没有社会经验了你知道吗，昨晚上还说要跟我住一个房间，要换成我姐妹，你昨天包里东西都让人给顺没了！”

李燃走过来，对见夏说，我送你去医院。PET-CT 结果出来了吧？

陈见夏点头，“早就出来了，没扩散。”

“那我们就接着往下一步走吧，也不知道能走到哪一步。”李燃看了眼豆豆，“你自己能回家吧？”

豆豆点头，真的像一粒小黄豆，蹦蹦跶跶的，强撑着一脸营业性质极强的灿烂笑容，嘴巴咧得比内心快乐。

她从沙发上背起包，忘拉拉链，假发掉出来，被随意地塞回去。李燃对她说，舒老板那边你好自为之，我劝你最近别再去那家了，非要做，换个地方吧。

豆豆说知道啦，咚咚跑远了，消失在旋转门外。

去医院的路上，陈见夏问，豆豆给我讲的她家里的事，到底有没有一句话是真的啊？

李燃说我不知道，因为每次她讲的都不一样。

“但我知道她老家的确有个弟弟，来省城玩过，我见过。

“我爸的纠纷第一次开庭，我正烦呢，她说她弟弟来了，因为以前我帮她很多忙，她要弟弟请我吃饭感谢我。可能就是想表现自己弟弟人不错吧。我正想散心，就去了。在商场地下一楼那种‘大食代’，说要请我吃麻辣烫。我到的时候，他俩正在那儿玩夹娃娃机，她弟弟请客，扫了七八遍码，一个都没夹出来。豆豆心疼了，不想让她弟再花钱，她弟嘴巨他妈甜，说这是给我姐的，再试一百遍也一定夹一个出来。”

“还行啊。”

李燃哭笑不得：“你们当姐姐的是不是平时被压榨太狠了，怎么那么容易满足啊？”

“怎么了？”

“她每个月打给她弟弟的钱，够夹多少个娃娃了？那么大个小伙子，也不上学，也不工作，来了一趟觉得省城好玩，现在就赖着不走了。昨天她死活要赶场子就是因为跟她弟吵架。她弟在打一个什么页游，每天充钱，但豆豆的工作是每天领现金的，她一个星期去一次 ATM 把现金存进卡里。昨天微信钱包钱不够，她弟弟急得火上房似的，一分钟都不能等，她说自己上班在忙，让他等等，然后跑来找我问能不能给她微信转一点钱，她给我现金。”

李燃拍了一下方向盘，懊恼，“靠，光说话，走错了，这儿要左转……一会儿前面掉头吧。”

“后来呢？”

“后来？就找我换现金这么个工夫，那小子就打电话过来了，骂得她脸上当场挂不住了。她弟说，你上他妈什么班啊？你是干什么的，真以为我不知道啊？——然后她就哭了，再然后你就来了。”

陈见夏用手指头抠着窗玻璃上的一个小黑点，抠了很久，才意识到那个污点在玻璃外侧。

“最后娃娃夹到了吗？”她问。

七十五
自己人

陈见夏的父亲成功转去了天津第一中心医院，全国最知名的器官移植中心之一。

病房环境很好，是小套间，一室一厅还带一个放行李的小储物间，见夏妈妈本来做好了艰苦陪床打地铺的准备，被吓到了，将见夏拉到一边问，这一天得多少钱？

见夏说，没有 ICU 贵，住一个星期也比不了 ICU 两天。

“没有更便宜的吗？”她避着见夏爸爸，掐了她胳膊一下，“我俩都不是讲究的人，是不是让人给坑了？”

“有更便宜一点的，但住在这儿是有原因的，”见夏低声说，“跟你解释不清。你就当是必要的开销吧，支持创收，排队更容易优先考虑我们，我不会乱花钱。”

“你掏钱？”

见夏不解：“我不跟你们抢，家里有积蓄，那就给我减轻点负担吧。”

郑玉清又拽她，见夏烦了，“你说话就说话，为什么总扒拉我！”

郑玉清说，我以为，是那个男的出。

“那个男的”就是李燃，帮忙办手续免不了和见夏的家人见了几次面，郑玉清看他的眼神总是躲躲闪闪的，她以为妈妈会问她，这是不是你男朋友？那么爱问问题的人，竟然没有问。

“我们早就说好了，他已经帮了我们非常多，钱的事，肯定是我们自己来。”

“那还是不想帮，关系没到那个份儿上。”郑玉清也急了，“你别嫌我说话难听，没什么心意是钱衡量不了的，你心里有点数！”

陈见夏冷冷看着妈妈。

她省略了中间太多曲折，现在都不知道妈妈讲出这样天真残忍的话究竟是该怪谁，或许怪她自己承担太多，让妈妈和小伟把整件事情都看得轻飘飘。

“你知道有多少人有房有车，也愿意倾家荡产换条命，却不知道去哪里换吗？一年才几个名额，有多少人能转到这里来？我再说一遍，不是钱的问题，他做了多少，这件事本来就不方便拿到台面上说，你以后都不要再提了，我听着不舒服。”

郑玉清撇撇嘴，想说点什么，忍住了。现在女儿是最得罪不得的人，她嘴上说是“我们”的钱，其实都是陈见夏一个人在掏腰包，即便如此，郑玉清依然心疼，陈见夏知道妈妈是把她的钱也当作全家共同财产在珍惜的，她的钱就是家里的钱，是弟弟的钱。

只是现在不敢明说也不敢惹她罢了。

李燃叹息豆豆是个傻子，弟弟拿着她给的钱夹几个娃娃，就感动得到处说，我弟只听我的话，谁的话都不听。

而陈见夏自己也是给弟弟买了婚房的人，只是没把那么多傻话讲出口，看上去没那么蠢罢了。

在天津爸爸每天做常规检查和治疗，而她自己只有一件事：等。

为了节约开支，在医院附近的宾馆少开一间房，小伟暂时留在了家乡，他在电视台外包的节目组当场务，买了车便注册了好几个平台的网约车司机，偶尔跑跑赚点外快，工作虽然三天打鱼两天晒网，毕竟还是要经常去点个卯，现在反而没有见夏自由。

等待的过程极为煎熬。

多等一天，扩散的风险就大一点，每天的检测数值并不能完全反映真实情况，到达某个质变的标准，就无可挽回了。没有人知道爸爸的身体里正在发生着什么变化，他吃一顿饭、打一次针、翻个身、咳嗽一声，是不是就惊动了附在血管上的恶魔？

肝脏已经长得像菠萝，到处都是结节。

大夫私下也和陈见夏说过，家属不要看着他平平静静的，尤其是打了止痛之后没事人一样，其实随时都可能……以前有个门静脉瘤的患者，没事人一样，觉得自己都不需要住院，坐在公交车上忽然吐了一身血，没了。

“也可能喝水突然呛了一下，人就没了。”

见夏笑笑说，大夫你放心，久病成医，我们家属查资料查多了，也快成半个大夫了，我们都有心理准备的。

大夫说，还是读过书的好沟通，那就好。

见夏说您多费心。

她走出诊室就哭了。

见夏从小就没几个朋友，大多事情憋在心里，无论是尿尿的少年还是无趣的成年，忍气功夫一流。只有短暂的两段时光，嘴里闲不住，像个松鼠一样絮絮叨叨什么都讲。

全都是和李燃。

他是她的初恋，最好的朋友，最信任最赤裸的爱人。

不需要陪床的时候，陈见夏每一天都向李燃无度索取，她只想哭泣、讲话和吻他。有一天李燃刚进房门，见夏就扑了上去，李燃后脑勺猛地撞在门上，撞得眼前出现了重影。

见夏尴尬，蹲下说，对不起，你没事吧?

“你没事吧？”李燃还有心思开玩笑，“对不起你错过了我最好的年纪，我现在真有点吃不消，要不你也去医院看看，你这是怎么了？”

“我不知道。”见夏说。

死亡和无望的等待让她特别渴望身体的温暖。

“你抱抱我，好吗？”

李燃心疼地将她搂进怀里。

李燃离开过两次，她知道他也很忙。他不在的时候，见夏无法入睡，自己坐大巴去了北京，跟着举小旗子的大叔大妈一起爬长城，然后赶大巴回到病房替换妈妈陪床，硬生生把自己累到睡着。

死神在倒计时，时间过得又快又慢，心里越紧迫，读秒却越慢，她本以为自己会盼着时间走慢点。

早上，李燃打来电话，说他刚下飞机，这次陪喝效果很好，“舒叔叔”终于肯介绍最牢靠的关系。

“你跟我一起去吃个饭吧。午饭，都是医生，他们不喝酒。你自己斟酌要不要叫上你妈妈，毕竟是全家的事。”

见夏几乎没有思考：“不用叫她。”

她忽然觉得这句话耳熟极了。

当年她告诉爸爸新加坡留学项目的事，问他有没有跟妈妈商量，爸爸也轻描淡写地说，不用。

吃饭的地方是李燃安排的，陈见夏紧张得满手冷汗，她知道这顿饭至关重要，大夫和中间人会亲自衡量这件事“值不值得”——患者家属人品如何，情绪是否稳定，会不会因为钱扯皮，会不会做完后因为效果不理想反身举报投诉……她不知道应该如何表现，坐在包房里等待的时候，一个劲儿问李燃，到底几个人，分别都是谁，我应该坐这里吗？主位应该留给谁，真的不喝酒吗？……

李燃轻轻地亲了她额头一下，说，你什么都不用说，有我在。

见夏想起那次在“舒叔叔”的酒局里和李燃没能展开的争吵。她无法忘记李燃脆弱的眼神，他问她，你还是觉得我不能保护你，对吗？

她在最不合时宜的时刻想要重新回答他。

门这时候被推开，第一位客人到了。

一共来了四个人，他们彼此认识，李燃也在问过名字之后和他的信息对上了号，但直到最后吃完，见夏都没分清他们究竟分别是什么身份。

大概是故意模糊的。

整顿饭陈见夏都很安静，他们知道她是患者的女儿，陪床几天，又焦急等了一个星期肝源，人没有什么精神头，但很有礼貌，温温柔柔的，通情达理的样子。

他们没有半句提到见夏爸爸的病情，只是谈天。李燃和他们聊得很愉快，一度让见夏忘记了他们到底为什么而聚在一起。她默默听着他们聊中国的肝胆外科世界一流，无论科研还是实操水平都极高，因为曾经一度是乙肝感染率高的大国，从大三阳到肝硬化、肝癌的不可逆发展，还会在相当长一段时间内困扰国人。

除了高谈阔论，也听到一些让见夏感到安慰的话：移植技术在国内已经相当成熟，下不来手术台的概率极低，三天、七天内的死亡率也极低，两个月之后才开始增高，三年存活率可以达到 50% 以上，因为技术成熟和配型谨慎，排异反应也没有普通人想象的那么高。

见夏喝了口茶水。她生怕自己追问了，会让他们觉得家属偏执，影响对她的印象。

但其中最晚进门、一言不发开始埋头吃东西的人忽然开口了，说：“但门静脉瘤不一样。我要没记错，舒总之前是肝上长了四颗，血管上麻烦多了，换完三年内死亡率也……最近是多少来着，90% ？ 93% ？复发的也多。”

他是全场看上去最年轻也最邋里邋遢的人，不像大夫，倒像个跑片场的导演，扎个小马尾，穿着口袋很多的卡其色渔夫马甲，一边说话，一边抬眼瞄着陈见夏。

陈见夏没急着“表忠心”。她知道对方是故意的。

“但不换就是百分之百。”见夏叹口气，是对着李燃说的。李燃伸手揉揉她的头发，投来赞许的眼神。

一个胖胖的男人打圆场：“老许是老‘飞刀’了，他不一样。”

那个叫老许的谦虚笑笑。

渔夫马甲继续埋头吃饭，也不知道见夏的表现是否让他放下了心。

四个人是分别进门的，吃完饭也是陆续离开的，那个老许最先离开，因为他在武汉和广州分别要赶两台手术，胖男人调侃他说武汉都快成老许第二个家了。

渔夫马甲第二个走的，临走之前终于说了几句算是和见夏爸爸相关的：“不一定等得到，这过程反反复复的，有的是折磨等着你呢，一会儿哭，一会儿觉得充满斗志，过一会儿又哭。有希望还不如没希望。”

陈见夏蒙了，李燃笑着接话：“他们家就她一个说了算的，她能撑得住，您就多费心，折腾几次她都扛得住。”

渔夫马甲笑笑，招呼都不打就走了。

胖胖和事佬和另一个伙伴一起离开，他笑眯眯地对见夏和李燃说了几句鸡汤：“好多病患都是第一次治疗的时候充满信心，全家人拧成一股绳，很有精神头，二次复发时候撑不住了，信心崩塌了。人的精神状态很影响病情发展，不是玄学。病这个东西很奇怪，你强它就弱，你弱它就强，你爸爸的情况，是在跟癌细胞抢时间，他能给自己抢多少时间，我们真帮不了忙。平时多跟他聊聊。”

见夏终于说了一句切身相关的：“他总睡觉。”

和事佬说，睡觉比摔东西好，肝昏迷表现不一样，有的犯困，有的发癫。看来你爸爸脾气不错。

人都走了，一看手机，才下午一点半，她累得要虚脱。明明也没做什么，也没说什么。

李燃也不轻松，长出一口气，开始吃圆桌上已经冷掉的饭菜：“饿死我了，从早上到现在一口都没吃，刚才也不敢吃。”

原来他也一样慌。陈见夏把椅子挪到跟他紧紧靠在一起的位置，将额头抵在他肩膀上。

李燃一边狼吞虎咽一边跟她说，这次见面最关键的是那个穿马甲的，能不能找到肝源，全靠他了，另外仨人是后面才用得上的，肝源送去哪儿，我们就飞去哪儿，许大夫是飞刀，也会跟我们一起。

“那人很厉害，背景不简单，年纪只比我们大一点点，舒老头说，他已经摘了一百多个了，只负责摘，而且有很多资源。舒老头唯一提醒我的一句就是，他性格很古怪，别惹他，也别奉承他。”

“订金给了吗？”

“你当我下飞机之后一上午去干吗了？预约了天津分行大额取现，早就装包里给他了。”李燃强调，“找不到，也不退的。”

数目李燃之前跟她都说好了，见夏说，好，我下午转账给你。

李燃在这件事上彻彻底底尊重她，早就给了她正确的银行卡号。

他想了想，说，你今天表现很好。

“表扬小孩吗？”她哭笑不得。

他摇摇头：“你的确变了非常多。但跟我高中时候猜的差不多，属于……”他用了一个古怪的词，“属于同一个大类型里面的。”

“意思就是你都预料到了，没惊喜？”

“抬杠有意思吗？”

“有意思，”见夏把下巴搁在他肩窝，“特别有意思。他们终于走了，我终于能说话了。”

李燃夹了一粒宫保虾球，递到肩前，见夏一口吞掉。

“那你更喜欢以前的我还是现在的我？”她问。

“都喜欢。”

“别敷衍我。”

“爱信不信。我以前是想陪你变成这样的，我说了，我早就觉得你会变成这样，而且，你自己不是也想变成这样么？”

他说夏天迟早会来，而她的确摘下围巾，去了夏天。

变成了今天的陈见夏。

李燃不知道自己哑谜一样乱七八糟的话，让陈见夏红了眼眶。他背后又没长眼睛。

她忽然说：“舒家桐没加我。你拉的那个群，没有人讲话。”

“怎么又跳到这儿来了？”

“她爸爸知道你给谁介绍这些大夫吗？舒家桐知道她爸爸给你介绍这些大夫吗？”

“她管得着吗？大夫忙得很，也不会什么事儿都去跟舒老板汇报，舒老板也从来没觉得他女儿很重要，他更希望我爸赶紧死。”

“你知道我问的不是这个。群里面你们两个用的是同样的头像，直到今天。”

李燃笑出声了。

“你也没加我的微信啊，你每天都去看一遍我换没换头像吗？”

“你先回答我的问题。”

“你这个问题到底憋了多久？怎么才问？”

“晚就不能问了吗？”

“能，”李燃好像很高兴的样子，“但是问得太晚了，我都等着急了。你问我，我才觉得，你真的回到我身边了。”

倏忽间她好像又是那个高中小女孩了，彻底被洞穿。

“你以前问凌翔茜的事，没这么沉得住气。你长大了，对外人越来越沉得住气了。这一点我不喜欢。”

她默默用脸颊蹭他的 T 恤，棉 T 恤带一点点绒，很温柔。

“那现在不是问了吗，你到底要东拉西扯多久？”

李燃往后一靠，把她揽进怀里。

“其实就是碰上了，我不是在英国读的大学吗，毕业前跟同学一起去大阪玩，他们要去橙街买潮牌，我跟着一起，碰到她和一群女同学。她那时候……好像还在上高中吧？还是初中？我真记不住了，我爸和她爸还没闹翻，就合了张影。”

“然后？”

“然后我最近不是给她爸爸当孙子嘛，她就强抢民男，她爸摇骰子让我卖车，她跟着去上海看我找朋友挂牌，唱 KTV 也跟我玩了一把，我他妈又输了，她说要我换微信头像，要挂三个月。”

“你还挺守信用。”

“我那时候又没女朋友，她喜欢我，长得还漂亮，她爸还捏着我爸的命，我惹她干吗？换微信头像又不掉块肉。”

见夏不吭声了。

“我去不是吧你哭了？！”李燃手忙脚乱把圆桌上的纸巾盒转到自己

面前，抽了几张递给她。

“吃醋了？”

“嗯。”

“晚了点吧？”

“嗯。”

“妒忌？”

“嗯。”

李燃愣了：“我说让你别沉住气，你也不用这么沉不住气吧？”

他又高兴又无措，像个傻子。

过了一会儿，李燃反应过来，刚才大夫说家属情绪不稳定，你是不是就是找借口哭一下？

“嗯。”

随便吧，见夏想，我也分不清。

七十六

恩典

渔夫马甲说有希望不如没希望，并不是一句风凉话。陈见夏很快体会到了过山车一般的喜悲。

午饭后第三天，李燃接了个电话，告诉她，有希望。

广州一个三十三岁的快递员在出租屋煤气中毒，抢救无效，AB 型血，配型有望，成功了。

又过了三个小时，他又接了电话。

快递员未婚，父母双亡，无法第一时间联系到直系亲属，协调员说，没有亲属签字，没可能摘，来不及了。

陈见夏很后悔自己没让妈妈回避，妈妈只听到了第一个电话，欢天喜地告诉了爸爸，她没拦住。

夕阳照进病房，陈见夏决定自己去和爸爸讲。

一看到她进门的表情，见夏爸爸就明白了。他笑笑说，自己在科里察言观色一辈子了，什么都不用说了。

“那就聊点别的吧。困吗？”

“睡了一下午了。”

骗人。知道有希望之后，爸爸不可能睡得着。

有一搭没一搭聊了许多。

爸爸那个自己花钱却假装单位配车的科长退休前被查，咬了很多人，也包括不合规地生了两个孩子的见夏爸爸，肝硬化来得是时候，给了她爸爸体面退休的理由。

还聊到了卢阿姨，女儿很争气，移民去了澳大利亚，却没提带她走，并且再也没回来过。卢阿姨也生了一场病，摘了卵巢，忽然就老了，当初温柔知性地说生男生女一个样，后来竟也拉着见夏妈妈拉家常说早知道像你一样就好了，还是得留一个在身边，现在都不知道孩子是给谁养的。

也许当初她也不觉得生男生女一个样，并没有那么知性，只是为了在见夏爸爸面前衬托自己不像郑玉清一样庸俗。

也许她只是变了，生活的苦痛改变每个人。

东拉西扯很久，爸爸忽然说，小夏，我知道你尽力了。

“我妈嘴太快，”陈见夏不想接这么像盖棺论定的话题，撒谎道，“其实之前就有好几个肝源，这种消息每天都有，我只是这次没瞒住她，你别当多大个事儿似的，说不定明天又有两个消息，我都麻木了。”

爸爸仿佛相信了，但演得不太好。

“爸爸妈妈其实对你不太好。”

陈见夏终于不耐烦：“爸你有病啊？！”

“的确有病。这不正治呢么。”

她几乎没听到过自己爸爸开玩笑，先是愕然，然后才笑了。

这段时间对谁都不轻松，爸爸刚入院就抽了十四管血，抽动脉血的时候，陈见夏以为护士要杀人——针头是直着扎进身体的，她看着，自己半边身体吓麻了。

抽动脉血比静脉血难的不是一点半点，找不准深度就等于白扎，实习护士没有太多抽动脉血的练习机会，比病人和家属表现得还紧张，扎进去一次，拔出来一点，找不对便重来，连扎五针，见夏爸爸疼得一脑门汗，还在犯公务员病，跟人家摆老同志架子，说，别紧张，别紧张。

二型糖尿病凝血功能不好，五针过后，护士也放弃了，几乎是逃走的，跑去找护士长了。临走前对陈见夏喊，你按住，把棉花按住！

按了整整十五分钟。护士长来了，啪一针就准确抽出来了。陈见夏有些埋怨，说为什么拿我爸练手，他快疼死了。

“都不想做被练手的，那他们怎么长经验，都指着我？”热门三甲医院的护士长脾气都不好，直接把陈见夏怼得没脾气。如果她不是病人家属，肯定也觉得护士长说得对，不给机会，实习护士要怎么成长为新的护士长呢？

但轮到自己家人，是另一回事。

陈见夏盯着窗外血红的夕阳发呆。短短时间里发生太多事，她太疲倦，每天都会忽然陷入回忆。

一转头，爸爸身上抽动脉血留下的针眼还在，竟然结了一个疤。

“我这个病，纯属劳民伤财，你为什么呢？把钱留着，投资，理财，在你工作的地方买房子。”

“买房子？”见夏笑了，“爸你知道新加坡房价吗？知道上海购房资格吗？而且我这点积蓄，已经错过了，追不上涨幅了。”

陈见夏即便在最感伤的时刻，也保持着一丝理性，好像她天生就是一个记仇的小孩，可以随时随地跟任何人复盘任何事。

“你要是真这么想，当初就应该拦着我在省城给你们买房子——给小伟买婚房，应该这么说。”

陈见夏爸爸脸上流露出一丝羞赧，他一直作为一个病人被保护，近几天直接和见夏沟通、争吵、兵戎相见的也是郑玉清，还没怎么见识过女儿的牙尖嘴利。

“你还是怨我们吧？那还这么费心救我。”

“爸，你是想让我安慰你，还是真想知道？”

“哈哈，”她爸爸笑了，脸因为浮肿而显得年轻了一些，“你这么说，我不想知道也得知道了。”

“因为我说要倾家荡产给你治的时候，你没有拒绝。”

陈见夏仰头，把眼泪逼回去。

“因为你不想死。而我是你女儿。我可以逃离家庭，可以找各种借口，巧言令色，装傻，反正只要不回家，亲戚朋友怎么说我我听不见。

“但只要我不忍心，我就只有这一个选择。没意识到没听见也就算了，我知道了，听见了，我就肯定会选这条路。”

她倒宁肯她成长在豆豆那样的家庭。再狠一点，再不堪一些，而不要掺杂那么多欢乐的回忆。

她记得在游乐场旋转木马前，爸爸躲清静在长椅上坐着乘凉，妈妈一个人顾两个孩子，她和弟弟都想要骑白马，但抢的人太多了，铃响了，时间紧迫，妈妈把弟弟抱了上去，跟她说，赶紧自己找个小车坐上得了！

但委屈憋闷过后，发誓这辈子也不要跟爸爸妈妈讲话、要离家出走、要让他们知道厉害之后，夕阳西下，他们又给姐弟俩各买了一支伊利火炬冰激凌，陈见夏不爱吃巧克力脆皮，于是弟弟帮她全啃了，把里面的奶油留给她，她又觉得，爸妈很爱她，弟弟也没那么烦人，生活很幸福，今天真是难忘的一天啊，好开心啊。

还写进了作文里。

她有时候记得被妈妈当机立断放弃掉的屈辱和恐惧，有时候记得夕阳下那支冰激凌的温柔。

有时候记得爸妈因为机票太贵而找各种理由劝她不要回家，有时候记得他们转眼就为了小伟的各种事漫天找关系撒钱，有时候又会在闷热的长廊边，写着论文，哭着想家。

爸妈健康时候她躲着不回来，现在一个癌症一个神经紊乱，她千里迢迢跑回来还债，全宇宙的力量都在促成她回来还债，稳定许多年的工作泡汤，马上就要完成的新加坡服务期中断……好像她这辈子出生就是为了还清一些东西，再不情愿也要不停地给。

陈见夏伏在李燃温热的胸口，和他讲着自己混乱无序的过去，讲着讲着自己也觉得无趣，撑起身体去吻他，长发散落，盖住他的脸。

李燃伸手轻轻将她推开一点点距离，见夏故意气他，“没力气了？那算了。”

“我不想自己也混在你乱七八糟的记忆里。”他说。

“嗯？”

“以后再回忆起来，就是旋转木马、奶油冰激凌，还有稀里糊涂跟我做爱。”

陈见夏跌坐在床上，茫然无措。

他们没有开灯，月光透过半扇薄纱照进来。李燃也起身，双手捧着她的脸，晃来晃去。

“小时候的事晃出去了吗？”

“嗯。”

他这才回吻她，说，那你记清楚。

后面的事的确记得很清楚。

又过了两天，晚上见夏正在一边给爸爸喂饭一边等妈妈来换班，李燃忽然敲病房门，跟她说：“我有点事得回一趟家，把一些单据给你。”

陈见夏起身出门，她知道肯定有事。

李燃说，又有电话了。

“这次很巧，就在省城，飞回医大二院就可以做。”

“再等等吧，”见夏不想再空欢喜了，“确定了再说。”

“我已经等了大半天了。二十岁的男孩，过马路时候经过大货车死角，被剐倒了，颈椎断了，人在 ICU 待了一天了，已经判定脑死了。就算没有脑死，也是高位截瘫，听大夫说，死了倒是解脱。”

见夏低着头。若是平时闲聊，倒是能说句可惜，但她现在的立场，说什么都不对。

她不敢承认，第一时间掠过脑海的想法竟然是，二十岁，更年轻，比之前三十三岁那个好。

恶心的念头。

“家属也在，协调员说，家境很差，本来孩子妈妈都答应了，要签字了，”李燃两根手指一捻，做了个手势，“那个也……总之各个方面都谈好了，男孩姐姐突然来了，说什么也不同意。

“现在有两个选择，等他自然死亡，或者……再加一点。但如果等，不知道等多久，很多脑死的患者可以撑很多年；如果不等，就再加点，协调员会再劝，但他们也经常遇到那种家属。”

“哪种？”

“觉得是意外之财，人都死了还能赚点，坐地起价。”

李燃垂下眼睛，陈见夏本能觉得，他还有事瞒着自己。

“就这些？”

“这些已经很难判断了。”

“就我的经济实力，的确很难，要是那位舒老板，根本不担心坐地起价什么吧。”

“如果只是因为这个，那我就帮你了，救命的事情，有什么好纠结的。”

李燃总是最了解她。

“是不是还有醒过来的可能性？你觉得我良心过不去。”

“百万分之一的可能也是可能，这么讨论就没尽头了。你先想想，别急着做决定。我陪你待会儿。”

妈妈来交接，陈见夏回酒店，什么也没告诉她。

李燃洗完澡出来，正在擦头发，发现房间里没有开灯。

黑暗中，陈见夏对着窗子，跪在窗帘缝隙露出的唯一一线月光下。

罪人般喃喃自语。

“见夏？”

陈见夏回头，她没有哭泣的意图，只是眼泪不受控地往下淌，好像大脑和情感在各做各的事，互不干扰。

“那个男孩，是豆豆的弟弟吗？”

李燃没有回答。

“我收到豆豆微信了。她朝我借钱。她说她弟弟被车撞了在 ICU，每天费用很高，为了证明自己不是骗子，还隔着小窗拍了照片。二十岁的男孩，被大卡车撞的，是吗？”

“你没跟她乱说吧？”李燃冲过来摁着她肩膀。

“我什么都没说，我没回。”陈见夏喃喃道，“我什么都没回。”

协调员绝对不会告诉双方家属任何信息，这是基本原则。陈见夏和李燃谁也不会问。

“她也朝你借钱了吧？”陈见夏问，“你也怀疑，对不对？”

李燃沉默了一会儿，冷静道：“你不了解这个姑娘，我也不了解，更不了解他们全家。她还说她妈妈死了，她妈妈不是出现了吗？”

“嗯。”

“她借钱有可能是舍不得她弟弟，有可能是赌一把，多一天 ICU 的钱，能让协调员出更高的价格。谁也不知道她在想什么。”

“嗯。”

“我知道就算是一个陌生人，你也不知道该怎么办，我也不知道，你不要——”

月光下的祈祷好像有了回音。

陈见夏的手机振动起来，是妈妈。

她接通，开了免提，一阵号啕从听筒里穿出来，在室内回荡。

神回答了她的提问。

然后带走了她的爸爸。

陈见夏，这道题不用回答了。

它用她意想不到的方式，给予她残酷的恩赐。

七十七

女人们

葬礼的时候小伟这个大孝子在告别厅迎来送往，抱着骨灰盒站在郑玉清身边。

葬礼不是仪式，是一个过程。程序实在太多了：在家中办灵堂、点长明灯、折纸钱和金宝银宝、开着家门迎接前来吊唁的亲友、和每个来问“咋了”的亲友讲述老陈最后的日子……

这个过程能耗尽人的悲伤。

殡仪馆是个很有趣的地方，陈见夏冷眼看着，包括悲痛的妈妈郑玉清在内，参与一道道流程的人都在不断切换情绪：遗体告别的时候号啕，站在外面等待火化时候聊八卦，偶尔聊到兴奋处笑几声，骨灰出来了，装盒再次告别，大家一转头涌进小告别厅，再次无缝哭泣。

他们哭是真的，等待时的无聊和笑容也是真的。

陈见夏一滴泪都没有掉，也是真的。

她做了所有能做的，最后成了抱着胳膊站在外围的那个奇怪的国外回来的女儿。

果然没感情，孩子还是不能放出去，有出息有什么意义，死了还是得儿子打幡儿。

在告别厅里，见夏看着被鲜花围绕的爸爸，觉得这个人被化妆化得认不出来，像不得不出席的道具。大逆不道的想法让她爽快解气，每一个对着她窃窃私语的人，都被她瞪了。

卢阿姨也出现了。远没有爸爸形容的那么憔悴，看来他也没少夸张，只是再没机会知道他为什么那么说。

只有直系亲属有资格看着遗体被推进火化炉。当那个陌生的道具被推进去的一瞬间，陈见夏忽然崩溃了。

默默地，一言不发地，明白了什么叫作失去。

据说殡仪馆已经改造过很多次，曾经见过许多小型“文明祭扫炉”，现在也都拆除了，只有从入门到主告别厅的步道一直没变过。见夏觉得熟悉，但好像什么变了，想了很久，发现是灌木变了。

曾经李燃说，净瞎种，海桐种在这么冷的地方，会死的。

果然都死了，换成别的了。

她用长长的黑色羽绒服包裹起自己。海桐死了，她也接到了公司的电话，Frank 给她最后的机会是，可以让她回新加坡，依然做后台数据，降薪三分之一。

Simon 说这是他争取到的最好的结果了，Frank 相信她是无辜的，但不能不承担责任。

“你至少有了过渡的时间，反而比留在上海要好，先回去，再考虑要不要跳去别处。”

回去？

回县一中，回振华，回省城，回上海，回新加坡。

都不是她的归处。

葬礼结束后，她给李燃打过电话，李燃当时挂掉了，后来给她回短信，说在忙庭外调解。

她文字回复，你帮我这么多，你的事我却帮不了忙。

李燃说，放什么屁呢。

郑玉清神经衰弱的问题越来越严重。陈见夏陪她看过一次省中医医院的神经内科，在走廊里等待叫号的时候被吓到了，相比之下肝胆外科简直是天堂——有个家属过来搭话，问陈见夏是几号，能不能跟她换号，因为她真的控制不住自己儿子了。

她儿子正在一旁抽打自己的头。女人说，他头疼得受不了，查不出什么毛病，自己打自己都没有神经痛难受。

看病归来，见夏问妈妈，你每天晚饭后冒汗，到底是疼还是什么感觉？心慌？焦虑？腿不宁综合征？

郑玉清哼了一声，露出了 Betty 式似笑非笑的表情说，有工夫关心你妈了？

陈见夏把托运行李箱和登机箱都从房间拎出来，说：“我早就关心过，每次你的说法都不一样，而且你有更想说的事。我一问你，你就赶紧抓住机会开始讲别的，小伟想要房子，儿媳妇你不满意，家里没辆车，大辉哥孩子都上早教班了小伟还没成家……你自己都不关心自己的情况，我也不会一直追着问。”

“你哪次管过我了？！”郑玉清看见陈见夏收行李，慌了，把正在擦电视柜的抹布往地上一摔，“你要走？”

“跟你说过，头七一过，后天我就飞上海，你又不记得了，”见夏温温柔柔的，“妈，你没想过吗，我一直不上班，靠什么赚钱呀？”

“你不是跟李燃好了吗？他家有的是钱。”

郑玉清把抹布又捡起来，揉了揉，缓和了语气：“跟妈说说，你爸的事，不全是他出钱出力吗？”

陈见夏一时热血上脑，但忍住了，她调动了工作大脑，循循善诱：“妈，你之前怎么不问？”

郑玉清摆出一副过来人的样子，看女儿乖巧了些，她往沙发上一坐，叹气：“咱们家的条件，没想往上攀，我又不是卖女儿。你姑姑同事家孩子，谈了个有钱的，谈的时候到处说，耀武扬威的，肚子都搞大了两次，最后没成，知道的人全都看笑话。”

陈见夏也坐下，继续温柔问道：“你是帮我观察他，怕他就是玩你女儿？”

“说什么呢，嘴里不干不净的！”

见夏再次忍耐：“就是那个意思，我错了。所以你怕他辜负我？”

“还不是为你好。”

见夏点点头，“我爸的事，都是我自己出的钱，天津的费用一分钱都不能走医保的，我不是跟你说过吗？”

“你就嘴硬吧，”郑玉清语气有点勉强，但透露出谜之希冀，“不过硬气点好，人得先自己硬气起来，尤其是女孩，一不能嘴馋，二不能心馋。只要把这两点立住了——他难道还真能让你出钱啊？！”

又不能心馋又要钱？见夏心中大笑。还没问完。

陈见夏说：“妈，你是不是记得他？他和他家里害我差点被振华退学。”

郑玉清脸上的表情更微妙了，像提及了什么脏东西，这脏东西却十全大补，捏着鼻子也得往下吞。

她在沙发上盘起一条腿，两手拢住，白了陈见夏一眼，像个关心疼惜女儿却又恨铁不成钢的、真正的母亲。

“过去的不提了。你小，吃了他的亏，我有什么办法。以后……”

“我吃什么亏了？”

见夏妈妈不知道究竟是敏锐还是迟钝，她终于发现女儿绵里藏针的样子不对劲。

“有脸问？”

“这不正问着吗？”

“他妈当初怎么欺负我们娘俩的我还记着呢！你当时给我丢多大的人啊，周围你爸同事、你二婶你姑姑陆陆续续都打听出来了，人家问你是不是被搞大肚子了让振华给退学了，我都不知道怎么说，你确实跟人家去开房，我都不知道我怎么教出你这么个……”

“现在含蓄了？”见夏说，“以前你都直接说我在省城学野了，长大要去做鸡的。”

郑玉清没想到从一向文静的女儿嘴里听到这种话，怔住了。

“而且要不是你嘴巴大，县里到底有多少人考上振华了，消息这么灵通？你哭天抢地地到处诉苦，我爸拦都拦不住，我还没忘呢。非要把我关在屋里问我是不是处女，要给我检查检查——我也没忘。”

陈见夏从行李箱角落拎出一只半透明的整理袋，拉开拉链抖了几下，里面的东西噼里啪啦掉在客厅锃亮的大理石地砖上。

“都是我去酒店开房攒的梳子，要不要我一个一个给你讲来历？”

陈见夏有特别疯的一面，郑玉清在她十八岁时候见识过了。

她汗涔涔地问：“你到底要怎么样？”

陈见夏发了两条微信在他们四口之家的家庭群里，一条是医保垫付延后赔保的总费用，一条是纯自费的花销明细和总费用。

“我后天才走，明天还有一天时间慢慢算账，这些都是我自己花的，小伟回来后，我们两个一人一半。他可以用葬礼礼金抵。”

“陈见夏，翻旧账是为了这个啊，你在这儿等着我呢？惦记礼金呢？”

“没等你，是让他出，这是我跟小伟之间的事，只要你不在中间替他挡着就行了。”

“陈见夏！别以为你有点本事了、找个靠山了就能跟你妈搞清算那套了！你那个靠山就是跟你玩玩，你当你妈傻、没见过世面？现在有钱人精得很，他那个妈什么死德行、说的每一句话我现在都记得。有钱的都找门当户对的，晃晃钱袋子就让你自己贴上去了！你爸的病，他给你出一分钱了吗？给了你会回家朝我要？”

所以当时在天津怎么不把他轰走，怎么不拦着女儿“跳火坑”“往上贴”？十分钟之前，她还觉得李燃出了钱，现在是彻底死心了吗？

见夏心念百转，决定将这段咽下去。

将将能联结的母女情，早就千疮百孔破陋不堪，再捋就要断了。

“聊过的事别往回绕车轱辘了，我说了，钱是我自己出的，没有要别人帮忙。”

“你要人家也得乐意给啊！人家玩你呢！”

“对，”见夏麻木地微笑，“人家玩我，不给钱。所以结论还是，都是我出的，现在我要找小伟，让他出一半，我们做子女的自己商量，你能不能不搅和了？”

怎么能不搅和呢？礼金都在郑玉清自己手里攥着，陈见夏打回来的钱一直也都是存在她存折上的，虽然未来肯定都是小伟的，但这次老伴儿病倒，儿子未来儿媳如此指望不上，让她多少有些慌，她打定主意要把钱攥更紧点。

小伟只是心里没数，有点败家，但很亲她，不用防着，儿媳妇是一定要防的，不怕一万怕万一，万一结了两年要离呢？万一儿媳妇存了心思倒贴娘家呢？万一她也跟老陈一样躺进医院呢？小两口又有了孩子，他们会不会跟陈见夏一样疯狗似的掏出钱说用最好的办法治？

郑玉清心里有答案。

千头万绪让她又浑身冷汗涔涔，想吐，又吐不出来，一言不发躺在了沙发上喘粗气。

“正好饭后二十分钟，可以了。”陈见夏把抽屉里的药瓶一一拿出来，按医嘱剂量给她配好，“我去把窗子打开透透气，你自己倒水，吃药。”

郑玉清心率渐渐降下去，斜眼瞄着客厅角落专心整理行李箱的女儿。陈见夏冷静地将满地的梳子重新收回整理袋，放进箱子角落，面色如常，好像那些瘆人的酒店梳子只是不小心掉下去的。

郑玉清松了口气，至少这把混过去了。她本来是想跟她好好聊聊李燃，哄高兴了，趁见夏在家，把这房子的名也更成郑玉清自己的。现在不敢提了，以后吧。

这个祖宗现在还是别待在家里了，赶紧走吧。

陈见夏这时候忽然又讲话了，郑玉清心率又上去了。

“妈。”

她不敢答应，假装还在头晕。

“你不觉得荒谬吗？我把单子发到群里，小伟到现在都没反应。小时候，我跟他打得天翻地覆，我爸当和事佬，烦了就装看不见，就你护着他，所以我恨你。这个家里两个男的，一个躲清净一个占便宜，是你跟我吵；现在一个不在人世了，一个不在家，还是你跟我吵。永远都是我们两个吵架。”

郑玉清用手捂住脸，哭了。

第二天白天，陈见夏正在睡懒觉，忽然听见客厅里的争吵。

她本想忽略，无奈越吵声音越大，只能出去看个究竟，发现郎羽菲眼泪汪汪站在一边，是郑玉清和小伟在吵架。

稀奇。

“这个软件儿我就是下不下来，群里别人都下了！”

“你自己不记得 apple 密码我有什么办法？”

“啥 po ？不是你给我整的吗？”

“你去店里人家帮你注册的，不是我！”

陈见夏问郎羽菲怎么回事。

小伟永远在用最新款的手机，买了 iPhone7 就把 iPhone6 淘汰给了郑玉清，即便是淘汰下来的，也超过她身边九成的亲戚朋友了，本来是喜滋滋的事，小伟不想她用自己的苹果商店账号密码，给她把手机恢复原厂设置了，让她自己注册一个。

可能是因为正在热恋中，小伟直接打发她去了老街上新开的一家具备苹果授权资质的数码店。店员比亲儿子还热情体贴，手把手教她，帮她注册了账号密码，下了一堆 App，郑玉清被忽悠了，买了一张 299 元的 VIP 服务卡。

店员说，有这卡，以后手机只要有用不明白的，你就来，我们给你弄。

她当时还特意给小伟打电话，问是不是骗钱，小伟不知道在忙什么，不耐烦地说，没事，你就办！你跟我爸不是老鼓捣不明白手机吗，你俩以后都能用！

陈见夏听得想翻白眼，她当初是不是往家里打钱打太多了？

上午郑玉清坐了半个小时的公交车去了老街，店员牛 × 烘烘，翻脸不认人，问她怎么没带那张卡。

“说报手机号就行了。”

“没卡不行。你回去拿卡吧。”

郑玉清又坐了半个多小时的公交车回来，回来的一路没有空座，她越想越气，知道自己被耍了，但这半年来她记性越来越差，怎么都找不到那张破会员卡，决定不去受那个鬼气，一定要让小伟给她设置。

小伟正带郎羽菲联机打游戏，两人都戴着耳机，郑玉清第一次喊，他没听见。她一下子脾气上来了，不知道是病情的缘故，还是忽然感到失去了见夏爸爸这个依靠，心里发空，她拎着拖把冲过去，把茶几上的东西统统扫到了地上。

小伟学业不成事业不成，郑玉清也只是埋怨他几句，他甚至可以顶嘴。

没见过这种阵仗，傻眼了。

郎羽菲轻声对见夏说，姐姐，是不是……阿姨是不是生我的气？叔叔生病我也没去照顾，什么忙都没帮上。

婆媳猜忌链居然这么早就形成了。见夏无奈。

“操办葬礼那么多琐碎的事不都你忙前忙后的，我爸的事，谁也没想到会那么快，别多想了。”见夏说，“你站这儿也尴尬，要不先走吧，我劝劝。”

郎羽菲如蒙大赦，悄悄离开了。

或许郎羽菲说的是对的，郑玉清有一部分是在给未来儿媳下马威，让她知道这个家谁是女主人，这个傻儿子得听谁使唤。陈见夏懒得多想了，她决定回去睡觉。

也不知道母子俩怎么吵的，又是怎么和好的，下午小伟开车，陈见夏跟着他们一起去市区，原本爸爸去世后就有一些需要公证的手续要办，顺便去老街数码店帮她妈妈讨公道。

一家三口一起出现还是挺唬人的，小伟天然就有“社会人”的样子，高仿大牌皮带和小皮衣一穿，店员自动矮了三分。

郑玉清看儿子的眼神又满是慈爱了。陈见夏忽然心理平衡了。

的确有许多事，是小伟光靠他的存在就能够完成，她就算豁出去撒泼打滚也得不到的，不管是缺德店员的尊重，还是郑玉清的爱。

她早就该想明白的。

七十八

死与新生

陈见夏独自一人在老街散步，寒冬工作日白天十分萧条，她想起当时在流光溢彩的街上起舞，对着橱窗里每一条裙子和包幻想着一种鲜明的、生气勃勃的未来。

像电视里面的女人一样，穿着高跟鞋和名牌套装走得虎虎生风，起英文名字，用 IBM 带触控小红点的笔记本电脑，把坐飞机当通勤，下班后喝香槟泡澡，在明亮的会议室和庄重的大讲堂挥洒自如地讲述成功经验，成为令人艳羡的偶像，成为“自己”。

但没想过，具体做的是什么工作，喜不喜欢，有没有意义和价值。

坐飞机飞去哪里？

“自己”又是谁？

小时候那些假模假式的作文，“我的理想”，好像都被狗吃了。

不知道。她没有梦想，只有梦想的生活图景，这个图景如此简单粗暴：比别人好就行，能让人羡慕就行，甚至，不做陈见夏就行。

所以要好好学习，知识改变命运。

当她拥有了第一个名牌包，第一双走了三步路便疼到脱下来彻底封印到鞋盒中的“红底鞋”，坐飞机坐到厌倦……又开始想要有个房子。

在上海买不起，新加坡也买不起，就算勉强凑齐首付，买了又怎样呢？财富增值？抵御通胀？投资？

自己给自己一个“家”？

Simon 曾经问过她这个问题，陈见夏的答案竟让他哭笑不得：“因为我不想背贷款。我做分析的，不用你告诉我这个想法有多愚蠢。”

“我以为你是个很向往稳定幸福的人。”

“不是我吧，你说的是你认为的所有女人。”

“那不背上又怎么样，会自由吗？我看你在上海待得蛮稳定的，熬服务期也熬得很敬业，难道还想到处跑？……Jen，你到底想往哪儿跑？”

关于省城的房子，她说了谎。

给爸妈和弟弟买房子固然是因为家里人威逼利诱，但没人能强迫陈见夏做她完全不想做的事，她不想高考，于是连李燃都可以背叛，还有什么能束缚住她？

只是顺水推舟。

她的人生清单有好几个钩打不上，其中一个钩是要有自己的房子，三个钩是孝心：养老、父亲送终、母亲送终。

于是她半推半就，让爸妈和弟弟永远欠下了她的情，一口气打掉了养老和买房的钩。

这次又为爸爸打掉了一个“送终”。她的爱里有恐怖的私心，做好了花掉大半积蓄的心理准备，止步于寻找肝源的订金，真正的大头都省下了，不知道是不是爸爸感受到了女儿的自毁倾向，受不住了。

陈见夏抬头，看见李燃和舒家桐正在一起散步，刚从小径转到主街上，差点当场碰面。见夏往旁边一闪，躲在了街边一个脏兮兮的雕塑后面。

李燃双手插兜，舒家桐想把手也揣进李燃口袋里，被李燃拿出来，反复几次，舒家桐发火了。

“你就是现在用不上我了！”

“的确用不上，一直就没用上过。舒家桐，我是碰你了还是骗你了啊？”

“你就那么烦我吗？就是觉得我乘人之危，压你呗。官司也结束了，我是不是仗势欺人你感觉不到吗？”

“这个道理我再跟你讲一遍，你爸不想管你胡闹，你年纪还小，喜欢谁都没所谓，但最好不是我。他身体不好，只有你一个女儿，你又完全没上进心，一想到自己的金山银山要拱手给你未来的老公，一个外人，他就气得想拉全世界陪葬。谁都不能碰他的东西，包括你，更不可能是我，如果你跟我在一起，就等于你爸亲手把整个家都打包送我爸了，他会气厥过去，你明白吗？他俩以前拜把子感情有多好，现在就有多恨，他恨不得我爸去死！听、懂、了、吗？”

“我天天找你玩我爸也没管我。而且最后他不是也帮忙了！”

“说了是觉得你还小，对你也没啥期望，再难听的话我就不说了，说了你也听不懂。总之你一举一动都有人盯着呢，他帮我也是因为我上道儿，看出他的心思了，所以从头到尾都没利用过你。”

“但你对我也很好。”

“因为你是个好姑娘，年纪小不懂事，而且当时的确在调解官司，我不想让你耍脾气跑他那儿告我黑状，他会用纯洋酒灌死我。”

“是因为你喜欢别人吧？”

“真是受不了了。”李燃自顾自往前走，“对。说到点子上了，而且我早就告诉过你。”

“别故意气我！”舒家桐追上去。

“是真的。”

李燃又说了什么，但已经走远了，陈见夏站在上风向，听不清了。

她也准备离开，大衣不小心剐在雕像上，把天使的翅膀给拽下来了。

见夏大惊失色，还好街上没什么人。她捡起翅膀，忽然明白过来，一抬头——是那家俄式西餐厅。

又是一个约定好十年后再来的地方。

小时候恋爱真是喜欢做约定，真的以为未来也会手牵着手，圣地巡礼。

幸好，李燃告诉过她，这个翅膀是楔形结构，他爷爷朋友做的，能安回去的。

然而，她摁了半天，都安不回去。

陈见夏自己进去吃了顿饭，看了看时间，觉得应该不会影响那两个人谈心了，她给李燃打了个电话。

李燃二十分钟后推门进来，看见陈见夏桌上的残羹冷炙，问：“这位女士，你什么意思啊？”

“我送你个礼物。”

李燃歪头不解地看着她，陈见夏有些难堪，指着不远处吧台附近的木雕，常年在外面风吹日晒，小天使的白色漆面斑驳不堪，木头也有些烂了，摇摇欲坠。

“还记得它吗？”她问，“翅膀掉了，让我给碰坏了。”

“他们讹你了？”

见夏苦笑：“一开始倒是想，领班上来就跟我说，这个是百年老店的古董，放了好多年了什么的……还真是谢谢你了。我还记得那翅膀上面印着……”

“西郊模具厂。”两人异口同声。

李燃忍着笑：“最后谈到多少钱啊？”

“一千五。正好是你那双鞋的钱。报应。”

李燃已经完全忍不住，哈哈笑出声，陈见夏也笑了。

“为什么送给我啊？”

“总不能摆在我家里，我妈和我弟肯定会偷偷给我扔了。”

“我觉得我自己家装修风格还行啊，不是土豪欧式风情，你又不是没去睡过，你觉得摆这么个文艺复兴大天使在客厅里，合适吗？”他趴在桌上，凑近她，“除非你想把咱们家装成这样，那我没意见，现在就找人来扛走。”

咱们家。

陈见夏笑了很久。

她真的好喜欢他啊，他说什么她都觉得好笑。

也只能笑了。

陈见夏用刀叉玩着盘子里剩下的土豆，许久之后，李燃问：“你又要走了吗？”

“明天上午烧头七。我爸爸还是想葬回老县城，但墓地还没买好，先把骨灰请出来，回一趟老房子。我自己是晚上的飞机，回上海。”

“然后呢？接受你老板的提议了？去新加坡？”

“过渡一阵子，然后再说。”

李燃很平静。

他秦淮河畔十八岁的平静是带一点表演性质的，虽然是真情实感的少年心性。

“家里的事解决了吗？”见夏问，“总是在聊我，你很少提自己。”

“不用提啊，”李燃说，“你去舒叔叔的场子看过一次，就吓死了，还提什么。”

见夏不好意思：“我的确很害怕。但你别说是因为保护不了我这种话了，也别把我为了自己求学的选择和不信任你扯在一起说。”

李燃点头：“知道了。”

他还是不习惯跟她讲自己，平日贫嘴呛人溜得不行，一讲自己就便秘。

“总之，算是搞定了，结束了。”

“总之？”过程半句没讲，就“总之”了？陈见夏攥紧了手里的餐刀。

李燃又挤出来一点：“两亿变成三千万。”

她不想为难他了，“可以了，很具体了。”

“哦今天上午调解结果下来之后，我跟我爸差点打起来，不是我打他啊，虽然我上高中时候他就打不过我了，但我一直让着他。其实这个结果非常好了，但老李非要装 ×，又摆出一副老大不情愿的样子，还吼我妈，我就把他给骂了。”

李燃忽然说：“我没跟你说过吧，我妈不是我亲妈。”

陈见夏差点被自己的口水呛死。

她不再玩土豆，专心托腮看着他。她觉得李燃东一榔头西一棒槌的样子，实在是，太可爱了。

“打我有记忆起，我妈就是我妈。后来才知道我亲妈生我之后身体很差，我刚过百天她就去世了。也有人说我妈妈是早就跟我爸好了，就等着上位什么的，很正常，老婆过世一年多就再娶，娶的还是生意伙伴，他又顺风顺水开始赚钱了，没人这么说才奇怪呢。但是我相信我爷爷，我爷爷这么讨厌他俩，都说这事儿是扯淡，那就一定是扯淡。

“她没有生自己的孩子，小时候一心一意带我，但她更想跟我爸做生意，所以把我放我爷爷那儿她毫无意见。有亲戚说她心狠，果然不是自己亲生的，有机会就不管了。但不是的，小孩不傻的，她就是因为真的拿我当自己的孩子，而不是一个需要捧着供着做面子的工具，所以才说扔就扔了。这是亲妈才敢干的事。”

“原来你从小脑回路就那么清奇，”陈见夏说，“但我觉得你说得有道理。你妈妈是真的很护你。”

“保护我，所以对你说了很过分的话，我知道。”

“父母那代都有局限性的，观念不行。”

“不用这么客观，”李燃说，“就是很傻 × 的话。不过她们那代人的确都是这么想的，她自己明明很要强，被别人说闲话也会偷偷抹眼泪，却又这么说别人的女儿，我也搞不懂。”

“把那段跳过去吧。”见夏说。

“我爸能有今天，一半的功劳要归她的，甚至这次闹出事儿的借款担保，我妈当时直觉也很准，不让他签字。他不听。这几年她一直想让我爸退下来，说让我多锻炼锻炼，她觉得他的思路观念都老了，反而是我爸不肯，我才知道历史书和《动物世界》讲的都是真的，儿子和老子交接班肯定打架。”

哪儿跟哪儿。见夏扶额。

“挺好的，这次一赔钱，正好把他那些只赚面子不赚里子的破产业卖了一半。当然我说不定做得没他好，几年就给他全败光了，不过我妈会帮我慢慢交接。老李嘴上不服输，给自己找补说，无论如何都是亲老子交给亲儿子。这话真的伤到我妈妈了，她这段时间也心力交瘁，而我的确，不是她亲儿子，她年纪大了容易脆弱，整个人都蔫了。好了，好了，我终于把话圆回来了！——以上就是我为什么跟老李打架。”

“哇！”陈见夏夸张鼓掌，“讲得真好，不容易啊！”

李燃瞪她。

李燃跟她讲话的时候，跳脱得还像个高中生，甚至松弛得有些幼稚，跟和移植科大夫在饭桌上斡旋的完全不是同一个人，却奇异地融合在了一起。

我爱你。陈见夏在心里说。

“这回可以说总之了吧？总之老李宣布退休了。”

“恭喜你啊，小李。”陈见夏跟他用白开水碰杯，“你的自由日子也彻底到头了。”

李燃的笑容渐渐淡下去：“嗯，到头了。”

他问：“你呢，除了过渡，真的没有计划吗？”

“其实有。”陈见夏说，“为了更好跳槽，我可能去再读个硕士，可能是 MBA，也可能不是。想多做点别的工作，再多去几个国家，国内也行，多去几个城市，反正我很习惯搬家，我从小就想往外跑，但不知道究竟要跑到哪儿去。”

见夏羞涩：“我说得还不如你，这哪算是计划。”

李燃说，算。找到了告诉我，一直没找到，也没关系。

“你自由了。”

七十九

永夏

即便老县城里的人抱怨自己是城区改造中被丢下的一批人，是牺牲者，陈见夏仍然觉得这里变化巨大，她几乎认不出来了。

曾经心目中无比繁华的第一百货十字路口原来这么狭窄局促。广告牌才是商业街的灵魂，十字路口换了一层皮，对异乡人陈见夏说你好。

小伟和妈妈在车上因为并线变道的事情又拌了嘴，妈妈下了车忽然对陈见夏念叨，司机身后的位置最安全，副驾驶最危险，小伟竟然让郎羽菲坐在后排内侧，让自己坐副驾，这是真不拿亲妈当回事了，还没娶呢就忘了娘。

陈见夏觉得她妈被害妄想。

回老房子放东西时，妈妈抱着爸爸的骨灰在房里转，说要让他看看过去的家，原本见夏眼眶湿了，妈妈却借着跟爸爸“说说话”开始抱怨起了孩子，小伟受不住唠叨，自己嘟囔了一句：可不想住一起了，干脆让她自己回这边住算了。

好像也不全是被害妄想。

楼下街道狭窄，小伟把车停得比较远，他和女朋友去提车，见夏和妈妈在路边等，郑玉清全然不知儿子刚才脱口而出了一句多么可怕的话。

见夏不打算告诉她。可能只是弟弟的气话，就算真想要付诸实践，她也相信郑玉清的战斗力。

陈见夏还会回来的。她无法和她妈妈相处，一生的母女缘就是如此稀薄，没有办法，但如果再遇到什么，她依然会回来，倾尽全力。

就在这时候，她看见了那个傻子，“嘀嘀嗒”。

他戴着老式雷锋帽，穿着军大衣，脸上是整洁的。

这么多年来，还开着自动挡，松离合挂挡踩油门鸣笛一气呵成，就在她们面前转弯。

陈见夏拉着妈妈退后，为他左转让行。

小时候他们追着他扔石头和塑料水瓶子，大人偶尔拦一下，背后都在惋惜，这也活不了几年，多可怜。

陈见夏看着他，忽然笑了。

他活得比他们都久，而且比他们每个人都快乐——他就是喜欢在马路上开大货车，从一开始，他就比陈见夏清楚自己想做什么。

陈见夏在上海待了最后一个月。

Simon 的确帮了她，在他有暇自保、游刃有余的范围之内。陈见夏回请了他一顿饭，他误以为曾经的关系还能继续。

他们吃完饭去看电影，黑暗中，Simon 抬起两人座位之间的扶手，牵住了陈见夏。

陈见夏将手抽了出来，又将座椅扶手放下。

走出电影院，Simon 耸耸肩，说，本来以为可以更进一步的。

他从外套口袋里掏出一只戒指盒，说：“呃，不是 propose。”

陈见夏漠然：“我也没觉得是。”

Simon 一口小白牙，笑起来时非常健康阳光。

“但是是情侣戒。”

“为什么？”陈见夏问。

对方不明白：“为什么？”

“为什么是现在，今天，此时此刻？发生了什么？”

他们鸡同鸭讲。

Simon 困惑道，我以为你不是那么在乎 timing，也没有那么在乎浪漫。为什么是今天？因为 Frank 做了决定，你回来了，你今天请我吃饭，所以是今天。

陈见夏非常认真地看着他，好像要从他身上寻找什么答案，但 Simon 能够感觉到，她内心的问题，与他无关。

Simon 硬着头皮说完：“经过这么多事情，我发现和你在一起最愉快，或许我们可以尝试成为真正的 partner……你觉得我不够真诚吗？”

陈见夏也决定诚实一次。她接过 Simon 的戒指戴在了中指上。很漂亮的一只铂金裸戒，简单大方。

她给 Simon 讲了一个故事。十几年前，高中一年级，有一个女孩污蔑欺负了她，有一个男孩跳出来刷了张以牙还牙的污蔑大字报，无赖的手段成功让对方五内俱焚，也让她……

“很开心。”陈见夏说。

她详细回忆了那一段诽谤污蔑的内容，语气轻松，把 Simon 吓到了。

“告诉我你最真实的感受，好吗？从你的教育背景，你的成长环境，你的价值观出发。”

陈见夏的目光比他们相识以来的任何一刻都坚定。

Simon 诚实回答：“我觉得他有更好更成熟的方式来处理这件事。他不是 gentleman。”

陈见夏笑了。

“对，他不是。”

陈见夏摘下戒指，递还到 Simon 手中。

Simon 难得有片刻的失神，很快恢复了风度。他问见夏，我们还是朋友吧？

陈见夏说当然。我真心感谢你。

离开上海前一天，见夏参加了楚天阔和凌翔茜的小型婚礼。

上海这一场办得很急，通知得也晚，据说是准备回家乡风光大办，再把所有人都请回去参加，所以林杨余周周等老同学来不及回国，通通没赶上这一场。

婚礼上见夏几乎没见到熟人。双方家长也没出席，宾客全部都是年轻人，大多是凌翔茜在上海的朋友，陈见夏这种原本是双方同学的客人，都被凌翔茜推进了楚天阔亲友团——广义伴郎团中唯一一个女生。凌翔茜说否则楚天阔那边看上去实在太可怜了。

毕竟楚天阔刚刚在上海工作两个月，此前，陈见夏刚离开，他就到了上海。

为凌翔茜。

楚天阔辞了北京的工作，空置了北京的房子，扔下在北京经营十年的同学、同事种种人脉，甚至不知道凌翔茜是否已经有了男朋友，还喜不喜欢他……孤注一掷地来了。

于是凌翔茜终于答应了楚天阔的追求。

陈见夏听到凌翔茜那边的宾客一惊一乍地讲着两人的浪漫爱情，怎么都觉得这个故事不像班长的作风。

楚天阔这种人，一定是先找猎头定好了下家才来的。

而且把北京的房子空置了——是走太急这三个月来不及收租了吗？这算什么牺牲？！

困惑的当然不止这一件事。比如，为什么要在冬天办婚礼？虽然上海室外温度不低，但凌翔茜看上去怎么都像是会在最灿烂的夏天办一场夏日婚礼的夏日新娘。

凌翔茜你不再考虑考虑吗？就这么嫁了？

还好天公作美，晴空万里，连一丝云彩都没有，因为是冬日晴天，反而比过分热闹的四五月、闷热烦躁的七八月都要清朗舒爽。

她哭笑不得，默默诅咒在北京有房、上海说跳槽就能找到好工作、还迅速娶到了完美凌翔茜的楚天阔。

凭什么他过得那么好。好希望他一会儿上台的时候穿着西装跌个狗啃屎。

仿佛一觉睡过了一整部电影，醒来只看到了大团圆结局，蒙得不行，却因为尚未散场不能乱讲话，只能静静等着仪式结束再问清楚，自己到底错过了多少剧情。

陈见夏从服务生托盘上取下一杯香槟，决定让自己糊涂一点。

这场婚礼比她想象中更感人。

他们保留了 first look 环节，所以楚天阔亲友团是跟在新郎身边等待新娘出现的——他们之前没有拍婚纱照，楚天阔也不知道凌翔茜会穿什么婚纱出现。

不知道是不是香槟喝太多，凌翔茜出现的时候，先哭出来的居然是陈见夏。

好美。

陈见夏在楚天阔身后，看不到他是什么表情，只能看见珍宝一样美的凌翔茜走近，轻轻提着鱼尾裙摆，像童话里试穿水晶鞋走入新世界的公主，一步一步郑重小心，眼睑低垂，偶尔抬眼看看对面的新郎，露出羞涩的笑容。

楚天阔应该是装不下去了，上前几步要去牵凌翔茜的手，被陈见夏阻止："还没到那个步骤呢！宣誓了才能亲她！"

伴郎团临阵反水，凌翔茜大笑，灿阳下发着光，更美了。

楚天阔回头，非常准确地瞪了陈见夏。

陈见夏晕乎乎的，望着这两个人，泪眼模糊间，好像回到了北方白雪皑皑的冬天，她无意间望见他们站在校外，还是少年时的模样，也是这样刻意隔着一段距离，想靠近却只能缩回手。

过往岁月像一个浪头打过来，几乎把陈见夏打翻。

仪式结束，见夏看楚天阔迎来送往实在忙，抽空和他打了个招呼，说自己必须要走了。

"发生很多事。"楚天阔说，"前段时间有点焦头烂额，等我安顿好，慢慢跟你讲。”

“我看上去像有很多疑问吗？”

“全写脸上了。”

毕业后他们并不亲密，但她就是比他后来认识的所有新同事都敢在婚礼上起哄，他也依然看得出她遮盖不住的好奇。

“那等你们给我讲，”陈见夏也朝不远处换了一套日常小礼服的凌翔茜挥手致意，“是个很长的故事吧。”

“我们认识十多年了吧？”楚天阔忽然说。

见夏点点头。

是多年老友，不是多年相伴的老友，情谊在，但每个人的故事都是“另一个故事”了。有机会就听一听讲一讲，没有空，直接看着结局流泪也好。

“班长，其实我以为你长大了会是混官场然后很理性地娶了自己不喜欢的领导女儿那种人。”陈见夏都转身走了两步，忽然又说。

楚天阔呛水了。

他不甘示弱：“我也以为你会嫁给一个梦想中的 ABC 然后马上生四个孩子安定下来。”

见夏哑然，两个人同时反问对方：“真的假的？”

楚天阔先道歉：“我有点夸张了。”

“但我是真这么认为的。”陈见夏恳切道。

楚天阔朝她摆摆手，轰蚊子似的：“赶紧走！”

陈见夏坐在出租车上，满足地靠着车窗打瞌睡。她想起最后楚天阔问她，我让你很惊讶？出乎意料？

她诚实说是的。

楚天阔笑得很灿烂，是陈见夏认识他这么多年来见过的最粲然不设防的笑容。

“那太好了。”

陈见夏不知道班长有没有找到绿子说的“百分之百的爱情”。

但她直觉，他终于有资本做百分之百的他自己了。

最合适的时间只有酷鸟，陈见夏坐惯了的廉航。连安全演示的小电脑都没有，空姐亲身上阵。陈见夏想，这个空姐的兔宝宝牙长得好像翁美玲。

她打开在机场随手买的一本言情小说，拆开塑封，翻到扉页，愕然看到侧面的作者简介。

笔名是笔名，作者的照片有些眼熟，再往下一行写着，本名于丝丝。

陈见夏很久没有如饥似渴地阅读一本书了，才看到第二章就看到了女主角被同桌偷窃 CD 机，穷苦女二无论如何也不肯承认，还倒打一耙。

女主角默默咽下了这份苦楚，在心中默默感慨，为什么女性总是为难女性，我们在爱情中彼此竞争，却忘了共同的苦难史。

道理是这个道理，但陈见夏还是气得把书往前排椅背一塞。随缘吧，谁捡到是谁的。

窗外大雾弥漫，远处跑道上其他的飞机都消失了，只能看到翅膀上闪烁的灯，像星星在海中起起落落。见夏头一歪，靠着窗子睡了过去。

她醒来时候飞机已经要降落了。

新加坡的海面是绿色的。

飞机低空穿过了市区与机场中间的一大片海湾，红白相间的漂亮运货船和飞机同向而行，速度相同，好像儿童玩具粘在了绿色的老玻璃上。

陈见夏处理掉了上海家里大部分的东西，全部行李最后只剩下一个三十英寸托运箱和一个登机箱。

登机箱的角落里躺着一条围巾，跟她从省城回到县一中，又回到省城，去了新加坡，去了上海。最后，戴去了她爸爸的葬礼。

但她这个冬天一次都没有在李燃面前戴过围巾。她不想用过往岁月将他从属于他的世界拉回来，胜之不武，那条围巾是她的翅膀，最深切的、最隐秘的力量。

李燃曾说你摘下就摘下，夏天迟早会来。

现在陈见夏带着它落在了永不止息的夏天里。

他陪她度过了生命中一个比一个艰难的冬天，然后平静地看她飞走，祝她自由。

飞机刚一落地，还在滑行，陈见夏打开手机，终于等到右上角出现了信号标。

“喂？”

陈见夏哽咽得说不出话。

没有为什么，也没有发生什么，不必特意选择 timing，就是今天，就是现在。

“李燃，我爱你。”

那边很安静。等待的时间如此漫长。

她轻声问，你听见了吗?

听见了啊，李燃说。

“你等等，我开着免提订机票呢。”

李燃说，你终于主动找我了啊，妈的，可急死我了。

“陈见夏，我爱你。”

八十
这么多年

第二年十月，小伟的婚礼陈见夏没参加。她在国立大学读MBA，没赶上。

作为补偿，陈见夏叫妈妈和弟弟弟媳到新加坡过元旦。最终小伟和郎羽菲没走成，因为郎羽菲怀孕了。

见夏以为郑玉清也不会来了，她一定要照顾弟媳的——没想到郑玉清说，他们爱去不去，我要去。

陈见夏等着郑玉清出关，隐隐担心，她会不会因为莫名其妙的原因被卡住，飞机上会不会犯病，给她办了国际漫游，为什么不回微信，她不会为了省钱把流量关了吧……

等到郑玉清顶着一头羊毛卷、戴着遮阳帽小墨镜出现，她才松口气，然后感到头痛。提前头痛。

郑玉清见到她便开始描述自己下飞机后的见闻，樟宜机场的地毯怎么那么多、的确比省城的豪华、那么多商店、但这机场好老啊、热带真厉害啊机场里就那么多植物……

她们在室内的出租车通道口排队，旁边正是一座小型雨林植物墙，郑玉清一定要在墙前面照相，无论见夏怎么劝她。

“走出机场，到处都是棕榈树。”

郑玉清不听。见夏拍了好多张，郑玉清怎么都不满意，最后说，你就是不用心，拉倒，我自己修。

陈见夏说，嗯，自己修吧，能把腿拉两米长。

她一回头，看到电子广告墙上闪过一句广告语，没看清，好像是“There is a bridge between hope and…”

陈见夏好奇，and 什么？ fear？ despair？ reality？

没机会知道了，排到她们了。上车后郑玉清对陈见夏说，我还以为新加坡多干净呢，马路上挺干净的，这车里怎么还是有股馊抹布味儿？

陈见夏说，妈，这里几乎一半以上的人都听得懂中文。

郑玉清夸张地嗅了嗅自己的白色纱绸上衣，说，啊呀，不怪人家，是我自己出汗了！

陈见夏忍着笑，眼见司机轻轻松松把车速飙到了 90。

她们去了很多地方。

郑玉清觉得现代艺术博物馆没什么意思，那些装模作样的餐厅也让人不舒服，还是大排档好吃。郑玉清也喜欢陈见夏上学时候最爱喝的“酸汁甘蔗水”，那家大排档是新加坡最有名的大排档之一，曾经是贫民食堂，旁边立着个金属牌写了简介。

郑玉清指着说：“建于 1987 年，小夏，是你出生那年呀！”

郑玉清觉得夜间动物园也好玩，大象、豹子都好看，新加坡人胆儿真大啊，那么辆没遮没挡的小车，就敢开得离动物那么近，吓都吓死了。

三十分钟车程后下车自由游览，她们在蝙蝠园外面碰见了德国人一家四口，父母和姐弟。蝙蝠园在红树林小屋里，为了尊重动物的习性，周围几乎没有灯，见夏知道穿过三道铁门帘，里面就是一笼子的蝙蝠，于是止步了，德国一家也止步了，只有胆儿肥的小男孩和看不懂英文的郑玉清还在一层一层掀开门帘往里面走。

“妈，里面是蝙蝠。”

郑玉清不解：“蝙蝠咋了，家里也不是没有，晚上还会吱儿吱儿叫呢。”

“好像是挺大的那种，而且，里面特别多。这里英文写了，小心谨慎，它们可能会一起往你这边飞，呼你一脸。”

郑玉清一个急转身就往外跑，小男孩没想到会被这个中国阿姨、最后的战友背叛，哇的一声哭着一起跑回来。德国一家哈哈哈哈笑，郑玉清也听不懂他们呜噜呜噜地在说什么，但跟着一起笑。

“老外还挺有意思的。”郑玉清说。

走出红树林，郑玉清看着路牌说，我要去上厕所。

“上大号？”

“咋，不行啊？”

“你让我站在夜间动物园里等你上大号？现在半夜十一点三十五，你是被蝙蝠吓出来的吗？”

郑玉清脸红了，说，小兔崽子，白养你了。

是她对陈见夏讲过的一万句白养你了里面最温柔的一次。

晴朗的白天，郑玉清在圣淘沙说，小夏，这是妈妈第一次见到大海。

陈见夏说，你开玩笑吧？

“真的啊，这玩意儿我骗你干什么？——照片儿肯定看过，电视上也看过，我又不是说不认识这是啥，是大海呗。”

“但你第一次见真的海？”

“啊，对啊。”

陈见夏鼻酸，说，那要不要拍照啊？我给你拍个够，你说怎么拍就怎么拍。

郑玉清很开心，还把纱巾举起来散在风里，让陈见夏给她拍得“飘逸点”。

郑玉清是在回省城一个星期后去世的。

中间的一个星期，她发足了朋友圈，都是陈见夏帮她P的，朋友圈封面也换成了她最满意的一张在海边举着纱巾的照片，头像是坐在夜间动物园的游览车上借着夜灯拍的侧影，签名档换成了“享受人生，遇见最美丽的自己”。

小伟说早上她没起床做早饭，九点钟去叫她的时候已经叫不醒了，大夫说是心源性猝死，睡梦中过去的，应该没什么痛苦。

和爸爸的葬礼不一样，这一次陈见夏哭得无法自控。二婶一手牵着上小学的孙子，一边扶着见夏说，到底还是母女连心。

陈见夏在心里说，才不是，我恨死她了。

按照家乡的规矩，怀孕的弟媳不能来阴气太重的地方，陈见夏和弟弟一起请亲友吃了午席，弟弟说，咱妈回来一直念叨一件事，但她自己也没想到突然……所以我也不知道她是真这么想，还是随口一说。

“说什么了？”

“她说想把骨灰撒海里，一见到大海，就喜欢上了，说热带的海绿汪汪的。”

小伟哽咽：“姐，要不要照她的意思办？”

“我哪知道哪句真哪句假，我不懂她。”

陈见夏仰起头，没有用，眼泪还是顺着眼角淌下来。

“一半一半吧，一半我带走，送她去大海。”

陈见夏带着她妈妈的骨灰坐了头等舱，李燃陪在她身边。

她从小就朝爸妈要公平。

给爸爸花了那么多钱，妈妈却忽然就走了，所以，郑玉清女士也应该得到一点公平。他们或许永远都改不了了，那就从她这里开始改变。

机票陈见夏坚持自己出钱。和她爸爸治病的时候一样，这种事李燃从来不与她争，他知道她小时候有多么缺钱，也知道陈见夏在用钱来表达爱。

她从来就不是一个善于表达的人，不曾被好好爱过，所以也不知道如何坦然爱人，只要是她自己想出来的方式，他永远支持她。

起飞时候见夏会说，妈妈，起飞了。空姐送来香槟，她说，你没喝过香槟吧，酸溜溜的，其实不好喝。

李燃没有打断她的碎碎念，只在见夏掉眼泪的时候帮她擦一擦，轻轻地亲她的额角。

陈见夏说，其实，上一次我不是纯粹尽孝，只是因为跨年，你去澳门办事，我一个人无聊，所以突发奇想让她来的。

“有时候我想，虽然动机不纯，但幸亏她来了。我们玩得很开心，好像从小到大都没这么亲密过。”

见夏笑：“有时候又想，要不是折腾她坐了那么久的飞机，热带寒带地折腾，或许她就不会……”

李燃陪着她去了很多旅游景点。

陈见夏说，上次来得匆忙，总觉得以后还有机会，走马观花去了一些大众景点，结果还没走完。她心脏不好，没去过环球影城，我想带她去水族馆。金沙酒店也没去，顶楼那个最热门的无边泳池被网红占满了，我预约不上，只想着去旁边的酒吧碰碰运气，反正侧面也能看到泳池和海湾。但她一看见酒店楼下纸醉金迷的商场就慌了，说什么都不肯上楼。哦，还有夜间动物园，她超级喜欢夜间动物园，说有机会还要再去，我带她再去一次吧？

“撒进大海里，就真的见不到了。让我再留她一会儿。从小我们就很少一起出门，每次都因为弟弟吵架。”

“好，不着急，不着急，”李燃紧紧抱着她，“我们一个地方一个地方去。”

他们还没赶到金沙酒店，就被四点钟准时的大雨拍在了小路上，狼狈极了，旁边是修路的建筑工地，只有一小块遮雨棚，容纳两个人。

新加坡的雨从不暧昧。下午四点左右，瀑布一样从天上直接往下泼，下二十分钟准时收工，这个国家的大自然也格外守规矩，没有差池，绝无意外。

“我以前在金沙的楼上也遇到过这个时间的大雨，非常美的雨云，你能很清楚地看到它阴沉沉地，滚滚而来，只比你站的位置高一点点，只有那么一小块范围，从一边飘到另一边，像准时上班准时下班的高空洒水车。”见夏说。

“现在也是，”李燃说，“很漂亮啊，你看，那边有太阳，那边有晚霞，隔三条街马路都是干的，就咱们脑袋上有雨，丫是不是专门来淋我们的？”

下着雨，两个人无处可去，只能絮絮聊天。

李燃说，最近还是一样忙，而且越来越忙了，他搞砸了好几件事，也办成了好几件事，晚上慢慢说。

“我可能要去吉隆坡待三个月做项目，”见夏说，“做完这个，打算回国了。哦，我现在有资格申请组屋了，但不知道要排队排多久，先等着吧，有没有都无所谓。”

“那你回来还是我去吉隆坡找你？”

“随便啊，”陈见夏看着夕阳下灿烂的雨，“我还挺想那尊小天使的。我去找你吧。”

他们在环球影城坐了过山车，郑玉清心脏不好，神经紊乱，平时是绝对玩不了这个的，但偶尔也会说，很想试试看。

她就带她试试看。

过山车闸门旁边贴着的“注意事项”：高血压不行、心脏病不行、高度近视不行、一米四以下不行……

“你说，这种免责条款，意思就是死了我不管的，到底是负责任还是终极的不负责任？”

“反正你挺爱说免责条款的，什么事都先考虑免责，相聚之前就想着散场，挺扫兴的。”李燃吐槽。

陈见夏没有否认。

环球影城旁边就是巨大的水族馆，他们一起进门，逛了太久，不小心走散了。

水族馆为了照顾两侧水族箱的灯光效果，走廊很暗，在通往最大的深海区主通道右边，有个很不起眼的小指示牌写着“红海”，陈见夏不知怎么就转进去了，穿过一段完全黑暗的安全通道，差点被台阶绊倒，堪堪护住了怀中的骨灰瓶。

掀开遮光帘，一片安静，好像被遗忘的角落，漫天漫地的灯塔水母在陈见夏面前舒展开来，美得像一场梦。

她彻底失语，走过去，将额头轻轻抵在玻璃壁上。

传说灯塔水母有还童的本事，神秘地迭代重生，不老不死。但短暂的人类也能昭显自己的力量，一代又一代，将“永恒”困进水族箱。

本以为这里只有她自己，一转身，看见一个小女孩坐在地上背对着水母哭泣，抽抽噎噎。

陈见夏坐在她旁边，问，你怎么了？

小女孩半中半英地解释：“他们不耐烦，我看小丑鱼，他们也跺脚让我快走，看海龟，他们也跺脚让我差不多快走，我看水母看入迷，回头他们不见了，迷路了。”

“我也迷路了，和爱人走散了。”见夏说，“你害怕还是生气？”

“嗯？”

“害怕的话，我就带你去服务台，让他们呼叫你的爸爸妈妈来找你。生气的话……我陪你生一会儿气。”

小女孩哭得更厉害了，说，我要生气。

陈见夏陪她坐了很久。

中途李燃给她发短信，说，我在深海区看台那儿等你，有讲解员，讲得还挺好听的，但没人听。

“她讲完了就提问，全场都在玩手机，就我和仨小学生抢答，那仨小学生还作弊，拿手机偷偷查，我都是自己听讲解记下来的！”

因为你才是小学生。

陈见夏气笑了。

她温柔地等着小女孩哭完，小女孩也拿出儿童手机，说，我去找我爸爸妈妈了。

“原谅他们了？”

小女孩摇摇头，“没有。我会一直记得。只是现在不生气了。”陈见夏回头望着灯塔水母，不知道被困在这里的永恒到底有什么意思。人类也有自己迭代的方式。

她抚摸着骨灰瓶，不知道妈妈有没有听见。

陈见夏笑笑，说：“那就一直记得吧。没关系的。”

“你不是也走丢了吗？你要去哪儿？”

“我不知道我要去哪儿。”见夏诚实地说。

“但是没关系。我知道他在哪里等我。”

（正文完）

番外

喜乐会

1

凌翔茜筛选伴娘名单的时候犯了愁。

她十八岁离家读书，认识的朋友年纪各异、形形色色，在上海找几个关系不错又未婚的伴娘易如反掌。然而在家乡举办的这一场，她先给自己设了个套，一定要找少年时代的同学来见证。

既然是同龄人，大多结了婚。

第一个想到的是余周周，已婚。

余周周电话里建议她去找耿耿，余淮的太太。耿耿已经是网上小有名气的摄影师，发展得很好，虽然凌翔茜自己做 MCN，可以从上海带摄制团队，但人生地不熟，硬带过来，还不如耿耿这种原本就在家乡开工作室的，既可以当伴娘，也可以把拍照、婚礼 vlog 全包下来，省心。更何况，凌翔茜和余淮是初中同学，林杨和余淮是铁哥们，耿耿和余周周也是初中同学，余周周和余淮是亲戚，大家又全都是振华高中校友，就算凌翔茜与耿耿不直接认识，也早就该认识了，亲上加亲多方便呀。

凌翔茜打断了余周周玩连连看。

“你听听自己在说什么？‘太太’，都已经是余淮的太太了！”

余周周语塞。家乡不大，千丝万缕都相连，反而漏了最关键的事。

但很快，她如凌翔茜预料的一样，讲出了标准的余周周式歪理：“为什么伴娘一定要是未婚女性呢？你不觉得这个规矩很奇怪吗？”

明明是自己搞错了，却一本正经地要从根本上推翻伴娘传统。

余周周继续说：“如果标准放宽一点，我不是也可以做伴娘了吗？”

凌翔茜说，对，好，都怪我自己想不开，我一定好好考虑，打开思路，真是谢谢你，帮了大忙呢。

她挂下电话就用抱枕去抡楚天阔，电光石火间，楚天阔做出了抉择：把笔记本电脑合上防止造成更大的损失，并用脸结结实实接下了这一击。

闹了一会儿，凌翔茜忽然问他，如果我刚才用的不是抱枕呢？你会选择保住头，还是笔记本电脑？

和大部分恋爱中人一样，凌翔茜也常常提有关“如果”的问题，但和喜欢拿自己与对方的前任、白月光、偶像、亲眷作比较的人不同，凌翔茜总是在和一些意味不明的东西对抗。

楚天阔知道，无论他怎样努力，时间怎样流逝，有一些事情就是发生了，在人最黑白分明、眼里不揉沙子的青春岁月，他因为自保而放弃过她。

凌翔茜在对抗内心的不安，一刻都没有停止过。

“你如果抡起来的是椅子，我肯定不会优先护电脑；而且你也不会用椅子抡我，你举不起来；就算举起来了，攻击速度也没有抱枕快，我应该有时间同时保住电脑和头。”

他诚实地回答。

凌翔茜长出一口气。失落吗？或许有一点，但如果楚天阔对她说宝宝你就是用钢筋砸我我也绝对不躲——她一定会惊恐又恶心地连夜收拾行李逃跑。

这时候她收到了林杨的信息。

“你要对我的婚姻负责。”

2

从凌翔茜开始筹备盛大婚礼，林杨就偷偷将她“勿扰”了。他可太了解凌翔茜的威力了。

又霸道，又纠结。

一纠结就咨询别人的意见，咨询完了却根本不听。

他因为在群聊中回复纠结婚礼背景音乐的凌翔茜“你把迪士尼所有公主主题曲全放一遍不就得了”而被迅速踢出了群，刚松了一口气，余周周又把他拉回了群聊。

“自己跑？”余周周笑眯眯看着他，“想都别想。”

余周周常说林杨、凌翔茜和蒋川是“三小无猜”，林杨脑袋摇得像拨浪鼓，“无猜个屁，猜得头疼，她一问问题，我就冒冷汗，小时候不懂，没有专门的词能形容，现在明白了。”

他在网上看到一个词才意识到，自己和蒋川是做着“送命题”长大的。

林杨一边读着 paper 一边偷听余周周和凌翔茜聊天。他以为余周周只是对凌翔茜祭出了她最擅长的敷衍大法，没想到挂下电话，余周周竟然陷入了沉思。

“我从来没做过伴娘。”她自言自语。

林杨预感不妙。余周周角色扮演的瘾被勾起来了。

他立刻纠正她：“你做过好几次伴娘，包括给你堂姐，玲玲姐。故事大王，不要张口就来。”

“那个不算，只是让我帮忙堵门、起哄、藏婚鞋、讨红包、递戒指……”

“伴娘就是干这个的啊！”

“不是的。”余周周一脸认真，“伴娘要穿漂亮的伴娘服，凌翔茜品味好，挑的伴娘服肯定很好看，我看过他们上海那一场婚礼的照片，我也想穿。”

“所以？”

“我想做伴娘。我要查查为什么已婚不能做伴娘。”

“查完了呢？”

“从理论上好好驳斥一下，规矩是死的，人是活的，”余周周对着 iPad 两眼放光，“凌翔茜骨子里是一个很自由的人，说不定会考虑。”

“如果她说必须是单身，难道你还要离？”

余周周乐了：“可以这么操作吗？”

林杨转身进了卧室。

余周周放下 iPad 追过去，从背后跳起来挂在林杨身上，说，你每次都送上门来找虐，我真的忍不住，也不怪我呀。

“好玩吗？”

“好玩。”余周周说。

林杨索性抓住她的腿，往上一颠，把她背了起来。

“我还记得呢，初中公开课比赛那次，你们师大附中还演了个英文舞台剧，你打扮得像怪盗基德，我想起来就不爽。”

林杨脸红了："老师让我穿白西装的，又不是我自己非要臭美。"

"你们老师还让你戴礼帽、穿斗篷戴单片眼镜？"余周周毫不留情地戳穿他，"婚纱店都配不了这么齐。"

林杨转移话题："帅吗？"

余周周笑了："帅。但也很气，想把斗篷给你扯下来。"

"好好好，当伴娘，穿裙子，我也一起去求她，行了吗？"

林杨嘴上抱怨，其实很着迷余周周忽然抽风的样子，她进入她的剧情，毫无预兆地开演莫名其妙的断章，而他接得住她的戏，只有他。

"其实我的确不太想掺和她婚礼的事，"林杨坦陈，"你知道蒋川从小就喜欢她，虽然大学不在一个城市慢慢淡了，但……要说这件事里非挑一边站，我肯定站在蒋川那边。"

"我知道。"余周周说，"我站楚天阔。这轮一比一。"

"到底为什么啊？"林杨哀号。蒋川是他发小，最好的朋友。"蒋川真的很惨，他这几天又去参加 hiking 了，山都要让他踩秃了。如果大一，嗯，还有大二，大三有没有？反正大四肯定有——总之如果大学毕业之前凌翔茜答应他的表白，他肯定会留在国内的。"

"嗯。"

"嗯？"林杨问，"'嗯'就完了？"

"还能怎么样，凌翔茜又没吊着他，每次都是明确拒绝的，难道她不做他女朋友，从小到大的情谊就消失了吗，什么都不算了吗？她也因此失去了从小一起长大的朋友，痛苦的只有蒋川吗？大学不是也有女生追过蒋川，那个女生惨不惨？有人喜欢他，他喜欢凌翔茜，凌翔茜喜欢楚天阔，楚天阔正好也喜欢凌翔茜，单链里只要有一个箭头转回来，就没别人的事了，有什么办法呢？”

林杨知道，余周周不是刚才胡搅蛮缠要穿伴娘服的状态了，她认真了。

“其实你以前劝凌翔茜接受爱她的、对她好的人，我听着还挺烦的。凌翔茜爱喜欢谁喜欢谁，你又怎么知道现在楚天阔对她不好？她这么倔的人，爱憎分明，如果不是真拿你当朋友，早就暴走了。”

余周周示意他先把她放下来：“你慢慢想吧，我还有伴娘的事情要研究。”

于是林杨开始认真思考，但很快被出题人自己打断了，余周周探头，问他：“对了，你能不能帮我一件事？两个人一起刷会比较快，概率更大。”

“刷什么？”林杨叹气，“又要抢什么官网限量了？”

3

耿耿有一个私人工作日志，记录客户的一些绝美爱情与奇葩行为。

她不知道凌翔茜到底应该归在哪个标签下面。

凌翔茜对她拍的洛枳盛淮南婚纱照的评价只是“还行吧”，并且表示，如果是她和楚天阔，拍出来肯定更美，但既然学姐已经在振华校内拍过照片了，这个主题后来又被那么多振华校友学过，她肯定不要拾人牙慧。

“所以我得给他们重新想主题。”耿耿抓狂。

余淮一只手抱着熟睡的孩子，保持着稳定的、一颠一颠的节奏，这样孩子才不会醒，另一只手刷着屏幕上研究生刚发来的季度预算，心不在焉地答应：嗯嗯，定金收了没？嗯。

“嗯个鬼！”耿耿抓起背后的靠枕扔过去。余淮头也不抬，一侧身就躲过去了，说：“我没手了，你自己捡吧。”

耿耿从工作台上下来，捡起靠枕。

余淮火上浇油：“你本来就不能一直用盛淮南那套照片吃老本啊，人要进步的，只要是学生情侣你就照搬主题，早晚碰见难搞的，不是她也有别人。”

“是我想吃老本吗？！”耿耿暴怒，给自己抱不平，“是校园主题的客户自己要求拍一样的！我早就拍腻味了！！”

“那不更好，这个客户想要不一样的，终于给你发挥空间了。”

“用不着把我说过的话重复一遍，”耿耿拎着抱枕，“你小心点，我现在就在你旁边，瞄得很准。”

余淮眼睛盯着最后几行数字，声音里没有一丝波澜，机器人一样：“好啊。你打死我吧。有种把我和孩子都打死吧。你打。你打。”

耿耿笑到拎着抱枕蹲在地上起不来。余淮终于看完了，收起手机揣进居家服裤袋，问，要我和你一起想吗？

“唉，他们俩要是跟我一样有幽默感就好了，”耿耿答非所问，“楚天阔也跟你似的，总在想工作的事情，试拍的时候我想让他轻松一点，就跟他说，你老婆是我老公的女神。”

“结果没有人笑。”耿耿说。

余淮看着她：“我也觉得不好笑。”

4

但耿耿觉得还是挺好笑的。

5

陈见夏没想到自己会被找上，她一口答应下来。

婚礼日期定在振华的校庆周之前的周六，正好九月轮到她回省城找李燃，上海那场李燃错过了，这一场他本来就要参加并补上礼金……天时地利人和。

“我本来就打算请三天年假加两天事假，连上两个周末，有九天呢。但是我没当过伴娘，不知道筹备的时候都要做什么。早上要接亲吗？要我帮忙联系车队吗？是不是要整新郎？堵门、要红包什么的……你提前告诉我流程，可别让我帮了倒忙！”

楚天阔的声音传过来：“新郎也在，她开的是免提，这些流程都没有，你别想着整我。”

“会不会耽误你和李燃约会啊？”凌翔茜关心的是另一件事，“你俩异地飞来飞去的，回来一趟还得被我们占用。”

“你就别担心这个了，除了校庆前一天我必须去看他踢友谊赛，其他时间本来也没安排别的，筹备婚礼他也可以跟我一起帮忙呀，多有意义的一件事。”

凌翔茜喃喃道，果然还是楚天阔的好朋友做人更稳定正常，和他本人一样。

可能真的是人以群分。

她们聊得很愉快，商定了陈见夏回程的时间，凌翔茜要走了见夏的尺寸，让礼服那边帮忙修改伴娘服。

陈见夏看到凌翔茜发过来的照片，真诚夸奖：“伴娘服好漂亮，比上海那场还漂亮。我最近得坚持健身了。”

“漂亮吧？我自己设计的。”凌翔茜笑，“余周周想穿，我到现在还没松口呢。等你回来先试礼服！”

因为商议婚礼的细节，大家聊天的机会变多了，陈见夏终于觉得，借这个机会问问楚天阔他们的爱情故事，应该不突兀了。

楚天阔依然是楚天阔，他从来就不会顺着对方的节奏，问什么答什么。

他问陈见夏：“你知道为什么凌翔茜找你做伴娘吗？你们俩都不熟，显得她穷途末路似的。但她不是找不到人。是她自己标准高，不是因为找不到人。”

见夏笑了。楚天阔为爱人辩护的时候，居然会这么笨拙。

高中的时候，他俩秘密交往，表面很理智，情到深处楚天阔也曾当着陈见夏的面抒发一些不像他说得出来的肉麻话，比如很心疼凌翔茜，明明那么小心翼翼地做人了，还是一个真心的同性朋友也没有，身边围绕的“闺密”不少，都对她怀着一些别样的情绪，几个男发小又迟钝。

“她很不快乐。”少年楚天阔说，“但我帮不了她，我只会把她影响得更小心做人……更不像她自己。”

少年陈见夏当时自然不知道如何回应，但现在，人生起落，她明白了许多。

“找我当伴娘怎么就穷途末路了，”陈见夏语气轻松地抬杠，“是我在校友里太没存在感了吗？当伴娘咖位不够？”

楚天阔笑了。

“我和她一起走过一段夜路，分享过同一首歌，在我自己也非常难过非常不快乐的时候。她在家复习备考，我们一起喝过热巧克力……谁告诉你女生一定要三年手拉着手上厕所才算朋友？婚礼是很重要的时刻，她就是因为真心相待，所以不希望身边站着一个塑料姐妹，否则以她现在的事业和风光，随便找个你所谓的‘闺密’不就得了？这把年纪了，同学们都在经营人脉，凌翔茜但凡主动邀请，她会缺伴娘？”

楚天阔说，刚才那段话，要是她也听见了就好了。

“你转述不就行了？”

“不一样，她不是很相信我的话。她觉得我太会说了，可能是自己润色过的。”

“还没有原谅你吗？”

但是又那么喜欢你。

陈见夏也懂得。常常还是会和李燃斗嘴，有时候又提起南京，他始终有心结。

“见夏，你喜欢自己在振华的三年吗？”楚天阔问，“我知道很复杂，不能非黑即白地断言，但非要断言，只能选是否，你会怎么回答？”

“这和你俩怎么再续前缘的有关系吗？”

“有很大关系。你先回答我，我才讲得清楚。”

陈见夏被楚天阔的郑重打动了，八面玲珑的班长仅有几次在自己面前展露过脆弱的真实，他曾经深深地理解她，为绝望得像无头苍蝇的她寻找新加坡项目捡漏的机会，没有评判过半句她的背叛。

“我好好想一想，摆脱一时的情绪，再回答你。”

“好。”

6

耿耿也在问凌翔茜同样的问题：两个人的爱情故事。

幸好凌翔茜跟她算小半个同行，她无须像面对其他普通客户一样反复解释这些提问并非为了窥探隐私。

“要策划拍片的主题和选材，是吗？”

“对。”

“高中的事还要讲吗？”凌翔茜大大方方地问，“你们都知道吧？我自己也听过流传的版本，有些地方很扯淡，不管对我还是对他，恶意都太大了。但基本事实没错，我和他在一起过，分开了，我保送考试出事了，调查过后撤销了处分，但在家自学直接去参加高考……大方面都跟传的一样，这个你能挖掘出来什么主题呢？我自己觉得很难。”

耿耿也大大方方的：“你自己想讲，我们就拍，凭什么都让别人编派，自己也可以说啊！”

“没兴趣讲。”凌翔茜摇头，“真的不乐意讲。不是因为一出一出的闹剧，是因为……”她打住了。

耿耿的工作室近几年女生个人写真和姐妹出游旅拍占了营业额的近四成，渐渐不再主营婚纱和情侣写真，而她也见够了情侣——有恩爱热恋中的；有相亲后还不相熟就匆匆赶着结婚的；有相恋多年憔悴不堪、会因为一丁点不如意就迅速翻出彼此出轨移情的旧账却依然舍不得分开的；有介意对方心中还有白月光、不甘心被退而求其次却只能如此的……看了太多无奈与谎言，她辨别得出来，凌翔茜没说假话。

“如果可以，我想把自己从初二到高三的时光全跳过去，”凌翔茜说，“想把这段人生抹掉。”

凌翔茜忽然问：是你的话，你会吗？

耿耿想都没想：“学习和考试这辈子也不想再来一遍了，但是在五班真的太开心了，校庆时候我好朋友简单、β、徐延亮他们都会回来，而且要没了高中三年，我怎么认识余淮啊？”

凌翔茜的目光里带了几分羡慕。

耿耿直言：“你就当我俗气吧，我们大部分片子不管是用什么叙事顺序来剪辑，很少把新人初遇、定情的那部分也一起跳掉，你把这段跳了，你和楚天阔不就压根不可能认识了吗？”

凌翔茜沉默了一会儿。突然抬头，笑得有几分给人添麻烦了的羞赧。

真的美。耿耿又想替余淮讲一遍那个所有人都觉得不好笑的笑话，幸亏忍住了。

“要是能只记住新生第一次升旗那天就好了。我在人群中看见他。”凌翔茜说，“一见钟情。”

“记住我们一起去假公济私买文具也可以。他在纸上写了我的名字。”

“科技馆也好，他主动抱住了我，我一睁开眼睛，镜子迷宫里，到处都是我们，一个明亮破碎的世界，漫天漫地，都是我们俩。”

耿耿正低头打字记录，说，都很好啊，镜子这个特别好，拍出来一定非常美，我好好找几个机位……

她沉醉时，凌翔茜想起的瞬间却是她考砸了，坐在班主任武文陆办公室里，武老师脸上夹杂着轻蔑、怜悯和不耐烦，那段话她几乎能背得下来：“有同学说你们早恋，楚天阔说是误会，交流学习接触比较多，让同学们想多了。他说对你没有别的想法，至于你对他有没有，毕竟不熟，他不知道。”

被冤作弊都比不上这句话内火焚心。

事后她拿这段话去问楚天阔，他们站在夜里行政区窗台，曾经偷偷牵手的地方。楚天阔说，我以为你一听就明白了，你应该顺着我的话撇清，反过来说几句瞧不上我的话更好，让老师知道你厌恶被别人传跟我扯上关系，干脆摔门走——我以为你会这样接招。

可我没接上，凌翔茜在心里默默地说，我真心真意，以为你是这个窒息的学校里唯一让我可以重新呼吸的人。

她一见钟情，隐忍着，猜测着，在苦涩中咂摸一丝丝他给她的一点点不足为外人道的特别，喜欢他冷静持重，喜欢他权衡利弊，包括恰到好处的疏离，都让她更着迷……

最后一不小心情绪崩溃，便“不够有默契，没配合上他的思路”。

她初中学会了小心做人。

被女生夸漂亮时反身就来一句“你这个发夹好好看你哪儿买的快告诉我”，班里林杨受欢迎，她刻意和林杨保持距离。

忽然觉得没意思。学校是小型血腥原野，但谁说过，落单的水牛一定不能单挑鬣狗群？她明明长了锋利的角，居然硬生生自己掰了下来，如此可笑。

她恨楚天阔，更恨她自己。

7

凌翔茜到底要什么？

耿耿还是没有想出任何新颖的拍摄主题，整个人恍恍惚惚，不禁开始后悔提前收了那么多定金，真是不想干了。她虽然还比较注重保养身材，但精神上已经“幸福肥”了，挤不进凌翔茜和楚天阔弯曲的脑回路。

不想干了，退单吧。

但他们给的实在太多了……

回到工作室楼下，碰巧余淮也刚停下车，他去学校找研究生谈话，顺路去她爸爸家取了齐阿姨做的排骨汤。

“正好，你自己带上去吧，我就不停了，这边交警会贴条。”

耿耿接过保温饭盒：“好我趁热喝。”

“别趁热，这饭盒保温效果巨好，小心烫死你。”

她笑了，忽然问：“余淮，如果能给你机会把高中三年的时间全抹掉——或者抹掉一部分，你会选择抹掉哪个部分呢？竞赛考砸了？高考？”

余淮眯着眼睛看她，像看大傻子。

“抹了哪一段也不行啊，抹掉任何一个细节可能都没有今天了，时空穿越改变历史这件事情扯不扯，你要非说是平行宇宙……”

“是我的错，”耿耿说，“我就不应该问你。”

“不抹，”余淮说，“成败是非都是我自己，有什么好逃避的？”

“哥们，你逃了七年啊，”耿耿惊诧，“因为高考没考好你直接放我鸽子了，你哪儿来的脸？！”

余淮脸红了，说，我走了，排骨汤趁热喝。

“不是说烫死人吗？！”耿耿拍打余淮的车窗，“你其实是想把我给抹了吧？！余淮！！！”

8

2014 年，凌翔茜出差去北京参加一场策划会。会场在五星级酒店的商务厅，十几个人，只有两个女生。果然，聊不了几分钟，开起了黄腔，擦边的，“懂的自然懂”那种，不能甩脸子。

暴走边缘的凌翔茜已经没有更多借口了，途中出去接打电话两次，借口上厕所四次，几乎要公开把肾不好写在脑门上。

这时候那个戴骷髅耳钉的酷女生——凌翔茜没能耐一下子记住十几个人的名字——突然站起来说：“我出去抽根儿烟。”

男的抽烟天经地义，以前爱在会议室里吞云吐雾，后来北京上海全面禁烟，大家绅士地用“出去抽根儿烟”做茶歇的理由，抽得过勤也没关系，笑笑说自己烟瘾大就好了，想可信一点，还可以补充，媳妇儿管得严，回家就不能抽了。

女生朝她瞥了一眼，只有一眼，凌翔茜读懂了——这把可以跟。

但她不吸烟，于是反应慢了零点五秒，内心那个“好女孩”的牌坊好死不死在这时候绊了她一脚。女生转身走了。

会议室的玻璃门刚合上，凌翔茜探身抓过一个小铁盒，“她怎么没拿火？”

追出去，正好看见女生从扶梯往一楼下，凌翔茜没有叫住她，直到她穿过旋转门走到酒店室外的廊檐下，才走过去说，你没拿打火机。

女生回头看见，一愣，轻笑道：“我还真不是故意的。”

“我是故意的。”凌翔茜递过去。

“你好，许会。”女生伸出手，凌翔茜猜她是个T，也友好伸出手，“凌翔茜。”

许会好像想起了什么，大笑起来，但没告诉凌翔茜她笑什么。

“你要不来一根？我朋友帮我带的，七星爆珠，蓝莓的，还挺好抽。”

凌翔茜这次没犹豫，伸手接过来，她照着女生的示范，在过滤嘴那里掐了一下，噼啪一声，捏碎了里面一颗小圆球。

她还在研究该用哪两根手指头夹，女生已经吞云吐雾起来。傍晚外面烟雨迷蒙。凌翔茜一转头，看见西装革履的男人从商务车下来，酒店门口人来人往，她的目光再一次穿过人群，一眼望见了楚天阔。

凌翔茜迅速转身，假装没看见他。

过了一会儿，微信响了，她右手夹着烟，左手单手解锁。

是楚天阔："你什么时候开始抽烟了？"

对话框里，这条微信的上一条还是系统消息，"您已通过楚天阔的好友申请"。

凌翔茜冷笑，回："今天。有问题吗？"

不会像高中一样装腔作势小心翼翼了，不会再把高中的路重走一遍，我已经找回了自己，大学活跃耀眼，事业蒸蒸日上，有那么多人爱我追求我理解我，你爱怎么想怎么想，随便你，随便你……

反正今天穿的是烟管裤，她索性并腿蹲了下去，死盯着屏幕上的"对方正在输入中"。

终于，新信息跃出水面。

"没问题。很美。"

凌翔茜记得故事的开头，她在开学式的人海中，一眼望见他，一见钟情；也记得故事的结尾，她作为学生代表当护旗手，他尴尬地夸她，还是这样笑更美。当时凌翔茜觉得自己放下了，扬着头说，当然，我一直都很美。——转头还和蒋川吐槽。

少年时代到底有多少自以为放下了的瞬间？真容易起誓。她再见到他，还是一见钟情，多少人爱她都没有用，她还是喜欢他。

楚天阔一句话快进到了结局，抹掉了三年，她做梦都想抹掉的三年。

这时候凌翔茜听见楚天阔的声音，就在她头顶——“你为什么不点火？”

凌翔茜愣愣地转头，楚天阔就在她斜后方站着，一脸略带捉弄的笑意。

许会在一旁补刀：“我们都看你半天了，真的服了，干抽啊？！”

故事有了新的开始。

9

凌翔茜对耿耿说，算了，定金你留着吧，我不想拍了。

耿耿惊呆：“你不结了？！”

凌翔茜也急了：“怎么说话呢，我只是说不拍了！我觉得太刻意了，上海本来都办过一场了，我其实也不喜欢振华，为什么非要来这里搞什么风光大办？办给谁看啊？自己跟自己过不去。”

耿耿松了口气：“哦哦，那就好，婚礼好好办——定金本来就不能退，又不是你大方，这是规矩。”

凌翔茜翻白眼。

耿耿又说：“但在老家的婚礼还是得办吧？你们双方爸爸妈妈总要收礼金的啊，就当办给老人看了，爸妈总得把同事、亲戚那边发出去的份子钱收回来吧？你就办个中老年场，搞定了拉倒！”

凌翔茜笑得不行，“好主意！”

“还有更好的主意，你要是懒得见同学，振华不是有个超大校友群吗，你直接在里面发个收款二维码！”

“定金还是退给我吧。”

耿耿装作没听见。

凌翔茜不知道自己那个莫名其妙的问题像电脑病毒一样，传到了很多振华校友的聊天中，耿耿甚至忍不住打电话问了洛枳学姐。

洛枳说："我高中每天都写日记，撕掉单页，整个线装本就全散了，不要。"

她转头喊盛淮南："你呢？"

盛淮南的声音远远传过来："我也不要。"

洛枳说，好啦，回答完毕。

耿耿对凌翔茜说："其实你说得很对，人不要自己跟自己过不去。我虽然还是没太明白你到底要干什么，但我觉得，你其实挺快乐的。"

像海面上大雾散去，阳光重新照进来，照耀出清清楚楚的心意。

凌翔茜笑着说，我知道我很快乐。

内心腹诽，生意人为了不退定金真是够拼的。

10

余周周终于可以做伴娘了。

她正和林杨一起窝在沙发上用同一个 iPad 看更新的漫画，忽然收到凌翔茜的信息。

凌翔茜没头没脑地说，去他妈的，我的婚礼我说了算，什么规矩，我就是规矩！来做伴娘！

余周周说，你看我说什么来着，凌翔茜有一颗自由的灵魂。

但她摸着自己最近略微有一点点圆润的小肚子，想了想，对凌翔茜把腰围尺寸报小了半码，然后将平板推给林杨说："我去跑步了。"

“现在跑还来得及吗？”林杨说，“后天咱们就出发了。”

“闭嘴，怪盗基德。”

余周周正低头穿跑鞋，林杨忽然说，上次的思考题，我有答案了。

她头也不抬：“答案是什么？——欸，题面是什么来着？”

“我还是觉得蒋川很惨。但你说得对，喜欢他的女生也很惨，单恋就是挺惨的。但我明白你为什么烦劝凌翔茜了，如果当初，别人让我放弃你，找个对我好、喜欢我的，我也会觉得烦。能够毫无保留地去爱一个人，不管有没有回应，都是很幸福的事情。一定要比较的话，爱人比被爱幸福。”

余周周气势汹汹地走了过来。

“为什么把自己说得那么卑微啊，你追什么了，你不就正常生长发育，顺便喜欢我吗？”

“顺便？！”

“好像追我追得多辛苦似的，难道我不喜欢你？我对你不好吗？两情相悦的事，让你说得跟单恋似的，烦不烦啊！我要离婚。”

林杨笑了。两情相悦。他当然一直都知道，余周周这个人很别扭，从小她就只欺负他。

“那你幸福吗？”

“恶心。”

“回答问题！”

“当然啊，爱人比被爱幸福，”余周周踮脚用额头轻轻碰他的鼻尖，“很幸福。我爱你。”

那就来做点别的吧，林杨抱起她，“减脂不一定要跑步，也有别的方式可以消耗热量。”

余周周一脸惊恐:“你要做什么!你放开我!!”

为什么要现在开始演强抢民女?为什么是现在?!林杨哭笑不得。

但只能扛着她继续演下去。也挺好玩的。

11

陈见夏的新老板也姓陈，和她是本家，竟然也是振华校友，但比她大了很多届，实在没多少共同话题。

入职前便听闻他是个话少又冷淡的人，至今独身，短暂接触过，见夏觉得传闻不虚。

不过或许是难得在异国遇见同乡同校的缘分，他对见夏很照顾，虽然事务所只是重新回国立大学读书期间的过渡工作，但陈见夏工作得很愉快，甚至改变了主意，考虑长待下去是否有发展。

她没想到自己会在酒店庆功宴的楼下遇到余周周。她跟客户道别，余周周从出租车上下来，两人愣了一会儿才认出彼此。

神奇的是，余周周竟然是来找陈桉的，陈见夏的新老板。

“他告诉了我地址，但我没想到是这种场合，我怎么穿成这样。”余周周抱怨，“我得赶紧跑。”

印花吊带上衣，米白色麻布长裤，一身度假游客的样子，的确格格不入。陈见夏促狭一笑，轻声说，我帮你去叫他。

余周周送给陈桉升 partner 的礼物是一只八音盒，深蓝色，四四方方，盒壁没有丝毫饰纹雕刻，只在正面包装上印着一块菱形蓝宝石。

“是蓝水。”她说。

陈桉笑着沉默，很久才说:“我知道。”

“《蓝宝石之谜》动画播出周年纪念，限定发售，很难抢的，”余周周强调，“我们俩刷了大半夜，终于抢到了。”

陈桉垂眼看着盒子，没有说话。

站位错误，这个氛围不太对。见夏意识到这一点，想闪开也来不及了。陈桉落落大方地对见夏说，Jen，马上轮到我了，你帮我照顾好周周。

主持人引领陈桉上台致辞，盒子回到余周周手里。

她们一起去了露台角落。两杯香槟下肚，余周周依然没有向见夏解释“蓝水”究竟是什么，她背对着珠光宝气觥筹交错的露台，给八音盒拧了两下发条，澄澈单调的旋律响起来，一时间竟压住了酒会的乐队，缠绕成结界，倒转了时间。

上面还放着一张小纸卡。

“我得走了，八音盒和信，你帮我交给他吧，本来想邮寄给他的，但是正好回振华嘛，可以飞新加坡转机，我们都想过来玩一天。”

余周周起身，说林杨还在圣淘沙等她，温淼说要教他玩单人帆板。

“我去看看林杨有没有被海水呛死。咱们俩就凌翔茜婚礼见吧！”

见夏天人交战，那张纸卡只是左右对折，叠得实在随意，已经微微张开了，侧面隐约能看到字迹，不怕人瞧见似的。

她用食指轻轻推开。

娟秀的字迹写着：

陈桉：

要是总害怕献出一颗蓝水就会献出所有，人是不会快乐的。

索性，我这颗也给你。

12

凌翔茜和楚天阔的婚礼很热闹，巨大的宴会厅，高朋满座，校友齐聚，长辈和年轻人都玩得很开心。

后来耿耿听余淮和余周周说，凌翔茜去年在上海已经办过一场婚礼了，甚至都没通知家里的长辈，除了婚纱和伴娘服，她一概撒手不管，全都扔给刚到上海、没有任何资源的楚天阔，反正十天后就要办，她要穿婚纱！——楚天阔把小型婚礼办得漂漂亮亮，在场的几乎全都是凌翔茜的朋友。

这只是凌翔茜作天作地的事迹之一。

这一场也是，嘴上说着好烦，不想办了，最后还是搞出了公主出嫁的盛况，耿耿心里感慨，这个女人真的是个谜。

唯一的小插曲是楚天阔父亲的致辞。

按顺序，凌翔茜爸爸先上台，他游刃有余，对在场的领导、亲友一一致谢，恰当的时候洒下舍不得女儿的泪水，激动又克制，体体面面。耿耿参加过这么多场婚礼，他是表现得最符合婚礼“标准”的父亲，久经沙场的样子，难怪家里那么有钱。

轮到楚天阔父亲，明显紧张得不得了，抖得整个人仿佛要从西装里逃出去。他准备了一张小纸条，念得磕磕绊绊，那是婚礼现场唯一冷场的几分钟。

那全场尴尬的几分钟里，楚天阔安然站在父亲旁边，扶着他，偶尔在他卡壳时候低头帮他瞄一眼纸条上的字，轻声提醒他。

他和凌翔茜都没有催促，凌翔茜甚至阻止了自以为机灵、打算说点什么来圆场的司仪。

耿耿站在工作室的摄像师旁，她自己也举着相机，不知为什么，这一刻令她最为动容。

台下穿着伴娘服和余周周并肩而立的陈见夏倒是毫不顾忌地掉下泪来。她为班长高兴，不是因为那个拆迁现场蹲在红色水盆前发呆的少年终于有钱了、成功了、北京有房了，也不完全是因为他终于愿意敞开心扉、用各种匪夷所思的方式去修补少年时辜负爱人的错误，追求百分之百的爱情。

她也说不清。也许只是为他可以松弛地站在局促的父亲面前，让他把致辞念完。

"楚天阔以前给我讲过一个故事，他小时候当电脑代言人的故事。"余周周忽然说。

见夏轻声回应："他还说有机会讲给我听。"

"我觉得他可能不会讲了，"余周周微笑，"他长大了。"

13

振华校庆那天，各个班熟络的同学聚成一堆一堆聊天，广场上人声鼎沸，大家一起在操场上等待仪式开场。

忽然有人一声惊呼。起风了，"大雁"又飞起来了。

升旗广场上的一角一直立着一只振翅欲飞的大雁，一人多高，刷成古铜色，却是泡沫做的，很轻，从他们入学前便在那里了，直到今天，没人知道为什么。

只要一起风，大雁就会被刮倒，风特别大的时候，甚至会将它刮到半空中。

高一第一次期中考试后，他们第一次见到传说中的“大雁起飞”。

那天风特别大，简单和ß两个闲人率先发现，冲到窗口对五班全体喊，飞了，真飞起来了！

凌翔茜抱着书犹豫要不要跨过一步，去一班找楚天阔还书，跟她一样盯着一班门口的还有林杨，但只是徒劳，余周周的桌子既不靠前也不靠后，如果不勇敢走过去，从哪个角度都看不见。

李燃的寸头刚刚长出来，不好意思地摸着丑丑的毛楂儿，问陈见夏，我一直没找你，你是不是不高兴了？

盛淮南正趴在桌上戴着耳机用优秀范文的背面打草稿计算常微分方程；耿耿抱着余淮让她帮忙还给盛淮南的习题本小跑，在走廊里遇见了洛枳。

那时候他们都在盼着长大。喜乐平安，只是人间普普通通的一天。

后记

《你好，旧时光》

《暗恋·橘生淮南》

《最好的我们》

《这么多年》

想写的都已经在故事之中。

再见，振华中学。

谢谢你读我的书。

FONGHONG
凤凰联动出品